風雨談

（三）

復刻本說明

*本期刊依《風雨談》合訂本全套復刻，為使閱讀方便，復刻本每三期為一冊，惟原書十七期以後頁數變少，復刻本第六冊為原書第十六期至第二十一期；復刻本的尺寸亦由原書的15×21公分，擴大至19×26公分。

*本期刊因尺寸放大，但每期封面無法符合放大尺寸，故每期封面皆對齊開口，使裝訂邊的留白較多。

*本期刊第一集書前加入導讀。

*本期刊為復刻本，內文頁面或有少數污損、模糊、畫線，為原書原始狀況，不另註；唯範圍較大者，則另加「原書原樣」【原書原樣】，以作說明。

風雨談

第七期

風雨談

第七期

滿目山川賢否異，
對床風雨弟兄同。

先天集

□中華民國三十二年十一月□

風雨談

第七期　目次

島崎藤村先生

周作人

今天午前看報，忽見中華社東京二十二日電云，島崎藤村氏於本日午前零時三十分在大磯逝世，享年七十二歲。突然看見，也還不怎麼驚駭，却是很迫切的覺到一種寂寞之感。月明文庫裏的一小册雪天的紙窗正放在手邊，拏起來翻看，心想能寫這樣文章的人於今已沒有了，很是可惜，又彷彿感覺自己這邊陣地少了一個人，這寂寞便又漸近於心怯了。

我們最初聽見藤村先生的名字，還是在東京留學的時代，這大約是明治四十年丁未，長篇小說春開始在東京朝日新聞上登載，其時作者年紀還只是三十六歲，想起來也正是三十六年前的事了。但是與藤村先生相見，却一直在後，第一次是民國二十三年甲戌秋間，利用暑假，同內人到東京去住了兩個月，徐耀辰先生也在那裏，承東大的中國文學會發起，在山水樓飯莊招待我們，其時來客中間有一位是藤村先生。這是八月四日的事，徐先生因爲翻譯新生，曾屢次通信，便去拜訪一次，後來藤村先生差人來約小飲，邀我同去，於二十日晚在麻布區六本木的大和田，這是第二次的見面。那天在坐的，除徐先生和我外，還有和辻哲郎有島生馬二氏，連主人共計五人。藤村先生帶來一本岩波文庫中的岡倉覺三著茶之書送給我，題曰，贈周作人君，島崎生。還客氣說，是一本舊的，很對不住，其實我倒是比新的更覺得喜歡。飲後，主人要了來幾把摺扇，叫大家揮毫做個紀念，詳細記不得了，只就我所分得的一把來說，中間有島氏用水墨寫了一片西瓜，署款十月生，即是「有」字的字謎。右邊藤村先生寫短歌一首云：

なつのよは、
しのの小竹の、
ふししけみ、
そよやほとなく、
あくるなりけり。

署款藤字。案此係西行法師所作，見山家集中，標題曰題不知，大意云，夏天的夜，有如苦竹，竹細節密，不久之間，隨即天明。在短夜的時節一文中也引有此歌，大約是作者所很喜歡的一首，祇是不可譯，現在只好這樣且搪塞一下。徐先生寫了兩句唐詩云，何時一尊酒，重與細論文。和辻氏與我只簡單的署名，各寫兩個字而已。

第三次見面又在七年之後，即民國三十年四月，我往日本京都出席東亞文化協議會文學部會的時候。開會後我於十四日由京都到東京，住在帝國旅館，十七日中午應日本筆會之招，至星岡茶寮，晤見好些舊相識的文人，其中最年長者便是藤村先生。這回又承以大著夜明前二册見贈，卷首題字曰，呈周作人君，昭和十六年四月，於東京麴町，島崎生。附有信箋一紙云：

「此拙著稍經執持，已略舊，唯係留置家中之初版本，因不復顧及失禮，持以奉贈，如承收納作爲紀念，幸甚。四月十七日。」藤村文庫定本夜明前，我早已有了一部，但是重板後印，今得到作者持贈的初版本，回來以後便把原來的一部送給了別人了。總計我見到藤村先第，最初是在甲戌，那時他六十三歲，最後是辛巳，那時七十歲了，因此我所有的印象彷彿是一個老哲人，夜明前第一册在昭和十年乙亥出版，上邊的照相覺得最與我的印象相合。藤村先生是東亞文學界的大前輩，文章與智慧遠出我們之上，見面時只是致敬，並未多談，但我們直覺感得這是和我們同在一條線上的，所以平時很感到親近，因此對於逝世的消息也就會覺得有一種近於恐慌之感了。

藤村先生在文學上的績業，自有日本文學史家會加以論定，我不能說什麼，這裏只是略述自己的印象以及感歎之意而已。藤村先生的詩與小說以前也曾讀過好些，但是近年愛看雜文，所記得的還是以感想集爲多，在這裏我也最覺得能看出老哲人的面影，是很愉快的事。雪天的紙窗中選有幾篇隨筆，反復的讀了很是喜歡，再去查原書，在昭和五年庚午出版的在市井間一册裏找到了幾篇，如小諸的回憶、短夜的時節、養生，幾回想起要翻譯，却終於不曾下筆，因爲覺得這事情太難，生怕譯不好反把原文弄壞了。創作中富有思想的分子而這又有空間的與時間的博大性的，這是我所尊重的作品，藤村先生的感想隨筆，就是小篇也多有此特質。而今已沒有這樣的人了，在這裏正可謂之東亞的一損失，沒有方法可以彌補的。中華民國三十二年八月二十三日。

波折

陶秦

依雯躺在床上，已經快兩個小時了，睜着眼兀自在那裏出神。

如果你認爲這時候的依雯是恬靜安適的話，那你錯了。每一個見過依雯的人都知道依雯的臉上是帶着一種靜的美的，她那雙眸子裏永遠流露出一種溫柔的光輝，見過這光輝的人，大都有一種同樣的感覺。這一種感覺是很難加以描寫的，正像一個從烈日下奔走回來的人走進一間四面圍着綠簾子的房的時候所感到的一種感覺一樣。所以每一個人都知道依雯是一個靜的女子。事實上，把一個「靜」字來形容依雯並沒有錯。不過，在現在，這個形容是不適用了。

她的心裏現在是這樣的煩燥，她覺得眼前的每一件事物都改變了常態。就拿江水奔濤的聲音來說吧！當她上次由上海到漢口去的時候，那一聲聲的波浪是這樣的有韻節，有秩序，但是現在呢？那江水的聲音似乎和她的心緒一樣，既沒有韻節，也沒有秩序，亂得叫人聽了不好受。難道這是因爲由漢口到上海，水勢下流的關係嗎？她知道這個理由是不對的，但是她却假定了這個理由來解除心裏的煩燥。

再說那牆上白漆的鐵釘，在上次由上海到漢口去的時候，她曾經暗暗地稱讚過造船者的聰明，把這些鐵釘安排得這樣有秩序，有圖案。但是現在她却找出許多弊端來了，不，她不是細心地找到這些弊端的，她祇一看，就覺得不順眼了。

她不是一個愚人，她明白今晚上的這種感覺都是爲了心煩的緣故。她要把那煩燥的情緒壓制下去。她伸手到床頭上想找一本書，或者一張畫報來看。可是，天公似乎故意和她爲難一般，她的手指却又碰到了那封信，那封使她煩燥的信。她的手指立刻像觸了電一般，很快地就縮了回來。但是，這些都是無用的，那信裏面的字句已經深深地印入了她的腦際，她再也不能把它忘去。無疑的，那聊聊數行的字，已經打動了她的心絃。

那是昨天上船的時候，依雯在侍役的領導下，走進這間艙來。艙裏已經有一個少年先她而在，正在那裏卸除行裝。依雯不敢進去，她知照侍役去問那位少年，有沒有把艙位弄錯。

少年也知道有一位少女正在艙外等着，他很聰明地先發制人，很正經地問那侍役說：

「這裏是不是十二號？」少年一面說，一面從袋裏掏出一張船票在看。

「不！這裏是兩號，十二號在右手第五個房間。」侍役很有禮貌地對那少年說，說完了，他又回過頭來，對依雯淡淡地一笑。表示自己並沒有領錯艙位，這是那少年的錯。

少年聽了他的話，知道是自己弄錯了艙位，他再也不敢多在此就留一分鐘，立刻拿了提箱向外奔，忽然他又回到艙裏，從衣鈎上拿下了上裝和帽子，很匆忙地走了。依雯看着他那種魯莽的神情笑了，她目送着那少年走進了那右手第五個房間。

是吃晚飯的時候，依雯來到了食堂裏。她在那長桌上揀到了自己的位置。當她坐下來之後，她才發現的前面正坐着那個少年。少年含着笑向她點點頭，態度已沒有剛才這樣魯莽，安靜而有禮貌。依雯也對着他微微地一笑。

「小姐貴姓？」少年喝了幾口湯，和依雯談起話來了。

「陳」依雯祇說了一個字，就把頭低下來了。她覺得這少年的眼睛裏藏着一腔人們不敢逼視的熱力。依雯自己也不明白，爲什麼要對這眼光發生害怕。

「是上海？」少年作更進一步的追問。

這一次，依雯連一個字也不敢說了，她祇把頭點了一點。頰上感到一陣熱。

好容易喝完了咖啡，依雯就回到了自己的艙裏。這是五月裏的天氣，吃完晚飯，天還沒有黑，依雯從艙裏的圓窗裏望出去，見到甲板上有許多旅客在那裏閑步，有的躺在籐椅上閑談，有的憑着欄杆在欣賞兩岸的景色。晚風吹動着。他們的衣髮，依雯知道艙外一定比艙內要風涼得多。她就把艙裏的電風關停了，關上了門，向艙外走去。

她走過食堂，食堂裏正有一個人在彈奏鋼琴，依雯知道這個曲子叫做「青烟罩上你的眼睛」。這是袁先生告訴她的。每逢袁先生到舞場裏來，聽見了這個曲子，他一定會站起來和依雯到舞池裏去蹓上一番，慢慢地依雯自己也喜歡這曲子了。

現在，她聽見了這個曲子，她就不自禁地走到食堂的門口，向裏面看去。彈奏鋼琴的正是那個少年，他穿了一件白印度綢襯衫，電風吹動着薄綢樣子，顯得非常的瀟灑。正是依雯回過頭來要走的時候，琴聲倏然而止，那少年已經來到了依雯的身後。

「陳小姐，別見笑，我是彈着玩的。」少年已經走到了依雯的身邊，很謙虛地在說。

「很好」依雯不能沒有回答，就祇淡淡地說了兩個字。依雯自己也不懂，在她的經歷中，她已經見過了許多男人，她並沒有在任何男人前面，表示懦怯過，而現在，她却是這樣的胆小。

兩個人並肩在甲板上走。依雯發現好多人都對他們投射了一種奇異的眼光，這眼光帶一點兒羨慕，也帶一點兒妬忌，依雯認爲這些眼光都是含着惡意的。她知道自己的身邊是不應該有這樣一個少年的，但是自己又不好意思拒絕。尤其是那個坐在角子上的老頭兒的眼光更使依雯不安。依雯是認識這個老頭兒的，這個老頭兒曾經和袁先生一同來過舞場，他一定認識她的，但是也許是爲了依雯是一個舞女的關係，那個老頭兒爲了要保持自己的身家，所以就不屑和依雯招呼，依雯對於這種人最憎恨，但是她現在却沒有恨，她祇有怕，那眼光正像是一只貓頭鷹躲在樹枝上向你呆看，叫人看了有些心寒。

依雯心裏在忖着這些，不自覺地走到了船頭。一陣陣晚風吹散了依雯的頭髮，依雯像洗了一個冷水臉一樣，一陣涼快透進了她的胸襟。初夏的晚霞是美麗的，像一塊美麗的花綢般掛在天邊。一團金黃色的夕陽已經有一半躲入了水平線，映在水裏黃澄澄地像一條金鍊。蒼鬱的樹木像竹籬般築在兩岸上，青青的山峯站得遠遠地和彩霞混在一起。還有那一點點在船邊飛繞的雁鳥，使人知道這不是一幅死的畫，而是眞正的大自然的景色。

依雯被這美麗的江上的風景陶醉了，她忘記了剛才的一切，她也忘記了她的身邊還有一個少年。

「陳小姐，怎麼老不說話？」那少年的聲音，打破了那船頭的寂寞。

依雯這才記起她的身邊還有一個使她兒了害怕的少年。她不能沒有回答，她祇回過頭來，對那少年笑了一笑。

「有人說旅行是一件勞苦的事，但是我認爲搭長江輪是一種享受。你看，沒有風，沒有浪，祇有那美麗的風景供你欣賞，所以我說如果把長江輪船改做一個療養院的話，每一次的航程，至少可以治好幾個人的病。」少年似乎很會說話的，一連串就說了這許多話。

依雯從這些話中，知道那少年的思想是很奇特的，但是她喜歡這種思想，因爲這些奇特的思想是聰明的。她不自禁地淡淡地一笑。

船頭的風很大，依雯感到有些冷，打了一個寒噤。那少年好像很能體貼人的，他帶着溫柔的語氣說：

「太冷了！我們走回去吧！」

依雯依着他的話，兩個人回到了那熱鬧的甲板上，依雯立刻就見到了那老頭兒正在對他們呆看着。一陣心煩，使依雯不能再在甲板上就留下去，推說頭痛，就回了艙。

依雯一進艙，把門關好，開了風扇，一倒身就躺在床上。把自己深深陷入在苦思中。

依雯是一個舞女，她曾經受過中等的教育，她曾經有過很美麗的家庭，但是到現在她却是一個舞女，她的家在漢口，在上海祇有她一個人，在那奢麗的社會裏討生已經整整二個年頭了。她是美麗的，因此，就有許多人向她追求。有的用金錢，有的用心計，然而依雯是聰明的，她能分析每一個人的心理，用最玲瓏的手段，在他們中間週旋，而自己却並沒有遭到不利。有些人因爲感覺到依雯的難以對付，就漸漸地和她疏遠了，她也沒有把這些放在心上，自有第二批人來塡上這些空缺。她永遠很和藹地對待着人，使人們覺得她可親；但是她却從不容人有什麼非念。所以在這二年中，依雯的生活是很安適地度過去了。可是她並沒有紅，因此，她也沒有錢。

在她的客人中，有一位袁先生，是一個沉默寡言的中年人，和依雯認識到現在已有一年半了，他是這樣的誠篤，他對依雯從沒有說過半句輕薄的話，永遠像一個哥哥待妹妹地看待依雯，每一次到舞場裏來，他把依雯召到自己的座側，靜靜地對依雯看着，揀一點可以談的事談談，逢到有什麼他喜歡的音樂，他就和依雯到舞池裏去蹓一番。

依雯知道袁先生待自己很好，同時她也明白袁先生是很愛她的，不過，在言語中舉動中，她却從沒見袁先生表示過。依雯常常想，如果袁先生對她有什麼表示的時候，她不知道怎樣回答的好。因爲如果用最誠實的法子來回答的話，依雯是並不愛袁先生的，但是如果這樣直爽的回答了人家，那是會叫人太傷心的。幸而，袁先生不向她表示什麼，因之，依雯也沒有爲難過。

是上兩個星期，依雯接到了一封家鄉來的信，那是她伯父寫來的，告訴她她唯一的親人，她的母親死了，要她立刻回去辦安葬的事。

這時候正是依雯最沒有錢的時候，她感到了極度的煩惱。這件事被袁先生打聽到了。

一天早晨，依雯正在屋子裏發悶的時候，袁先生來了，他的手裏拿了兩個信封。他把這兩個信封交給了依雯。在一個信封裏是一張滬漢間的來回船票，是大菜間的票子。在另一個信封裏是五千元現鈔和一本五千元的旅行支票。依雯拿着這兩個信封，呆呆地對袁先生看着，說不出一句話來。她等待着袁先生向她提出代價來，然而袁先生並沒有說什麼，他祇淡淡地一笑走了。依雯的心裏一陣感激，熱淚在眶子裏徘徊。

第二天，依雯上了船，來送行的，也祇有袁先生一個人，他對依雯說了許多衣食小心，路上保重，以及早一點回來的話。鑼聲一響，他上岸去了。依雯望着他的背影，眼淚不自禁地落了下來。從這時候起，她決定了，她決定這一次從漢口回來以後，由自己向袁先生說：「我願意嫁給你。」

依雯決定了自己的歸宿以後，她的心緒變得非常安寧了。

在漢口把父母安葬了之後，她就搭上了船回上海來。不料，在船上會碰見了這樣一個少年，使她的安寧的心緒動搖起來，她自己也不明白，一個相識才幾小時的青年會使她這樣的不安寧起來。

這一切都是爲了這些旅客們的眼光而起的，她早就看出旅客們的眼光是帶着一點羨慕的，她明白當自己和那少年在一起走的時候，一定是一件使人羨慕的事，如果她能永遠和這少年在一起走的話，那不是一件永遠使人羨慕的事嗎？

依雯要看自己美不美，那祇要用一面鏡子來照一下自己，不久，她就可以知道美與不美的答案了，然而對於這位少年呢？依雯除了在餐桌上曾經偷視了兩下之後，她始終也沒有敢看他一下，那麼要知道這位少年的英俊與否，祇好憑那些旅客們的眼光了。現在依雯從這些羨慕的眼光中，就可以推測到那少年的一切了。人們決不會對一樣不美好的東西，發出羨慕的眼光來的。依雯想到這裏，不敢再往下想了。

她的前面是一個很清晰的少年的英俊的影子。因爲清晰了那少年，她就模糊了袁先生。突然，她想明白了，這是一件缺乏理智的事，她的痴想是錯誤的，一個相識才幾小時的少年是不足信的。所以她又有了新決定了。

她決定要避開這少年，她自己明白這個少年是不能常見的，多見一次面，就會多一份煩惱的。她打定主意從明天起，她要把自己關在艙裏，一直到船到上海爲止。

第一晚，她總算安寧地睡了。

第二天，她果然照着這辦法做去，早餐，午餐，她都叫侍役送進艙裏來吃。一個人躺在床上翻閱着小說解悶。因爲睡在床上，她就睡過去了。是下午吃茶的時候了，依雯醒了過來，食堂裏傳來了一陣「青烟罩上你的眼睛」的曲子，她略略地感到有些心跳，她自己也不懂爲什麼這個曲子會有這樣大的魔力。

侍役送進來午茶，在盆子下面，依雯發現了一封信。信裏面寫着聊聊幾行字：——

「一天沒見你出艙來，我在你窗外來回了兩三次，我不知道你在裏面做些什麼。是昨晚上船頭上風太大使你受了寒呢？還是爲了艙外太鬧沒有艙內清靜？盼覆　　沈耕莘」

雖說是聊聊幾行字，然而依雯却看了兩三遍，還不知道那裏面在講些什麼。祇有那一個名字却很明顯地印入了她的腦際。在最後一遍中，她才看清楚那裏面在講些什麼。她爲了要克制自己，所以把這封信往枕下一塞，當然決不會寫一封回信的。不過，無論如何，她的腦際已經深深地印上了這幾個字，再也不能使它模糊下去。

這能不能算是一封情書呢？如果不是情書的話，爲什麼那字裏行間却流露出一片使依雯感動的熱情呢？如果這是情書，那麼，無疑的，那少年也是在愛着依雯了。依雯不知道怎樣的好。

她勉強地吃完了茶，她又把那封信從枕下摸出來看了。她要分別出這究竟是情書還是不是情書。依雯看了半天，她明白了。這一切都是要由自己來取決的，如果自己對他有情的話，讀了這幾行聊聊的字，自會有一種熱情灌漑到你的心房裏去，那麼，這封信就是一封情書。如果自己對他無情的話，讀了這封信，僅僅乎感到一種可感的友情，那麼，這封信就不是一封情書。這不是取決於寫信人的動機，而是應該由收信人體味的。依雯笑了，她明白自己是錯誤了，這決不是一封情書，這一定是一封普通的函件。因爲收信人決不能同一個相識才二天的發信人有情的。

她這樣決定了以後，她把一切都弄明白了。耕莘是她的朋友，而不是她的情人。她何苦一定要躲在艙裏呢！所以在吃晚飯的時候，她又來到了食堂。

她一進食堂，就看見耕莘很快樂地向她走來，也許太興奮的緣故。他撞倒了一只椅子，頓時引起了全食堂人的注意，依雯一眼就看見那老頭兒的可怕的眼光，一陣心煩使她的臉紅了起來。在餐時，她一句話也沒有講，吃完飯，一個人就回進了艙裏。

她躺在床上煩着心，她的腦際是那聊聊幾行的信，她的眼前是耕莘看見她時候的快樂的笑容，像這樣的信，像這樣的笑容，都是太使人刺激了。她不知道怎麼樣的好。她煩極。

艙外傳來了幾聲清越的鐘聲，告訴她，那已是午夜了，然而她的心却還是煩着。

二

第二天早晨，依雯醒來得很遲，陽光從那圓窗裏直射進來，艙裏悶熱得厲害。依雯聽見嘈雜的人聲從艙外傳了進來，她感到有些詫異，從床上起來，走到窗上一看，她才知道船正並在碼頭上，沒有駛行。她知道這是九江，上次她到漢口去的時候，她就想上去玩玩，但是因爲每天下了雨，上去有許多不便，就中止了這個計劃。現在，她不願再失去這個機會，就按鈴叫侍役進來。侍役進來了，告訴她船在九江有四個小時的躭留，船剛停不久；要上去玩，時間是很充裕的。於是依雯就吩咐他到岸上去雇好一頂轎子，自己就很快地梳洗起來。

依雯下了船，走過了許多擺瓷器的攤子，擠出了擁擠的人羣，上了轎。她吩咐轎夫找風景秀麗的地方抬去。這時候的依雯是快樂的，早就忘去了昨天這些煩燥的事了。

不久，轎夫就把依雯抬到一座小山上去了，狹長的山道，像一條白的帶子般放在依雯的眼前，兩旁的蒼翠的樹木像牆般築在兩邊，依雯在轎上，隨手採取了一條樹枝，拿在手裏把玩着。她數着那遠遠的山峯，她又望着那一朶朶白雲，她把自己整個兒浸浴在美麗的風景裏面了。

轎子慢慢地向上抬，轉了一個灣。轎子的前面正有一個少年在走，依雯一眼就認識他是耕莘，她的心裏感到一陣跳躍。

「陳小姐！上那兒去？」耕莘也已經看見了依雯，立停了足等轎子行近他的身邊。

「隨便在山上玩！」依雯這一次的回答是很完善的，因爲這裏沒有那些可怕的眼光。

「我是到山上那所白色的小洋房裏面去看我外祖母去的。」耕莘指着前面說，一面跟着轎子在前面走。

依雯跟着他的手指看去，果然有一幢白色的房子在山上，在那蒼翠的樹木的包圍之下，那所屋子顯得更潔白無瑕了。

「陳小姐，也進去坐一回兒吧！」耕莘跟在轎後說。

「不，怪不好意思。」依雯在烈日下已經晒了快一小時了，能找一所房子去息息，當然是一件需要的事，但是這好像太不好意思了。

「我外祖母最喜歡年輕的人去看她，來！把轎子停下來，我們走一段吧！」耕莘似乎已經察知了依雯的意思，竟然強自做主要轎子停來。

依雯來不及阻止，轎夫好像很聽耕莘指揮般地已經把轎子放下來了。依雯不便再固執，對着耕莘微笑的臉看了一看，下了轎。兩個人沒有走幾步路，就到了那房子下面的石級，那石級大概有三四十級，耕莘扶着依雯走上石級來。

在這一段路中，依雯從莘耕的口內，知道這所房子是他外祖父在九江做事的時候蓋下的，後來他外祖父死了，他外祖母不願意離開這所屋子，繼續在這裏住下去。他舅父在漢口，曾經幾次請母親回鄉去，但是都被拒絕了。他外祖母說：「我活一天，就在這裏住一天，因爲這是他（指外祖父）造給我住的。」現在這所屋子裏祗有一個外祖母和她的老傭人嚴媽。舅父把它當做別墅，夏天到這裏來住上五天十天，其餘的時間，就祗剩兩個老婦人住着。耕莘是他外祖父母最疼愛的孩子，所以，小時候常常跟着外祖母住在這裏，現在，每逢他來往滬漢間，途經九江的時候，一定要到這裏來探望她老人家一次。

兩個人已經走到了那所矮矮的鐵柵門外。耕莘很熟練地爬上了一擋鐵柵，把手伸越過去，拉開了門閂然後跳了下來，輕輕地把門一推，門就開了。

依雯看得呆了，她沒見到一頭門可以從外面開進去的。

「爲什麼不按門鈴？」依雯驚奇地說。

「那太麻煩了。」耕莘若無其事地說着，已經走進了那門。依雯一面在體味耕莘這一種若無其事的漂亮的神情，一面進了門。耕莘隨手把門帶上了。

門內是一個圓圓的園子，園子內種着許多花朵，牽牛花的藤已經爬得高高的了，祗是花還沒有開。

園子的後面，就有三間西式的平房，靜靜地沒有半點人聲。耕莘走進了屋子，不久，就回了出來。

「姥姥沒在裏邊，大概到佛堂裏去了。」耕莘一面說，一面向後面走去，依雯莫明其妙地跟了過去。

後面也是一間平屋，不過窗子造得比前面的高。當中的門是雕刻的，漆得紅亮亮地顯得非常尊嚴，耕莘輕輕地把門推開，對依雯做了一個手勢，兩個人走進了這屋子。

這是一個佛堂，當中是一個佛龕，它的前面是一只香几，几的右手另外有一只小小的桌子，上面放着一只木魚。几的下面有兩個蒲團，此外就沒有旁的東西，地是用磚鋪成的，每方磚大概有二尺寬三尺長。當中有一盞油燈，裏面有一根燈心在發出火光。每一樣東西是這樣的清潔，甚至那地上的磚石，也好像沒有半點塵垢似地。

陽光從窗上射進來，射在那香几上白銅的燭台，反射出一條一條的亮光，配着那一縷縷從香爐內冒出的檀香的烟，顯得這屋子非常的神聖。這時候一個老婦人正在香几前面默默地誦着經，她那像銀絲般的白髮和那大紅的桌幃相映一起，色彩非常的鮮豔。她的身上披了一件袈裟，手裏拿着一串念珠，背朝着依雯和耕莘，專心地在那裏做她的禮拜。

依雯被這靜寂的空氣呆住了，她望着這神聖的環境，自然而然地把身體靠近了耕莘。這不是怕，這是一種靈感，當每個少年人走進這種地方的時候，她們受了環境的感應，很自然地會連在一起的，這時候，他們忘去了虛僞，欺詐，一切的不良的惡念。他們祗有一顆赤誠的良心，對於任何在一起的人自然會親愛起來。現在的依雯和耕莘就是有了這種靈感。

外祖母把經念完了，她脫下了袈裟，把念珠理了一理，很高興地向耕莘走來。

「姥姥！」耕莘很親熱地叫着，他還把依雯拖到了外祖母的身邊。

「這是我的外祖母，這是陳小姐」耕莘把依雯介紹給外祖母。

外祖母正像耕莘說的，是一個好客的婦人。她是這樣的仁慈客氣，她緊緊地拉着依雯的手說：「耕莘，恭喜你，她眞好看極了。你信裏面說，你不喜歡她，我知道你全是在騙我！」

「姥姥，你弄錯了，這位是陳小姐，那位是林小姐。」耕莘很着急地在那裏辯白。

可是外祖母却沒有聽見這些，她拉着依雯向外走。依雯知道耕莘在着急，回過頭來，對耕莘笑了一笑，這才把焦急的耕莘安靜了下去。

依雯跟着外祖母走進了前面的平屋的中間一間，那是一間佈置得很雅緻的西式會客室，花瓶裏還插着鮮豔的花。最使依雯高興的，是那由中國漆漆成的光滑的地板，顏色是紅得這樣的好看，上面再舖上了金黃色的地毯，那間屋子就已經夠富麗的了。依雯在欣賞着這屋子，耕莘和外祖母正在談些家事。他們結束了那些無關重要的話以後，外祖母就拿了一本照相簿送到了依雯的手裏。

「這是他外祖父親自剪貼的照相簿，裏面的照片要算耕莘的最多。」外祖母說着，隨手翻到了一張耕莘小時候哭啼的照片給依雯看，依雯笑了，外祖母也笑了，祇有耕莘窘在角上怪不好意思地。

從外祖母的口中，依雯又知道了許多耕莘小時候頑皮的事。這些事，在別人聽來，也許對於耕莘會起一種憎惡的反感的，然而在依雯，這時候的依雯，聽起來却很津津有味，她斜眼望了一望耕莘，她笑了，她覺得這一個少年，好像還天眞爛漫地在她前面頑皮着。

耕莘有許多兄弟姊妹，但是他父母最不喜歡的却是他，因為他實在太頑皮了。可是他的好動的外祖父母却最喜歡他，因此，常常把他留在外祖家裏。這就是耕莘特別和外祖母親愛的原因。

自從依雯跟着耕莘到外祖母家裏來了以後，她對他已沒有了生疏，反之，那情感增加得非常快，第一，在那佛堂裏，她先有一種神聖的靈感知道這青年是可愛的。第二，在外祖母口中，知道了許多耕莘兒時的頑皮史之後，她又對他增加了一番認識，因之而增加了一番情感。所以，現在，依雯早就忘去了在船上顧慮的一切了。

耕莘見他外祖母專說他的壞話，他沒知道這種壞話會收這樣美滿的效果，扮了很不高興的臉色，怪他的外祖母說：「姥姥，您究竟要把我說成什麼樣子，您才痛快。」

耕莘說着，走到一幅油畫下面站定了。外祖母果然不再說耕莘壞話了。她見耕莘走到了那幅油畫下面，她就問耕莘說：

「耕莘，最近你畫什麼畫了沒有？」

「畫了這個以後」耕莘指着壁上的油畫說：「就沒有畫過。」

「原來你還是一個畫家，」依雯很自然地吐露了這句話，一面就走到了那幅畫的旁邊，對着畫看。

畫裏面是一個花園，各色的鮮花正開滿在每一角上，有一對老年男女正含着笑臉在花旁工作着，一個拿了一柄澆水壺在澆水，一個拿了柄剪刀在剪敗葉。襯景是蔚藍的天空，帶上半輪旭日，遠遠地還有幾座青山。不過，已經模糊得看不出什麼來。

依雯被這幅充滿快樂氣氛的畫陶醉了。

「這是耕莘畫的，那裏邊的老婦人是我，那老先生是他外祖父，這是在他外祖父去世以後畫的，要不然的話，他外祖父不知道要怎樣高興呢！」外祖母說着，剛才說笑的情緒換上了嚴肅的神色。

耕莘有一種很强的記憶力，他能把每一樣見過的東西深深地印在腦際，然後憑着記憶，把它畫出來，這一幅畫，並不是寫生，也是憑着他的理想畫的，祗要看那畫裏面的老婦人這樣像外祖母，那老先生也一定會像外祖父的。當依雯知道耕莘用記憶畫畫的時候，她那烏黑的眸子睜得大大的，對着耕莘很奇怪地看了半天，帶着驚奇的口吻說：——

「你是怎麼樣畫的？」

「我就憑着我的記憶畫的，如果陳小姐能讓我靜靜地看上一個小時的話，也許我也能回去畫一個陳小姐的人像。」耕莘說着，依雯覺得耕莘的眼睛裏又在發射熱力了。同時在她的心底，她又在覺得那站在她前面的少年實在太聰明了。

這時候嚴媽從外面採了一籃子茄子進來，看見了耕莘，也和外祖母一樣的高興。外祖母知道耕莘喜歡吃麥粉汆茄子，就叫嚴媽快去汆來。耕莘一點兒也不謙遜，催着嚴媽快一點去汆來。

外祖母趁這時候陪着依雯到他臥室裏去坐了一回，又到那右邊的客室裏去看了一看。耕莘跟在後邊，專等外祖母說話有什麼說錯的地方頑皮地和外祖母取笑。三個人融洽地渡過了好些時。

嚴媽的茄子汆好了。耕莘沒等外祖母請入席，就拿起筷來箝了一個往口裏送，外祖母說他沒有禮貌，耕莘祗頑皮地笑了一笑。

「陳小……啊…我最不耐煩稱呼人，最好你告訴我，她叫什麽名字？」外祖母在問耕莘依雯叫什麽名字，這是耕莘也不知道的，耕莘很爲難地對着依雯看着。

「姥姥，我叫依雯！」依雯不但替耕莘解了圍，而且還把外祖母叫做了姥姥。耕莘心裏暗暗感到了一陣喜悅。

「依雯！好一個文雅的名字！」外祖母仿着京戲裏的口吻說。

「依雯！」耕莘一面吃茄子，一面說：「你知道姥姥叫什麽？我告訴你好不好？叫荷香！荷花的荷！香氣的香。我外祖父還有詩呢！」

「這孩子！」外祖母的老臉上飛上了一層淡淡的紅光，伸起了左手向耕莘打來，依雯眼快，看見外祖母的手上戴了一只象牙手鐲，色澤白潔，雕刻細膩。

「姥姥，你這只手鐲多美！」依雯自然地讚美起來。

「啊！」外祖母被依雯的話呆住了，她的手立刻放了下來，她輕輕地撫摸着那只象牙鐲，陷進了沉思。慢慢地說：「這是他外祖父去世前最後一次的出門從福建帶回來送給我的。」她說着，看了一看自己的手腕再繼續說：「可惜我老了，這樣美的東西是不應該戴在這樣枯瘦的手上的，這是應該戴在像你們年輕人的手腕上的。」她很感慨地說着，她輕輕地把這鐲子往手背外面推，突然，她停止了，她又把鐲子恢復到舊處，很神祕地對着依雯望了一望。

屋子裏的歡樂的氣氛暫時停頓了。嚴媽送手巾進來，這才把屋子裏的靜寂打破了。

轎夫到門外來催上船，耕莘和依雯立起來向外祖母告辭。外祖母送他們到了鐵門口。

「別忘了告訴我，你們的好日子，」外祖母執住了依雯的手說。這個老婦人到現在還沒有弄清楚，依雯不是那位林小姐。

「姥姥，她是陳小姐，不是林小姐，」耕莘縐着眉在那裏辨白，依雯先向石級下面走了。奇怪，她並沒有怪那個老婦人的錯誤，反之，她覺得這個老婦人的一舉一動都是太感人了。

隱約，依雯聽見外祖母在對耕莘說：

「耕莘，你是幸運的，她是一個美麗的女子，你要好好的看護着她，姥姥的眼光不會錯的。」依雯知道姥姥始終還是不肯聽耕莘的話。

依雯走到石級的最下一級了。耕莘也從上面趕了下來。突然，她聽見那老婦人在說：——

「依雯！別忘了來看我！」

這很簡單的幾個字，深深地打動了依雯，依雯是個飄泊異鄉的孤女，久久沒有感受到慈母之愛了，現在，她的耳邊傳入了這一聲呼喚，她的心裏立刻感受到一種說不出的感覺，立刻，她回過身來，她奔上了石級，走近了老婦人的前面，用帶着眼淚的眼瞧着老婦人說。

「姥姥，我一定來的！我一定來的！」

老婦人舉起手來拭去依雯的淚，依雯的淚落在象牙鐲上。

三

自從這一次上船之後，依雯再不怕那些旅客們的眼光了，她覺得這些眼光中已沒有了什麼可怕的成份，她發現這些目光祇有單純的羨慕和妬忌。

她不再像從前這樣沉默，她常常和耕莘在欄杆旁笑語着，有時她和耕莘在食堂裏彈琴唱歌，歡笑充滿了兩人的心靈。

她把袁先生告訴過耕莘，她在耕莘前面坦白地承認不愛袁先生。耕莘也把林小姐告訴依雯，他告訴她，林小姐和他是世交，林小姐的父親幾次寫信給他的父親要把林小姐配給他，但是他是不贊同這件婚事的。

從二人的口氣中，彼此雖沒有說你我相愛的話，可是間接地，却已經很坦白地表白了二人的心跡。

航程是在快樂的氣氛中過去了。是船進吳淞口的晚上，二人並立在船頭上。夜霧罩在洋面上空氣很不清爽，一聲聲的汽笛不斷地放出來，打破這靜寂的環境。依雯拉住了一艘救生艇的船邊立着向外面看。耕莘抽着煙捲站在她身邊也是默不作聲。別離的滋味在未別離前已經湧上了二人的心頭。

「怎麼辦呢？」像一個無用的懦怯者，依雯發出了這樣的哀鳴。

半響沒有回音。

「到了！明天要到了！」是依雯焦急的口吻。

「依雯！我有一個計劃。」耕莘的口氣是很肯定的。依雯知道耕莘常常有別具心裁的計劃的，她走近了耕莘一步，她要聽耕莘講下去。

「依雯，如果現在我們倆就結合，那是會被人說話的，你是一個舞女，我是一個少爺，知道你的人會說依雯嫁了一個大少爺去了，知道我的人會說耕莘討了一個舞女來了。這一種人言是可怕的，他在我們的結合之初，就種下了一個很壞很壞的種子，那是不會有好果子結出來的。現在，我們要去掉這些人言，就得先改造自身，一個大少爺和一個舞女都是一樣的東西，都是社會的寄生蟲，我靠父母來養活我，你靠富人們來養活你，這些都是可恥的，我們應該各人有各人的手，我們應該各人找各人的工作去做，用自己的力量來養活自己。我們以五個月爲期，在這五個月中，我們兩人各人爲各人的工作努力吃苦，把自己磨練成一個自立的青年，在這五個月中，我們彼此不許見到，各人專心地爲各人的事業奮鬥。我們到雙十節作爲我們的限期，在這一天的下午四點鐘，我們約好一個地方碰面，到這個時候，我們可以訴說這五個月來各人的遭遇，我們已經不是社會的寄生蟲，我們已經是一個新青年，這時候我們再約結婚的日子，你說這個辦法怎麼樣？」

依雯靜靜地聽着耕莘把這一段話講完，她的情緒也熱烈起來。

「這五個月中，我們彼此不許見面，彼此不許通信，誰也不打聽誰的消息，祗是爲工作而努力！」依雯照着耕莘的意思念着這樣一句，覺得這是新奇的，有趣的。不失耕莘的一貫作風。

「你不贊成？」耕莘問。

「贊成。這是不是一個約？」

「對！一個約！」

「那末，我們雙十節在什麼地方碰面？」

「國際飯店的屋頂！」

「國際飯店的屋頂！」

兩個人興奮得要跳躍起來了。水在那裏奔濤，正象徵着兩人的這時候的情緒。

「如果我們之間有一個人沒有來，那麼一定有一個充分的理由。」耕莘望着水面，補充了這樣一句。他不懂爲什麼要補上這樣一句，但是，他補上了。

依雯默默地隨着他唸了這樣一句，她的心裏這時候有些懊悔答應這個約了，那是因爲五個月太長的關係。五個月中要兩人音息不通地過去，實在是件太叫人顧慮的事了。但是現在她却不便開口了。

耕莘呢！也在感到五個月太長了，他懊恨自己太重理想，不講實際了，但是主意是自己的，好意思把它推翻嗎？

迷霧籠住在船頭上，二人癡癡地相對望着，別離的苦味，淡淡地引上了二人的喉間。是苦的，還是酸的，可就分別不清了。

船到上海了，袁先生很早地就在碼頭上等候船到。

依雯見到了袁先生，她心裏有一種說不出的感覺，像是歉意，又像是慚愧，她祗默默地不說一句話。

袁先生却很高興地對着她看了半天。

「依雯！你好像胖了！」

「唔！」

「依雯！你把什麼事都辦妥了嗎？」

「我們上岸吧！」

袁先生對依雯看了一看，提起了依雯的皮箱下了船。

在汽車中，依雯還是默默無聲，袁先生也不說一句話，國際飯店在車窗中很快地溜過去了。依雯發出了癡想。她的腦際立刻映出了耕莘英俊的神態。

袁先生當然不會知道她在想什麼。

依雯回到了自已住的那間公寓裏，袁先生幫着她把箱匣等搬進了房。自從碰面到現在，他們僅僅交談了幾句話，到現在止，兩個人始終緘默着。袁先生要走了。他拿起帽子，向室外走去，回過頭來，對依雯說：

「你休息休息吧！舞場裏過幾天再去銷假，明天我來看你。」

「不，你再坐一會兒，」依雯立起來挽留袁先生，臉上的神色很正經。

「有什麼事嗎？依雯，我看你好像有什麼心事。」

依雯知道這是應該對他說明的時候了，她走近了袁先生一步說：

「袁先生，你待我的好處我都知道，我本來打算這一次從漢口回來，我要對你說一句話的，可是現在這句話我不能說了。我們今生是做定朋友了。」

袁先生從她的眼睛中，知道她的話是什麼意思，他呆呆地聽着她的話，不敢打斷。依雯繼續在說：

「因爲我在船上碰見了一個人！」依雯的頭低下去了，至少，這是一件抱憾的事，在一個相識二年的老友前面，公然把一個相識才五天的朋友介紹了出來。

「你不必往下說了，我明白你的話。」袁先生很鎮定地說：「我要向你道賀了。」

依雯奇怪袁先生的話會這樣的自然。這時候袁先生坐下來了。他很誠懇地再繼續他的話。

「依雯，我承認我是深愛你的，不過，我是一個已婚的人，我不能再要你做我的永久的伴侶。如果你能得到一個好的歸宿，我也心安了。我祗有替你們祝福，我決不會妬忌的。」袁先生說到這裏，淡淡地笑了一笑。「希望我能上你們家裏來玩。依雯，告訴我，他是一個怎麼樣的人，我們幾時碰碰面成不成？」

依雯把頭抬起來了，她看見袁先生正在對她望着，樣子非常的誠篤。

「現在不成。」

「那麼，你能告訴我他的職業？」

「也不成。因爲我也不知道。」

「他住在什麼地方？」

「那我也不知道。」

袁先生很奇怪地對依雯看看，他還以爲依雯在保守祕密，他也不再追問下去。

「袁先生，我還要求你一件事。」

「什麼？」

「我想不做舞女，我要找一件職業，一件淸高的職業。」

袁先生從這句話裏聽出依雯是在向上，而向上的原動力，一定是那個來歷不明的人。從這些向上意識中，他推測起來，這個人一定也是一個向上的人，他的心安慰了一半。

「可以，不過，一件淸高的職業，是要用耐苦的精神去幹的。」

「我情願吃苦。」

這樣結束了他們的談話。

沒有幾天，袁先生把依雯薦到一家小學校裏擔任一個暑期學校的教員，這是一個規模很大的小學校，所以教員的待遇尚稱優厚。依雯曾經在師範中學裏念過書。這一個職業，暫時安停了依雯。

耕莘一到上海，就央朋友把他薦進一家銀行裏去當一個記帳員。每天坐在那寫字檯旁工作着，把個好動的耕莘緊緊地束縛起來。他並不願意擔任這種職業，但是一時又不能找其他的職業，祇好這樣屈就下來。

耕莘過去是流浪在歌台舞榭間的花花公子，現在，當然不再去過這一種靡爛的生活。他買了一副畫具，每逢公餘，他就拿作畫來消遣。

有一個星期六下午，耕莘帶了他的畫具到公園裏去。這已經是快黃昏的時候了。夏季的晚霞是很富有畫意的。他就對着一座禮拜堂的屋頂做起畫來。

「畫得眞好！」耕莘的身旁忽然有一個人在說話。耕莘回過頭來，見到了一個禿頂的中年人，高高的身材，穿着一套半新不舊的西裝，樣子倒很和藹的。耕莘就對他笑了一笑。

「先生，你畫了幾年了。」

「談不上，畫着玩的。」

「你的作品有沒有展覽過？」

耕莘祇搖了一搖頭。

「很冒昧的，」那人一面說，一面遞過一張名片來。「容我介紹我自己，我是一個油畫的經理人，先生的作品是我這幾年來很少見的，實在叫人欽佩。」

耕莘看了看名片，知道那個人叫顧企棠。

「先生不是一個職業畫家？」

「不，我是一個銀行的小職員」耕莘覺得這位顧先生的態度很和藹，在這寂寞的公園中能找到這樣一個人談談，也未始不是一件好事，好在自己的稿子也已經打好了。

「先生尊姓？」

「沈耕莘是我的名字。」

「沈先生對於現在的職業是否感到興趣？」

耕莘不知所答，祇能搖搖頭。

「那麽，我有一個建議，不知道沈先生以爲怎麽樣？先生是一個充滿天才的畫家，何不拿作畫來當作職業，把自己喜歡的事，來當作職業，不是一舉兩得的事嗎？」

「不過……」

「現在就可以和你說定，你把你的作品全歸我去經售，每一張畫我付你錢。如果一時我們不能談妥的話，明天我們可以再談談，訂立一個合同。」

耕莘對於顧先生的建議是贊同。於是在第二天訂立了合同，在第三天耕莘就向銀行辭了職。從此，他把作畫當作了職業。

依雯的生活方式也改變了，她整天和一羣天眞無邪的孩子們混着。除了教育孩子以外，自己也知道修養自己。不斷地看了許多書。在智識方面她增進了許多。以前她是一個過慣夜生活的人，遲眠晏起，是不足爲奇的事。而現在却養成了早睡早起的習慣，在健康方面她也有了長進。

不過，她也有一件苦悶的事，這就是每當她想到耕莘的時候。她常常會一個人默默地坐着，望着朵朵的白雲出着神；她在腦際搜集着一切美麗的回憶。在她的臉上，人們時常可以找到微笑，同事們有幾個多事的，常常會來問她爲什麽這樣快樂的理由，依雯當然不肯說，而同事們就用許多猜想來推測，依雯也讓她們去。自己一個人又走到樹旁去望天邊的白雲了。

暑期學校和秋季開學的中間，有一星期的休息，依雯比較空閑了許多，但是這些空閑使依雯非常煩惱，因爲有多的空閑，她就會多想到耕莘。她覺得這五個月實在太難過了，她覺得一天的光陰，實在過得太慢，從早晨到黃昏，不知怕有多少長。可是她每每想到雙十節那天兩人重逢時候的樂趣，她就把一切都忘了，她的微笑又現在她的臉上了。不過，她的微笑常常會很快地逝去，因爲她有一種恐懼，每當這一種恐懼襲擊她的心靈的時候，她的微笑就沒有了。那就是她想到雙十節那天如果耕莘不來赴約的話，那不是把一切美麗的夢境都打碎了嗎？她想到這裏，就不敢再往下想了。隨手就拿過一本書來看，將自己的思想都移到書上去，這樣才安靜了她的心靈。

秋風一起，依雯覺得有些寒，立刻她就想到耕莘會不會寒。她去買了一些絨線，背着人在織一件男人穿的背心。她從來也沒有做過手紅，過去，她是不肯學這些的，現在，她却自己織起絨線來了，這在她是生疏的。所以一針一針地像蝸牛上竿般做得很慢，可是她却不覺得這些麻煩，常常一個人做到深晚，她預算到雙十節那天，這件東西一定可以完成了。

有一次，依雯和幾個同事到公園裏去玩，在一個樹林旁邊，她看見一個男人的背影，是這樣的像耕莘。當依雯看見的時候，她的心跳頓時加快起來。她離開了同事，很快地向那男人奔去，可是突然，她又立停了。這是違反諾言的，如果現在和他碰了面是一件違反諾言的事，不特是違反，而且是破壞。這會減輕他們雙十節重逢的意義的。耕莘一定會不贊成的。於是她立刻回到身來，仍舊走入了同事的一羣。

「你幹什麼呀？」有一位同事很驚詫地問她。

「沒有什麼，我像是丟了手絹兒，却不料手絹在我的皮包裏。」依雯信口雌黃地說了一番。

依雯爲了要克制相思，爲了要履行諾言，她常常會擺脫了事實去求理想。這理想永遠是這樣美麗。夏天是這樣，初秋也是這樣，並沒有爲了樹上飄下了落葉，就改動了依雯的燦爛的理想。

耕莘也是陷在相思寨裏的可憐蟲，他現在是一個畫家了，他沒有一定的工作時間，他於是比依雯更容易想到心上人。他常常會用一支畫筆在一張紙上畫出了依雯來。但是是不是爲了見面的時間太短，耕莘還沒有把依雯牢記在心頭，所以常常覺得畫得不像？還是爲了自己的心緒不寧，不能把她畫像？所以這些畫紙都被拋入了廢紙簍裏。

每逢耕莘完成了一幅畫，交顧企棠帶走之後，耕莘一定要休息幾天，那是當他工作緊張感到疲倦的時候，自己許的心願。可是到了休息的時間，他就感到那些休息是不必的，第一，空閑的時候一多，就想出去玩，即使不像以前那樣花天酒地，自己一個人到一家靜靜的飯館裏去吃些東西，那筆費用不小，而且一人獨嚼，又有什麼意思。第二，一空閑他就要想到依雯，而這些相思是苦悶的，所以當一幅畫畫成以後，他就立刻去找第二幅畫的材料。現在他的畫銷路還不錯，於是耕莘在這些日子中很積了幾個錢。

要耕莘絕對不想依雯，這是絕對不可能的事。有一次，他去赴一個朋友的婚宴，他眼見一對新人快樂的神情，他就立刻想到自己和依雯來，他正想立刻去找依雯，兩人換了禮服，也舉行婚禮。但是上海是這樣大，他到那裏去找呢？依雯曾經告訴過他，她是在什麼舞廳裏做舞女的，於是他就到那家舞廳去，卽使依雯現在不再做舞女了，經理們也許會知道她在那裏的，但是當他趕到舞廳門前的時候，他突然停止了。他不能進去，他有一個約在先，現在去找他，無疑的是在破壞兩人間的約。依雯會把自己看做一個意志不堅定的青年的。所以他還是回到了家裏，雖然在途中，他懊悔自己爲什麼要訂立這樣一個約，他又懊悔自己爲什麼要堅守這個約，但是，當他走進家裏，看見一幅尙未完成的畫的時候，他把一切都忘記了。這幅畫是「夜霧中的國際飯店」，他的心頭，立刻湧起一陣甜蜜的滋味。

這樣，時間一天一天地過去，終於到了雙十節。

五

雙十節，正是天高氣爽的時節，陽光燦爛，每一件事物看上去，都帶上一點朝氣。今天爲了學校放假，全屋子靜靜地沒有半點聲息。依雯很早就醒來，事實上她昨晚上就沒有好睡過，她一想到明天能和闊別了五個月的耕莘碰面，她再也不能安靜下去。她把明天要穿的衣服，已經幾次三番地看過，覺得穿了這件衣服去赴約，一定不會叫耕莘失望的。她又把明天應說的話，在心裏忖着。她要告訴他幾件學校裏的事，從這些事上，耕莘可以知道她是一個肯努力肯吃苦，又是很能幹的女子。她要用一種巧妙的辭令去告訴耕莘，她是怎麼惦記着他，她還預備了問題來問耕莘的一切。希望耕莘也已經成了一個自食其力，肯努力，肯奮鬥的青年。還有，她那件織成的絨線背心，在昨天她就完了功，今天已經用熨斗把它燙得非常服貼，她把它用一張淨潔的紙包好，包得四平八穩地，安放在自己明天要穿的衣服，鞋子，大衣一起。

但是現在還祇有上午，距離約會的時間，還有六個小時，他們約好是下午四時碰面的，於是她開始徬徨起來，她不知道用什麼來消遣這六個小時。以前她以爲五個月是太長了，而今天呢，她以爲這六個小時比較五個月還要長，還要過得慢。

一等吃完中飯，她就開始梳妝起來，她把自己安坐在鏡前，把面部的每一部份都細細地瞧着，她已經好久沒有這樣梳妝過，幸而今天學校放假，同事們都早走了，要不然的話，准會有許多同事跑來問長問短。

快近三點半了，依雯已經把衣服鞋子穿好，在鏡前自己對自己看過了不知多少次，自己對於這鏡中人也有些陶醉了。她把皮包還有那包絨線背心挾在肩下，走出了校門。門役帶着羨慕的眼光向她鞠了一個躬，依雯含着羞，對着他笑笑，她也不知道今天爲什麼要害起羞來。

爲了今天是假期，馬路上的人跡特別多，電車裏更擁擠得不堪，依雯怕人踏汚了她的鞋子，或者擠縐了她的衣服，就一個人慢慢地向國際飯店走。

她已經走近馬霍路了，跑馬廳的大鐘正指着四時，她開始着急起來，遲了，她怕耕莘會在那裏發急，足步就加快起來，她抬高了頭望着那巍峨的國際飯店屋頂，她希望能見到一點黑點，這黑點一定就是耕莘，可是她沒有見到什麼。她昂着頭向前走，突然她的身邊發生了一個尖銳的聲音，一輛汽車從後面衝了過來，她來不及避開，她頓時昏厥了過去。

依雯是被汽車撞倒在地上了，她倒臥在地上，血從她的足踝上奔了出來，頓時馬路上發生了騷動，沒有多久，一輛救護車很快地趕到，把依雯抬上了車子，車開走了。

這時候，國際飯店的屋頂上，正有一個青年在那裏徘徊，他的手裏握着一束鮮花，常常到屋邊上向下看看。又回到那屋頂上，慢慢地走着，今天他身上穿了件新製的西裝，衣履非常的整齊，臉上永遠堆着笑容。口裏吹着口嘯，一種快樂興奮的神情很顯明地顯露在外面。他就是耕莘，耕莘在三點半就到這裏，他想讓依雯一個人在那屋頂上等是件不妥的事，所以他很早就來了。

時間一分一分地過去，和約定的時間已經相差一個小時了，金黃色的夕陽在西邊照耀着，淡淡的月亮已經升上來了。耕莘再沒有初來時這樣鎮定了。他開始有些不安起來。「為什麼呢？」「依雯是忘了約了嗎？」一連串的疑問湧上了他的心頭。然而他還相信依雯會來的，所以癡癡地還在那裏等，不過，臉上已沒有了笑容。

又過去了一個鐘點，天色已經有些陰暗，他手裏的鮮花也有些萎謝了。耕莘知道依雯不會來了，他相信她不會忘記約的，不過，她不來赴約罷了。很明顯的，依雯是不記得自己了，大概她已經另外找到情人了。算了吧！女人本來是水性楊花的多。

耕莘恨恨地，離開了國際飯店，他把頭低得很下，他怕見每一個人的眼光，一個從戀愛戰場裏打敗的將士，是不會有光榮的。他走着走着，忽然發現了手中的那束已枯的花。他把它使勁地拋在地上走了。

鮮花散在地上，那方地上，還有幾點二小時前留下的血跡，花着了血，紅得發紫了，然而却沒有人來注意這些。

六

在深晚，醫院裏靜靜地沒有半點人聲，祇有値夜的看護士在那裏踱來踱去。

依雯醒過來了，她不知道現在睡的是什麼地方，她把眼睛睜大開來，這才看清楚這是一個醫院的病房。同病房的病人，有的已經入了睡鄉，有的却還低低地呻吟着。這是一間三等病房，寬大的房中，大約有十只床舖，分列兩排，半明不暗的燈光，把這淒涼的一角，照得更冷寂更慘黯。

依雯覺得自己的身體，好像被一種東西綁住了一樣，不能動搖，左足下部，更有一種難忍的苦痛，她在先還以爲人家束縛了她的自由，正是她預備發問的時候，她明白了，她記起了剛才馬路上的一刹那。

一陣驚惶，使她的理智清楚了不少，她知道自己一定受了傷，非常嚴重的傷。

同時，她立刻就想到國際屋頂上等着她的耕莘，她應該立刻下床赴約去，可是她的身體却被綳帶，紗布，木夾，四面綑綁起來，她不能夠移動。

這時候，一位看護士，走過她的床邊，依雯像在沙漠上見到了水一般，很親熱地把她請了過來，她預備從她的口中打聽自己的一切。

「小姐，請您把我的綳帶，紗布放鬆了，我要回去！」

「安靜一點，小姐，你的足受了傷，現在，你是絕對不能動的。」

「可是小姐，我有人等着我！」

「那末，請你告訴我等你的是誰？是不是你家裏的人？我們剛才在你的皮包裏也找不到什麼東西，你能告訴我最好了！」看護士從袋內拿出了一張白紙，預備用筆寫錄她的話。

「我沒有家，等我的也不是我家裏的人。」

「那麼等你的是誰？你能告訴我這個也好，我們正有許多事，要和你的親人或者朋友商量一下。」

看護士的口氣似乎非常的嚴重，她在極度興奮中，她分辨出這些話中的嚴重性，她開始恐慌了。

「我沒有親信的人，有什麼事就和我自己說吧！」

「這個……」看護士沒有說下去，她的眼珠中流露出一種同情的神態。「我去找陳醫師來吧！」

她返身走了。

室中又陷入了靜寂，她開始了一切的顧慮，她明白自己的傷一定是嚴重的，她又明白自己在短期中絕對不能痊愈，她更明白自己一定有一筆鉅額的治傷費的負担，可是這些都不要緊，最要緊的，是她怕耕莘還在那裏癡等。她越想越不安起來。

醫生來了，是一個和藹的青年人，他很溫和地問着她的感覺。他很簡單地回答了。

「醫生！」依雯很着急地問起醫生來了。「請你告訴我，我的傷勢重不重？」

「在目前，你的全身都有傷，但是這些都不要緊，不過，你的左足……」

「我的左足怎麼樣？」

「你的左足已經斷了。」

「什麼？」她正預備從床上撐起來，可是一陣劇烈的痛楚把她的勇氣完全打消，她又睡倒在床上。

她沒有想到自己的遭遇會這樣的慘，他驚住了，她不能再說一個字。

「但是，不要緊的，你不要爲這些而憂慮，現代的科學，決不肯讓你成爲一個不能行路的人。」醫生在她身旁說着。

可是她祇含糊地聽到，她的眼前搖晃着的是一層灰暗的黑影。

自己是殘廢了，一個殘廢的人能夠有多少幸福呢？自身的痛苦，爲了命運的殘酷，是不夠避免的。但是耕莘呢？算了，讓一切過去的都算是一場夢吧！她不願耕莘去討一個跛足做妻子，如果再在甲板上散步的話，那還有誰來投射羨慕的目光呢！它不但會叫自己傷心，就是耕莘，也會感到傷心的。

可是如果他知道自己是爲了赴約而受傷的嗎？他將怎麼樣呢！他一定會犧牲了自己而和她結婚的，可是這是件殘酷的事。耕莘將永遠爲了可憐我而愛我，這一種乞憐求愛的事，自己是不情願做的。唯一的辦法，就是此後不再和耕莘碰面，讓耕莘去把自己當做一個薄情的女子。她又想到袁先生了，她一樣的不要袁先生來可憐她，但是在目前，她却需要一個幫她說話做事的人，所以當醫生再三問她「誰在等你？」的時候，她說謊了，她把袁先生的地址告訴了醫生。

醫生悄悄地走了。同室的病人在不斷地發出痛苦呻吟，暗暗的燈光淡淡地射到了她的飽含淚水的眼中，她哭了。

第二天一早，袁先生就趕到醫院裏來。對着依雯呆看了半天，淚在他的眼眶中徘徊，靜靜地相對了好久。袁先生問她怎麼會受傷的，依雯祇搖搖頭不肯說。

照袁先生的意思，是要依雯換到二等病房裏去，並且要求醫生立刻假足製好，一切的醫藥費都由他來負担。依雯感激地向他道謝他的好意，不過她拒絕了袁先生。她不肯讓袁先生化錢，她現在是一個自立的女子，她要用自己的力量來渡過這個困難。她的決定是這樣。她決不換病房，她情願住在三等病房裏。她也決不製假足，等自己有力量再說。他要袁先生到她的學校的宿舍裏，把她這五個月儲蓄的錢去領來，來付去這一次的醫藥費。

袁先生無論如何的勸說，她總不肯聽，她說：

「袁先生，請你千萬順從我的意見，要不然的話，我就是死，也不能閉上眼的。」

袁先生沒有辦法，就依從了她。袁先生走了。依雯苦苦地笑上一笑。她懷着辛酸的情緒，默默地想念着過去，過去是一首美麗的情詩。癡癡地想到未來，未來是一幅悽慘的畫面！孤苦的身世，再走了那條寂寞的道路，自己將永遠成爲一個飄泊者了。她想到耕莘，然而她輕輕地自言自語說：

「現在我還可以想他嗎？」

七

耕莘自從雙十節以後，又變了一個人了。他不但對於工作懈怠，就是日常的生活也失了常態。他本來是喜歡酒的，爲了和依雯的約，他把這些戒除了。現在却重復拿起酒杯來了。常常喝得酩酊大醉地回來。他對於自己的將來，已不發生什麼興趣，所以每當顧企棠來問他要畫的時候，她就濫竽充數地給了幾張以前留在身邊，不敢拿出去的作品交給了企棠。

企棠從觀察上知道耕莘一定遭到了一種刺激，時常來安慰，他可是耕莘却總以爲他來問他要畫。有一次，喝多了酒，把企棠痛罵了一頓。可是企棠這些都忍耐了，等他酒醒之後，才向他說話。

可是企棠的一切勸慰是沒有用的，耕莘還是這個樣子。

企棠實在不忍耕莘這樣的摧殘自己，就勸耕莘擱起畫筆，回家鄉去走上一次。耕莘同意了。

在船上，耕莘是痛苦的，他想起了一切美麗的回憶。這一次關在艙裏不肯出來的是耕莘了。他不願意到甲板上去，他也不願意到餐堂裏去，這兩個地方是最會叫他想起依雯來的。他現在要把依雯忘去，當然這舊地是不能去的。可是，在下船後的第二個晚上，他一個人走出了船艙，走到了船的最高頂上。在救生艇的旁邊直立到午夜。他越是想把依雯忘去，事實上都越來越明鮮，現在，他連依雯的眼耳口鼻都能很清晰地記起來了。

船又抵達了九江，耕莘照舊例去找外祖母。當他看見那山頂白屋的時候，他的心裡感到一陣悵茫，他慢慢地依着山道向上面走。一路上都是些落下的黃葉，兩旁的樹林稀稀落落地給人一種蕭瑟的情景。季候是改變了，自己的心境也改變了。這條山道在耕莘看來，實在太使人增愁了。

他已經來到了那所屋子，慢吞吞地他從鐵門上伸過手去，把門開了。庭院裡也沒有上一次來的時候這樣美麗，祇有階前的幾枝白菊，算是點綴了那花園。他躡足走進了平屋，他喚着「姥姥！」但是沒有一個人給他回音。他回了出來，再走到那佛堂裡，佛堂裡也還是沒有人。耕莘開始有些驚奇了。他奔了出來，他的口內，不斷地叫着「姥姥！」

嚴媽從後面跑了出來，還是沒有外祖母。

「外孫少爺！」嚴媽一面稱呼，一面走過來。

「姥姥呢？」耕莘問。

「外孫少爺不知道？」

「不知道什麼？」

「太太過世了！」

「什麼！是幾時的事，我怎麼不知道？」

「是上個月的事，少爺少奶已經把靈柩運回故鄉去了。」

「我爸爸媽媽沒有來？」

「他們沒有來，他們在漢口接柩。」

耕莘半響說不出一句話來，呆呆地對着那三間平屋看着，出了神。他慢慢地走進了客室，那裡一切佈置，還和外祖母生前一樣，和他上次和依雯來的時候，更一樣。他看見了那本依雯翻過的照相簿，他把它拿在手裡，痴痴地想了半天。他又走到那幅油畫的旁邊，油畫裡的外祖父母像是在對他微笑。他輕輕地用手撫摸了一下畫框。他回過頭來，想問嚴媽幾句話，嚴媽不知道上什麼地方去了。

正是耕莘要喊嚴媽的時候，嚴媽進來了。她的手裡有一只小盒子。她把這個小盒子交到耕莘的手裏。

「這是太太死的前兩天交給我中的，她說等外孫少爺來的時候，交給他。」

耕莘看了看那只盒子，莫明其妙地把這盒子開了開來。盒子裏面安放着一只象牙的手鐲。

耕莘呆住了，他對着那鐲子看了半天，說不出一個字來，一點眼淚落到了那鐲子上。他知道外祖母的意思的，然而他拿了這鐲子，又到那裏去找人呢？他把它放到了袋裏，心裏祗感到一陣隱痛。

耕莘回到了漢口，也到外祖母的墳前去過一次。自從耕莘改變了生活之後，他已經不慣於這種在家納福的生活，他需要工作，他已不慣做一個依賴家庭的大少爺。所以沒有住上一個月，他就又回到了上海。這一次船過九江，他沒有下去。他祗關在艙裏拿出那只裝有鐲子的小盒子出了一會神。

八

在這一個半月中，依雯已經恢復了健康，不幸的，她已經是個跛足了，她不能走路，學校裏送給他一把有輪的椅子。她就坐着那有輪的車子每天在醫院的草地上轉動着，等待着出院。

醫院的隔壁是一個孤兒院，依雯在草地上晒太陽的時候，常常有讀書和唱歌的聲音，從隔壁傳過來。

「這是什麼地方？」依雯問她身後的看護說。

「是一家孤兒院。」看護士很婉和地回答她。

「孤兒院？」依雯祇輕輕地唸上一句，就自己陷入在沉思中。依雯自己是個孤女，一個伶仃孤苦，身世飄零的孤女，她不禁對那羣鄰居發生了極度的同情。她想到自己是個殘廢，一個社會上的不會生產祇會消費的寄生蟲，她應當要把這可怕的的名稱去掉，她雖是個殘廢，她也應替社會做些事。她想到那羣孤兒了，他們是靠社會來養他們的長大的，因爲等他們長大起來，可以替社會做些事。然而如果這羣孤兒教養不好，那不是多造成幾個寄生蟲嗎？於是她有了決定了。

第二天清早，她推着那輛車來到了隔壁的孤兒院裏，她見到了院長。她對院長說自己願在這孤兒院担任教職，不計薪給，祗要院中能供給她的膳宿。院長被她誠懇的態度感動了，立刻就答應了下來。

依雯回到醫院之後，當地就寫了一封辭職信給學校。在第三天出醫院的時候，袁先生來陪她，她就把一切告訴了袁先生。在袁先生的陪伴下，走進了孤兒院。當她走進孤兒院門的時候，她回過頭來，對袁先生說：——

「希望我能在這院中結束我的一生」說完，她還笑了一笑。袁先生忍住了傷感，也對她點點頭。

氣候一天比一天冷下去，已經是十二月了。

耕莘這一次回到上海之後，他把工作越發發生了興趣，整天在那裏忙碌着。他的名聲漸漸地震動了藝術界。顧企棠的店裏營業也盛了起來。

耕莘爲了想到外祖母，就連想到那只象牙鐲，接着他就想到依雯了。現在，依雯是找不到的了，而外祖母的遺囑，却還沒有辦妥，他不知道怎麼樣好。在某一天清晨，耕莘從床上起來，突然想到了一個主意。

那就是把畫畫來遵守他外祖母的遺囑，他可以畫一幅畫，畫中人是他記憶中的依雯，而依雯的手上却戴上了那只鐲子。耕莘的主意定了，他就開始工作起來。他盡力地把過去回憶在腦中搜索。他記起依雯的眸子，他又記起依雯的容貌。慢慢地慢慢地，他作成了一幅人像，依雯的手上正戴了那只象牙鐲。

耕莘把這幅畫畫好之後，他不忍把這幅畫賣掉，藏在自己的臥室裏。常一個人坐在床上，望着那幅畫出神。

他開始感到自己有些痴，他的前面有着一個畫裏的依雯，，她正在對自己望着，然而眞的依雯呢？也許她正在對別人望着。耕莘想到這裏，立刻感到一陣嫉妬，他站了起來，慢慢地走向畫去，他眞想把這幅畫撕毁，然而當手放到這畫架上去的時候，他的心改變了，他見到了那只手鐲。他是爲了紀念外祖母的手鐲而畫的，他不能把這幅畫輕易地撕去。於是他的態度和緩了，他又坐下來。

像這樣的感覺在耕莘的心裏，已經起伏過好幾次。顧企棠對於這幅畫，曾經幾次三番地讚美過，他要耕莘買給他，耕莘說不出不買的理由，祇說要在家裏放幾天。現在耕莘爲了這幅畫，常常要引起心頭的煩惱，所以當顧企棠有一次再來向他要求的時候，他就答應了。耕莘對於這幅畫的出售，心裏當然也有一種不情願的感覺，但是與其把它放在屋子裏尋煩惱，那還不是把它賣了的乾淨。

九

是大除夕的那天，袁先生到那孤兒院裏來找依雯，依雯坐着那輛車正從課堂裏散課下來。臉上正堆着笑容。

「依雯！你很高興？兩個禮拜沒看見你，比前胖了！」袁先生的口氣永遠像一個哥哥。

「是嗎？」依雯撫摸了一下自己的臉頰說：「袁先生！你看這羣孩子多可憐，今天的書裏邊有父母兩個字，他們要我解釋，我講了半天，他們還沒有明白。」

袁先生輕輕地嘆了一口氣，推着車，把依雯送進到依雯的房裏。

「依雯，今天是大除夕，我想請你聽音樂去。」袁先生是個愛好音樂的人，依雯的經驗凡是袁先生最高興的時候，那就是當他聽了音樂回來的時候。

「我不想出去，今天是大除夕，我想和這羣孩子們談談。」依雯拒絕了。

「今天的音樂會是和以前不同的，有郎毓秀小姐的獨唱」袁先生很興奮地建議着。依雯知道袁先生的意思是爲了要自己快樂，在這種盛情下，她答應了。

袁先生就在孤兒院裏打了一個電話，定了兩張座券。戲院裏因爲恐怕有人定了座不來，所以特地問到了買客的電話號碼，預備到將起奏的時候，如果聽客還不來的話，可以打一個電話給買客，問明究竟來不來。所以袁先生把孤兒院的電話也告知了戲院。

黃昏，袁先生就約了依雯出來，在一家清靜的飯店裏吃了飯。袁先生始終用笑臉來對着依雯，儘量地想法把依雯引得快樂一點，因爲今晚上是大除夕。

依雯怕被人看出她是一個跛子，所以吃完飯，很早的就到了戲院子裏。袁先生拿了票，同時和管事的說明了原委，央管事的，在戲院沒有開放的時候，先讓他們進去。管事的答應了，就由一個招待，打着電筒，領他們坐到了位置上。

戲廳裏的燈還沒有開，黑寂寂地見不到什麼。兩個人也默默地坐着。台上的燈亮了，有許多人在那裏忙碌着，樂器的聲音接着也發了出來，屋子裏比較熱鬧了許多。

「依雯！明天是新年了，新年總得有一個新的計劃！依雯，你有嗎？」

「我的計劃在我出醫院的時候就決定了。你呢！」

「我嗎？我想和一個我心裏所喜歡的女人同居，但是……」

「袁先生」，依雯用手撫在袁先生的手背上說：「這是件不可能的事，我們不要談這個成不成？」

袁先生輕輕地嘆口氣，半響，他才開口。

「依雯，你從漢口回上海來的時候，你告訴我你遇到了一個人，但是始終我也沒有見到過這個人，這是爲什麽？」

「這是因爲天不贊成這件事，」依雯說着，聲音有些哽咽。自己望了望那只斷了的足。

「他究竟是個幹什麽的？」

「現在，他是一個畫家了。」

「你和他碰過面了？」

「沒有。」

「那麽，你怎麽知道？」

「在報上看到的。」依雯停了停，回答了這樣一句話。

「他叫什麽？」袁先生再進一步問。

「別問吧！」依雯把這句話結束了一切。

戲院的電燈開了，聽衆們陸續地進來，漸漸地院子裏滿起來了。在起奏的前兩分鐘，領票的領來了一對青年男女，坐在依雯和袁先生的前三排。這個青年的背影是依雯所熟悉的，雖然，他現在穿了冬天的衣服，和夏季的瀟灑風度有些兩樣，但在依雯能認出來，他就是耕莘。

第一個節目，是合奏，台上大約有四十多名的音樂家在那裏表演，那只交響曲的調子是緊張興奮的，正像是現在依雯的心一般。她目不轉睛望着耕莘的背影，希望耕莘能回過頭來，她又看見耕莘身旁的那個少女，她像是和耕莘很親熱的樣子，但是耕莘好象很冷淡地坐在一旁，一句話也沒有講。

第一個節目完了，袁先生很得意地對依雯笑笑，依雯也勉强地笑了。正是這時候，她見到了耕莘正在對自己諦視，依雯含着笑，向他點了點頭。但是耕莘的頭已經很快地回過去了。

沒有等到第二個節目開始，依雯就看見耕莘離開了座位，那少女也跟着走了。當耕莘走到依雯座邊的時候，他還惡狠狠地投射了一個可怕的眼光。

這一切袁先生都看見的，他又從依雯的眼光中知道這個人一定就是那個畫家。他知道依雯受了委屈，他立刻起來，想到外面去找那個人說話，可是這被依雯阻制了。

「這是不必的，袁先生。我本來是不打算見他的。讓我們聽音樂吧！」依雯說着，淚淌到了頰上。

十

第二天是新年，孤兒院中的孩子們今天沒有上課，他們也知道今天是新年，他們很快樂地在草場裏奔着跑着。他們雖沒有天倫之樂的，然而從他們的笑聲中，你可以聽出，他們每一個人都是很快樂的在慶祝着那新年的來到。

依雯今天有些不舒服，她勉强地起來了。她感到這屋子有些冷，她把條毯子緊緊地裹住了腿，自己靠在沙發上，倒了一杯熱開水，喝了下去。這才有一股熱氣使她感到活躍起來。她隨手在几上拿過一本小說來，翻了幾頁，她把這本書還到了原處。

她想到昨晚上的事了，她和耕莘是見面了，但是這不是快樂的，而是痛苦的。她有一點兒恨耕莘，爲什麼不讓自己把事情講明白，她認爲耕莘太殘酷了。但是，這也是一件好事，如果耕莘永遠不知道自己是一個跛子的話，不是很好嗎？她不想了，她情願耕莘誤會她，可是她不願耕莘知道她是一個跛子。

窗外傳進了孩子們的笑聲，依雯也笑了。

正是這時候，門房送進來一張名片，說是有一個人找她，依雯看了看那名片，呆住了半響，他怎麼會知道自己在這裏呢。她沒有時間猶豫，她對門房點點頭：「請他進來吧！」

門房走了，依雯很匆忙地把自己的髮理了一理，把衣服和蓋在腿上的毯子拉了一拉。她的心跳得非常快，眼睛花花地有些昏迷。正是這時候，耕莘進來了，他穿了一件很厚的大衣，外面大概已經很冷了。

兩個人默默地對看了半天，說不上一句話來。是耕莘打破寂寞的。

「昨晚上我去聽音樂會去，我碰到一個很像我以前一個朋友的女人，我就到買票的地方去問，我告訴了她這女人坐的位置，請她查一查那位女人是不是姓陳的？她說不知道，不過，她告訴了我一個電話號碼。我就依照這號碼打一個電話。接電話的告訴我這是慈幼孤兒院，我又問起這裏有沒有一位陳依雯小姐，他說有的。所以我就跑來了。我才知道昨天晚上我碰見的確是我的朋友。」

耕莘的口氣帶一點兒惡意，依雯不說什麼，祇是含着笑，，靜靜地聽他說。

「坐一回兒吧！」依雯做了個手勢，她請耕莘坐下來。耕莘從袋裏拿出一只小盒子。

「今天我來，是來送給你一樣東西的，這是外祖母死的時候，特地留下的。」耕莘一面說一面把盒子送到依雯的手裏。

「死了？這樣可愛的人會死？」依雯不是在說話，她是在念書。她把盒子打開來了，他望着那只盒子裏的鐲子，心裏有一點傷感。

半響，這屋子裏沒有聲音，各人在想着各人的心事。

「那天，陳小姐在國際飯店的屋頂上等了很久吧！」耕莘舊事重提，用反激的法子說話。

依雯對他看看，苦苦地笑了一笑。

「是不是等到了夕陽西下，明月東升，滿天都黑了？」

依雯苦苦地再笑了一笑。

「我相信如果你的手裏有一束鮮花的話，那鮮花一定是枯了。」

耕莘一句一句的逼着依雯，依雯的心裏是這樣的痛苦，但是她沒有說什麼，她把口閉得緊緊的，不說一個字。

「我記得我們分手的前一夜曾經說過，如果有一個人失了約，那麼一定有一個充分的理由的。」耕莘的口氣突然變了，他是在責問依雯了。

依雯對着他笑了一笑。

「我們不要說這些了。」依雯一面說，一面玩着那只象牙鐲，她把那鐲子帶到了手上。

耕莘呆呆地看了一看依雯，屋子裏更靜了，祗有外面孩子們在那裏嚷着。

耕莘慢慢地立了起來，拿起了帽子，他想走了。

「耕莘，坐一會兒吧！告訴我，你在那五個月中做了些什麼？」依雯不忍耕莘走，她用話來挽留下耕莘。

「你呢？」耕莘先反問了。

「我由袁先生介紹在一家小學校裏教書，後來我又到這孤兒院裏來了。」依雯把這許多經歷，祗用兩句話把他說完了。

「我先在銀行裏當職員」耕莘也很簡單地說。「往後就改成了一個畫畫的。」

「有什麼得意的作品嗎？」

「全是騙錢的」耕莘說到畫，想到畫，立刻就記起那幅畫來了，他覺得有告訴依雯的必要。「我還畫了一個畫，我把永遠留在我腦際的人畫到畫裏去。我不知道像不像，因爲我的眼前已沒有這個人，無從比較。她的手裏還戴了一只象牙鐲子，因爲這只鐲子是一個已死的人叫我帶給她的。」

「不會不像的，我知道你有這一手本領的。」依雯的話好像很肯定。

「我一直把這幅畫，留在身旁，不肯賣出去，後來覺得每天畫畫看是一件苦悶的事，又經不起顧企棠再三的要，就交給了他去買。昨天，我到他那裏去，他告訴我這幅畫被一個女人買了，她對於這幅畫很欣賞，很誠懇地要求企棠賣給她，據企棠告訴我，她還是一個跛……」

耕莘說到這裏，他不說下去，他覺得依雯的緊張的神色是太使人疑心了，他慢慢地把眼睛向依雯的足部看去，他一步一步走近了依雯，他的手放到了那條呢毯上，他要把這呢毯拿走。但是他沒有這樣做，他抬頭看見了依雯的床後，有一個角裏，有一半畫框子露在外面，他離開了依雯，走到了床前，拉開了幕幃。他見到了一幅畫。那就是剛才自己對依雯說的畫。

耕莘的臉上緊張極了，他立刻奔到了依雯的前面，他低下頭望着依雯的足。他的聲音顫抖了，他望着依雯，靜等依雯開口。

「就在雙十節那天……」依雯也祇說了這半句話，她不說下去了，眼淚從眶子裏湧流出來。

耕莘這時候心裏的痛楚，正像是被幾千把刀子在戳一樣。他把自己恨透了，他是一個太殘酷的人！他不知道怎麼樣對依雯說的好，他悔恨自己爲什麼要這樣魯莽，錯怪了一個沒有錯的人。他立在依雯的前面說：

「依雯，你爲什麼不早告訴我呢！」

「我打什麼地方去找你呢！」

屋子裏又靜寂了。半響，耕莘握住了依雯的手說：「依雯，明天我就陪你上醫院去，裝上一只假足，一切的負担我可以拿出來。依雯，這都是我自己的錢，我自己用精神氣力賺來的錢。」

「不，耕莘，這……」依雯哭了。

「請你答應我，依雯，讓我來贖這個罪吧！」

耕莘緊緊地握住了依雯的手，兩個人默默地看着，熱淚從他們的眼眶裏奔湧出來，落在依雯手腕上的象牙鐲子上。

山城

南星

那個半睡的山城在甚麼地方呢？
我看見它的小小的狹窄的街道上
剛離枝的果實多於過往的行人，
人們互相招呼問訊着，絮語着，
牽着有負載或沒有負載的驢，
我聽見那古廟中的遲緩慰人的鐘聲
盪漾着，浸潤着，黃昏便隨之來了，
街巷中充滿了樹葉苔莓的氣味，
而家家的笨重的門輕輕閉起來，
撲翼的蝙蝠和跳躍的青蛙開始巡遊，
帶着它們的單調愉快的吟誦，
羣螢的溫暖的燈籠是半明半滅的。

我自己不是那些居民之一麼，
而我失去了我的驢和我的隣人，

失去了美麗如雲的許多山峯，
連那座度過無數惺忪的歲月的城。

寄花溪

南星

多雨的季節已經過去了。
在雨中我聽見簷流的叮咚，
池塘裏的蛙叫若近若遠，
陰溼的樓廊上有人彈琴，
悠長的鐘聲帶着水滴的回響，
然後我漸漸分辨出來
越過了千山萬水而來的
你的泥水中沈重的步履……

而今周圍只有冷淡的陽光，
花朵垂下頭來而且墜落，
世界是枯乾的，沈寂得可怕，
多雨的季節已經過去了。

月的夢

譚正璧

一個團圓的月夜。

玲玲吃過了晚飯，和爸爸、媽媽、大哥、二姊等在庭心裏乘風涼。

月分已經算是到了八月，可是氣候還是像六月、七月裏那樣的炎熱。

玲玲嚷道：「今年爲什麼沒有秋天！」

爸爸手裏不停地揮着扇，笑了笑：「不是沒有秋天，是秋天傳染了夏天的威風，他忘記了他的本來面目了。」

媽媽說：「玲玲爸的話老是使人聽不懂，秋天不是人，爲什麼也會像人那樣學上壞脾氣？」

大哥出來替爸爸解釋：「爸爸的話不錯。媽媽你不是近來常常歎着氣說：現在一切都不如從前了，買來的鹽比從前淡，白米變了紅粒子，醬油沒有鮮味，豬肉像患了貧血病。……這不是證實了爸爸的話，牠們也都染上一種什麼流行病嗎？」

二姊也嚷道：「如今只有水沒有變，還是那麼淡而無味。除此之外，什麼也都和從前兩樣了，就是人，……」

一提到人，大家都興奮起來，就是玲玲也感到，她的爸爸媽媽也和從前不同，爸爸容易發脾氣，媽媽常常鬧着這種日子過不下。記得從前沒有因爲逃難住到這裏來的時候，爸爸沒有一天不是高高興興地，當他從公司裏下班時，總是帶些水菓糕餅之類回來，多少她總有一些分。現在便不同了，不獨不常見爸爸有着高興的面孔，就是水菓糕餅也難得有得到口，而終至於絕了跡。而且，連飯菜也逐漸減少得不像樣子了！

大哥也說：「眞的，現在一切的人都變了。你到店舖裏去買東西，只看見一副他們討厭你走上去的臉色，不知他們的店到底爲了什麼開的？」

二姊說：「更有氣人的哩！前天我去買鷄蛋，他們索性不肯賣給我。問他們不賣的原因，他們說：貨色是我們的，我們不賣就不賣了，你用不到管我們！」

爸爸又來了一聲長歎：「總有一天，人除了自己以外都不認別人是人。世界上只有他應當活着，其餘的都是他的敵人。到那時候，人類的末日也就到了！」

玲玲聽他爸爸這樣一說，不覺吃了一驚。她覺得人與人間的情勢頓時嚴重起來了。要是眞的到了那一天，她的爸爸、媽媽、大哥、二姊都不認她是自己的女兒和妹妹時，那時她就糟了。於是，她顯出十分担心地神氣問：

「爸爸，那個日子眞會到來嗎？」

媽媽接口道：「玲玲別信你爸爸的話！人總有一天回復到從前的樣子的。就是一切東西，到了那個時候，也會恢復原狀。我們可以依舊過着從前那樣的日子。」

可是玲玲不信她媽媽的話，因爲她已經曉得她不會比她爸爸懂得多。她依舊仰着担心的臉，側過頭去望着爸爸。

爸爸拍拍她的肩，順手又摸摸她的頭髮：「玲玲，你別怕！那日子是總會到來的，但我想，決計不就是目前的事。而且，只要人對人的態度一轉變，或許那個日子永遠不會到來也說不定。」

玲玲才放下了心。

「那麼人爲什麼不肯立刻就轉變他們的態度呢？」她自以爲問得很聰明。

爸爸沒有話回答她，只是瞧着她笑笑。

大哥把她一把拖到自己身邊：

「小妹妹，你放心！人是有智識的動物，到了必要時，他們總會團結起來的，只要一團結；什麼都不怕了。除非世界不存在，人類是不會有末日的。」

二姊也笑了笑，扮了個鬼臉，轉過頭去望着月亮：「妹妹，別害怕！要是世界眞的到了末日，我們可以到月亮裏去。月亮裏的嫦娥們多麼溫柔，你看她們照下來的光，一些火氣都沒有！那邊的生活一定是很舒服的。」

玲玲也回頭看着月亮，身體靠在大哥懷抱裏，心裏才感到一陣輕鬆。

大哥手握着她的手，另外一隻手抱着她：「妹妹，你聽媽媽講過『嫦娥奔月』的故事嗎？」

玲玲搖搖頭：「大哥，你可以講給我聽。」

大哥道：「讓媽媽來講吧！」

大家的眼光都射在正對着月亮的媽媽的慈祥的臉上。

「請你們的爸爸講吧！」媽媽望着爸爸的臉笑。

爸爸也笑：「雲，在自己的孩子們面前，你別再推讓了！」

玲玲早已離開大哥，到了媽媽的面前，身子撲在媽媽的膝上，仰起頭看着媽媽的臉。

媽媽摟了摟她，就開始講起故事來。

× × × ×

這至少已是一萬年以前的事了。

那時的中國沒有像後代那樣的統一，到處都是獨立的部落，戰爭是他們的日常工作，流血在他們看得全和排洩尿糞一樣。

他們吃的是野獸的肉，穿的是野獸的皮，只要他們勤於狩獵，日常衣食便不會生問題。而且，狩獵也正是戰爭的練習。

那時候最被人們崇拜的人，是殺敵最勇敢，狩獵最辛勤的英雄。那時候還沒有所謂文人，如果有，他一定會活生生的餓死的。

在許多部落裏，有個叫做「窮」的部落，他們的酋長叫做后羿，是個最最給當時人崇拜的英雄。他發明了一種叫做弓箭的武器，只要把他的箭搭在他的弓上向着任何眼光所能夠看得到的東西射去，沒有一次會落空。因此，沒有一個敵人不向他投降，沒有一只給他看見的鳥獸不給他射中。

全中國的部落差不多都給他征服了，除了幾個遠在邊荒的他一時不想去征服他們的之外。

於是，引起了一個當時全中國聞名的最最美麗的女人的愛慕。她是一個本來非常强大的部落的酋長的女兒，現在這個部落也已從服於后羿了。她的名字就叫做嫦娥。

嫦娥是個給她父母嬌養慣的女兒，她不歡喜穿粗厚的野獸皮，也不歡喜吃酸老的野獸肉。她好像一天沒有新鮮的野獸肉吃就過不了日子，最好上帝能夠多造些野獸的種類，讓她每天有一種沒有吃過的野獸肉吃，那麽她更心滿意足了。

她以爲后羿一定能夠滿足她這個希望。

於是她做了「窮」國的酋后。

她的眼光果然沒有錯誤，就是除她以外的人也誰都以爲她的眼光是不會錯誤的。英雄是愛美人的。英雄從古是美人的奴僕，他的一生的辛勤，好像專爲美人而服務。后羿是英雄，他承認嫦娥是美人，於是，這位百煉鋼的英雄，頓時化爲繞指柔的奴僕了。

他最最愛着美人的笑臉。他以爲這是世界上最最美麗的藝術。只要他一看見嫦娥在迎着他笑，那麼他把他所感到的任何什麼都忘記了，即使他已經打了一天仗，或獵了一天獸，人已到了疲乏得將要動彈不得的時候。

可是女人是世界上最最善於利用她的聰明來攻破最最愛她的男人的弱點，以達到自己玩弄男人的目的的，於是每當后羿因爲忙於戰爭，或者懶於到遠一些的地方去狩獵，而沒有新鮮的野獸帶回來的時候，她就賣起了嘴唇，眼睛斂去了媚嫵，臉老是不肯抬起。那個時候，后羿可窘了。

在后羿的一生裏，從來沒有窘的時候，他當然也不甘於窘在嫦娥的手裏。況且，他有着那副百發百中的弓箭，只要世界上永遠有新鮮的野獸存在，他就一天可以免除他的窘。於是，他不辭辛勞，每天必到遙遠的地方去，狩獵得新鮮的野獸回來，以搏取他心愛的美人的笑臉。

他想：爲了藝術而犧牲，人家總不會笑他失去了英雄氣概吧！

他沒有知道，一般本來十分崇拜他的人，這時已漸漸失去了他們的崇拜。

總於到了這麼一天。

因爲后羿的部下都已學會了后羿的箭術，於是他們也都用來狩獵，於是附近的野獸漸漸少起來。人類本是世界上最最貪婪的動物，因此更增加了野獸死亡的速度。

經過了多年之後，不要說附近沒有新鮮的野獸，就是陳舊的小獸也沒有一隻了。衣還可以穿用舊了的，食可就起了恐慌。

他們也必須到遠的地方去狩獵，而后羿却必須到更遠的地方去。

各部落都陸續叛變了，原因是爲了爭取食物——那愈獵愈少的野獸。

養尊處優的嫦娥還不減她沒有婚嫁時那樣的美麗，可是后羿一天老似一天了，爲了過分的辛勤，也爲了過分的操心。

他雖然在從事征伐叛變外，還是每天照常不辭遙遠地設法獵取新鮮的野獸來搏取嫦娥的一笑，可是當他偶然實在因爲一時狩獵不到而回去受到嫦娥的窘時，他的心裏也漸漸引起反感。

他才發現：嫦娥始終只爲自己打算，從來不會給丈夫打算。他們不是一體，是截然的兩個人。

於是后羿決定也要爲自己打算了。他覺得他的身體精神日趨於衰老，死亡一天一天在接近他，忽然想起了從前他西征時從西王母部落裏得來的一種不死之藥。當時因爲他正在盛年，没有注意到牠，現在一想到，就決定拿出來嘗試一下。

他把這意思毫不隱瞞地告訴了嫦娥，而且以爲他的衰老一定會引起嫦娥的同情。可是結果是——

嫦娥在半夜裏偷偷地喫了不死之藥，自己獨成了仙飛到月亮裏去。后羿終至於由衰老而到了死亡。

× × ×

聽到這，大家的嘴都不約而同地像嫦娥因爲后羿没有爲她獵得新鮮的野獸回來時一樣，撅得高高地。

玲玲忍不住嚷：「嫦娥很不好，她不應該偷吃了仙藥呀！」

二姊也說：「嫦娥眞是一個世界上最最自私的人！」

「本來世界上最最容易生存的人，就是最最自私的人！」爸爸突然歎息着說：「后羿太忠厚了，所以他受欺！」

媽媽對着爸爸只是笑。

二姊又說：「那麼后羿爲什麼不索性把那月亮射下來呢？也可以出出他的憤氣。」

「這是他的英雄本色！」大哥代替媽媽回答：「他如果把月亮射下來，那麼地球上一到了夜間將永遠没有光明了。他爲了人類的光明，所以他不願因爲洩他的私憤而把他射下來。

玲玲還是不高興她：「我總以爲她不應該住在月亮裏，因爲那邊應該是個好人住的地方！」

「玲玲的話不錯！」爸爸非常贊美她，伸手把她牽過來，摟在懷裏，親着她的頭髮：「要是嫦娥果然到了月亮裏的話，她一定會給月亮裏的人拒絕的。現在誰都没有到過月亮裏去，誰敢說嫦娥現在一定在月亮裏呢？」

「…………」

大家漸漸沉默下來。

這天晚上，玲玲老是没有平時那樣高興，從乘涼完畢，一直到回進屋子裏去睡覺，神氣始終是憤憤不平的。

她的媽媽不時看着她笑：「玲玲，你今夜不要做夢！」

她勉强笑了笑，讓媽媽替她脫衣服上床睡覺。

起先是反來覆去睡不着，她沒有知道她的媽媽始終注意着她。

半夜裏，一家人正睡得最熟的時候，玲玲在夢中吃吃地笑起來，一會兒，又是哈哈大笑。

在矇矓中，媽媽給她驚醒。

「媽媽！」媽媽覺得玲玲在推她喊她。

「什麼？你還沒有睡着嗎？」媽媽含糊地問，打了一個呵欠。

玲玲索性坐起來。

「媽媽，你醒醒，我告訴你，我做了一個夢，一個很好玩的夢。」她再把媽媽推了幾下。

「明天再講吧！」

「不，到了明天，都忘掉了，我一定要講給你聽。」

「那你講吧，我閉着眼也好聽的。」

「我剛才到過月亮裏了。那裏很是風涼，地上開滿了白色的花朵。有白衣的人，也有白羽的鳥，沒有一樣東西不是白色的。

「有一個像媽媽樣的女人和我招呼。她對我說：

「『寶寶，你餓壞了！你爸爸爲什麼不買肉給你吃呀！』

「我告訴她：『不是爸爸不肯買，爲了買不到好的肉呀。』

「『那麼你們可以搬到這裏來。』

「『這裏有好的肉嗎？這裏有白的米嗎？……』我再想問下去。

「他告訴我：『你想要的東西什麼都有。不信，我可以領你到菜市場去參觀。』

「一會兒果然到了菜市場，果然，肉攤上到處都是鮮紅的肉，買的人都是一大塊一大塊的買回去，還有許許多多肥大的鮮魚，雙雙在跳躍的大蝦，青菜也比我們吃的白胖，還有鮮綠的菠菜，潔白的蘿蔔……這些東西，我們都好多時沒有看到了，他們都有。

「走到一家店舖前，我走上去問：

「『你們店裏有糖賣嗎？』我担心着會聽到他們不高興的回答。

「可是他們却很溫和地：『有！小妹妹，你要買多少？』

「『沒有票子也好買嗎？隨便多少都可以買嗎？』我不相信他們就肯隨便賣給我。

「於是那像媽媽樣的女人告訴我：

「『這裏什麼東西都可以買到，只要你有錢。而且沒有人囤積，所以一切價錢都不貴。』

「我忽然又想到了一樁很要問明白的事：

「『嫦娥也在這裏嗎？』

「『嫦娥，誰是嫦娥？我們這裡不但沒有這個人，而且也沒有聽到過這個名字。』

「這時旁邊忽然有一個老年人加入我們的談話：

「『有過的！可是這是上代歷史上的事了，所以普通的人都不曉得。在書本上這樣說：大約在一萬年前，天空裏忽然飛來一個怪女人，面頰嘴唇，手脚指甲都塗得紅紅的，說起話來妖聲怪氣。這裏的人都是不論男女不做工不許吃飯，她既不願做工，因此不久便活生生地餓死了。』

「我聽了很高興，不覺拍起手來，哈哈大笑。不料這一笑，就把我笑醒了。

「我連忙住了笑，想再回到夢裏去，可是無論如何，無法再回進去。

「這夢是眞的嗎？媽媽！爲什麼我們剛巧講到月亮和嫦娥的故事我便做了這樣一個夢？」

「玲玲，你爲什麼現在不再憤憤不平了？」媽媽笑着問。

玲玲想了想，自己也不知道，茫然不知怎樣回答地好，只有對着媽媽吃吃地笑。

「你願意學嫦娥嗎？」媽媽再問她。

她的嘴又高高的撅起來了。

「媽媽，你以爲我會學那最最自私而終至餓死的人嗎？」

「這才是一個好孩子！現在已夜深，不要再胡思亂想了，好好地睡吧！」

玲玲抬頭朝玻璃窗外一望，庭心裡那棵大芭蕉葉的影子正映在窗子上，在一抖一抖地動。蟋蟀在四下裏「瞿瞿」地不停地叫。

她於是轉身躺下，讓媽媽把被蓋在她身上。

不久之後，她又入夢中了。

依茄·華雷斯自傳（五）

秦瘦鷗譯

三十改行

我脫離立德爾印刷公司的情形簡直還要不快。那時工潮鬧得很兇，有一天，公司裏的工人全走完了，祗剩我一個人；當我出去吃中飯的時候，大家都向我責難，可是我飯後仍回公司。我對於當時的一切委實不很清楚，但當天下午，我一個人靜靜地想了一會之後，終於也打運紙的小門裏溜了出來。工人們都很高興，然而我的飯碗却打破了！

接着，我又加入了另一所印刷廠，大約做了半個月。他們是專印火車時刻表的，一些興趣也沒有；什麼顏色都看不見，永遠用的是黑墨油。我還得抗着很大的一包包的印刷品，送到那些毫無生氣的公事房中去。自此以後，我便重復回到我所喜愛的老本行——賣報。施密士先生替我領到了一只三角帽，使我得以在寒風吹拂的路卡脫車站和聖保羅車站上，一本正經地做着賣報的生意。

及至這行生意也做厭了，我就在大自鳴鐘對過找到了一個職業，在那里，如果你出外得早一些的話，往往可以看見有一面黑旗在升起來，同時並可聽到喪鐘的鳴聲，報告着那些曾經烈烈轟轟地鬧過一場的罪人的死耗。

棄了一行，又改一行：某一個時期內，我曾經在一家皮鞋店裏混過，天天用着粉筆，在一雙雙鞋底上標價錢。這是一家老店，各貧民區裏，都有分店開着。在禮拜天的晚上，假使你願意到分店裏去幫忙，便可以多賺一先令的外快。我就圍着一條潔白的帷裙，叫賣着鞋油鞋帶之類，是把一雙雙美麗的拖鞋高舉起來，藉以喚起女人的注意，或是把一雙雙笨重的打着大頭釘的皮鞋掛出來，吸引一般工作良苦的窮百姓。這件行業也沒有多大興趣，因此我又調到了康勃惠爾那邊的一家橡膠廠中去。

每換一種新行業，我總要習慣地向自己上上下下的打量一番。

「哈哈！你又上這兒來做雨衣啦！」我向自己說。

「對哪！我是在這兒啊！」我心裏覺得很感奮。無論如何，我總算在一步步的爬起來了，現在我是工廠裏的一個工人了。—從偷偷地溜出來賣報起始，畢竟我也在實業界裏佔到一個正式的職位了。

我在橡膠廠裏，碰到了一個對一切都覺得厭惡的人，而且還承他給予了我一些教訓。他厭惡他的家，他的工作，他的妻子給他預備的牛肉三明治，我的工作不力（我是他的助手），以及他的苛刻的雇主。世界上簡直沒有什麼東西可以使他快意的。有一天早上，在進早餐的時候，我不覺得出神地思索起來，打算要明白他的所以厭惡一切的原因，漸漸地我有些領會了，心裏覺非常得意，因此一見他從外面進來，我便來不及的迎上去。

「你不是在爲自己抱恨嗎？」我直截了當的說，彷彿大科學家們又有了某種新發明一樣的得意。

他手裏正夾着一大綑布匹，便舉起來用力在我頭頂上打了一下。這樣總算使吾得到了兩個教訓：第一，不要爲自己抱恨，第二，不要對人家說足以使他不愉快的眞話，如非你也有力量可以還打他。

不化錢買酒喝而可以嘗到酒醉的滋味的祕訣，便是在這家橡膠廠裏學到的。因爲橡膠必須放在揮發油裏溶化，所以只要站在桶子的旁邊，把身子俯下去，瞧着一塊塊的橡膠在揮發油裏溶化，便可以使你恍若沉醉，有時簡直非常酣暢，我接連試了好幾次，都覺得很痛快，但後來有一次就差些兒生一場大病。

我的第一篇創作是有韻而講對偶的詩劇，實際上是專爲諷刺我那個自己抱怨自己的上手而寫的，隔了幾時，他就把我工作不力的報告做了上去，於是我又從橡膠業轉入皮鞋業了。整天把一方方的碎皮黏起來，壓入一具模型中去，做成一只只的鞋跟。

而在每禮拜五的晚上和禮拜六的下午，我還另外兼着一種很有趣的工作，不，簡直是富於詩意的工作。因爲弗禮門家中有一個女孩子是嫁給一個花匠的，當他們結婚的時候，那位丈夫還在勤懇地做着製造燒鍋的工作，但婚後不久，燒鍋這項東西便落伍了，因此他就改充花匠。我從沒有見過燒鍋，但依我想起來，總和一束花球相似吧？在夏天，我的工作是縛玫瑰花，那就是用鉛絲在花本的兩旁紮住，使他的葉子無法下垂或脫落。在冬天，我便把常春藤的葉子，野薔薇的果實和山楂等浸入糖水中去，然後再把它們晒乾，成爲很光澤的蜜餞糖果。

當每星期六的早上，他從考文德花園回來的時候，總不免要有一番嗟嘆。

「這麼一紮就要五個辨士！」他一面說，一面把那束無罪的紫羅蘭花猛烈地搖撼着。「我從來不曾聽見花有這樣貴的！」

後來有一天，我碰到一個在辟克狄圓場附近賣花的老婦人，她從籃底裏掏出一束鬆亂的鈴蘭來，用着跟那花匠類同的口氣說：

「這麼一束就要兩個子！我從來不曾聽見花有這樣貴的！」

此外，我又做過許多零星的工作，有的祇做了十幾天便不幹了，可是也從不失業，至多歇上兩三天。

有一天，我回到家裏去，告訴弗禮門太太說，我已在倫敦以外找到一個職業了。她聽了覺得很憂慮。因爲對於她，倫敦以外差不多就等於世界以外。於是我也不再和她多說，便隨着那個可感的少年水手上格林斯佩去了。他和我是在沙萊大戲院的三層樓裏開始相識的。我隨身帶了一張「父母或保護人」所寫的證明書，——因爲弗禮門先生的簽字是最容易假冒的。——允許我在格林斯佩那邊的海上的一條最大的用蒸氣的漁船上，當一名小使。我已經記不起那條船是叫什麼名字了。此刻在冰島那邊，有一條漁船的名字叫「依茄‧華雷斯」，可是因爲當初我自已所嘗到的滋味太不愉快了，所以對於他們的把我這個空洞的筆名用作那樣一條船的名字，我心裏兀自覺得很勉强。

我不知道究竟在海面上逗留了多久，彷彿竟有二三十年，實際上也許祇是一個月。其時正當隆冬之際，一陣暴風把我們吹出了海去，又一陣暴風把我們吹了進來，在這兩陣大風中間，更有時發時輟的一陣陣的雪風。船弦上一直冰得像鐵一般的硬，當他們把捉到的魚鏟進艙去的時候，魚也凍得像石塊一樣了。我在船上當一名廚司，兼做船長的小使，整天忙着燒湯，茶，可可，還得做葡萄乾布丁，烤凍羊肉。而我的身子差不多一直在病着。水手們先把我痛打了一頓，因爲我帶了許多針到船上來。——照他們的迷信，針是不祥的東西，所以帶着針的人便等於犯了不赦的大罪。——後來船長和他的副手也常常飽我以老拳，那是怨我的烹調不好。

我們回到格林斯佩的那一天，我還記得是某一年的二月七日。雖然我和船上已訂下了一年的合同，可是我決意逃回去了。臨行時，我在船長的房裏偷到了一個先令和一雙水手們穿的長靴，足足比我自已的脚要大出一倍。就在這種可憐的配備之下，我鼓足了勇氣，開始望倫敦步行而去。沿路上我還得做一些零星的工作，以圖一飽，逢到找不到工作的日子，我只得就在麵包公司的車子裏偷幾個麵包吃吃。事實上，每天所吃的就是水和麵包。這段路足足教我走了三個禮拜。當我回到家裏的時候，脚上倒已換了聖奧蓬那邊一位有名的富翁的一雙新皮靴了，那是他的僕人在替他擦亮以後放在窗檻上的，恰巧我走到那裏去找東西吃，便順手取了來。

爲了某種理由，弗禮門太太認爲我這一次的突然回家是相當不名譽的，當時我自已倒還不明白，過了幾年，我才知道她所怕的就是「逃亡」那個罪名。我是打一條船上逃亡出來的，照理就非重辦不可，甚至會被送進監獄去！

「你還是不要再對別人說的好！」她警告着我。

弗禮門先生也深以爲然。他對於他妻子的見解，通常總是贊同的。

「你還是到牛奶業裏去混混吧！」他說。因此，經過了一度家庭會議之後，我便投奔到賣牛奶人哈勒那邊去。

賣牛奶人哈勒也是弗禮門家的親戚之一，他是威脫夏鎮的人，長着一副很雄壯的身材和一張很紅潤的臉，上唇有一簇薄而柔的短鬚。在他沒有積到多少錢以前，便和他的雇主鬧了一些小糾葛，於是他就自已幹起來了。他在盜用公款的罪名上究竟被關禁了三個月或六個月，我已記不清楚了。像這種微細的小事我是從來不跟人家討論的。

我恐怕除了哈勒，世界上便沒有第二個那末容易受人歡迎的遊說家了。祇要他對一個廚子脫一脫帽，那份人家的牛奶生意便馬上可以給他搶去了。他的頭髮是在中間分開的，時常梳得很光潔，他對待一般女傭人的工夫也非常好，往往把她們弄得神魂顛倒。而當他沒有喝醉以前，他還是一個最熱烈的禁酒家。

有時候逢到什麼重要的節日，他往往就會戴上高頂帽，穿上小禮服，奮然而起的跑到台德福特鎮上去，利用着這種機會，站在肥皂箱上，向羣衆演說飲酒過度的害處和罪惡。所以賣牛奶人哈勒的大名，眞是遐邇皆知，直到今天，台德福特的居民還記得他的名字以及他的種種作爲。

在倫敦北部，他自已本來有着一所牛奶棚，但不久便賣掉了，一半由於他的貪杯好酒，一半是送在女人身上的，因爲他和女傭人們混得太親熱了。後來不知怎樣，竟意外地娶了一個妻子。

但至少我們兩個人有一種嗜好是相同的，我們都喜歡看書，尤其是各種記述有關台特胡德狄克那位歷史上的大英雄的故事。在寒冷的早上，我們時常同坐在爐火的前面，各自捧着一册薄薄的小書，全神貫注地一行一字的閱讀着。書中所描繪的那些千鈞一髮的險遇，傲若天神的微笑，以及爲了拯救可愛的少女們而表顯出來的奇智大勇，都把我們看得深深地陶醉了。

有時候，哈勒還要高聲朗誦出來，聲音緊張得劇烈地震顫着。

『「瞧着吧」！黑披特羅高喊起來。「當你在我面前經過的一天，你就要後悔莫及了，台特胡德」！我們的英雄哈哈大笑地把他的闊邊帽向空中一擲。「被恐嚇着的人是會長壽的，黑披特羅」！他喊着。「再見吧！」于是輕輕地縱上了馬背，一踢靴刺，便在一片塵土中消失了。』

每當這種時候，牛奶車必然早已等在門外了，一匹受了冷的馬，不住用它的四蹄在碎石路上躑躅着。同時那些因爲候了許久還不見他們早餐時需用的牛奶送到的主顧，也都恨得快要發狂了。

在他某一次的戒酒期內，他還勸誘我簽了一張誓不飲酒的約書，其時我本不曾懂得酒的味道，便立刻揮筆簽了。他自己還是一個祕密團體中的會員。那個團體名叫「肯脫之玫瑰」，又稱「風尼克斯（註一）的兒子」。後來哈勒就被舉爲領袖，因此我也成了風尼克斯的一個兒子，並且還被派爲總會書記——，使我可以在每一季中從每一個會員那裡取得二辨士的補助金。因爲我是會中的一位執事人員，所以有一條很闊的紅色的絨製的肩帶，帶上有一隻金屬所做的「上帝的眼睛」。照理說，我在佩這條肩帶的時候，必須使這一只眼睛恰巧貼在我的心上；可是我佩掛得不得其法，每次總讓它落在胸部以下去。會員們都依着禮節，稱我爲「高貴的書記」。而當我掛起了這條肩帶，排列在羣衆的隊伍裡遊行時，——多數是在喪儀中——我的後面總還有兩個會員高擎着一面大旗，像傘一樣的罩着我。旗上繡的是一幅圖畫。——如果我的記憶不錯的話，那就是描繪嗜酒者漸漸走向毀滅之路去的圖畫。捧旗的兩個會員當然都比我長得高大，他們在一路走的時候，還要很悠閒地抽着烟捲（喪儀中當然不能抽），表示那麽一面大的旗，他們捧着一些都不覺得累。

會中的會員差不多全是勞働階級——善良的人，做着善良的工作。我對於他們，祇有尊敬和喜愛。這個會至今還不曾解散，有一天，某處救貧院舉行遊行時，我還看見他們新製的一面會旗在我窗前經過，要不是我身上正穿着一套睡衣有話，我眞想跑到洋台上去向它行禮。

幾十年來，我一直還保存着當時所攝的一張可紀念的照片，照片裡面的我，正挽着一籃雞蛋，鄭重其事的站在一輛送牛奶的手推車的旁邊。而當我的孩子們在假期終了之後，還不很願意回到學校裡去的時候，我便檢出這張照片來給他們看。

「到學校裡去總比到街上去賣雞蛋舒服吧！」我說。哈勒和我常常爲着洗牛奶罐頭的事爭吵起來，他說我洗得不乾淨，我很驕傲地回答他：「我的兩條手原不是準備洗牛奶罐頭的。」這樣我們便分離了。

幸而那個會裡有一位很出色的會員，同時還是一個出色的泥水匠，一個出色的馬路監工；是他就給了我一個位置。那時他們正在翻建維多利亞路，我所得到的差使是計時員兼泥水匠部下的小工，因此工作很繁雜。有時候我得記一些帳目；——現在已記不起是什麼帳目了——有時候我得把一大桶一大桶的水，從遠處的自來水龍頭那邊，扛到他們調合三和土的地方去；當有人在測量的時候，我也得幫着拉皮帶尺；逢到那個看夜的人要去喝茶了，我又得給他做代替；到了晚上，我還得幫着別人，把一盞盞的紅燈掛到臨時支起來的鐵架上去。

有一天，正當我在懸掛紅燈的時候，有一個人走上來問我可以拿多少工錢，我便很得意地告訴他，每一個禮拜我也可以打築路公司那裡取得十五先令之多。

「呸！」他說。

他是一個已經蓄了鬚的人，說話的聲音很高，頭上戴着一頂鹿皮網的便帽，神氣彷彿很有權力似的。

「你做的是大人的工作，應該教他們再多付些！」他接着又說。

我聽了不由大爲詫異起來，在我自己，委員做夢也沒有想到自己會值這麼多錢。不是嗎？從前我一星期賺五先令已經很高與，現在竟賺到十五先令了！

因此他所擲下的一顆革命種子並沒有生根。當我會合到那個守夜人的時候，便問他這人是誰。

「那是葛爾哈吏，他在這一帶是很有名的。」幾天後的一個早上，我在工作的時候，又發現他已被舉爲國會議員了。

過了不久，他們便派我到銀鎭那邊的碼頭上去查驗一袋袋從船上搬到車上的水泥的重量，就在這裡，我碰到了一位法國的發明家，正在試驗一種新的磚瓦。他告訴我天上根本沒有上帝，使我爲之安心不少。他對於靈魂再投身的說素很相信，曾經一度被指爲叛道者。他有一雙綠色的眼睛，滿臉生着許多面皰，身子簡直瘦得怕人。他所最崇拜的是歷史家毛脫萊。（註二）某次他帶給我一本「荷蘭共和國興亡史」，我無論怎樣用心也讀不下去；看過台特胡德狄克以後，這類書就覺得太枯燥了。

築路的工作結束了，我的出色的風尼克斯兄弟便教我隨着他一起上克來頓去，因爲那邊正有人在建造一批批的新屋子，而我的風尼克斯同志恰好標到了水泥部份的工程。

這時又值嚴冬。我的職務在名義上雖然還是一個計時員，但別的事情也得幫着同做。從破曉起，直到太陽下山，我必須運用着一支鐵鏟，把調和的石灰裝在桶子裡，打一條條很高的木梯上搬運上去。後來我的手上竟黏滿了石灰，一碰到水便痛得難以忍受。不過克來頓的空氣眞新鮮，委實有益身體不淺，這可以用我整天覺得肚子餓的一點來證明。有一天，我決定不幹了。本來我未嘗不可以再請他們加一些工錢，可是我覺得加了也沒有用；我是在一個工人手下做工，當工人們在指揮一切的時候，其氣焰之盛是不下於一個暴君的。

於是我就步行着到了考爾吉斯脫，把大衣送進當舖去，換得六先令做路費，忽忽回到倫敦。其時我的腦海裡祇有一個決定，那是我自己跟自己討論了再三而決定的。

「現在你又將怎樣啊？」我向自己問。

「你還有什麼打算呢？你一星期祇能賺十五先令，教育不足，希望也沒有。你寫的字簡直糟到極點。你的體力夠不上當海軍，你的智力又夠不上進辦公室！你是掉在陷坑裡了，——瞧你怎麼能夠跳出來啊？」

在鎭上舉行拳鬥的一天，我化掉了我所剩的最後的一個先令，爲着要去看弗來德李思廉演「辛賽拉」。過了一晚，弗禮門太太便哭哭啼啼的把我數說了一頓。最後，我就向人家借了六個便士做車錢，趕往胡爾惠區去，自動加入了皇家西肯脫聯隊，當一名兵卒。

這是我生命史上的一個大轉變，彷彿一條路突然折成了一個銳角，又像是上山去的道上所遇見的第一座高峯。我並無別的希望，只像一個人跌到了一道深坑的底裡去以後，唯一的企求是趕快爬上來。有一位朋友借給我一册施邁爾先生的大著「自己幫助自己」，但依我想，這是我所讀到的許多書中最教人喪氣的一本了。那些在各種藝術上或事業上獲得大成功的苦孩子們，差不多是每一個人都有着某種天賦的傾向的；不管是數學家或藝術家，他們的成功的基礎，總是他們自己的志趣。固然也有極少數的幾個有特殊忍耐性的人，能夠從小使做起，慢慢地一直做到大公司的經理或董事長之類；但在我看來，似乎總覺得他們自己並不會怎樣奮鬥過，僅僅浮在一條流得很緩的大河中，一寸一寸的望碼頭上飄去。

× × ×

我向來沒有什麼確定的奢望，既不會「焚膏繼晷」的研習法律，也不想積財成富；我從不會希望得到大量的錢，錢只是一種通貨，無非供我們使用和享受而已。

假使說我對自己這一次所找到的新職業的預測，有一些感到震顫的話，那末這情形是正和一個初次被遣送到學校中去當寄宿生的孩子，坐上了火車後的心跳不已完全相同的。

我的第一個目的地梅特司東，這一段旅途是相當冷落的。和我同車的有兩個囚犯，他們正被移送到梅特司東大牢去。但沿途上他們的神情却比我要愉快得多了。他們以前曾進過梅特司東大牢，所以彼此不斷的在討論着昔年所得到的許多經歷，以及那些獄卒的好壞。

「某某人是不是還在那裡守門？」

押送他們的那個警卒倒還和氣，便告訴他們某某人果然還在守門，只是典獄長已經換了新人了。提到這個新典獄長的名字，兩個囚犯中一個便說他以前曾在愛賽脫監獄裡見到過他。照他的見解那個人是很公正的，但對於這一點，那位警卒却不願再發表什麼意見了。

他們還詢問着許多老朋友的近況，倒如皮爾是否還在摩亞，哈萊現在有沒有打包脫倫放出來。他們一致認爲包脫倫監獄的一切都比台特摩亞壞，只是冷天沒有那麼冷。

這兩個人中的一個在談論各地監獄的態度是完全和美術鑑賞家一樣的，別人或許會誤認他是在談論歐洲各大旅館的設備咧！一到梅特司東，我便和他們分別了，心裡倒很有些怏怏然。——眞的，能夠和這樣有趣而富有經驗的冒險家碰在一起，確乎不能算一件不幸的事；何況他們被叛定的刑期祇有五年，而我自己却必須在軍隊中留上七年呢！並且即使品行優良，也是不能減短年期的。

註一：風尼克斯（Phoenix）怪鳥名，爲太陽神之化身，相傳生活五百年乃毀于火，後自灰燼中復活，其貌若少年。

註二：毛脫萊（John L.Motley），美國歷史家。

東京通訊

陶亢德

雨生兄：

京都驛分手以來，已經十天，其間沒有接到過你或別的朋友們的片言隻字，也沒有接到家里的一電一信，你該知道我的寂寞爲何如。陳寥士君臨歧答應贈我的詩，迄今亦未寄來，眞是「唉」了。

在你們乘向下關開去的車輪初輾時，我本可與它賽一程跑，然而我不曾這樣，我怕跑着跑着車子終於絕塵而去的刹那，眞會像周公所預言那樣，忍不住感情的激動，以至於落下淚來，雖然事實上不至於此，我到底將屆不惑之年的人了，比離別之情更甚的痛苦悽涼也忍受過不止一次。

往東京開的車比往下關開的車後發一小時，同車的除也留日本的徐白林君與文學報國會的鯨岡君之外，還有河上徹太郎先生。我和他相對而坐，但是默默無言。本來他所能說的幾句中國話和我所能說的幾句日本話旣已不足閒談，何況那時刻我的心境與我的身體也均打不起精神來攀談。八月十五日上海下船之後以迄於和你們在京都分手之日爲止，我自己知道天天有點發熱。——現在是痊好了。

到東京是九日下午三點半左右，因爲在修善寺溫泉旅館休息了二天。（曾寫修善寺一宿記給中華副刊，不知你看到沒有？）這一次再到東京自然沒有大汽車在恭候，於是就僱出租小汽車。（日本人叫「太可惜」，卽粵人之所謂「的士」。）在東京驛坐出租汽車另有規則，就是你須列隊等着，等候送客回來的車子順次開到你面前，由車站中人（他坐在旅客前面，還放着一張小桌子）給你一張不知什麼紙條，然後鑽入車廂。坐「太可惜」的旅客眞也不少，我怕又因下火車時慢了一步，所以排在後後的，等了幾十分鐘才得坐到一輛，先送我到飯倉町，再要送徐君去神田橋時，車夫有點不願意似的。東京的出租汽車夫確乎有點與衆不同的嬌貴，前幾天在銀座因爲攜着許多書籍走不動了，想叫一輛回飯倉町時，一連叫了好幾輛都搖搖頭。遮莫他們爲我節約糜費爲他們自己節約勞力與木炭？這使我感覺到人力車的可愛起來，爲我個人計，東京的街頭巷尾至少也該停着一輛二輛，好讓我嘩啦嘩啦的說：「黃包車！到飯倉町幾錢？」然而這是夢想，東京所有，你我都曾看過的幾輛「黑包車」，不是據說只是某種女人的專坐品嗎。

在飯倉町的第一晚眞是不能安枕，結果臥沙發以達旦，原因之一是蚊類太多，其二是到日本後住的地方太舒服了，一旦出喬木入幽谷，就加倍的不痛快起來。古人云由儉入奢易，由奢入儉難，眞是金玉良言，而又豈只經濟上如此。修善寺之宿又是到日本後進飯倉町前的最舒服的一宿，旅館是和式的，那被褥與蚊帳美得有點迷人，蚊帳裏枕頭前還放着地燈與煙盤，離席咫尺之處是置有金色綢靠的墊，一對沙發與一隻圓檯，靠進窗子，頭略向外伸就可看到雲翳中的半月以及花木與怪石。這天的晚報載着語堂在美覆車殞命的消息，再後並無下文，祈望此訊不確。

在精神與肉體均切需舒服之際，第二天我無法不再去投宿旅館。然而旅館裏雖無蚊類之擾，而相去不遠的省線電車駛過時響雷似的車聲，也夠使我這個獨處逆旅的異國旅人焦燥與寂寞。幸得吳何二君相伴，雖閑談直至深夜，第二天精神大壞，總比孤居獨處，思國懷人的凄涼況味爲好受一點。

星期日去鷺宮訪實藤惠秀氏。這位先生就是新申報所稱指導我研究日本文藝的早稻田教授。我很願意受任何比我有學問的人的指導，但事實上恐怕無法受實藤先生之指導，因爲我不去早稻田入學，他也無暇到我這裏來授徒，這是憾事而非幸事。實藤先生是研究中國文化文學的人，著書有中國人留日史稿，近代中日文化論，日本文化予中國的影響，明治中日文化交涉，兒童中國文化，以及一本最近出版的葉紹鈞童話集稻草人的選譯集。他會說中國語，並且在論語上投過二篇稿，可惜那時期的論語已非我編，不然也許已是故知了。他說日本應該有語堂全集的出版。勸我寫一篇自傳體的小說。送了我一册由他與豐田穰合作譯註的黃公度日本雜事詩。原書我今春曾托周公代覓而不得，不圖於海外得到譯著本，誠爲足下所常說的「亦一異也」！

在實藤先生家裏，還決定了兩件事，其一是請他開一張關於日本文化名著的書目，其二是請他在早稻田日本學生中找二位教我日語的教師，這一件事今天有在早稻田肄業的留日學生易君見告，說已請定了一位姓安藤的早稻田十六年畢業生，大概下周起我要天天あいうえお了，但不知這個老學生尙可教否。

昨天是中秋佳節，東京却是大雨如注。在雨中去藥王寺訪問了方紀生先生。他曾給我找到過房子，盛意可感。我以目前語言一句不通，生活習慣完全不明，只能過十二個月再行遷入日本人家。在他家裏東拉西扯的談了一會，怕天黑了路不好走，又怕錯過了晚飯時間夜裏挨餓，只好不盡欲言的忽忽告辭。記得閑談中有一句異口同聲的話還值得一記：

「我們所做的事，應該是從前應該做，異日也應該做的事。」

晚飯這裏有酒有肴，月亮在十時左右也圓圓的出現，在我可對月思人，有點那個，幸而事先我故意多喝了幾杯酒，在醉醺醺中就朦朧睡去了。

今天午後去訪問了文學報國會。有感於抵日後他們招待的慇懃，重來東京後卽思前往一行，雖然明知彼此見了以後因語言不通談不上話說不出感激之忱，也總覺得去了一趟無論如何算是表了一點意思，稍釋心中的不安。去得總算很巧，他們正在開會，久米、河上、今、諸氏均在。談了不多幾分鐘（吳玥君給我翻譯），怕躭悞他們的開會就告辭出來，中間我大着膽子說了一句日本話：

菊池先生によろしく御願ひいたします

我很想早日寫成預備投文藝春秋的一篇稿子，拿着去看他一次。菊池寬先生雖然似有一點不喜多言的樣子，但其極願招呼人的熱情，我是在他的三言兩語中很能了解的。

在告辭出來的時候，我們抵日以後一直承他們招呼的鯨岡、おはや、以及我們背地裏叫他胖子的三君也從樓上奔下來了，彼此都沒有辦法道點相見甚歡的衷曲，只能緊緊的握手以示意。臨走時候得了在名古屋與宇治山田所合攝的照片，我的都拍得不好，在名古屋的一張兩眼雪白，在宇治山田一張低頭而立，面孔也看不大出來。足下的却神氣十足，大有雄姿之概，同時河上先生已收到了第五期的風雨談，借我帶回來閱讀。這期風雨談好似一個臉上抹着不少胭脂而渾身漆黑的女人，我的意思是說封面甚艷而正文用紙太黑。

那個中國話說得最好的魚返善雄先生重到東京後還沒見面過。前三天曾得何大雄君相陪，到他家裏去過一趟而偏偏不在。在東京找路眞太困難，第一沒有路名，第二一個門牌號數不只一家，例如他住的永田町二ノ三一，就不知有多少個二ノ三一，從一到三一又不順序而排，又不在一條直路上，如以上海來做譬喻，則這個二ノ三一假定是靜安寺路你府上，另一個二ノ三一也許會在膠州路我的敝寓，東京人家之所以門前寫出居住者姓名，其意或即在怕找張三的二ノ三一找到了李四的二ノ三一去，偏巧魚返先生門前又沒寫出魚返而是「象×書屋」，若不剛巧探詢到他的近鄰，一定無法找到。好容易找到了而人不在，只得留了一張名片寫上「來訪不遇爲悵」之類的話插在門縫中。昨天我在往訪方君時他却來了一個電話，對接電話的人說我往訪之日他正下鄉，約今日再打電話來約時談談，可是今天並沒有來電話，也許我出去了，接電話的人沒有告訴我他曾打來過。我眞希望他在明天忽然光降，用那標準中國話和我暢談一番。

重來東京後的一周之中，已經寫了一萬五千字左右的文章（計六篇）。明天起要給古今整理「東行日記」，恐怕不會少過五千字。在這裏郵寄稿件不十分方便，所以只得托返國的相識者帶去，但不要托了洪喬才是千萬之幸。

夜已深，蟲吟愈急似在催我早點就寢，容後再談。

請大安，並祈代我向國內的故交新知問好致意。

弟亢德，九月十六日夜於東京

今晨接到你自扇芳ホテル發的明片。我在這裏是食有魚肉而睡無帳，蚊子又特別多，房間又特別大，燃着蚊香也無用處。昨天晚報載東京發現「登革熱」，此病與蚊子有關，記者勸人在十月底蚊子退隱之前務用蚊帳護身。可是我沒有蚊帳，買又無從買處，我眞憂心惴惴，怕蚊子給我的登革熱比怕什麼都厲害。十七日晨又及

夜闌人靜

譚惟翰

十四

「你怎麼這時纔回來？」

呂楓一進門，竹貞便拉住他的手問。

「我遇見了一個熟人，談了半天的話。」他還掛着喜慰的神色向竹貞說，「我們上樓去談吧。」

於是這兩口兒跑到了樓上，薛老先生和薛老太太都露着笑意地來迎接他們的女婿。他們不等他稍歇一口氣，就恨不得把剛才所得到的喜訊告訴他，可是呂楓似乎也有什麼樂意的事想急於告訴他們。到底還是薛老先生先開口：

「楓，我應該趕快報告你一件喜訊——貞兒找到了職業了！」

這對呂楓眞是一個新鮮的刺激，他的未婚妻有了職業了！

「什麼職業呢？」呂楓對竹貞問。

竹貞內心難過得很，她沒做聲，讓父親代她答話。

「啊啊！孔先生有……有一個朋友開了一家戲…戲館子……」薛老先生高興得搶着說話，以至於口吃了，「想請貞兒去管一管帳，每個月總算也有五六百塊錢的收入……我想這倒是一件很好的事！」

呂楓望望竹貞，竹貞嘴角有一絲苦笑，她把頭垂了下去。

呂楓問她：

「這家戲院在那兒？」

「在……在……」她一時想不起一個適當的地名，「聽說在北京路吧。」

「是金光大戲院嗎？」

「嗯……不，」竹貞含糊地說，「孔先生沒告訴我那戲院子的招牌叫什麼。」

她的臉感到熱烘烘的，雖然她自己還是極力地在那兒保持鎮靜。幸而呂楓沒繼續追問，他想起了另一件事，立刻改變了話題：

「今日樓下的又來催過房租嗎？」

「怎會不來催？」薛老太說，「人都要讓她吵死了啊！」

「她怎樣說？」

「還不是那句老話兒——要錢！」

呂楓說：

「如果她今晚再來的話，我倒可以付給她幾十塊錢。」同時他在身邊摸出了好些張零亂的鈔票。

「你在那兒弄到的錢？」竹貞問他。

「我今天在江邊碰見了從前在我家裏幇工的老媽子和她的女兒，談起我現在的情形，她們知道我很爲難，便借給了我幾十塊錢……」

「我看她們也苦得很，我們怎麽能用她們的錢！」竹貞望着呂楓手裏的鈔票說，「……至於房租，我剛才已經和孔先生商量好了，等我領到了薪水再付也不要緊。」

「不怕朱砂頸再來逼，再來鬧麽？」

「不會的！」竹貞故意託辭說，「原先她是看見我們大家全沒有事做，自然逼得緊，如今我既找到了職業，她放心了，也就不會像從前那般地追逼了。」她又咬着牙齒笑了笑，「你借來的錢，趕明日一大早拿去還了人家吧。——你可知道你家傭人的住址？」

「知道，知道。她們說給我聽過了。」呂楓說。

「既是你知道，那你就一定給她們送去。」竹貞又說，「可是他們的好意，我們應當領謝的。」

呂楓本來也是不想接受愛蘭同徐媽的錢，祇是窮人有時倒較富人來得慷慨些，她們知道了他的苦況，定要幇助他。此時他聽了竹貞的話，並且據說房租已得到通融，可以緩付，他便決意照竹貞所說的話明天把這錢悉數還給他們。

十五

第二天。

呂楓照愛蘭告訴他的地址跑去找她。

她住在一條小弄堂裏。這弄堂口是一個小便池，池洞不知給什麽塞住了，使黃色的尿沫蓋到了邊沿，甚至於從缺石的縫道漫流到地上，假若不是在白天，呂楓跨進這弄堂，定會踏滿一脚的汙水。

走過了幾家毀了牆壁的門戶，頭幾乎碰着了曬在窗口的大大小小的衣褲。好容易找着了第二八號的門牌。那塊砝瑯磁的藍底白字的方形小牌子，蒙上了一層厚厚的灰塵，有一小角磁都脫落了，不容易叫人辨出究竟是個3字還是8字。他從前門轉到後門，再從後門轉到前面，終於他決定了這是他要找的屋子。

他在門板上敲了敲。

開門的正是徐媽，見他來了，說不出的喜歡。

「呂少爺，你怎麼會找到這個髒地方來的？」

呂楓朝屋裏望望，一面掏出手帕揩揩額角的細汗說：

「眞難找！——這地方我是從來沒來過的。」

「虧你找的。」徐媽說，「請裏面坐吧。哦，呂少爺，請打這邊兒走，上頭儘是髒的衣服呢！」

進了室。

這是座一樓一底的單幢房子，樓下租給了人，徐媽一家住在樓上。呂楓跟在她身後，雖是早晨，梯口仍是漆黑的，他小心地把脚一步步地朝前移着，就像孩子捉迷藏眼給人家蒙着的那副神氣。

樓上的房間也並不大，和一切窮人的屋子一般的陰沉，黑暗，汙髒。除了從一扇狹窄的窗戶裏，透進一絲陽光，屋裏的空氣直叫人感到鬱悶和哀涼。

房中間是一張方桌，假紅木桌椅上所塗的色彩跟着它主人多年的折磨已經消失了昔日的光輝，像個嚐盡人間的辛苦的老者哀頹地立在那兒。桌子四周有兩三把木椅，椅子的式樣多不統一，有一張是斷了背的，另一張是裝上了一隻新腿的，假若有位美術家站在這兒，也許會爲了它們的不調合使他得不着滿意的構圖因而嘆息的。桌上有一個白磁茶盤，幾隻杯，同一個半新的熱水瓶。

後壁靠右面安放着一張牀舖，有不整潔的被褥。牀左是一個通向裏面隔室的小門。當那印花的門帘掀起，便能看見房裏的陳設比外面要潔緻得多。那大概就是愛蘭留客的房間了。

徐媽收拾了一下桌上的東西，用抹布揩了揩椅上的灰塵，一面招呼「呂少爺請坐」，一面又替他倒了一杯熱茶。

呂楓坐下，急着將昨天向他們那兒取來的錢悉數還給了她。

「徐媽，我今天是特地跟你還錢來的。」呂楓說。

「什麼話？呂少爺，你何必這樣急呢？——你不是等着要錢用嗎？」

「我們已經稍稍有點辦法了，謝謝你幫我的忙。」

徐媽便將錢藏起，瞧瞧呂楓那副未老先衰的神氣，不禁歎了一口氣。

「唉！……變得眞快，這世界變得眞駭人啊！」

「眞駭人！」呂楓隨口說，帶着感慨的口吻。

「想不到幾年沒見你就變成這般的模樣。」徐媽沉迷在回憶裏，「記得我剛到你家裏幫工的時節，你還是一個不上十歲的小孩，那時蘭姑也還祇有四五歲的光景……我每天跟你洗臉，穿衣，送你上學，我親眼見你唸完了小學，又見你從中學堂裏畢了業出來……不錯！就在那年的冬天我離開了你們的家，啊！不知不覺已過了七八年了！時間過得可眞快啊！」

呂楓沉默地對着徐媽，她咳嗽了兩聲，接着又說下去：

「七八年來什麽都變了。你眞是大大地改了樣，怪不得我常覺得我是老了。」

她的話充滿着凄涼味，呂楓不能再聽下去。他深怕激起了自己的愁思，而且他似乎把注意移到了旁的所在，因爲那時時被風撩起的門窗緊緊地吸住了他。

「蘭姑呢？」呂楓記掛着那個有好心腸的弱女子，「我怎麽沒瞧見她？」

「她出去了，怕要到吃午飯的時候才得回來哩！——呂少爺，你不妨多坐一會兒，等蘭姑回來了，我叫她替你做一兩樣菜，你就在我們這兒吃點便飯吧！」

「不，我就要走了。」

「呂少爺難得來的，我們多談談吧。」

於是這老太婆的話匣子又開了：

「……你是同老太太住在一塊兒？」

「她老人家早已去世了！」呂楓立時顯出了悲哀，「我現在是一個獨人和我的岳父住在一起。」

徐媽聽見他的話，驚呆了一下：

「什麽時候老太太去世的？」

「快三年了。」

徐媽滴下了眼淚：

「老太太眞是個好人啊！從前我和蘭姑不知受過他老人家多少好處。蘭姑上學的學費全是他老人家拿出來的，蘭姑能夠讀書，識字都是老太太給她的恩賜，這是我一生所忘不了的……」

呂楓好像也給往事所勾動了：

「從前我彷彿聽我媽說起過，蘭姑很聰明，書唸得很好！」

「可不是嗎？」徐媽的精神抖起來，「她和少爺一樣，常考第一名咧！」

「啊！」

「學校裏的先生時常送給她許多獎品，什麽書囉，練習簿囉，鉛筆囉，銀牌囉……哦，呂少爺，你沒有知道我那時是多麽高興，我以爲我的女兒書讀得好，將來總可以做點兒好事，誰知道如今會弄到這步田地，我眞是做夢也不會料到她會過這種苦日子……」

說着，說着，徐媽的眼淚隨着她顫動的聲音又在往外滾了。

十六

愛蘭這一天回來得還算早，見着呂楓，她的疲倦的眼珠也露出了光輝。她極誠懇地款待他，親自下廚房做了幾樣可口的菜陪他吃飯。

飯後，愛蘭又請他到她自己的房間裏去坐了好一會，這間屋子的確佈置得較外面美麗，清潔得多。他們談了許多瑣碎的話，大半都是關於故鄉的景色，童年的夢境，然而各自都避免提及那些不幸的遭遇，人世的殘酷，恐怕喚起了內心的憂思。

這是一刻不能忘懷的情景，呂楓面對着這個出賣姿色來養活雙親的女子，並無一絲輕視的態度，相反地，他是十二分地看重她。他很喜歡和她交談，話頭是一大堆，說完了這，又來了那；說完了那，又來了這，好像永遠吐不完似的。這樣，呂楓簡直忘了憂悶，忘了這是他傭人的家。

直到江海關上的大鐘敲過三點，他才回去。

但是剛踏上扶梯，就聽見了疾走的脚步聲，同時又聽見薛老太爺在喊：

「貞兒的媽！……貞兒的媽！」

跑上樓，祇見老頭兒躬着身體，捧着薛老太的頭仍在大叫：

「貞兒的媽！貞兒的媽！……」

「怎麼樣了？」呂楓急着問。

「一會兒功夫，她…她不知怎麼地暈過去了！……」老頭兒急得氣呼呼地說，「你看他現在還是人事不醒的！」說了一句話，又回過頭去向牀上躺着的老太太不住地叫，「貞兒的媽！……」

薛老太的嘴唇發白，眼珠動也不動，幾根灰白的枯髮散在耳邊，皮膚像起着疙瘩，神氣相當可怕。

「這非趕忙送到醫院裏去不可！」呂楓朝房間四周望了望，「貞呢？她上那兒去了？」

「啊，貞兒隨孔先生出去有兩個多鐘頭了，大概就要回來的。」

「我看現在就把老太太送到醫院裏去，遲了怕不大好。」

「叫誰送去呢？而且我……我……」

呂楓明白老頭兒所憂急的是什麼。他說：

「讓我送老太太去好了，我身邊還有上十塊錢！」

「上十塊錢，怕不夠吧。」老頭兒急慮地說。

「可是，不能再挨了，就近我先把她老人家送到廣德醫院再說吧。」

「好，好，廣德醫院不怎麼遠……」

薛老先生表示同意地直點頭，呂楓忙跑出去雇了二輛人力車送老太到醫院。

買水煙袋記

伯上

九月二十八日是孔聖的誕辰，照例有一天假期。

我是一遇假期便覺無聊的人，可是吃粉筆爲生的人那有不喜歡放假的？無聊是想不起事可做，這一天也正在無事可做，心裏煩悶的時候，便想是護國寺廟會的末天兒，何不先逛逛地攤，再去理髮館呢？臨走帶了一塊包袱，滿打算從地攤上有所收獲的。

氣候是絕佳，彷彿專爲逛廟會似的。時間還早，只有幾個地攤，無非是破銅爛鐵。那些頭二等階級的如翡翠攤磁器攤，布攤都未出來，用石頭或蔴繩佔着地盤，逛的人不見幾個。

破銅爛鐵中偶而能發見高貴的東西，無非是一把洋鉗子，外國氣筒，我也無心看；玉器攤自然是琳琅滿目，不過去年舊歷新年在火神廟買了兩個翡翠戒子，滿以爲得着便宜貨，誰知都是假貨！因此我斷定此地更不會有眞品，雖然是個藏龍臥虎之處。

來回的在護國寺與太平倉之間漫步，等着地攤擺齊，果然漸漸多了起來，我便在一個較大的地攤前站住，是賣鐘錶自來水筆及其他洋刀的，一眼望去，四面發着陽光彷彿世界太平了似的。

攤上放了幾個水煙袋，裏面有個大的，我看中了。我想買回來代替缺貨的紙煙，吸法我明知麻煩，不過我自以爲小時候在家鄉時，因常到伯母屋裏給伯母吹紙捻，而且也背着父親吸過。現在事隔二十五六年，多少還記得，所以我便預備買下，抬頭看看賣主，可實在會令人一驚！

一個重量足有二百斤左右的，嘴邊還有一撮猪鬃似的黑毛，長在一粒大痣上，好像是個在幫的人。我一向不會還價，此時更是不敢問價，不過不問怎能買？於是蹲在地上，還故意拿起別的水煙袋看，大胆問一下多少錢。

「四塊五！」，聲音之雄壯，眞好似一頭雄獅。四塊五，覺得不算太貴，趁着勇氣又拿起大的看了看，是個道地的廣東貨，嘴上還有個小帽子，一切零用傢伙俱全，美中不足的是蓋子蓋不緊，却也不大要緊，問問價則要七塊五。

我也不知道應當如何還價，總之先給了那小點的二元五，回說賣不着；接着給大點的五元，他說見過六塊了，這一句把我堵了回去。

五塊錢其實不少了，老虎攤就是拿人，遇見傻頭傻腦的人是不放鬆的，我明知道再加九毛也不會賣的。可是我仍不走，因為我發現了他正同一個靠在自行車上的人正作着交易。他們的交易，外行人是弄不來的，各自把一隻手縮在袖筒裏然後握着手給價還價。現在就是這樣，他同時還在同買主說閒話。

一會兒大概成交了，一個拿出一個自來火，一個拿出錢來——多少錢成的交，第三者是決不知道——我等着他落點價，豈知早就不當我是買主了。

假若想買一件心愛的東西，就不應愛惜錢的，我明知，只是當時不那樣想。六塊錢買好幾斤銅，他說也值，何況是個成形的東西呢。難怪他這麼挖苦我，總怪我不夠經驗吧。

又走到太平倉了，看見六十多歲的老頭子，擺了一個小攤，除去一些大小空瓶外，有一個小水煙袋，拿起看，很像婦女用品，一定是某姨太太或者老太太用過的東西，蓋子上淸楚的刻着漢口二字，外面彫着花草，比那廣東貨細。老頭兒要價三塊五，我說兩塊，老頭兒當然嫌少，我便故意挑剔——胆子忽然大了——零件也沒有，太小了等。老頭兒說零件有，在箱子裏放着，單賣五毛錢，說着打開脚邊的小破箱，眞拿出一個小刷子及鉗子來，我看了看也很細，可是為什麼不一齊賣？我想總是老奸巨滑之故吧。

我又問那水煙袋的價，這回說三塊三，我也故意說兩塊二，他露出下面幾粒黃牙笑了，說您別打哈哈了。結果以三塊買下，老頭兒彷彿那兩件都白饒上了似的。

我又發現一個圓滾子，一頭是木柄，一頭是卵形的木頭，老頭說是肚子痛的時候一滾就好，並且說一塊二賣給你了。我說七毛就買，老頭兒搖搖頭，可是賣了。我給他一元鈔票找錢，他不找了，說滾子七毛，那鉗子同刷子三毛，兩不找。我不禁笑了，深深佩服這老頭兒的本領，他完全把我看成一個毛孩子了。

臨離開那裏，又看見一個銅製的扁壺，螺旋形的蓋，樣子頗為珍奇，問問老頭兒這是作什麼用的，老頭兒信口開河，說前清殿試的時候，考生裝藍墨水用的。我一聽不覺笑了。有心開個玩笑，便對他說：

「那麼鋼筆放在那裏呵？」

「鋼筆就揣口袋裏。這玩藝比墨筆省事。」

老頭兒硬要賣給我，我趕緊走開，到西四南一家理髮館去了。

坐在椅子上，想起那個大的水煙袋，六塊也不算貴了，不過我自己再去，一定又得六塊五，或許已賣掉了。於是理完髮，趕緊坐車回家，路過地攤時想看看那水煙袋賣掉沒有，因為遊人多了，沒得看見。回到家後立刻叫人到那裏去買，心裏總担心會不會手空而回，結果是買了來，一看還找回五毛，可見他說過給六塊錢的人一句是天大的謊話了。我雖然沒有上當，可是吃了那老頭兒的虧了。

三十一年九月廿九日作

殘秋時節

張葉舟

一

西風起，蟹正肥，梧桐葉落，已是殘秋時節。

孤獨地在馬鞍山頂上躑躅，縱目眺望，但見白日當空，寒輝四覆，青天一碧，薄浮着鱗片似的微白雲翳。在這高空的圓穹之下，靜伏着世間的一切物象：遠樹迷惘，如浸在煙霧中的危崖；白灰色的瓦屋，比櫛叢倚，各各透出稀淡的銀光；那黑沉沉的屋楞，鎖亂間突如墳尖，這裏面不消說藏着那無數有生氣的人。一塊一塊的泥田，至今都蓋着灰黃的衰草，看去都是無限憔悴，這些在春夏時節，不是會呈現過錦繡樣的景色嗎？

小山脚下，屋宇叢伏，看去尤爲親切；黑白相雜的高牆與低垛，面朝不同的方向各在靜望那無力的斜陽，似有所求。牆上那些爲了吸收空氣特別配備着的窗口，望去都是黑漆漆的。不禁發生了疑問，在這許多屋裏的人們，此刻靜靜地安居着，不知在幹些什麽？他們中有的會在街上叫喊，有的會在田野往來，有的會抱着小孩子閒談過，有的會悲泣那不幸的遭遇過，凡是人間應有的情態，無時無刻不在眞切的表演，但此刻望去却是靜寂極了，啊，這眞是一個靜寂的人間嗎？

蕭索的殘秋，最容易使人觸景傷情；在異鄉客居着的我，在滿眼異鄉風味的馬鞍山上躑躅，一個思念飛越過雲煙以外的以外，親切地懷念起兒時的湖山了。

也是這樣的殘秋時節，也是這樣的近暮時光，懷着跳躍的心情跑出門來，啊，蒼蒼茫茫的遙空裏正浮着一抹火焰！喧叫了一陣以後，先先後後的就集攏了一堆人，翹望着那遙空裏「鷹窩峯」上的野火。對着那浮映在寥廓的天半凝住了似的火影所幻出的飄忽的故事，實美麗得多麽稚氣呀！等到睡意釀濃故事糢糊的時候，浴在微黃的燈光裏的母親的影子親切地溫暖了我的童心。

也是這樣的深秋，也是這樣蕭索的午後，當感到一切遊戲都呆重無味時，萋萋的衰草上就着上了一把火！漸漸的蔓延開去，帶着吱吱的響聲和焦焦的烟味。在昏黃的歸路上偶然回首，也還看得散漫的星星火影。

依然是寂寞的殘秋，依然是蕭索的午

後與蒼茫的深暮，而母親，兒時，兒時的湖山，兒時的湖山裏的野火呢？遠了，遠了……。別了兒時，抱着無涯際的「作客」的情懷，悽悽淸淸的輾轉着，而又頻頻向過去回首的生涯啊！

今天，獨個兒在這異鄉的馬鞍山上浪游，踏着燒去了衰草的野地，前面的遙空正橫着淡淡的遠山之影，懷念之感就如暮色般罩上了心頭。

馬鞍山，鷹窩峯，眼前的荒山，兒時的湖山，他鄉作異客，增濃故鄉情！旣來能高唱毀滅之歌，自然還希望能遇到點綴在兒時生活裏的野火似的或物，在這蒼茫寂寞的來日，在這蒼茫寂寞的人間。

二

我彳亍地爬越到了荒涼滿目的後山了。

荒敗的墳墓，本來最易惹動人的愁思，在這個蕭索的殘秋時節，孤零地伏在雨打風吹的曠地上，特別印入了我的眼簾。墓石沾滿着點點泥水，一向聽其自沾自落；石上附着蘚苔，終年不見光彩。墓上的荒草，即在春夏，也不能引人顧盼，祇讓牧童們踐踏，此時更萎黃的不堪寓目了。我想起長臥在墓裏的人，也許已隨着雨水分化了，縱然有它的靈魂，也要永久地埋在黑暗中，任使親愛的人們，憶念談說，所有希望，都歸烏有了。

我開始替墓中的人們悲哀啦：他們過去也都是有作爲的人，如今已是撒手成空，甚至連遺留在人間的一點餘氣，也和他們的形像似地，跟着時間的悠長漸漸的模糊消滅了！讓蓄有新希望的靑春的一羣，蹈着他們的舊路，掙扎，奮鬥，創造，建設，爭取種種的權力與美譽，却再也想不到墓中的人們，生前也是同樣的有一番光榮歷史呢！他們雖然是幽明相隔，却是咫尺相處，終是前仆後繼，努力維持那人間的一線生命。我們不能不贊歎這些後繼者的勇敢，這是什麼原因呢？如果人們都怕有希望，都起了「色卽是空」的悟念，我們相信世界上所謂有生機的人類，祇是死滅的和諧。這樣的人間，又是怎麼一種景象呢？

「百代興亡朝復暮，江風吹倒前朝樹！」這是吳敬梓在儒林外史裏的話。「但屈指西風幾時來？却不道流年暗中偷換！」這是蘇東坡在洞仙歌裏的話。「世人都道神仙好，只有功名忘不了，古來將相在何方，荒塚一堆草沒了！」這是曹雪芹在紅樓夢裏的話。澈底的說來，英雄也好，懦夫也好，美人也好，醜婦也好，反正是逃不過列子楊朱篇的一句話：「人，上壽百齡，中壽八十，下壽六十」而已。這便是人類的悲劇。

到了生機斷絕，深埋在這樣的荒敗的墳墓裏時，也許都會想到撒手成空的我，生前飽含着戰慾的我，和其他久臥在荒丘之中的死屍一樣，祇是孤零地伏在雨打風吹的曠地上，祇是伴隨着儘議牧童牛羊踐踏着的荒草！在這樣蕭索的殘秋時節，特別引了人的愁思，對着偉大的自然繁雜的人羣，都祇是死的沉默！

「長江舊浪逐新浪，世上新人換故人！」詩人的啓示，眞不錯啊！所謂世上新人換故人者，無非說生命是要換模式的。公元七七〇年，詩人杜甫死了；然而，公元七七二年，詩人白居易，却也呱呱墜地。只可惜這個白居易不是那個杜甫罷了。至於「長江舊浪逐新浪」，也不過說生命的模式無論是怎樣的變換，然而所有的活動仍是一波未平一波又起的連絡着，正如杜甫雖然換了白居易，然而布局謹嚴的諷刺詩，依然是連續地存在。

所以，正因爲生命是無窮小的一刹那，過了這一刹那，便不容我主宰那一刹那，這一刹那的生命雖苦其短促，而因此愈感短促之可貴了。我要排除煩悶，我要避免痛苦，我不要悲哀，而要求愉快，我不要罪惡，而要求令譽；總而言之在這個短促的一刹那間，我要儘量領略生命的意義。「對酒當歌，人生幾何？譬如朝露，去日苦多！」這一項主張，也是對的。可是，如果是冥冥中是有造物主的，他果能允許我們儘量領略生命的意義嗎？在這個短促的一刹那？

就我本身而論，我常常愉快，但也常常悲哀，常常起舞，但也常常啜泣，朋友們見了我這般變化無常自相矛盾的舉動，居然問我，你爲甚麽這樣？我當時也曾低徊沉吟而告訴他們：「我有煩悶，我有苦痛，我與上帝無緣！好像站在車水馬龍的十字街頭，東盼西望，左思右想，而毫無歸宿之地！我雖抱着希望，我也感到失望，我在含笑，我也在凝淚！」

今天，墓中的人們，給了我偉大的企示：他們在生前儘管沒有表露過自我的靈性，自我的人格；但那自我的靈性和人格，都恐怕被埋在永久的黑暗中，或者已各各振翼而飛去了！那末，我啊，來被深埋在荒丘中的我啊，應該怎樣表示自我的靈性；和自我的人格呢？難道因爲生命短促的緣故，使我放棄表示這自我靈性和人格的機會嗎？

三

季節已是殘秋，到處顯露凄涼的意境：

「秋水共長天一色」，在過去，我站在故鄉的永安湖邊，也會像煞有介事的欣賞過。現在是所謂秋深時節了，但是，我像遊魂似的徘徊到肅穆的青陽港畔，我別無感觸，不過仍是低徊地默念着：「秋水共長天一色」……。其實，感不到古人的歡喜，也感不到友人的悲辛，祇是不自覺的默念着罷了！

我望着漸漸高上去的長空，回答是靜默。我又望着漠漠長空裏孤飛的鳥兒，回答是靜默。可是，我從來沒有向遙空裏獲得雄偉的感念；因此，一切英雄夢在這裏當然尋不着足跡。

這裏有古老的漁舟數艘，漁舟上活動着的不過是幾個渾渾噩噩的漁人。秋眞的深了嗎？季節確已秋殘了嗎？然而唧唧的呢？息息的呢？秋眞的深了嗎？這悠悠的，如死蛇一樣攤臥着的困倦天氣，使我呆呆的昏昏的……。這昏昏的又呆呆的，但長天下尋不出寒劍似的使人悚悚刺刺的秋水啊！……

× × ×

深秋的消息透露在荷塘裏，憔悴的荷葉染上了焦黃色，垂了頭，彎了腰，捲縮着，秋風過處，淺淺的水，掀起粼粼的漣漪；葉子便無力的抖了幾抖，怪可憐的。

在新秋時候，她們肩並肩的挨着，宛如一雙雙挽着臂的情侶，水被她們遮住了，遠望，荷塘上面是密密層層的排列着無數塊的「碧盤」。在新秋時候，她們還披了潤的軟嫩的綠衫，衫上面凝留着幾點水珠，仿彿閃爍着幾顆疏星的蔚藍的天空，裂了一塊一塊浮在塘面似的。在新秋時候，他們頭上還戴着花朵，紅的，白的，像羞澀的處子，紅着雙頰低着首，在懷思着春情那樣的給微風一吹，便婀娜地一會左，一會右，擺個不停。

而今呵，凄涼的月色下，悲惻的蟲聲裏，花殘綠退，葉枯，梗斷；低有靜候着感傷的詩人，來憑弔她們的遺骸啊！有如荳蔻年華的姑娘，嬌艷欲滴，無可比擬；曾幾何時，搖身一變，青春盡逝竟成了鷄皮鶴髮的老嫗一樣；她們回溯了過去，體味着現在，不禁嗚咽地說道：「過去的美麗，祇是準備着現在的凋零呵！」

× × ×

是瀏河之夜：海岸的高岡上，森林靜謐；月在遠遠的海水上耀着光輝；海平靜，風微動。

月光在樹的邊緣上耀其光輝，樹是深黛，瘦長而矗立，直至深處。在深林中，天主堂的燈光微微地看見，這正是祈禱的時候；林中寂寂，有着樹葉的嘘息。天主堂的鐘聲悠然響了，飄出森林向靜寂若夢的海面散去。

一隻漁舟在海面上停下來，舟上一個白髮的老人俯下了他的頭靜靜地祈禱。世界若夢。

從褐色的焦石上，從蒼翠的斷岩上，一個在人世的沙漠中疲倦了的旅客，孤獨地，從寥闊的天空下俯視着這森浩的海，想着那黯藍的怎麼也不能平靜的胸膛，正象徵了我的哀愁！自己深沉無邊沒有底的哀愁！便覺得昨日的眼淚，正是和一切桃色的歡娛一樣的都是虛擲！而這使人無言的沉默，才正是一個歷盡了辛險的旅行者的歸宿！

遙想着在靜謐的秋月之下，在晦暗開闊的風雨之中，在焦灼的烈日下，甘心忍受他人的怨忿，捨棄了絕世的總明，靜靜地，一個人，從海的瞬息萬變的姿容上，讀着自己過去生活的陳跡，絲毫無動於心，祇念着這無盡的藍褐色的懷抱中，正埋葬着自己曾經用生命搏戰過的無價的珍寶，那將是怎樣的傲？

雖然自譽是久已參透了人世的夢幻，可是，這年輕的心，有時却好奇的爲自己織着自己的羅網，明知道所走的方面是陷阱，可是經不起生活鐵鞭的抽打，不得不撫着未愈的創痕，便又輕輕地踏入了險峻的重陣。在月光中，靜靜地想着每一次的經歷，用着絕世的聰明，將驕凌的幸福任意地在掌握中顚倒，有誰知道這樣賺下的每一滴眼淚，是冒着了巨的艱險？

銀點一樣的繁星，奔洶飛濺的怒沫，掩在秋月微光中的漁舟，和矯健翱翔的白鷗，也都用着無言的沉靜，來回答你的友情！決不像淺薄的人世，會因了你的每一次的眼淚和歡笑而驚異！

從人世的沙漠中歷盡了艱辛，聰明的心，參透了哀愁的味，開始覺得這樣沉默的可貴，對於無言的海，我有了深摯的懷念！

我獨個兒蹲坐在海邊沙灘上，直等到月亮沒下水去，剩下了一點餘光。漁舟在暗中前進，嘶嘶地響着水聲。老人的眼睛望着那落月的地方，永遠永遠……。

× × ×

是午夜夢醒時，從迷朦之中，微感到身上有一點蕭瑟，心上有一點淒涼的一刻，就正是秋殘的徵象。

許是琴聲，它帶來了青春的哀音；許是落葉，它帶來了新秋的淒寂；許是廢夢，它帶來了童年的甜蜜。

在靜夜裏追溯着已往的歲月，如一鈎垂淚的秋月呵！我又在感傷自己的命運了！

啊！命運已是泥濘裏的野駝，誰又忍唱出愉快的歌曲，去適應幸福者的享樂呢？祇有凝視良夜的詩魂，花朵般的啜泣，啜泣吧！讓淚雨滴破了芭蕉，讓淚雨震動了梧桐。

已是午夜了，在午夜的浮漾裏，蜿蜒地發出將近中年人的長嘆；在憧憬着童年，青春的花朵，甜菓，去祝福那寒霜堆滿的前程，去抱着白蓮吻葬死去的故兒！用葡萄酒灌溉殘灰的生命，那已如埋葬落花夢的哀豔，猿啼的悵惘，狼吼的顫抖……。

啊！午夜更沉寂了！午夜將隨着歲月的輪盤飄落了！消失了！像竹林裏飛出的白鷂，去完成她的歸程！對此，我像紀念青春般的紀念着午夜，雖然這午夜不會回來，夜鶯啼不回來，鵑聲震不回來，雞聲叫不回來！

啊！午夜已是過去，涼風帶來晨曦之光，過去的是一陣霧氣，現在的是一陣烟沫，永是戀哀，永是感傷，永是失望……。

何處暴露着日光下的彩色？何處暴露着月亮下的火星？已是天明時刻了，天空在噴出雨點……。

四

附近的河沿上，也染上了殘秋的悽涼，成天都是涼清清的；聽見一陣輕微的橡輪車聲，在心頭也恍然如像那空谷足音一樣。可是，每逢正午時分，一個彈三絃的瞎子，總是坐在那堤邊大柳樹下，有意無意的揮撥那聲音沉抑的三絃。這些平凡的的聲音，在病弱心情的我聽來，竟好像是鈞天神祕的音樂，我的弱小的靈魂隨着這渺然的音波，在這淒清寂寞宇宙中飄飄游蕩。

更常常使我心情搖落不安靜的，是每天黃昏日落之後，兩個江湖賣唱的老人和少女，在河沿上一步一步地向西走去，破碎的琴聲，不諧合的鼓聲，檀板聲，幽幽地奏出這一切流浪人靈魂深處沉淪落寞的悲哀。間或聽見遠遠的那少女的歌聲，單調，沒精神，在我的想象中，活畫出一個受盡性的蹂躪，磨折，靈魂枯倦了的女子。這一幅人生苦悶色彩渲染的圖畫，引起我無限愴情與悽戀。每每一個人呆呆的站在門前，目送這兩個淪落流浪的人一步一步在河沿上走過，直到他們的背影在樹蔭水光中消失。

兩個頹弱的身影，如枯柳之禿枝在風前搖擺，憔悴，婀娜，在我的視綫外消失之後，破碎的琴聲，不諧合的鼓聲，檀板聲，猶依稀可以聽見。我仍然呆呆地站在門前，但是，我流浪的靈魂啊，却隨着這飄渺的纏綿的音聲而去。

莫來由的悽戀與愴情，在我心頭日日以深。一到黃昏日落以後，那兩個流浪人弄着琴鼓，在河沿上一步一步走過時，我的心便渺然隨之以去。曾幾次在暮色蒼茫的時候，辨着琴鼓聲音的去向，遠遠地跟在他們後面走着，讓我的浸漬于流浪悲哀的心絃，和着這飄渺纏綿的音波顫動。涼風由水上飄來，心思格外悽切。遠遠有一盞半暗不明的路燈照着，反轉覺得幽森之逼人。再走過二道曲徑，便是河沿的盡頭，街市已很近，幽幽的鼓琴聲于是在嘈雜喧嚷中消散，我也就廢然而返。

唉，同是天涯淪落人，相逢何必曾相識！

十，五，深夜，脫稿江蘇崐山馬鞍山。

草野心平論

伊藤信吉
雷眞原譯

一

把過於分化的各種形式的現代詩，使其一貫聯鎖底特徵是什麼？將這些疑問提出來，那激烈的分裂，或許是歷史性的缺落而感局促不安。

例如三好達治氏的抒情主義，在今日已看到有某程度的停滯。又如高村光太郎的作品，以單彩的色調，踏上一條道上，但這些詩人的作品，不論何時都令人感覺完全的安定感的。這事實，是兩詩人已距離了現代詩的意味嗎？可是，高村氏的作品，從現代排除出去是困難的。就是三好氏的場合，它的抒情主義，也是連貫於很多詩人的世界的。

關聯共通於現代詩的傾向底消失了安定感的作品的姿態，在今日詩的展望上惹目的，就是詩人的意欲，乃至思想的方向，所指着的印象是曖昧的。在這裏面，草野心平氏的作品，一樣的令人感覺內部起泡沫，但它的實體究竟是什麼？不易探求。在這意味，草野氏的文學所寫的擾亂，在現代詩上，可以說是具有一個性格的典型。

草野心平氏的志向，一個是高村光太郎氏的世界，一個是宮澤賢治的生活性了。包括草野氏的三詩人，形成輪廓的領域，是定着於生活欲情，而在此燃燒感動底一定方向。從這點而言，也有和千家元麿氏一脈相通之處，可是草野氏吸收了時代的新精神，經驗了什麼是思想。因此獲得了新詩的方法，而將現代詩的一個性格典型了。

站在這麼位置的詩人，向何處放射它的意欲，這可說是現代詩上的課題。從這裏可以窺視發生那實體不易探求的泡沫，內部的發酵體混入着很多的要素的。

染了血般的天空。

酷烈的放射着。

像要飛起的我走到這裏來了。

我在當前，還要一蹠這猛烈的天空。

就算無賴也要連貫眼珠三千年。

我要企立於這尖端上。

掩沒一半的站立。……

在這「猛烈的天空」的作品，立刻會發覺充滿着充裕的意欲。然而，說明什麼是意欲？用什麼語言也無法解答的。所以作品屢屢似象徵的難解，這樣的傾向，跟着意欲的激烈的比例而昂升。第一，就是極度的把時間壓縮的緣故。這樣的，沒有方向的意欲，隨着內部發酵度的昂揚，而求語言的激烈，從這纏擾遂生內訌。在這詩人的生活，不是釀成內訌的好手段嗎？而內訌的上昇，奔騰得像失了制動的。在奔騰的生理作用上，尋求確定的意味一定很困難，所謂草野氏的作品底魅力，是對奔騰的生理的共感呀！或在於促使生理的意欲的母胎上，在這裏，可以導出斷定他是思想的，不如說意欲的人。從這斷定之途逆尋，便可理解這詩人所以親近高村　太郎氏，宮澤賢治氏，又和千家元麿氏的感動一脈相通的。

這意欲的故家，就是對生活性的愛了。例如在「猛烈的天空」對於素樸的生活的愛，已不存些微的痕跡。可是把這作品經過的過程，反轉來一看，仍然連繫於對生活性的愛上的。

在詩集「母岩」上，有一首「不錯，他們到該日下午仍生存於下界」的詩。在詩的終結，附言「寄前橋市紅雲町五十六番地那處的各位」這是和草野氏一同居住於五十六番地一角的搬運煙煤的一家，受生活的相迫投身於利根川的事件，取材的作品，斯時，詩人已離開了五十六番地居住在東京，因某機會得悉了這悲劇，他非常的慟哭，從作品的字裏行間，蘊藏着歎聲！

這作品，是怎麼的構成草野氏的生活欲情，在作品上又以如何的順序表現，是最簡明的作品。五十六番地的恐怕都是貧困的，其中一個搬運煙煤者，爲了被迫於貧困的事情，就算在貧困之中，把欲求豐饒的生活的詩人也慟哭了。在這裏草野氏的生活感情，交織着和庶民一樣的色彩的。

慟哭使詩人把握了什麼呢？然而草野氏所表現的，並非慟哭也不是貧困的生活。是貧困同時是豐饒了。故此，把慟哭的生活感情返過來，逆而取了從豐饒處說貧困的嘆息的方法。

——媽媽！怎麼呀？是這麼的美麗而有趣，

——遲呀！

口喝的父親，眼巴巴釘住天使之羣而呻finger boul.的水。

從插入的母指，血粘靜靜的染了聖玻璃的水。

這四行就是悲劇詩的結尾。全詩的大部分，就是被招待於死的天上的世界的父子等，欣賞豪華的夜的饗宴的情景。在貧困的人之上，贈賜豐厚的饗宴，這便是詩人慟哭的表現，是顯示豐饒的生活欲情的特徵方怯。畢竟對生活的愛，包括反了底的形式的作品，在那方法極度壓下時，意欲的內訌變爲奔騰的生理，而向了「猛烈的天空」與其他作品了。

典型爲現代詩的一個性格底草野氏的世界，正擴大共感的廣大的圈子。從奔騰汲收的意欲，在混迷中，因爲是一個秩序。

二

室生犀星與草野心平兩人，熟稔上州前橋的地上，及其風物的。因爲這兩詩人，嘗住於這個地方的緣故。在室生氏從遙遠的金澤還來時萩原朔太郎也居住於斯。草野氏從東京移居於斯時，萩原恭次郎居住於斯。又有寂靜的居住在此，而默默獨自作詩積稿的高橋元吉氏。

這麼的有幾個詩人居住，我回想消逝的往日時，憶起這裏是奇疑的土地的運命。荒涼的這個鎮上，實在關於詩人寂靜的持着奢侈的歷史。歿亡於茨城縣磯濱的山村暮鳥氏也是生於前橋的。又以「籃色的墓」的遺稿詩集，顯示獨自的世界的大手拓次氏也是上州的人士。這些人都是從氣質的根底而成詩人的。這樣的，他們把這地方的運命與回想豐富起來。

就算是弄堂內任何一小家庭，恐怕沒有點着洋燈（油燈）的了。可是，我頭一次到草野氏家裏的晚上，在那裏開着如洋燈一般的微光，像黑翼一樣的輝映。這好像，是我的錯覺吧？其實，確是電燈的光線而無疑。

在這弄堂的房子裏的詩人底生活是很奇怪的。在我的記憶裏，是有開着洋燈的光一般的當然的錯覺。例如牆壁上的微暗地方，用粗繩吊懸着一尾鹹鮭魚，我一看那晒乾的硬肉上，東扯西拉，亂七八糟的已弄得再無下手的傷殘得不整的樣子。爲什麽在這樣的地方要吊懸鹹魚呢？可是草野氏，用剪刀把那魚的一片取下，馬上放進口裏了。在這樣的情形而言，我不覺呆然。

在我底眼簾，感到這生活的印象，是新鮮而奇疑。可是鹹魚只是日常的一事而已！摘取庭裏盛茂的夏草，作爲味噌汁而食。把友人送來的幾十隻生鰯魚乾晒於屋簷下，正在眺望，他已摘除腸肚一隻隻的食光。——這樣的話，我除了驚奇外，在這裏潛着快樂的野蠻生活。我說開着洋燈，在我的錯覺有什麽的不可思議呢？我深信那確是洋燈的。從這記憶的錯覺處，正對草野氏流露親暱的呀！

這樣的生活形式，絕少拒否人們的傾向的。因此這詩人，是有給人親暱的氣質。生活底的野蠻樂趣，是所有庶民都共通的，而草野氏的生活正如此。庶民生活的貧困，不一定是生活情感的貧困。給貧困之包紮，其實包紮貧困般的生活姿態，那是給多數人的親暱的。在街角購了串串的乾鰮魚，馬鈴薯，放入懷裏，在「Conven shok」等叨念一般的生活的包括性，是給廣範圍的親睦的。這快樂的野蠻處，從作品上觀之，則爲如左的語言了。

在車站的火爐邊，老伯父，老伯母，孩子們都圍伴着。

我們坐着椅上，一面與寒氣和寒氣相鬪，一面爲了西洋電影映出的苦悶的表現底滑稽的運動。那樣的，東跑西走的取暖。

G把在監獄讀過的新青年相贈。

——那麽再會，感謝！

——訊問各人的安！

我們很簡單的分別了。

K和我眺望由雪，一面朗七八道重走剛才踏過的道路。

這樣在我的肚裏，悲劇的歡喜的殘忍的發聲片的聲音，如蜂之巢騰沸起來。……

這作品的形式，並不感到是特別的獨創的。可是把生活的貧困，逆而包括的生活性，實在明顯的活生着。「一面與寒氣和寒氣相關」，「東走西跑的取暖」的說法，並不全是言語的斡旋的巧妙呀！從嗜好語言而來的。在這生活的方法與型態中，充實了野蠻的樂趣，從這裏可窺視有生活意識的詩底世界。這快樂的野蠻處，是形成草野氏的思想與文學的背景的。

所謂生活一言，是包含很多的謎的，但從這無數的謎與謎的相連處，文學背負着具體的條件的。這樣在草野氏，生活就是文學衝動的同時的基盤而已！這事實，在一般上是意味素樸的文學型態的。可是在草野氏的作品上，他的素樸，以快樂的野蠻底特殊形式而表現的。生活衝動與文學衝動搓合爲一個的過程，就是那素樸與作品相結晶的文學過程了。

因此這詩人，以思想的統一，不是受黨派的制約而和文學得失的人。剛才所引的作品「以新青年見贈的G」恐怕一定是黨派的人，但這對於草野氏的文學，是沒有決定的意味的。就算從某種意味上，接觸了黨派的動向，這並非犧牲生活情慾而向思想的殉教。所以在文學的意味上，草野氏的作品，並沒有和黨派的中核相連繫的。若是他的文學衝動與生活衝動是同時發生的事情，那麼這事是當然的了。

在詩集「明日は天氣だ」（明天天氣好）中，所引的「無題」的冒頭，內收集「——に」「十八歲的克魯巴特金」，「某一夜的埃羅詩埃哥」等作品。又有在這兒沒有編入的「抵了橫濱的巴古寧」，「左拉同盟」等的作品。從這些作品，我們可略窺探當時草野氏的思想傾向的一班，但實際上，生活的表情比思想更反映着。生活的貧困與對生活的愛，雖然已充分的預備了聯繫思想與黨派的素質，但把生活廣度，界限思想乃至黨派的制約，在草野氏是很困難的。

在無政府主義流派的詩人中，我最感覺親暱的是荻原恭次郎與草野心平氏二人了。在荻原氏的文學上，潛入於黨派，並非特別的障礙，生活的思想底集中，以詩的抒情融合爲一。這在草野氏的則趣旨相異，生活的野蠻底樂趣，是强力支配了。生活本身的豐饒，化爲思想的核心。在這樣强固的生活衝動上，當然包含詩人其人的嗜好的性格的。但除了此，草野氏仍然在黨派的制約上，他的文學沒有動搖吧！對乎這麼制約的接觸，不過是由快樂的野蠻發出來的一個欲求而已！和其他各種的欲求，都是均質的，不能把其他一切都犧牲一樣的獲得特別的意味，內容嗎？迢遙的跨越黨派的牆，流溢的生活的抒情，把這詩人歌誦了獨自的生活欲情。

在有這典型的詩人，欲求思想及黨派的動向，和其他的各種欲求是均質之質，毋寧是自然的。在這場合，指摘思想凝結的弱點，是沒有一點意味的，在這底下的生活底鞏固，應如何打碎的呢？畢竟，詩人在豐饒的抒情的生活上，思想包含着意欲的。

三

室生犀星氏的「抒情小曲集」中的數篇，草野心平氏的「明天天氣好」，「母岩」二冊所收的好幾篇作品，都是創作於前橋市的，是謳歌該地的作品。

可是室生氏的前橋與草野氏的前橋，它的意義是相異的，這不特是兩詩人的世界不同，同時草野氏以自已的地圖作爲生活而活動於各地的緣故。他不單是在前橋市，他也曾滯留於廣州市。他這樣的移動其地圖的生活中，暗示了什麼是新詩人的意思與抒情了。

在卡爾・沙達巳克的詩裏，有一首「加拉馬斯的罪惡」歌誦都會的長作品。大概是十年前，我從草野氏的翻譯本閱讀了。但其實，所謂加拉馬斯的都市，找通美國全部也沒有的。這並不是說沙達巴克否定都市的意味。爲了否定都市所內藏的否定的面及性格，他假設了這樣的地圖，而歌誦現實的加拉馬斯的鎭。這假設的現實，是顯示詩人的生活性，由其生活性而促進詩的生熟，平時已意味與現實相連結的。不管是前橋與加拉馬斯，他這樣的熟識而歌誦是一個的。

天下實在是春天了，
雲兒朧升而彷彿。
踏步於利根川邊的薊毬花的林裏呀桃煙中，
摘取御浸的菜，看饌和摘取筆頭菜，
摘取美麗的薔薇的新芽，
從樹木呀青草的新精神，
那些都成柔和溫暖而燃燒。
五六羽小鳥晃眼睛的發出謚濁的聲從空掠過。

飄過的方向是迢遙的，
雲的淺間的噴煙，從樹林的交叉裏穿過……。
蟲，啄木鳥們也想飛上天的天氣，
啊！實際。
筆頭菜的頭頂的繁殖作用呀！
很速吸水的樹木內部的活動呀風的飄搖，
充滿了陶醉的音樂。……

這是草野在流於前橋市的利根川邊的莿毬花田野上，所歌詠的「春」了。這時，前橋這個地方，對於詩人，不論何處都是好的地方。地名並無決定的意味。單是一個機緣而已！加拉馬斯和前橋等的風物，不過是假託的，詩人對於春的感情，是比什麼都更成熟的。在這裏使人想起的，就是詩的抒情方法與它的內容的變迭了。

室生氏的「抒情小曲集」爲了至今仍有感情的純一的薰香，對於我們包含着美麗地親密的部分。出版了這詩集時，確實因具有特異的抒情詩而魅惑一時。一個新鮮處，在利根川邊的數篇的詩中流溢着。我還是年幼時，我曾廣汎的愛誦了那些詩篇。

草野氏的「春」的新鮮處，迫使我回想室生氏的詩篇。可是因年月的消逝，那詩篇的新鮮味，在今日並不一定是新鮮了。草野氏的詩，在今天仍感新鮮，置於我們的手上，第一就是使人憶起抒情的方法和它的內容的變遷了。

恐怕「春」在詩集「母岩」之中，是最超羣的作品之一吧！從此詩，可以充分看出草野氏的抒情的特徵，充分的流露。充滿陶醉的音樂和陶醉於歡天喜地的季節的歡悅，這樣的歡悅的抒情也是異數呢！究竟草野氏的作品，對於這傾向是非常顯著，歡喜呀！痛苦呀或者決意變成生活的音樂，而表現極點的內容與意味，可以言語的插法和文的內容，都是特徵的，一個熟語的崩潰，正如招取一篇的破綻一般，對於言語與言語的脈絡是緊密的。將失敗的作品閱讀，可以看看在某處它的語言有段落和陷落的。而對於縫級頂天至頂天的言語底聯繫，有着抒情的獨自方法。

在某場合，已佈置了意識的段落和陷落，從這裏可以窺視新詩的方法，從段落和陷落的佈置，可說一切的特徵均從此發生的。各詩的抒情方法，是怎麼的變化變遷來的，在這裏可以想起的。

室生氏往前橋市的旅行，大概是大正四年了。所以室生氏和草野氏的作品，不能以原形相較的，但在這裏，卽應時流，可以觀察詩的變遷了。

在利根川邊的莿球花的田野，我們從聆聽「春」的音樂，反過來可以一看如左的作品。

喂的柏生再呼叫，
我也喂的喃了把腕放上柏生的肩上，
將離廣東之前，恐怕碰見人，變裝從租界混入華界，置恐怖與不安於不顧，悠閒的跑路中，叫聲再會吃了一驚，原來是柏生。……

這裏是二十年前的廣東爲背景的。英國和中國的民衆，正是對立的動亂中，這樣在動亂的街上一同潛行的草野氏和林柏生氏。大概是昭和十四年的二月，在香港爲政治要人而活躍中，受了狙擊而重傷——詩人所撼動的地圖，這也不是運命的一個相貌嗎？

作品「春」與「未離開廣東前」兩個相距得很遠的土地，正如草野氏內部所攝二重的照片底一樣，以一種顏色重重疊着的。一張底片，撮取了獨立的以不同的風景，事件爲機緣的像，這樣，二張風景的重疊，生活熟習了。在草野氏，大概沒有被觀念的土地了，浸染彩色的地圖與他的生活一樣的蠕動的。

平時避免觀念的停滯，以鮮明的呼吸把生活的色彩複雜化，詩人的地圖的現實性就在於斯。故在草野氏的場合，把全部的作品變爲鮮明的生活性，而或到豐饒的抒情。在這詩人的詩，時常都顯示出成熟的生活姿態。在內部，完全令人不感到有不毛的土地，鍛鍊的深處，把持着所有作品所指示一般成熟的生活底豐饒地盤。一面令人感到嗜好的固執，在詩的抒情上，沒有固執的固定的停滯的美麗，這就是草野氏文學的魄力之一種了。這麼的，詩人內部的活力是不絕的燃燒着的，睹全部生活於作品上一般的不斷的把火燃燒，所謂前橋，廣東的地圖的移動，比較那抒情的燃燒，那就感到不足了。以各地方的風景爲機緣而觸發的東西，是時常蓄積於詩人的內部的緣故。所以「春」的利根川風景，也並非一定是說前橋地方的，而是詩人底內部成熟的新鮮的風景而已！和利加拉馬斯的假設地方變爲現實化的一樣意味，前橋地方的現實已昇華爲假設的風景。詩人內部生活的豐饒與熱度，是對於對象的加强變貌而已！

四

草野氏已收集了五本詩集，由「第百階級」，「明天天氣好」至「母岩」而至「蛙」，我第一次認識這位詩人是在前橋市。正是昭和三年出版「第百階級」的時候。在這集所收的很多關於「蛙」的詩，我那時，不能完全理解。爲什麽要歌誦蛙的呢？我有這麽的疑問。

跟着「第百階級」的出版，詩人陸續的發表作品，那已不是蛙的詩了。其次，「明天天氣好」是在昭和五年的冬天，於新宿的內街一家燒鳥店的棚子裏，落到我的手的。「母岩」再從前橋市。「蛙」是在東京市，我以它作爲活動的手。這樣，差不多完全不理解「第百階級」的作品底我，對於這詩人的精神，或者對於思想，又及至「蛙」裏所收集的「蛙」的作品，已能探出一個理念來了。

我能夠把我的耳朵聆聽雨聲等的時候，媽媽會把我們先祖的故事講給我們。那個時候，這個世界還沒下雪的遼遠的事情。我不過聽了一半已忍不住流淚，可是你看，我們是這麽的偉大的，快樂的歌詠，自然美麗得不過的流淚。……

經過了十餘年，再看「蛙」的詩，究竟是充滿着對生活的愛，同時包含對人間性遙遠的鄉愁。和「第百階級」相異，放射着統一了的理念底美麗的光輝。

從「第百階級」至「蛙」的路程，卽草野氏的文學，次第的把握了內部的統一與深度的過程的，在少時「第百階級」的作品，是和詩人的生活一同擾亂，饒舌，由於這樣的豐饒而缺乏着統一的。在生活的輪子的回轉決定了的時候，發生了像獨樂的心一樣的澄靜的美雅。一個理念顯明的貫通於作品，這樣這美麗處，就是詩集「蛙」上可見的透明的觸感了。

一般的說，詩人的思想，以一定的形式而交付別人的手上是相當困難的。如荻原朔太郎氏，比較上他的思想的確是顯明的詩人，尙且人們不能以確定的形式而探究的。嗜好，氣質底表面的意匠，因爲平常已使作品入於複雜的緣故。草野氏用了「第百階級」的標題，這也是混入氣質，嗜好的意匠，而令我初次知道像象形文字的謎。在某程度上的猜讀是確定的，可是一面又恐怕猜讀的方法有無錯誤而感不安定的心情，是纏着這樣的危懼的。

可是時光消逝，五個詩集所顯示的，已是確定的了。從結論言，這個人無論如何不脫「詩人」的。

從「第百階級」到「明天天氣好」的草野氏，他所接觸的面，確有一個傾向和限界的。他所接觸的人們，也有很多是無政府主義的詩人。「第百階級」的蛙的作品，在某處象徵思想的色的觀法，一定是離作品的實際不遠的。

跟着到詩集「母岩」的過程，有着從那思想的制約起的獨立的時間，同時包含對人間性遼遠的鄉愁的一個理念生成的過程。荻原恭次郎氏的作品，固然是思想性的緣故，較之那新抒情的特徵，在草野氏的作品，所謂思想的制約，這麼的已成爲制止抒情的氾濫的調節了。如「明天天氣好」的作品，更應自由的氾濫而內含抒情的欲求的。但它祇不過是表示言語的饒舌而已！當時這詩集的饒舌，由於思想的制止的强制了抒情的貌變吧了。而對乎思想欲調節抒情的氾濫的奇妙底矛盾，結果是應解決的。

「母岩」所收的作品，它的大部份，具備節約言語而生的沈默的美雅的。「妥斯託夫斯基」，「他們到該日下午仍生存於下界」等作品，仍殘存着饒舌的餘燼，但已變爲饒舌的質了。還有一個「妥斯託夫斯基」是

沈沒中的聖多比得斯勃爾克的空中雁一列的飛翔。
入目的一瞬間，
深的呼吸，俄國的縮圖從他的頭消滅了。
一列從屋頂的那邊煙滅後，
這次變爲美和悠久的縮圖而迫近他，
經過左手流着下水的街道，
拿着包裹的太太回首張望，
（願儘把那天使都殺掉）
愈走愈覺得路途伸長下去的。……

這樣的語言的節約，變爲語言均齊的華麗。思想制約的意識，饒舌其作品，從制約的獨立，把抒情的流露，引導爲均齊調節。我從這裏體察到詩人的經營，是不可思議的。詩集「母岩」的魅力，恐怕就在這裏。

宮澤賢治氏的特異的詩底傾向與草野氏的嗜好之間，在那裏有一脈共通之流的。可是，宮澤氏的文學注入的草野氏的愛，並不一定是連貫於那嗜好的共通性。特異的語彙的後面，夭折的北方詩人，是最愛生活的。流溢的生活抒情，交織着土壤，肥料，氣象的科學，以比什麼都豐饒的人間性歌誦了。爲了這事情，宮澤賢治氏又不是黨派的人了。草野氏所注入的宮澤賢氏的愛，可以說熱愛的很深，但對生活的野蠻的快樂與對人間性的愛，正是結合了兩個的詩人的窮極的一點了。

如在冒頭所引例的「無題」所記車站的詩，在那裏表現的並非思想的背景，從生活的當然歸結，描盡了思想的背景的。那時草野氏傾向無政府主義的方向的事情，是包括對人間性愛和貧困，是必然的生活性了。這並不是依存於黨派的思想，正如磁石的指針，指示應指的方向一樣的。又如宮澤賢治氏對文學的親和，在那裏所包括的生活性，是草野氏向着生的姿態的望鄉了。把草野氏的作品尋去，在思想和生活的這樣的背景，一定會觸着的。就是有特徵的語彙表現，這不過是停止於嗜好的範圍，而思想則踏上這路途上。

居住於廣東城裏的一隅，發行雜誌「銅羅」的二十一歲的詩人草野心平氏，接了病於茨城縣磯濱的山村暮鳥的一封信，歸了國，草野氏馬上訪謁山村氏了。在病床的詩人起身朗讀詩了「春天了！春天了！早晨，雨止了，啊好好！」所謂單純無垢的斷章的詩持有什麼？從廣東歸國受壯丁檢查的青年，第一對於詩的美與詩人的本質，有其一定被接納的理由是什麼呢？說起這回想的時候，草野氏爽快的微笑了。恐怕詩人一定是這樣的哩！

不求甚解集

文載道

楔子

陶靖節記五柳先生云，「好讀書不求甚解」。我一向很喜歡這種態度。這並不是說我們的讀書，可以糊塗荒唐，囫圇吞棗；而是說，不必像冬烘那樣的只在死的書本上用功夫，咬文嚼字，向牛角尖裏愈鑽愈深。終至十年面壁，一事無成；此即孟軻所謂盡信書不如無書也。蓋陶文第一字就已有畫龍點睛之妙：「好」。「好」就並非表示其懶惰與淺薄。反之，儘管你終日搖頭擺尾的刺刺不休，大有「一物不知儒者之恥」的自負，但一接觸到人情物理，却往往顯得「語無倫次」。

一年容易，又是秋風，似乎正是挑燈夜讀的良辰美景了。往讀秋聲賦云，「歐陽子方夜讀書，忽聞聲自西南來者，曰，異哉，此何聲也，胡爲乎來哉？」輒爲之嚮往不置。秋的性格，於瀟洒之中別具疏淡曠遠之致，何況又是月華如水的永夜，何況又是小樓的一角。雖然一日之間，除去人事上的小小悲歡之外，所餘亦甚有限。然而就在這有限的片時半刻中，向四壁的書城作信步的蹀躞，而讓月光淡淡地從窗牖間探射進來，於是拂去輕肩，置身榻椅，揀幾部愛讀的書籍沈吟一通，眞彷佛有醉臥古藤陰下，了不知南北之快，且不必問西方淨土或南天勝境究竟怎樣圓滿理想。「人生行樂耳，須富貴何爲？」樂的解釋隨各人標準而定，至在鄙人則竊願取讀書之樂矣。於是待到燈絕更盡，市聲遠寂，嘴上喃喃的打起呵欠來了，或者，桌上的時鐘，噹噹的敲了起來，於是便揭開被褥，納頭躺下，復返於無何有之鄉。莊生云，「至人無夢」，鄙人不敢高攀聖哲，何況又患神經衰弱——自然難免有夢。而夢則有甘有苦，有喜有懼，甚至還有肉麻，無聊，一言以蔽之，是亦人生之另一境。斯世無桃源，欲求「黃髮垂髫」，其惟期諸夢中乎？明末的張陶庵以往日酒食徵逐之瑣屑爲「夢憶」，爲「尋」，而宗子的自身則爲一介遺民。書不云乎，「孤臣孽子，其操心也危，其慮患也深」，怎樣「危」法？怎樣「深」法？我們身世不同，時制迥異，未敢妄逞臆說。但總之他將這些陳迹歸諸夢憶，却令人頗爲同感——。這樣，話又說得遠了。現在且簡單的將這個楔子寫畢。

既然讀了愛讀的書以後，有時自不免還引起一點感想，或者喝采叫好，或者隨聲而哼，於是便像「滿城爭說叫天兒」矣。但爲了使這些感想不至泯滅，便索性乞靈於紙筆，紀錄一章半節下來。有的冠以月日時辰，有的乾脆沒有！至於題目，其實本可以不必有。然而既然「等因奉此」已久，也只得取它一個吧。苦思良久，未得要領，正想投筆而起，忽然福至心靈似的記起了這幾天秋風漸深，湖蟹上市，由蟹而想到持螯賞菊，一時軟洋洋的爲之雅興陡發。再由菊花想到采菊東籬下，悠然見南山的詩來。於是掉首看看窗外的空庭，却儘是平滑的一片，眞是寸草不留的不毛之地。有之，只是新近養的幾匹紅爪紅嘴的白鵝耳。最後，從陶公的詩而記起陶公的文。還是十歲時在三家村所讀，有那麼的一篇：「五柳先生傳」，也有那麼的一句：「好讀書不求甚解」。好，那求索性名曰不求甚解集吧。反正我的讀書，原是眼底匆匆，胸中空空的。

古人的文集中本有札記，偶筆，日課，日鈔之類，而概名之曰筆記。其實，就是讀書記耳。有讀之而稱譽批評和駁難的，而以淸人爲最多。我現在就是想東施效顰地妄作一下，性質則略同於日記。爲文務求夾敍夾議，但亦抒情抒理，不過不能掉鑑鏘暢達的爛古文，雖然在愛新的人見了却又厭其那樣的舊了，這正如我的不長進的「思想」一樣。我最愛讀林公語堂五十自壽詩中的兩句話，一是「一生矛盾說不盡」。這便直接的說穿了我的心。一是「尙喜未淪士大夫」。這後面一句，或者還有語病：你雖要那麼說，但人家却已把你的士大夫命運判定了。烏乎，這或者正是士大夫之流的悲悶乎？

這裏且慢悲悶，也且慢嘮叨，姑先寫我不成品的讀書日記吧。

× × × ×

×月×日晴，微悶。薄莫，憑窗看遠天景色，煙雲似絮，柳枝迎風，大有情致。夜月色尤佳。

今天起身還算早，恰巧來了一位同鄉，說故鄉的現狀，爲之怏怏半響。魯迅先生詩云：故鄉如醉有荆榛。他和我俱是浙東人，所以讀了益有感慨。他這詩是指戰前；沒有料到刼後的東南已是何等模樣了！我平日於文章中間，對於兒時遊釣之地的故鄉，輒致其不盡的流連嚮往。尤其是住了幾年上海以後，覺得處處呈現着浮滑，臃腫與粗俗，沒有像鄉間的淳厚樸素。我們反對粗俗，却並不要附庸風雅，不過希望能稍稍的大方與風致罷了。但是現在，故鄉所顯示我的，如此而已，如此而已。

我記起「魏志」所載曹操在建安十五年十二月巳亥下令云

：

「孤始舉孝廉，年少，自以本非巖穴知名之士；恐爲海內之人所見凡愚，欲爲一郡守，好作政教以建立名譽。……從此却去二十年，待天下淸，乃與同歲中始舉者等耳。故以四時歸鄕里，於譙東五十里築精舍，欲秋夏讀書，冬春射獵。求底下之地，欲以泥水自蔽，絕賓客往來之望，然終不能得如意。」

看了這一段話，方覺得魏武畢竟是一個解人，時時的不忘情於讀書，且也不愧爲魏晉的俊傑。可惜的是三國演義和京劇都把他弄得眞相失盡。但是也好，果能保持一副眞正的奸雄氣魄，倘不失天地之至性。嘗見好的伶工演來，居然也能曲達出他的跋扈，亢爽與英武之氣，未始不能博得台下一片采聲。但崑劇演孟德獻刀謀刺董卓時，照例由小丑飾之，就未免令人氣塞了。

「天下英雄惟使君與操耳」，「國家無孤，不知幾人稱帝，幾人稱王」，這等口吻，又是什麼人能夠說得出？桓溫「大丈夫不能流芳百世，亦當遺臭萬年」二語，一時傳誦，至今勿衰，較之曹公，便遠得多了。

詠陶公詩，今人陳登原有：

不廢情文曹孟德，況能汗馬挺英雄。
身經百戰啓新業，死不稱尊存故躬。
解璧推金歸蔡女，攜雞載酒哭喬公。
何如後世陳橋驛，只解迴戈入汴中。

其師洪允祥亦有詩云：

鄴下荒臺蔓草中，當年華夏可無公。
此才未許孫劉匹，物論偏將莽卓同。
經術盡時需霸略，淸流殄後仗奸雄。
寄言嘔血秦原老，只合南陽作臥龍。

這兩首詩，似乎多少有點翻案，然也不能不許爲有史識。按洪允祥別署天醉，著有醉餘隨筆，悲華經舍詩存。知堂翁夜讀鈔中曾提起過。未審是否即四明四才子之一，與馮君木陳屺懷等齊名之洪兆麟鄕先輩否？此公我兒時即耳其名，曾聞其佚事趣話多則，大約亦是近於罵酒灌夫之輩。當時且託友人求其法書而未果。暇當一正無所爲而爲齋主人，必能爲我解答也。

薄莫，微風起自戶外，忽庭前飛來一葉，已現枯萎矣。少坐須臾，似有雨意，乃入齋瀹茗，至夜，月色反大佳，而雲采則鱗片似的貼在天心。不禁想起唐人張嘏（？）詩來：

冰汶珍簟思悠悠，千里佳期一夕休，
從此無心愛良夜，任他明月下西樓。

此景此情，可以意會而不可以言傳。詩的效用，魅力也在這些地方。只是近來記憶力衰退得可以，有好多佳句，到用時反苦恨不能省憶。無已，吸香煙一枝，不知是何人放的劣質紙煙，一入口卽臭辣不可耐，遂棄之入痰盂。

×日晴，風光霽朗，眞是天涼好箇秋也。

八時醒來，原想起床，但看看左右靜得很，却又睡過去了——。這一睡，却睡至中午才興，而日影已將移過牆頭矣。看報，東西兩線，兩洋，都打得相當激烈，但在報上所記載的無論煊染描寫怎樣的深刻切貼，却只占一個很小很小的地位，文字無用，這豈非又是一個證據哉？

日昨記洪允祥醉餘隨筆一段，今天翻了一下書篋，在苦茶隨筆「關於英雄崇拜」（第三一八頁）的結末附記中云：

洪允祥醉餘隨筆云，『甲申殉難錄某公詩曰，愧無半策匡時難，祗有一死答君恩』。天醉曰，沒中用人死亦不濟事。然則怕死者是歟？天醉曰，要他勿怕死是要他拚命做事，不是要他一死便了事。

知堂翁評以「此語甚精」四字。我也感到「甚精」。但反過來一想，却又覺得不無推敲餘地。首先，我們自然尊敬能夠積極的不畏艱險，不避荊棘從山重水盡中去找出新天地來之大勇者。然而倘使眞的臨到絕望關頭，而自己的心頭尚有點責任感的話，則毅然的用決心來解決其生命；而用生命來補償其過差的人，無論如何，也還值得我們的同情吧，較之俔俔沁沁苟活人間之輩，總要高出萬萬。例如以明思宗而論。不拘其過去是怎樣的優柔寡斷，措置失度，但在李闖們直逼京師，大勢已去之際，却能有決心，有毅力，以一死謝天下，在這一點上，就超過一般青衣侑酒的亡國之君萬萬！同樣，還有一位西楚霸王項羽。

這一段話，在開明書店出版，茅盾先生著速寫與隨筆中「自殺」一文，也有類似的意見：

（上略）

自殺，自殺！你是弱者的逋逃數，你多麼不光榮！

然而可否讓我們從反面解釋這是人類覺醒後暫時變態的心情，是天明前的半響陰沈？

讓我們唾棄那些爲了經濟壓迫爲了失戀而自殺的人們，但是讓我們讚美那些苦求着合理的生活，高遠的憧憬，而終於自殺的人們！

………

他們誠然不免於脆弱，但不能不說是已經覺醒了的靈魂！

在痲痺灰黑的社會內，有意義的自殺還不失爲一道驚覺的電光，我是這樣覺得。（一九二九，八月一日）

此與鄙意似有不謀而合。還有，魯迅翁在論阮玲玉的自殺中大意也這樣說過：我們不要只管直着喉嚨罵別人的自殺爲懦怯卑賤，爲自暴自棄，「你倒去試試看」？而要設身處地的爲別人想一想。可惜這篇文章不在手邊，無從徵引。但他在花邊文學「論秦理齋夫人事」的結末，有關於論自殺的精闢意見：

（上略）責別人的自殺者，一面責人，一面正也應該向驅人於自殺之途的環境挑戰，進攻，倘使對於黑暗的主力，不置一辭，不發一矢，而但向『弱者』嘮叨不已，則縱使他如何義形於色，我也不能不說——我眞也忍不住了——他其實乃是殺人者的幫兇而已（五月二十四日）

按此文自「倘使對於」云云起至臨末「而已」止，最初在刊物發表時，却完全被硃筆檢刪。我再細看一下，實在找不出有什麼「違礙」處，眞是奇怪之至！

於此有可以補充者：我們決不鼓勵自殺贊美自殺，但要而言之，不拘出乎什麼的原因，凡是自殺，總究不是容易的事！即使我們要痛斥自殺者，那也信如魯翁所說，應該向這「驅人於自殺之途的環境挑戰，進攻」。否則，只是在死屍身上揚起幾陣灰塵，所謂「懦怯」與「無聊」，恐怕還是在此而不在彼吧。

夜，月色太好，使人徘徊庭前，不甘就枕。讀王建詩：

中庭地白樹棲鴉，冷露無聲濕桂花。
今夜月明人盡望，不知秋思在誰家。

誦畢，爲之悠然不已。後來忽想再過幾天，便是中秋了。中秋，應該有一番氣象。然而家裏的中秋，刦後的中秋，只倍覺其悽惘惱悵罷了。

×月×日，細雨。至薄莫而益緊。風。

有兩天不寫日記了，爲了忙於買書。這，自己想想也不禁苦笑。中秋還沒有過，帳款還沒有解清，卻又平白地賒上這許多。但古話說得好：「船到朝門自會直」，現在做人，也只能過了一天算一天也。

往樸園，看見溥心畬氏的十二幅小型團屏，都是設色山水。據云買來不滿儲鈔千元，現値幾近萬，因爲還有紅木框架。我並以滿作英書李太白詩之立軸贈之。主人年來所强自排遣者，除主辦古今半月刊外，惟就力之所及，搜藏書畫及刻本耳，亦足以見其胸襟矣。並聞陶公留學事已決定，對此亦未敢下是否，我所引爲缺然者，則以閑談，請益，俱又少一個友人矣。

從樸園回來，讀通鑑，中有云：「成德節度使安重榮，出於行伍，性粗率，恃勇驕暴，每謂人曰：今世天子，兵强馬壯，則爲之耳。」這話非常直截痛快，簡單明瞭，拆穿古今豪傑們的魔術！換言之，便是所謂竊鉤者誅，竊國者侯而已。我沒有强兵壯馬，自然未便「造反」。否則，金鑾殿上的寶椅，又是誰可坐誰不可坐？不過這一段話，在目前言論自由的青天白日之下，不問你當正經話或遊戲文章，想來不會出什麼亂子了。要是在從前，哼，「當心你的腦袋！」據書家馬公愚先生說：弘一大師未出家而在上海的時候，曾經關起門來做過半年皇帝，自己儼然以萬歲自視，而叫手下的傭人等「三跪九叩」的啓奏覲見云。

皇帝的滋味究竟怎樣？推想一下，自然是極有意思的，否則，何至於犧牲這許多人去換得這個名義呢？但是一天到晚的獃在「小圈圈中」（京戲梅龍鎮正德帝白），走着動着，照例有一大羣人簇擁着，這滋味就夠你悽涼！這樣胡亂地轉着腦筋，不覺睡意沈沈的襲上心來，於是取了一枝大前門呼吸着，總算又勉强的看了幾段通鑑，而母親卻在隔室頻頻地催着我入睡，因爲催的太厭煩了，竟至報以惡聲。然而事後回思，又不禁「好悔也」。我的好意，每每爲別人所隔膜誤會，而引爲痛苦異常，那麼反求諸己，原是一樣的。後此當力戒之。

×日小雨。薄暮，放晴，見月景。浮風襲樹，索索有聲。

馮和儀女士爲索天地稿來。迺先以「江村之夏」之題告之。近來文思遲鈍，墨池亦告乾涸，而要說的話差不多都已在過去說過了。故視寫文如虐政。安得早日擺脫紙筆，做一個自由自在的水鄉小民也。

午飯胃納視前略增，則以今日菜肴甚佳，家中有祭祀故。柏廬家訓云，「子孫雖愚，經書不可不讀，祖宗雖遠，祭祀不可不勤。」關於前者，鄙人頗有同感，雖然在今天大可不必限於經書。至於後者，則未敢苟同，最多，欲表示「行禮如儀」起見，僅自祖父以還就夠。但在中國人，形式上每每高曾祖考——即俗曰太太公，太公，阿爺等一連串的記數不清，而心中倒未必有絲毫的敬意存乎其間。換言之，不過使死人名義，爲活人滿足一下口腹罷了，然則又何有於愼終追遠呢？

昨天曾說到做皇帝的滋味究竟怎樣，其實，在帝王末路的時候，其悽慘酷烈，誠有「誰叫你生在亡國的帝王家」之痛。這在六朝授受之際，就最多這些悽絕人寰的大悲劇。故蔣超伯在麓澞薈錄中曾說：

六朝帝王之子，多橫死，不可勝計。其最可哀者，如宋竟安王子勛，死時年止十一，其起兵皆鄧琬之謀，而子勛受禍。始平王子鸞被害時，禮佛曰：「願身不復生王家」，與宋順，魏莊，隋恭語同。又齊之宜都王鏗，見明帝戮諸王；咏陸機文云，「昔以天下爲己任，死則以愛子託人」，如是者三，遂仰藥死，年才十八。河東王鉉，齊高十九子也，年三四歲時，高帝晝臥，鉉上帝腹弄繩，永泰元年亦見害，良可哀已。」

「願身不復生王家」這是何等悲涼，又何等婉折的哀鳴！人之將死，其言也善，鳥之將亡，其鳴也哀，有由然矣。這中間有懺悔有覺悟，有警惕有呼籲，尤其是還只有十幾齡的童子！而他的禮佛，恐怕也並非無故。

記這段日記時，已經在深宵十二時左右了。一切都顯得出奇的靜滅！只有這無聲的鐘擺，還是滴答滴答地揮着永恆的節拍，彷彿在塡補時間的空隙。偶爾有微風吹起一樹枯葉在戶外抖索。而今天的月色，雖說漸近中秋，卻偏自姍姍來遲。我的心頭，也有說不出的空虛與幻滅之感。好像那些末代的帝王都一一出現於黝暗之中，使時光爲之倒置。「夫秋，刑官也」，悽清，瑟蕭，曠蕩，令人無限陰森。於是我又記起北史所錄，高澄待魏靜帝的故事來。其卷五有云：

帝嘗從獵於鄴東，馳逐如飛。烏那受工伐從後呼帝曰，天子莫走馬，大將軍怒！澄嘗侍帝飲，大舉觴曰，臣澄勸陛下。帝不悅曰，自古無不亡之國，朕亦何用此活！澄怒曰，朕！朕！狗脚朕！

這一段記載，尤有繪影繪聲之妙，再加上高澄的這副惡聲相向的盛氣，竟至於連王帝稱一個「朕」字都遭到威脅。做皇帝做到這般光景，也可說是嘆觀止了吧？

一個人的覺醒，往往在絕末的關頭，但也往往是「悔之晚矣」。要想補救已來不及了。於是或者乖乖的屈服，或者索性背城借一，或者就是所謂一死以謝天下。這些策略，也許各有其用處，雖是蓋棺之後，亦未敢遽爾論定也。

靜帝稱一「朕」字而遭威脅，也有本來稱「朕」一霎間反自稱爲「臣」的，今天趁着精神還好，索性再從書篋中找幾個末路帝王的例子出來。我記得紀果庵兄曾寫過一篇亡國之君，我也想作一篇帝王末路，正好針鋒相對。這里先搜集一點材料在此，以備他日纂述之用。晉書記劉聰挖苦晉懷帝云：

聰引帝入讌，謂帝曰：『卿爲豫章王時，朕嘗與王武子相造。武子示朕於卿，卿言聞其名久矣，以卿所製樂府歌示朕，謂朕曰：聞君善爲辭賦，試爲看之。朕時與武子俱爲盛德頌，卿稱善者久之。又引朕射於皇堂，朕得十二籌，卿與武子俱得九籌，卿贈朕柘弓銀硏，卿頗憶否』？帝曰：『臣安敢忘之。但恨爾日不早識龍顏』。聰曰：『卿家骨肉相殘，何其甚也』？帝曰：『此殆非人意，皇天之意也。大漢將應乾受曆，故爲陛下自相驅除；且臣家若能擧武皇之業，九族敦睦，陛下何由得之？』至日夕乃出。

這也虧得「劉聰陛下」有這麼好的記憶力，然而，抑又何其小心眼兒，咄咄逼人邪？倒是懷帝末了的話答得很老實：「

且臣家若能舉武皇之業，九族敦睦，陛下何由得之？」其實，這時候劉聰對懷帝的奚落揶揄，以及懷帝心中所引起酸苦辛辣的感情，任他是怎樣偉大的史家，或卓傑的文學家，決不能傳達原意於萬一。後人紙上所看到的，不過還是精華的渣滓耳。

然而雖受這樣的屈辱，到頭來懷帝依然不能保得這顆六斤四兩。如同書所記：

正旦，聰讌於光極前殿，逼帝行酒。光祿大夫庾珉，王儁等起而大哭，聰惡之。會有告珉等謀以平陽應劉琨者，聰遂鴆帝，而誅珉儁。

寫到這裏，本想再將愍帝被弒的事記出來，但為了神思昏倦，手指酸硬，只得留諸異日，而輕輕的吟着李煜「小樓昨夜又東風」之詩入睡了。

×日晴朗。見陽光遍照，心頭為之一快。

在街上買了些紙筆，喫了一客點心，就匆匆的回頭家裏，時已日落西上矣。正想抽筆，突有惡客某來，敷衍良久始出，而晚飯已擺出來了。飯已，即像說書人那樣的將日昨未了之願還畢。

晉代到了懷愍二帝，惡運相繼而至。西北的異民族，挾其兵強馬壯之雄紛紛逼來，所謂五胡十六國之亂，便把司馬氏的天下鬧得四分五裂，雞狗不安。懷帝既被弒於劉聰，至愍帝先之以肉袒迎降，終亦難免於一死。晉書記其迎降之經過有云：「十一月乙未，使侍中宋敞送牋於（劉）曜，帝乘羊車，肉袒銜璧，輿櫬出降。羣臣號泣，攀車，執帝之手！帝亦悲不自勝，御史中丞吉郎自殺。曜焚櫬，受璧，使宋敞攀帝還宮。……壬寅，聰臨殿，帝稽首於前。麴允伏地慟哭，因自殺。」羊車可以是降服時的必需品，但也是帝子作樂時的器玩，隨情景之轉異而顯其用耳。

愍帝之降也，其理由據云是在「庶令黎元免屠爛之苦」。但其實，「屠爛」是免不掉的，不過採取的手段比較「文明」而已。以上為建興（三一六）四年事，至翌年而被劉聰所弒：

冬十月，景子，日有食之。劉聰出獵，令帝行車騎將軍，戎服執戟為導，百姓聚而觀之，故老或欷歔流涕。聰聞而惡之。聰後因大會，使帝行酒，洗爵。反而更衣，又使帝執蓋。晉臣在坐者，多失聲而泣。尚書郎辛賓抱帝慟哭，為聰所害。十二月戊戌，帝遇弒，崩於平陽。時年十八。

我本想將無關緊要句子摘了一些，但細加審視，卻又覺得一字不能改易，還是保全它好！這些記載中，多的偏是大臣，父老們的哭泣。哭，是怯弱的，但也是悲壯的，合怯弱與悲壯，是為沈痛。特別是愍帝僅有十八歲！

讀者諸君，如果不嫌我的迷戀骸骨，搬弄古董，那還有一段故事可以介紹出來：卽懷帝的羊皇后被虜於平陽後，爲劉曜所辱的情形也。晉書后妃列傳羊皇后有云：

洛陽敗，沒於劉曜，曜僭位，以爲皇后。因問曰，「吾何如司馬家兒？」后曰：「胡可並言！陛下開基之聖主，彼亡國之暗夫：有一婦一子，及身三耳，不能保之。貴爲帝王，而妻子辱於凡庶之手。遣妾爾時，實不思生，何圖復有今日，妾生於高門，嘗謂世間男子皆然。自奉巾櫛以來，始知天下有丈夫耳」。曜甚愛寵之。

這裏，我並不想怎樣責備羊后如何貪生怕死，與其責「她」，還不如責「他」——責這些手握宗社之重的帝皇臣寮，雖然古來也不乏烈女貞婦。信如花蕊夫人詩云：君王城上豎降旗，妾在深宮那得知，二十萬人齊解甲，更無一個是男兒！不過，她卽使不看息夫人的榜樣，要怎樣的去諂媚「陛下」，固自不妨，但何必反過來置懷帝於無地，把他糟蹋得這樣厲害。她何嘗不受過「司馬家兒」的恩榮？至少她還是一個皇后，斯豈「惟小人與女子爲難養」乎？但世上也未必有賢明磊落的士大夫耳。爲了捧甲上天，不卹訾乙於地，原是今昔一例。況且不是這樣，又何至於「甚愛寵之」？惟能諂者方能驕，蓋無間於巾幗或冠冕也。

看看歷史，有時令人清醒，有時也令人胡塗。我們看了懷愍的屈抑而終，固覺得悽然欲絕，但我們也怎能忘記，司馬氏之取於曹氏，孫氏，何嘗不是這樣的聲勢煊赫，不可一世！如晉書記太康元年，三月壬申，王濬之下石頭城云：「王濬以舟師至於建鄴之石頭。孫皓大懼，面縛輿櫬，降於軍門。濬杖節解縛，焚櫬，送於京都。」其對曹氏，則當時已有「司馬昭之心，路人皆知」之說，而魏帝曹髦且被太子舍人成濟刺殞。

把這跟劉聰劉曜之待懷、愍對照，可謂當仁不讓者焉。至於劉氏一門，亦徒見骨肉相殘，誅戮頻起，如聰太子粲爲靳準所殺，劉曜以親族而救平靳準，自立爲帝，國號後趙，旋又爲石勒所滅……。就如三國演義的引子所說：「天下大勢，分久必合，合久必分。」給歷史循環論者製造材料而已。這使鄙人又記起少時讀的蘭亭集序來了：後之視今；亦猶今之視昔。烏乎，「其然豈其然乎」？但文章到這裏不妨作了結束，列官如不嫌嚕囌，且待下回再作分解吧。

（十月十二日夜，纂錄舊記。）

憶無錫

陳柱尊

予自民國十年秋九月旅居無錫，應唐蔚芝先生之召講學於國學專修學校，至十四年春，始兼任上海大夏大學之課，至十六年夏始離無錫。然以唐蔚芝先生之故，每一學期至少有二三次赴無錫，至則必宿於校務主任馮振心兄處，直至廿六年中日變起而止，至今足不至其地者六年。酒醒無事，追思昔游，忽而歷歷如在目前，忽而隱隱如已隔世，愴然執筆，爲記此篇。

夫地之不產錫者多矣，豈獨無錫爲然哉。無錫者地之常也，有錫者地之異也，名地者當以其異不當以其常。今山上有浮圖之小山，尚名錫山，而縣何以名無錫邪？吾意古無字作𣞤，从大，从卌，从林，爲古蕃蕪字，其義爲多。有無之無，古作⿱𣞤亡，从𣞤，从亡，亡亦聲，故漢書有無字多作亡，从⿱𣞤亡省也。古當名𣞤錫，謂多錫也。後乃改爲⿱𣞤亡錫，謂亡錫也。無錫之主山又名華山，今尚於慧山寺榜曰古華山，山之東峯，當周秦間，多產錫，故漢興名其地曰吳錫，實𣞤錫之諧音也。陸羽云：漢有樵客，山下得銘云，有錫兵，天下爭，無錫寧，天下清，有錫沴，天下弊，無錫乂，天下濟。至孝順之世，錫果竭云云。故復遂爲無錫縣。然則其地當爲𣞤錫矣！然予客無錫數年，見人多作錫工，多製錫器，知錫尚未竭也。

古華山門外爲惠山村，其著名之祠廟，爲范文正公祠，倪雲林先生祠，及張中丞廟，廟左爲許遠廟，中丞廟門有聯云·國士無雙雙國士，忠臣不二二忠臣。廟宇壯偉，惜多已頹廢，其階陛下有鑄鐵脚跪於下，蓋賀蘭進明之足也，幾與西湖鄂王廟之秦檜鐵像等矣。

古華山門內爲第二泉，泉南有茶亭，亭下有池，池中多紅鯉，泉上爲惠山寺，寺內有石牀，有文曰聽松二篆，相傳爲李陽冰所作，有跋十行，左讀，多缺文，頗饒古趣。明邵文莊寶聽松詩云：聽松復聽松，松聲在高閣，閣成四十年，聽者今如昨，風來春濤生，風去秋濤落，當其無風時，蕭然亦微作，聽者聽於斯，冥心對寥廓。詩絕佳。

惠山泉所以獨異而第二泉尤異者，或曰以惠山多錫，錫能變味致甘也。惠山他泉，派淺發於山表，斯泉源深，發於山骨，故於味特甘云。吾嘗偕諸生治茗於第二泉，既乃相與登惠山絕頂，長歌東坡詩曰：踏遍江南南岸山，逢山未免更留連，獨攜天上小團月，來試人間第二泉，石路縈迴九龍脊，水光翻動五湖天，孫登無語空歸去，半嶺松風萬壑傳。爲之叫絕。

由惠山寺登惠山，或須經過石門，路甚僻，沿途多寄棺之所，古塚新墳，觸目皆是。予嘗與振心日中而游，夜半方返，二三里間其無人，遙望稀疏村燈，閃閃如鬼火，山犬吠聲如豹，此景幽絕。吁可畏也，亦可懷也。

惠山或作慧山，惠慧古字通也。或名歷山，以擬舜所耕者，此則好傳會之過矣。其山有九隴，俗謂之九隴山，或云九龍山，或云鬥龍山。九龍者言山隴之形若蒼隴縹螭之合沓然，鬥龍者相傳隋大業末，山上有龍鬥六十日，因而名，陸羽云。

由第二泉而左，有寄暢園，爲梁溪秦中丞舜峯別墅，得泉獨美，池塘獨佳，地中有方亭，曰知魚檻爲最勝。

由惠山行數里，至梅園，依山植梅，凡數千株，略雜他樹，有華廈兩間，以供遊人休息。首曰香雪海，南海康有爲所書也。其後巨廈曰寄豳堂，清道人所書也。或曰豳字从二豕，所以隱譏主人榮氏兄弟也。榮氏在無錫，無怨於人，此言過刻，必不然。旁有郎房數間，以供遊人棲宿，予嘗與小兒一百舍姪實夫游而宿焉，或梅時雪夜月明，或菊時天高風急，此景至堪追憶。其後於寄豳堂背建太湖旅館，於是湖山幽雅之地，變爲逆旅往來之場，清幽之境，頓成蕞濁之處，湖山有靈，亦應飛遯矣，惜哉！

由梅園再去至萬頃堂，堂左爲西楚霸王廟，萬頃堂爲專供游人臨眺之所，門外寬一畝，高樹扶疏，可蔭游人，稍下有虞姬石，石旁有車蓋松，松形頗奇古。

由萬頃堂泛小舟至黿頭渚，以其形似黿頭得名也。其地邑人楊翰西所經營，其人頗解文墨，故布置茲山，頗有幽致。山之顛，建寺觀，湖水環其下，予嘗數遊宿其上，夜深人靜，與馮振心及大兒一百族姪賓夫族孫起予，由黿頭而下，坐大石之旁，濯足湖水，彈胡琴，吹洞簫，歌聲震山谷，夜半復登山，由山背而下，山中怪禽獸驚相飛走，草間樹上，礫礫作聲，山僧使山童走報曰，願勿再遠去，恐有異也。予曰：噫！予生長粵西，出入大容勾扇桂林柳州慶遠諸山洞，凡人跡所罕至，怪物之所廬，毒蛇蛟龍之所窟穴，山賊苗猺之所宮室，瘴氣蠻煙之所叢聚，何所不經，曾不足以害予者，豈畏是哉！遂窮所至，至天將明始返。

又有蠡園者，大雖不逮梅園，而各擅其勝。蓋梅園依山爲園，可以振衣遐眺，蠡園則臨湖爲圃，宜於濯足遠游，且樓閣玲瓏，與波光水氣相暎，身居其中，如處瓊樓玉宇，髣髴雲表，此亦勝境也。惜後亦染商賈氣。

由蠡園過寶帶橋，環湖路之旁，新建有茹經堂焉。茹經者，吾師唐蔚芝先生之別號也，當吾師七十之年，門弟子建此堂以爲紀念，因以名堂，予別有記。

梁伯鸞墓在鴻山，一名皇山，曾偕大兒一百族姪賓夫尙同泛舟同遊，先經泰伯廟，廟頗古壯，惜未嘗停舟。鴻山不高，風景幽雅，墓旁有茶花樹，大合抱，亦世之所罕者。時粵西內戰方烈，予之來錫，爲避亂也，曾口占絕句七首，其六云：五噫高咏原孤憤，雙隱遺風亦罕聞，誰識千秌離亂日，有人去國甚於君。

城有東林書院，現改設小學，原爲宋楊龜山先生講學之地。明神廟時梁谿顧涇陽高景逸二先生倡學東南，遂因其舊址，構爲書院，講肄其中，四方之士多歸之，於是東林之名滿天下。其後黨禍興，而書院毀，毀而復，而東林黨之名遂如日月之光於天下，而明社已歸於荒煙蔓草間矣。

無錫有九箭河，有第一箭河第二箭河等目，第六箭河秦氏世居之，河岸古樹參天，有秦淮海祠，頗擅幽勝。城之西爲西溪，溪廣一丈，吾師唐蔚芝先生之所居在焉。師原籍太倉，自民國十年，築新居於此，遂家焉。中有小園，頗擅園林之勝，每當星期六夜，講學之暇，嘗集講學同人會宴於此，酒酣耳熱，仰而賦詩，歌聲震天地。今則江山多恙，城郭已非，唐先生避桂林，由桂林而滬，所到之地，絃誦弗輟，而無錫西溪先生之故居，與學前街講學之黌舍，徒令人馳念不置云。

國學專門學校，原名國學專修館，在學前街，孔聖廟之左。聖廟之右，爲無錫工藝小學，門前有小溪，可行小船，名東帶河，經荷花蕩，出西水關，爲無錫河，可行輪船矣。聖廟之前，過石橋，爲師範學校。聖廟之北，爲競志女學，四旁皆學校，而聖廟宅其中焉，固無錫城中一學區也。國學專門學校，旣與聖廟鄰比，予初至此，卽擬借聖廟之隙地，爲講學之所，闢聖廟之背，爲運動場。校長唐蔚芝先生，以格於時勢，不果行，及民國十七八年，友人馮君振心爲校務主任，始請唐師，商諸邑人，以聖廟左之文昌閣，及附近房舍，歸國學專門學校借用，其背之隙地，爲運動場。於是國學專門學校，益完備矣。

當民國十四年，齊燮元盧永祥之戰，無錫成爲戰場。城圍者兩旬，城外大火，人人皆恐火延城內，予與實夫尙同獨分携唐師未刊文集，預備與集存亡，其餘一切，均置之度外，如是者幾數日。事後唐師於演講時，常爲諸生言之。

予民國十年來無錫，同來者爲大兒一百，族姪實夫。予講學國學專門學校，而兒姪則肄業私立無錫中學。未幾，實夫轉入國學，又未幾，予兼私立無錫中學主任，由是吾桂青年，來兩校肄業者日衆。迨十四年，同邑馮君振心主持國學校務，來學者益盛。長女松英姪女荔英，後亦次弟肄業國學，吾桂青年，肄業於是者，每年四五十人之衆。烽煙一起，國學專門學校，遂與師生踰湘而桂，而北流，設講壇於吾鄉蘿村，一年而後，乃遷桂林，振心主持校務，而族孫起予等，亦尙講學其間。其百折不撓之精神，令人感佩。歲寒然後知松柏之後彫，風雨如晦，雞鳴不已，諸君有焉。

白雲深處

上官瓊

季節是令人感到燻然地醉意的，一陣陣輕悄的暖風，帶着南國的豪爽和高朗的明快的情調，正像一個高明的畫家，運用他善於變化的色素，染遍了每一個年青人，活潑的感情的畫板。這一個季節，這一個崇高而默然的藝術家，創造了這樣一件偉大而瑰麗的創作：每一顆心都在爽朗地的縱情地歡笑起來，從心底裏洋溢起柔軟的波動着的漣漪。這使所有一切現存的世界、天、雲、屋子、門窗、書本……套上了淺藍色的飄逸多姿的外套，生命和現實的世界，被置於統一而和諧的情調裏面，縱使窗外的街樹，透露了一點秋的嘆息！

我讓自己放縱地躺在轉椅裏，淡黃色的陽光，從斜對面的太晤士大樓的屋頂上，伸展到我的脚邊。風兒有意無意的—拂着我的頭髮，我沒有思索，我怕它會偷去我的享受：靜寂中默坐的情趣。我的眼光委實是跟我的心境一樣地安靜，我還來不及注意它的行動而它却已悄沒聲的移到了窗外一片闊大的碧藍的天宇之上。這開始使我感覺到我自己的存在，我的意思是說我的感覺漸漸地頑皮而不安起來。

眼前這一片闊大的天空，正像是一塊大得不可思議的藍布，覆蓋在一切磷砌崢嶸的屋尖之上，它藍得這樣地純淨而且古怪，它又是如此地深邃而遙遠，似乎是故意借此駭人的深度與距離，來拒絕人們對它有何窺探它的祕密的想念，然而人們却的確在它的默默中探尋了它的無窮的祕密了。

自然，這樣的藍色，對人們的感覺上，是有益的。在這藍色的光彩的照耀下，誰的心都會自然地歡躍起來，一片溫暖的暖洋洋的感覺，以一種無可遏制的力量，感染給每一顆跳動的心，有誰會不被這奇怪的藍色的光彩所陶醉呢？可是意外的事是有的，請你再瞧一下那遠遠的天邊，不是抹着一大塊像浮在水面上的油漬似的雲影麼？

說起雲，這眞是一件多優美的藝術品，無數的藝術家、詩人、騷人墨客，歌頌過它，刻劃過它，在一片青藍之中，鑲嵌一點純白，這將顯示着何等聖潔，崇高的情調，而悠然地引起人們神仙縹渺之思。然而對景賞玩者如果是一個萍蹤漂泊的遊子呢？那麼它將自然地引起白雲深處的追思和戀念的吧！我雖然不是一個天涯遊子，而眼前對此一點迅飛捷掠而至的雲影，却再也無力來甯靜我因此而起的被推動了的感情的波浪。

家的確是在上海，而且祖母還跟我住在一起，照例這一朵白雲，該給我一點如何美好的詩情畫意，尤其是在心境安逸、情調明快的氣氛裏，然而這關於白雲的有名的典故，却終於投擲了一塊沉重的黑影在我開始活動起來的思索的神經中樞之上。於是，母親的面影，顯得如此地偉大而親切，在這一朵瞬將逝去的白雲的光彩之間。

母親是一個聰敏而能幹的人，個子生得很小，她對什麼事，都看得很樂觀，什麼人，什麼事，在她的觀念中，都是有希望的、進步的，這造成了她爽朗康健的性格，使人們樂於跟她接近，人們往往會安靜地聽她暢談着這麼一兩個鐘點，默默地欣賞她流暢而溫柔的音調和姿勢，尤其是因爲她是受過教育的知識分子，這更增加了她的談話的內容和風趣，因而不但父親信任她，就是祖母，也很看重她。不過她對於自己的意見，往往看得很尊重，這就有時候使祖母不高興，可是知道她從小給外祖母嬌養的，也就處處原諒她，而且從父親在這次戰事發生二年前在南京創立了一個中型的機器廠之後，她就一直在那邊幫着料理一切，實在很著了一些勞績的。廠的事業，剛立下一些基業，父親忽然得了傷寒症故世了，這自然重重地傷了祖母的心，立意要母親收了廠，回到上海來，可是母親的意見，却認爲事業正在發展之中，就決計要把它好好做下去、發展下去，并且要求祖母住到南京去，後來祖母拗不過她，就去住了一些時，終於因爲感到各方面的陌生，百不隨意，又回到上海來了，而最大的原因，自然是因爲老人家離不了我，她無論如何不放心我一個人就在上海，我那時因爲在一家商船公司任職，自然不能隨同她住到南京去。不過廠的業務，却在母親辛苦地策劃之下，一天天的向榮起來，每當我把母親的『報告』，在燈下用一種輕鬆的口氣，讀給老人家聽的時候，她總是用一付閃爍着跟她的年齡不相配合的矍然的光彩的眼，含笑地、靜穆地注視着我。

戰事終於爆發了，戰事一天天的持續下去，於是在一般在京的黨國老爺撤退、逃難之後，母親的快信也就到了我們的手裏，這對祖母是夠傷心的，因爲母親終於不肯依從我們的意見把廠結束，却反而毅然地走向更遠的地方去了，母親對我說：『孩子！我決意走了，我不能拋棄我的事業，我也不能閑坐在家裏的，你知道我。你好好地服侍祖母，安分地做你的事！』

之後，母親從漢口轉輾而至重慶、昆明，她把她的生活狀況、事業情形，在一封封厚厚的航空信裏紀錄下來讓我們知道了，可是祖母在漫漫的長年的歲月中漸漸地爲感情的苦痛的磨練，即使有着她的唯的善馴而聽話的孫兒的慰藉，——老年人是以她的小輩無條件的服從她的意見爲最高的樂事的——也終至於一天天的憔悴下去，於是感情壓迫着我，使我不得不把我們的苦難，用鋼筆和墨水，堆上了一張張的信箋，渡過了崇山峻嶺，關山重重地帶到了迢遙的『南荒』。

時光已經五年了，我們企盼着的心，一年比一年地焦切而苦惱了，祖母開始覺得自己是眞的老邁起來，因爲她一向是一位身力極康强的老人，她的行路的健勁和臂力，使人想像她至多是近五十一、二歲，這個數字，却跟她的實在年齡，相去廿二、三年的光景。可是這兩三年來，她已不再向着人們慈祥地笑着，來悅地訴述自己的精力的完滿了，她實在被感情的災難剝削了、侵蝕了！

母親呢？她的意見，在最近一年來，也有了大大的變動，她似手對這種內地高壓的生活，開始感到了一種厭倦，她時時流露出『歸來』的意向，她給我的信裏說：『我永遠忘不了你們，祖母和你！僅僅爲了要維持你父親的事業，我貿然地拋撇了你們，讓你們和我自己，都深深地嚐受着孤單和淒涼的況味，在沒有人聲的寂寞的夜晚，我常要枯坐到更深，我想你們祖孫倆已安然入夢了吧！然而我，我却在這千萬里外遼遠的天地的一角，想念着你們，我開始覺得愛和事業之間的衡量。求祖母能夠饒恕我以前的任性，——我只能把它叫作任性，我一定要重新回到你們的懷里來。』

然而已經太遲了一步，封鎖嚴厲起來了，幷且由於戰事的發展，交通路線也被遮斷了，行路成爲極大的不便和危險，上天所賜予我們的唯一的安慰，僅僅是通訊。

我們的一代是新生的一代，自然將受到一切爲別的世代所不曾經歷的磨難，我們也準備着，而且正在接受着這些新時代所給予的磨難，然而這是不是無窮的呢？像祖母、母親和我自己所受到的個人之間的苦難，會不會解脫呢？

蔚藍色的天宇，漸漸糢糊起來了，那朵凝厚而濃密的雲朵，在天風的激蕩之下，變成了淡薄而散漫，似乎再也凝結不起來；我的沉重的思緒，給牆上的壁鐘的清朗的鳴聲擊碎，我猛然把我的眼光，從漸漸灰暗起來的天幕上移回來，本能地瞟了一下掛鐘，使人意識到是晚餐的時間了。

日本女人的特性

Toshiko Ifukube 著
巴林 譯

外國人常常說日本女人是有一種特別的吸引力，他的惟一解釋是把這種吸引力稱爲「日本的呼聲。」今日的日本女人，雖然在戰爭的重壓下與她們的男人們是負着同樣的非常生活重担，但是她們的傳統呼聲是一些也沒有降低或消滅。日本女人的主要特性是在她們對於家務的絕對熱忱。對於她們，家庭是生命與生活的中心。沒有家庭的周圍環境，她們就不能生活。因爲她們的家庭觀念很深，而家庭又是所有能力的儲藏所，所以她們就成爲國家的脊骨。

日本女人是具有三種顯著的天賦特性。第一種是日本所獨有的一種家庭制度所產生的天賦母性意識。第二種是愛護孩子與認爲撫養孩子是無可否認的責任。第三種是已做了妻子或母親的女人對於她的家庭具有一種愛護家庭與料理家務的輝煌意識。

日本的家庭制度根本不同於西方，然而也不完全像中國。成爲日本女人生活的支柱的鄉間家庭制度，在中國女人生活中是有一種難以注意到的特點。當然日本女人與中國姊妹們間也有許多表面上的相似點。許多人以爲日本已採用中國的「家」的一字，所以大陸上的家庭制度都與此發生關係的。其實呢，「家」在中國是指「一所房屋，」而在日本是指一個家庭的所有人與財物以及祖先。

在這裏又可指出，中國的屋子最初是爲了保存財物而造的，雖然屋子的主人與他的家屬是也住在屋子左近。在日本，屋子是不只指一個住人與保存財物的地方，而是民族家庭制度的一個單位，它的首領就是皇家。所以，所有日本的家庭都把天皇當作家主，每人則負起形成一個民族家庭團體的各人事務的責任。這個家庭團體的精神是很可在一首奉獻給聖武天皇的詩中可看出：

我們若出海，
我們就準備死在水中；
我們若上山，
我們就準備死在草間；
我們要爲天皇而死。
我們是日本的子孫，
切不可敗壞祖先們的令譽；
必須盡忠於天皇。

古代的家庭與皇室的關係很明白地可

指出，在日本「家」的一字已以「家庭」爲中心而發達起來。

嚴格地說起來，奈良時代以前的黷武階級崛起，加速地形成了一個家庭式的家屋制度。在平安時代的末期，離開中央政府較遠的軍人都紛起稱强。結果，各地王公都必須致力鞏固他們的堡壘與維護他們區內的治安。爲了這個原故，他們又分封了許多下屬臣子到各堡壘區。在平靜的時候，他們指派領地給他們的諸侯與扈從，并担保他們的生計；而在諸侯與扈從，則因有這種利益關係，也就願意在需要時執起干戈來效忠於他們的王公。這樣每個王公就成爲他的諸侯與諸侯家屬的領袖，得到他們的絕對服從與信仰。同時每個王公也自動担起保護他的家屬與諸侯家屬以及促進全體幸福的責任。當家屋制度在這種情形下發展着的時候，大家都鄭重地想到每個家庭必須有一個最好的男人去執行家屋的義務。

於是母親就有撫養一個可繼承與改進家屋的男孩的要職。母親不但想生個可以繼承的男孩，并且還必須把孩子撫養成爲一個很好的勇士，同時爲了維護家系的清白更自克守貞潔。像在現代一般，在勇士家庭中的母親都受到最高的尊敬，因爲軍人在過去是日夜處身在營帳中與出征去，所以教育他們孩子自然而然的轉爲母親的本務。隨時準備上戰場的勇士是經常地希望他們孩子在母親手中好好地長大起來。結果，就產生了一種母性的教育。這是在鎌倉時代，母親第一次在日本開始被受尊敬。從此以後，只要是軍人階級爲行政領袖，軍屬家庭中就有許多卓越的母親被發現。

在平安時代，女人是一味追求貴族化的生活，她們只想成爲端麗的貴婦人，而不想做賢良的母親。然而到了鎌倉時代，新的封建制度代替了武士制度，更重的責任壓到女人的母性特質上。這種政府方面的着重造成了大批良母遍全國，結果這種母性的特質形成了以後女人們的慣癖。尤其是這時期的賴朝源的妻子正子，更養成了武士道的論理概念。

日本的母親們除了執行尋常的家屋義務，還得要撫養孩子與主持家事。因爲大多數的女人是在鄉間，所以一般村婦除了家務，還得要幫助她們的男人到田野中去作工。這就可認明日本女人是生性苦幹的。在以前，男人慣常深入山領去打獵，女人則在家中或背着孩子到田野去作工。放在東京帝國博物院的一個負着孩子還要作事的母親泥型就可表示這些母親們的特性。

日本的母親是始終被受尊敬與保護，因爲她們終生與丈夫們並肩作事。不顧這種她們實際很願意做的額外工作，她們是常常把她們從經驗中得來的知識灌輸到孩子們腦海中，同時並教訓孩子們關於處世之道。換句話說，日本的女人是富有把國家的遺傳精神種到孩子們心中的特能。自古以來，已有許多關於保護母親與孩子的例子。大約一千二百年以前，威務天皇的時候，一個女人一胎生四子。為了保護她，天皇曾特別送給她米，絲，棉等，此外又遣一個看護哺乳給孩子吃。直到現在，政府仍有種種保護母親與家庭利益的優待措置。

日本女人表示自我犧牲的精神是并不算什麼異常的事，因為她們只要是為了家庭與國家的利益就願意犧牲自己。所以，自我犧牲的精神沒有別的，只是尋常地表示她們對於家庭與國家的熱忱的特性罷了。每一家都有一種從祖先傳下來的一致的觀念，精神，與教育法。第一個祖先所服役於天皇的方式就是每一家的觀念。結果，在到另一家去做妻子以前，每個女人必先準備着為了新的家而放棄自己的幸福與利益，把自己與新的家結成一體，而促進這個家屋的昌盛和丈夫與孩子的幸福。經過了家屋，她已為丈夫與國家服役，同時她又記着，作為家屋之母，必須標榜出一種服務的與熱忱的人生。

在撫養孩子中，每個女人是不能依照着她自己的意趣，而是必須依照她所屬的家屋觀念。她决不以為她的孩子是屬於她私有的，而是當他們是承繼家屋與矢忠天皇的繼承者。據說在古時候，母親不能接近孩子所睡的床頭，孩子一受過「元服式」她就把他當作為一個成人。父親不在家時，她就叫他坐在父親的位上。這都是表示母親對於孩子的尊重。在這一點上就可看出日本的家屋是與西方的家庭不同。這裏又很值得地提出每個家屋就是因為把天皇同時看作家屋之主與國家之主而變得重要。正為了這個緣故，所有家庭的觀念是都和諧的，沒有什麼衝突或相反的。

眞的，家庭制度自從明治維新以來已有若干改變，然而女人的熱忱服役於家庭與國家的傳統母性精神是並沒變動。現在勇敢地在前線作戰的陸海空軍的兵士就是在做他們母親在他們孩童時代所訓練他們要做的。雖然日本的女人是住在家庭中，但是她們仍很勇敢地幫助男人與克服她們因為國家服務而才受到的種種困難。所以日本女人的這種崇高特性實是偉大國力的根源。日本的女人雖不能像西方女人那樣享受社會上與政治上的權利，可是絕對不能抹殺她們確是自動地勇於保衛以天皇為中心的家庭制度的「家庭戰士。」

文壇消息

記戲劇月報第二期

何方淵

刊物的難產內地與上海正是一致的，戲劇月報自創刊至今已有半年光景，却只出了二期，第三期脫期，遲遲未出。這裏將二期內容略述於後：

潘子農的「關於莎士比亞」，針對劇校演出「哈孟雷特」而發。大致說莎翁作品係世界文學戲劇經典，人家研究有年之莎學名家尚不敢演出；即如雷因哈特教授窮畢生精力研究莎劇演出方法，但當他費兩年多時間將「仲夏夜之夢」攝成電影後，却萬分歉仄地說「也許我已在無意中侮辱了這偉大的文學家的作品了」。又十幾年前，日本築地小劇場曾擬出一張演莎氏作品的劇目，而遠東唯一的莎學權威坪內逍遙博士寫信說：「你們當然有權利試演他的作品，可是這祇能算是試演，要想堂而皇之地說我們演莎士比亞了那樣的話，我覺得是過早了」。因此劇校的學生說「我們演莎士比亞了」是大不應該。其中說到介紹莎氏作品之不夠云：「一二自命爲專家的人物，吃用掉大筆庚子賠款，至今還翻譯了莎翁作品的一鱗半爪，尙且還是錯誤百出。至於我們戲劇工作者呢，恕我直說，稍稍涉獵莎士比亞的也不見得多。我們演過的「威尼斯商人」與「奧賽羅」等劇祇是說比文明戲時代的「割肉償債」及「天仇記」等略高一籌，就連「羅密歐與朱麗葉」的演出，也不過是美國電影「鑄情」的流產（CoPying）而已」。

白苧的「詩人的偏見」。詩人徐遲在給郭沫若的信中談到「屈原」這劇本，說演出後把劇本中的「詩的元素」破壞了。並且舉了蘭姆，勃來特等批評「李爾王」的演出的話，說到莎翁作品不宜演出。而「屈原」也不宜演出。此文針對徐遲的偏見而發，一方面說蘭勃二人批評莎氏，只就「李爾王」而言，非指全部作品，且批評本身，亦爲偏見。另一方面，莎氏作品是先演出而後寫下，故說不能演出是謬論。況且戲是演給大衆看的，不是給詩人欣賞詩的元素。

孫宗明的「第八十一難」。去年不知前年，張恨水做了一本小說叫「八十一夢」，諷刺內地種種，如提高房租，囤積的奸商……很得到一小部分人的歡迎。其中有一夢曰「追」，諷刺戲劇從業員，說他們男男女女，一天到晚追來追去，如雄狗之追雖狗，把戲劇工作者的努力情形一筆抹殺，並且大加侮辱。此文是一個反響，略及章回小說的沒落，鴛鴦蝴蝶派文人的如何到了末路，如何作品不成爲「文學」，劇運的艱難，而戲劇從業員却都堅忍不拔，故對於這種侮辱，只如唐僧取經遇見第八十一難，小鬼掀浪翻船，我們是滿不在乎的。

歐陽喬治的「作劇謬論述評」是又一篇對陳銓的反響文字。陳爲聯大教授，前年以寫「野玫瑰」一劇而得學術獎金，引起劇界同人的不滿。此劇技巧惡劣如文明戲，意識錯誤，甚至宣傳他自己的一套個人主義的政治理論。劇界同人聯名呈請收回其獎金，但結果失敗了。於是陳銓格外趾高氣揚，想做中青劇社社長。消息傳出，楊村彬、張駿祥以下職演員全體辭職，陳銓便沒做成。但又在電影製片廠當編劇，一方面寫了「金指環」，「藍蝴蝶」，「無情女」等劇，另一方面又零碎發表了許多作劇謬論，例如：「有故事而無結構，不能引起觀衆興趣，有結構而無人物，戲劇會流於膚淺」。又如「一個普通的人他的言語笑貌舉動，同千萬人一樣，就不能引起我們的興趣；只有一種特殊的人物，任何方面都和別人不同，上天下地，往古來今，只有他一個人是這樣，任何人都同他兩樣，這樣的人纔有刺激性，大家纔樂意知道他」。還有「能夠引起觀衆興趣的，好人不如壞人，好妻子不如交際花，規矩的僕婦不如嘴靈舌便的丫頭，結婚不如偷情，因爲前一種人物行動是平常的，後一種是反常的，反常就比較有趣味。」由此種種謬論可知他寫劇是只注重「觀衆興趣」，結果便成爲文明戲。而野玫瑰的一切都抄自「這不過是春天」，而較之爲劣。

劇作有三篇。C奧達茨的「天之驕子」，馮亦代譯，三幕劇，第二期登了一幕，共五場四景。此劇即「千金之子」，「寫一個拳鬥者的生活：一個青年人是拉提琴的名手，生日之前其父爲買提琴作爲禮品，而他却把一個拳鬥名家的手打壞了，便代之出席，打敗了一個對手，便成了名。其經理人決定帶他到西部去旅行，他想立刻發財成名，便答應了，並把那提琴送還給父親。第一幕的劇情如此。每場都很簡短生動，近乎電影脚本的寫法。第二幕有四場，第三幕有三場。夏衍的「水鄉吟」續完。吳祖光的「風雪夜歸人」續完。這是一個「哲理劇」，據張駿祥說。論劇本的有二篇。哈勞特，克魯曼著馮亦代譯的「論天之驕子」介紹這個劇本的各優點：「迅速的動作，運用的配角」，缺點是「在情節上和人物的細節上缺少具體性」。關於主題他說：「這戲劇的故事不祇是一個拳鬥者的故事，却是偉大鬥爭的寫眞——一個不論我們的職業行當如何，而都被包括在內的鬥爭。這寓言中，天之驕子所鬥爭的是人世中個人的位置，他所需要的是在社會所給予「無名小卒」的譏嘲中，把他的自我解放出來。在這個社會內，每個行動都從競爭的觀點來衡量的，他的需要成功並不僅僅乎在於他所講到的優閑生活——汽車等等，卻是由於與成功俱來爲世界所接納時的「歡呼」，「安定」，和不再作「貧窮」，「異族」和「被遺忘的少數人底俘虜物」的那種安全性。要到達成功他祇能利用偶然所承受的工具，卻須放棄他眞實生活的發展」。

吳祖光的「記風雪夜歸人」述他寫作那個劇本的動機與背景，他以在學生時代時一個所熟識的戲子劉盛蓮作爲模特兒，而付予無限的同情與感慨。按劉爲富連成四科弟子，工花旦，有小翠花第二之稱，惜早夭折。

戲劇理論有三篇。史東山關於史坦尼斯拉夫斯基和瓦赫坦哥夫演劇方法論的比較談到二氏的理論中心，（一個重於忘記自我，使觀衆忘記在劇場裏，另一個則相反，使演員不忘記自己，甚至不化裝，且使觀衆時刻記得在劇場裏）談到二氏理論偏頗性的根源，及對二氏理論的若干批評，把握二氏方法論之間的尺度。

張駿祥「導演基本技術第二，繪意」，曾載上海出版之「劇場藝術」月刊。楊村彬的「戲劇欣賞」所論各點，係參照朱光潛「文藝心理學」一書而得來。

演員修養方面的文章有二。史著演員自我修養第十一章，鄭君里譯的「論演員的適應能力」。此章所論爲演員對於所飾各種不同角色之適應能力，前些時石揮等所寫的「演員創造的限度」等文，卽脫胎於此者也。此書在內地有兩個譯本，均未出版。（上海有劇場藝術社之叔懋譯本，僅出上册）內地搶譯之風甚盛。史蒂培克（美作家，著有「憤怒的葡萄」攝成電影，名「怒火之花」者）新著「月亮下落」之譯本有四五個之多。

亨利歐文「論表演藝術」，王家齊譯。

以一二兩期的內容看來，此刊物似較「劇場藝術」更爲接近理想，所遺憾者是因限於物力而沒有插圖。每月簡論以潑剌的姿態出現，對於劇運言，這較死啃住燈光，化裝等等技術研究更有意思，撰寫者都有修養，因此與上海的一些專攔出尊嚴面孔來指摘演員的私生活（也虧他們知道這許多私生活）者又自是不同。理論文章爲出自有經驗的戲劇工作者，也自然與閉門造車者有顯著的高下之分。上海近一二月來好像又多了一二種影劇刊物了，但內容還顯然以趣味爲主，以訪問爲能事，以電影本事爲補不足之空白。最近看到了「萬象」的戲劇專號，在份量與實質上都還能令人滿意，雖然只是一期的事，但以一個綜合刊物而能出一個頗爲像樣的特刊已經可以使人寄予同情了。這種工作是值得做的。

清宮怨公演前後

江泓

朋友們的熱誠鼓勵與指示，針對着風聞的冷刺與漫罵，我興奮，我心寒。懷着一種複雜矛盾的心緒，我徘徊在「清宮怨」演出之前。

「讓事實來擊滅虛無，你又何必担憂呢？」朋友們說。「在現社會中求生的人是免不了在顛簸中動盪的，你又何苦多慮呢？」又說。……終於我在好友們的關懷和敦促之下，抱着一顆冒險忐忑的心，決定再度飾演西太后了。

排練期中各方面接連而來的「忠告」使我平靜了的心川又起了陣陣微波，使我感到莫名的惆悵，太概因爲我太缺乏社會經驗吧！不懂「酬世，」不懂「趨奉」，甚麼也只好聽憑現實來表現一切了，不過在排練期內，興奮中多少帶着些惶恐的。

「塔的尖端是難以立足的」這確是一句警惕而有鼓勵意味的話，世界上的人，那一個不想站上塔的頂點呢？可是因了空間的阻力與現實的險惡又使他們可望而不可及，雖然誰都在一天天向上爬着。我這次在顧仲彝先生揮汗指導下，也算是盡了最大的努力，我不能滿足首次在「璇宮」的演出，因此我收集了更多關於西太后的資料，希望在舞台上的，不僅是一個軀殼而已，她是有靈魂，有血肉的。

現在「清宮怨」是獻演在觀衆面前了，自己是否有所進步，早已失去了辨別的能力。然而我萬分的感謝先進們的批評，指導和鼓勵，我更雀躍，並未遭遇到些微風波，當初的「刺」因何而來，至今還只是一個「謎」！

不知不覺的上演已半月了，每天總得在十二時後始能拖着疲乏的身軀返轉家去，身體雖是相當疲累，而精神上却是無尙的快樂。

漫漫的暑假已過，我也不希望自己就這樣慢慢的隨着流水消逝，我頗意學習，再多獲一點知識，多懂一點處世的經驗，來充實自己，我要爲「生命」而存在，爲「生命」而搏鬥，我知道自己的幼稚，這在社會的舞台上，我眞顯得太渺小了。

民國四十二年兒童日記

包天笑

第五章　七月

七月六日，星期六，天氣漸覺炎暑了。

我們學校中，不久即將放暑假，今天我們學校中，開了一個同樂會，并且還要演劇咧。

我們學校中，每年要開兩次同樂會，一在暑假前，一在寒假前，我們都很爲興奮，預先也要籌備與演習。

今天下午，我們父親、母親、哥哥、弟弟、妹妹、都在家中，就只姐姐已動身到某處地方公立醫院去了。我爸爸和哥哥，因爲他們另外有事，先到別處去了。媽媽帶了弟弟、妹妹都到學校同樂會來。我是在上午就去了，飯也在學校裏吃的，因爲要幫着同學們佈置會場等等，都是我們學生親自動手。而且在開幕的時候，全體學生唱歌，我也在唱歌隊中。演劇的時候，我雖不上台，可是也得在後台幫忙。

劇場就設在我們學校的大講堂中，也有小小的佈景，我們本來有一個兒童戲劇研究部的，是由教師們指導而師生合作的。由我們的教務長方先生編劇，而且也由他導演。劇名喚做『女童子軍』。故事是由一種外國小說改編的，不過改成了中國事。那是表演一位女童子軍，忠勇救國的事，爲了要演這一齣戲，我們已經編練了一個多月了。

從前我們小學校裏演劇，據說都是刺取童話中的故事。而那些故事，都是一位王子，和一位公主，有些封建與神話色彩的，現在可不能了。就是兒童戲劇，也是要較有意義的了。

女童子軍那一齣戲，共分爲四幕。

第一幕：是女童子軍的家庭，女童子軍的家庭極窮苦，她只有一位母親，爲人家洗衣度日。父親故世了，沒有兄姊，她自己是一個賣報人。每天一清早，送報工作完了，然後到學校去讀書。然而她的身體健全，性情勇敢，她就補了一名女童子軍。

第二幕：是傷兵醫院。那時候這個女童子軍，不過十三四歲，服務於傷兵醫院，很爲勤勞。其時，某處却有一隊軍隊被圍，須有一通信的人。最好是一個鄉村小姑娘之類，可以無人注意，但一時却沒有人肯去，而且也沒有相當的人物。那時女童子軍却挺身而出，願意冒險前往。

第三幕：是某軍營幕中，女童子軍扮了一個鄉下女孩子，衣服破碎，從鐵絲網中蛇行而入，到了軍營裏。她所負的使命，居然達到了，然而她身上已受了傷了。軍營中幸而有軍醫，便爲女童子軍臨時治療。

第四幕：是醫院門口。女童子軍傷愈出院，歡迎的人擠滿門口了，有軍官，有其他男女童子軍，有各學校教師學生，而自己的母親，也來迎接她。女童子軍出院後，與各界爲禮，有如成人然，胸前還掛了個燦爛的勳章。但一見了她母親後，擁抱涕泣，仍似一個小孩子。

這劇很爲熱鬧，演員共有五六十人。而扮演女童子軍的是我們三年級的一位女同學，喚做楊芬的。她今年的年紀，還不足十二歲，然而却有演劇的天才。有聲有色，令人爲之感動，自然也是教務長方先生的導演得法，方能如此。可是對於楊芬，沒有一個人，不稱讚她以小小年紀，大足以感動人心呀。

七月十四日，星期日，雖入炎暑，天氣早晚頗涼。

今日下午四時，偕母親、弟弟、妹妹，同往第一託兒所參觀。近年來本市有不少託兒所，風起雲湧，每年總添設了不少。而這個託兒所，乃是一個老託兒所，却是最先創辦的。這個託兒所中，除了大姊、哥哥、及我三人，沒有進去過，弟弟和妹妹，當初都進過這個託兒所。因爲我的母親，孩子既多，從前服務於某一機關中，不能帶了孩子進去。因爲這個託兒所，距離她辦事的地方很近，所以她有一時代，曾抱弟弟和妹妹，送進了這個託兒所去。

弟弟送進託兒所去的時候，差不多有兩足歲了，妹妹送進託兒所去的時候，半歲還沒有到。妹妹送進託兒所去的時候，我有些知道了。母親每晨九點鐘以前，到辦事的地方去，先喂了妹妹一次奶。路過這個託兒所的時候，便抱妹妹寄進去，便一切都由託兒所的保姆照顧了。直到下午四五點鐘，再去領了她出來，然後歸家。不過在中午吃飯休息的時間，母親常常去看她，有時也喂一次奶。

弟弟送進託兒所的時候，我不知道，但聽得母親談起過罷了。母親說道：

『他初進託兒所的時候，見我走了，哭着不肯在那裏。後來經託兒的保姆，搬出許多玩具來，又是什麼騎木馬咧，踏三輪車咧，一陣子勸誘，把他留住了。好在他已經足三歲了，早已不喂乳了。我們的孩子，只喂乳十個月，也有九個月就斷乳的。他在託兒所裏吃一頓飯，保姆自會料理她的。飯後，睡一小時半，或是兩個鐘頭，甚爲舒服。到了半個月以後，晚上領他回去的時候，他倒不肯回去，說是託兒所裏好玩，裏面的小朋友多呀。』

現在婦女職業發達，託兒所也日漸加多了。并且吾國政府新修改的工廠法中，加添了一條：「凡是一個工廠，需用女工至百人以上的，非設有完善之託兒所一所至數所不可。」其它，那些託兒所，有公家所設的，有私人所設的，爲數也很多。但我們今天去參觀的，却是最早設立的一個託兒所，名爲第一託兒所，吾弟弟妹妹，曾經在那裏留養過的。

因爲第一託兒所的地點，是在繁盛之區，有許多公司銀行，也都在那裏。近來公司銀行裏的職業婦女很多，因此那個託兒所也很爲發達。平均寄託兒童，總在三百人以上，她們却辦理的井井有條。她們還附設有兒童病院，萬一兒童有了病，可以到這裏去醫治，也有門診，也有住院，人家很爲稱便。

今天因爲是它的成立紀念日，每年一次，招待曾經在它那裏寄託過的兒童，茶會一次。爲了她們有請帖來，所以媽媽帶了弟弟妹妹去了。我也要跟去看看，母親說道：

『你是沒有在這裏寄託過的，但今天反正是個星期日，我就帶了你，一同去吧。』

它那裏所招待的，盡是些小朋友，大概都不滿十歲。譬如我們弟弟是十歲，妹妹是七歲，他們都有被招待的資格，我就沒有這個資格了。況且我又不會在這裏寄託過。

到了那裏，只見在一個大樓上，排列着無數的小桌子、小椅子，都排列出花樣來。每人是蛋糕一方，牛奶一杯。當招待員的，便是託兒所的兒童，他們都不過五六歲，由保姆引領着，捧了牛奶壺，給許多小朋友倒牛奶。彬彬有禮的向來賓們一鞠躬。

所長也是一位女先生，她說了幾句兒童都聽得明白的祝詞。隨後就是兒童唱歌、兒童舞蹈，也都是託兒所裏的兒童。因爲這個託兒所，對於幾個月的嬰兒，有寄託在那裏的。可是也有比較大一點的兒童，寄育在那裏的，這便和幼稚園有些髣髴了。

託兒所與育嬰院不同之點，便是育嬰院可以離市略遠，在空氣清新，花木扶蘇之區設立。而託兒所必在人煙稠密之處，或在住宅區，或在商業區，尤其是在工廠林立之區。現在本市託兒所設立漸多，惟內地尙不甚發達。這大概與婦女職業問題，有一個正比例吧。

七月二十四日，天氣漸熱，我們已經放了暑假了。

今日因爲哥哥有個朋友，他們家裏是有一個養雞場的，邀着哥哥去游玩，我也跟着他一同去。

那位同學的家裏，離市有十餘里路，好在現在有公共汽車，可以直達到那裏。

他們那個農場倒不小，不過他們現在只辦了三件事，就是養雞、養蜂、與園藝。養蜂與園藝且不談，我們今天去，只注意於他們的養雞。因爲我和弟弟、妹妹兩人，都喜歡養小雞，但都是外行，養來很不得其法。

我們那位同學的祖父，是喜歡養雞的，他是借養雞爲娛老計的。我們見了他，他很歡迎我們，他是一位慈愛的老人。他穿了一件粗夏布的短衫，赤了脚，却有一部花白鬍子，活像是個老農夫。但據說他從前還做過外交官咧。

『小朋友！』他告訴我說：『養雞的事，你不要以爲容易，其實是不容易呀。我們有了這一點成績，也是從困苦艱難中得來呀。大概遵守科學的方法，可以成功，倘然你違背了，就要失敗。青年們要明白這個道理。」

我們因爲他是我們同學的祖父，所以呼他爲公公。我見他們的雞，都是高大魁梧，比較尋常市場上的雞，幾乎大了一倍。

「老公公！」我就問了。「你們的雞，怎麼這樣高大？大概是外國種吧？」

老公公點點頭，吸着他的旱菸，指點我們看道：

「這也不全是外國種。我們的最初是買了意大利種雞五十隻。小朋友！你要知道在當時意大利種雞，算是最好的，現在可也不能說了。就是我們本國的雞，也大加改良，像南通的狼山小雞，紹興的蕭山雞，還有我們好幾處地方的蘆花雞、大紅雞，都是很好的。我們有的和外國雞配合，有的不與外國雞配合，的確，講到了養雞的事，選種是很要緊的。」

「老公公！那末你們一共有多少雞呀？」我又這樣的問了。

「現在嗎？」他撚着鬍子笑道：「雞場內共有雌雞一千一百餘隻，雄雞三百餘隻。就算是可以產卵的雌雞一千隻吧！以每月每雞產卵二十一個計算，我們每月可得雞卵二萬一千個。除去了食料，管理人的薪工，以及種種開支外，收支相抵，我們有五成利息可賺。不過雞卵的價，以後要降低，因爲養雞的人家多了。我是養着玩的，不想要這們大的利息，我只要有二成利息，已經夠了。我現在把賺下來錢，都用在改良雞種上面，我要使中國的雞種，勝於意大利的雞種。」

「老公公！」我又說道：「爲什麼我們養的小雞，都養不大。今年我和弟弟妹妹等共養了十五隻小雞，結果，只剩了六隻是養大的，到底是什麼緣故？」

「這是有種種緣故的。」老公公笑嘻嘻的說道：「第一是它的種本來不好，是那種不强健的小雞，難於長大。第二是飼育上很有關係，不能隨便給它什麼吃。還有要防的是雞的瘟疫，傳染得非常快，而且有的是急性傳染，不到幾天，可以使你的全雞舍的雞，都傳染了。小朋友！你要常常來，我可以教你粗淺的養雞法子呀。」

那天，我還吃了點心，是他們自製的雞蛋糕，眞是香甜可口。

第六章　八月

八月七日，星期三，天氣炎熱，蟬聲盈耳。

今天吾家來了一位特客，這一位特客，是吾母親的表妹章元英女士。她今年雖然三十四歲了，但是望望如二十許人。他是一位鋼琴家，她有音樂天才，從她小時節，就彈的鋼琴很好。

她每次到吾家來，我總見她帶上了手套，這一回來，雖然是在夏天，她也帶上了白手套，我們實在難得看見她的手指。爲了她常帶手套之故，很使我懷疑，我曾詢問過母親道：『爲什麼章姨母常常帶手套呢？』

及至母親說出了她所以常穿手套之故，眞是一件可歌可泣的事。我聽得了母親所講章姨母從前的事，眞教人感動得眼淚都要流下來了。

『孩子！你要知道章姨母爲什麼常帶手套的緣故嗎？』吾母親輕輕的歎了一口氣道：『咳！說出來却是一件極悲壯而令人非常感動的事呀！』

以下我把母親所說的話，撮其大要，記之如下：

在十幾年以前，吾國各地方有了兵亂。有位章元英女士，那年是十八歲，她生得非常美麗。這時候，在某一處城裏，大家都避亂逃難了，獨有她家遲遲而行，這是因爲她的母親病了。

但是病中也要逃難呀！好容易以重價雇到了一條船。逃難的人是她的父親，還有她的嫂嫂，她的嫂嫂，腹中已有五個月的身孕。他們的船，搖出城來的時候，倒也還好，可是在離城五里之遙的一個地方，却被幾個穿軍服的人攔住了。

那班軍士，有的蹲在岸邊，有的站在橋堍，專長窺探船中有沒有年輕婦女？他們也不管是否良家婦女，見了年輕的，都掠奪了去，供其獸慾。章家的船中，正有二位年輕的婦女，他便不放她們過去了。

這時一對老夫婦，跪在船頭上哀求。章元英女士的父親已經年邁了，而她的母親還在病中，但是怎樣哀求，也不中用。一定要帶了兩位年輕的婦女去，倘然那一對老夫婦糾纏不休，不是給他們兩粒衛生丸吃，便是把他們推入水裏去。

那時章元英女士的嫂嫂，嚇得只有索索地抖了，但章元英女士却臉上微露笑容道：『我跟你們去，但是你們要依我三件事。』他們問：『要怎麼三件事呢？』她說：『第一件，只有我一人跟你們去，吾嫂嫂不跟你們去，因爲她是一個有病的人。』兵士看了她的嫂嫂，的確面黃肌瘦，像是有病的人，便點了點頭。又問道：『第二件呢？』她道：『第二件，讓我和父親說幾句話，你們遠遠監視着，我也不會逃走。』兵士又點點頭，因想：你也逃走不了。她道：『第三件更容易了，讓他們的船開走了，我望不見他們的船，然後跟了你們去。』兵士一一都答應了。

於是先把她的嫂嫂，放歸船中。章元英女士走到船邊，與父母訣別。她垂淚道：『嫂嫂是有孕的人，與其犧牲兩人，無甯犧牲女兒一人吧！父母也不要以女兒爲念，只算是沒有生我這個女兒。』她的母親哭着，還要向她說話時，她指揮着船家，教他們解纜開船。

她站在岸上，望不見父母的船了。那兵士一共是三人，其中一人似爲軍官，腰間有佩刀，其他兩人，似爲軍士。軍官拽着章元英女士衣袖道：『好了！望不見船了，我們可以走了。』她凄然的一笑，便跟着他們走了。

沿着一條田岸走去，但是他們走得較快她走得較慢。那個軍官，似乎引她到一個村莊上去。她想如何覷一個空，向水中一跳，但兩面都是稻田。正籌思間，她驀然見前行的軍官，腰間露出那佩刀的柄。她以閃電之勢，掣取他的佩刀，立刺他的背心。可是那個軍官覺得，疾回轉身來，便奪取佩刀。章元英還不肯放手，那禁得軍官力大，將刀一勒，章元英女士的三個指頭，隨刀而下，一時血花亂濺了軍官一身，她也就暈倒在稻田裏了。

軍官看了一看跌倒在稻田裏的章元英，拭了拭佩刀上的血跡，便走開了。那邊的鄉下人，便七手八脚的把她抬到村莊裏去。章元英的父親，船開了不到一里路，便叫船家開回去。因爲他知道女兒的德性，一定是救了我們，自己投水死了。船開到了老地方，聽人說：一個女子受了傷，在附近的村莊裏。章老先生想：一定是他的女兒。到那裏一看，果然是她。幸虧他約略知道一些救急止血之法，速忙用船載送她到一個醫院裏去，治療了兩個月，但是短去了三個指頭。

章姨母是鋼琴家呀！全靠她的手指，沒有手指，如何彈琴呢？據說在最近三四年，方始裝了三個假手指，可是假手指那有眞手指那麼靈動呢？而且人家都要來看她的手，都要來看她這光榮的手，所以她是常常帶了手套呀。

我的敍事文很拙笨，用用功，將來還要給章姨母好好地寫一篇小傳。

八月十六日，星期五，今天較風涼，因爲昨晚有風雨也。

我在暑假中，看了好幾本小說，因爲我的看書，不是向兒童圖書館中去借閱的，那是弟弟妹妹們偶然去借閱，我却不喜歡看那種書，我是向市立第七圖書館中去借閱的，因爲第七圖書館，離吾家所住的地方很近呀。

近幾年來，中國所出的文學書實在不少呀。據父親告訴我說：在世界戰爭時代，吾國很鬧了一個時候的紙荒，這是因爲吾國實業不發達，對於文化工具的製紙業，一向不大注意。到了發生了事變以後，就感覺到苦痛了，及至事變旣已平定，便急起直追，國內添設了不少造紙廠，現在印書印報的紙，有十分之七八，已經是用了國貨了。爲了紙張充裕，出書就出得多了，要知道我們中國的作家，到底是不少呀。

我所喜讀的小說，約略記之如下：

一、由歐美日本翻譯出來的小說。這些小說中，我尤其愛看描寫戰爭的小說。這一次世界大戰，牽動了全世界，眞是一個曠代未有的大血戰，大肉搏。寫那些小說的人，都是親臨其境的人，都在死裏逃生的人，他們寫出來，如何的親切動人呀？他們儘管是一個小兵，他們有文學修養，他們可以寫出很動人的小說。這一點，我們中國的武人，就不及人家了。

二、中國人的製作也不少呀。近來中國的文學家，不是專門襲了東西各國的皮毛，滿紙的新名詞，句法是疙裏疙瘩的令人看不來，讀不懂的了。很能對於本國的文詞，做他的本位工作了。據說：像我們那樣的從高小五六年級，到初中一二年級的學生，每喜歡看武俠小說，有許多有毒素的武俠小說，自然已經是淘汰了。剩餘的幾種武俠小說，我覺得都是淺薄得很。

三，像我現在所喜歡看的，倒是那種科學小說。近來新出的幾部科學小說，我都看了一個夠。因爲中國是一個科學落後的國家，科學不發達，連帶實業也不發達。以前那些寫小說的人，不懂得科學，而那些從事科學的人，他至多能寫出枯燥的，沉悶的，科學理論，不能寫出有興味的小說來。現在因爲要誘引一般青年，走到科學的路上去，因此提倡科學小說。雖然只是很淺近而並不深奧的，但是很足以啓發人的智慧呀。

四、一種未來小說，現在已出得不少，有外國的，有中國的。未來小說好像是一種預言，把未來的事，要想在現在便知道，在從前不是也有許多預言家嗎？可是未來小說不是玄學，也不是神話，定是有根據的。定是根據於歷史，根據於科學，以自己的思想，觀察了社會的造化，然後寫出來的。因此以前寫未來小說的歐美幾個學者，到後來他的預言都應驗了。而且讀了未來小說，使人鼓起了不少樂觀的思想，覺得世界的前途，眞是光明燦爛呀。

五、其它還有許多教育小說，都是我所喜歡看的。近年來關於此種書，也出版得不少。因爲小說是人家喜歡看的，尤其我輩初解文詞，漸漸要踏進社會去的人。不過讀小說也要有一個選擇，我就是專選我覺得有興味的讀，本來這不是學校裏的功課，原是極自由的呀。

八月二十四日，星期六，天氣漸涼，大有秋味了。

暑假以後，我們已經開學了。

我已補入了童子軍，我們要出去露營三天。

露營的地方，是在離學校的地址，有二十五公里。那個地方有一座翠筠山，就是翠筠山的脚下，有一個小森林。我們五六兩級的學生，一共有二十四人，其中我們六年級的十四人，他們五年級的十人，全是男學生。女學生們雖然也有女童子軍，但是不和我們在一起。

我們從學校中出發，乘了公共汽車到火車站。在火車中，我們占據了半節火車，除了我們童子軍二十四人以外，還有幾位教師一同出發。我們童子軍的教練章先生，也就是我們學校裏教體操的，還有教博物的孫先生，也陪了我們去。他是喜歡搜集植物的。此外是有一位校中工友，那是幫助我們照料一切的。

我們只乘了七分鐘的火車，就下車了。從那邊車站有一條修好的路，直到翠筠山脚下，那是我們要步行的。我們二十四個童子軍，都是穿了一樣的服裝，頭戴平邊闊簷的帽子，短褲子露出了膝頭，腰間掛着刀和繩，還有水壺和糧袋，眞像是行軍一般。不過我們是沒有鎗械的，大家手裏，只有木棍子一根。

我們不像行軍那樣的紀律嚴肅，我們在路上只是有說有笑。雖然稱爲童子軍，我們並不是軍人，我們是活潑的，並不是嚴厲而呆板的。世界童子軍首創人貝登堡氏就那樣說過，他說：『童子軍是一種游戲，年長的哥哥們，（或姊姊）可以給他小兄弟們一種康健的環境，而且鼓勵他們種種健康的活動，來幫助他們發展公民性。』

我們到了翠筠山脚下，雖然說是一個小森林，實在可以說是一個竹林，因爲那地方十分之八都是竹子，只有十分之二是雜樹。青蒼一片，那竹子是多麼高呀，因想到這翠筠山的山名，也是從這許多竹子上來的呀。而且那地方也頗爲潔淨，只是地上舖滿了竹葉。我們便七手八脚的在竹林裏紮起營來了。

張好了營帳以後，我們便要練習燒飯了。鍋子是我們帶了來的，米也是我們帶了來的，用幾片磚石，我們立卽搭起灶來。燃料在這個地方是不會缺乏的，有幾位同學，便去做樵夫，採集了不少的枯枝殘葉來。有幾位同學，善於生火，一經他們的手，火便熊熊的燃起來了。還有兩位同學，他們對於燒飯有經驗，以前有幾次露營，都是他們燒飯。飯熟了，大家取出帶來的罐頭食物，公諸大衆。這樣的野餐生活，眞是我們最有興味的事呀！

餐後，我們這二十四人，便分爲二大隊。一隊由章先生率領，到翠筠山的山巓上去，這一隊稱之爲爬山隊，另有一隊，由孫先生率領，去搜集山脚下以及半山的野草山花，攜回學校中去，作植物學的參考，這一隊稱之爲採集隊。我却在爬山隊中。

歸來

Ivan Vazoff
余拯 譯

這是秋天了，凡得倫那地方下了很重的霧；天氣是寒冷，潮濕，而且還繼續下着綿綿的細雨。天際看來似乎將自己溶化成爲冰冷的水，來沾染這村裏的低小的房子。在那灰黯而泥濘滿道的街頭，紛集着一片喧擾聲和各種動作。弱小的馬匹，拖着四輪車，牛車上擁滿了軍需和行李，鄉人們領駕着各種的車輛，一批一批的牲口，充塞着大道，在這一無秩序的喧擾裏，一隊新招的軍隊經過了。這隊軍隊有些穿了制服，有些穿了羊皮的外套，皮是反在外頭的，大半都裹在破舊的毯子裏，當作雨衣來用了。他們的腰間圍着鎗彈皮帶，肩頭上荷着來福鎗；鎗柄上繫着黃楊樹枝，掛着臃腫的糧袋。那些年青的軍士是幾乎都凍僵了，泥濘汚沒了他們的脚踝，霏霏的雨雪打在他們的臉上；但是他們還是同聲地唱着雄壯的歌曲。

一羣軍官站在一家酒吧的門前，路人鄉人們都奇異地注視着那羣染滿了泥汚的英雄。

婦人，女孩子，男孩子，立在村莊的盡頭上，臉上被寒冷侵襲着變成青紫色。在等候着向凡得倫的軍隊送行——他們是從哈孟雷會合着團部一道開拔到西非亞，然後再開到前線去的。

「呀，這是佐治的兒子呀，希望你有平安的日子，子凡德哥。」

「我看見他，倫道埃爾經過了。」

「這是納忒爾京約翰，你的母親在這裏呀。」

立着的人們很快地撒着美麗的花，眼淚流到頰下去，說話說了一半便咽哽起來了，這一小隊的軍士在經過，而且的確的是在過去了。

「媽媽，」一個嬌小兩頰緋紅的女孩子喊着，「大哥在那裏呀！」

「史刁活哥哥！」一個七歲的孩子在呼喊，他正站在那女孩子的身傍，用手指着那隊軍隊。

「我的孩子！我的孩子！」母親悲慟地喊着。

一個雄壯美貌嵌着一副黑眼睛的青年，暫時離開了隊伍，跑到母親的跟前，吻着母親的手，再吻遍了妹妹和弟弟的臉龐。一個女郎贈給那青年花朵，那青年將一些放在胸前，一些夾在左耳的後面，繼續歌唱着趕上他的同伴去了。

「再會吧，孩子！願你有好的命運！」母親這樣話別他。

「史刁活，」一個女郎喊了起來。

可是他們的聲音在那嘈雜的聲中消逝了，史刁活已消失在那重霧裏。

母親仍然地翹望着，但已不能再看到什麼了。

那個年輕的女郎撩起了她裙的一角，掩沒了她的面龐，史刁活的母親回到家裏，打開了破舊的衣箱，檢出了短褂和亞麻布，在箱底裏找得了一根大洋燭，在聖像前點起來，開始她的祈禱，……

爲時不久，砲聲震動了谷臟阿門的附近，時爲一八八五年十一月四日。

在那一夜，枝娜夫人做了一個夢。

她看到一朵很大的烏雲，在雲端裏一隊軍隊走過，史刁活也在裏面。聖母！這是何等可怕的景象呀！雲突然的動起來，天也在搖動，地球也在震顫了，像那裏有戰爭似的，史刁活在雲端裏消失了，再不會看見他的影子。

枝娜醒來了，地球的四週祇有一片的黑暗，正是漆黑的夜，風聲狂嘯着，那戰爭……崇高的上帝，主的耶穌基督，願你保佑他！可憐我的史刁活吧，聖母！

天亮了，她還沒有睡着。

第二天，她跑到神父家裏去，問道：「彼得神父，雲是表示些什麼意義的呢？」

「雲嗎，這是有兩種的，一種是帶雨來的，另一種是溶散的，你夢見的是那一種呢？」

她述她所夢見的雲。彼得神父在沉思中。

不過在夢書中是沒有這樣的一種雲的，可是當神父看見那婦人迫切探求眞相的面色，便對她說：「那沒有什麼值得驚駭的，枝娜。你的兒子很強壯和康健，這種雲是表示有音信的，你將得到史刁活的消息了。」

枝娜的面容立刻光彩起來。

六天過去了，她從她兒子的朋友手裏接到一封信，那朋友是從塞爾維亞俘虜回來的。她很快的跑到神父那裏去，叫他讀給她聽，信內這樣說：

「親愛的母親，我寫這封信給你，那就是說我現在還生存着，而且很安好。我們的軍隊把塞爾維亞打敗了，保加利亞萬歲！我很好，倫道埃爾斯東納夫也很好。表弟提米屈拉司也好，他問候他的母親。塞爾維亞人雖然川砲，來福鎗來打我們，可是他們怕我們的衝殺。明天我們大約要佔領谷臟阿門了。當我們凱旋的時候，我要帶泥希的禮物送給克娜。現在付上法郎一枚給你，當作你的零用好了。我不久便要告訴臘陶得何子彈是怎樣的呼嘯的。敬叩福安！

你的兒子，史刁活陶勃雷夫叩上

再者：許多禮物是要送給彼得神父的，我要送他一枝塞爾維亞來福鎗，可是現在一枝也沒有。塞爾維亞人帶了鎗雖然很多，但他們都是壞鎗手！我祝福斯都洋格。」

枝娜聽讀完了那封信，憂慮的心得到了很大的安慰。她很迅速地跑到斯都洋格的父母那裏去，同樣得到了快樂的慰藉；尤其是臘陶得何，他希望着哥哥教給他一個新的吹號法。

枝娜走到街上，她又看見一隊俘虜，後面跟着一個保加利亞的軍士。啊！或許有史刁活吧在裏面？但走過去一看，并沒有她的兒子。她想去問問那軍士有沒有她兒子的消息，然而那些俘虜給引住她的視綫了，因爲俘虜還是她第一次看到呀。

「呀，我的上帝！」她喃喃地說，「這是塞爾維亞的人麼？看來他們是有禮教的人呀，她們的母親將怎樣憂慮他們呢？他們遠離開母親去了！等一回兒吧，年青的人們！」

她跑到家裏去，帶來了一杯白蘭地酒，她叫塞爾維亞人等着她，因爲她是帶酒給他們喝的。那帶領着塞爾維亞俘虜的保加利亞軍士微笑地把他們停住了。

「謝謝你，謝謝你，」俘虜們說，每個人都口含着「力克」酒。

「祝你健康，夫人！有我的份嗎？」那保加利亞軍士很快樂地倒吸着酒杯說。

「他們是上帝的兒子，和我們一樣是基督教徒！……」這一隊俘虜便從遠處消失了。

停戰簽字了。

聖誕節將臨，軍隊也解散了。凡得倫的青年有些已回來了；但沒有史刁活在裏面！是的，他一點消息都沒有，枝娜夫人憂疑起來了，苦悶的思潮頻頻向她襲擊。

日子一天一天的過去，那裏有人在敲門吧？她時常走到門邊去。倫友愛爾斯支拉夫已回來了，丁赫夫的孩子和斯坦麥脫夫兄弟也相繼回來了。她找着他們，問着史刁活的消息，但他們一些也不知道，無法答復枝娜，在某一個時期他們是看到史刁活的，可是以後一直沒看見他了。

「媽媽，提屈米立斯已回來了。」當枝娜回家的時候，克娜這樣告訴她，她立即走出去看提屈米立斯。

「早呀，提屈米立斯，史刁活留在那裏呢？」

提屈米立斯也不知道。「也許」，他安慰枝娜說：「他們把他送到翼丁之外去，他要在另外一條路回來了。」

「聖母啊！我的孩子留落在什麼地方呢？」她喃喃地說：她走到斯都洋格那裏去，跑到門前的時候，心臟跳得很利害，斯都洋格會告訴她，這是無疑的。他知道史刁活的狀況的，同時他也問候她，「史刁活會在聖誕節前趕到家裏的」，但他沒有明白直捷答復枝娜，枝娜默默地留在那裏，淚濕滿了眼眶了。

村中的人都興奮起來，他們希望第一團從前綫回來經過這裏了。在枝娜夫人的門前，他們植了兩株樹，把樹枝在中央結成了一個環洞，從山上取來了青翠的松枝，蓋搭上去，點綴那樹和環洞，環洞上掛了一塊從潑紫極克帶來的橫額：「歡迎我們勇敢的戰士」，許多保加利亞三色旗圍繞着，像一座眞的凱旋門似的。

戰勝的軍隊來了，他們經過那凱旋門了。

「也許他在後面來了？他決不會在別的地方過聖誕節的，那邊不是絡續有軍隊開來了嗎，傍晚以前，他依然可能回來的，他知道這裏有一顆切望的心在等候着他呀！」

可憐的枝娜這樣想着。

翌晨，她一早就跑到教堂去，她將史刁活寄給她的一個法郎買了蠟燭，燃點在教堂裏一切聖像前，回來的時候，面上似乎減少了憂慮。

「今天是聖誕節，他一定會回來的，聖母呵，把他送回來給我吧！我親愛的安琪兒！主耶穌基督！救助我呵！」

女兒克娜回來說別的鄉村幾個青年也回來了，母親的臉色變得更慘澹了。

「同別的女孩子一樣，去等候你的哥哥吧！」母親憤恨地對女兒說。

「媽媽，我也要去！」臘陶得何說。於是兩個孩子走上了被雪滿蓋着的街頭，離開了村莊，繼續向大路前進。母親在門口守候着。

尖冷的風吹過小山，吹過山巔。山谷和曠野都埋在很深的雪中。天空慘淡得可怕，黑黑的一羣寒鴉，橫過了道路，或躲在樹頂上。錇克丁納那條路上，發現了一堆一堆黑色的東西，原來是一羣一羣在等候着自己的人回來的女郎，小孩，婦人。軍隊駱驛不絕地開過來，有些是單獨的，有些是成夥的，克娜兩姊弟經過了第一羣，第二羣，第三……一直的循路走到遠的所在。他們奮勇前去，要第一個去祝賀史刁活。雪還是繼續的向下堆積，會把他們的眼睛遮蔽了，但他們不問的，他們能立刻認識他。經過蜿蜒的大路，爬過了山巔，又在對過消失了。姊弟倆走到了山頂，風更狂暴地向他們打來，阻止着他們的進路，那時候，有兩個滿身堆滿着雪花的軍士走過，但都不是史刁活。

「後面還有軍隊在繼續來麼？」克娜問。

「我們不大知道，大約是很少了，你們盼望那一個？」

「我們的哥哥呀，」那兩個軍士跑過去了。

天寒得怕人，克娜仍繼續高高的向前望着，她冷得發昏了，臘陶得何在狂叫着，他們須要碰到哥哥，否則回去，母親是會憤怒，或哭泣起來的。

爲時不久，他們看到了一輛兩個人坐着裹在暖布裏的馬車，克娜立卽跑到馬的前面停住了牠，問道：「先生，你們後面還會有軍隊來麼？」

「我不知道，小夥子。」其中的一個這樣的答着，把他的皮帽抬起了一半，驚異地望着這凍得變白的小女孩，那車子又過去了。

那兩個孩子像在泥裏生了根一般似地竚立在那裏，時光在消逝着。山上括下來的風更狂大了，打在他們的臉上，吹起了他們的衣裳。雪花飛舞着打着旋渦環繞着他們，他們沒有一點畏懼，他們的眼睛祇注視着地平線，希望能發現些動物；突然間，克娜心花怒放起來，在很遠的地方，她看到一隊騎兵，在前進，可以確定哥哥必定在裏邊了。她安靜地等候着，他們上了山，經過那兩個孩子的旁，繼續他們的前程。

克娜用手招呼那在後面上來的那兩個軍官。

「隊長！」她的喊聲裏含着眼淚：「我們的哥哥來了麼？」

」

那軍官停住了，很驚異地望着她。

「你的哥哥是那個？」他倆其中的一個問。

「史刁活哥哥，史刁活是我們的哥哥。」臘陶得何不耐煩地叫着，他驚奇地望着那兩個軍官不知道史刁活是他的哥哥。

「什麼地方的史刁活呀？」那軍官問。

「凡得倫的史刁活。」克娜很堅決地答。

那軍官對同伴說了幾句耳語，回頭來很親熱地繼續着問道：「你的哥哥是在騎兵隊裏的嗎？」

「是的，沒有錯。」那可憐的孩子回答着。他不明白那軍官的問話。

「唔，是的，不過他不和我們在一起，可憐的孩子，回家去吧，天色很晚了，在外面會凍壞的！」另一個軍官說。

於是那兩個軍官揮着他們的馬，趕着他們的騎隊去了。

克娜哭起來了，臘陶得何訴着苦。他們的手脚都凍到麻木了，嘴唇也變了紫色了。前面，蜿蜒着到村莊的路，已給雪花掩沒了。迎接軍士回來的人們，已通通回家去了。天愈昏黑，風也愈大起來，在很遠的地方可以看到那些騎隊在過去，軍士們的高歌，在風中飄蕩着，打進孩子們的耳鼓裏。

姊弟倆開始跑回村莊去了。

夜色迷濛，他倆寂寂地走着，手深深地揷在衣袋裏，想念着他們的母親，立在階前等候他們。

一輛三隻馬拉的車輛的聲音，在他們後面來着。

「請問先生，後面還有軍士在來麼？」

可是那輛車跑得很快，在黑暗裏沒有看到，也聽不到他們的聲音。

雪依舊飄着圈子，圍繞着他們，這是從西綫戰場來的，在附近派落得的葡萄園裏，雪花早同衣裳一樣掩蓋了史刁活的墳墓。

晚清的翻譯

林榕

中國近代文學的淵源開始於一八四〇年的鴉片戰爭；在鴉片戰爭以前，中國是一個閉關自守的國家，不知道西洋有所謂文化，在鴉片戰爭以後，却又盲然的接受西洋的一切，不但明白西洋各國都是「船堅砲利」，而且在物質之外還有眞正的精神文化。這是中國有系統有目的地翻譯事業的開始，因爲屢次敗戰的刺激，要「知己知彼」必須打開國家的界限，容納別國的文化，所以這時候的翻譯自然與漢魏以來的佛經翻譯和明初以傳教爲目的的譯述有所不同了。也因爲這個原故，談近代文學，尤其是近代的翻譯史要從晚淸講起。

這裏所說的晚淸是從一八四〇年（道光二十年）起到民國初年七十多年的時間，這時期的翻譯狀況約略可分做三期。從一八四〇到一八九四是第一期，是翻譯事業的開端，所譯的大半是「格致」之學，也就是自然科學方面的著述。一八九五年以後到一九一〇是第二期，從自然科學的翻譯轉到社會科學方面，同時也是譯述西洋文學的開始。一九一一年以後民國前後的幾年間是第三期，所翻譯的是文學作品，同時也就是現代西洋文學介紹的曙期。

第一期翻譯事業的開始是因爲受到鴉片戰爭和英法聯軍（一八五六）幾次戰爭的結果，使中國一敗塗地，訂立許多條約。一般知識份子知道西洋的勝利全在於物質，要求中國自强必先接受西洋文化，當時所謂「洋務」就在這方面。曾國藩，李鴻章等人提倡最爲有力。曾氏在「擬選聰穎子弟出洋習藝疏」裏說：

> 如輿圖算法步天測海造船製器等事，無一不與用兵相表裏。凡遊學他國，得有長技者，歸卽延入書院，分科傳授，精益求精。其於軍政船政，直視爲身心性命之學，今中國欲倣其意而精通其法，則當此風氣旣開，似宜亟選聰穎子

弟攜往外國肄業，實力講求，以仰副我皇上徐圖自强之至意。

辦理「洋務」的第一點就是派遣留學生，使他們明白西洋的學問，再用之於國內，挽救頹危的局面；但這個工作畢竟還限於少數人，要使一般人普遍地明白「西學」，就不得不講求翻譯了。馮桂芬在「釆西學議」中曾反覆說明學習西洋語言文字的重要，他主張「於廣東，上海設一翻譯公所，選近郡十五歲以下，穎悟文童，倍其廩餼，住院肄業，聘西人課以諸國語言文字」，這種意見迨爲普遍的要求，於是遂有專做翻譯工作的機關出現。這種翻譯機關最早爲人所熟知的是京師同文館，此外在上海還有廣方言館，福建馬尾船政局，天津武備學堂，上海外國語言文字學館，和江南製造局的翻譯館等。

同文館的創立在一八六七年（同治六年），附屬於總理各國事務衙門內，館內聘西人爲教習，教授英、法、德、俄四國語言文字，分天文、化學、筭學、格致、醫學各科目。其後各地仿設很多。吳人馮桂芬在上海提倡，說：

> 前見總理衙門文，新設同文館，招八旗學生，聘西人教習諸國語言文字，與漢教習相輔而行。此舉最爲善法。行之既久，能之者必多。必有端人正士，奇尤異敏之資出於其中。然後得西人之要領而馭之，綏靖邊陲之原本，實在於是。

這也可見翻譯工作的重要了。後來江南製造局附設的翻譯館，更專以翻譯爲事。內設提調一人，口翻二人，筆述三人，校對圖畫四人。人各一室，日事撰述，旁爲刻書處。口譯之西士有傅蘭雅，林樂知，金楷理等人，筆受者爲華蘅芳，徐雪村等人。（見王韜瀛壖雜志）這是一個規模較大的翻譯組織。

那時雖在各地有許多翻譯機關，然而終因事屬初創的關係，並沒有多大成績可言，恐怕當時人有一種想很快的使中國產生出大砲輪船的要求，對語言文字方面反居其次。鄭觀應的「西學」一文正可代表這種意見。他說：

> 今之學其學者，不過粗通文字語言，爲一己謀衣食。彼自有其精微廣大之處，何嘗稍涉藩籬。故善學者必先明本末

，更明所謂大本末，而後可。以西學言之，如格物製造等學，其本也。語言文字，其末也。

馬建忠批評得也很確切：

第始事之意，止求通好，不專譯書。即有譯成數種，或僅爲一事一藝之用，未有將其政令治教之本原條貫，譯爲成書，使人人得以觀其會通者。

又說：

今之譯者，大抵外國之語言，或稍涉其藩籬，而其文字之微辭奥旨，與夫各國之所謂古文詞者，率茫然而未識其名稱。或僅通外國文字言語，而漢文則麤陋鄙俚，未窺門徑。使之從事譯書，閱者展卷未終，俗惡之氣，觸人欲嘔。（擬設翻譯書院議）

這雖未免言之過甚，却也可見當時翻譯界對語文的研究還不太深，故譯文中草率從事，與原文距離很遠。所以馬氏擬設翻譯書院，專造就譯才，兼誦漢文，並且使學生住院，「旬日休沐一次，准假，歲無過一月。」所譯之書分「各國時政」，「居官者之攷訂」與「外洋學館應讀之書」三大類。可惜這擬議並未見諸實行。

總計這一期的翻譯成績，大約近三百種。梁啓超於一九〇三（光緒二十九年）撰「西學書目表」分爲西學、西政、雜書三類，總計八百八十三本，三百五十三種。這裏面是只有物理，化學，生物，工程，礦物和少量的政治法律，至於思想和文學方面則完全缺乏。所以梁氏說：

今之所譯，直九牛之一毛耳。西國一切條教號令，備哉粲爛。實爲政治之本，富强之由。今之譯出者可寥寥也？彼中藝術，日出日新，愈變愈上，新者一出，舊者盡廢。今之各書，譯成率在二十年前。彼人視之，已爲陳言矣。而以語吾之所謂學士大夫者，方且詐爲未見，或乃瞠目變色，如不欲信。（西學書目表序例）

這說明了初期翻譯事業的缺點，我們在這裏所以提出者也不過是創業的功績，文學上的譯述就要等待後日了。

第二期的繙譯，比初期實在得多。那是在甲午戰爭（一八九五年，光緒二十一年）中日媾和以後，各國相繼在中國劃定其勢力範圍，朝廷的腐敗日甚一日，一般進步的知識份子遂謀圖強之策，這就是歷史的「戊戌變法」和維新運動。這是一個根本的改革，與鴉片戰爭後的僅學習西洋的物質文明迴不相同。在翻譯工作上既知道從前所譯的「格致」之書並不能見西洋文化的全面，而譯筆又不甚講求，所以有人提出更廣的翻譯，如高鳳謙說：

泰西有用之書，至蕃至備。大約不出格致政事兩途。格致之學，近人猶知講求。製造局所譯，多半此類。而政事之書，則鮮有留心。譯者亦少。蓋中國之人，震於格致之難，共推為泰西絕學。而政事之書，則以為吾中國所固有，無待於外求者。不知中國之患，患學在政事之不立。而泰西所以治平者固不專在格致也。（翻譯泰西有用書籍議）

這時候的翻譯已由「格致」而及於「政事」，社會科學與哲學思想一類的書籍也有人注意到了。這就是嚴復。他見於國家的危殆，曾撰政論抒其抱負，並觀察中西政治思想的異同，他說西洋學術重在實證，故比中國的「心成」者為高明，他在「救亡決論」中說：

西學格致，一理之明，一法之立，必驗之物事而皆然，而後定為不易。其所驗也貴多，故博大；其收效也必恆，故悠久；其究極也，必道通為一，左右逢源，故高明。

這也就是後來所謂實證主義，他一生譯赫胥黎的「天演論」，穆勒的「自由論」「名學」，斯賓塞爾的「羣學肆言」，亞當斯密的「原富」，孟德斯鳩的「法意」，甄克斯的「社會通詮」，耶芳斯的「名學淺說」，衞西琴的「中國教育議」這九部作品，都是介紹西洋思想的。他說：

風氣漸通，士知弃陋為恥，西學之士，問塗日多，然亦有一二巨子，訑然謂彼之所精，不外象數形下之末，彼之所務，不越功利之間，逞臆為談，不咨其實。討論國聞審敵自鏡之道，又斷斷乎不如是也。（譯天演論自序）

這給當時人一個驚愕，同時也是一個新奇的感覺，使以後的人都把目光傾向於政治的革新了。在文化上儘量地翻譯這種西洋的新思想新理論。當時最有名的是強學會的組織，它是由翰林院學士文廷式等首倡，更得到工部尚書孫家鼐，湖廣總督張之洞的贊助，勢力很大。在張之洞所擬的「上海強學會章程」中就以譯書爲講求西學的第一義。

「今此會先辦譯書，首譯各國書報，以爲日報取資，次譯章程條款教律例條約公法日錄招牌等書，然後及地圖暨各種學術之書，隨譯隨刊，並登日報，或分地，或分類，或編表，分之爲散報，合之爲宏編，以資講求，而廣聞見，並設譯學堂專任此事」。

繼強學會而起的有桂學會，聖學會（桂林），湘學會（長沙），蘇學會（蘇州）等，但他們的工作，多半側重在政治運動上，不僅僅是翻譯介紹西洋思想了。

在這變法運動蓬勃於朝野的時代，梁啓超曾有籌辦「大同譯書局」的意思，「以東文爲主，而輔以西文。以政學爲先，而次以藝學」。它的敍例說：

本局首譯各國變法之書，及將變未變之際一切情形之書，以備今日取法。譯學堂各種功課，以便誦讀。譯憲法書以明立國之本。譯章程書以資辦事之用。譯商務書以興中國商學，挽回利權。大約所譯先此數類。自餘各門，隨時間譯一二。種部繁多，無事枚舉。

但這計劃並未見實現。而晚清的關於西洋思想的介紹翻譯也就到這裏爲止。對於這時期翻譯的批評，大抵是看得很重的。嚴復譯「天演論」的例言，提出信，雅，達三條件，到現在還爲一般人所推重：

譯事三難：信，達，雅。求其信，已大難矣！顧信矣，不達，雖譯猶不譯也；則達尚焉。……信達而外，求其爾雅。此不僅期以行遠已耳！實則精理微言，用漢以前字法句法，則爲達易；用近世俗利文字，則求達難。

他用漢以前的句法譯書，很爲桐城派的人所注意，吳汝綸稱他可「與晚周諸子相上下」，（天演論序）。但梁啓超却反對這種文體，以爲「文筆太務淵雅，刻意摹仿先秦文體，非多讀古書之人，一繙殆難索解」。但是嚴氏在思想上的功績和譯述態度的忠實，到今日還是不能一筆抹殺的。

在西洋思想的繙譯介紹之後，就該說到文學翻譯了。這和現代文學有極密切的關係，周作人先生曾這樣說「老實說我們幾乎都因了林譯纔知道外國有小說」，（語絲第三期「林琴南與羅振玉」）這實在是文學上的一個重要階段。但最初的翻譯却並非因爲它是文學作品而翻譯，和「爲藝術而藝術」的看法决不相同，它仍多少與政治有關。以小說視爲革新政治的工具，所以和當時維新運動的主張相互一致，這也就是我們所以與思想的介紹合在一起講的原因。

翻譯西洋文學的最直接的原因是小說的提倡。晚清是小說很繁榮的時代，最初在一八九七年（光緒二十三年）的天津國聞報上有嚴復與夏穗卿合作的「本館附印小說緣起」一文，說明小說的重要性；後一年梁啓超有「譯印政治小說序」，主張翻譯西洋的政治小說。

在昔歐洲各國變革之始，其魁儒碩學，仁人志士，往往以其身之所經歷，及胸中所懷政治之議論，一寄之於小說。於是彼中輟學之子，黌塾之暇，手之口之，下而兵丁，而市儈，而商氓，而工匠，而車夫馬卒，而婦女，而童孺，靡不手之口之，往往每一書出，而全國之議論爲之一變。彼美英德法奧意日本各國政界之日進，則政治小說爲功最高焉。

這和當時的人以小說提倡維新與改革是一致的。在這個時期裏先後有許多小說雜誌的創刊，如「新小說」（一九〇二），「繡像小說」「一九〇三），「新新小說」（一九〇四），「月月小說」（一九〇六），「小說林」（一九〇七）等。「新小說」是梁啓超在日本所創辦，他曾譯有法國佛林瑪利安的「世界末日記」，和政治小說「十五小豪傑」。此外，在這些雜誌中還有許多翻譯的作品，都是晚清文學翻譯界的最初的收穫：

二勇少年（南野浣白子譯，十八回，「新小說」刊）

電術奇談（吳趼人譯，二十四回，同）。

賣國奴（蘇德曼原著，吳檮譯「繡像小說」刊）
回頭看（威士作，同）
珊瑚美人（日本青軒作，同）
小仙源（美闌作，同）
商界第一偉人傳（憂患餘生譯，同）
燈台卒（顯克微支作，吳檮譯短篇，同）
山家奇遇（馬克吐溫作，吳檮譯，短篇，同）
天方夜談（選譯，同）
美國獨立史別裁（清河，「月月小說」刊）
鐵窗紅淚記（雨果作，天笑譯，同）
虛無黨小說（同）
刺國敵（洵勝子譯，同）
八寶匣，三玻璃眼（周桂笙譯，同）
蘇格蘭獨立記（鴻璧譯，「小說林」刊）
地獄村（黃翠凝，陳信芳譯，同）
新舞台（日本押川春浪作，覺我譯，同）
電冠（陳鴻璧女士譯，同）
義勇軍（莫泊桑作，冷血譯，「新新小說」刊）

巴黎之祕密(希和作,冷血譯,同)

這些作品不外政治與偵探兩大類。譯者中較著名的是吳檮,他還譯有俄國萊芒托夫的「銀紐碑」(一九〇七),柴霍夫的「黑衣教士」(一九〇七),日本黑岩淚香的「薄命花」,「寒桃記」,英國勃來雪克的「車中毒針」,日本尾崎紅葉的「寒牡丹」,押川春郎的「俠女郎」,尾崎德太郎的「美人烟草」「俠黑奴」等。還有陳冷血譯俄國虛無黨小說,周桂笙(新菴)譯偵探小說,「其時冷血的文章正很時新,他所譯述的『仙女緣』『白雲塔』我至今還約略記得,還有一篇叢俄的偵探談似的短篇小說,叫作什麼尤皮的,寫得很有意思」,(周作人瓜豆集:「關於魯迅之二」)可想見當時一定很風行。

從翻譯的量上說,最多的是林紓,他用古文翻譯西洋小說從「巴黎茶花女遺事」起共有一百五十六種。他完全根據別人的口述,自已是不懂西文的。但他於晚清翻譯上影響最大,胡適之說「古文的應用,自司馬遷以來,從沒有這樣大的成績」,這是就文字方面說的。就是以努力的成績說,恐也不在任何人之下。

但林氏譯述的態度,却不是我們現在所應贊同的。因爲他沒有選擇優秀的作品,把許多精力用在二三流的作品上,同時對於原書缺少深刻認識,𧰼意增删,去「信」太遠,這都早是一般人所公認的了。

這是第二期的翻譯概況,從西洋思想的介紹到西洋文學的翻譯,但文學的翻譯却不過是一個開端,這開端到第三期才生長起來,而逐漸發展廣大。

這裏所謂第三期的翻譯,實在沒有像一二期那樣明顯的界限可劃分。可是却有與前期一個絕不相同的區別,那就是從這裏才開始了純文學的翻譯,和從前那種別有目的的譯述不同;而在譯法上又爲直譯的開端,一反林氏潦草的態度。

這裏要提到的是周作人及魯迅兩先生。魯迅先生曾譯有科學小說「月界旅行」和「地底旅行」兩部,約在一九〇三年。作人先生的翻譯最早爲一九〇四年的「俠女奴」,和一九〇五年的「玉蟲緣」。他在「學校生活的一葉」裏說:

「天方夜談」裏的「亞利巴巴與四十個强盜」是世界上有名的故事，我看了覺得很有趣味，陸續把牠譯了出來，——當然是川古文而且帶着許多誤譯與删節。當時我一個同班的朋友陳君定閱蘇州出版的「女子世界」，我就把譯文寄到那裏去，題上一個「萍雲」的女子名字，不久居然登出，而且後來又印成單行本，書名是「俠女奴」。這回既然成功，我便高興起來，又將美國亞倫坡（E Allen Poe）的小說「黃金蟲」譯出，改名「山羊圖」，再寄給女子世界社的丁君。他答應由小說林出版，併且將書名換作「玉蟲緣」。至於譯者名字則爲「碧羅女士」，這大約都是一九〇四年的事情。（雨天的書）

「俠女奴」的故事譯自「天方夜談」，「玉蟲緣」則爲美國小說，敘述名萊格蘭的人，以一玉蟲獲得百五十萬金的故事，也有偵探小說的意味。書前有「萍雲」序云：

近者吾國之人，皆思得財矣，而終勿得，吾國之人，皆思作事矣，而終勿成，何也，以不納其得之成之代價故也。使讀此書而三思之，知萬物萬事皆有代價，而斷無捷徑可圖，則事庶有濟之一日乎。

在書後「附識」也重複說「我譯此書，人勿疑爲提倡發財主義」，這也可見當時一般人仍忽視小說的文學價值。同時，周氏并譯了「匈加利文學論」（賴希博士著）題曰「裴彖飛詩論」，登在河南雜誌上，這恐怕是小說之外，理論的最初翻譯了。

以後，周氏還譯有「紅星佚史」。「瓜豆集」中「東京的書店」一文，記他想買一部屠格涅夫的插圖本小說，「有蔡谷淸君的介紹把哈葛德與安特路朗合著的『紅星佚史』譯稿賣給商務印書館，凡十萬餘字得洋二百元」，才買到那書。這書的翻譯是在一九〇六年，於一九〇七（光緒三十三年）十月在商務印書館出版，譯者的名字用的是「周逴」。書中所敘爲荷馬「奧德賽」中阿迭修斯三次浪遊的故事。譯者於序中說：

顧說部曼衍自詩，泰西詩多私製，主美，故能出自繇之意，舒其文心；而中國則以典章視詩，演至說部，亦立勸懲爲臬極，文章興教訓，漫無畛畦，盡最隘之界，使勿馳其神智，否者或羣逼擠之，所意不同，成果斯異。然世之現爲文辭者，實不外學與文二事，學以益智，文以移情，能移人情，文責以盡，他有所益，客而已。而說部者，文之屬也。讀泰西之書，當幷逐泰西之意，以古目觀新制，適自蔽耳。

這一段話比起「玉蟲緣」的序來更爲進步，他反覆地闡述小說中情感的重要在道德之上，這可以說是以文學立場翻譯，與勸善懲惡或是藉以做政治改新者不同了。

在「紅星佚史」之後，周氏譯有匈加利育珂摩耳的「匈奴奇士錄」（一九〇八，署名周逴），波蘭顯克微支的「炭畫」，（一九〇八譯，一九〇九年四月出版），「域外小說集」（一九〇九，與魯迅合譯），及「黃薔薇」（育珂摩耳著，一九二六出版）。他對育珂摩耳很推重，曾說「承認匈加利人是黃種……在三十年前講民族主義的時代怎能不感到興趣」。（舊書回想記）。

「域外小說集」是爲人注意的一本書，最初在日本出版，前後兩册，但銷路很不好。「關於魯迅之二」文中記其事說，「當初的計劃，是籌辦了連印兩册的資本，待到賣回本錢，再印第三第四，以至第多少册的。如此繼續下去，積少成多，也可以約略介紹了各國名家的著作了。」但事實上僅有二十個讀者，於是第三册只好停版了。這本書共收英美法作家各一人一篇，俄四人七篇，波蘭一人三篇，波思尼亞一人二篇，芬蘭一人一篇。在原書的序文中說：

域外小說集爲書，詞致樸訥，不足方近世名人譯本，特收錄至審慎，移譯亦期弗失文情。異域文術新宗，由此始入華土。使有士卓特，不爲常俗所囿，必將犂然有當於心，按邦國時期，籀讀其心聲，以相度神思之所在。則此雖大海之微漚與，而性解思惟，實寓於此。中國譯界，亦由是無遲暮之感矣。

他們譯書的目的與前人不同，以爲「文藝是可以轉移性情，改造社會的」。更進一步他們所介紹的多是弱小民族的作品，「那時的思想差不多可以民族主義包括之，如所介紹的文學亦以被壓迫的民族爲主，俄則取其反抗壓制也。」這話雖是說的魯迅，但我想即是用來說明那時周氏弟兄的思想也是可以的。

至於他們的譯筆，是採取直譯，用的還是古文。起初他們甚至還用林氏筆調，「以後寫文多喜用本字古義」了。「域外小說集」大都如此。周作人先生在民國十四年寫「陀螺」的序，有幾句話可代表他翻譯的態度：

> 我現在還是相信直譯法，因爲我覺得沒有更好的方法。但是直譯也有條件，便是必須達意，儘漢語的能力所及的範圍內，保存原文的風格，表現原語的意義，換一句話說就是信與達。

民國以後，二周所譯作品，大都是本着這個譯法的。

晚清的翻譯大概止於這裏，民國六年文學革命發生以前，除周作人氏譯的育珂摩耳的「黃薔薇」外，還有周瘦鵑的「歐美短篇小說叢刊」，所取的譯法是意譯，與原文頗多出入，流傳却不多。再以後的作品，如「點滴」，「現代小說譯叢」「短篇小說」都是新文學運動後的譯品，不在本篇範圍之內，待將來另爲文論述了。

吃酒

陳詒先

我的最大嗜好是吃酒，因爲父親愛吃酒，所以我兄弟子姪差不多都能吃酒。父親每天吃例酒，一頓是在晚飯前，高粱一壺，花生米一包可吃一點鐘之久。一頓是在夜十一點鐘光景，湖北人叫做銷夜，銷夜時有菜，但亦不多，或是一盤火腿，或是一盤炸桂魚，或是一盤炒羊肉絲燴大小腸之類。母親每每陪飲，我兄弟在旁，有時亦得吃一小杯，從十一二歲時起，常常得有機會吃酒，不知不覺漸漸成了嗜好。我現在亦吃例酒，每天晚飯時一頓酒，必不可少。現在上海酒極貴，好酒更不可得，回想從前三十年所吃好酒，聊記於後。

民國三四年，在上海爲商務中華譯書時，常到舟山路非園吃酒。非園主人廿翰臣，人極豪爽，愛吃酒，所藏爲白蘭地威士忌，皆爲極好牌子。當時同吃酒之人，有陳散原王雪澄朱古微數人，陳王朱均住虹口，所謂虹口三老者是也，我等每於下午四五點鐘到園。有時主人未到，亦可叫園丁徑自開酒。在非園吃酒，無一樣菜，主人只備頂好餅干一大盤，祁門紅茶一壺，酒則聽客人之量，平生所吃外國酒，以此兩年爲最痛快。

民國八九年，我在北京教育部編審處，有酒友數人，黃薗生爲每天同吃酒之人，當時有一大宅門衰落，出賣其所藏陳酒，李柳溪先生知之，將百餘罎陳紹，完全包下，寄存于東城一酒店中，不賣外人。我等熟人叫酒，每斤兩元，在當時已駭人聽聞，其酒已陳數十年。斟出琥珀色，若有寶光，飲之芳冽，雖過量而不醉，平生所吃黃酒，以此酒爲第一。名律師汪子健，在一節所付酒債，至二千元之多，足知此酒之好矣。

在舊京吃此酒時，朋友常聚會之地，爲韓家潭西口之春華樓。其雅座只三間，散座只七八棹，後到者無位，寧願坐候十分鐘不去。蓋春華樓有幾樣名菜如生敲鱔魚，紅燜鯽魚，炸肫肝，燒鴨絲炒掐菜，百吃不厭。夜深一點時，常常吃酒，多在花間，肖紅老四，墨君老七，鳳第老三，紉香老九諸房間，皆爲我等吃酒之處。紉香爲辜鴻銘所眷之妓，貌不美而別有風致，酒量極好，館子酒碗，斟至七八分，有酒二錢多，彼能與客人連乾數杯，有一夜與鴻銘兩人在紉香處吃酒，鴻銘微醉，以小辮在紉香面，畫圈不已，其嫵媚之態，非酒後不能有也。

十二年，我辭編審處事南歸，住在西湖自己莊子，其時散原先生亦還居杭城，又有汪頌年，亦能吃酒，彼時朱曉嵐家有陳酒，其酒爲彼在蕭山時所自釀，約有百罎，存于杭州城頭巷宅中，在民國初年，有兵隊入駐，及曉嵐回杭，檢查藏酒，只存四十餘罎。曉嵐請吃酒時，距其在蕭山做酒時，已四十餘年。其酒入口香極，我等酒徒往吃酒，各人帶瓶數個，席散滿裝携歸。憶彼時在城頭巷吃酒後回湖上，舟出清波門，沿南山雷峯塔西行，入蘇堤第一橋。月在樹陰，淸風徐來，酒香在衣袖，時時拂入鼻觀，至今思之，眞如仙境矣。平生所飮黃酒，以此酒爲第一，其所以比舊京之酒稍差者，蓋年代之陳相同，而酒之質則不同。從前紹興人製酒，必以最好之酒運京，謂之京莊，非極好之酒不能運遠路。在火車輪船未興之前，運京之酒，半由運河，半由旱道。

杭州酒店，亦常有好酒。碧梧軒初開張時，有一批陳酒，一年後，酒即漸差，笛王許伯遒，（曾爲梅蘭芳吹笛者）住杭州時，每到各酒店尋酒，有一次在梅花碑（杭州街名）一小酒店，名華園者，尋得許多罎好酒。我等酒友數人，遂分購之。湖濱旗下營金瑞興酒店，有一種陳良酒可吃，其店門口置百斤罎酒兩罎，灰塵黑暗，詢之，云有三十年陳，詢其價，則爲每罎五十元。孫陟甫時游杭，爲購得一罎相贈，運回自己莊子，翌日治菜，約散原先生及汪頌年斯徵吾諸人來吃，開罎果然好極，凡三日吃完。再去買第二罎，店主人不賣，蓋欲留一罎好酒爲裝點門面也。商之再三，最後言出錢不賣，陳大先生能畫一張畫，當將酒奉送，不要一文。陳大先生者，乃我之兄蒼虬也。其後將畫換得酒後，予兄弟離開杭州，兄到天津，我到上海教書，此酒存在莊上又十年，始于廿四年運至北平，予兄弟爲此酒，會于北平同飮，開罎比第一罎更好，蒼虬兄有詩記其事，同時友人和者甚多，今將蒼虬兄原作錄後：

乙亥秋九月至舊京視散原先生日與心畬叔明立之伯夔君任羹梅過從寥志詒先弟自滬來强志詢先弟自津來舊藏五十年陳酒由杭至京連日聚飮賦詩屬和

開眉今夕是何夕。羣季故人俱眼前。行歌早已覺春夢。飮酒猶能廻少年。長統埋憂寧有地。淵明試酌忽逢天。鷄酒喔喔談了。三丈日高仍醉眠。

中君溫克强志午君豪寥志笑我纔能受一瓢。忍餓長憐予季役。詒先高歌還愛阿龍超。詢先小名龍俠儒狂狷各奇趣。離別苦辛廿久要。爲惜芳尊挈餘瀝。塞鴻風雪慰飄飖。農先六弟識先九弟覺先五弟皆在長春

友如兄弟弟如友。此樂端能償百憂。不逢大直三騶卒。還勝東坡一子由。老圃黃花初冒雨。西山紅葉正矜秋。莫將盃沼

千里。輕頁機雲屋兩頭。

天慳後約敢奢望。心喜故人俱昔同。微醺何似衆皆醉。妙趣尤宜時一中。杜癖顧癡形自累。叔明羹梅癖于書心畬工畫王肥沈瘦語徒工。伯夔體肥君任病後瘦甚皆工古文 待呼遙集幾兩屐。立之常在山中來壽茶山八十翁。散原老人八十三

有一年，馮蒿叟游杭，住在西湖蔣蘇盦莊中，予請之吃飯，約汪頌年吳靜山作陪，（汪爲蒿叟門人，吳爲蒿叟辦振部下）蒿叟到時，見予書房門外靠牆酒罎，層叠而上，望之微笑，不作一語。從前在杭吃酒，整罎開飲，現在吃酒，一斤兩斤零沽，眞如京戲上說白，思想起來，好不傷感人也。在杭州吃酒，秋日有煑菱，桂花栗，冬日有陳元昌之揀生，許友皋丈家製之冬醃菜，形如淺臘，旣可下酒，又可解酒，天下尤物，皆令人不能忘者也。

酒後每每吃粥，粥菜以乾而帶鹹味者爲對，紅樓夢上賈母吃野鷄崽子湯，言「若是還有生的，再炸上兩塊，鹹浸浸的，吃粥有味兒，那湯雖好，就只不對稀飯」。可見稀飯菜與吃酒菜不同。（酒菜以果子及糟醉品爲好）今將粥菜，略開數味于後：油呑果肉，乳腐，滷蝦瓜，雙插瓜，鹹魚，鹹鴨腿，蝦醬，醬蟹，肉鬆，鹹蛋等物，此條雖溢出談酒之外，然酒後一碗粥，如吃得不好，則所吃之酒，亦必美中不足也。

從前在西風雜誌上，見有一篇「嘗味技師」，言外國人有專業嘗味者，爲人嘗茶，嘗酒，嘗乳酪諸物，其精確在化學分析之上。有專門辨酒，有一次斟威士忌二十杯，彼一一細嘗，皆能舉出何種牌子，多少年代，歷歷不爽。其中有一杯類似威士忌之酒，主試者特參雜於二十杯之中以試之，彼嚐之兩次，能舉出其酒之名。中國黃酒，以紹興爲最好，蓋鑑湖之水，與別處不同，以之製酒，他處水皆不如。聞善飲之人，能入口卽知爲橋東水所製，或橋西水所製，一飲食之微，而精妙如此。

六年前，予到長春視兄，時鄭蘇堪已下野，予往拜之，蘇堪請吃飯，所備爲日本人所製之黃酒，亦甚好。席間偶談及酒，予言聞白酒以貴州之茅台酒爲第一，恨未得嘗之。蘇堪言有人送我兩瓶，尙存一瓶，卽命人取出，黑瓦瓶，上下如一，眞茅台酒也。同席八人，每人斟一小杯，（吃白蘭地之小杯）飮之純極香極，由舌而下，感覺異味。因同席酒量皆不佳，瓶中所餘，主人遂交予包辦，得之大樂，此平生所飮第一好白酒也。

廿六年戰事發生，交通阻塞，好酒不能來，在此數年，卽欲吃碧梧軒華園金瑞興酒，亦不可得。改吃白酒，白酒亦無好者。廣西路利川東桃牌四川大麯，尙可吃，但每瓶已自一元漲至數十元。兩年前，周梅泉送江北洋河大麯一瓶，斟在杯中，

香溢一室，然一瓶僅能吃三天，更弔起酒蟲，令人難過。回想三十年所吃好酒，固難再得，而同吃酒之人，如散原先生非園主人諸人，皆已下世，眞不勝今昔之感矣。

最後予引李日華論酒之言，以結束此文：

其言曰：「自予隱角里，飲酒不能甘，不能苦，又不能淡，而喜冲與冽，冲非甘也，而覺味之輕，以舌之易舉也，冽非苦也，而覺神之淸，以喉之無窒也。」是眞深知酒趣之言也。

凶手

海明威著
許季木譯

亨利菜館的門開了，兩個人走了進來。他們在櫃台旁坐下。

喬奇問他們道：「你們要吃什麼？」

兩人中的一個說：「我不知道。亞爾，你要吃什麼？」

亞爾說：「我不知道。我不知道我要吃什麼。」

外面，天漸漸黑了。路燈從外面照進窗子來。坐在櫃台邊的兩人翻看菜單。尼克．亞當斯從櫃台的另一端留神看他們。他們進來的時候，他正和喬奇談話。

先開口的人說：「我要吃烤猪肉，加蘋果汁，和山芋餅。」

「那還沒有燒好呢。」

「媽的，你把它開在菜單內幹什麼？」

喬奇解釋道：「那是晚餐。你能夠在六點吃得到。」

喬奇望望櫃台後面牆上的鐘。

「五點鐘。」

第二個人說：「鐘上是五點二十分。」

「它快二十分。」

第一個人說：「哦，他媽的鐘。你有什麼可吃的？」

喬奇說：「我能夠給你們吃隨便那一種三明治。你能夠吃火腿蛋，鹹肉和蛋，肝和鹹肉，或者一塊猪排。」

「給我吃童雞球，加青荳，乳油和山芋餅。」

「那是晚餐。」

我們要吃的一切，就是晚餐。呃？你要照辦。」

「我能夠給你們吃火腿蛋，鹹肉和蛋，肝——」

喚做亞爾的人說：「我吃火腿蛋。」他戴了一隻圓頂帽，（Derby，帽作圓形，我們慣常在卓別麟電影中見到——譯者），身穿黑大衣。胸前的鈕扣都扣上。他的臉很小很白。他生着緊閉的嘴唇。他裹了絲圍巾和手套。

另一人說：「給我吃鹹肉和蛋。」他和亞爾同等身材。他們的臉不同，但是他們打扮得像雙生子。兩人都穿着嫌緊的大衣。他們坐着，身向前倚，臂肘擱在櫃台上。

亞爾問道：「有什麼喝的嗎？」

喬奇說：「銀色啤酒，冰，薑汁酒。」

「我說你們有什麼可喝的？」

「就是我說的那些。」

另一人說：「這是一處嚴緊的市鎮。（按當時係美國禁酒時期，餐館不得出售烈性酒料，此二人索酒不得，故有「嚴緊的市鎮」之語）它喚什麼名字？」

「高峯。」

亞爾問他的朋友道：「曾聽見過嗎？」

朋友說：「沒有。」

亞爾問道：「你們這裏在晚上幹什麼？」

他的朋友說：「他們來吃晚餐。他們全到這裏來吃大菜。」

喬奇說：「這話不錯。」

亞爾問喬奇道：「你以爲這話不錯嗎？」

「是的。」

「你是一個很伶巧的孩子，可不是嗎？」

喬奇說：「當然。」

另一個矮小的人說：「嗯，你不是的。亞爾，他可是嗎？」

亞爾說：「他很呆笨。」他轉向尼克：「你叫什麼名字？」

「亞當斯。」

亞爾說：「又一個乖孩子。麥克斯，他可不是一個乖孩子嗎？」

麥克斯說：「鎮上滿街都是乖孩子。」

喬奇把兩只盆子，放在櫃台上。一盆是火腿蛋。一盆是鹹肉和蛋。他拿出兩碟煎山芋，一面把通廚房的小門關上。

他問亞爾道：「那一盆是你的？」

「你可不記得嗎？」

「火腿蛋。」

麥克斯說：「正是一個乖孩子。」他身向前倚，吃火腿西。兩人都戴了手套吃東西。喬奇看着他們吃。

麥克斯望了喬奇說：「你在看什麼？」

「沒有什麼。」

「你媽的，你在看我。」

喬蛋笑了。

亞爾說：「麥克斯，也許這孩子當它一樁笑話。」

麥克斯說：「你不必笑。你一些也不必笑，懂得嗎？」

喬奇說：「好的。」

麥克斯轉身對亞爾說：「他想來什麼都很正常。他想來沒有別扭。那樣很好。」

亞爾說：「哦，他是一個思想家。」他們繼續吃東西。

亞爾問麥克斯道：「櫃台那邊的乖孩子叫什麼？」

麥克斯對尼克說：「你同你的男夥伴從櫃台的那邊繞過來。」

尼克問道：「這是什麼意思？」

「沒有什麼意思。」

亞爾說：「乖孩子，你還是繞過來的好。」尼克從櫃台後面轉過來。

喬奇問道：「這是什麼意思？」

亞爾說：「不關你的鳥事。誰在外面廚房內？」

「黑炭。」

「你說黑炭是什麼意思？」

「燒菜的黑炭。」

「叫他進來。」

「這是什麼意思？」

「叫他進來。」

「你們想來你們在什麼地方？」

叫做麥克斯的人說：「我們極明白我們在什麼地方。我們看來很傻氣嗎？」

亞爾對他說：「你說的話很呆。他媽的，你同這孩子爭什麼。」他對喬奇說：「聽我說，叫黑炭到這裏來。」

「你們預備對他幹什麼？」

「沒有什麼。乖孩子，用用你的腦筋。我們對一個黑炭會幹什麼。」

喬奇推上通廚房的狹孔。他喊道：「三墨，到這裏來一分鐘。」

通廚房的門開了，黑炭走了進來。

他問道：「什麼事？」在櫃台旁的兩人對他看了一眼。

亞爾說：「很好，黑炭。你就站在那裏。」

三墨這黑炭，穿了圍裙立着，望望坐在櫃台邊的兩人。他說：「先生，是是。」亞爾從他的高櫈上下來。

他說：「我同這黑炭和乖孩子回進廚房去。黑炭，回到廚房去。乖孩子，你和他一同去。」小個子的人在尼克及廚子三墨後面走着，回入廚房。門在他們後面關了。叫做麥克斯的人坐在櫃台邊，面對喬奇。他並不對喬奇看，却看着櫃台後面的一排鏡子。亨利菜館是從一家酒排間改造爲食堂的。

麥克斯看着鏡子說：「嗯，乖孩子，爲什麼不說些什麼話？」

「這是什麼一會事？」

麥克斯喊道：「喂，亞爾。乖孩子要知道這是什麼一會事。」

亞爾的聲音從廚房中傳進來。「你爲什麼不告訴他呢？」

「你想來這是什麼一會事？」

「我不知道。」

「你想來是什麼事？」

麥克斯說話的時候，老是望着鏡子。

「我不願說。」

「喂，亞爾，乖孩子說，他不願將他對這會事的意見說出來。」

亞爾在廚房內道：「我能夠聽見你，很清楚。」他已經推開狹孔，碟子同番茄瓶從這裡遞進廚房。他從廚房內對喬奇說：「乖孩子，聽着。你沿了櫃台，再站過去一些。麥克斯，你向左移動一些。」他好像是一個安排人家拍集體照的攝影師。

麥克斯說：「乖孩子，跟我談談。你想來要發生什麼事？」

喬奇並不說什麼話。

麥克斯說：「我來告訴你。我們要打死一個瑞典人。你可知道一個魁偉的瑞典人叫做奧爾·安特生的嗎？」

「知道的。」

「他每夜到這裡來吃東西，可不是嗎？」

「有時候他上這裡來。」

「他在六點到這裡來，可不是嗎？」

「假使他來的話，」

麥克斯說：「乖孩子，我們知道全部底細。談些別的事吧。去看過電影沒有？」

「難得去看一次。」

「你應該多看看電影。電影對於你這種乖孩子，很有好處的。」

「你們爲什麼要打死奧爾·安特生？他對你們幹了什麼事？」

「他絕沒有機會和我們有過任何來往。甚至他永遠沒有見過我們。」

亞爾從廚房中說：「他祇能見我們一面。」

喬奇問道：「那末，你們殺死他，爲什麼？」

「我們爲一個朋友打殺他 。乖孩子 ，就爲的朋友交情。」

亞爾從廚房內說：「閉嘴。他媽的，你話太多了。」

「嗯，我要逗逗乖孩子的興味。乖孩子是不是？」

亞爾說：「他媽的，你話太多了。黑炭和我的乖孩子在自得其樂呢。我把他們綑了起來，好像修道院中的一對女相好。

——

「我想來你在修道院住過的？」

「你絕不會知道的。」

「你在吃東西守猶太清規的修道院中住過的。那種是你住的地方。」

喬奇抬頭望望鐘。

「假使有什麼人進來，你對他們說，廚子出去了。假使他們再追問你，你同他們說，你回去自己下廚。乖孩子，記得住嗎？」

喬奇說：「記得住。以後你們怎樣打發我們？」

麥克斯說：「那不一定。那是在目前你們絕不會知道的若干事情中的一件。」

喬奇抬頭看看鐘。時間是六點一刻。通大街的門開了。一個街車的司機走進來。

他說：「喂，喬奇，我能夠吃晚飯嗎？」

喬奇說：「三墨出去了。他大約再過半小時回來。」

司機說：「我還是沿街再過去找一家的好。」喬奇望望鐘。時間六點二十分。

麥克斯說：「乖孩子，那很不錯。你是一個循規蹈矩的小紳士。」

亞爾從廚房裡說道：「他知道我要摑去他的腦袋的。」

麥克斯說：「不對。乖孩子很伶巧。他是一個伶巧的乖孩子。我歡喜他。」

到了六點半，喬奇說：「他下來了。」

餐室中已經有了兩個別的人。喬奇跨進廚房，做一客外售的火腿蛋三明治，是一個人要隨身帶走的。他在廚房內見到亞爾，他的圓頂帽，推在腦後。坐在門房的高凳上。殺人不眨眼的手槍板機擱在櫥架上。尼克和廚子背靠背的在屋角。他們的嘴上，每人縛着一條毛巾。喬奇已經煮好三明治，用一張油紙包起來，放在袋內，帶進食堂。那個人付了錢出去了。

麥克斯說：「乖孩子樣樣都能做。他能煮菜，什麼都會。乖孩子，你會改造女孩兒家成為伶俐的妻子。」

喬奇說：「是的嗎？你的朋友奧爾•安特生不會來了。」

麥克斯說：「我們等他十分鐘。」

麥克斯留神着鏡子和鐘。鐘上的針指着七點，再指着七點另五分。

麥克斯說：「亞爾，出來吧。我們還是走的好。他不來了。」

亞爾在廚房中說：「再等他五分鐘的好。」

五分鐘以內，一個男子進來了。喬奇的解釋着廚子在生病男子問道：「他媽的，你爲什麼不再找一個廚子呢？你可是在開設一家食堂嗎？」他出去了。

麥克斯說：「亞爾，出來吧。」

「兩個乖孩子和黑炭怎樣？」

「他們很聽話。」

「你想來這樣嗎？」

「不錯。我們的事作罷了。」

亞爾說：「我不歡喜聽。這話洩氣。你太多說話了。」

麥克斯說：「哦，他媽的，我們要逗人家的興趣。可不是嗎？」

亞爾說：「不管怎樣，你的話太多。」他從廚房出來。殺人不眨眼的手槍開關，在他的太緊的大衣腰部，略略突出。他用戴手套的手，把他的大衣拉拉直。

他對喬奇說：「乖孩子，再會。你的運氣很大呢。」

麥克斯說：「那是眞話。乖孩子，你應該玩玩賽馬。」

他們兩人出門而去。喬奇從窗中注視他們，在弧光燈下走過，到了對街。他們穿了狹窄的大衣戴了圓頂帽，好像歌舞班中的搭擋。喬奇穿過活動門，回進廚房，解開尼克和廚子。

廚子三墨說：「我不要再碰到那種事了。我不要再碰到那種事了。」

尼克站起來。他的嘴上，以前絕未縛過毛巾。

他說：「喂，他媽的，想幹什麼？」他想發發威，出一口氣。

喬奇說：「他們要弄死奧爾•安特生。等他進來吃的時候，他們要槍殺他。」

「是奧爾•安特生嗎？」

「不錯。」

廚子用他的大姆指摸摸他的嘴角。

他問道：「他們都去了嗎？」

喬奇說：「是的。現在他們去了。」

廚子說：「我不歡喜這種事。我一些也不歡喜這種事。」

喬奇對尼克說：「聽着，你還是去看看奧爾•安特生的好。」

「好的。」

廚子三墨說：「你們還是一些也不管它的好。你們還是置身事外的好。」

喬奇說：「假使你不願意去，不要去。」

廚子說：「攪在這種事情內沒有什麼好處。你們不要管它。」

尼克對喬奇說：「我去看他。他住在什麼地方？」

廚子轉身走開了。

他說：「小孩子往往都知道什麼事可做不可做。」

喬奇對尼克說：「他住在侯思契開的宿舍內。」

「我上那邊去。」

外面弧光燈射過樹木禿去的椏枝。尼克沿着電車軌道，向街上走去。他在另一隻弧光燈下，折入一條橫街。街上經過三家人家，便是侯思契的宿舍。尼克走上兩級階沿。按一按門鈴。一個女人來開門。

「奧爾•安特生住在這裏嗎？」

「你要看他嗎？」

「假使他在家，是的，我要見他。」

尼克跟着女人走上一串樓梯，回到一條走廊的末梢，她敲敲門。

「是誰？」

女人說：「安特生先生，有人來看你。」

「我是尼克•亞當斯。」

「進來。」

尼克推開門，走進屋子。奧爾•安特生沒有脫去一件衣服，躺在床上。他一度是重級擊拳錦標賽的拳師。他太長了，這張床容納不下。他的頭靠在兩個衣枕上睡着。他並不望尼克。

他問道：「什麼事？」

尼克說：「我在亨利菜館。有兩個人進來，把我和廚子綑起來。他們說要弄死你。」

他說話的時候，聲音帶騃氣。奧爾•安特生一言不發。

尼克接下去說：「他們趕我們出來，到廚房去。等你來吃晚飯的時候，他們要槍殺你。」

奧爾•安特生看着牆壁，並不說什麼話。

「喬奇想來還是我來告訴你的好。」

奧爾•安特生說：「我對於這件事，不能想出任何辦法。」

「我來告訴你他們的模樣。」

奧爾•安特生說：「我不要知道他們是什麼樣子。」他看着牆壁。「謝謝你來告訴我。」

「那沒有關係。」

尼克望着躺在床上的大漢。

「你不要我去通知警察嗎？」

奧爾•安特生說：「不必。他們不會幹出什麼好事來。」

「可有什麼我能効勞的事嗎？」

「沒有，沒有什麼可做的事。」

「也許這只是虛張聲勢。」

「不對。它並不祇是虛張聲勢。」

奧爾‧安特生翻身轉向牆壁。

他對着牆壁說：「惟一的問題是，我只是決不定走出去。我已經在這裏呆了一整天了。」

「你能夠離開城市嗎？」

奧爾‧安特生說：「不能。我對於周圍的一圈，都絕望了。」

他看着牆壁。

「現在沒有任何可做的事。」

「你不能想出什麼辦法嗎？」

他用同樣平淡的聲調說：「沒有辦法。我牽進了糾葛。沒有任何可做的事。等一會，我決定走出去。」

尼克說：「我還是回去看看喬奇的好。」

奧爾‧安特生說：「再會。」他並不向尼克看。「謝謝你到這裏來。」

尼克走了出去。在他關門的時候，他看見奧爾‧安特生面壁和衣而睡。

女房東在樓下說：「他整天留在屋子內。我想他有些不舒服。我對他說：『安特生先生，在秋季這樣爽朗的一天，你應該出去散散步。』但是他不歡喜去。」

「他不要出去。」

女人說：「他有些不舒服，我很難過。他是一個極好的好人，你知道的，他是擊拳的。」

「我知道的。」

女人說：「除掉他的面廓以外，你絕不會看得出。」他們便站在通大街的門內交談。「他很溫文和氣呢。」

尼克說：「嗯，侯思契太太，晚安。」

女人說：「我不是侯思契太太。這地方是她的。我祇替她照料。我是培爾太太。」

尼克說：「嗯，培爾太太，晚安。」

女人說：「晚安。」

尼克跨上黑暗的街道，走到有弧光燈的轉角，再沿着路軌，到亨利菜館。喬奇在店中櫃台後。

「你碰見奧爾嗎？」

尼克說：「碰見的。他在屋子內。他不高興出去。」

廚子聽見尼克的聲音，推開了廚房門。

他說：「我甚至聽都不要聽。」一面把門關上。

喬奇問道：「你把這事告訴他嗎？」

「當然囉。我關照他，但是他知道這事的底細。」

「他有什麼辦法呢。」
「沒有。」
「他們要弄掉他的。」
「我想他們要下手的。」
「他一定在芝加哥攪在某種事情內。」
尼克說：「我想來如此。」
「那是要不得的事。」
「那是一樁糟糕的事。」
他們不再說任何話。喬奇向下撈到一條毛巾，揩拭櫃台。
尼克說：「我不知道他幹了些什麼？」
「算計了什麼人。那便是他們爲什麼要弄掉他的緣故。」
尼克說：「我要離開這城市。」
喬奇說：「不錯，那是個好主意。」
「我不能忍心設想他在屋內廝守着，知道他要受害的。那太可怕了。」
喬奇說：「嗯，你還是不要想起它的好。」

關於林庚白

黃白虹

讀風雨談上周越然先生『從林庚白想到南社』一文，說起他渴意要知道庚白的事跡，但眞是難找。我與林君雖非相知有素，但總算有數面之雅，茲願就所知，略述於後：

周先生從中國人名大詞典，新文學大系的史料索引裏去尋，當然不會有他的蹤跡，可是民國廿五年南京中國辭典館出版，友人楊家駱主纂的「民國名人圖鑑」上，不但有他的記載，而且有他的照相。

我第一次與他見面，是在趙鐵橋先生家，其後也有幾次在南京，在上海友人宴會上相晤，最後一次，是廿五年夏間，在他所住霞飛坊三十三號寓所。他身材不高，帶眼鏡，面龐略似鄒韜舊，而鼻子相當的大。很健談，尤愛談命相，常不憚煩的替人排算。

此公有八鬪才子之目，人以是稱，他亦以此自詡。的確，當他於民國初年任衆議院祕書長時，不過才二十左右的青年。他能詩詞，能駢儷四六，同時也能作新詩，能作新體小說。可是他升沉宦海，終未得意，國府奠都南京，一度在汪先生長外交部時任一參事，（？）後來才補了個立法院委員，所以他不免牢騷滿肚，有時自矜其才，大言不慚，於是衮衮諸公，談起林庚白，都說他有神經病，其實寃枉之至。

他是國民黨老黨員，對於民國以來黨政的逸聞，所知很多，曾有「革命史略」之輯，當然對於當代人物，不免有所臧否，這也恐怕是他宦海受阻原因之一吧？後來國府西遷，他曾在漢口著了一本小册子「國民黨站起來」，其中有左袒共黨的地方，曾引起當局的誤會，一度禁止發行。

其實凡是戰前看過「晨報」的人，對他的名字，一定不感生疏，他在晨報曾寫過「孑樓隨筆，」「孑樓詩詞話」，還有長篇新體小說「都會兒女」，二十二年他還在上海辦一「長風」半月刊，二十五年又發起過「東方詩歌協會」，廿五年一月，北大同學在滄洲飯店替蔡子民祝七十大慶的那篇壽序，聽說就是他的大筆。

談到「璧」的事，我也略知一些，原來他與原配夫人，在民國十八年即宣告仳離，當他在外交部任職時，對鐵道部的一位張璧女士，追求得甚厲害，張爲蘇人，其貌并不甚揚，長風半月刊裏那篇長有近十萬言的「芙先生的情書」，及晨報上的

「都會兒女」，均為與張女士的故實。可是結果愛神不佑並未成功，後來與金陵女大的一位同姓高材生結合，同居香港而幷未同死的，大約即此林小姐，也就是林夫人。

他在追求張璧時，所作新詩及舊詩詞甚多，簡直可以出刊專集，茲錄兩首，以見一斑：

詩——平生一首寄璧

幾從上海到南京，結夏荷花條又榮，悄悄能深三宿戀，依依不減四年情；憐渠漸老終何待，共汝相持倘有成；迷眼驚鴻輕一顧，平生信義要分明。

詞——念奴嬌寄懷璧

輕盈吳語，記相逢恰是寒梅時節，一剪秋波渾昨夢，爐畔燈光如雪。病塌深杯，車窗密吻，往事溫馨絕。荷香依舊，後湖曾幾圓月。　已自負花期，願花開處，珍重體輕折。檢點心頭多少恨，不共斜陽明滅。海誓雲情，銷磨難盡，此意詩能說。團圞雙影，書樓醉何夕。

他在港遇難的日期，是三十年十二月十九日。

文壇消息

△天下月刊內有唐牧（黃嘉音）譯長篇流犯餘生記。

△華北四文化團體決組織南下考察團，本月初啓程。聞批評家林榕，亦將南來。

△日本著名作家阿部知二，將於本月中旬來滬。本社並將邀請文藝批評家小林秀雄於明春來華。

△陶晶孫擬組織研究日本文學團體，即將成立。

△十月二十日滬中日文化協會召開文藝座談會，出席者周化人，柳雨生，陶晶孫，丘韻鐸，周越然，予且，楊晉豪，林微音，譚惟翰，康民，魯風，吳易生，楊之華，陶滌亞，沈鳳，雷眞原，關露，江洪，穆穆等多人。討論主題為如何介紹現代日本文學作品。

△葉夢雨赴南京，在中央大學授課。龍沐勛任中大農學院長。

△大衆月刊發行叢書，予且所作短篇小說，合輯為予且十記。

△張我軍最近將翻譯武者小路實篤小說『曉』。

△本刊新年特大號將有周作人，李霽野，陶亢德，許地山所作。

△日本名作家豐島與志雄抵滬，將留住一月。

魯男子

四幕八場

曾樸原著
羅明編劇

第四幕

第一場

現在已經是秋天了，我們的劇中人又有了很大的變化，雲鳳經祠裏的「衆怒」威脅之下，已不得不與小雄作暫時之分離，但小雄因雲鳳的門戶很嚴不得入內，使他精神上受了莫大的痛苦，幾乎成了半瘋狂的人。在魯男子方面已與宛中合好如初，但不幸得很，又有汪露汀從中作祟，他們不久也分散了，結果到第二場時鬧成了「生離死別」的悲劇，應了「歡喜佛」兇語。

魯府上最大的變故，是魯公寧病故，遺下了錦孃一人過着孤零的生活，她既成了未亡人，復受着公寧髮妻之虐待，最後畢竟是吊樑而死，成了一個烈婦。

佈景與第一幕相同，但是在月夜。開幕時台上異常的安靜，只有一輪半月很淒涼的掛在天上，右方傳出來錦孃悲傷的歌聲，魯男子身穿孝服與宛中自大廳裏慢慢的走上，聽着錦孃的歌聲。

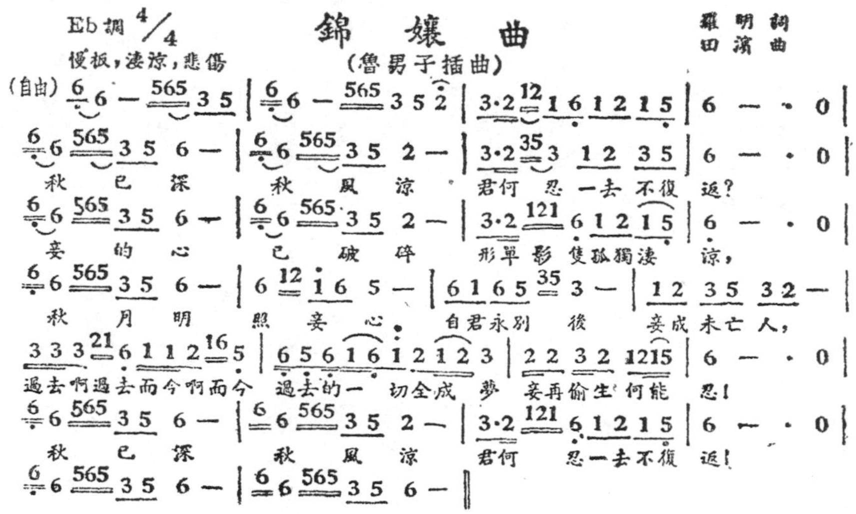

（歌舉傳出哭泣聲，宛中已受感動）

宛：唉！錦姨娘眞是太可憐了！

魯：這實在難怪錦姨娘傷心，她才進門不到半年，天天受着二嬸的漫駡，所過的生活連一個丫頭也不如，幸好二叔待她還不錯，計劃把她帶到北方去，離開這個環境，可是誰也想不到二叔會忽然得了急病死了呢？

宛：所以人生總不能强命運！

魯：不過！像錦姨娘這種人，雖然是青樓出身，然而比一般水性楊花的人强得多了，連一點妓女的習氣也沒有，二叔雖然是死了！但是她對於二叔還能夠這樣忠心，眞是難得！

宛：錦姨娘將來的命運不知道是怎麼樣！

魯：我想；她也許會自殺！

宛：爲什麼？

魯：因爲她再回去操她的舊業，事實上是不可能，另外改嫁更是辦不到！

宛：可是她還是這樣的年青！而且連一個孩子也沒有！

魯：唉！生離死別！我最近才體驗出這四個字的意味來，過去我只知道分離是人生最痛苦的，可是現在經過了死別以後，我才知道死別比分離還要痛苦，在這不到一年來，一切人事的變遷也太快了！雄弟跟雲妹的事直到今天還是一個僵局！

宛：最近你有消息嗎？

魯：沒有！儀鳳姐把雲妹像囚犯似的看守着，一步也不許離開！

宛：雄哥也不能去看她嗎？

魯：湯紀璽派了兩個壯漢把守着大門，根本不許雄弟的脚踏進湯家門！

宛：唉！我覺得我們女孩子太可憐了！我尤其同情雲姐姐！上月在祠堂裏，她給大家也侮辱得夠了！

（停了片刻）

宛：你後天不是縣考嗎？

魯：是的！我對於縣考並不發生興趣，這完全都是爸爸的意思！

宛：不管怎樣你總得準備準備才是！

魯：也沒有什麼可準備的！還不是那些老套頭！

宛：我明天決定不回去，我來替你做點菜，給你帶到考場上吃！

魯：妹妹既然對我這樣用心，我一定能考得很好！

宛：嬰姐姐跟華姐夫決定在過了百日走嗎？

魯：是的！這一半是因爲華姐夫回去還有點事，一半也是祖母意思，不過在嬰姐方面總希望多住幾天！

宛：你對嬰姐留戀嗎？

魯：當然！嬰姐的爲人實在太好了！不過姐姐走了還有妹妹吶！

宛：爲什麼？

魯：因爲姐姐究竟是人家人，早晚總是要走的！可是妹妹……

宛：那麼妹妹就是你的嗎？

魯：你不是說永遠屬於我的，叫我裝在荷包裏嗎？

宛：這就在乎你了，光靠我一個人的努力是不夠的，只要這個荷包不丢，荷包裏的東西總是在荷包裏的！嗳！你近來看見紋姑沒有？

魯：沒有！

宛：紋姑對我們倆的事是頂幫忙的人，我希望你以後多跟她親近親近，多拍拍她的馬屁對於我們倆都有好處！

魯：爲什麼？

宛：因爲我們兩個人的年齡都不小了！

魯：這與年齡有什麼關係！

宛：你眞傻！

（這時錦娘從後面上）

宛：咦！是錦姨娘！

錦：齊姑娘！大少爺！

魯：錦姨娘！您也可以休息了！

錦：我因爲睡不着，所以才出來走走！看看月亮！

宛：我們剛才還聽到您唱歌的吶！唱得眞好啊！連我們都流淚了！

錦：那不過是一時的感覺，隨便的唱唱吧了！

宛：錦姨娘！我勸您還是想開一點好！二表叔既然已經死了！也用不着太難過了！

錦：齊姑娘！我一想起我就難過！這一家人對我都好！尤其是嬰小姐！不過太太對我太利害了！當二老爺在的時候她不容我，現在二老爺死了！她還說出無理話來說我的命不好！是我害的！齊姑娘！你想以後叫我怎麼過下去吶！（嗚咽）

魯：錦姨娘！您也用不着這樣！二嬸就是這樣人！年紀大了！總會多說兩句！只要您讓着她點也就沒有事了！

宛：對了，錦姨娘您得看明白點！你看我們這般小輩都對您不錯，都說你人好！

錦：我要不是爲着這點我早死了！

宛：咳！一個人生在世界上，就是來受苦的！

錦：不過你們倆福氣總算不壞！眞是天生的一對！

（遠遠傳來小雄叫「大哥」聲）

宛：誰？

魯：是雄弟！這麼晚他還來幹嗎？

（小雄匆匆由走廊上）

朱：大哥！宛妹！

宛：雄哥！

錦：朱少爺！

朱：怎麼錦姨娘還沒有睡？

錦：還沒有。你們談吧！

宛：錦姨娘我陪你一塊去！順便去看看嬰姐！

錦：不！天晚了！還是明天再談吧！

宛：不要緊，橫豎有月亮！你們坐着！

（二人由假山後下）

朱：大哥！你看雲妹的事怎麼辦吶！

魯：雄弟！你不要急！你們的事我知道最清楚！姑父全來說過了！不過你還得忍耐點好！唉！雲妹也實在太可憐了！

朱：而且她現在又生着病，你看她寫個字條子給我叫我去！可是我去了好幾次，都給擋駕了！我想拿錢運動也不行！大哥！你想雲妹是活潑慣了的，現在這樣的給關起來，她怎能得了了！這完全是我害了她的，大哥！難道一點辦法也沒有，就任他們這樣的來踐踏我們嗎？

魯：現在你們的事倒弄僵了！

朱：怎麼？

魯：因爲你已經跟金家訂了親了！你又不能違背父母之命退去這個婚約。在雲妹吶！又未必能做你的二房，即使她可以，但是湯家未必肯，尤其現在儀姐姐又很死命的看着她！

朱：照你這樣說我是絕望了！

魯：總之暫時想不出好辦法來！

朱：不！不能！我不能輕易的放過湯紀雯，他對我們下了這種毒手，我就這樣放過了他不報仇嗎？大哥！報仇就是愛的後盾，也就是死的先驅，我該在我未死之前，去跟湯紀雯拼命！

魯：雄弟！你不要太情感了！

朱：不！我第一得先問湯紀雯！我們犯的是什麼罪？愛的罪！那麼愛是罪嗎？天地交泰是愛的神祕！鳥獸歌舞是愛的衝動！花木煊爛是愛的光耀！愛如果是個罪，那麼什麼都充滿着愛的世界，不是成了大罪窟了嗎？

魯：雄弟！不是這麼說！

朱：不管怎麼樣！大哥！我如果救不了雲妹，那麼我不是枉生了一個男子嗎？男子應該保護女子，我連我所摯愛的雲妹都不能保護，任人糟塌，連一點救助的力都沒有！以後叫我怎麼能夠還有臉再見雲妹呢？大哥！我太可憐了，我的一切全被剝奪了，現在我只有一條路，也就是最後的解決辦法！……

魯：什麼辦法？

朱：（決斷地）死！

魯：（驚奇地）你想自殺？

朱：是的！這就是我的辦法！也就是我的抵抗！

魯：雄弟！你太糊塗了！簡直是個傻瓜！自殺不是抵抗，是退讓！自殺不是解決，是拋棄，你這種辦法我根本反對，因爲這是怯懦的行爲！

朱：那麼照你說古來爲情而死的很多人，譬如尾生、韓重、梁山伯、焦仲卿，這些都是怯懦者了！

魯：這些人雖然都很癡情，都很有勇氣，可是照我看都是一時糊塗，雄弟！你要知道人生就是一個戰場，只要我們有一口氣，我們也得要奮鬥到底，我們與其自殺，不如被殺，因爲凡是自殺的人都是棄甲曳兵的逃卒，卑劣無能的自了漢，決不如被殺的人倒是一個轟轟烈烈的英雄，譬如你自殺了，對於雲妹有什麼好處！

朱：因爲我實在是沒有辦法了！我現在唯一的權利就是死，只有死才能夠對得起雲妹，戀愛達到了最高度，不是生便是死，一死之後，所有的痛苦、恥辱、仇恨、煩惱，人生的糾纏全都解脫了，死是最愉快，最幸福的，所以我才想自殺！

魯：我覺得與其自殺不如偕逃！

朱：逃！逃到那裏去！

魯：我自有辦法！你可以跟嬰姐姐商量一下，因爲嬰姐跟雲妹情感也不錯，我想她一定可以幫忙的！

朱：究竟逃到那兒去！

魯：嬰姐跟華姐夫在這三兩天內就要回么埠了！你們可以先到那兒住下來再說！

朱：我是有辦法的，可是雲妹怎麼能出來呐！

魯：關於這一點再想辦法吧！

朱：這全仗大哥幫忙了！

魯：我們都是自己人！

朱：好！天不早了！我得回去了！明天我還要去跟雲妹碰一個頭！

魯：不！他們既然在計算着你，你還是少去的好！

朱：不！我非去！他們如果阻擋我，我非衝進去不可！看他們能把我怎麼辦！

魯：不！雄弟！你還是小心點好！

朱：古人說：「得一知已，死也無恨」！萬一我不幸死了的話，你可以替我做一篇祭文嗎？

魯：雄弟！你又轉到這個念頭了！

朱：再見！（下）

魯：雄弟！雄弟！

（魯轉回去嘆口氣，玉蘭上）

玉：大少爺！齊小姐本來說好在這過兩天的，可是現在齊老爺忽然派轎子來接，非叫她馬上回去不可！不知爲了什麼事！齊小姐請你快去！

魯：難道又出什麼事了嗎？走！

（二人由走廊下）

（第一場完）

第二場

現在已經是冬天了，外面下着大雪，天氣非常的嚴寒，我們就借在雲廳的家裏來結束這場悲劇。

佈景與第三幕第一場相同，但圓桌偏放在左方，桌旁於舞台之正中置一老式籐椅，椅旁又置一架銅火盆，湘妃榻稍向前。

開幕時，約在午後五時許，圓窗已掛上棉幔子，阿林在火盆旁加炭。少頃，翠兒匆匆自右門跑上。

翠：阿林姐！二小姐醒了沒有？

林：還沒有！你幹什麼這樣驚驚慌慌的！

翠：阿林姐！朱少爺死了！

林：什麼？

翠：朱少爺在今天早上死了！

林：這是誰說的？

翠：這是門房裏的老趙跟大小姐說的，我在旁邊偷聽了兩句！

林：是眞的嗎？

翠：一點也不錯！

林：怎麼死的！

翠：唉！說起來朱少爺死的也太可憐了！上個月他來找小姐門房裏不給進來，不是跟門房打起來了嗎？他們把朱少爺打得很利害，朱少爺一氣就跳河自殺了！

林：這些我都知道，後來遇到一個漁夫給救上來了！

翠：救上來以後，朱少爺又被姑老爺一罵，從那以後就不許他出來，並且要早點給他帶親，朱少爺一氣一惱就在昨天吃上鴉片膏，亂跳亂叫鬧了半夜，植到今天早上才死，臨死時還叫着小姐的名字吶！

林：這可怎麼好！

翠：我想這要給二小姐知道了，她一定要發瘋了！而且她的病又沒有好！不過要是不告訴她，那將來她不要怨恨我們嗎？

林：對啦！這個事情眞難辦！

（此時儀鳳上，態度相當威嚴）

翠：大小姐！

儀：二小姐起來了沒有！

林：剛吃了藥又睡了！

儀：翠兒！

翠：大小姐！

儀：剛才老趙跟我說的話你聽見了沒有？

翠：沒有！

儀：什麼？我看見你鬼鬼祟祟的在我身旁一閃！倒底聽見了沒有？

翠：聽到一點點！

儀：聽到什麼？

翠：聽到朱少爺吃鴉片膏死了！

儀：好！你還算誠實！現在你們兩個人都在這兒！我不許你們跟二小姐說！如果二小姐知道了！有什麼是非，我拿你們倆是問！聽見了沒有！

林：聽見了！

翠：聽見了！

儀：阿林！等會二小姐醒了！如果覺得吃了這付藥還不大見效，可以叫他們重請一個大夫！

林：是！

（儀鳳下）

林：這樣也好：索性就瞞着二小姐！等她病好了再告訴她！

（傳出雲鳳叫阿林聲）

翠：二小姐醒了，在叫你！

林：好！我進去！你去把玉米粥給熱好！二小姐下半天還沒有吃東西吶！

翠：好的！

（阿林進去，翠兒又將火盆加了兩塊炭，這時候雲鳳慢慢的走出來，她還在病着，憔悴得幾乎叫人不認識了！又黃又瘦，頭髮散亂的披在兩肩，阿林跟在後頭）

林：我說您還是多躺一會兒好！

雲：不！我太悶了，我得出來坐坐！

林：今天您覺得怎樣了！

雲：好得多了！

林：剛才大小姐還來關照如果這個大夫不行，可以再換一個！

雲：誰希罕她這樣假殷勤！

林：今年天氣眞怪得很！剛剛才立過冬就下起雪來了！天氣怪冷的，我看你還是坐到這兒靠近火盆還暖活點！

雲：朱少爺有信沒有？

林：沒有……沒有！

雲：唉！我們本來是很好的一對，天天在一起，可是現在連一面也不能見，只有用字條來通消息談天！可是這十來天怎麼連他一張紙條也沒有見着！

林：也許這兩天朱少爺還在替小姐想辦法！忙着沒有空！

雲：阿林！你對我最忠實！我們兩處得跟姊妹似的，就連我親姊妹處的也沒有咱們倆好！你得告訴我！我這麼多天沒有見到朱少爺一個字，實在有點不放心！我看他會忘掉我嗎？

林：不會的！

雲：他是已經訂過親的人了，他會不會有了親的就把我舊的扔了！

林：不會的！

雲：阿林：你得實說！朱少爺不會欺騙我吧？

林：不！決不會的！朱少爺對小姐是一個頂忠心的人，他會永遠的愛着小姐的！

雲：不過我對於男人總都不相信！

林：至少朱少爺不是這種人！

雲：你能夠担保？

林：我死也能担保！

雲：唉！但願得吧！這樣看來我們還能有見面的日子！過着跟從前一樣的生活！

林：當然可以的！

雲：啊！我悶急了！阿林！你覺得我有點變了嗎？

林：沒有！一點沒有！

雲：但是我自己以爲變得多了！我自從秋天在祠堂裡遇到那次刺激後，現在又被囚在家裡，而且又生着這不死不活的病！我眞有點消極了！隨便對什麼事都感不到興趣，總是覺得無聊得很！只有對雄哥的心還沒有死！但是這麼多天沒有見到他一個字，我對於他又有點疑惑了！

林：那是您太多心了！

（阿林背後拭淚）

雲：（作夢似的）等我病好了以後，我一定要跟雄哥到上海去一趟，或者是到西湖去逛一次，就是死了也情願，因爲我在千城住得太膩了！阿林！我是在作夢嗎？

林：不！將來一定可以實現的！

雲：提起做夢！我倒忘了跟你說了！我近來不知怎麼的，天天夜裡都作些惡夢！可怕極了！而且都是對我不利的！難道我快死了嗎？

林：不！那是小姐身體不好的關係，一個人神經錯亂了，就會作惡夢！（拭淚）

雲：阿林！你在哭！

林：不，因爲這兩夜服待小姐沒有得到好睡，眼睛有點癢，也許要害了！

雲：你太辛苦了！你也該休息休息了！今天晚上可以叫翠兒來換你！

（翠兒送玉米粥上）

翠：小姐！玉米粥熱好了！您吃點吧！

雲：不！我一點也不要！

林：您下午不是沒有吃東西嗎？還是吃點吧！

雲：不！一點也吃不下！翠兒！你還是拿去倒在鍋裡，放在爐子上，我什麼時候吃就叫你給倒了來！

翠：是！（下）

（雲鳳起來到多寶架上翻一翻書）

雲：還是找本書看看吧！我的脾氣也眞給折磨夠了！（看到一本課本）課本！對啦！阿林！你去把骨牌拿來給，讓我來起一個課！

林：我看您還是坐在那兒養養神吧！

雲：不！我對朱少爺不放心！還是起一個課的好！

（阿林取一盒小的象牙骨牌來，雲鳳坐在圓桌旁擺牌，阿林在弄火）

雲：上上，上上，下下，（找課本）第十九課下下，（讀課文）「七十二戰，戰無不利，忽聞楚歌，一敗塗地」，（她的臉馬上變了顏色，狠命的把骨牌弄得滿地）忽聞楚歌，一敗塗地，一敗塗地！

林：怎麼啦！

雲：完了！我是一敗塗地了！

林：小姐！你爲什麼老相信渺渺茫茫的卜卦呢？這根本沒有準的！

雲：（現在她忽然的有精神了）雖然卜卦不一定有靈驗，可是我不希望來這一卦，它偏來這一卦，而且事實上朱少爺現在對我這種態度太叫我相信了！

林：小姐！您還是安靜點好！

林：我恨小雄！我並且恨世上一切的男人，男人都是自私的！什麼叫做愛！都是欺騙，我們女人就好像天生就該犧牲的，他們好比一隻惡貓，我們好比是一隻老鼠，他們捕到我們以後，在未咬死之前，有意的先來玩弄我們兩下，忽擒忽縱的，打一下，揉一揉，這就是男人們對我們的愛情，可是我現在完全明白了！我不願意當一隻老鼠！

林：（幾乎哭了）可是小姐！你不能！

雲：哼！你不相信嗎？你看！小雄總算愛我的，我也一向相信他，所以我被社會輕蔑，我情願，被合族驅逐，我忍受，被嚴厲的伯父逼迫，我抵抗，被姐姐看守看，我聽憑，他訂了親了，我誓不嫁人，我只要能得到他的愛，我什麼都不顧，我是這樣的做了！可是他呢？

林：小姐！我知道！朱少爺也……

雲：他對得起我嗎？他一聽到大老爺要對付，他連脚也不敢踏來了，我寫了字條給他，叫他來，他還是不來，照理，就是刀放在他的頸子上，他也該拚着命來一趟，何況並沒有這樣的利害，可是他還怕碰傷了他公子哥兒的尊顏，連理也不理，我眞想不出男人的心是怎麼生的！現在我才知道，能肯犧牲的，只有我們女人，男人都是只知道享樂，一遇到緊急的關係頭，他還得保守他自己的利益，絲毫不肯替愛人犧牲！

林：小姐！你寃枉朱少爺了！

雲：（越說越有力）寃枉！哈哈哈！一點也不寃枉，男女間的戀愛，就是欺騙的別名，毫無意義，我自身就是一個好例，小雄定了親了，我替他守着片面的貞操，在我以爲還是超人的戀愛，呸！全錯了！我是給油蒙住了心，一時的糊塗，所以才被他騙上了死路！

林：他一定不會的！

雲：他既然不會，當他父親替他定親的時候，他爲什麼不跟我一樣的起來跟他父親反對，他既然馴從了金家的婚約，偏又在我面前貓哭耗子假慈悲，什麼死啊活啊的！白白的騙了我一生，其實他當時那裡是在捨不得我，不過是獲得了那個，又不肯放了這個！玩着一般男子「得隴望蜀」的欺騙手段，現在曉道蜀道難了，索性就給我拋了！他一定是這個心理！（她氣得坐下來了）

林：小姐！您安靜點！你再要這樣怨恨朱少爺！我要告訴你了……

雲：告訴我什麼？說！說呀！

林：我要告訴你……（轉變話頭）小姐！你知道宛小姐跟魯少爺的事也鬧糟了！

雲：怎樣鬧糟了！難道魯少爺也跟小雄一樣跟人家訂了親了！

林：不！聽說魯少爺有人暗算他，不知是誰，在齊老爺跟前說了他的壞話，齊老爺氣得要命！那天宛小姐本來在魯府上，馬上派轎子去給接回去，並且警告魯少爺以後不許他上門，不許再跟宛小姐來往，現在已經一個多月了！魯少爺天天在家裡鬧着不安，飯也不吃，覺也不睡，在先紋姑娘來替他們做媒，齊家反推出慧小姐出來搪塞，把紋姑娘一氣就下鄉去了！魯老爺沒有辦法，就找汪露汀出來向齊老爺懇求，我想這個壞蛋也做不出好事來，我看他們這一對也不會有好結局的，可是我想宛小姐也決不會埋怨魯少爺吧！

雲：阿林你弄錯了！宛小姐不能同我比，她又沒有受到過魯少爺蹂躪。

林：可是她……

雲：你別說了，你進來把我床邊口一個小箱子給拿來！

林：您要幹什麼？

雲：（命令的）你給拿！

（阿林取出一個小皮箱，雲鳳打開將箱內各物均毀掉）

林：什麼？這都是朱少爺送你的，你怎麼都給撕了！這是不對的！

雲：我要它有什麼用！（拿起一張照片）這是他的照片！也就是他的假面具！（撕成兩半）這是他送給我的花！（又毀掉，忽然拿出第三幕第二場中的鴉片膏煙盒）啊！鴉片烟膏還在這兒！這是小雄訂了婚以後在飛泉巖騙我的！他想找我跟他一塊兒喝了一塊兒死！我眞傻！那時候我爲什麼不照這樣辦呢？

林：小姐！趕快交給我吧！

雲：不！現在找他吃也不遲！我去！我馬上就去！找他一塊兒死！省得我病自受苦，省得他再欺騙別人！好！他不來！我找上他的門，跟他拚一拚！

林：（大叫）小姐！小姐！你不能！你不能！

雲：放開我！放開我！

（這時候儀鳳上，雲鳳馬上改變一個態度）

儀：什麼事情！鬧得這樣利害！

雲：姐姐！是阿林這小丫頭不好！我才起來她就呵我的癢，逗我的快活！

儀：想不到阿林倒這樣忠心！她逗你的快活，你爲什麼不去自己找快活，天天老是悶悶不樂的！阿林！你去到學屋去接蓀哥去！快要放學了！

林：（無可奈何的）是！（下）

雲：姐姐！我過去都錯了！我應該聽你的話才對，我是受小雄騙了！這是我自討苦吃！你着！我現在明白過來了！我把小雄送我的東西全毀了！

儀：這樣才是我好妹妹吶！

雲：不過姐姐！今天妹妹有個要求！你一定得答應我！

儀：只要你學好聽話！我什麼事情都能依！

雲：我今天想到城隍廟裡去燒灶香，一則是求菩薩替我消消災，二則也想求一個籤卜卜我的終身！

儀：妹妹！你發瘋了！天氣這樣冷，又下着大雪，還是等晴天再去吧！

雲：不！姐姐你一定得答應我！我也想出去散散悶！順便還想到魯園去折幾枝梅花！

儀：好吧！今天你這樣有興緻就讓你出去散散心吧！

雲：（開心的）啊！你眞是我的好姐姐！

儀：我去叫他們給你預備轎子去！可是得早點回來，多穿點衣服！

雲：好！我決不會有多躭擱的！

（儀鳳出去，雲鳳慌忙的打扮打扮，收拾很快，把鴉片盒進口袋內，翠兒上）

翠：小姐！轎子預備好了！

雲：翠兒！我去一會就來！你在這屋裏等着，替我收拾收拾！

翠：是！小姐！

（雲鳳匆匆由右門下，阿林很快的自左門奔上）

林：小姐吶？

翠：燒香去了！

林：不好了！走有多會？

翠：剛去不久！

林：我去追她去！

翠：有什麼事！

林：回來對你講！

翠：姐姐！

（阿林自右門跑下，不久魯男子匆匆自左門上，他比前一場黃瘦多了）

魯：翠兒！

翠：魯少爺！

魯：小姐呢？

翠：出去燒香了！

魯：什麼時候回來！

翠：大概不會有多少躭擱的！

魯：糟！

翠：魯少爺！您怎麼這會來！有什麼事嗎？

魯：我因爲今天應縣考，才從考場裏出來，到了家才知道朱少爺死了！我先去哭朱少爺，哭過朱少爺才來安慰安慰你們小姐！朱少爺死了！你們小姐知道嗎？

翠：還不知道！

魯：爲什麼？

翠：因爲大小姐關照我們，不許告訴她，而且小姐病又沒有好！

魯：什麼事都糟在你們大小姐手裏！朱少爺就是爲你們小姐死的，臨死的時候還叫着小姐的名子，可是你們小姐竟然會不知道？還在做夢！太慘了！太慘了！我去追你們小姐去！

翠：魯少爺！我看您還是在這兒歇一會兒吧！阿林姐已經去追去了！大概不一會兒就回來了！

魯：也好！我也實在太累了！

（這時候儀鳳上）

儀：哦！我說難吶！原來是魯少爺！下這麼大的雪還來看你雲妹的病！這眞得謝謝你勞步！翠兒你去弄點點心去！

魯：用不着！

儀：天冷了多吃點東西可以搪搪寒！（翠兒下）現在宛妹妹好嗎？

魯：不知道！

儀：怎麼又拌嘴了嗎？

魯：請你不要問吧！我們也完了！我跟宛妹已經一個多月沒有見面了！

儀：那眞是不幸啊，我非替你們合合好不可！

魯：問題不是我跟宛妹！實在是暗地裏有人在搗蛋，就跟雲妹跟雄弟一樣！

儀：不！你不能這樣說！你雲妹跟小雄兩個人不能跟你們那一對比？他們兩個人簡直是在胡鬧，那裏有你們正經！如果眞是正正經經的，我做姐姐的非成全他們好事不可！可是他們偏不走正路！

（此時阿林之母秦婆子匆匆上）

儀：誰！

秦：大小姐！魯少爺！不好了！

魯：秦媽媽？究竟什麼事？

秦：我本來是來看我女兒阿林的，剛走到百一街轉灣，就有人告訴我，阿林給汪露汀那個老該死的逮去了！我起先還不相信，誰知來一看，（哭）阿林確乎不見了！

儀：你說明白點！汪露汀爲什麼要逮阿林？

秦：這事情魯少爺是知道的，這還是今年春天的事，汪露汀看上阿林了，想討去做小，阿林跟我都不肯，他就懷恨我們，後來幸好是齊太爺把阿林留在家裏待候宛小姐，後來又轉到這兒，想不到這都快一年了！汪露汀還沒有心死，還是把阿林搶去！

魯：汪露汀這個老混蛋！他以爲他現在做了官了！有了勢力了，就可以隨便來搶人家女孩子了！

秦：魯少爺！你還不知道！你跟宛小姐的事也是他在裏邊破壞的！因爲他看你們救了阿林，他不成了，所以也叫你們不成！

魯：（起立拉住秦手）秦媽媽！眞有這回事！

秦：這是千眞萬確！朱少爺的親事也是他在做的！

魯：好！秦媽媽！你等着，我去跟他算賬，救阿林出來！

（起立正要走，翠兒扶雲鳳上，此時天氣暗下來）

魯：雲妹！怎麼啦！

儀：怎麼啦！臉色這樣難看！

雲：（大笑，笑出淚來）你們騙得我好苦啊！大哥！雄哥究竟還是我的！他還在愛我，哈哈哈！

魯：雲妹！你坐下！不要太興奮了！

（雲鳳坐下，翠兒點上了洋燈）

儀：妹妹！

雲：走開！你們這般畜生，逼得我們太利害了！在祠堂裏逼得我還不夠！又叫人痛打雄哥！把他打得半死！身上連一塊好肉也沒有！你以爲這樣就可以把我們倆永遠的分開了！可是你錯了！你們只能分開我們的身體！分不開我們的心！你們這羣簡直是強盜！

魯：雲妹！

雲：大哥！我對不起雄哥！我起先還在罵他，我以爲他對我變了心，我想不到雄哥對我這樣忠心！雄哥死的太慘了！

翠：小姐！

雲：你們爲什麼瞞着我！（對儀鳳）你以爲我眞的去燒香嗎？我騙你的！我是去找雄哥約他一塊兒死的！當我的轎子過了朱家，我就叫停下來，一看朱家門上掛着白麻，我問了人，才知道雄哥死了！在臨死時還叫着我的名子，我本來要進去也死在雄哥身旁，可是我昏了！轎夫又把我扶上轎，哈哈哈！可是我也快去了，我又可以跟雄哥見面了！你還能管得着我嗎？我們倆天天在一起！氣氣你們這般畜生！強盜！啊喲！

魯：雲妹！你吃了什麼東西了（雲鳳將手中空盒示魯）什麼鴉片膏！跟雄弟一樣！

雲：是的！在轎子裏吃的，而且……這鴉片膏也是雄哥的！

魯：唉！雄弟眞糊塗！

雲：（起來拿起撕毀的照片及花）這張雄哥的照片可是破了！

花！也碎了！

（她做出難過樣子）

魯：雲妹！我看你還是躺一會兒吧！

儀：翠兒！去找大夫去！（翠下）

雲：姐姐！你待我太好了！可是來不及了！大哥！你應當爲我快活！我又快見到雄哥了！

魯：（哭聲）雲妹！

雲：雄哥這人眞好，他的脾氣跟我一樣的爽快，他太愛我了！但是我很對不起他，現在我才知道，他眞勇敢，他永遠是我的！我們以後可以永遠在一起了，我們可以高興怎樣就怎樣，這樣一來，我們可以到上海，到杭州了，大哥！你要替我快活，這張照片，我不願留在這卑鄙的世界裏，還有這朵花，我願永遠放在我的胸口，直等我進了棺材，大哥！我最相信你，請你給我看着，永遠不要叫人拿開可以嗎？

魯：雲妹！你難過嗎？

雲：不！很平靜！

秦：小姐！

雲：阿林呢？

秦：阿林……（魯止不說）

雲：啊喲！雄哥……雄哥……我……我……我來了……（死）

魯：雲妹！雲妹！雲妹！（一聲高一聲）

（大家痛哭，此時玉蘭提白燈籠匆匆上）

玉：大少爺！

魯：玉蘭！

玉：老爺叫我來找你，趕快回去！

魯：什麼事！

玉：錦姨娘吊死了！

大家：啊！

魯：（停片刻）不是生離！就是死別！

（昏倒在椅子上）

大家：魯少爺！怎麼啦！

（在聲音很雜亂中幕慢慢下）

世外桃源

James Hilton 著
實齋 譯評

第三章

康惠的個性的一部份總是個旁觀者，不管另一部份是怎樣的好動。就在此時他只是等着那幾個陌生人走近來，不願事前妄事猜測作種種的決定。這並不是他為人勇敢，或是冷靜，也不是他特別對於自己有當機立斷的自信。往壞處說，那只是怠惰而已，只是他靜觀事態的發展正感奇趣，不願把注意力移到別事去而已。（康惠其至人乎？若世人皆是至人，天下太平；如國人皆是至人，他國之人不是，此國必亡。）

隨即那一羣人沿着山谷走近來，原來有十多個，杠着一架上面有遮蓋物的椅子。過了一忽之後，康惠一行人看去，見椅子裏坐着一個穿藍袍的人。康惠想不出他們是到那裏去的，只是覺得那一行人恰在那時經過那裏，正如勃林克魯小姐所說，眞是神意了。他見那一行人已經走近呼喊之聲所及的距離，乃立即離開了餘人向前走去，只是走得不慌忙，因為他深知東方人見面的時候是喜歡悠閒地施禮一番的。他走到離他們數碼之處停了下來，屈腰行禮。可是出於他意料之外，那穿藍袍的人走下了椅子迂慢地走向他那裏伸出手來，儀態頗為尊嚴。康惠當即也伸出手去和他握手；他見那人是個有了年紀的白髮中國長者，面部修剃得很是光潔，穿是一襲白色繡花的綢袍。此時是那位長者向他估量了。接着他以正確的英語——恐怕是太正確了些——對康惠說道：「我是從那聖格里。勒的喇嘛寺來的。」

康惠又屈着腰行了一次禮；經過了一個相當的時間之後，他開始簡要地述明原委，告訴長者他和三個同伴到這個冷僻的地方來的經過情形。他說完了話之後，那位中國人以手示意，表示他懂得康惠的話。他沉思地注視着那已經毀損了的飛機說道：「這眞是件奇事。」接着他又說道：「我姓張，請你為我介紹一下你的朋友吧。」

康惠儒雅地笑了一笑。在西藏的荒野之中一個中國人操着很純正的英語，遵守着傍特街（Bond Street）的交際上的禮儀，這眞是一件奇特的事，康惠很感趣味。此時餘人也都追上了他，都覺得這事很是奇怪；康惠於是轉向他們，——爲那長者介紹道：『這是勃林克魯小姐……這是伯納先生，是美國人……這是馬立森先生……我自己的名字是康惠。我們會見你都覺得很高興，只是我們的會面幾乎和我們的所以在這個地方同樣的不可思議。我們正擬出發到你們的喇嘛寺來了，所以我們的會面眞是加倍的可慶。不知你能告訴我們路線嗎？』

『那是不必要的。我很願意充你們的嚮導。』

『可是我們不敢麻煩你。你願充嚮導，我們當然很是感激，不過路程若是不很遠的話……』

『路固然不能算遠，不過同時可也不很容易走。我覺得陪同你們到那裏去是件榮幸的事。』

『可是那眞是……』

『無論如何我得陪你們去。』

康惠心想在這樣的境况之下，再爭辯下去未免滑稽可笑了。他答道：『那麽就這樣。我們都很感激你。』

康惠和那中國人說着客套的時候，馬立森只是憂鬱地忍耐着，此時好像是軍官對士兵說話似的嚴厲無禮地說道：『我們躭擱不久就要走。凡有打擾之處，我們都願回鈔，同時我們需要你們寺裏的幾個夫役幫助我們回去。我們願意立即返回到文明的處所去。』

『你怎麽知道你現在是離開文明了呢？』

這句問話說得很是婉轉，可是那位青年聽了立即更加聲色俱厲地說道：『我只知道我現在離我要去的地方很遠，我深信別位的情形也是一樣。你們那裏許我們暫時逗留一下，我們是很感激的，可是如果你們設法使我們回去，我們將更感激。你以爲到印度去須要多少時日？』

『我實在不知道。』

『我以爲不會有什麽困難的。僱用主著的夫役我略有經驗；我們所期望於你的只是：你利用的你的勢力叫他們不要挎竹槓。』（恰是馬立森口吻。作者寫此人，至此已可謂神情畢現，乃是一鹵莽自大的青年小伙子也。）

康惠覺得馬立森這樣的蠻橫，實在是不必要的；他剛想說話去阻止馬立森，那長者仍以非常尊嚴的態度答道：『馬立森先生，別的我不知道，只是我可向你保證你們到我們那裏去我們將待諸位爲上賓；到後來你們一定不會悔此一行的。』

馬立森聽了這話，覺得其中『到後來』三個字尤爲刺耳，所以大聲喊道：『到後來？』可是此時那一隊身上穿着羊皮，頭上戴着皮帽，足穿犀牛皮的鞋子的强壯的西藏人已經解開了他們帶來的酒和果子；馬立森一見食品，就不爭噪下去了。那種酒很是可口，頗像是一種白葡萄酒，果子之中有很成熟的樣果，他們餓了這麼幾個鐘頭之後吃這樣的檬果眞是鮮美異常。馬立森只是狼呑虎嚼的吃着喝着，一點沒有好奇之心（作者卽於飲食瑣事，亦不忘人物之個性。）康惠已暫忘却了當前的憂慮，更不願慮到將來，所以此時正在奇怪着這樣的高嶺之上何以能種植檬果？他對於山谷那邊的那一座高山也是很感興趣；無論從那一方面看來，那山是一座令人驚心動魄的高峯，而遊歷過西藏的人迄今尙無人加以詳細的描寫，他覺得很是可異。他一邊瞭望着那座山，一邊在想像之中沿着溪壑攀登上去；直至後來馬立森呼喊了一聲，才把他的注意力召回到人世間來；他向四週看了一下，瞥見那個中國人正在注視着他，隨卽問他道：「康惠先生，你剛才是在審視那座山嗎？」

「是的。那眞是壯觀。大概總有個名稱吧？」

「牠叫做卡拉格爾。」

「我好像不曾聽到過這個名字。很高吧？」

「二萬八千多呎。」

「眞的嗎？我初以爲在喜馬拉雅山脈之外是沒有這樣高度的山的。會有人加以測量過嗎？是誰測量的？」

「閣下猜是誰測量的？修道和三角學之間有什麼不相容之處嗎？」

康惠覺得這話很有意思，答道：「當然沒有，當然沒有。」接着他又歉遜地笑了一下。他以爲以笑話論，那並不是上乘的笑話，只是感得很有意思，頗堪回味，不久之後他們便開始出發到聖格里•勒去了。

整個的早晨他們一行人沿着比較平坦之處慢慢地攀登着；在這樣的高山之上所消耗的體力是很大的，所以人人都沒有餘力說話。那個中國人很舒服地坐着轎子，這似乎是件對於女性失禮的事，可是叫勃林克魯小姐儼然坐在那樣尊貴的轎子裏實在也是不合適的。在這種稀薄的空氣之中康惠比較的能夠忍受；可是他想聽轎夫們的談話很覺費力。他只懂得一點點的西藏語，聽他們說話只知他們回到喇嘛寺去覺得很是高興。他不便和他們的首領繼續談話，因爲那位長者閉着眼睛，臉被轎帷半掩着，似乎已經睡着了，他似乎有要睡立可熟睡的本領。

此時陽光很是溫暖；他們雖然尙未完全吃飽，不過不像方才那樣的飢餓了；空氣很是淸新，像是從另外星球裏來的一樣；每呼吸一口，則愈覺其珍貴。我們普通呼吸是自然而然地不自覺的，可是此刻他們得自覺地慢慢地呼吸，這樣起初是怪不舒服的，可是後來倒使人覺得安靜快樂。整個的身體是在呼吸，走路，和思量的節奏中運動着（意卽呼吸走路和思量打成一片，整個身體有節奏地運動着；）肺部的運用不再是自動，却與頭腦和四肢的運用和諧地聯合在一起。康惠的信仰頗有神祕主義和懷疑主義的色彩，他對於這樣的感覺，一方面覺得奇妙可異，一方面却也不無欣喜愉快之感。他間或向馬立森講述二句鼓勵他的話，可是那位青年走着山路很感吃力，沒有回答他。伯納也走得氣急異常，像是犯着氣喘病似的；勃林克魯小姐也正在和肺部作殊死戰，只是因爲某種原因，她似乎不願被人知道她呼吸很是困難，所以在極力設法遮掩着。康惠鼓勵她道：『我們差不多快要走到山頂了。』

勃林克魯小姐答道：『有一次我奔着趕火車也曾有同樣的感覺。』（正是勃林克魯小姐的口吻。）

康惠心想這恰如有的人認爲蘋菓汁酒和香檳無甚分別一樣。這個乃是嗜尚不同的問題。（借康惠之口反映勃林克魯小姐的個性，好手法，好技巧。）

康惠出於他意料地覺得除對於這一切感到不可思議之外，竟並不憂慮什麼，卽有憂慮，亦不是憂慮自己的事。吾人有時晚間宴客，雖所費出於意料之外地大，然而同時可也出於意料之外有趣，此時吾人必歡然解囊以赴；同樣地有時吾人也會解開我們的靈魂。那天早晨康惠屏息出神地望着卡拉格爾，對於那種新的感覺也起了同樣的反應。他在五洲各地住了十年之後，賞鑒的眼界可謂已經很高；可是他不得不承認目前的遭遇其未來的發展可大有意思呢。

沿着山谷走了一二英里之後，山路漸漸峻峭起來；此時太陽已爲陰雲所掩，銀色的白霧蓋遮了景色。雷聲和積雪塌崩之聲自上面的雪山轉來；空氣轉寒，接着像別的山區一樣，突然變得非常寒冷。一陣風吹來，天陡然降起雪雨來了，不久一行人的衣衫盡濕，使他更加不自在；甚至康惠也以爲不能再繼續走路了。可是不久之後，他們似乎已經到了山脊的頂部，因爲轎夫們停了下來調整他們的負担。伯納和馬立森二人很感爬山吃力痛苦，致使一行人多停留了一忽；可是那一羣西藏人顯然急於繼續走路，以手示意，表示其餘的路比較容易走了。

康惠等人於看到這種寬慰的表示之後，却又見藏人們在解開繩索了，這未免使他們大感失望。伯納以着急滑稽的口吻驚叫道：『他們此時就想勒死我們了嗎？』（妙。正是伯納口吻。）可是他們不久就看出嚮導們的用意並沒有那樣的可怕，目的只在一行人連結起來，像是一般的爬山者那樣而已。那一羣嚮導們見康惠很懂得怎樣用繩索把一人連結起來，所以顯得對他敬禮有加，並允許他隨自己的主意安排一行人。他走在馬立森的後面，二人的前後都是藏人。再是後面是伯納和勃林克魯小姐，最後面又是藏人。康惠不久就看出當這羣藏人的領袖睡着的時候，他們似乎都願意由他來代那位中國長者發號施令。他覺得自己又是居於領導地位了；倘若遇到什麼困難之事，他知道他份內的職務是吩咐那一般人怎樣去做，並予他們以自信力，他從前也是個第一流的爬山者，現在他爬山的本領無疑地還是很好。他半說笑半眞心地對勃林克魯小姐說道：『你得看顧伯納呢。』勃林克魯小姐答道：『不過你知道我從前從來不會縛着繩索爬過山』，她說話時，一副含羞之狀恰像一頭鷹。

山路的第二段雖然間有驚險之處，可是沒有康惠所預料的那樣吃力，不復像方才那樣地令人難過得好像肺部要爆裂似的，這使他們紓了一口氣。這段山路是沿着峭壁的斜面的，峭壁上部被霧遮蓋着，所以看不見牠有多高。同時霧也遮掩了那一邊的深淵，不然的話他們也許要驚怖萬狀了；只是康惠喜歡迎看高山深淵，他願意知道現在究竟身在何處，只是今旣爲雪霧遮蓋住，也就只得罷了。山路有幾處闊僅二呎，而轎夫們抬着轎子竟然操縱自如；更可異者，轎內坐着的那個老者竟能在這種處所安然入睡，這二件事都同樣使他欽佩。這班藏人固然是很矯健可靠的，可是後來山路漸漸廣闊並略略下傾他們畢竟也顯得歡喜。那時他們開始引吭高歌，唱的是種粗野的調子。雨已停止，空氣轉暖。康惠故示高興地說道：『若是沒有人引導我們一定是找不到這個處所的。』可是馬立森聽了這話心里並不覺得寬慰些。實則他暗下覺得非常的駭怕；此刻山路最危險的一段已經過去，他却忍不住了。他反屑相譏道：『若是找不到的話，敢是我們將認？』他們爲不勝憾遺嗎繼續走着，此時的山路愈顯得由上而下；康惠在路的某一段上看見有薄雪草，知道不久就要到達比較適宜於人類居留的地帶了。他向餘人說明了這點，可是馬立森聽了這話愈覺心慌。他說道：『唉，康惠，敢是你在遊覽阿爾卑斯山嗎？我且問你，我們的目的地究竟是怎樣的一種地方呢？我們到達了那里之後，我們的計劃又是怎樣呢？我們怎麼辦呢？』

康惠安靜地說道：『如果你曾經歷過我所經歷過的事的話，你便會知道人生有時還是不想辦法的好。事情降臨到你的頭上，你只是隨牠去（你看作者處處在宣揚老莊精義。我猜作者卽不懂中文，亦必曾讀老莊英譯本。老子道德經第五十七章：『以正治國，以奇用兵，以無事取天地。吾何以知其然哉？以此：天下多忌諱，而民彌貧；民多利器，國家滋昏；人多伎巧，奇物滋起；法令滋彰，盜賊多有。故聖人云：我無爲而民自化，我好靜而民自正，我無事而民自富，我無欲而民自樸。』今日只知今天轟轟烈烈的倡言什麼什麼運動，明天擾擾嚷嚷的宣傳什麼什麼計劃，此忽一個法令，又忽一個條例，而治下警察勒索平民，處處要錢，令人一步路都走不得，這點但須消極的嚴加禁止卽可，豈也需要什麼特別法令條例，大事舖張倡言什麼運動計劃？或謂要人正在忙着大事偉業，那有工夫理會這些小事。然小民所苦者正是苦在這些小事。」

「你實在太飄逸奧博了，我簡直不懂。你在培斯克爾的時候，可不是這樣的呀。」

「那時候我的確不是這樣的，因爲那時我有靠自己的力量改變局面的可能。可是現在，祇少在此刻，並沒有這種可能性。我們在這里，乃是因爲我們在這里，如果你一定要找出一個理由的話，這便是理由了。我往往覺得這個理由很足使我心安理得。」

「我們回去的時候也將走來時的路，這條路可不是很驚險的，這點我猜你是知道的吧？在過去一小時之中我們是在垂直的山面上跋涉——我可注意着呢。」

「我也注意到的。」

「你也注意到嗎？」馬立森接着劇烈地咳嗽了一陣，繼又說道：「我知道我這樣和你吵着你一定很覺討厭，不過我也是出不得已。這一切的事我覺得都很可疑。我認爲我們太依順他們了——我們所做的事正是這般傢伙所要我們做的。他們是設法使我們就範呢。」

「即使是的話，我們也別無他法，不到他們那里去結果便是餓死凍死。」

「我知道你的話是合乎邏輯的，只是我總覺得這不是辦法。我不能像你那樣樂於安心認命。我不能忘掉二天之前我們還在培斯克爾的領事館里。一想到這二天中所發生的事我覺得受不了。我覺得疲倦極了。這二天中所經過的事使我知道在歐戰中我沒有去打仗眞是一件幸事；若是被徵去作戰的話，見到那一類的事我必然是要發瘋的。此時週圍整個的世界似乎是發瘋了。我這樣對你講着想來我自己一定也瘋狂了。」

康惠搖了搖頭說道：「我親愛的孩子，你一點也不瘋。你今還只二十四歲，而你現在又是身在離地二英里有半的高度上，這二件事已足使你心里感覺得異樣了。我却以爲你很能忍受痛苦，我在你的年齡的時候還不及你呢。」

「可是你不覺得這一切是瘋狂嗎？我們那樣地飛越過那些山嶺，接着在狂風之中度過了一夜，接着那個駕駛員死亡，接着又遇到這這般傢伙，你回想起來可不像是在做奇怪的惡夢嗎？」

「不錯，的確像一個惡夢。」

「那麼我倒不知道你何以能夠這樣冷漠。」

「你眞想知道嗎？你若是願意知道的話，我便告訴你，只是你聽了也許將說我太冷酷。那只是因爲回想過去像是做惡夢的事很多而已。馬立森，這裏並不是世界上唯一的瘋狂的地方呀。如果你沒法忘掉培斯克斯的話，你可還記得就在我們離開那裏的時候，那般革命黨正在殘忍地虐待被捉獲的人迫取消息呢？只是一架普通的縫衣機，靈驗當然是很靈驗的，不過我從來不會看到過比這還可笑還可怕的事。你還記得在我們和外界的交通被切斷之前所收到的最後的消息是什麼嗎？那是曼却斯透一家紡織公司寄來的一封信，問我們在培斯克斯有沒有女子胸衣的銷路！這個可還不夠瘋狂嗎？我們到這裏來若是遭遇到不幸的事，充其量也不過以某種瘋狂換取另一種瘋狂而已。至於說到歐戰，如果你曾參戰的話，你必也會與我抱同一的態度，也會知道怎樣咬緊牙齒認命。」

他們這樣談話着，山路又陡然轉峭，他們不禁氣餒，走不了幾步又感覺得吃力萬狀了。可是這段峻峭的山路並不怎樣的長，不久就又是平地，此時他們便跨出了迷霧，踏進了陽光滿照空氣清醒的所在。在前面不遠的地方便是聖格里。勒的喇嘛寺。

康惠看見了那座喇嘛寺，初以爲是因爲身體上的各種感管缺少氧氣而發生的一種幻像。牠的確是一個奇特得令人難以置信的景像。一叢五彩色的樓台依附着山坡，看去不類萊茵區的那種矯柔造作的城堡，却像是揷在巖石上的幾片自然多緻的花瓣，看去非常優美，令人起莊嚴之感，康惠不禁把視線自乳藍色的屋頂移到上面的灰色的大塊石頭所造成的城堵上面去，那座城堵非常的龐大，儼如格林台爾威爾（Grindelwaed，想是瑞士地名）上面的伐透狠峯（Wetterhorn，阿爾卑斯山峯之一）。在城堵的那一邊便是卡拉克爾山的蓋着積雪的山坡，看去像是一座潔白的金字塔，令人目眩。康惠心想這可以算得世界上最可怖的山景了；他又想積雪和冰川的壓力一定很大，今日只是被大塊的巖石像堵牆一般地阻住去路罷了。整座的山將來也許要分裂，那時這座潔白耀目的卡拉克爾山的一半便要倒塌到山谷中去了。那時若能站在比較沒有危險的地方觀看那可怖的一幕也許很足驚心動魄的，康惠心裏這樣思量着。

向下望去，景色也是同樣的迷人，因爲那座峭壁繼續往下向罅隙中垂直地下傾，這個萬丈的罅隙想是上古時候地形發生重大的變化而形成的。那遠處模糊的山谷望去是一片綠色，殊爲悅目；那山谷四週是山，狂風吹不到，牠的上面有喇嘛寺和善地瞭望着，康惠心想這眞是好個所在，只是那山谷裏如果有居民的話，山谷的那一邊旣是不能攀登的高山峻嶺，那裏的居民一定是與外界隔絕不相往還的。只有到這所喇嘛寺有勉強可以攀爬的路。康惠看着那景色，心裏不無恐懼之感；心想馬立森的憂慮未始無理。不過他的恐懼只是一瞬時的，不久之後他一邊望着那個景色一邊冥思着，心裏覺得好像已經到達了一種歸宿點似的。

他和餘人怎樣抵達寺門，寺院裏的人怎樣招待他們，怎樣的解掉繩索，怎樣被領入寺中去，這一切康惠都記不得了。那虛無如夢的稀薄的空氣配襯着蔚藍色的天空；他看着呼吸着，不禁染上了四週醉人的寧靜空氣；馬立森的焦躁不安，伯納的笑話，勃林克魯小姐泰然準備受苦的神氣，這一切他都置之不顧了。他依稀記得初進寺中的時候看見內部很是寬敞，很是溫暖，很是清潔，當下覺得很是驚異。那時他只能匆匆地注意到這幾點，因爲不久之後那個中國人走下了轎子，立即領導着他們走過了許多的房間。此時他顯得很慇懃了。他說道：『抱歉到很，路上讓你們自歸自走路，不過不瞞諸位說，我實在不宜於走那樣的路，我得照顧我自己，以致不能照料你們了。你們不甚十分疲倦嗎？』

康惠勉强笑着答道：『我們總算走到了。』

『那麼好。現在請諸位隨我來，我領你們到你們的臥處去。你們想洗澡吧？我們這裏的設備是很簡陋的，不過我希望你們覺得還夠應用。』

伯納還在喘着氣，此時他乾笑着說道：『哈哈，不瞞你說，我此刻還是不能喜歡你們這裏的氣候——這裏的空氣好像在我的喉中膠住似的——只是從前面的窗戶望出去，你們這裏的風景確是不錯呢。到浴室去我們須要排隊嗎？若是不必的話，這裏可不是一所美國式的旅館？』

『伯納先生，這裏的一切夜大概是會覺得都很滿意的。』

勃林克魯小姐拘謹地點了點頭說道：『我眞希望是這樣呢。』

那中國人又說道：『你們洗過澡之後，如果肯賞光和我一同來吃飯，則我三生有幸了。』

康惠彬彬有禮地回答他的話。只有馬立森對於這一切出於意料之外的優遇毫無表示。也像伯納一樣，他在這樣的高度之上深感呼吸困難，可是此刻却强打起精神大聲地說道：『如果你不介意的話，在洗過澡之後，我們同時還要討論回去的計劃呢。以我個人而論，只想早日回去。』

闔家歡

三幕喜劇

康民

第一幕 第一場

時：初夏某一天下午五點鐘。

景：李家的客室。後壁中間入口處懸掛着紫紅色的門帘，兩旁有格子窗可以望見走廊的行人；從中間入口處出去往右是進廚房後院的路，往左是通過小花園的路；台上的演員從左面格子窗可以張望到小花園的景色。沿着右壁是一座樓梯，下樓人的臉是正對觀衆的；右壁後面一扇側門，推進去是矮小而黑暗的樓梯間，這裏住着可憐的舅老爺朱福田先生，三十五歲的光幹兒。左壁也有一扇門，進去是主人李守一先生的書房，這兒是被認爲虎穴的，孩子們，舅老爺，甚至結褵了二十年的李太太向來是不敢越雷池一步的。

幕啓。女僕小紅正在剝去一粒糖上的包紙，笑嘻嘻地送進口裏。然後揩洗桌椅，她滿臉是傻，獨自一個人也時常會莫明其妙地發出吃吃的痴笑，舉手投足都顯得笨拙僵硬，放一個水盆或者一只茶盤總是重重地「碰」的一聲，要是玻璃的準碎了。走幾步路也是歪斜着身體，別扭了頸子，怪不自然的。她瞅着花瓶裏的鮮花嘻嘻的笑，情感地拔出了水淋淋的鮮花捧在胸前；當她發現胸前的衣服都給水浸濕了時，就拿袖子揩拭。她聽見小姐哼着歌曲走近來，慌忙將鮮花插進花瓶，笨拙的手差一些不曾將花瓶打碎。李文玉夾着幾本書，捧着一束鮮花上，她底瘦削而婀娜的身子，靈活而誘人的眼睛，正表現她是怎樣地需求着情愛。她看見小紅幾乎打碎花瓶。

文玉：你把花瓶打碎了？

小紅：沒有！沒有！小姐！嘻嘻！一點兒也沒有碎。

文玉：當心些！你這雙笨手每天總要摔碎一件東西。可是記住！千萬別毀了我這個花瓶。滿屋子的東西，我就愛這花瓶，你知道這是我用自己省下來的錢買的。

小紅：是的，我知道，你跟我說過好幾次了。哦！小姐！你又在花園裏摘了這許多鮮花？

文玉：唔！

小紅：讓它長在樹上多好，摘下來不是很快的就要枯死了嗎？

文玉：在樹上也要枯謝的。傻丫頭！快去把瓶裏的花丟了，再去換些清水來。

小紅：把這些花丟了？小姐！送給我吧！我要。

文玉：你拿去好了。

小紅：（一只手捧了花，一只手拿着瓶走出去。）謝謝你！小姐！嘻嘻！

文玉：當心花瓶別碎了！

小紅：（已快走到門口，聽說「當心…」，急忙收住歪斜的脚步。）是！小姐！

（出門向右下）

文玉：別瞧她傻，她倒也愛鮮花。可是我就奇怪她已經是二十八歲了還不想嫁人。（於是她想起自己的男朋友，今天將要帶了禮物來慶賀自己二十歲的生辰；當然，一幕熱情的戲是少不了的。她哼起輕快的曲子，得意處竟然放聲高歌。小紅換了清水進來。）

小紅：（善意的提醒她，指着左邊書房的門輕聲說。）噓！老爺在裏面看書呢！

文玉：（這掃興的話激怒了她，然而她的聲音究竟輕了些。）在裏面怎麼樣？唱歌也礙事嗎？（昂起頭望着左門更輕聲的說。）我是不怕他的！（接過花瓶，一面插花，一面恢復了平時的聲音問着話。）太太呢？

小紅：在厨房裏預備酒菜呢！姑太太也在幫忙着。

文玉：麵買了？

小紅：買啦！

文玉：裝盤子的糖菓也買了？

小紅：也買啦！是舅老爺去買的。

文玉：他人呢？

小紅：（望望樓梯間）不…不知道，嘻嘻！恐怕又到糖菓店裏去了吧？

文玉：少爺的女朋友沒有來？

小紅：沒有呢！嘻嘻！少爺還不會去接哪！

李太太的聲音：小紅！小紅！

小紅：來了！（她進厨房去）

李太太在後壁右面格子窗外說：一間客堂要收拾多少時候？酒菜都是我和姑太太預備好了。你簡直像一塊木頭。快去淘米煮飯去！

（李太太和李淑貞上。李太太的身材矮小，庸俗而多疑慮，原是懦弱無能的人，然而偏喜歡佔些小便宜，吝嗇而嘮叨。李淑貞是女教師的打扮，戴一付眼鏡；仁慈而常掛着隱憂的臉，就在微笑時也帶些苦意。）

文玉：媽！姑媽！

淑貞：文玉！你從學校回來了？

文玉：是的，姑媽！

李太太：阿玉！他……他沒有和你同來嗎？

文玉：我約他六點鐘來的。哦！媽！（指着書房輕聲地說。）爸爸怎麼還沒有去？

李太太：現在幾點鐘了？

文玉：五點多了。

李太太：我想他一會兒就要走的。

文玉：（鼓着嘴）今天他要是待在家裏，那大家拘束得一點兒興趣都沒有了。

淑貞：其實今天是你二十歲的生日，我想你爸爸就是在家待會兒也會很高興地和大家說說笑笑的。

文玉：他會笑？我到今天二十歲就沒見他笑過一笑！老是板起臉瞪着人家，不知道他的人準以爲他是在生着氣哪！

李太太：噓！輕一點兒。（她悄悄地走向書房門口，從鑰匙洞向內張望，）他在看書。

文玉：（沒好氣的問）媽！今天預備了幾個菜呢？

李太太：就是昨兒晚上說的那幾個。

文玉：雞還是沒有買嗎？

李太太：就這幾樣菜，你知道一共化了多少錢？

淑貞：是的，現在什麼東西都貴得可怕。

文玉：我想一總用了也不滿一千塊錢吧？

李太太：（尖銳地）一千塊？你把錢看得好輕！你爸爸一個月總共也祇給我一千五百元。

文玉：這個我不管。今天是人家第一次來做客，而且還有弟弟的女朋友。

李太太：這年頭，四盆六碗，有魚有肉的，總也不怠慢人家了。

文玉：那麼今天的黃魚還是清燉嗎？我想油炸的好吃一點兒。

李太太：這樣熱天還是清燉的和冷拌的清爽些，貞妹！你說是嗎？

淑貞：是的。

文玉：（賭氣地）你一總是捨不得用油！老是清燉，冷拌，瞧你瘦得乾棗似的，還不知道多吃些油水。

李太太：阿玉！

文玉：不要叫我阿玉！我不要你在他面前，還有弟弟的女朋友面前叫我阿玉。我已經二十歲了。

淑貞：日子眞快！是的，大嫂！我該向你道喜。今天新姑爺，新媳婦兒將要同時上門啦！

李太太：怕不能說定呢！毛頭姑娘十八變，臨時上轎還是變三變哪！

（然而她究竟是開懷的笑了。）

淑貞：不會變卦了，你們兩對兒的愛情，我看都已經成熟了，文玉！是嗎？

文玉：（提到愛情，方才的不歡全忘懷了。）姑媽！你看？你怎麼看出來的？

淑貞：我當然看得出的。

李太太：你姑媽是過來人了。她和你姑爹當年戀愛得眞好着呢！不比我和你爸爸是憑着父母之命，媒妁之言結合的。

文玉：（天眞地）哦！媽媽！我想你在結婚以前一定沒見過爸爸這張老是板起的臉，要不然，你會愛他這付正經樣嗎？

李太太：別胡說！你爸爸——（她突然發現淑貞憂鬱的面容，她走過去撫慰她。）淑貞妹妹！這怪我不好！是我提起了——

淑貞：沒有什麼！其實我早該忘了他。唉！已經十七年了。

李太太：十七年，不知他一直躲在什麼地方？也許他死了。

淑貞：（輕聲自語地）不！我相信他沒有死。我感到總有一天他會回來的。

文玉：可是，姑媽！你明年就要四十歲了。

淑貞：（苦笑地）孩子！你覺得我已經老了，是不是？

李太太：唉！一年一年就像飛過去似的，姑爹走了已經十七年了，十七年前的事就如在眼前一樣。

淑貞：那時候，我們和文玉差不多的年紀，一樣的青春。可是現在都快老了。

文玉：不！姑媽！你看起來還很年輕。不過我要是你啊，早就另外嫁一個比原來姑爹好上十倍的男人，讓他瞧瞧！（右壁樓梯間的門開了，朱福田探出頭來。）喂！舅舅！你沒在糖菓店裏？

（朱福田本想再縮進頭去的，已被文玉看見，祇得走出房來。他有一對骨溜溜的眼睛，好似長着專爲尋覓食物用的。他像一只貪嘴的猴子，然而猴子沒有他那股傻氣。此刻他含了一嘴的糖。）

李太太：福田！你在房裏做什麼？

（他沒有回答。）

裝盤子的糖菓買好了嗎？

福田：買好了。（他一開口，掉下一顆糖來。）

李太太：糖呢？

福田：在這兒！在這兒！（他轉身進去）

文玉：唉！爲什麼叫舅舅去買？

李太太：他什麼事都做不來，可就是會買糖。（福田兩手端了四個盤子出來。）

文玉：怎麼？祇有這一點兒糖？

李太太：五十塊錢哪！

文玉：五十塊錢祇買這一點兒糖？

福田：（嚅嚅地）我，我試試味道，吃了兩三粒。

文玉：盤子裝得這麼淺，人家不笑我們寒蠢嗎？

李太太：（向福田）你把糖菓藏了起來？

福田：沒有！沒有！（指指嘴）就是這幾粒。（李太太走進福田的小房間，祇聽她在裏面尖銳地叫了一聲，跑出來捧着幾十張花花綠綠的包糖紙來。）

李太太：這些你全吃了？還沒到半個鐘點，眞不懂你怎麼吃的？

文玉：他不是一粒一粒的吃，媽！你瞧他嘴裏含着怕沒有七八粒糖？

福田：各種各樣的糖混着吃，別有風味！別有風味！

李太太：你還有臉說話？一會兒外甥媳婦，外甥女婿上門，你配做長輩嗎？

（福田被罵，雖然沒趣，然而想到吃了許多糖究竟是暢快的。於是發出一陣痴傻的大笑。）

文玉：舅舅簡直是瘋了！媽！你看他這怪樣子，回頭叫他躲在樓上別出來現世。人家會笑話我有這麼一個舅舅的。

福田：吃晚飯呢？

文玉：你也不要下來。

福田：噯！文玉！那你何必跟我爲難呢？今天是你二十歲生日也該讓我好好的吃一頓，是不是？

文玉：可是你這件袍子！媽！他怎麼能站在人前？

福田：料子不壞啊！

文玉：骯髒得像抹布一樣。

福田：可我就祇這一件單袍。

李太太：拿你爸爸的借他穿一天吧！

文玉：太長太大，怕不配身。

李太太：沒關係，將就點兒吧！（走到樓梯邊大聲喊。）阿中！

文玉：你喊他名字文中不是好聽些嗎？

李太太：（不很順口地喊。）文中！把你爸爸那件夏布長衫拿下來。

文中的聲音：沒有功夫！我在趕做幾個習題。

淑貞：他在努力準備着畢業考試呢！

文玉：快六點鐘了，他該去接他女朋友啦！還做什麼習題？

李太太：阿——文玉！你去拿一拿吧！

文玉：不！爸爸要怪我的。

李太太（生氣地）我自己去拿！（在樓梯上回頭說。）福田！你跟我上來試穿穿。（福田很快地跟着她上去。）

文玉：姑媽！我們也上去瞧瞧。

淑貞：我不上去了，就在這兒坐一會。

（文玉跟着上樓，如今就剩下淑貞一人憂抑地懷念着往事，微微的嘆息着。書房的門開了，李守一從裏面走出來。他的態度嚴肅，嘴角往下垂，說話沈著有力。）

守一：貞妹！

淑貞：大哥！

守一：他們都上樓去了？

淑貞：是的。

守一：你好像有心事似的，你在想什麼？

淑貞：沒有什麼！是的，今天我該替你高興哪！一會兒他們就要來了。我想他們一定都是可愛的孩子。

守一：我馬上就要出去，今天是我們廠長搬進新宅，晚上請酒，當然我做經理的不能不到。不過我很想見見那兩個孩子。

淑貞：我想你一定會喜歡他們的。

守一：也說不定。我很躭心着。文玉的脾氣近來越弄越壞，虛榮任性，簡直不把她母親放在眼裏，我也沒有時間管教她。文中這孩子雖然比他姊姊好些，可是執一而不化，膽子太小，魄力不夠；受不住任何打擊。戀愛可以扶起他們，也可以毀了他們。

淑貞：是的，希望他們不要受到愛情的挫折。

（兄妹二人片刻間默然無言。）

哦！平時的日子好像過得很慢，可是回想起來，二十年前的事，就如在眼前一樣。那時候，我是身歷其境的人，大哥！你勸我的話還在我耳邊似的。是的，戀愛可以扶起一個人，可以毀滅一個人。當初我的情感掩蓋住了我所有的理智，我沒有細細地考慮你的話。哦！如今——如今我們是長輩了，瞧着孩子們就不能不想起了自己的青春。

（她傷感地拿手帕揩去眼角裏還不曾淌下的一泓淚水。）

守一：你總還有過一次機會。

淑貞：大哥！是你給我的自由。那時候，爹和媽都死去了。

守一：然而你錯用了機會。我呢，這一輩子就不會有過戀愛的一回事。當初我對於爹媽馴服得像一頭綿羊似的。

淑貞：可是現在孩子們看見你怕得像獅子一樣。

守一：我沒有領略到父母子女的溫情，更談不到家庭的幸福。

淑貞：如果你對他們也像待我一樣的慈愛——（樓梯上一陣嘈雜聲，先是文中笑着從樓梯上跑下來，他是十八歲的孩子，像一竿新竹一樣（並不是說他瘦削得像竹竿。）有着清新的稚氣。生理上不脫孩子氣，神情上却顯得少年老成。平正的臉上戴一付眼鏡。西服穿得畢挺，頭髮梳成齊整的博士頭。這一切可以看出他是一向鑽在書本裏的好學生，墮入情網祇是最近的事。）

文中：舅舅！舅舅！你下來讓姑媽瞧瞧！

（他下樓轉身看見他爸爸也在，即刻受驚地立正，然後呆板地喊：）

爸爸！

（跟着是文玉喊着跑下來。）

文玉：姑媽！你看舅舅哪！（當她看見爸爸，即刻收住了笑容，枯燥地喊：）爸爸！（朱福田從樓上嘴裏打着鑼鼓下來，他穿一件長大的夏布袍子，漿得畢挺板硬。他自己覺得很像一個跳加官，更學着跳加官的滑稽台步。）

福田：鏘鏘齊鏘齊鏘鏘！鏘鏘齊鏘齊鏘鏘！……（走下了樓還不曾發現守一在場，繼續唱着跳着。文玉和文中掩着嘴不敢笑出來。當他面對着守一，才驚懼地僵立着。）

守一：誰讓你穿我袍子的？（他瞪眼望着剛下樓的李太太。）是你給他的？

李太太：（恐懼地）就借他穿一天——

淑貞：是的，今天舅舅也該穿得漂亮一點兒。

文玉：他那件舊袍子把我們的臉都丟盡了。

守一：丟了你漂亮小姐的臉是不是？袍子舊些毫無關係，太髒倒是眞的！你做外甥女的怕丟臉，爲什麼不替他洗一洗？

文玉：我洗？爲什麼不叫小紅洗？

守一：小紅的事情多着。你把擦粉塗胭脂的時間省下來洗洗衣服，那麼衣服乾淨了，你臉上倒也乾淨些？

（文玉背轉身去，然後鼓起小嘴咕嚕着。）

淑貞：大哥！今天是文玉的生日，還有兩位嬌客上門，我們該高興一點兒，不是嗎？

李太太：眞的啊！你今天晚上如果能在家裏是多好啊！你偏偏要出去！

守一：我想不出去了。留在家裏。

（文玉和文中大驚，對望着。）

李太太：啊？（一則以喜，一則以憂。）

文中：爸爸！你沒有和廠長約定嗎？

文玉：（較輕聲地）這怎麽可以呢！

守一：哼！（向淑貞）你瞧瞧！我能再慈愛一點兒嗎？

李太太：他們當然是盼望你能留在家裏的，不過——

守一：（不耐煩地）別替他們說好話了！

（小紅在後面門口出現）

小紅：太太？紅燒肉裏要加糖嗎？

李太太：我自己來加。

（李太太，淑貞，小紅同進廚房。朱福田跟着偷偷地溜出去，但是即刻被守一喝住。）

守一：喂！請你留神我的袍子，別踩破了！

福田：是！是！我留神！我留神！我會留神！（他拎起長袍的兩角急步出門向左去。）

文玉：（她看見文中在看錶）弟弟！幾點鐘了？

文中：五點四十八分。

文玉：你還不去接靜霞來嗎？

文中：我約定正六點去接她。從我們家到她的家，路上要化費九分鐘，頂多九分半鐘；所以再過兩分鐘要去了。

守一：文中！

文中：是！爸爸！

守一：這幾天功課準備得怎麽樣？

文中：畢業考試的成績，自己很有把握。

守一：可是我警告你，如果因爲交女朋友而考試不合格，那我一定要禁止你談戀愛！

文中：（自信地）好的！（他又看錶）爸爸！我約定正六點去接她，在路上要化費——

守一：（幾乎要笑出來，然而他忍住了。）你去吧！

文中：噢！（十分感激他父親例外的寬大，因此他走了一步轉身說。）爸爸！其實你今晚眞的不要出去了。

（說着，他走向大門，剛到門口，迎面來了趙家棟，家棟穿得整齊漂亮，態度却很莊重。他手裏拿着一匣禮物。）

文玉：哦！家棟！你來了。讓我來介紹介紹。這位是——（這些話她都是裝腔做勢地把字音拖得很長了說的。）

文中：（他有事，不耐煩她姊姊慢慢地說，她搶着一口氣很快的說。）這位想必是趙家棟先生！歡迎！歡迎！我是李文中。（指文玉）姊姊！（指守一）爸爸！對不起，我正六點有約！再見！

（他很快地跑了出去。）

守一：（差一些又要笑出來）噢！是趙先生！

家棟：（恭敬地）李老伯！
守一：請坐！
文玉：你看弟弟就像個小孩子，一點兒沒有規矩！
守一：他性急，怕誤了時間。
家棟：很爽快，很天眞的。
文玉：他急着要接他的女朋友來呀，一會兒可以大家見見。
守一：趙先生在大學裏念的是——？
家棟：土木系。
守一：唔！很好。
（靜寂了片刻）
文玉：今天的天氣熱得悶極了。不是嗎？
家棟：還好！還好！
（於是話又完了，守一輕聲的咳嗽着，祇是找不着話題。）
文玉：（問家棟）你有錶嗎？現在幾點鐘了？
家棟：六點過五分。
文玉：已經六點五分了。時間過得眞快。（强作親愛地）哦！爸爸！你可以不到廠長家裏去嗎？爸爸！留在家裏不好嗎？
家棟：老伯今晚還有應酬？
守一：是的。那麼我失陪了。
家棟：不敢當！老伯有事請便。
守一：有空可以常來談談。
家棟：謝謝你。我一定來。
守一：再見！
家棟：再見！
文玉：爸爸！再見！（她親熱地揮着手，守一驚奇地轉身來向她望一眼，然後出門向左下。）爸爸眞有趣！他最喜歡我了。
家棟：你爸爸看起來很威嚴，然而是很和氣的。
文玉：（熱情地）哦！現在就剩下我們兩人了。
家棟：（不解風情地）伯母呢？我該見見！
文玉：她一會兒就要出來的。你還買了禮物送我？
家棟：一點不值錢的禮物。
文玉：不！我想一定是很貴的。
家棟：說眞的，是很便宜的，然而很有意義的。請你先別打開。
文玉：那麼是什麼東西呢？
家棟：你慢慢的瞧吧！
文玉：天熱得很，你可以把外套脫了吧！

家棟：（想了一想）就穿着吧！

文玉：（手指拈弄着瓶裏的鮮花。）這些花多美啊！

家棟：（他不會連着說：你比花更美。祇淡淡地說：）很美。

文玉：就在我們花園裏採的。

家棟：（又說不湊趣的話）那就讓它長在樹上不是更好？採了下來不久就要枯死的。

文玉：你也這麼說？

家棟：還有誰也這麼說？

文玉：噢，（揑造的話拉來就是）是我爸爸。

家棟：（有趣地）哈哈！

文玉：其實呢，花開堪折直須折，莫待無花空折枝。

家棟：（相反地，他倒有些窘，迷惘地望着她。）文玉！你們家裏清靜得很。

文玉：你喜歡嗎？

家棟：我…我喜歡。

文玉：你看我這件衣服配身嗎？

家棟（心不在衣服上）很配身。

文玉：顏色怎麼樣？

家棟：嗯？

文玉：漂亮嗎？

家棟：（回顧左右無人，於是情感地。）文玉！我最愛你的小嘴。文玉！

文玉：唔！

家棟：不知那一天你可以讓我親親你的小嘴？

（文玉媚笑着，分明有歡迎的表示，可是他領會不得。）現在可以嗎？你能答允嗎？

文玉：也許——

家棟：（傻得可憐）也許什麼？

文玉：也許可以。

家棟：（依然迷惘地）也許？那麼也許就不可以了。

文玉：（顯然很不高興）也許兩個字都有這麼些研究！

家棟：（越弄越錯了，忽然正經起來。）是的，我不該說這樣的話，請你原諒我冒犯了你。

（鐺鐺齊鐺齊鐺鏘！朱福田的口頭鑼鼓自遠而近。他在門口吃吃地向他們傻笑。文玉並不介紹，家棟不知他是誰，不便招呼。）

福田：（問文玉）這位就是，就是新姑爺？

文玉：（發怒）別胡說！

（家棟已經站了起來，等待介紹。文玉沒好氣的說：）這是我的舅舅，有神經病的。

福田：神經病是沒有的，我擔保沒有。嘻嘻！不過滑稽一點兒。（指着桌上的糖）你們不吃糖嗎？

文玉：（抓了幾粒糖給家棟）吃糖？家棟！我們到花園裏去玩玩。舅舅！你就在這兒吃糖吧！（她老練地一手挽進了他的臂灣裏。倒是他似乎有些不自然。福田等他們去了，忙着把盤子裏的糖都用袍子兜了，悄悄地躲進自己的小房間。）

淑貞的聲音：大嫂？來哪！

（淑貞上）

淑貞：咦？他們都走了？

（李太太上）

李太太：怎麽一個人也沒有？剛才分明聽見有客人談話的聲音。

淑貞：也許到花園裏去玩了。

李太太：啊呀！四盤子糖都吃光了！可眞會吃呵！這位小客人！噯，貞妹！我該怎麽稱呼呢？姑爺嗎？

淑貞：還不曾結婚哪！你就稱他名字好了。

李太太：第一次來應該要客氣一點兒。

淑貞：那麽姓趙的稱他趙先生，姓范的稱她范小姐好了。

李太太：趙先生，范小姐。不是又像客人一樣了嗎？眞使我爲難了。貞妹！你知道我是最怕見生客的。

淑貞：（她若有所思）范小姐！她姓范。

李太太：哦！我得去換件衣服，穿了這件衣服更像老太婆了。

（上樓去）你不換嗎？

淑貞：我不換了，我在這兒等你。

（她一人走到花瓶處，隨手拿起花瓶，聞着鮮花，她在追憶往事。文中伴着范靜霞上。她是一位溫柔可愛的小姑娘，端麗而大方。）

文中：姑媽！

淑貞：哦！你們來了。

文中：靜霞！這位是我的姑媽！

靜霞：姑媽！你好。

淑貞：小姐！你好。請坐！

靜霞：謝謝你。

（淑貞那樣關切地注視着靜霞。）

文中：姑媽！你瞧靜霞眞好看，是不是？

淑貞：是的，眞美！哦！靜霞小姐尊姓是范嗎？

靜霞：是的。敝姓范。

文中：姑媽！我不是告訴過你的嗎？

淑貞：范小姐看起來年輕得很，恐怕祇有十——

靜霞：十七歲。

文中：怎麼？盤子是空的，糖都吃完了？

靜霞：文中，我不要吃糖。

淑貞：（一半是自言自語地）十七歲，不錯，是十七年咧！

文中：姑媽！你說什麼？

淑貞：（向靜霞）府上一向在上海？

靜霞：不！剛來上海半年，一向住北方的。

淑貞：令堂好嗎？

靜霞：家母早死了。我從小就是家父扶養的。

淑貞：我猜想你的容貌很像令尊，是不是？

靜霞：是的，許多人都說我像父親的。文中！你不是也說過很像嗎？

文中：是的，簡直像極了。姑媽！關於這一點，我記得從來沒有和你談起過。你怎麼會猜想到的？

淑貞：（心往神馳地）我一看就覺得很像——

文中：像什麼？姑媽！你又沒見過她父親。

（淑貞不瞬眼地凝視着靜霞，她有些不好意思，低下頭舉起手用食指繞弄着額上一綹頭髮。）

淑貞：范小姐！令尊也有這習慣？我是說，（她一面做着手勢）常喜歡用手指繞弄着頭髮。

文中：有！我見過一次！

靜霞：請問你怎麼知道？

淑貞：我不知令尊的大名是——？

靜霞：家父名叫范逸如。

淑貞：（驚駭地）是他！是他！他回來了。

文中：姑媽！你認識？噯，姑媽！你太緊張了！

淑貞：（聲音已有些發顫）范——范小姐！你父親的右手有六個手指？

靜霞：（十分驚異）是的。是的，姑媽——

淑貞：（喘息着）好孩子！你別稱我姑媽。

文中：這是怎麼回事？

淑貞：文中！（指靜霞）她…她是你表妹！是你姑爹的女兒。

文中：是我表妹？是我姑爹的女兒？我姑爹是誰？（驚喜地往樓上喊叫）媽！媽媽！

（李太太從樓上下來，舅舅從小間裏走出來。）

文中：她是我的表妹！是我姑爹的女兒！

淑貞：是的！是的！

（淑貞親熱地擁抱着靜霞。李太太驚異地望着她倆。福田含着一口糖傻笑着。幕急閉。）

第一幕

第二場

時：當天晚上九點鐘。

景：仝前。

開幕時朱福田在看着小紅收拾餐桌。

福田：今天這頓晚飯總算是讓我吃得痛快的。他們哪！一個個都是心不在吃上，各人有各人的心事。太太雖然沒什麼心事，可是她自己捨不得吃，瞧我不停嘴的吃啊，幾次三番地衝着我瞪眼兒。管她呢！回頭由她罵，當着新姑爺新媳婦兒的面總不好意思不讓我吃個痛快！

小紅：舅老爺！聽說這位新奶奶是姑老爺的小姐，究竟是什麼姑老爺呀？舅老爺！你知道嗎？

福田：我舅爺管他什麼姑老爺！我就祇管吃。哎，你眞傻！姑老爺還有什麼姑老爺？（教訓地）姑老爺就是姑太太的男人。

小紅：可是我們姑太太的男人不是已經死了？

福田：誰告訴你死了？

小紅：我來了五年，姑太太一直住這兒，從來沒見過姑老爺。所以我想大概是死了。

福田：沒死！沒死！是跑了！我看，唔！跑了快有二十年啦；是帶了一個女人跑掉的。

小紅：那麼這位新奶奶就是我們姑太太生的囉！

福田：不是的，是後來那個女人生的。哎！小紅！管他這些閒事！小紅！我問你，今天這個紅燒肉是你煑的嗎？

小紅：不是，是太太煑的。

福田：滋味兒可眞不錯！（說着用兩個手指夾取了一塊肉往嘴裏送。）唔！

小紅：（生氣）你瞧！碗裏就祇這一塊肉，你還給我吃了，我一塊也沒有了。你，你還說愛我來的呢！

福田：（掏出一塊糖給她）對不起！對不起！賠你一粒糖吧！

小紅：嘻嘻！舅老爺！你眞好！

福田：小紅！你該知道我是多麼地喜歡你。小紅！今晚的菜，那幾樣是你煑的？

小紅：攤蛋皮和冷拌綠荳芽。

福田：這兩個菜我都沒吃。是紅燒肉迷住了我。小紅啊！你對於煑菜的方法要好好地研究研究，等我有了事做發了財，你就一天到晚替我煑菜。他們說我一輩子不會發跡，我可不信，自己照照鏡子怎麼也不像個沒出息的，看相的說我這鼻子是標準的土星鼻子要發大財的。小紅！你等着我交好運，我，我還要娶你做老婆哪！

小紅：（害羞地）舅老爺！你眞壞！

福田：我眞壞？我壞？

小紅：唔！

（她已收拾好桌上的碗筷，端了一大盤，歪邪着身體走進去，快到門口時，居然也學會了這一套功夫，回頭望着福田媚而不嬌的一笑。然後快步走進門去。可是，天！她的右脚絆了左脚，一路衝跌進去，祇聽見後台發出撲通砰嘭的大聲響。沒錯，準是她栽了一個大觔斗。碗全跌碎了。）

福田：啊呀！糟了。（跑進去扶她）

福田的聲音：摔痛了嗎？

小紅的聲音：痛倒不痛，碗都碎了。

（李太太從樓上喊着走下來。後面跟着文中）

李太太：啊呀！要命了！這麽大的聲音！又是什麽事情，打碎了碗，是不是？

福田：（回進來）她摔了一個觔斗。

李太太：怎麽？路也走不來了？平地會跌觔斗？（她已走出門，又腰向右面地下看過去。）哼！哼！六個青花大碗全砸了？這種青花大碗你知道要値多少錢一個？（回進來）唳！眞要命！今天我儘是心驚肉跳，知道總有倒霉事，果然是砸了我六個青花大碗！唳！這死丫頭！一個月不碎東西手就發癢，自從來到此地，大碗小碗，碟子調羹，茶杯玻璃瓶不知毀了多多少少。我每次聽到什麽潑浪浪的聲音，我的心就直往下沈。老實說，我這個心臟衰弱的毛病一半是害在這死丫頭手裏的。

文中：媽！那你乾脆回了她。

福田：回了她？那未免太過分了。

李太太：唉！這年頭找個老媽子也不容易。小紅雖然笨些，做不來事，常常闖禍。（回頭看看小紅不在場。）但是她買東西倒向來不揩油，搬嘴舌背地說東家壞話也從未有過；我就貪圖她這兩點。再說，她毀了東西，總是任憑我在她工錢裏扣除的，可是扣太多了，反而倒欠了工錢，她一直是在做退工，我辭了她還巴望她賠淸我的錢？（小紅拿了抹布來揩桌子。）

李太太：怎麽好好走路會栽觔斗的？

小紅：我，我的右脚絆了左脚。

李太太：眞叫人又氣又好笑。走路都不會走了。（突然變色）你要賠我的！

小紅：賠……我……我賠。

李太太：你賠？哼！你賠一世也賠不淸！你這雙手太好了，眞會毀東西。哪一年年底我跟你結賠帳，你不是倒欠我的？你拿什麼賠我？你這死丫頭！

福田：姊姊！你歇歇嘴，別罵她了。等我發了財，我替她賠還你。

李太太：不干你事！你發財？你會發財？不害羞！我正要找你說話，剛才一大碗肉又沒有包給你吃完的，留到明天也還不會壞掉，你猴急相，就如一千世沒吃過肉似的，看了就叫人生氣！

福田：（無可奈何的傻笑）嘻嘻！氣出到我頭上來了。

李太太：不要把鼻涕擦在袍子上！客人都走了，可以脫下來了，進去替我把它換下來！

（文玉氣冲冲地從外面進來。）

文中：姊姊！趙家棟去了嗎？

李太太：阿玉！文玉！趙——你沒有和他一道出去嗎？

（福田乘機溜了出去。文玉祇是不開口，怒容滿面的坐倒在椅子上。）

文中：姊姊！你好像很不高興似的。

李太太：怎麼？鬧了別扭？

文玉：從來沒有見過這樣傻瓜！

文中：傻瓜？你說誰？你是說舅舅？

文玉：不！我說他趙家棟！

文中：趙家棟是傻瓜？我倒一點兒也看不出。

文玉：像一只呆木雞！根本不懂愛情爲何物！

李太太：不懂愛情？

文中：姊姊我承認，我和靜霞已經發生了所謂愛情；可是說眞的，假如你一定要問我愛情爲何物？我倒也回答不出。

文玉：（怒意地）別開玩笑。

文中：是你自己在開玩笑嘿！趙家棟好好地一個人，你說他是傻瓜，又是呆木雞，根本不懂愛情爲何物。

文玉：（頓足）人家都快氣死了！你還是要開玩笑！

李太太：（慌急）怎麼？怎麼啦？文玉！究竟是怎麼一回事？

文玉：難道你們，你們都看不出來？他今天晚上的態度，哦，你們全不懂！姑媽！姑媽呢？姑媽懂的，她看得出。

文中：姑媽的心事比你嚴重得多！你啊！你不過是發一陣小姐脾氣。

文玉：你不懂！

文中：我懂！我什麼都懂，今天趙家棟太文雅，太有禮貌——

文玉：什麼禮貌？假正經！

文中：你怪他沒敢大膽地擁抱你，吻你。

文玉：（假作發怒）媽！你聽哪！他滿嘴的胡說！

文中：噓！姑媽下樓來了。

（淑貞悠然深思地慢步下樓。）

文玉：姑媽！

（淑貞沒有回答，室內沈寂了片刻。）

文玉：姑媽！你想姑爹會來嗎？

李太太：我想他沒臉來見人的。十七年啦！同那個女人生的孩子也已經這樣大了。

文中：不！我相信他會來的！靜霞雖然不是姑媽生的，你們看，她和姑媽多麼親熱，就如嫡親的母女一樣。姑媽！是不是？

淑貞：是的，我也相信他會來的。

文玉：姑媽可是別理他！除非他——

文中：除非他怎麼？

文玉：（忍不住笑出來。）除非他跪了下來。

文中：你這種女人就壞！我去警告趙家棟！

文玉：我反正不愛他了。哼！要我護着姑爹？噢！他是你的老丈人了！不害羞！

淑貞：（自語地）我倒是就心大哥能原諒他嗎？

文中：你說爸爸？

李太太：這倒是眞的。

淑貞：唉！

（舞台上靜靜地一分鐘，死一樣的沉寂。）

文中：爸爸怎麼還不回來？

李太太：是呀！現在快十點了。

文中：（看錶）九點四十一分，

文玉：唉！盼望了好幾天，現在都完了，一點兒也沒得到什麼，心裏面空空洞洞的毫無生趣。

淑貞：文玉！你對於趙家棟似乎很不滿意。

文玉：我越想他越生氣了。

淑貞：可是我看他倒是一位挺誠懇的青年。

文中：姑媽！你不懂！姊姊喜歡俏皮的，熱烈的，輕狂的！

文玉：媽！你聽哪！

文中：她在告訴你，（學他姊姊的口氣）媽！你聽哪！弟弟說得對！

文玉：媽！你不許他胡說！

李太太：文中！別胡說！

文中：媽！你問她心裏喜歡不喜歡？你叫她發誓！算了！算了！叫她這樣的女人發誓也是白廢，就算是我胡說吧！

淑貞：文玉！一個眞摯誠懇的青年會使你終身幸福的。文玉！

希望你相信我的話。我——

（門房老張出現在後面門口）

老張：姑太太！有客要見您。

淑貞：（緊張態）他來了。

（老張退出，李太太慌忙躲進福田的小房間去。文中很快地走向後面去迎接。范靜霞携着她父親范逸如的手站在門口。淑貞已鎮靜地靠立着和逸如四目對視着。文中拉了靜霞的手站在一旁。文玉好奇地望着。范逸如約有四十多些的年紀，青年時飄逸的丰姿依然存在，不過加上了一層十七年來心力勞瘁的陰影。）

逸如：（慢步向前）淑貞！

（然而淑貞沒有理睬他。）

逸如：淑貞！你看我：我，你說我們不是相會得很巧嗎？我再也想不到文中就是你的姪兒。剛才靜霞回來告訴了我。淑貞！我喜歡得什麼似的？天！我差一點兒沒有瘋了。我，我等不及明天；雖然夜已經深了，而且如今我到此地來，簡直像一個生客似的，也許我來得太冒失了。然而我祇盼望重新見你，我沒有考慮到其他的一切。

淑貞：（她已背轉身去）是的。

文玉：姑媽！

淑貞：（接着說下去）你應該細細的考慮。

文玉：姑媽！（她跑到淑貞身旁，親熱地偎依着，意思是提醒她別理睬逸如。）

文中：（他倒了一杯茶。）請用茶！姑爹！

文玉：（責備地）弟弟！

逸如：（向着文玉）這位就是玉——

文中：我姊姊文玉。

文玉：不用你介紹！

文中：姊姊！你怎麼在長輩面前一點兒沒有規矩？

文玉：什麼長輩？什麼規矩？我可沒有做出對不起人的事情！

文中：你說話要個分寸！

文玉：誰有分寸？有分寸的不會犯上重婚罪，更不會偷偷地奔走了十七年，好日子都過完了，又悄悄地溜了回來。

（文中憤怒地挺身向前，逸如將他拉住了。）

逸如：玉小姐！你說得對！這幾句話該替你姑媽說的，你姑媽好脾氣，從來不會罵人。可是我，我是該罵的，我知道！我知道！不錯，十七年啦！十七年的事，就如一場夢，然而這一場夢決不是甜的，而是苦的。十七年前的事，如今又在我眼前一樣，玉小姐！那時候，你剛會走路，說話也祇能說簡單的句子，可是你叫姑爹叫得非常好聽，而且還常常加下一個好字，那時候在你可愛的小嘴裏吐出「好姑爹！」三個字，我是多麼的高興。說眞的，你爸爸倒沒有我這樣喜歡你，我常常的抱了你同你姑媽在外面散步。這些，當然你是不會記得的。如今你長得這麼高，這麼美！如果我不在這兒遇見你，我再也不認識你了。不，也許我會猜想到是你，或則錯認了就是你姑媽，依然和十七年前的一樣青春，一樣的美貌！玉小姐！聽說剛才你的男朋友也在這兒。我希望——（他望望淑貞）我希望能保持姑爹的地位喝一杯喜酒。（文玉原也覺得自己說得過分了些，後來聽姑爹這樣說，她更害起羞來，她掩着嘴忍不住要笑，於是她很快地跑上樓去了。）

文中：姑爹！你把我姊姊說得羞跑了。（他笑起來。）

（逸如凝視淑貞的背影，對於文中的話，不甚注意。）

靜霞：（輕聲說）文中！我們到花園去玩一會兒，好嗎？（她倆攜手下）

逸如：淑貞！我該怎樣地求你寬恕？

淑貞：如果沒有今晚的巧遇，要不是靜霞把你拉了來，你這一輩子也不會來了。

逸如：這個我承認，不過這不能反證我就忘懷了你。我每天思念你，然而我沒有勇氣來見你。譬如放一個爆仗需要一根引火線，可是爆炸起來的究竟是心裏的火藥，爆仗心裏沒有火藥，點上一千根引火線也不會炸；如果我不愛你，今晚上我也不到這兒來了。

淑貞：你太自私了。你愛走就走，愛回來又回來，全不顧到別人的痛苦。

逸如：所以我求你寬恕，寬恕我的過去。現在和將來，即我可以用事實來證明。

淑貞：過去！（轉身來）十七年都過去了。文玉說的不錯，好日子都過完了。如今我們還有什麼可以談的！

逸如：淑貞！哪兒有過好日子？十幾年來我還不是和你一般地過着寂寞的生活，靜霞的媽產後就死去了。我悲悼她，我也懷念你。我早就想回來求你寬恕。不幸那時候我的經濟狀況很壞。我明白在這世界上要過幸福的日子，金錢是不能缺少的。再說那時候我潦倒了回來，你，不說你，別人能諒解我嗎？總要笑我沒出息的，是不是？十幾年來我掙扎在生活線上，努力的往上爬，幾次三番爬了上來又讓人家一腳踩下去。如今我總算是站穩了，自己也積了一點兒錢；我才敢來求你寬恕我的過往，我希望能補償你爲我所受的痛苦。

淑貞：謝謝你的好良心！我想這是你的慈悲心——

逸如：哦！淑貞！你叫我怎麽說？我說我依然愛你才回到這兒來，你說我太自私了；現在你又挖苦我——

淑貞：無論如何你當初走得太狠心了。

逸如：請你原諒我的血性太剛强了，我受不住你大哥那麽嚴厲地對待我。是他逼我走遠的。

淑貞：然而你爲什麽不忠實？

逸如：（受驚地）不忠實？哦！你說我對愛情不忠實？淑貞！我認識靜霞的媽遠在我倆結婚以前。

淑貞：在我們結婚以前，你爲什麽不告訴我？結婚以後爲什麽又瞞住我跟她繼續來往？

逸如：這是我的錯！淑貞！你饒了我吧！這十幾年來，我的刻苦上進，嚴肅的私生活，淑貞！你可以去問靜霞的。如今我可以有一個幸福的家庭，但是少不了你，淑貞！我忘不了你。淑貞！我需要你，你相信你也需要我的。讓我們過些美滿幸福的日子吧！

（門外傳來福田的口頭鑼鼓。）

福田的聲音：鐺鐺齊鐺鏘…

（福田唱着跳着上。）

逸如：這位是舅舅嗎？

淑貞：是的。

福田：咦？你認識我？我倒不認識你。你是誰？

逸如：你再認認看。

福田：好像有點兒面熟，也許我們在糖果店裏見過。

逸如：（莫明其妙）糖果店？

淑貞：（忍不住笑出來，顯然空氣是和緩了。）他一天到晚在糖果店裏玩，除了家裏人，其他的人祇有從糖果店裏認識。

福田：（頓悟）噢！我想起來了，剛才吃晚飯時候談着姑爹。你就是姑爹！說明白了，再看看你倒眞像是姑爹。哎呀！十幾年了，叫我怎麽想得起？

逸如：（打趣地）你再細看看，別認錯人！

福田：（又看看）你這麽一說，我倒又含糊了。當年姑爹好像是一個年輕的美男子，嗳，你倒底是誰？

（淑貞和逸如相視而笑。）

福田：（沒傻透）是姑爹！是姑爹！啊！十多年沒見，你一向在哪兒？難得你回來了。歡迎！歡迎！嗯，你着老了許多！

逸如：你倒還像十七年前一樣的天眞爛漫。

福田：嘻嘻！老了！老了，也老了！可我還是個光幹兒呢！

（淑貞和逸如相互含情地對望着，福田倒也知趣，掛着涎羨的神氣走進他的小房間去。）

福田：嗯，我就住這間房裏，有空請進來談談！來談談！（他轉身進去。他不防李太太躲在裏面，暗黑中驀地一驚，他尖銳地喊。）有鬼！

逸如：什麼？

淑貞：沒什麼，（輕聲地）我大嫂怕見生人，躲在裏面。

逸如：（領悟地）噢！大嫂還是做新娘子的脾氣。哦！淑貞！我眞高興極了！在今天晚上以前，我再也想不到我們會相逢得如此的快！淑貞！你快活嗎？（他情感地貼近她。）

（守一在門口出現。）

淑貞：大哥！

（逸如驚恐地退後一步。）

守一：這位是誰？

淑貞：大哥！你眞的不認識他了？

（逸如鼓足了勇氣，情感地趨前握住守一的手，然而守一即刻摔開他的手。逸如是滿臉悔過的眞誠。）

逸如：哦！大哥！過去我眞是太荒唐了。

守一：請你別認錯了人，誰是你的大哥？稱我大哥的祇有一個人，我的妹妹。

淑貞：大哥！（囁嚅地）逸如——

守一：逸如？他已經死了，他在我心上早死了。（轉身向逸如）先生！我看你穿得很體面，我稱你一聲先生。咱們是不相識的。請！（舉起一手指着大門。）

淑貞：大哥！

逸如：請你讓我解釋幾句。

守一：這麼說你一定要讓我抓破臉，是不是？

逸如：你就不讓我有改過自新的機會？

守一：譬如失足跌在水裏，你能向誰要求讓你重新起來？

逸如：祇有用我自己的力量爬上岸去。

守一：那你可以試一試。

逸如：我很可自慰，現在可以說已經上了岸。

（守一端相逸如）

守一：佩服，佩服！我尤其佩服你居然有勇氣上這兒來。

逸如：是文中湊巧愛上了我的女兒靜霞。

守一：（震驚）什麼？靜霞？靜霞是你的女兒？

逸如：（認爲有望和解。）是的，我也是剛剛知道，這不是巧得很嗎？

守一：我該說太不巧了。我再稱你一聲先生，請你即刻走！

逸如：大哥！

守一：住嘴！請你別再侮辱我！

逸如：侮辱？

守一：是的，像你如此無恥的人稱我大哥！

逸如：可是十幾年來，我是怎麼的努力向上——

守一：不用再往下說！這些話與我不相干。我問你！當初你拋去我的妹妹，那是我們私情的仇恨，姑且不談；你爲什麼臨走時捲逃了廠裏的公款？你以爲事情沒有被發現嗎？也許你聰明得很，你看準了我是最愛惜名譽的人，你知道我會爲了我自已和我妹妹，替你私下裏賠補的。而你可以做了罪惡，逍遙地沒人追問你！

逸如：（羞慚地）我非常感謝你。我現在可以按照市面上最大的利息歸償你。

守一：如今你是發財了。

逸如：是我十幾年刻苦努力的結果。再說當時我也祇拿了我旅行所最少需用的錢。

守一：旅行？好漂亮的名辭！哼！金錢上的債你還得了，人格上的債你一輩子也還不了！無論你爬到什麼地位，我總是忘不了你的本來面目！

逸如：不！請你觀察我今後的行爲，請你打聽我過去十幾年的情形。

守一：多餘的廢話！人格上的缺憾，你是無法補救的，我永遠不能寬恕你！我的性格就如我的名字，說一句是一句！

逸如：（失望地）想不到你加上有二十歲的年紀，依然是這樣的冷酷無情！

守一：這是各人的性格，不可變換的本性！所以我相信你也永遠改不掉你的流氓行爲！

逸如：（再也遏不住羞怒。）請你說話留神些！

守一：一個如此無恥的人也還要面子，嗯？我兩次稱你先生，請你知趣些走！是你一定要我抓破了臉！告訴你！我永遠不要再見你！請你往後和我斷絕一切關係！

逸如：可是孩子們的事呢？

守一：你不用拿這話來恐嚇我！請你放心，我會警告我自已的孩子！

淑貞：不！大哥！

守一：還有你！貞妹！我也警告你，決不能原諒他。

逸如：你不要逼人太甚，你無權干涉我們的事。

守一：我們？十七年來，你跟誰說我們的？不害羞的東西，滾出去！

逸如：淑貞！我們走！

守一：（大怒）在我姓李的家裏，我不許你再說一聲「我們」。貞妹！兩條路請你任選一條，絕對沒有妥協的餘地！永這不要接見他或則跟我斷絕關係！

逸如：淑貞！為着你自已的幸福，你鼓起勇氣來說啊！

守一：貞妹！你說！你說！

（這一陣大聲的吵鬧。躲在樓梯間裏的李太太，樓上的文玉，花園裏的文中和靜霞都走來了。）

淑貞：（含着淚說。）逸如！十七年也這麼過去了。你再等些時候，我現在不能跟你去。

逸如：（十分失望。）那麼再見了。

（轉身走，靜霞挽着他的手同走。文中着急地趕上去。）

文中：哦！姑爹！

守一：（大聲呵斥）誰叫你喊姑爹？

文中：（本能地畏懼）哦！伯父！

逸如：誰是你的伯父？我禁止你再來引誘我的女兒！

靜霞：爸爸！

逸如：「我們」走！

（他拉着不很願意走的靜霞出門去。）

守一：混蛋！（他怒氣未息，走進書房，「碰！」的一聲反手關上了門。）

文玉：（顯然不滿意她的爸爸。）好大的脾氣！

（李太太是嚇呆了。文中平白的碰兩個大頂子，十分氣憤。悲哀的淑貞撫理着文中的頭髮，拍拍他的肩膀說。）

淑貞：好孩子！別傷心！咱們等着瞧！

（幕閉）

浣溪紗

龍沐勛

癸未初秋過玉泉山作

一境清涼得暫窺，
古苔留碧誕秋暉，
西風蔓草尚離離。

× × ×

天半玉樓縈斷夢，
望中煙岫鎖修眉，
登臨何必悵人非。

風雨後談

柳雨生

石揮七彩記

一

昔全樹山有七校水經注，今石揮先生有七彩，相映成趣，而亦有重大意義，故不可不紀。余不識石揮先生，然嘗觀上海藝術劇團演出之「大馬戲團」一劇，即以石揮爲主角。主角者，老態偃蹇，刁滑成性，死要臉而亦死不要臉之人也，曰慕容天錫，或曰錫老。石揮以一廿餘歲之英年，飾此錫老，刻畫入微，得其神似。其爲中國劇壇之天才無疑也，其將爲中國劇壇放一異彩又無疑也。

去年十月初，余在滬聞人言，石揮之來也，隨導演佐臨先生，返自內地。十一月中旬，余過北平，文藝界舊朋招宴中山公園之上林春，蒞者沈啓无，李景慈，朱百藥，李道靜諸先生，談及滬地話劇活躍之狀況，眉飛色舞，謂我中國話劇之前途，實方興未艾。余偶道及石揮，友云：此自北平南下之名角也，說者謂北平自盧溝橋事變以還，文藝界之發展，遠遜昔日，惟話劇舞台上得一石揮，允爲莫大之貢獻。斯語也，余深信之，深韙之，而尤不能默爾無言。余非深有愛於石揮也，然「大馬戲團」之演出，觀之達兩次。第一次偕友人韋先生（在中聯電影公司任劇本主任），莫先生（影檢委員），第二次則「闔第光臨」，家母，內子，舍弟……無不感動落淚。然彼等所被動者，「大馬戲團」之整個成功也，綜合的藝術也。余則於此之外，獨深折石揮演技之精湛，表情之洗鍊，對話之語無虛發。觀其「慕容天錫七十日手記」（見雜誌近期）一文，其平日之素養可知，其努力藝術絕不旁騖也又可知。「雜誌」之文，余讀之凡三遍，深爲天下雜誌編者之不能獲得斯文之刊載權者惜。余非有私愛於「雜誌」，但不能不自承實有深愛於舞台藝術也。

二

最近則見「秋海棠」一劇之上演，場場滿座。其主角甚多，然石揮飾秋海棠，自亦不失爲主角之一。其故事簡述之如下：秋海棠爲一紅男伶，曾爲軍閥袁某所賞識，常攜眷觀劇，因得結識袁之姨太太羅湘綺。久見情生，遂相繾綣，生一女。後爲袁之馬弁李兆雄所賣，秋海棠爲袁於其面上刻一十字，流落至鄉間居住。十餘年後，避難攜女至滬，落魄在某舞台演武行，病肺咯血，卒與羅湘綺相遇。此故事甚曲折，變化穿插，尤盡錯綜繁複之致。但余嘗令讀者觀此劇，而不必讀我文，故文字甚簡略。適日所見以描寫舊劇名伶事迹作舞台劇者，雲彩霞（李健吾先生編）是其一，秋海棠是其二。但前者是女伶，此則男伶，前者之演出方法，接近浪漫派戲劇，此則更爲現實，微有不同耳。「秋海棠」係秦瘦鷗先生原著，而吾友廖康民先生嘗改編之，後秦君又加改編，然經上藝劇團編導委員會研究後，認爲仍有重行編導之必要，遂由黃佐臨顧仲彝費穆三導演董其事。過去所謂因「秋海棠」之改編而發生誤會與糾紛者，不明事情眞相也。……凡此見諸上藝之「公演特刊」。然三君改編後，「秋海棠」之更能發揮原著之精神，接近舞台之表現方式，使其萬千觀衆永銘心坎，而此一代藝人之偉大的奮鬥故事，更能普遍流傳，可無疑也。余未嘗讀「秋海棠」小說，然喜「秋海棠」一劇。蓋以爲小說究長，余操作煩勞，讀竟非旬日不可，而秋海棠一劇，則可作一夕談也。小說之讀法，全憑余一人主觀，不能與親友同賞，而舞台之藝術，則數百人乃至千人，有目共睹同甘共苦者也。石揮之飾秋海棠，中年以後，神態絕佳。在其年青時，似尙未能十分體貼吾國優伶特有之神態。友人程硯秋，一週前尙在滬，頃已返北平矣。余每與之晤接，即見其有一種特殊溫雅之神情，此舊劇藝員之「上」者也，思想清新，道德高尙，誠實無欺，蓋即石揮「我怎樣演秋海棠」一文中所謂「一個好人」是也。此種神情，鄙意秋海棠亦應有者。又北平舊劇伶人，見其尊敬之人，習俗上必請安，民二十八年宋德珠君初次來滬，余往訪之，彼晤面即請安，余爲之愕訝，即此可見其爲實情。秋海棠所演之青年時代，自必早於民國二十八年，觀劇中之服裝道具，大約當在民國十年左右，請安之俗，是否需要保留，當請導演斟酌之。又劇中有數段，秋海棠唱小嗓，其女梅寶後來亦唱，而石揮以無假嗓，不擅爲之，英子以聲帶稍寬，歌羅成叫關之小嗓，亦甚刺耳。凡此皆是小疵，絕不能掩本劇之最大成功也。

三

關於唱，余尚有二點，不妨言之。（一）秋海棠在羅湘綺屋內說，「酒逢知已千杯少，」其後面蓋略去「話不投機半句多。」若干年後在上海某舞台後台，海派飾蜘蛛精至狐狸精女伶歌此二句，爲秋海棠教正其腔調，觸景生情，悽哀之極。（二）秋海棠會對羅湘綺歌「羅成叫關」一段，想來爲其嗜愛之戲。後來梅寶賣唱，亦對湘綺歌此，爲其父親所授。何妨於梅寶對白中，加添一二句，謂秋海棠在家中喜歌此段。「舞台後台」作背景時，時有鑼鼓聲，但每於劇情需要時，即鑼鼓齊鳴，否則靜寂無聲，此不甚合於情理之事也。最好於對話時，亦偶然夾雜一兩陣不甚熱鬧之鑼聲，是否比較的更好一點？

四

演員之中，石揮及飾羅湘綺，飾趙玉琨，飾軍閥，飾馬弁季兆雄，以及飾教師爺者，均甚稱職。石揮於中年以後，演得尤爲動人。趙玉琨之性格，想無人不喜，但演者有若干姿勢動作，俱與大馬戲團中水蜜桃之丈夫舉止相彷彿，最好能加以避免，不致重複雷同。演員對白中，有自稱咱們者。其實此二字之用法，於超過二人以上時，其兩方應作如是分析：（一）對談者a與b兩方，a與b立場不一致，a方自稱我們，稱b方爲你們，反之亦然。（二）對談者a與b兩方，但a與b係一致的，如友人，同盟，則a方發言於其欲連及b方而明瞭其立場態度亦必然一致之時，始稱咱們，反之亦然。但此處舞台演員所用之咱們，則其實爲我們之誤。其例余一時不能舉，但石揮必知之，故此處略一提及，望其轉告他人。燈光方面，尤其是第四幕，頗有需要更加管制之處，但在此物資缺乏設備簡陋之中國劇壇，余不願苛責他人。

五

全劇之演出，異常成功，其功勞當爲上藝劇團之整個的成績。編導，演員，以及一切工作人員，均在其內。觀衆之中，頗多不解話劇藝術，聲音嘈鬧，破壞舞台空氣者，慢慢提高程度，恐尚有待。演畢，全體演員向台下鞠躬，觀衆歡呼，繡幕閉啓亦達七次之多，此余所謂七彩之來源也。上藝有天才演員如石揮君，有合作之偉大效果，有歡呼熱烈之觀衆，何往而不利。世亂羣離，文化事業之推展，久遇嚴重之障礙及威脅，然凡從事文化工作者，無論其淵源委曲，派別歧異，當不致昧於在苦難困躓中重振中國文化之要義，各就其工作本位，切實努力，在純粹藝術中，對祖國未來文化之開展，築成堅實明朗之柱石。上藝劇團，鄙意以爲最能發揮此旨，埋頭苦幹，決不旁騖，自能爲一般觀衆所瞭解同情，應無疑義。夜觀此劇，返寓書此，以告未觀秋海棠者。（原載三十一年十二月二十八日二十九日中華副刊）

大地天流記

近三年來，不佞久不作劇評文字，弗論新舊戲劇，觀後率淡然置之。其實七八年前，居北平上海兩地，報章雜志劇評，爲不佞所塗抹者，積可盈寸。尤以舊劇爲夥，每觀楊小樓劇，必有記，滬地刊物如半月戲劇，十日戲劇之屬，均不乏「×齋劇話」之作（「×」字暫不値露布矣，參看拙作西星集，當可知之）。近三年則初以避居香港，話劇舊劇，兩均缺乏，去歲返滬，又多行旅他方，迄今所見僅「大馬戲團」，「秋海棠」，「花信風」…等，秋海棠一劇，情節，編導，演員，均臻上乘，愚嘗作「石揮七彩記」小文，藉表敬佩，其時該劇上演，不過數日，不料三月以來，營業鼎盛，論戰不絕，斯爲異事。自顧評劇文字，「七彩記」一文實不足以當之，僅爲個人觀感，隨手小記而已。頗聞友輩之中，竟有嗜之者，不足爲喜。昨日某君招往觀蘭心戲院之「大地」一劇，號稱七幕，聯合導演，觀後不能無微思，隨筆略書一二，不知同座友人，亦有同感否耳。

「大地」故事，以中國農民生活爲背景，而由生長吾華之美國女作家賽珍珠所作也。原作小說，美國嘗攝爲電影，以保羅茂尼等爲主角，又嘗來華攝取風景，時稱盛事，話劇劇本則由黃宗江先生所編，宗江聞亦天才演員（友人姚莘農先生嘗盛譽之）名與石揮埒，而作風略有分別，今已遯居內地。然此劇之演出，彼雖未能參加，要不失爲造意之一人也。曩讀小說孽海花，曰造意者愛自由者金松岑，作者東亞病夫曾孟樸。此劇則編劇者黃宗江，演者蔣天流小姐等等也。

「大地」之故事，並不繁複，即就演出情節，略述如下：

農夫王龍，其妻阿蘭，及老父暨兒女

數人，因荒飢南奔。在城市內又值兵災搶刦，亂離中阿蘭獲得珍珠一包，王龍因而致富。遂偕返故鄉，營置田地。龍又納妓女荷花爲妾。龍遂恣意爲樂，營治田地，會蝗蟲爲患，始率衆驅蟲力耕。老鴇杜鵑及王龍之叔嬸，荷花等互謀，奪取田契。阿蘭於病危中，設法將田契藏匿，姦謀卒不得逞。時爲阿蘭之子結婚之日，蘭卒於操勞過疲後，含笑逝去。

以上劇情之大概也。該劇幾演五小時，長而不覺其繁瑣，又不覺其零亂，又不覺其沈悶，大是不易。

此劇之主角，以劇情觀之，自然爲王龍或阿蘭。然以余觀之，演員之優長者，實不止此二人。屈指數之，一，飾荷花之蔣天流，實一甚重要之角。二，王龍之父，三，飾老鴇杜鵑者，均可稱道。「大地天流記」之稱，即謂不佞於「大地」一劇中，最佩服飾荷花之天流之表演也。不佞向不打謊語，其表情之超越他人者，約可於下列三點證之：

（一）天流所飾爲一舊式妓女，約等於昔日上海四馬路靑蓮閣所見者，或略高一籌者，而彼之表演，亦恰到好處。笑謔也，打鬧也，擁抱也，不一而足。

（二）表情不過火，但決無不及之弊。滬人觀話劇者，想來亦多觀舊劇。多見紡棉花，戲迷小姐等齣者，不可不一覩此，然後可知話劇與舊劇之分別也。舊劇未有表演擁抱，體貼入微者，此則有之，而愈見自然流露，遠勝舊劇之矯揉造作者。

（三）演員出場，走路姿勢甚爲重要。荷花之出場爲下樓，爲見客，爲眉目傳情。樓梯凡七八級，而表演有三五段之波折，體會甚難。今成功至此，不知是導演之功，抑是演員個人之成就。不佞當襲用舊劇中黃天霸之一句台詞，曰「大家之功」矣。

（四）……不必多舉。然無論如何，以上所述三點，演來實甚困難，而觀之甚易判別優劣。即不更舉例，或者亦可使讀者腦中，自有印象矣。

此劇開場時，「序幕」布景極好看，餘如「城內街道」，「萬花樓」，「王龍之家」各景，亦均恰如其分。演員國語多略帶地方土音，然不足病。弦樂伴奏甚佳，余坐第一排A四號，見指揮若定，合作甚爲美滿。是日場外大雨披迷，道路泥濘，而觀衆竟形滿座，不曰是又一異，不可得矣。

不佞劇評文字，限於舊劇。談話劇者，不過個人觀感印象，決不足以當評論或介紹之稱。然寫來實亦甚矜愼，不爲無味之諷頌。前作『石揮七彩』一文，今成『大地天流』之作，在內容上全然無關，然單就文字性質論，則後者實前者之續。『秋海棠』意識不錯，見仁見智，說法不一，而演來甚爲成功，則爲事實，勝於雄辯。『大地』之意識何如，說者多矣，譬如俗諺：『公說公有理，』『你過你的年，』余欲無言。所欲言者，則演員演技之精湛，合作之緊湊，編導之成功是。然此種劇本之決不至於對社會觀衆國家民族有害，則不佞亦可斷論者也。（原刊本年三月二十四日中華副刊）

千金一笑記

一

日前偶與一友人同在馬路散步。友人云：『秋海棠一劇，何時輟演乎？』愚曰：『聞欲罷不能，尙有數日。』且行且談，同上一無軌電車。

『秋海棠之後，上演何劇？』

『掌上珠。』愚忽自覺其誤，亟曰：『三千金。此劇初名掌上珠，後易今名，顧仲彝先生編也。』

『噫！三千金乎？Three Thousand Gold？』

予笑而不言，旋曰：

『君不常旅華，其覺此千金之含義可笑乎。吾儕通稱生一女，曰獲一千金，閨閣淑女，俗亦曰千金小姐。至於男人，乃曰萬金，是得一男兒，勝於千金十倍也。』

『索得斯佳。（此非華語，意即「原來如此」。）』

友人，非華人也，能操華語而不精。然『索得斯佳』一辭，說來頗有風趣，如吾國古語之『有是哉？』或如英文之 Oh,Yes 之類也。愚之漢譯，純爲本篇而設，蓋吾國人謂生男子，其頭胎曰一索得男，然『索得』斯得謂『佳』，往往獲女，不盡可求也。即使得男，是否眞佳，則非本篇文字所應及，亦不暇深計之矣。

二

又數日，不佞從友人某公，往卡爾登戲院後台一行。其處有樓曰翼樓，蓋即二樓經理室，而以翼名之者也。翼樓之上，濟濟多士，有定依閣主人者，其辦公室亦在是。予讀主人文字多且久，心儀其風骨，然迄未得一面。友人某公所欲會晤之友，即爲顧仲彝先生。友人入室，予候於外間，見一恂恂儒者自內出，人不甚頎長，衣長袍，不旋踵卽下樓去。少頃，友人偕顧先生出，相與晤談。原來適自內出之人，卽筆名劉郞之定依閣主人也。緣慳一面，能無悵然。

三千金之劇演出四五日矣，某日下午，偕妻及小兒小同往觀。行前，深懼同兒之不得其門而入，或戲院雖有數門，然『六歲以下兒童，請勿攜帶』也。既達，亦得入座，同兒雖穉小，體健壯而心安靜，處於此種場所，不敢哭，亦不擾人。既不擾人，我爲其比隣，遂亦得安心觀劇矣。

劇係由英國莎翁之劇李爾王所改編，然已不甚見『洋人』痕迹。曩年王爾德之扇誤，或譯少奶奶的扇子，亦改編劇也，亦不見『洋人』痕迹。劇情甚簡單。凡佳劇之劇情必簡單，大馬戲團然，秋海棠然，大地，三千金，亦莫不皆然。玆略述其情節如下：

老翁黎襄尊（下稱襄翁，）遜淸時曾任總督，頗有積蓄。鼎革之後，息影園林，時欲析產與其三女。長荷珍，嫁惡覇型之官僚韋今虎，次桂珍，嫁謹愿之書獃莊以誠。荷桂二『珍』俱口蜜腹劍，陰險欺詐，皆與皮望騰有染，望騰則生於襄翁家中之僭佞小人，時方追求襄翁之幼女梅珍。

析產之日，爲襄翁壽誕，親朋咸集。長次兩女俱以甘言誘騙老父，獲得大宗財產。惟梅珍覩狀，心不謂然，不肯虛僞諂父，竟遭老人驅逐。韋純規，一治農科之青年也，樸實誠懇，偕梅珍同住郊外，卽締白首之約。望騰亦因荷珍之請，得任今虎祕書。

今虎夫婦得鉅產，復覇佔襄翁宅，襄翁僕役盡遭荷珍逐去，僅翁之舊幕僚賈昔亭，易名阿亭，化裝老僕相隨。翁與荷珍憤憤爭論，卽離家赴次女處。荷珍懼桂珍待翁善，先往關說，而桂珍方與望騰私相幽會。大雷雨中，襄翁主僕偕來，桂珍初則媚言相勸，繼知翁果有居住意，輒變顏不相容，條件尤苛於乃姊。翁更哭求荷珍收容不得，顚蹶奔出，冒雨至郊外農場，哭訴梅珍。

荷珍忽發見望騰在桂珍家，大興醋意。不意己身與望騰之曖昧，亦爲遠道趕來之今虎窺破。今虎因誤會，與莊以誠發生衝突，不幸飮彈死。荷珍威脅望騰，權充今虎，偕往追尋襄翁，以免梅珍純規夫婦仗義援助老父，訴諸法律。

襄翁夤夜趕至農場，旣與梅珍等晤面，抱頭痛哭，又知隨行之阿亭，卽昔日之舊僚，深悔過去之偏見謬誤。因神經已受激刺，被迎登山休養。荷珍與望騰追至，荷向梅珍索老父不得，潛懷毒劑，欲乘間謀害。桂珍夫婦亦來，荷珍冒假局長今虎之名，用名片擅遣警士搜索農場，逮捕老父，後卒爲梅珍識破姦謀，警士既知望朧之非今虎，並得悉今虎已爲人所害，荷珍事洩，遂於槍殺望朧後，自進毒藥死。臨歿之前，懺悔甚切，而桂珍亦跪求老父饒恕。金錢祟禍，不亦烈哉！

全劇凡四幕，一壽誕之期，二荷珍逐父，三今虎殞命，四結局。

三

三千金，悲劇也，陰險，慘酷，毒恨，姦詐之說白場面，無幕無之，編劇者亦如鬼斧神工，具大手筆，心細如髮，下筆乃有雷霆千鈞之重力。此編劇者，非莎士比亞也，顧仲彝也。莎翁之李爾王，予未能讀，僅見「樂府」。顧氏之掌上珠，予獲讀於上演前，刊在「大衆」。莎翁劇多浪漫派氣味，顧氏劇純寫實家作風。莎翁洋人而顧氏吾華人，莎翁古人而顧氏今作家，莎翁不知中國社會情形，顧劇深合國情及習慣心理。故譽莎翁不如譽顧氏，閱「樂府」不如讀「大衆」也。

全劇演員，竊以爲喬奇所飾之襄翁，最爲成功。曩見石揮演大馬戲團，內有達子一角，落拓偃蹇之老藝人也，喬君演來，絲絲入扣。今在此劇中，既獲「重用」，更得施展其精湛之演技。予人印象最深刻者，厥爲被二女桂珍逐出時，苦痛之內心表情，溢於言表。連博得通場掌聲，復贏得觀衆眼淚，喬奇之功，不可沒矣。

三位千金小姐，路珊駕輕就熟，梅眞亦能認眞努力。碧雲似微有疵點，其病乃在化裝。然碧雲亦有其表演最優越之處，其處爲何？蓋即逐斥老父時之表情也。襄翁之來也，桂珍虛與委蛇，曲意媚諂，力勸老父返回姊寓。迨襄翁堅欲留住時，始不得不陡然改變態度，惡意畢露。此種轉變，最難表演之表情也，病在過火，則如觀文明戲，毫無眞趣，病在不及，則平平演出，又決不能使人有緊張之情緒。吾嘗細思，此時此境，編劇者將如何控制觀衆之情感耶？編劇者能否控制觀衆之情感耶？靜心分析，則桂珍之臺詞，乃有下面兩種之變化：

其一曰：「您還是在姐姐那裏，住滿了六個月罷？」以此爲誘導，漸緊之初步也。

再則曰：「一來是時間還沒有滿，二來我這裏也得有我的條件」。

奉養老父而有條件，僞孝者之面目若揭矣，至於條件之苛刻，自在觀衆心目之中，不必縷述。碧雲於說出「條件」二字後，迅即拂袖轉面，再返身時，則猙獰面貌，較之荷桂，冰出於水而寒於水矣。此爲第三幕中最重要之一鍵，而碧雲演來，與編劇導演之手法，若合符節，如出一轍，吾不能以其化裝略呆之小疵，而掩其大醇也。

效果極佳，無雷聲大雨點小之弊，而閃電之逼眞，如「做影戲」，勝於過去予所見之花信風。布景精細，惟第四幕之土地廟遠景，愚在第四排望之，似不甚成比例，不知十排以後，觀感何如也。第一幕壽堂之景象，富麗華奐，配以崑曲，尤覺雅致。絃樂配奏亦甚佳美。觀衆肅穆安靜，頻頻拭淚者不少，少見笑臉，知此劇之感人者深，雖非絕響，不同俗調。

四

本劇之變化曲折，多在第四幕，而第四幕則例爲一劇之高潮與頂點，衆川彙海，異途同歸，此不得不然之勢也。故劇情雖簡單，結局甚緊湊，觀者之情緒，亦有欲罷不能之勢。予於散戲前二分鐘，偕妻兒離座，立於太平門旁，忽見仲彝先生坐旁邊散座，凝神靜觀，予遂頷首微談而別，臺上則已曙光微明，善良之羣方作重整家園之計。觀衆起立，各作會心之微笑，歸後濡筆作記，海上不乏已觀三千金者，或亦可博大雅之一笑與？（原刊本年五月三十一日及六月一日中華副刊）

編後小記

這一期的「風雨談」，在質量兩方面都有相當的增加改進，這是我們[illegible]愉快欣慰的。在目前紙張印刷等等的困難之下，我們要[illegible]的助和鼓勵，並且要使這個雜誌[illegible]是盡了一點微力[illegible]以來，上海出版界[illegible]方面因為許多著作家[illegible]發表，讀者不容易[illegible]面的要求，可是[illegible]的人，也[illegible]的工作了[illegible]執筆，在[illegible]寂寞的現狀之下，[illegible]門戶的偏狹的成見，只是[illegible]，在這雜誌所[illegible]之下，[illegible]一統一[illegible]今後上海的出版界的新發展，和中國新文藝運動的積極的[illegible]必然的能夠使我們從這[illegible]的方向，[illegible]的文學。

同時文壇上曾經有過一個很長的時期，老作家們擱筆了，新作家沒有產生，[illegible]品質有許多光怪陸離的東西出現了。這些東西，在形式上當然[illegible]型式出現的，或小說，或戲劇，以至散文，詩歌。可是從內容看起來，[illegible]的價值，就是連最低限度的文藝作品的條件，也還沒有能夠達到。所以，我們在現在文壇現狀比較好轉的時候，願意提出這一點，希望從事文學愛好文學的朋友們，特別的努力，特別的警醒，我們不但要求中國的新文學能夠迅速的發展生長，並且[illegible]以前那樣燦爛，那樣光輝，並且希望無論在創作上或翻譯介紹，都有更進一步的成就。

本期特大號每冊國幣弍拾圓

風雨談月刊

第七期 中華民國三十二年十一月

編輯者 風雨談社

發行者 風雨談社

印刷 太平出版印刷公司

中央書報發行所及全國
各大書店報攤俱有經售

[illegible]

鎮江 開通書局
南通 文明書店
[illegible] 新生書局
揚州 大華書店
杭州 兩宜書局
蘇州 大光書店
[illegible] 新知書店
蕪湖 勵學書店
天津 金剛公司影刊部
[illegible] 文化書局
青島 文源書店
如皋 知學書店

新書　出版

予且短篇小說集

予且著

現代日本小說選集1

章克標譯

武者先生和我

知堂

方紀生先生從東京寄信來、經了三星期才到、信裡說起前日見到武者小路先生、他对於我送他的晉磚硯很是喜歡、還給我一幅鐵斎的畫、託宮崎丈二先生帶來、並且說道：那幅畫雖然自己很愛、但不知道周君是否也喜歡。我在给紀生的回信裡說、洋畫是不懂、卻也愛東洋風的畫、富岡鐵斎可以說是纯東洋的畫家、我想他的畫我也一定喜歡的。在東西六大畫家中有鐵斎的插畫三幅、我都觉得很好、如秋新穀图、如榮啓期帶索图、就是缩小影印的、也百看不厭、現在使我可以得到一張真跡、這實在是意外的幸事了。

風雨談

第八期

未有驚風雨，
雞鳴不可聞。
——康有爲

上海風雨談出版社印行

風雨談 第八期 目次

風雨談春季特大號預告

周作人：虎口日記及其他（散文）
陶晶孫：創造三年（散文）
紀果庵：林淵雜記（散文）
李霽野：託爾斯泰及其作品
曹聚仁：論文藝的題材
沈啓无：布穀（詩）
陶亢德：自傳之一章
丁諦：人生如戲（散文）
柳雨生：排雲殿（小說）
蘇青：兩粒櫻桃（小說）
張我軍：記武者小路實篤
楊丙辰：鄰家女（小說）
吳伯蕭：荒（小說）

文載道：談　過　年（散文）
顧　隨：佟　二（小說）
實　齋：破襪子哲學（散文）
小泉八雲：第一天在日本印象
山本健吉：近代之超克（批評）
石川達三：霧　海（小說）
王古魯：日光訪書記
上官蓉：評貝殼及予且短篇集
阿　茨：讀　劇　隨　筆

許地山：玉　官（小說）
李同愈：生　死　船（小說）

鶴見祐輔：東　西　文　明　論
菊池寬：超乎恩仇之外（小說）
莊損衣：損　衣　詩　鈔（詩）
赫曼舍佛：現　代　德　國　文　學
郭夢鷗：買　書（散文）

苦口甘口

藥堂

平常接到未知的青年友人的來信，說自己愛好文學，想從這方面努力做下去，我看了當然也喜歡，但是要寫回信卻覺得頗難下筆，只好暫時放下，這一擱就會再也找不出來，終於失禮了。爲什麼呢？這正合於一句普通的成語，叫做「一言難盡」。對於青年之弄文學，假如我是反對的，或者完全贊成的，那麼回信就不難寫，只須簡單的一兩句話就夠了。但是我自己是曾經弄過一時文學的，怎能反對人家，若是贊成卻又不盡然，至少也總是很有條件的，說來話長，不能反覆的寫了一一寄去。可是老不回覆人家也不是辦法，雖然因年歲經驗的差異，所說的話在青年聽了多是落伍的舊話，在我總是誠意的，說了也已盡了誠意，總勝於不說，聽不聽別無關係，那是另一問題。現今在這里總答幾句，希望對於列位或能少供參考之用。

第一件想說的是，不可以文學作職業。本來在中國夠得上職業的，只是農工商這幾行，士雖然位居四民首，爲學乃是他的事業，其職業卻仍舊別有所在，達則爲官，現在也還稱公僕，窮則還是躬耕，或隱於市，織屨賣藥，非工則商耳。若是想以學問文章謀生，唯有給大官富賈去做門客，呼來喝去，與奴僕相去無幾，不唯辱甚，生活亦不安定也。我還記得三十五六年前，大家在東京從章太炎先生聽講小學，章先生常教訓學生們說，將來切不可以所學爲謀生之具，學者必須別有職業，藉以糊口，學問事業乃能獨立，不至因外界的影響而動搖以至墮落。章先生自己是懂得醫道的，所以他的意思以爲學者最好也是看點醫書，將來便以中醫爲職業，不但與治學不相妨，而且讀書人去學習也很便利容易。章先生的教訓我覺得很對，雖然現今在大學教書已經成了一種職業，教學相長，也即是做着自己的事業，與民國以前的情形很有不同了，但是這在文學上卻正可應用，所以引用在這裏。中國出版不發達，沒有作家能夠靠稿費維持生活，文學職業就壓根兒沒有，此其一。即使可以有此職業了，而作家須聽出版界的需要，出版界又要看社會的要求，新舊左右，如猫眼睛的轉變，亦會將疲於奔命，此其二。因此之故，中國現在有志於文學的最好還是先取票友的態度，爲了興趣而下手，仍當十分的用心用力，但是決心不要下海，要知正式唱戲不是好玩的事也。

第二，弄文學也並不難，却也很不容易。古人說寫文章的秘訣，是多讀多作。現在即使說是新文學了，反正道理還是一樣。要成爲一個文學家，自然要先有文學而後乃成家，決不會有不寫文學而可稱文學家的，這是一定的事，所以要弄文學的人，要緊的是學寫文學作品，多讀多作，此外並無別的方法。簡單的一句話，文學家也是實力要緊，虛聲是沒有用的。我們舉過去的例來說，民六以後新文學運動哄動一時，胡陳魯劉諸公那時都是無名之士，只是埋頭工作，也不求名聲，也不管利害，每月發表力作的文章，結果有了一點成績，後來批評家稱之爲如何運動，這在他們當初是未曾預想到的。這時代是早已過去了，這種風氣或者也已改變，但是總值得稱述的，總可以當作文人作家鍊成之一模範。這有如一隊兵卒，在同一目的下人自爲戰，經了好些苦鬥，達成目的之後，肩了步槍回來，衣履破碎，依然是個兵卒，並不是千把總，卻是經過戰門，練成老兵，隨時能跳起來上前線去。這個比喻不算很好，但意思是正對的，總之文學家所要的是先造成個人，能寫作有思想的文人，別的一切都在其次。可是話又說了回來，多讀多作未必一定成功，這還得嘗試了來看。學畫可以有課程，學滿三四年之後便畢業了，卽使不能算名畫家，也總是畫家之一，學書便不能如此，學文學也正是一樣，不能說何時可以學會，也許半年，也許三年，也許終於不成。這一點要請弄文學的人預先了解，反正是票友，試試來看，唱得好固可喜，不好也就罷了，對於自己看得清，放得下，乃是必要也。

第三，須略了解中國文學的傳統。無論現在文學新到那里去，總之還是用漢字寫的，就這一點便逃不出傳統的圈子。中國人的人生觀也還以儒家思想為主流，立起一條為人生的文學的統系，其間隨時加上些道家思想的分子。正好作為補偏救弊之用，使得調和漸近自然。因此中國文學的道德氣是正當不過的，問題只是在於這道德觀念的變遷，由人為的階級的而進於自然的相互的關係，儒道思想之切磋與近代學術之發達都是同樣的有力。別國的未必不也是如此，現在只就中國文學來說，這裏邊思想的分子很是重要，文學裏的東西不外物理人情，假如不是在這裏有點理解，下餘的只是辭句，雖是寫得華美，有如一套綉花枕頭，外面好看而已。在反對的一方面，還有外國的文藝思想，也要知道大概才好。外國的物事固然不是全好的，例如有人學頹廢派，寫幾句象徵派的情詩，自然也可笑，但是有些傑作本是世界的公物，各人有權利去共享，也有義務去共學的，這在文明國家便應當都有翻譯介紹，與本國的古典著作一同供國民的利用。在中國卻是還未辦到，要學人自己費力去張羅，未免辛苦，不過這辛苦也是值得，雖然書中未必有顏如玉的美人，精神食糧總可得到不少，這於弄文學的人是比女人與酒更會有益的。

前一代的老輩如偷看了外國書來講新文學，却不肯譯出給大家看，固然是自私的很，但是現今青年講更新的文學，卻只拿幾本漢文的書來看，則不是自私而是自誤了。末了再附贅兩句老婆心的廢話，要讀外國文學須看標準名作，不可好奇立異，自找新著，反而上當，因為外國文學的好醜我們不能懂得，正如我們的文學也還是自己知道得清楚，外國文人如羅曼羅蘭亦未必能下判斷也。

以上所說的話未免太冷一點，對於熱心的青年恐怕逆耳，不甚相宜亦未可知。但是這在我是沒法子的事，因為我雖不能反對青年的弄文學，贊成也是附有條件的，上邊說的便是條件之一部份。假如鴉片煙可以寓禁於徵，那麼我的意思或者可以說是寓反對於條件罷。因為青年熱心於文學，而我想勸止至少也是限制他們，這些話當然是不大嚥得下去的，題目稱曰苦口，即是這個意義。至於甘口，那恐怕只是題目上的配搭，本文中還未曾說到。據桂氏說文解字義證卷三十，鼷字下所引云：

「玉篇，鼷，小鼠也，螫毒，食人及鳥獸皆不痛，今之甘口鼠也。博物志，鼷，鼠之最小者，或謂之甘鼠，謂其口甘，為其所食者不知覺也。」日本和漢三才圖會卷三十九引本草綱目鼷鼠條，亦如此說，和名阿末久知爾須美，漢字為甘口鼠，與中國相同。所謂甘口的典故即出於此。這在字面上正好與苦口作一對，但在事實上我只說了苦口便罷，甘口還是「恕不」了吧。或者怕得青年們的不高興，在要收場的時候再說幾句，——話雖如此，世間有文壇登龍術一書，可以參考，便講授幾條江湖口訣，這也不是難事，不過那就是咬人不痛的把戲，何苦來呢。題目寫作苦口甘口，而本文中只有苦口，甘口則單是提示出來，叫列位自己注意謹防，此乃是新式作文法之一，為鄙人所發明，近幾年中只曾經用過兩次者也。民國癸未二百十日，寫於陰雨中。

石女

石川達三
楊黎明譯

美麗的前妻害着急性流行感冒和胎兒一同死的時候，叔父穿起庭前的木屐，呆然走下廣闊的花園裏去了，花園裏有充滿了冷淡的梅花香氣。

不久，叔父就接了敬子做後妻，她在很長的時期中，觀察了叔父的表情，她很覺痛心，不多時她害了心臟病，她是一個石女，她在久病之後死了，在這個時候，叔父也是穿起木屐走下廣闊的花園裏去，花園裏正吹着很刺骨的風，枇杷的花，帶着白的顏色開着，孤獨對於叔父，雖不是一件苦痛的事，不過他的毅然不動的態度，彷彿冬天的陽光晒着銅像沒有影子似的，他也感着很索然罷了。

敬子一直到死的時候，還帶着少女的容貌，她從來沒有說過她眞正的年齡，所以在她的牌位做好以前，我還不知道她的年齡。

叔父很愛嬸嬸的天眞爛漫少女的心，但是把她迎接到家裏的時候，亡妻美麗的幻影，充滿了夜室，叔父感着不可思議的寂寞，他對於到底甚麼是夫婦？這一個問題又在他腦筋裏盤旋起來了，嬸嬸由丈夫靜寂的表情中，索摸前妻恩愛的幻影。

「我幸福嗎？」

「我不知道，你自己以爲幸福，那就是幸福了。」

「是的，雖然是這樣，你以爲是怎樣？」

「你覺怎樣？」

「我以爲有了相當的幸福。」

「那恐怕是這樣的。」

新婦不出聲的微笑了，這是她心裏寂寞的表情。

「我想把頭髮剪短了怎樣？」

「好罷。」

「合式嗎？我還想穿穿洋裝，恐怕不行罷？」

「可以的。」

「合式嗎？」

「那我就不知道了。」

「你不知道？」嬸嬸在這時候又不出聲的微笑了。

不久叔父開始養了一頭很好的狗，以後又養了五六隻雞，公餘的時候，到花園裏，掘掘地，栽栽花草，像矢車草，鬱金香，秋牡丹，宿根草，薔薇等等。

每當這些花逐漸開放的時候，妻子靠在外廊的柱上，一面眺望着花園的景色，一面感傷自己被丈夫留在家裏比花還要孤寂的身世。

叔父一個人生活着，特別是亡妻和胎兒一同得急症死了以來，他的心境冷靜得如冰似的，被丈夫留置在家的後妻，後來常常徬惶在花園裏，或撫摸着她丈夫的愛狗的頭，來度她的青春，唱歌是安慰她孤寂的方法，在她的丈夫出去辦公後，她就坐在屋簷下唱唱歌，吃吃糖果。

「近來有甚麼流行的歌？」

嬸嬸常常教我唱流行的歌，如威尼斯的舟歌，濱千鳥，及馬欒乃士科直到落在沙漠上的陽光等，我不知同嬸嬸合唱了多少次。

結婚了數年以後，她才請醫生診斷。

醫生說：「非施剖腹的手術，一輩子也不會生小孩的。」

「要施行手術嗎？」

「很害怕喲！你想小孩嗎？」

她丈夫孤獨幾乎到了嫌小孩麻煩。

「這樣我也願停止施手術，」又不出聲的微笑着。

這一件事，爲根本改換敬子後來生活的動機，她決定想永遠享受她的青春，她剪了髮，穿了西裝，非常的喜歡年青的朋友，無論和誰都愉快的消遣。

但在這時候，她的心臟就衰弱了。

叔父雖是愛孤獨，和享樂孤獨，但是嬸嬸感覺這種生活是寂寞的。

「我想學寫字，你以爲怎樣？」

「可以。」叔父總是這樣隨便的應着。

不久嬸嬸就和先生學寫字，每天都把桌子抬到當陽的窗下，磨了墨，寫很大的字，但是也嫌太寂寞了，不多時，對她的丈夫說：「我想學學提琴可以嗎？」

「你眞是趣味多的人。」

「我是稍有一點兒天分。」

音樂比寫字還使她的生活得到安慰，有半年的光景，她每天都到先生家裏去學，只要她高興，就是她的丈夫正在讀書，她也不管的，這樣一來，她的丈夫只好不出聲的把書合起來，或走到花園裏去，或帶着狗到附近的森林裏去散步。

叔父本來很愛她的年青變化無定的心情，但只旁觀的愛着，他對於嬸母沒有任何的牽制，嬸母因此失了中心，反而放蕩了。

「呼吸有點困難，大概心臟有點衰弱了。」

「請醫生去看看。」

「醫生說提琴對於心臟不好。」

「那就把牠停止了。」

「把牠停止了倒是不錯，不過我沒有事可做。」

「做點不會使心臟弱的事情如何？最好是鋤鋤園地，栽栽指頂花，那是可以當做醫心臟病的藥。」

「不，……我想學油繪，小時候，稍可學着一些，在學校中也算最好的。」

「你做甚麼都是好的。」

「把樓上八疊席的屋子裏的席子去了，用來做畫室，可以嗎？」

「好的，那間屋子我不用。」

不久，嬸嬸做了文化學院美術科的學生，穿着洋服，和二十歲前後的女子們在一塊兒學畫，和青年女子們受一樣待遇的學校時間，對於她是充滿了生氣的生活，但是嬸嬸有時對我說的：「在學校裏他們都叫我嬸嬸，嬸嬸，是多麼笨拙的叫法，眞是冒失得很。」

與其說嬸嬸無論甚麼時候，都有少女的心情，毋寧說她自身是母親也是小孩，她任意的饒恕自己的隨便胡言亂語，正因爲這樣，被丈夫留置在家的孤獨生活，變成了很熱鬧的生活。

某一個冬天，我父親進京的時候，住在叔父家裏，叔父對着穿西裝在火爐邊烘火的嬸嬸說：「敬子！有沒有紙帖？」

嬸嬸把以前學習寫字時候的紙帖，和石硯原封原樣的拿出來，父親很灑然的把寫了不要的一張給嬸嬸看，嬸嬸不出聲的讀了，微微的笑了一笑，又反覆的再讀。

嬸嬸走出廊下，靠着廊下的柱子，眺望着花園，由破了的小鷄房裏，跳出來三隻純白的鷄，在桃色的落葉和稀疏的山茶花下走着短髮穿西裝的嬸嬸，正在看着寒冷庭園的風景的時候，不覺哭起來了。

嬸母對於家庭裏面的事情，漸漸失了興味，但是叔父雖然常常穿破的衣服，或穿補過的睡衣，都沒有講過不平的話，有時兩個人一次就吃了五塊錢的水菓，也滿不在乎，但有時就是買了一角錢一份的橘子，也很寶貴似的，一個一個的吃，這樣看來，他們夫婦之間，決不是絲毫沒有束縛，暗暗之中還是有約束的。

不久嬸嬸的心臟，漸漸的沉重起來，來往學畫也感受到痛苦，途中的坡路更成問題了。

「我想在學校附近寄宿，星期六和星期天回家來可以嗎？」

「那麼家裏怎麼辦呢？」

「傭役會招呼的，就是我在家，家裏的事，我也一樣不會做，不是一樣的嗎？」

「這也倒是的。」

「聽說十塊錢就有好屋子了。」

「那你就去罷！」

嬏嬏完全由叔父手裏解放出來，去住寄宿舍，因此嬏嬏感覺寂寞，一星期要回來兩三次，在女子的生活中，似乎失掉了丈夫的壓力，也是不能算是有幸福的希望，但是她的丈夫，在冷靜的讀書之後，到花園裏去餵養鷄食，她靠着廊下的柱子，一面看見她丈夫由小鷄屋裏取出鷄蛋，就如同很遠的雲間，光輝幸福的幻影迫近她似的，但她自身又不能知道很明瞭的幸福的式樣，於是在由她丈夫解放出來的廣泛世界中，很寂寞的索摸着幸福的靑鳥。

畫了母與子的像做畢業作品之後，三年的學校生活就完畢了，她又回到家的時候，她的心臟病已經到了不能不休養的程度了。

「家裏的濕氣很大，對於心臟病是不宜的。」

她由廊下說給站在花園裏折蔓延着的牽牛花的丈夫。

「此地是不健康的地帶喲！我想是來到此地以後，才得了這個病。」

「我沒有病喲！很奇怪，如果此地是不健康地帶，我也許會害病的。」

「這是因爲你的抵抗力强的緣故。」

「弱者無論在甚麼地方都會害病的。」

「到甚麼地方去變化變化？因爲東京冷，去鵠沼或去鎌倉。」

「啊！你眞闊綽得很！」

「但是怎能比得上健康要緊呢？」

「是這樣，那就早早的應該請醫生看看才好，我想健康總比學畫要緊些？」

「我不喜歡聽這些理論，趕快蓋一所房子在鎌倉，若不這樣，我會死的。」

「你以爲我會死的嗎？」

「我想一定會死的。」

「若是這樣，你眞是太隨便了。」

「若死了，你也難過嗎？」

「你就死了也是一樣的，少養一個人也好，我倒方便些。」

嬏母不出聲的看着丈夫繞的靑牽牛花的手法，後來自言自語的說：「眞無聊，我來吃吃煙看。」

這一年的秋天，逗子的房子已經建築好了，他們搬家的前後，恰好我去看他們，蟠蟠邀我去銀座散步，她在西裝上面穿着外衣，我穿着學生服，戴着方角帽，蟠母說：「走慢些，走快了會喘氣。」

「好久沒有出來了，走路還是痛苦，喂！牽着我的手。」於是我兩個人手腕挾手腕的在很熱鬧的夜市路上走着，無怪路上的行人，都很奇怪的轉過頭來看這個大學生，和彷彿愛人似的青年裝束的女子，大胆的挾着手腕的樣子，但是她沒有注意這件事，她對我說：「近來甚麼歌流行？」

恰好是東京進行曲的主題歌最流行的時候，我們一面小聲的反覆唱着，一面走着，不如乘小田原急行車罷？漸漸的將到她曾唱的時候。

「啊！啊！難過，到甚麼地方喝茶去？」她說，於是到了吃茶店去吃茶。她又笑着說：「我想吃甜水豆。」

逗子的家，蟠蟠特訂了一間畫室，但是搬到那兒不久，她的心臟病更壞了，連上樓梯都不行了，一個人在睡在樓下的房裏，因此畫具和畫架都沒有陳列在畫室裏，畫室成了蟠蟠的臥室，也成了我們去看她時的招待室，木桌上鋪着絨氈，常常一面唱着流行的歌，一面打廝架。

「我來到此地後，忽然病加重了，恐怕是海風不好。」

她這樣恣意的媽媽虎虎的說着，這時候叔父一面拿鉛筆記在今日所產的鷄蛋上，一面說「那末仍舊回到東京去好嗎？」

這個時候，就是我的堂弟是中學二年生，去看叔父，在他那兒住的時候，他說：「蟠蟠不在樓上睡，在樓下……」

無疑的這是蟠蟠的小玩藝，少年已經有十五歲了，近親者都痛駡她的無常識，然而在叔父方面，絲毫不成問題的，這一件事，第二天蟠蟠在飯桌上說：「小孩眞煖和，還嫌大熱了。」

「那可以替代煖壺了，冬天把他請來怎樣？但是他吃的飯很多，這煖壺未免太貴了。」叔父笑着回答她。

在這年末的時候，蟠蟠的病已經到了很危險的狀態，但她自身還完全不知道危險，並且也不照醫生勸告的休養，到了春天，稍微有點起色，或用火灸，或吃金溶解的奇妙藥水，反說是好藥。

「不聽醫生的話會死的。」

「但是，我想是用自己相信的方法治療是最好的。」

「雖然你這樣說到底你信用甚麼方法呢？你有這樣自信的醫藥知識嗎？」

「我的父親是醫生。」

叔父呆呆的看着病倒了的妻子，微微的笑着，她雖然將近四十歲了，還是天眞爛漫的如同少女一樣，無怪他捨不得她死了。病勢總是一進一退的，夏天過去，到了秋天，病室的窗外，常常被海風搖動着的松樹，把蟠蟠心裏的寂寞搖動起來，搖留聲機的發條都感到苦痛了，叫傭役開着留聲機，靜靜的聽很時髦的片子，又叫叔父到園裏去折花來給她看，現在來看她的人已經很少了，逗子的家，就沒有一樣能安慰她，漸漸她的心裏感到淒慘起來，到了冬天，她的病又回到和去年一樣危險的狀態，到了十二月，傷了風，這是她最後的致命傷，病頻發着，全身大汗，非常的痛苦，叔父一星期沒有出去做事，她的妹妹來看護她。

有一天早上，她已很平靜的不像以前痛苦，彷彿有點兒神氣了。

「昨日我想着要死了。」蟠蟠很慢的說。

「這回怕要眞死了。」叔父一面打開新聞，一面若無其事的說。

「不死的，這回照醫生所說的休養，一定可以好起來，好了以後，到銀座去散步。」

「啊！你甚麼時候這樣想的？」

「今年秋天。」

叔父知道病倒的妻子的心變了，忍不住的流淚，她這回一定會死的，這恐怕又要第二次死妻子了，現在自己已經五十歲了，今後不能不一個人過孤獨生活了，本來孤獨對於他不算一回事，只是知道生活的悽涼，人生的寂寞罷了。

這天的午後，病勢忽然急變了，冬天的落日近海，海風颼颼的吹着松樹，黃昏的時晨，她爲了心臟逆流的血液，嚙着牙齒，捽住枕頭，苦悶的敬子死了，死了的顏色，彷彿還表現着她最後的苦悶，就這樣的凝固了，看見這光景以後，叔父穿起木屐，呆然的走下花園裏去了，這時花園的角上枇杷冷淡淡的，只在蒼靑的薄暮中開得很茂盛。

最先跑來的是她的嫂嫂，她是一個寡婦，她用很豐富的思慮和很深刻的表情，很冷淡的說：

「我呢！敬子雖然死了，我也不流一滴淚的，像敬子一樣的幸福的人，是很少的，她所希望的事，沒有一件不照他辦的，我想她是過了很幸福的生涯，想來是安心的成佛了。」

第二天，在蠟燭搖動着，金色燦爛的靈柩前，通宵看護病人疲倦了的蟠蟠的妹妹，眼睛曚曚矓矓的對我說：

「我的姊姊對我說，這回好了以後，一定施開腹的手術，漸漸有了年紀之後，想要小孩子，所以此後要竭力養生了。」

我把燒完了的燭換了之後，靜靜的把眼睛閉起來，瞑想着蟠蟠果然過了幸福的生涯了嗎？她所幻想的最大幸福，不是養育小孩嗎？一直到將近死時，自己還沒有抓住大幸福的正體，不是爲摸索幸福，來過彷彿小孩似的容易變遷的生活嗎？雖然得到希望的希望甚麼或得到甚麼，不是還沒有一次知道自己是眞正的幸福，就死了嗎？在叔父的眼中不是把在不幸中狂暴的輾轉煩悶的蟠蟠的心，看爲年少美麗的心嗎？

祭葬完了的第二天，蟠蟠的妹妹忙把她整理着遺物，一面拿出一件一件的紀念品，一面用戰慄的心來整理，不久在蟠母的衣廚中最低的一層，發現想不到的一件很好看的產衣，手還沒有動過的疊在那兒，她把紅色的產衣抱在她的胸前，滾滾在散亂的衣服中哭了。

夜闌人靜

譚惟翰

十七

進了醫院，呂楓把老太扶在一張長椅上靠着。大概是車子在路上顛播了一陣，老太昏蹶了一陣這時倒反而變得比較清醒了。但她感到非常吃力似的在不斷的喘息。

呂楓連忙跑到掛號處，那位蓄着八字鬚的老先生戴着老光眼鏡，不問病人是什麼病，祇問：

「普通號還是特別號？」

呂楓一時急起來：

「特別號怎樣？」

「特別號馬上就可以看，號金是四十元。」

記得自己袋裏好像沒有這些錢，呂楓說：

「就掛……普通號吧！」

「普通號十元。」

呂楓將錢付給他之後，老先生又問：

「姓什麼？……多大年紀？……男的還是女的？……住在那兒？……」

呂楓一一地都回答了他，然後這位老先生用兩個指頭摸摸他的可愛的八字鬚，不慌不忙，毫無火氣地拿了一張白卡片端端正正地用每三秒鐘一筆的速度寫上了一手的好「趙字」。他寫完了，拿起卡片放在嘴邊，吹了吹乾，連同一塊小銅牌遞給了呂楓。

「在那邊等一等……」說着，老先生又去從別人手裏接下了號金。

呂楓回到長椅旁邊，見薛老太氣喘得凶，眼瞪着，話也不知道講了。這眞使呂楓着慌，忽然他聽見電鈴響。這是醫師打發一個病人走了之後，再通知另一個病人到診所裏去受診的暗號。跟着那鈴聲，有一個女看護清脆的叫：

「十七號。」

呂楓焦灼地望望手裏的銅牌，銅牌有一面刻着兩個數字——35。

這要等到什麼時候呢？他扶着薛老太，——薛老太臉上的皮膚都在那兒抽動了。頭額有汗。手撫着心口，像感到萬分的痛楚。

十分鐘過去了，跟着，二十分，三十分，四十分……都過去了。三點半等到五點鐘才只診到二十幾號，再等下去，老太如何拖得起？

他心中煩燥得很，眼望着門外的天色已走進黃昏了。

突然，有一輛人力車拉到門口，下車的是一位年輕的女子，那女子付了車錢，直跑進醫院。

「楓，媽：好：好一點兒嗎？」

呂楓見進來的正是竹貞，忙用手對她搖搖，關照她別大聲地叫，因爲這時老太的心愈跳愈厲害了！

「怎樣了？」竹貞壓着嗓子，仍是驚慌地問。

「你瞧——她的呼吸多麽急促！」呂楓指着病人說。

「還沒有給醫生看？」

「說不定再要等上一個鐘頭呢，我們掛的是三十五號——現在三十號還沒有看到！」

「那怎麽行？」竹貞急得直絞自己手裏的手帕，「你能不能請求醫生早點兒替她老人家看？」

「除非掛特別號，可是我身邊的錢不夠……」

「我有！我有！」竹貞說着，一面去開錢夾。「差多少？」

「三十塊錢。」

這時竹貞卽從袋裏拿了三張拾元的鈔票給呂楓，呂楓忙到掛號處換了一個牌子，佔先地走進了診察室。望着他們的背影，其餘的病人都露着嫉視的目光。原先掛二十幾號的都反而被扔在後面了。

醫生對於掛特別號的主顧，總是招待得特別週到些。無論量溫度，檢查內部和脈跳所費的時間也多些，問話也要想法加幾句，否則，就不能顯出錢數的差別來了。

薛老太被檢視的結果，據說她的病是包羅萬象。腰子病，胃病，心臟病……色色俱全。此刻她的呼吸這樣緊促，顯然又是由於肺炎所致。醫生立刻灌好藥水，替她打了一針，然後再向呂楓和竹貞兩人說話。

「老太太的病確實嚴重得很，不是一時能治得好的。現在打這一針，不過是替她救救急，瞧她的反應如何。依我看，最好還是讓她住院，院裏的設備比較完善，檢驗也比較方便些，而且又有專門的護士爲她照應一切，這於病人是絕對有利的。不知二位以爲怎樣？」

呂楓沒話說，照他想，當然醫生的話是有理的，祇不過住院的開支太大，一時他們那兒有這麽多的錢爲她老人家治病呢竹貞思慮了一會便問：

「不知住院要住多少日子，每天的開支……」

「哦，這是要看情形的。」醫生忙接口說，「如果好得快，一兩個星期就可以出院了；你們打算是叫她住頭等病房還是二等？」

「能不能請你把價錢說給我們聽聽。」竹貞說。

「囉，」醫生手指着牆上的一個玻璃框，「你們看那張表就明白了！」

呂楓和竹貞走到對面放藥櫥的那邊，仰着頭仔細地研究那張表。這當兒醫生又按了一下電鈴，他又去接待另一個病人了。

那張表寫得很清楚，無論外科內科各種毛病的診金，驗血費，照X光的費，頭二三等病房的住院費等都一一地列在上面。這許多的價格把他們兩人都嚇壞了，祗是各人都不好意思明說這價錢貴得担負不起，兩人默默地相視一下，從目光裏表示出「這怎麼辦」的神情。呂楓的頭仍然仰着，他的嘴巴微微地在那兒動，像小學生立在黑板前面寫了一個簡單的數學題目尋不出答案似的。他正在發怔的時候，沒料到竹貞把他的袖管一拉，輕聲地說：

「就住三等吧，每天連火食祇需要三十元。」

呂楓輕輕地「嗯」了一聲，不知是否表示贊成。此刻醫生已看好一個病人，又站起來向他們問話了。

「二位已經決定了嗎？」

竹貞望着倒臥在受檢查的牀上的母親，她肯定地說：

「我想讓她老人家住三等病房……」

「三等也好。」醫生不像先前那樣殷勤了，「——你們先到外面去繳一千塊錢的保證金……病人我關照看護用車子推去……請兩位到門口坐坐……」

呂楓和竹貞望了望醫生，又望了望老太，兩人立刻退了出來。

接着，電鈴又響了，看護喊另一個病人到診室裏去。

呂楓一到門外，便對竹貞說：

「一千塊！一千塊叫我們到那兒去弄？——可是，看樣子，她老人家的病實在重得很，不住院也不行。」

竹貞拉住呂楓的手，附着他的耳朵溫存地說：

「別急…我…我方才向戲院子裏預支了兩個月的薪水，錢就在身邊。」

說這話的時候，竹貞的臉幸而是偎在呂楓的耳旁，不然他是會看見她眼裏是顯着過分的濕潤的。不過呂楓已經帶點懷疑的口吻問：

「你到戲院去過？」

「早晨，孔先生領我去過的。經理對我很和氣……孔先生略微將我的家境提了一提，他就自動地給了我……兩個月的薪水，他說早付遲付反正都是一樣……」

呂楓不再多問。竹貞也担心自己的話回答得不妙，萬一露出破綻，呂楓怎會原諒她？因此她連忙把話頭插到別處去，「楓，我們快去繳保證金吧……天差不多要黑了！」

於是兩人就到會計處繳了一千塊錢的保證金。薛老太便由兩個白衣護士推到三等間的第十三號的病房裏去了。

十八

這天晚上，竹貞，呂楓，和薛老先生都不曾好好兒地安睡過。

薛老先生是給喜慰與憂愁兩種矛盾的情緒激得透不過氣來。他喜的是女兒有了職業，而且祇去了半天便預支到了兩個月的薪水；憂的則是自己幾十年來的老伴突然爲病魔帶進了醫院。不知那些複雜的病症有沒有辦法能醫得好？尤其使他老人家難受的是爲了妻子的病，竟把女兒預支的薪水幾乎大半花光了，這薪水的數目雖不能說大，但女兒却要用整整兩個月的勞力去獲得它，再說這兩個月之中的生活又用什麽去維持它呢……？

老先生在嘆息了，夾着也有幾聲咳嗽，在這淒清的夜晚聽來，越發增加了人們內心的憂傷。

呂楓在亭子間裏，不時就被老先生咳嗽的聲音擾亂着，無論如何總睡不着。他睜着眼癡對着壁上的一幅小油畫，這幅畫是用極濃厚的宗教色彩繪出陰沈的茅屋的一角，一個披着黑髮的少女赤裸着身體，將兩手蒙着眼睛跪在碎石鋪成的地面上。從她脚上的脚鐐以及皮膚上留着的鞭痕，你能想像出她曾經受過而現在仍繼續在受着多大的折磨。在這女子的身後隱約地有一個猙獰的面孔，這個人野獸似的正伸出雙手來作預備擒住這女子的姿勢……

這幅舊油畫，有一處已給油蟲弄毀了，當初從箱子裏找出，也不過是爲了點綴這空洞的牆壁。呂楓平時對它是毫不關心的；但不知怎的，這一晚他竟對這張畫看了許久，從他的幻想中所透視到的那少女便是竹貞。她身後的可怕的人就是孔玉山的縮影。他疑惑竹貞會被孔玉山帶壞，雖然他已有四十歲的光景，而且在他們的面前他總充着長輩的神氣，但他人格的卑鄙，在長時期的交往中對於一個稍有思想的人是不難看出的。孔玉山到底把竹貞介紹到什麽戲院子裏去當售票員呢？這戲院是演平劇、話劇、申曲、還是專門以肉體來號召觀衆的那些下流歌劇呢？戲劇應該不僅是給人以娛樂，同時也應給人以啓惕與教育，這也正如其他的文學一樣。他想倘若時常和這種下流的戲院接近，那是極容易使一個年青的女子無形之中受到惡影響的……

竹貞究竟留意到這一層沒有呢？

天知道竹貞這時在牀上也是心亂如麻，如果說別人的心是悲痛的，那麼她的心當比他們悲痛萬倍。中午，同孔玉山去簽訂合同，這事情明明欺騙了三個人。三個人又都是她愛着的，正好像這三個人愛着她一樣。因爲愛的深切，她愈加不願意以自己充當舞女的事來傷他們三個人的心了！

她深知一般人是瞧不起當舞女的，記得自己也曾對孔玉山說過——「這總不是我們這種人幹的事！」然而除了這，她又無別的更好的路走。是命嗎？不！她不會相信，但她時時又意識到宇宙間髣髴有什麼故意地在那兒作弄人。

想到老父老母早晨爲了她一句話所激起的喜色；想到在醫院裏呂楓望着她從錢夾裏掏出大捲的鈔票時，他目光裏所透露的驚異；想到自己對自己心愛的人所編造的謊語；想到明日就要履行她所訂定的契約……這年青的脆弱的心眞要給羞愧，駭懼，痛怨，委曲所擠扁了！

抽咽着，不自主地她流下了眼淚。

也許是過分的心傷，她的聲音竟使耳朵不大靈便的老人都覺察到了。

「貞兒，你怎麼還不睡啊？」父親吐出着老而充滿愛恤的喉音。

她沒回答，用假作的鼾聲來代替她的哭聲。

文壇消息

日本文學報國會事務局長久米正雄來華考察，上月底到滬。阿部知二氏近由漢口返滬。

北平出版之文學集刊（季刊），業已發行。藝文月刊上海亦有出售。

日本著名批評家山本健吉近專爲本刊撰寫文學批評兩篇。

屠格涅夫散文詩選譯

田尼

馬莎

幾年前，當我住在彼得堡，每次遇到僱雪車，我總是要和趕車人聊天。

我特別歡喜和夜間的趕車人談話，那些鄉村四圍的窮苦農人，他們帶着漆成赭色的雪車和可憐的小馬到京城來，想望賺到一些他們自己的麵包和主人那里的租金。

有一天我僱到了這樣一個趕車人……他是一個二十歲的青年，生得高大神氣，一個有藍色眼睛和紅潤面頰的動人的傢伙；他的美髮在那頂破舊補綴的小帽下面鬈曲了小環結，披掩了他的眼睛。那件蓋罩在他寬闊肩膀上的破外衣是多麼的緊窄！

可是這趕車人的漂亮無鬚的臉孔，却是悲哀和沮喪的。

我開始跟他談話。他的語聲也有一種悲哀的調子。

「是什麼，老弟？」我問他；「爲什麼你不是高高興興的？你有什麼困惱嗎？」

那青年人一時沒回答我。「是的，先生，我有困惱」，最後他說了。「一種不能再可惡的困惱。我的妻子死了。」

「你愛她……愛你的妻子嗎？」

那青年不回答我：他只把頭低垂了一些。

「我愛她，先生。現在已經八個月了……可是我忘不掉。我的心嚙咬着我……所以我困惱着！她爲什麼要死呢？一個年青強壯的小東西！……一天中，虎列拉就把她攫去了。」

「她對你可好？」

「啊，先生！」可憐的傢伙沉重地歎息，「我們在一起是多麼快樂！她丟開我死去了！我起初在這里聽到消息，你知道，他們已經把她埋葬了；我立刻趕到村里，我到家已經過了半夜了。我走進我的小屋子，靜靜站在房間中央，我輕輕的喊，『馬莎！喂馬莎！』除了蟋蟀的鳴叫就沒有什麼。於是我哭了，坐到在地上，我用拳頭擊着地土！『貪婪的地土！』我說……『你吞沒了她……也吞沒了我！……唉！馬莎！』

「馬莎！」他又突的在頹喪的語氣中，加了一句。他也不把繮繩放鬆，就用衣袖揩拭溢出眼眶的淚，拂着袖，聳着肩膀，不說一句話了。

我下雪車時，比車錢多給了他一些。他兩手緊握着帽子，向我低低鞠躬，就緩步的把車趕到充滿正月的灰色霜霧的荒涼街道底平坦的雪面上去了。

（一八七八年四月）

愚人

有一個愚人。

他久久生活在知足和平靜中；可是漸漸有傳聞起來說他從各方面看來都是一個粗俗的呆子。

愚人覺得羞惱，他憂鬱的思量他將怎樣的撲滅這掃興的傳聞。

最後，一個突然的思想，啓蒙了他遲鈍的腦袋……他一些也不就延，就實施了。

一個朋友在街上遇見他，向他讚揚一位著名的畫家……。

「說老實話！」愚人叫道，「那畫家老早過了時了……你不知道嗎？我決不想到你竟是這般……你是完全落伍了。「

那個朋友覺得驚愕，他立時同意愚人的話。

「我昨天讀的一本書眞的是妙啊！」另一個友人對他說。

「說老實話！」愚人叫道，「我奇怪你會不覺羞慚，那本書一些也不好；別人早已讀過它了。你還不知道嗎？你是完全落伍了。」

那友人也是驚兀，他同意愚人的話。

「我的友人N．N是一個驚人的傢伙啊！」第三個朋友對愚人說。「現在我們間有一位實在慷慨的人物了！」

「說老實話！」愚人叫道。「N．N是一個著名的流氓！他欺詐他所有的親屬。人人知道的。你是完全落伍了！」

第三個朋也驚詫了，他同意愚人的話，丟棄了他的友人。於是任何人任何事有在愚人前面被讚揚的，他都給了同樣的答覆。

有時他會譴責似地說：「你仍盲信『權威』的嗎？」

「怨毒的惡意的！」他的朋友們談到他。「可是一付何等樣的頭腦！」

「和一張何等樣的利舌！」旁人加說，「呵，他是有才能的！」

最後有一位雜誌編者請愚人去任編評論欄了。

愚人批評每樁事，每個人，一些也不改變他的態度或他的呼喊。

現在，他，曾經有一次反對過「權威」的人，他自己也成了一個權威，青年們尊崇他，敬畏他。

他們，那些可憐的青年人，此外能做些什麼呢？雖然照普通情形，人不一定要尊崇另一個人……但是現在，如果有人不尊崇他，那人會發現他自己是完全落伍了。

愚人們在懦夫中間有光榮的時候。（一八七八年四月）

怪鸚鵡

Walter Duranty 作
田蕭
麥耶 合譯

火車慢慢地駛出車站，車廂搖擺着，發出轆轆的聲音。身材龐大的軍曹還站在開着的門口，從容地用穿着厚氈鞋的脚支持了身體的平衡。

他一隻手抓住塞爾齊•馬太維休羊皮衫的衣領，另一隻手抓住他褲子的臀部，那孩子，像隻受傷的獵狗般蠕動蹴躍。然後他把孩子舉過頭頂，手足四伸地丢在一堆雪團上。

「小鬼，」他說，「這是給你偷竊軍隊里番茄賣給那些骯髒的賺外快人們的教訓，你生有地獄小鬼的紅髮和資本家的黑良心。我們用不着你了。」

這樣結束了塞爾齊•馬太維休作爲紅軍來福槍兵第七大隊的幸運生還者的六個月生涯。

在這六個月間，他經歷了勝利——向華沙門戶的敏捷挺進——，也經歷了失敗——在飢餓地從前線退却中；他學會了羅宋兵士的有力和興味的詛咒；他光榮地劫搶——那件由軍隊裁縫通夜縫補過的連帽和褲的羊皮衫。他在紅軍這些時日內沒受過紀律和誠實的訓練；現在，他在烏蘭山脚邊小市鎮郊外的一團雪堆上喘息，同時他的同志們却毫沒留意地向愛克脫栀堡的屯營而去了。

當他恢復了呼吸後，他站起來轉過身去，用盡他所知道的惡毒的話語去咒罵那肥軍曹。但是火車尾已逐漸隱沒在十二月的暮色中，一秒鐘小似一秒，小得不値他再去咒駡了。照紅軍中切口來說，就是：這筆債已經清算了。

十二歲的孤兒，賽爾齊•塞爾齊依支•馬克太維，一個蘇格蘭職業兵士跟一個來自伏爾加的德國農民女兒合生的兒子；現在他是孤獨，沒有友伴，沒有錢，立在刮風的貨車場地上挨餓；一眼望過去，除了車站的破舊草屋，和幾列無蓋的像不整齊牙齒般排列着的車廂，此外就沒有什麼了。塞爾齊有些懊悔，他想起，數小時前他還在司令官，那蠢笨的列脫人面前頑皮；車上的同志們轟笑着阻止那發怒的列脫人近前，讓塞爾齊潛藏在他們中間。現在，車站草屋中的光顯明有溫暖和食物，但是這裏的卡脫人們都是貧窮和不客氣的傢伙。除了徒步走三里路回到那沉鬱的市鎮去外再別無他法。

無論如何，得兇罵番茄和賺外快的人們！假使他們給他留下了錢多好！那個畜牲軍曹霸佔了他每個戈貝克。但在那件事上，他算是幸運的；因爲他們也許還會打他，或把他放逐到那無人保護的大草原上去。

但是一個經歷過波蘭戰爭的老兵是知道有比餓冷和黑暗更可怕的東西的。孩子把帽簷拉至耳朵，越過發銹的軌道向市鎭走去。

當他在三列已經卸下貨色的車下爬過第二列時，他嗅到一陣正在烹調的食物香味。在他前面右方第三排有一輛車，亮光從小窗後的門內露出來，車頂角落里的烟囱正出着烟。

塞爾齊毫不猶疑地用拳重重敲在門上，門立刻開了，一個女孩子和他照面。

「進來，陌生人，」她喊。「我們正期望着你。但告訴我，你是來自天堂還是來自地獄的？」

「那個把我趕下來的人說我有一頭地獄小鬼的紅髮，」賽爾齊回答，由於她的伸出的手而幌搖，砰然的在背後關了門。「所以你得曉得我在這裏很冷，並且經了遠途也餓了。」

女孩除去他的帽子，把他拉向掛在屋頂中央的火油燈下。

「像地獄裏火焰一樣的紅，」她羡慕地咕噥着。「你立刻就會溫暖了，我們還要塡飽你的肚子。我爸爸恰在說起有一個聖者或是魔鬼來解決我的問題，我告訴他誰會來敲門呢，即使是仙人聖尼古拉也不會到目前的俄羅斯來冒險。」

一陣大笑聲來自近火爐角落的草堆：「這樣重要的工作只有一個小鬼來，瑪富夏，我懷疑魔王自己也不能征服勃白・派拍蓋，她是魔王的祖母。」聲音在說到末了幾個字略微顫震，塞爾齊看見手指在灰色制服的闊胸前揮動。

車廂裏有三個人，女孩子，美麗細長，好看的纏結的頭髮，藍色外衣裏揩着紅襯衫，黑色的高統皮靴；那穿着灰色制服的男人躺在草堆上，褐色的胖頰，在一叢鐵灰的頭髮和鬍子中間露出靈活的小黑眼珠；火爐旁邊的是一個矮小的駝背，包在舊的大衣裏，只露出一把白鬍子，光亮的禿頂，和兩隻突出的紅耳朵。

「小鬼同志，」女孩說，「我給你介紹，這是我的祖父，他獨自住在這車裏，聰明而且有錢，但他的智慧不足幫助解決我的困難。這是我父親，他是牢獄長，却不能釋放我的愛人，他的囚犯，——」

「也不要忘記介紹萊湯同志，」老頭子吃笑地打斷她，「和瓶裏的伏特加（酒名）同志，它是最受歡迎的。」說着他在出汽的鍋內投入一隻鐵杓，掐一滿碗給飢餓的孩子。

塞爾齊把黑麵包扯成塊丟入熱湯中，盛兩湯碗；又從瓶口吞了大口剩餘的酒精，再把綠色的烟草，和從老頭子地方撕了來的一片報紙，捲成羅宋兵士的圓錐形紙烟，用一根硫黃火柴點了火，把圓錐的小頭放在兩唇中間，噴出一口惡臭的烟來。

「你們說的是什麽困難，」他問，「那鸚鵡女人，勃白．派拍蓋是誰？」

三個主人都同時講起來，聲音亂嘈嘈的。有一個青年，美國人，一個兵士，搭火車來自東方某地，他生性快樂，而且聰明能幹；瑪富夏愛他，他曾修好了牢獄裏的電燈，後來又把全鎮的電燈改善，初來時，他是啞不能言像一頭獸，但幾月後的現在，他能講得足夠應付了。兩星期前，蘇維埃允准瑪富夏跟他結婚，因爲他們需要他在鎮裏開辦工場，這是他已應允的。又因爲他平日樂天，有藍的眼睛和棕色的鬈髮，所以瑪富夏愛他，熱望跟他結婚，如果他被殺了，她會去死的。

塞爾齊先弄懂了這點，因爲女孩子講得最快最響，整段話中，鸚鵡女人勃白．派拍蓋的名字提出來的次數多得像兵隊裏敲軍鼓，她是一個女巫，一個惡魔，所有魔鬼的祖母。漸漸的塞爾齊也弄清楚了她跟瑪富夏和那美國囚犯的關係。

這可怕的女人有一個隨身的精靈，一隻關在金絲籠裏的紅灰色的鸚鵡。當它咬着你時，你便是有罪的，不然，你就無罪；可是它老是咬你，而你，總是被槍斃的。

沒有人知道她打那兒來，但也有人傳說她是一個著名革命者的寡婦，男人本在愛克脫林堡的一個工廠裏做工，一九〇六年被沙皇的軍隊槍斃了。現在她是「流動法庭」的首長，這法庭在全省移動，專門裁判革命；裁判時，她總是使反革命者把手指伸入鳥籠，鸚鵡總是咬的，而反革命者總是槍決的。也有說她是在血腥氣中生活，每天得殺死一個人，否則她會死，她的魔鬼孫子會離開她。當鎮上蘇維埃得悉她的法庭要到這鎮上來，他們非常驚駭，因爲這裏只有一個犧牲者，工廠經理，他有兩次想逃出市鎮而未遂。一個人是決不會使勃白．派拍蓋滿足的。她會疑心蘇維埃對革命工作冷淡了，或者會揀他們中間的幾個去受可怕的鸚鵡判決，照以前別地所遭遇過的，總是致命的結果。

所以四天前，蘇維埃趕快開了一個祕密會議，決定犧牲那個美國人。他們很覺抱歉，但沒有他的頭就要犧牲他們的，所以無辯論的餘地。他們對他重建工場的事抹了多高的希望；但到末了，他是異鄉人，一個囚犯，並且傳說着美人都是幫助反革命戰爭的，而他恰是美國人；最後，只有一個機會，就是或許鸚鵡不喜歡嚐外國人，不去咬他。

瑪富夏和她的身爲獄長的父親對這整個事件感到非常煩惱，他們到這裏來想從這位車廂裏的隱士得到一些意見。但是他對他們並無什麼幫助，父親正說着會有一個天使或是魔鬼從他們紛無頭緒中找出路來，恰在這秒鐘塞爾齊敲了門，同時說他是地獄來的一個小鬼，所以，他能有什麼解決方法嗎？

塞爾齊的蘇格蘭血衝動起來。他呼了一口紙烟說是每個問題都有解決方法的，但這件事特別困難，最好他能先去看看那女人和她的鸚鵡，在沒有決定怎樣做以前，對美國人和那工廠經理是無話可說的。

瑪富夏聽了他的話霎霎眼睛，孩子再向她保證她對他魔鬼的信仰；獄長和他的父親已經同意了。

「不要把猪趕得太快，」老人說，把伏特加酒瓶塞重重擊着車廂邊緣，然後深藏在大衣的隱處。「讓我們的小鬼同志自己去看看情勢看，或者他會想出一個計劃來。我是無法的，我坦白承認，那青年一定得死，毫無疑問。」

「人總有一天要死的，」他的兒子回答，「我，一個牢獄長知道有些人要比別人死得較快。但這位美國人是一位和善的青年，雙手能幹，瑪富夏又深愛着他；所以我希望他的生命能得救，希望這兇惡的老婦人不去煩擾他。假如紅髮小鬼能幫助我們，我，亞力克西·派特羅維克，答應給他在這寒冷村莊裏所有他所需要的食物，和一個溫暖的角落，把他的腳暖得像他頭髮一樣紅。」

這些話塞爾齊·馬太維休很是滿意，他跟老人道了別，伴同着瑪富夏和她的父親，向小鎮越過白色寒冷的平原。

遠遠地，低低的屋頂間，窗扉透出亮光照在雪上。

「什麼東西使你們鎮上這樣光亮？」塞爾齊問，比瑪富夏走得前頭一點，大踏步跟住她的父親。

「我告訴過你，那美國人給我們建了發電機，」獄長說：「我想你驚異吧，看見我們這小鎮居然已用電力有這許多天了。」

他用諷嘲的重音加在「我們」那字上。這是俄羅斯人所有的習慣，不贊成凡事俄羅斯化。

「而現在，」他憂愁地繼續下去，「甚至這小鎮也再不能用電力了。當他一去，全部工作要無時無日地停頓了。笑，那勃白·派拍蓋和她的鸚鵡！想想看，一隻可恨的鳥竟會帶這多煩惱給我們。」

「你說它是一隻鳥？」塞爾齊問，他從不會看見過鸚鵡，所以不能想像這是鳥，或是野獸，或竟是一種新的蘇維埃行政委員。「假如只是一隻鳥騷擾你們，你們怎不弄死它？」

「弄死它？」瑪富夏幾乎喊出來。「什麼，你不如說弄死列甯！」

「噓！」她父親尖叫，「你們不許講這等事；」他捉住塞爾齊的肩頭。「聽我說，小同志，你不懂的。它實在不是鳥；它只看起來像隻鳥，它像人一樣講話，它告訴那女人該怎樣做。誰能說那一個是主人，鸚鵡或是鸚鵡女人？誰都知道這樣的事：有人從黑暗中出來，已把靈魂賣給黑暗的魔鬼。你不能殺死他們那些黑暗的精靈的，一直如此，只有在過去日子裏曾有一個僧正用上帝的名字和聖水趕走他們。現在那些僧人們被輕侮了隱藏在山洞裏，上帝已把他的臉從我們俄羅斯轉向，俄羅斯變作魔鬼們的玩物了。」他的聲音沉入嗚咽，低頭劃着十字。女孩子不動地立着，她喘着氣，好像剛奔跑過。

塞爾齊·馬太維休震驚了。從黑暗來的精靈，這可怕的話語！恐懼是很容易傳染的；但他盡量使自己英勇，他的父親和他父親的父親是死在某次戰爭的襲擊中的——「沒有一個蘇格蘭人會在俄羅斯人面前顯露怕懼。」

「那是女人和孩童們的胡言，」他勇敢地說；「但是我們紅軍的男子既不懂神也不知鬼；而且，爲什麼在你正要越過河時担憂涉水？」

他的同伴沒有回答，三個人都在靜默中走過雪地。

牢獄是一座大房子，在高大樹林的後背，樹枝上掛了寸厚的冰，在一盞弧形的電燈光下閃爍。一個守衛，熊皮大衣直圍到耳朵，從衣領邊窺視他們，然後一旁立正，鎗刺在門階上發出重擊聲。

高大廣闊的門廳裏，兩個男子坐在巨大的壁爐面前，爐裏燒着像人體一樣粗大的樹木，較年輕的一個在他們進入時跳起來，他穿在黑灰制服內的高大寬闊的肢體，塞爾齊從不曾看見過。好像只在兩大步內，他就越過房間，把瑪富夏雙臂離地抱起。

她的掙扎的叫聲中所含的快樂多於怒氣。塞爾齊圓睜雙眼立望着。女孩的父親走過火邊去跟另外一個男人講話。

「夠了，馬林基，夠了，」瑪富夏在窒息的聲音中叫。「放我下來，我們有一位客人，一個魔鬼！」

她立定脚，把手臂圍在塞爾齊肩上。「這是我的美國人，小同志，他的名字是傑姆，但那是狗的名字，不是人的，我叫他馬林基，小人兒，因爲他是這樣高大，」她高興地笑，把孩子向前推，另一隻手除去他的帽子，「看，馬林基，火，但不會燒的。」她的手指撫着塞爾齊火焰似的頭髮。

「Forthelnvamike!」

塞爾齊·馬太維休不懂美國人的致意，但心裏好像有什麼使他記起幾個已忘了的字來回答。「蘇格蘭語。先生，你好！」

效力立刻有了。塞爾齊在兩條強臂中高高升入天空，同時有一連串不熟悉的話鑽入他的耳內。多麼響，這些聲音！塞爾齊離地六尺，在他旁邊響着興奮新奇的叫語；美國人喊出陌生的聲音，瑪富夏，半笑半含淚地圍着他們跳舞。

獄長和他的朋友從火爐邊恐慌地跑過來。「你們瘋了嗎？」他喊，捉住他女兒的腰。「停止這喧聲。你們不知道什麼會發生，她已經到這裏了，住在派特勒休格的屋子裏。」

瑪富夏像受了閃電打擊而停止，美人抱着塞爾齊僵木了。

他慢慢地把孩子放下來，仍緊緊用臂圍住他。一霎時的沉靜；然後獄長繼續說：「她是今夜來的，和他的鸚鵡一道——聖者保佑我們——，明天要開庭了。她在早晨判決工廠經理，第二天」——他用手指向美國人——「輪到他。他們說我們這裏是幸運的。他是外國人——她十分感興趣，因此關於我們缺乏囚犯她沒說什麼。」

沒有話回答這些除了瑪富夏一聲低喊。她已經昏暈了。

第二天早晨，塞爾齊・馬太維休從一個灰色紅尾鬼鳥啄着胸部的痛苦的夢中醒來。他看見瑪富夏和美國人已站在櫈旁。他自己是在這條凳上旁着火，過了一夜的。

女孩子的面孔因哭而紅腫，她的愛人和善地露齒笑着。

「醒來，小同志，起來吃早飯，有事情要你做。」她試想高興地講，但一當塞爾齊擦眼睛，她坐倒在凳旁地上，絕望地啜泣起來。

高大的美國人撫用地安慰她：「瑪富夏，親愛的，我的小囡，別愁。」

塞爾齊立起身。多麼愚笨，她們女孩子不會懂得死也是一個兵士任務的一部分。他猛烈的扯拉她的頭髮。「別哭，」他說：「告訴我什麼事情。」

瑪富夏掉去了他的手。「好，」她向她的愛人說：「你出去讓我單獨對他講。」

於是就對塞爾齊說：「勃克白・派拍蓋的樣子很可怖。我們從派特勒休格知道的。她和鸚鵡一同用早飯，很早的，兩個鐘頭以前，天還未亮，坐在那裏講着，講着。她對他說『Belogvardeyetz』（白軍），鸚鵡就回答『Belogvardeyetz』，勃白・派拍蓋就笑，鸚鵡又不停地再說『Belogvardeyetz』，於是勃白・派拍蓋再笑。

「你，塞爾齊・塞爾齊依支，你知道這是什麼意義嗎？」

瑪富夏靠在凳上，把她握緊的拳頭放近塞爾齊的胸。

「不知道，」塞爾齊不安地說，一調匙食物恰在兩唇中間。

「死！就是一切！對我的美國人的處死！」瑪富夏把頭伏在臂上，又抬起來，氣喘地說：

「法庭十點鐘就要開了，你到那面去，這時正有裁判，勃白，誰拍蓋定在今晨審判的，那是序幕，正式的開始是在我的美國人到達時。」瑪富夏的聲音帶口吃。塞爾齊又一次停止咀嚼。

「她知道他的。她告訴派特勒休格，她已聽到鎮裏的這個美國人。她說她以前從不會有機會把她的鸚鵡向美國人嘗試。她咀咒美國。她說它是一切罪惡的溝渠，兇狼的巢穴，資本主義的堡壘。她說所有的美國人都是白軍，當她在今晨向鸚鵡一說『美國人，』它就會回答『Belogvardeyetz』

「塞爾齊，快去。」

塞爾齊把空了一半的碗放在地上。他已失了食慾。很清楚的，瑪富夏為這樁事苦痛着，只希望他能幫助她。

「什麼時候了？」他問。

「近十點，」瑪富夏回答。「跟我來，我指點你路徑。」

外面，太陽透過霧，紅紅的升在空曠的白色平原上面。

走了十分鐘，瑪富夏停了步，握住塞爾齊的臂，朝前頭直指。

「在那面，」她說。

「什麼，教堂麼？」塞爾齊問。

「常是在教堂裏的。你不看見前面的守衛嗎？現在請來，事情過了後儘快到我們這裏來，」瑪富夏用臂抱住塞爾齊的頭，緊壓在心上，直到他掙扎才放開；然後，敏捷地轉身，向來路上跑回去。

塞爾齊・馬太維休恢復了身體的平衡，對那走掉的人皺了皺眉，小心地向教堂行進。祕密警察也是假座教堂判事的，他並不感奇怪。雖然別的大房子也有用，但「全俄判決反革命特派委員會流動法庭」却發現如在教堂裏開庭，會給反革命叛徒更深的印象。這也是由於紅色的特別意識。

聖瑪麗像下，一個紅軍守衛上下地步着，圓錐形的帽緊緊拉下，遮住耳朵，與舊灰大衣的領相觸。大衣鈕扣都除去了，因為它們佩帶過沙皇的勳章，代替以帶子。當塞爾齊行近，紅軍把來福槍的底部冷冷地陷在雪中喊：

「你要什麼，小皇子？」譏刺地朝孩子的羊皮衫霎眼。

「不要那樣稱呼我，同志，」塞爾齊微笑回答。「我也是紅軍。這是從波蘭人處得來的戰利品，隊裏的裁縫發給我，來福槍兵第七大隊。剛和司令部失去聯絡。你是好同志，給我一支烟，讓我進去取暖。」

衛兵笑了，說他沒有烟草，和善地轉過背，塞爾齊就溜進教堂去了。

他暫時不能在薄暗的內部看清東西，只有壇上兩枝長蠟燭，上面一幅聖像閃着金光。

他靜靜地摸索進去，在中堂末排的木凳上坐下，前面坐着的人們正在注意地傾聽。教堂的另一頭，一個人高聲地說話，有時聲音高得反常。話滾得很快，不容易懂，塞爾齊只能隨時捉住一句——『從不……沙皇政府……時時爲人民工作……我自己是工作……不是我的錯……教育……不反革命，相信我，相信我，相信我。』

像鋸一樣的裁斷這話，另一個金屬的粗糙的聲音鋌出一個單字』「Belogvardeyetz！」（「白軍！」）

接着一陣高笑。接着是靜默。

塞爾齊的眼睛，現在慣於薄暗，看得見這殘酷聲音的來源。一陣感到有趣的戰慄，他發現那聲音來自一隻鳥籠，在金色竿上的彩飾旗幟下搖動，它放在祭壇的左方。籠內，一隻灰紅色的鳥冷淡地在棲枝上跳動。這就是發出人聲的鳥，但誰在笑呢？

相近祭壇，一個女人正立在蓋了紅布的桌子後面。她的身材顯得巨大，六尺或更高一點。譏嘲的笑的餘跡還留在唇邊，但眼睛却沒有表情。異常突出的眼球閃着光，顳顬上的青脈宛然，使咽喉更覺從一件兵士外衣的領口突現。

塞爾齊當把兩手伸入袋中時發覺它們在戰慄。他不需要別人告訴知道這就是勃白•派拉蓋。

她用躁急的手勢除去帽子，露出薄薄的灰髮。這女人已將禿頂了。

她轉向左方，一個瘦削的，面帶縐紋的人站在兩個兵士的刺刀中間。

「反革命！」她突然吼叫。那人搖搖欲跌。他用舌尖把兩唇弄濕，好像要講話，但話尚未出口，勃白•派拍蓋就更鎮靜地繼續下去。

「我知道你所要說的什麼，公民。你從不曾反對過革命。你從不曾傷害或壓迫別人，從不曾抗拒過普羅列塔利亞；你實在非常羨企革命，以爲列甯和托洛基是歷史上最偉大的人物。是的，那些我全知道；以前，我常聽見這同樣故事的。」她的聲音漸漸低沉，又變苛厲了。她用手背揩揩嘴：「僥倖地，這里我們却知道在那些好聽說話下面，藏在你心底的祕密。你或者是驚異的，像我這樣一個無知識的老婦人竟會知道一個像你那樣的『智識者』心中的祕密；但我不再假裝了。這隻聰明的鳥在此地，它比我更年老，也許比這鎮上的任何人都老，它由于久長的經驗，能一眼認出反革命，一嗅就嗅出他的黑靈魂。」

她的話聲變作單調，抑揚像牧師誦讀熟悉的教義。

「朝前走，人民的朋友，朝前走，把你的手指放入小同志的籠內，他會嗅的也許你是無罪，我們就相信你了。小同志會知道的，因爲他從不會有一次錯誤。如果你是淸白的，他不會來傷害你，不會碰你的手指；但假如你的手會觸犯過人民——」又是殘忍的吼叫——「他會咬它至骨，經我判决後，你將接受你的懲罰。」

她給兵士做了一個記號，他們把那畏縮的人拖白鸚鵡籠，那人在大衣內抖索着，好像要掙出衣服，把它們留給衞兵的手似的。他們把他抓得更緊，迫他向前。燭光在刺刀上閃爍，掠過勃白·派拍蓋的突出的眼睛，她又在譏刺那落在兵士手中驚怕的人。

「別怕，狗的小奴僕。那隻鳥是一個普羅列塔利亞。你說你愛工人。假如是眞的，鸚鵡决不碰你。我也决不。」

除了兵士們帶那囚犯去受最後判决時的拖過地板的脚步聲外，屋內沒有別的聲音。他已頹倒在他們的手臂中，當他們到達金色視幟的脚邊，他的頭在籠底的陰影中垂下。他們想使他挺直，把他的前額重擊鳥籠。這那震動了鸚鵡。它振振羽毛，展開翼膀，在棲枝上期待地跳着。它的冷淡去了；它的似珠的眼睛滑溜着。

一陣畏懼的或是驚愕的，或是恐怖的嗡嗡聲從坐滿凳上的人影中浮起。它給勃白·派拍蓋的語聲壓低了。

「使出手段來，革命的兵士們·如果狗的奴僕不能抬起頭，幫他抬起來。」

囚犯掙扎着。其中一個兵士熟練地扭絞他的左手朝背後扳再去，向上推，直到他喘氣：「我會做到的，」兵士才放鬆扭絞的手。囚犯立直身體，他舉起右手，伸出指頭，急促地向前試探。兩次地他放下手，兵士兩次地扭絞他，直到他再氣喘說：「我會做到的。」

第三次，他的指頭碰着鳥籠了。手抖着，所以不能把指頭伸進木條。另一個兵士緊緊地抓住手，把手指推進籠去。這時全教堂是寂靜的。囚犯已抬起頭用迷亂的眼睛注視鸚鵡。他看定那隻鳥，好像伸在籠里的手指是別人的。

鸚鵡看看囚犯的手。把頭豎在一邊，揣摩地，似珠的眼光投射在食指上，食指顫着，好像正在鸚鵡的嘴下戲嬉。停息在棲枝上面的爪發出輕微的抓聲，在寂靜中回响。一個坐在前排凳上的農民機械地劃着十字。

鸚鵡彎下頸來，把嘴在棲枝上磨擦。塞爾齊幾乎笑了。他半窒息氣喘地透了第一口氣，當他看見鸚鵡敏捷地突跳，用嘴捉住手指，咬下來時。

比喊叫更震人的是囚徒的安靜。鸚鵡已經咬到指骨了，但他好像並沒感覺。這刺痛，減輕了他命運尚未决定前懸掛着時的苦悶。鳥的咬，雖然意味着死，却像慣了冷水。復活了他的蹦勇。

「Belovard=yetz！」鸚鵡啼叫，重重一擊翼，回到棲枝上。

「他永不會有一個錯誤，」勃白・派拍蓋說，又正式宣佈：「尼克丁公民，法庭判決你有反革命的罪。」

「帶他出去！」她喊，「放在地窖里和白狗們的奴僕在一起！」

囚犯是教堂里最安靜的人。他立起身，仰着頭，用堅定的脚步隨着領他的衛兵橫過祭壇，向後面的入口而去。當他經過勃白・派拍蓋的桌前，她朝前斜靠着，突出的眼珠看定他痛苦灰白的臉。囚徒也直注視她，譏嘲的喊叫「鸚鵡裁判！」輕蔑她臉上的咆哮，來答覆兵士拉他入門時的催迫。

勃白・派拍蓋戴上帽子。嘴唇喊出殘酷的決定。「今晚十一點鐘，審判第二件案。」她集攏紙張，推開桌子，跑下通道來。

法庭閉庭了。

塞爾齊本想在別人走動之前溜出，但他意料不到法庭會突然結束。在他能走動前，勃白・派拍蓋正在通道里一邊走一邊細察面孔。他的勇氣隨她的脚步減少。當走到他的凳前，他畏縮地蹲伏在座位里。他感到給夢魘攪住般的麻木。這對眼睛是凱爾貝的！牠是許多年前他父親講述的蘇格蘭故事中的妖怪，半牛半鬼，形狀却如一個人，住在蘇格蘭高地的深湖底。晚上，當月光滿照，牠出現在疏忽的船夫的小艇側旁，把他們拖下去弄死。凱爾貝，他發抖回舞，正有這樣突出的眼睛，這樣參差的眉毛，這樣可憎的容貌。

以前塞爾齊從不曾有過像這樣的不安，當勃白・派拍蓋停在他旁邊，轉身察看教堂以滿足自己時——因爲從她離開桌子以來，沒有人敢動一動；然後，很意外的，把她的眼光落在他的紅色小頭上。

勃白・派拍蓋顯然要使她的退場引起人注意。

「你是誰：長着地獄小鬼的頭色？」冷酷的聲音響着。

這話，這樣的出奇，足夠打退了他正在搜索的記憶中的符咒，使他訥訥而說：「我只是一個小孩子。」

「小畜牲！」她輕拍他，走出門去了。

塞不齊不動地等着，直到幾乎所有的人都離開這屋宇。

他儘快的跑回監獄去，他感到雙腿在冷銳空氣中的移動使血脈流動起來，將到屋子時，他停下來挖去靴中的雪，怕懼已經沒有了。當進入門廳，他覺得自己地位的重要，因爲他知道所要報告的新聞。瑪富夏的臉孔回復新的沮喪。她坐在桌邊她父親和美國兵士的中間，她的頭垂在胸前。

塞爾齊出現時，兩個男子熱望地抬起頭來，瑪富夏一動也不動。

「情形怎樣？」獄長喊出來。

「對的，一些也不錯，」塞爾齊用平常的聲音報告。

獄長推開酒杯，把拳擊在桌上：「我知道的。」

瑪富夏抬起頭來，好像剛醒。用臂捉住塞爾齊，拉他過去，輕聲說：「告訴我們，關於這一切。」

塞爾齊開始講述。他們聽着，好像他們的生命依靠在每一字上。

「隨後，」他說下去，「她說今晚還要審判。」

「今晚？」三個都喊出來。「今晚？本是定在明天的。」

「你是說，」瑪富夏喘息着，「他——他要在今晚受判？」

「她就是這麼說，」塞爾齊回答。

瑪富夏撲倒在地上，抱住她愛人的膝。「不能的，不能的！」她叫。

他的臉轉灰白，撫拍她的頭，嘴脣顫抖着，輕輕地重複：「Nichevo, nichevo, nichevo」這是他唯一能正確發音的俄字，斯拉夫語的「聽天由命」，就是通常所說的「沒有關係」或「有什麼用？」

但他的手呆止了親撫，當他聽見獄長重濁地喃喃說：「他們從背後射你的頭。」

瑪富夏高聲啜泣。

「是的，他們是這樣做的，」她的父親說下去。酒醉使他發怒，「他們把你放入教堂的地窖，就當你經過門檻時，用鎗射在你的頭後部，他們想你不會料到如此，不會轉身的。這是畢事的最容易方法。」

他女兒的呻泣使他突然停止，把憤怒轉了向：「而你，可咒的小鬼！」他朝塞爾齊喊。「你有什麼辦法？你找得出方法嗎？」

瑪富夏厭倦地說：「讓他單獨去想，」引起他父親更大的怒氣。

「不，我不讓他單獨。他做了什麼呢？你這可咒的小鬼。出去！」不能在別處發發怒氣，獄長搖擺過來，用拳頭威嚇孩子。

塞爾齊惱怒地退却。他跑下台階一半時，獄長衝出來向他嚷：「幾點鐘開始？」

「今晚十一點鐘，」孩子馬上回答。

已經過了五點鐘，天非常黑暗。他由窗扉透出來的光找着穿過鎮上的路，然後像一頭年輕野蠻的動物，靠着直覺，確切地循回黃昏時的途徑。他的思想只是旋轉着勃白•派拍蓋的可怕的眼睛。他越想越相信她就是凱爾貝。他父親的故事更活躍地浮起來。自然有許多地方他已忘了。是的，有一種符咒能對付那妖怪的。他的父親確講到一種符咒過。但一切都是許多年前的事。對於塞爾齊，好像一生已過去了，他摸索記索恰如一個老人撫憶他的青年時代。他想集中思想在那符咒上，但都輕輕滑過去了。「好像一粒西瓜子滑過你的指頭一樣，」塞爾齊想。

這個比喻把他的思想聯貫起來。符咒是某一種種子吧，他的靴擦着生在鐵道旁邊的松樹枝上。塞爾齊覺得一扇門在他腦中半開了。

「樹果子！山槐的果子！那就是爸爸說過對付凱爾貝的。織一個十字。」

但也許還有別的東西吧，那地方並沒有槐果。還有更好的吧，他憶着。感覺中的門仍只是開了一半。他垂頭走，集中力量思索，使他經過那老人的車廂時不及注意。突然他停步，像一隻獵狗似嗅着，轉過身來，看見車廂，就向它跑去。他敲門時仍繼續嗅，躁急地頓足，直到門透出食物的香味開開。

「我找到它了！」塞爾齊喊，跳躍地抓住驚愕的老人的手。「我已經找到它了！」他重複說，興奮地跳舞。「現在我們能救他了。」

「老天爺！」祖父嚷出來。「你找到了什麼，像一隻蛙背上的蚤一樣跳？」

塞爾齊沒有聽見他，他的眼睛在屋中搜索。

「哈！那面，在角落里！」他深深地吐了一口安慰的氣。

「符咒！」他嚷，「符咒，小祖父，擊敗凱爾貝的符咒。」

「現在，你總可告訴我什麼是凱爾貝，和爲什麼你的舉動如瘋子了，」老人在搯了一碗食物，熱氣騰騰地放在孩子面前時，嘲諷地作着怪聲說。多麼香！塞爾齊敏銳地吊起胃口忘了興奮。一面吃一面述說白天的事，堅信勃白•派拍蓋就是凱爾貝。

「也許是的。也許是的。」老頭相信地點點頭，用一種老年人所能感覺的驚呆，看他的小客人的紅頭在碗的上下搖動。

「噺，我遲了，太遲了。也許他已經不在。我須像魔鬼樣奔回去。」

塞爾齊跳到門口，把皮帽拉到耳朵，尖喊一聲「再會！」衝入黑夜中。

他一跳跳上監獄門口的台階，脚跟落地，跳進去，跌倒在驚愕的守兵脚邊。

「跑開！」他喘着氣。「讓我進去。」

「誰要你進來的？」守兵在塞爾齊推開門衝進屋子時說。

里面是空的。

塞爾齊屈下身，爲擔心來得太遲以致不能把符咒交給美國人而僵呆。他的脚在通過門廊時遲滯下來，但是里面房間里的語聲使他的脚步加快。他謹愼地把頭伸進門，趕快快跑進去，砰的關了門，朝前跳。瑪富夏和美國人坐在地板上，熱摯地談着話，沒有留心塞爾齊的進來。牀上躺了獄長，呻吟着，喘息着。他飲過酒了。

塞爾齊把兩手重重擊在瑪富夏和她愛人的背上。

「快來！我找到它了——那符咒——救你的。廚房在那里？跟我來。」他的話使兩人立刻站起來，獄長轉着眼睛，想爬起身。

「快，這里！」塞爾齊用右手攫住美國人，另一隻手搜索着袋，這時，紅軍鹵莽地把他推在一邊，說：「跑開，現在你這猴子動作總做得夠了。沒有辦法的，命令是命令。走。」

瑪富夏把手臂圍住她愛人的頸。紅軍停下來，狼狽地蹙額。塞爾齊好像對這對愛人有同感，轉過背去，但就在他們擁抱着時，他從袋里摸出一件白色的小東西，緊握在拳中，急回轉身嚷：

「現在，同志，握手。向前，做一個男子漢，別站在那裏號叫。」

美國人望住他，微笑，放開瑪富夏，握住塞爾齊的小爪。

「再會，」他說。

「一件符咒。留在你的手里直到最後一分鐘，」塞爾齊輕輕說。「它是有魔力的。緊握住它，把指甲掐進去，千萬不要失掉。」接着高聲說：「再會，同志。」

笨重的門砰然而關，瑪富夏仰站在他們離開她的地方。隨後屈下膝。

「聖馬太保佑——」

勃白．派拍蓋信任一種儀式。

當塔上敲過十一點，勃白．派拍蓋的巨大軀幹經過通道向祭壇走去。她後面是兩個兵士，每人擕了一支長一碼厚如人臂的點亮的蠟燭。他們後面，另一個兵士高舉了鸚鵡籠的金色旗幟，籠被圍在一塊白巾中，在旗下搖擺，好似一隻香爐。隨後是法庭書記用恰當的步武走着，再後是兩個帶着鎗刺的衞兵。再後是囚犯，高抬着頭，闊肩膀，慢慢地好像葬禮的行列般地行進着。最前，又是兩個魯鈍蠢笨的衞兵。

勃白．派拍蓋大踏步跨到祭壇面前的桌子，轉過身，俯視聽衆，交屋着雙臂坐下。擎了教會之幟的人巧妙地把旗插入孔中，用矯捷的手勢，拿開遮蓋鳥籠的白巾。燭光落在鸚鵡上。它霎霎眼，振振羽毛，伸着頭頸啼叫：「Gotoya！」（「預備！」）

勃白·派拍蓋露出她的黃牙。

「Gotova！是的，我們預備了，我的小鳥！」

「同志們！」勃白·派拍蓋說，椅子向後一移，交起腿，把帽子推到頭的後部，「同志們，今晚我們在這里判决一隻外國狗，他用他的資本家主人的强力，來壓迫蘇維埃俄羅斯社會主義共和國聯邦的工農們。他所來的那國家很希望我們這某一個工農政府再被暴政淪爲奴隸。一個美國人！它的意義就是狗。」

「狗」那個字驚動鸚鵡。它啼着：「Belogvardeyetz」那女人的狂暴笑聲在教堂內震起回音。

「永不會錯！永不會錯；我的小鳥從不會失算過，」她嚷。「現在，你這白軍的狗，爲你自己辯白啊！說，爲什麼你，一個外國人，敢來侵犯我們國家。」

美國人用幼稚的俄語大胆地回答：

「Yah gavaryou ochen malo po Russky. No yah ne vinovat.」

「呀，你只會說少微的俄語，但這並不是罪。你知道已經說得夠了。沒有別的話再要說了嗎？」勃白·派拍蓋站起來，把帽子放在面前桌上，向前斜靠着，「沒有別的了嗎？還有討饒的話嗎？」

「Nichevo，」囚犯冷冷地回答，這是他惟一能正確發言的俄字。

她的面孔發怒地鐵青。

「狗！」聲音在屋宇最遠的角落發出回音。

鸚鵡立刻相應：「Belogvardeyetz！」

「小同志已經說過了。讓他受判。」

美國人側旁的兩個衞兵用臂攫住他。他不用催迫。「Nichevo，」他又說，告訴他們他並不怕懼，用不到强制他。

他直向鳥籠走去。塞爾齊屏息呼吸，把眼光從鳥籠迅速地移向勃白·派拍蓋，她仍靠在桌上，她的凱爾貝眼睛瞬視住她的犧牲者。

「地獄！」美國人高聲說。外國語輕蔑地鳴響。「地獄！」他又重複，把食指插進鳥籠。

鸚鵡舉起翼膀。每個旁觀者——或者除了一個，因爲塞爾齊的蘇格蘭心堅勇地在他的胸內擊打着——知道它要咬了。它舉起翼膀啼叫，在棲枝上跳躍，嘴低下剛一接近那隻指頭，就在籠中半飛半跳地振着空氣，兇殘地尖叫：

「Konchala Konchala！」（「完畢！完畢！」）

「啊？對這你有什麼話說，老姑娘？」美國人用英語問，向勃白•派拍蓋微笑。

她的眼睛有了光澤。把拳重重敲在桌上。

「狗！狗！」她吼叫。

「Belogvardeyetz！ Belogvardeyetz！」鸚鵡軟弱地應和。

「再來一次，你這狗」勃白•派拍蓋命令。

「隨便你幾次，」美國人答，又把指頭放進鳥籠。

這時鸚不再假作審看了。它畏縮在鳥籠的底部，把嘴埋在胸部羽毛里，只在勃白•派拍蓋用她最高音尖喊「狗！」時，它低低地應和；「Belogvardeyetz！」

「什麼時候了？」勃白•派拍蓋轉身問旁邊的書記。書記慄顫地在羊皮衫里模出一隻大金錶，說，「午夜還差十五分，」又把這前屬拉休克申親王的財物放進袋內。

「釋放這囚犯，他沒有罪。」鸚鵡女人踢開桌子，跨下通道來。爲這一個犧牲者的緣故，她不能否認她的愛物的判決。

這時，塞爾齊•塞爾齊依支•馬太維休在他的位子上坐得筆直，注視她經過。她一消失，他就跑過去用手緊握住美國人。

「凱爾貝！我告訴過你！凱爾貝！」他瘋狂地喊叫。「我爸爸是對的，我爸爸早知道。」

不去注意這喧聲，却用伸出的手來接受慶賀，這青年兵士把塞爾齊舉在天空。

「你一些也不錯，小子，」他用英語喊「你是杜鵑，你眞聰明。」又用俄語：「它是什麼，小子？我把它留在手中直到末了，但後來，我丟了。你怎麽做成它的？」

塞爾齊把嘴靠近他的耳朵，輕聲說：「嗅？你的指頭看。」。

美國人高聲嚷起來，又過制自己。

「是的，」塞爾齊耳語，「「大蒜」那就是擊敗凱爾貝的符咒。」

兩個人趕快地朝瑪富夏屋子跑去。

東京通訊

陶亢德

雨生兄：

秋來的東京天時，大概可以下面的八字形容之，卽晴雨不定，冷暖無常。例如昨天快晴，寒暑表上明示近八十度，僅穿單衫還有點嫌熱，今天却就下雨了，簷前的叮咚滴水聲聽起來就令人感覺到一陣陣的寒意，一看寒暑表，果然已只剩七十度還不到，我是個怕冷的人，作客異國，又更須冷暖自知，於是脫却單衫換上夾袍，然而還覺得秋氣侵人。

下雨又必刮風，一陣風來，吹得我居室的玻璃窗砰碰作響，深夜聽此，不免興起一種淡淡的旅愁。黃公度日本雜事詩中詠風雨一章句云：

神仙樓閣立虛空
海颶狂吹壓屋風
四面濤聲聾兩耳
終年如住浪華中

註云：日本多雨，尤多大風，余居屋係木造而非石築，四面皆玻璃窗，風起搖動，直如一葉扁舟浮大海中，爲之時時心驚膽戰也。（根據日譯，與原文當有出入。）

我所身受的雖還不如黃公度那樣的令人心膽爲寒，但是風雨之感，確有相同者也。

這位貴同鄉黃公度，實在是位了不起的人物，他只住過兩年日本，而且不解日語，可是留給了我們四十卷十四册的日本國志，二卷二百篇的日本雜事詩這兩部偉構，我常常想，像中日文化協會這一類的團體，是不是應該把這兩部今已難覓的志詩，加以標點重印呢。日本國志脫稿於光緒十三年，自初刊迄今，究竟幾年初刊，乞代一查爲荷，正將六十年，把來重印出版，不是一個很好的紀念麼？我們在學問著述的努力上，既已不及古人，不得已而求其次，支一點不致於有妨國庫的公帑來重刊先賢遺著，是不是尚屬可行呢？

索性再拉扯一下黃公罷，他在詠櫻花之一的註釋中有云：東京名勝，爲木下川之松，日暮里之桐，龜井戶之藤，小西湖之柳，堀切之菖蒲，蒲田之梅，日黑之牡丹，瀧川之紅葉，現在已是準備看紅葉的時候了，前幾天何大雄君見訪，也曾說過幾時去旅行一趟看看紅葉的話。瀧川在東京的那一角我就根本不知道，而且五六十年前的名勝之區到今日是否依然無恙，也得先問一下老東京，大概我們不欲看紅葉則已，看必往遠處看去，要旅行證也好，要旅費也好，大有一切在所不計之概，這我說也是人類「騖遠」之一證，眞個要看紅葉，這裏園子裏不就有着幾株，而且枝頭已現紅點了嗎？雖然並不是楓樹。

我還是穿着「國裝」，許多朋友問我爲什麼還不以夏換夷，我總笑笑不答。現在不瞞你說，我以爲穿中裝好比和平治世，儘可悠哉遊哉，寫寫意意，穿西裝却似決戰體制，非得緊張振作不可，爲人在世，何必連領帶褲褶都要服從呢？而且穿中裝在東京又有實利可圖，不，有特權可享，例如前幾天到文藝春秋社去，那架電梯只到三五七樓，而文藝春秋社的社址却在六樓，知道了這個之後，我在到七樓好還是五樓下來呢的一時猶豫間，那個開電梯的就鑒貌辨色的破例在六樓一停，這大概是看在我的長衫面上罷。又如我去買香烟時常常忘帶必須交換的空殼，也總次次通融買到，這也是叨長衫之光罷。世有依老賣老之諺，想不到也可以依長衫賣長衫呢。但是西裝遲早總必一穿，不過目的只在於使我們的同胞肅然罷了。

據說關於西裝的問題，當年李鴻章與日本駐華公使森有禮曾經辨論過，李公以爲服裝制度是祖先所遺，爲子孫者應尊重保存，森君則以爲和服華服寬適則有之，輕便遠不及西裝，故好逸之人不妨和服華服，勤勉之人宜穿西裝，日本國民只知擇善而，不管別的一套。齋藤惠秀氏卽據此一例以概中日兩國對於西洋文化反應之不同。事極有味，論亦新穎，附述奉聞，以博一思。

說到排隊，國人一聽就要縐眉，這裏的排隊可着實不少。在蔬菜鋪子門前，常見顧客排隊，在飲食店門前，常見顧客排隊，昨天出去買一本雜誌，則見左近電車站上的搭客，也二人一列的長長排着隊，其時是「落寫字間」時間，電車照例必擠，其排隊也，意卽在於使先等者得先上車乎？

上代所說的雜誌，爲文藝十月號，其中有小林秀雄氏的「關於文學者之提攜」與河上徹太郎氏之「中國代表之決意」二文，小林氏的意見是東亞文學者的提攜，須如孔子所說的「君子和而不同」不要也如孔子所說的「小人同而不和」，就是說不要在籠統的共同觀念之下同而不和，蓋「文學家間的眞之和，在於不易爲人所知的創作作品時之甘苦相共上」也。河上氏的大意是如題目所示，記述中國代表爲文學運動努力的決心，文中對於北沈南柳推崇備至，對於中國之成立如日本那樣的一元化之文學團體期望甚殷。不知你和沈君分頭進行的結果如何了？成立無阻的話，這個團體的第一件工作，想爲籌備東亞文學者三屆會議無疑。據說陳詩人已有函致久米氏，告訴他會議在華舉行毫無問題。日期則我以爲明年春天較好，因春光明媚山水多姿故也。

別的沒有什麼可寫，且錄詩二首作結。一首是謝抗白先生的集唐詩「歸思」。

紅樓隔雨淼相望，
莫待無花空折枝，
等是有家歸不得，
已涼天氣未寒時。

還有一首是給我改樂爲苦的千家詩：

雲淡風輕近午天，
傍花隨柳過前川，
時人不識予心苦，
將謂偷閒學少年。

依茄·華雷斯自傳

秦瘦鷗譯

四　士兵生活

關於討論窮人問題的書和文章，我委實看得太多了，後來幾乎沒有興趣再看。牛津大學的年輕的學生們時常屈尊降貴地走到那所謂「深淵」中去，在泥水裏摸索着一切問題的造因和起源。他們很熟諳地寫出了許多有關勞工問題，經濟問題以及供求問題的大文章來，而當他們發表自己所觀察到的情形的時候，往往還能很適稱地舉出若干例證或圖表，藉以支持他們自己的理論。

現在他們又告訴我們，西區（倫敦的西區）那些奢侈的情形，例如規模宏大的珠寶店，漆得發光的大汽車，以及時髦女人不惜任何代價所蓄養着的小狗等等，已使勞苦的羣衆看得深感不憤起來，然而我已記不得這些未來革命的例證曾經有一次是實現了的。實際的情形是祇要勞苦的羣衆可以獲得適宜的住屋，同時也能夠賺到不太多的錢足以使他們供給一家不可或缺的衣食，那末他們對於生活比自己優裕的人的行動是絕對不會關心的。所謂「階級鬥爭」只是一種虛構的幻想。英國的窮人是最富於情感的，他們決不致於憎惡富貴人的流風逸韻，同時他們也最守紀律，最聰明，決不會對他們鄰居的財富激起什麽不平來。他們都是正人君子，說話爽直，思想純潔，他們始終保守着英國國民性的典型。

這是一個習慣，凡提到窮人，就會連想起慈善或救濟事業，但窮人中間，也儘多身居陋巷而仍能天天揩窗抹戶，保持清潔狀態的。還有一班窮人簡直最怕人家去周濟他，終生惴惴地憂慮着，惟恐自己身死之後，要讓善堂去爲他收殮。甚至還有高傲而富於自尊心的窮人，他們咒罵着一切濟貧事業，同時又極嫉妒地掩藏着自己的窮苦，不令人知，而這種窮人却正佔着最多數，那些寫文章的先生仍是永遠碰不到他們的，即使遇見他們，也不會發現什麽，因爲他們從不討論自己的事，而對於特來窺察他們的人更懷着十分不快的猜忌。這些窮人中的男子，大概都有一套很好的衣服，專備星期日穿着。他們的孩子也各有一套漿得很挺的衣服，在平常日子裏總是小心翼翼地摺疊着，直到禮拜日那天才穿出來，你同樣還可以看見小孩子們在禮拜日的早上，胸掛鮮花，揚揚自得。他們家裏也有客廳，但除了禮拜日是絕不使用的；每逢禮拜二或禮拜三是他們漿洗的日子，而到每禮拜六的下午，則大多上街去採購物品。

請記着：飢餓和污穢絕對不是窮苦的標記，他們只是不知儉約者的正常狀態。而我在這裏所說的窮人却是專指一家中的每一個人平均每星期都可以賺到十五先令工資的勞苦大衆。這些人家裏的婦女是每化一個辨士都得鄭重考慮的；對於她們，銀行休假日是最重要的節目，永遠牢記在心裏，並且天天在預計着它們的到來，以及自己應該儲蓄的數目。這種窮人是教堂所永遠失去的，——因爲千百年來，教堂從不曾對他們有過貢獻，僅僅把一種責任，强迫地加到那些難得有一天休息的男人女人的身上去，使他們已經感到很枯寂的生活，另外又添上一重新的陰鬱。眞是天知道！

× × × × ×

我入營的那一天，聖誕節的燈綵兀自還遺留在營房裏，沒有被撤除，這對於新入伍的人，自然是很容易觸起愁緒的。當我跨進被指定的宿舍中去時，那一間又長又空洞的屋子裏就祇有一個人，他正坐在床的邊沿上擦拭幾顆銅紐扣，他的床上綳着許多雪一樣白的布條，床脚下擱着一只黑色的行囊，大小祇等於女人用的手提袋。

「別碰我床上的東西，不然我就把你的心窠子也掬出來！」他用着怪溫和的——簡直很友善——語氣這樣說。

他恰好輪到明天早上值崗。靠小床的牆上有一只木釘，釘上掛着一件紅呢的小褂子，它的右手的那只袖管上還釘有兩道金線，是得過奬的標記。據他自己很不經意地說，他已是一個「老脚色」了，第一期七年早已完畢，此刻是正在繼續第二期（五年）的服務。

於是他就把軍隊中的內幕情形一起告訴了我，其中有的是梅特司東軍營的光榮，也有許多是它的醜史。後來我就請問他圖書館在什麽地方，——因爲我在車站上碰到一位伍長，他告訴我要吃茶水或點心可到圖書館去。

「圖書館？」那位老脚色眞疑心他的耳朵聽錯了。「圖書館？你不是說酒排間嗎？是不是？千萬不要進了軍營再做一個戒酒者，不然的話，不滿一個月，你準死！特別是在印度。那是我們第一個必須去的地方，今天你還活着，明天說不定就死了，都爲喝檸檬水吃甜麵包的緣故。」

他打算先領我到酒排間去，可是我堅持着要先去看看圖書館，他很勉强地依從了。一路上他告訴我要不是他身邊恰好分文無着的話，我是決不會在宿舍裏碰見他的。

「喝一盃咖啡還不妨事，——但千萬不要勸我喝檸檬水，那是會損害人的內臟的。」

這所圖書館的最特出之處就在裏面找不到一本書，甚至連報也沒有一份，僅僅在東邊的壁橱裏，有兩大册像書一樣的東西；但我走過去仔細一看，原來是兩方棋盤，故意摺得像硬面布裝的書似的。這是一所完全用木料搭成的屋子，中央掛着兩盞油燈，地下有一張可以摺疊的彈子檯，幾張小方檯和寥寥幾把木椅。在屋子的那一端，有一張櫃台，櫃台後面是一盞給煙燻黑了的油燈和一隻很大的水壺，旁邊放着幾瓶檸檬水和一碟式樣很不好看的蛋糕，屋子裏的熱度是靠一具爐子供給的，但這個我當時並沒有就發覺，我祗看見好幾個人圍坐在一隅，依我想，總是在玩什麼牌。

「酒排間就比這裏有生氣得多了！」引導我的那位老脚色說：「啤酒可以使你高喝起來，檸檬水却只能倒壞你的胃口。」

我告訴他說，我從沒有嘗試過這種人們自己送進嘴裏去耗損腦力的毒物。他一聽便很陰沈地搖着他的腦袋，一面用嘴吹涼他的咖啡。

「那你就非死在印度不可，」他立刻發出了不詳的預言來。「每天晚上，我們總要死掉一個人，而通常總是喝檸檬水的人，因爲喝啤酒的人是決不會無緣無故死掉的，祗有敲打聖經的人，才會像燭火一樣的熄滅，這是因爲氣候的關係。」

他喝完了咖啡，很客氣地向我道謝，接着他就向我商借三個辨士，說要去買一聽擦鞋油，我把錢一付給他，這個人便立刻失踪了，多分總是上酒排間去了。

這位先生是我在軍隊裏所遇見的許多「諾別克拉克」中的第一位，爲什麼姓「克拉克」的人一定要叫「諾別」，這個理由我竟始終沒有發現。同樣姓「泰勒」的人爲什麼多半要叫「布克」，也是令人不解，也許這就是軍隊中的神祕吧？

梅特司東軍營的建築是包括幾座式樣奇古的二層樓的木屋，和四大間新式的磚房，兩邊各兩間。這些木屋和磚房全都築在一方院落的東北兩邊，它的西邊和南邊都是一層樓的屋子，專備帶着家眷的軍官居住的。院子裏還種着一行行很老的老樹，而在我們的宿舍的後面，還另有一大片操場，還遠地一直伸展到曼特惠的小路邊。

我就被指定住在四間磚房中的一間，我的那張床是用三只方形的「餅乾箱」似的東西拚成的，裏面塞飽着許多毫無彈性的物料；床上有三條毛氈和兩條縫製得非常粗劣的麻布的褥單，這是要隔一個月才可以換一次的。

最早的一次操是在清晨七點三十分，最後的一次是下午二時三十分。大體上說，營裏的食宿簡直比不上一般難民收容所，較之台特摩亞監獄裏的待遇，更要差得很遠。可是我這樣說並不是表示不滿，當時我委實已經很快活了，因爲我在營裏吃到穿到的一切，至少比我未入營以前所享受到的並不差。

才進去的那幾天，我彷彿像在做夢一樣。先是領到了我的一口背袋，又量着身子做紅色的制服，同時還發到一支步鎗，一把刺刀和其他各種士兵所有的配備，整天給許多臂上釘着金線條子的「老爺」們呼來喝去，奔東趕西，一方面還得學習辨別軍號的聲音。每一個士兵最先懂得的軍號總是「上廚房去」和「有人犯罪」這兩種。那些伍長們簡直使我見了就害怕，軍曹們的威風也不相上下，我所遇見的第一個高級軍官可以說是我生平所受到的最大的一次震驚。當教練行敬禮的時候，我倒覺得非常高興，一學會便想試試，偷空就去站在路邊等候着，待有長官走過，便利用他們來實地演習我所才學到的技能。

入營不久，我就很快的得到了一個綽號，叫做「能克」，據說那是一位最有名的拳鬥家的大名咧！

懷和田

楊之華

我和和田（Wada）先生的認識，是始於去年初秋。

那時正是東京『日本文學報國會』主辦第一次大東亞文學者大會的前一月。有一天晚上，許力求先生找我談話，說朝日新聞社上海總局的主持人木村與和田二氏想請我爲該社的囑託，詢問我的意見。

朋友們對我的好意，我是十分感謝的。但友邦人士之所謂『囑託』，似乎也就等於我們之所謂『顧問』；我有什麼資格可爲日本最大的新聞社——朝日新聞——的『囑託』呢？想來眞是十分慚愧。然而朋友們的好意又不敢推却，所以在當時我只對力求先生說：『容我考慮考慮』。

我的『考慮』，并非就是『官樣文章』，而倒是實情。考慮的結果是不敢擔任，因爲直至今日爲止，不論學問，文章，經驗……我都不足以勝任此職。

但過得兩天，力求先生又再次找我詳談，說『朝日』急於找一個能夠對中國現代文學界的實情有相當了解的人，去幫忙他們徵集一些文稿，以供『朝日新聞』之用，餘外并爲他們提供一些關於最近文壇的動態以及代表他們聯絡幾位在中國文化界有地位的作家……這樣也就夠了。但一時又找不到別人，於是非要我去試試不可。

次日中午，我便跟了力求先生依時赴約。與和田先生會面的地方，便是熙華德路三〇二號朝日新聞上海總局的老址（按：新址已遷移至外灘一號了）經過簡單的介紹後，我們便隨便地說起來了。眞的，和田先生給我第一個的印象，便是和愛可親——尤其是他那口流利的國語，幾乎使我忘記了他是個友邦人士哩。

當我第一次離開朝日新聞社的時候，和田先生便誠摯地笑着對我說：『楊先生，從今天起，你便算是我們的同事了！以後就請常常來，既不拘時間的長短，也不限上午或下午，總之，有空就來談談。」自經過和田先生這麼的一番誠摯的話後，更使我慚愧自己能力的不夠。

自從那天起，我便常常到朝日新聞社去。爲了準備歡送我國文學家代表的出國事宜，在朝日我又認識了幾位朋友，那便是現在已到了南洋去辦報的平尾則人和現仍在滬的林俊夫。又以平尾先生也曾留港多年，能說得一口極其流利的廣東話，所以我與他，又是「一見如故」——因爲我正是個純正的廣東人啊。

至於林俊夫先生呢，他雖然尚未能說得一口流利的中國語，但他却能看中文，譯中文，而且也能聽。因此和他談話的時候，說不通便改用筆談。又因爲翻譯中文的事，所以和他接近的機會也特別多。

當我們把歡送中國文學家代表出國的事情辦完之後，便沒有什麼事要急辦的了。因此，我到朝日新聞社去的次數，也就由隔日改爲三日，改爲一週。而我去朝日的時間也不定，有時是上午十時，有時是下午二時。這麼一來，一方面固然是我到朝日的次數太少，而另一方面也以平尾及林二氏出勤的機會太多，所以會面的機會也就少起來了。然而我每次都能見到的，倒是和田先生。

和田先生在當時所擔任的職務，是朝日上海總局次長。照日本各機關（單指事業機關言）的慣例，擔任局長的人，多是德高望重，而且在過去也有着特殊功勛的人，因此局長一職，只負名義及指導幷監督之責。事情正是爲此，所以朝日新聞上海總局的實際負責人，便是和田先生。

從每次與和田先生的談話中，他都爲我談到他的中國朋友，前「大公報」記者范長江，作家蕭乾等人，都是和田先生的摯友。又以其與他們的關係，教我知道他留平的時候很長。和田先生之與北平，正如平尾先生之與香港，同樣是有着長長數年住居的城市。

和田先生常常對我說，他對我國的城市非常懷念，尤其是富有東方古代建築美的北平，就是有着近代的明朗感的上海，他也很喜歡。至於中國的朋友呢，他是喜歡與中國的文士或記者爲朋友；據他說，因爲文士富有感人的熱情，沒有一些虛僞，記者則坦白爽朗，因爲他們都是從事忠實正確報道的人物。

如今，和田先生已回到他的祖國日本去了，並且榮升了東京朝日新聞總社的事務局長要職。這在日本來說，在其本國多添了一個能幹的人才；就朝日新聞社來說，在其本部多添了一位在新聞界富有經驗的德高望重者；就和田先生本身來說，則爲榮歸故國。惟是，在我這個異國的人的心裏，却感到暫時失去了一位和愛可親的長者，一位同業上的指導朋友。每一提到和田先生，我便有着無限的想念。因爲在異國的友人中，他是我第一個友人，而且是最誠摯的一個。

臨別之日，在國際飯店十四樓的歡送席上，他爲我致其誠摯而可敬的教言：『楊先生，今日別後，我很盼望能在各報章雜誌上讀到你的著作……』像這樣親切而誠摯的言詞，給我無限的鼓勵；同時更教我慚愧，爲了事業上的雜務，已使我停止了我嚴肅的文藝創作。如今我能夠寫得一些什麼來呢？像這一類不三不四的東西，眞是教我愧對自己，更辜負了和田先生對我在文藝創作上的期待。

前幾天遇見本刊的編者，他又囑我爲文。我問心想想，現在我能夠寫下一些什麼來呢？眞是慚愧得很！誠如我的一位好友所說：『老楊，這幾年來，我都看不見你的新小說了』。我的回答只有無言。眞的，我還有什麼可說呢？但爲了朋友的囑託與期望，我只能於忙裏偸閒來寫這一類四不像的東西。倘如遠在東京的和田先生能看到我此文，那麼就算是我對他的遙遠的寄意和問安吧。一九四三年十月二十八日之夜，於上海。

姑求甚解

文載道

前一回在本刊寫了幾則讀書日記，題名曰不求甚解集，現在又承編者先生索文，而且截稿之期又極迫促，一時想不出適當題材，而手頭還有一些斷爛的材料，就把它再加纂錄一過，題目只改動一個字將不字改作「姑」字。表面好像前後不同，實際還是相反相成。無論是「姑」也「不」也，總多少表示區區的一種態度；也等於我在上期所說的：看看歷史，有時令人清醒，有時也令人胡塗，因爲清醒，所以便用「不求」之法，因爲胡塗，所以便用「姑求」去濟其失。實在簡單透頂。這裏略去嚕囌，還是撈我的什子吧。

×月×日，上午晴。午後陰霾，西北角忽起烏雲，太陽爲之掩沒。似有雨意，但仰望許久，却不見涓滴之賜。

夜，大風。

昨晚因趕稿至卯刻，今日起身極晏，致精神甚恍惚，午飯菜肴雖佳，無奈偏是食而無味。往W號，與某君談鄉間近況，因彼方來自故鄉也。路過榮寶齋，買得信箋等數束。市上所賣箋紙，自以該處爲最精粹有致，只是售價太高，擺百元大鈔往，亦未必有多少張可買耳。順便又入內室遍覽一下所掛的書畫，有幾幅實在令人起三宿碑下之感，但是說到最後，還是爲了價錢昂得嚇人！可見今日之下，要想雅他一雅，亦非讓駔賈巨儈不能究。

回家已薄暮，風聲索索掠屋而過。隨手拿來幾張報紙，見某君一文不禁爲之「沒有話說」。今天大家都在嚷着提高民族道德，足見墮喪久矣，而如某君之流，正須替他「提高」一下也。讀今人文旣然不免見而「嘔心」，那末，還是看看過去的歷史吧。

「一部廿四史從何說起？」我想，恐也從何看起？因此，我只有揀要看的幾段先來着手。這幾天正在讀六朝時的史實，因爲想給某刊寫一篇六朝（或魏晉）人物志之故。

綱鑑記劉禪離蜀後在洛陽時之言行，中有云：禪舉家遷洛陽，秘書郎郤正從行，正相導宜適，舉動無闕，禪慨然太息，恨知正之晚。封禪爲安樂公，他日與宴，爲之作蜀技，旁人皆感愴，而禪喜笑自若。昭謂賈充曰，人之無情，乃至於是！雖使諸葛亮在不能輔之久全，況姜維耶？他日問禪曰，頗思蜀否？禪曰，此間樂，不思蜀也，正聞之，謂曰，若王復問，宜泣而答曰，先人墳墓，遠在岷蜀，乃心西悲，無日不思，因閉其目，會昭復問，禪對如前。昭曰，何乃似郤正語耶？禪驚視曰，誠如尊命。左右皆笑之。

這段記載誠有繪影繪聲之妙：把這位劉家小開的庸懦，畏葸與顢頇的性格皆活躍紙上。無怪司馬昭要對他輕蔑起來，「雖使諸葛亮在不能輔之久全，」而眼力也着實厲害。彷彿他手裏的劉禪的心肝肺腑已變成一個透明的琉璃蛋。而劉禪的「老實」尤其令人驚異，一經輕輕的試探，便會「誠如尊命」的直認不諱。不過，在這形勢之下，要想躲賴，恐怕也爲事實所不許。然而，後來也有爲劉禪做翻案文章的人，說是因蜀國的地理限制，即使不是庸弱的劉禪，恐也不能有所作爲。所謂蜀中自古多銜璧，不關人命不關天。尤其因他能信任諸葛先生，更爲後人稱道。看了這一段記載，我們毋寧這樣的說：縱使蜀國的客觀條件一切皆有利於他，但劉禪這樣的人，却不足以語此。我這樣的說，或者將個人的力量太誇大了，太提高了，但古往今來的成敗利鈍，人謀之不臧似亦不能不占一個重要的條件。

×月×日，晴。晨起推窗望鄰家園地，碧草如茵。柳枝上忽見一小獼猴縱躍上下，手足敏捷，遠投以果，適中其腹，先覺一怔，後遂向左右尋覓此果來源，其靈性也無殊人類，而與兒童尤近。頤兒見此，不禁大爲快樂。

夜，微風。

昨夜曾經記到劉禪的一段簡史，今天想順便鈎稽一下他父親劉玄德的片斷。

劉禪的闇弱無能，眞是上愧乃父，下愧乃子——北地王劉諶——。劉諶因不願投降鄧艾，向禪力諫，不納，遂先殺妻子，哭於先帝之廟，然後復以身殉，落一個轟轟烈烈，悲壯蒼涼的下場！

但是提到劉備，鄙人似乎一向的沒有好感。平劇上演劉玄德與曹孟德，好像眞佞之態非常分得清爽，一般的觀衆，也以這兩「德」之間的勝敗而分其愛憎。其實，這裏面也未始沒有用曲筆來暗示玄德之奸刁陰險的，如白門樓之殺呂布，劉備便以丁董二公的殷鑑提醒曹操，終於把呂奉先的頭顱斷送了。致使呂布逼尖假嗓大呼「大耳賊」不置。只是普通的觀衆，往往被其瞞過罷了。此一例也。後來他臨終對諸葛竟說：「孺子可輔則輔之，如不可輔，君可自取。」其詐態尤顯。此王船山所謂諸葛氏之大篇苦心，不見諒於當時劉氏也。

劉備和劉璋劉表都是漢的宗室，也便是動輒自豪的根據。但在表和璋失勢以後，他已逐漸的貴爲將軍，領豫州刺史，眞是擁重兵而居方面，倘能號召漢之義士，復興皇室，未嘗不是一個良機。然而他却只從保全一己的實力着想，不聞有一言以唁顚沛，有一職以修當貢，而且還要取同姓的劉璋！後來在四川聽到獻帝被弒的謠言，就連忙定謚，發喪。這難道是口口聲聲忠於漢室的劉皇叔所應該做的嗎？

陳霆「兩山墨談」（轉引陳登原「曹操評」中）有云：

（上略）

「夫荊益同姓之邦，使備與之協和，庶幾可以復興也。春秋，伐同姓者，貶其爵，而人之滅同姓者，絕其類而夷狄之。且璋厚禮迎致，使平漢中，漢中蜀之咽喉也。……扼其咽喉，孰不簞漿以迎師？璋將遜避之不暇矣。備不知出此，乃背恩棄義，反襲而奪之，長者固如是乎？

備於漢無纖毫之功，滅同姓而乖義舉，納宗婦而亂人倫，亟欲稱尊，告祭天地，託流言爲獻帝舉哀定謚，而帝尙無恙也。區區口舌，以誣羣聽，皆出於變詐，無足取者。操有無君之心，猶畏名義，終不敢自尊。備有所畏乎？」

以上爲兩山墨談內所錄鄭如幾答張無垢（九成）書。如幾字維心，太永人，從葉石林諸名公遊。以陳壽三國志記載無德，乃作魏春秋，仍以魏紹漢統，張無垢與彼相善，移書難之。復書如上錄。其首曰，「僕不能超時媚世，守所學至於窮且老。因刊正三國之書，以度餘日。辱賜教，疑其予操而斥備。衰病居山，無由面究。欲置不報，恐足下終疑不解，敢申其說。」其末則謂「足下唾操而不知備有可唾者如此！」

魏蜀吳的三個元首，曹操是士大夫階級，孫權是繼承父兄之業的闊大少，劉備是沒落的貴族。記得巴人先生曾經創造了「地主性格」一詞，那末，劉備也可說是屬於這一型的裏面。而地主性格的特徵，據說便是機詐陰險。照上海人的說法，大約是善於「觸壁脚」之流吧？像上述呂布就因他之一言而喪命。

上期曾經引過成德節度使安重榮之語：「今世天子，兵強馬壯，則爲之耳。」這足以概括古來英雄豪傑的不二法門。無論他們用的是偏鋒或直筆，這裏就好有一比：比如商店之登廣告。廣告上照例倒把自己的出品說得貨眞價實，童叟無欺——並且「只此一家」，而生意的盛衰，也無非看廣告技術的優拙，篇幅的厚薄；換言之，看誰能不惜功本耳。想當年曹劉孫三大亨的遣兵調將，血流遍野，亦正如是。

臨睡，隨手揀了幾本雜史，倚枕細讀，而睡意又悄悄的奔入心房，是則一日之閑，又要匆匆的跨過去了。

×月×日晴朗。起床旭日滿窗，雲天一碧。江南秋殘，也自有一番意象。唐人詩云，秋盡江南草未凋，讀此輒令人意遠，惜近處缺少楓林也。夜月尤佳。

午飯前買橘子數枚，爲今年初次所嘗。味尙甘潤，惜皮過厚。橘多維他命C，乃以餘者剝給頤兒。又以一二瓣去筋去核，令出世二月亞兒吸之，初似不耐，旋悉其漸入佳境矣。近來生開絲橘子久已絕跡，惟月前某刊載其黑市之價，每枚竟達千元。此信如屬實而將它刊夜報，報販又可沿街狂喊「阿要看看驚人消息」矣。

從劉阿斗，我又想到諸葛亮。此公風度器識，幾千年來實在絕少有其比倫，如曾國藩之流究竟差得多了。其出師一表，（後出師表姑存而不論）尤爲天地之至文。因此就又想到樸園主人在古今第四期上所作談諸葛亮一文，筆意沖淡而立論有警策處，以之談武侯生平最爲合適。中云：

我少時讀工部詩至「伯仲之間見伊呂，指揮若定失蕭曹」句，竊常爲諸葛先生抱不平之念。我覺得杜甫還是那種成敗論英雄的看法，其實諸葛先生雖然「出師未捷身先死」，其地位實是不可與蕭何曹參同日而語的，區區漢家刀筆小吏，豈足與臥龍高士爲比，我覺得用伊尹和呂望來比做他，或許還可以，雖則我們對伊呂的歷史覺得不是十分靠得住的。

爲臥龍吐氣，頗有同感。惟工部之「失」字究應如何解釋耳。至其論諸葛一生行事，則謂「只是一個『誠』字，無論他的友人或敵人，都受他『誠』字的感動，決不像演義中所說的那麼險詐，甚至把那位東吳大都督周郎氣死」。尤覺精當之至。但雖然這樣，劉備臨逝，尙有上引「如不可輔，君可自取」之語，害得臥龍涕汗交集。這是他誠信之未孚於劉備呢，還是劉備機詐之特出？還有，當後主繼位以後，据說也有政由葛氏，祭則寡人（語本出左傳）之諺，以覘後主大權之旁落云。想見後來的知人論世固不易，當時的立身處事也正復不易。然而無論如何，像諸葛先生那樣的人格胸襟學識，卽在千載之下猶爲之肅然起敬也。倘以爲可疑，還不如伊尹之放太甲一事易作史家話柄也。至於呂尙，近來剛剛看到一篇攷證，玆略涉一二於下。

日前從忠厚書店買得女師大「學術季刊」六册。民國十九年出版。編輯及發行者國立北平大學女子師範學院圖書出版委員會。第一卷第三期中有劉子怡撰「原始的齊國與太公的人格」一文，文字稍嫌駁雜，惟用力甚勤。以爲姜子牙，師尙父，太公望等都各不相侔，自有各人的歷史，後人望之生義，遂致混而爲一。如云，「姜姓在周初最露頭角的，是代紂一役。初至之太公姜子牙，不過世故通達之一老人耳；於國家大計，本非所知，故無大貢獻」。蓋「太公」本爲先民對老者之通稱。

如周人也有太公。據史記，則太公望之來源為周西伯將出獵，卜之曰必得霸王之輔，後果遇太公於渭水之陽，與語大悅，並曰，「吾太公望子久矣，故號之曰太公望。載與俱歸，立為師」。

中國史冊，浩如煙海，其閒竄改附會與支離者，雖有一部分考古辨偽學者的爬羅剔抉，但並未解決的問題依然頗夥。中最多的是初本一人而後來衍為兩個三個，或本來是兩人忽然縮而為一，眞有一部二十四史從何說起之概。其間人材消長固一因素，但一大半的原因，實在還是國家窮，經濟弱，以致設備簡率，報酬低薄。別國文人挖住一個題目，就可將編撰期內的生活得到保障，在中國却還須一手執筆墨，一手撥算盤，算一算這樣編纂是否喫虧便宜？是否會弄得青黃不接？這樣下去，文化上面要想再加什麼「發達」「繁盛」等字眼，目不啻狂人的囈語了。是中國文人生來「才氣」不如別人嗎？是中國文人生來懶惰徹骨嗎？是中國文人甘願放棄這些為文化，為學術的美名嗎？

還有一點，是別國教育程度的普遍，學院，藏家，圖書館等的林立。故我們買一本書等於他們買一本雜誌，而我們買一本雜誌，等於他們買一份報。（也許還不止）所以不論出一種期刊或書就可「紙貴洛陽」了。而出版家生意一好，作家的版稅或稿金自然跟着提高了。就是需要參考，找尋材料，也比較便捷的多。然而，教育之發達，文化之昌明，無不源於整個國勢的升降。試看教育文化最暢盛的莫過日德蘇，而她們的國勢却沒有一個不是威風凜凜，挺胸凸肚！這一段老生常談，我絲毫沒有自卑的意思，所以與其看作自暴自棄，還不如所謂聞者足戒。

寫到這裏，有一件事可以附錄一下。

光緒丁未（光緒三三年西歷一九〇七年）匈牙利人斯坦因及法國伯希和兩氏之捆載魏晉木簡及燉煌卷軸而去，其詳情諒為識者所曉無待徵引，但由此而使我們感慨的，這些古物之渡海而西，並未徵得中國當局的同意，其有傷於中國的尊嚴自不待言。因此，若果這事在別的強國發現恐怕又要引起軒然的大波了。但在中國，除了極「文明」的公文電訊之類阻議以外，便一無辦法！

薄暮，理髮一次，前後終需一小時。彷彿有誰說過，中國人的作事速率不及西人，從理髮一事即可看出。而在外國，理髮只不過廿分鐘即可完事了。此說頗使我同感而羨慕。我每理髮一次即頻頻囑理髮匠開快車不置。語云，非人磨墨墨磨人，我於理髮，亦如此觀。

夜，舉家喫水餃，南人對此殊無好感，想起從前喫飯算不得一回事，現在像我們這樣尚須入口衡量，眞不止隔了一世矣。窗外又起大風。時時奪門而入，繞室數匝却又遠颺矣。

×月×日晴。晨起一窗樹影，因風飄搖。時或好鳥數聲，起自柳枝。薄暮忽下雨，且微風，從後窗可以遙望鄰家的園圃，但見炊煙細雨，在萬綠中鋪成天然色澤。須臾一隻烏雅飛來，先用嘴甲啄撫一下羽毛卽縮着一團留枝不動。憶曹公詩，月明星稀，烏鵲南飛，繞樹三匝，無枝可棲。似與我所見者相關，遂起悽然悠然之感。夜，雨晴，然不見月，而風則下得緊，不時送來市聲。

我的讀書方法，自己也知道難得要命，且往往愛聯想之法。何謂「聯想」？便是從甲想乙，從乙想丙，……有時已經上床，剛看完了這一段，又從書上的某一事某一人聯想到其他，於是只得一骨碌地翻起身來，將被聯想的書本重新檢出。這個或者不甚經濟，但有時也有好處。前天我由阿斗而想到劉玄德，現在回頭來又想到阿斗歸晉時之表書。三國志蜀書所記：

限分江漢，遇值深遠……偕緣蜀土，斗絕一隅，每惟黃初中文皇帝命虎牙將軍鮮于輔宣溫密之詔，申三好之恩，開示門戶，大義炳然。而否德暗弱，竊食遺緒；俛仰累紀，未率大教。天威既震，人鬼歸能之數，怖駭王師，神武所次，敢不革面，順以從命！輒勅羣帥，投戈釋甲。官府帑藏，一無所毀。百姓布野，餘糧棲畝，以俟後來之惠，全元元之命。伏惟大魏，布德旋化，宰輔伊周，含覆藏疾。謹遣私署侍中張紹，光祿大夫譙周，駙馬都尉鄧良，奉齎印綬，請命告誠，敬輸忠款，存亡勅賜，惟所裁之。輿櫬在近，不復縷陳。

這一年是蜀炎興元年，卽公元二六三年，我們再上溯到公元二二一年，他父親玄德在成都武擔卽帝位時之詔書，令人感到世事滄桑眞有非人所能逆料者，三國志蜀書有云：

惟建安二十六年四月丙午，皇帝備敢用玄牡，昭告于皇天上帝后土神祇。漢有天下，曆數無疆……。今曹操阻兵安忍，戮殺主后，滔天泯夏，罔顧天顯。操子丕，載其凶逆，竊居神器……。備雖否德，懼忝帝位。詢于庶民，外及蠻夷君長，僉曰：天命不可以不答，祖業不可以久替，四海不可以無主。率土式望，在備一人。備畏天明命，又懼漢邦將湮于地，謹擇元日，與百寮登臺，受皇帝璽綬，修燔瘞告，類于天神；惟神饗祚于漢家，永綏四海。

這又是何等異樣的一個對照呢？

民國四十二年兒童日記

包天笑

第七章　九月

九月七日，星期六，天氣漸涼，梧桐葉落了。

今天得到一個很可驚喜的消息，本市公共教育局，將設立一個兒童戲院。因爲今年的四月裏，在首都的教育部，和市教育局會召集了學校教師，兒童及其家族，開了一次大會。那些供給劇本於兒童教育的劇作家，也一同列席。他們就是討論在首都設立一種兒童戲院，專門供給兒童們看戲的。首都已經設立了好幾座兒童戲院，現在將推行於本市了。

所謂兒童戲院者，不是像十年前我們各處所設立的戲劇學校。那不過是招收了許多貧苦人家的孩子，請了幾位教師，教他們組織成一個兒童戲班。這兒童戲院，却是以教育立場，演給兒童看的戲劇。他們要組織兒童劇團，還要編排兒童劇本，這不僅是兒童們的事，而且要許多心思縝密的教育家，大大的幫助，方始可以成功。

第一，他們組織兒童劇團，那兒童劇團裏面，不完全是兒童，成人也有在內，而且有許多男女教師，也都在內。因爲一個關於兒童的故事，其中不能全是兒童，有老的，有少的，有男的，有女的，有白髮的老公公，有龍鍾的老婆婆，這個劇團裏是全備的。雖然那一本戲裏，主角是一位兒童，然而歟佐他們的，却不能全是兒童，當然要有許多人了。

第二，他們編排兒童劇本。現在許多熱心於兒童教育的，他們還組織了兒童文學會。他們曾經開了會，專門研究關於兒童需要的劇本。有高級，有低級的，以兒童的年齡爲斷。有的是用歷史上的英雄故事，作爲題材的，有的是用科學上的趣味故事，作爲材料的。而且在劇本開演以後，還要覓取兒童觀衆們的意見和批評。要知道他們要什麽？喜歡什麽？從各學校的學童中組織觀劇團，以聽取他們的批評。

聽說有一個劇本，喚做「小抖亂」。是一位有名的戲劇家編的，專演給學校的兒童看的。大意是說：一個不大好的孩子，專門搗亂，人家都呼他爲小抖亂。後來受了他同學們的集團教育，而改好了起來。像這樣的一個劇本，對於學校兒童的影響很大。「我們學校裏也有那種小抖亂吧？可是我們到現在爲止，還沒有注意到咧。我們留心了吧，要是當眞有像戲劇中的小抖亂，在我們學校裏，我們就要集體的把他改變過來。」大家這樣地想起來，於是觀衆變成爲演員，戲劇與生活，有意義的便可以打一片了。

据說有一兩位編兒童劇本的先生們，當他的劇本上演的時候，他暗暗地不使那班兒童觀衆們覺得，雜坐在他們裏面，或是在那裏巡迴觀察，以聽取他們的輿論。對於兒童看了這齣戲的反應，或笑，或悲，或驚訝，或緊張，或沉默，各種態度，一一都記錄下來。這暗中觀察的結果，可以製成一張統計表，給劇作者去研究，而可以將劇本修改。也有的，一個新戲上演時，他們的戲目單上，往往印着若干和該劇有關係的問題，請小朋友們塡答。譬如像「小抖亂」一齣戲，初開演時，戲目單上，就有幾個問題：「你的學校中也有那樣的一位同學嗎？」「你自己也有一點像他那樣的氣質？」「你們的集團生活怎樣？」「你們能否用集團的力量而把他改善了呢？」寫出了這許多問題，以供他們參考。

現在本市設立了一個兒童戲院，使我們學生看戲的機會更多，這不是可喜的事嗎？

九月十三日，星期五，天氣漸涼，聞着一陣木犀香味，恐鄰家早桂已盛開了。

我今日在家中，檢閱所寫的日記。我有兩種日記：一種是天天寫的，很簡要的，一種不是天天寫的，較詳細的。現在我所寫的，就不是天天寫的，另外的一個草訂的本子。我天天寫的那一本日記，是父親賜給我的兒童日記簿。

父親每年到了十二月裏，都賜給我以一册明年度的兒童日記。前年，去年，都賜給我一册。現在各書局的日記簿，到十一月的上旬，都已發行了。父親對於我及弟弟妹妹，都給有一冊。

現在他們編兒童日記的，都分爲兩種。一種是十歲以上的兒童日記，一種是十歲以下的兒童日記。十歲以下的兒童日記，比較簡單一點，合於十歲以下的兒童所需。父親所給弟弟及妹妹的兒童日記，就是這一類了。裏面也有簡單的世界地圖，中華民國地圖，各國國旗圖樣，都是五彩印的。其餘還插入許多彩色的故事畫，甚爲絢爛。

我們十歲以上的兒童日記，圖表一切，比較詳盡一點了。有世界重要物產地圖，有中國交通地圖，有各國交通地圖。其他有彩色各種圖表，那都是屬於中華民國者爲多。此外關於常識上的，有鐵路表，有郵電表，有航空表，倒也應有盡有。有幾家書局，每年都編有兒童年鑑，至於很詳細的圖表，都在兒童年鑑上。兒童日記上，不過舉其簡要的，偶然在寫日記的時候，聊供翻閱罷了。

這裏頭有幾種常識便覽，無論那一種日記上都有的。如中華民國建國大綱，中華民國第二期五年計劃等等。現在的日記簿，每年必有好幾種，有學生日記，有普通日記，有婦女日記，有工人日記，有農家日記。甚而至於一公司，一工廠，專用的日記，發給各職員的。但都冠以那幾種必具的文字，使凡爲國民的，都加以警惕，有所努力。此外，各種日記，也有各種日記不同之點了。

我們的兒童日記中，有童子軍規程，以及種種訓練規程，和救護常識等。現在的童子軍，不比從前了，規例謹嚴，進步的地方也不少。童子軍的制服，全世界一例。我是一個童子軍，我們中國的童子軍，在世界上很有榮譽。我們要永保我們的童子軍在世界上的榮譽，我們必須努力。

此外還有科學界發明年表，也是我們兒童日記上所必備的。維持人類，發展國家，全仗着科學的發明。最使人興奮的，就是科學發明表上，我們中國人的發明，也實在不少。在我們古代時候，發明蠶絲，發明火藥，發明指南針，發明活版術，及其他一切，不必說了。就是那近幾年來，吾國人也發明了不少。這也是我們政府與社會，極力提倡的結果。

父親給我們的兒童日記簿，妹妹的一本，封面最可愛。妹妹也寫日記了，但是不肯給人看，好像很祕密似的。那天她也是寫日記，有兩個字寫不出，要我寫給她看。我便要求看她的日記，她不得已給我看了。裏面寫道：

「母親給我一隻紅蘋果，姨母給我一隻青蘋果，我要先吃紅蘋果，後吃青蘋果。

「我的洋娃娃一隻手，今天跌壞了，我要送她到洋娃娃醫院裏去醫治呀。

「今天媽媽帶我到公園裏去游玩，看見一隻孔雀，正在開屏，多美麗呀。」

妹妹的日記，有趣得很。後來她不許我看了，因爲她自己嫌字寫得不好。我說：「妹妹的筆姿很好！再整齊一點，就更好了。」

九月二十二日，星期日，秋高氣爽，白露零癸。

今日本市有志於兒童文學的諸位先生，開一兒童文學會於本市預備設立之兒童戲院。

自從本市擬設立兒童戲院以後，諸位熱心於兒童戲劇的先生們，即日籌辦。我們學校中的柳校長，也是籌辦人之一呀。當時要特地建造起一座兒童戲院來，必須籌集經費，而且也要期待許多時日，所以現在正有一個小型戲院，座位也可以容七八百人，正空了下來，他們就把這個戲院，作爲兒童戲院了。

今天的兒童文學會，就在這兒童戲院裏開會。它是一種座談會的形式，列席的有兒童文學的作家，兒童文學的出版家，各小學的校長，教師們，還有兒童戲劇家。而最妙的是我們兒童，也得列席。由各學校中，選拔文學較優秀的，可以與會。我今天被選取了，眞是慚愧，也正是榮幸。所以我今天得以聆取許多先生的高論，眞是得益非淺。

第一是討論兒童讀物，近年來的兒童讀物，已經出得不少了。然而還嫌不夠。因爲現在的學校發達，就學兒童也年年增多，這些兒童讀物，也逐漸加多了。并且要多設兒童圖書館，那種兒童圖書館，要分散於各處。還有兒童圖書的巡迴車，有一定時間停留在那裏。還有兒童讀物的價錢，要極爲便宜，方能普遍。因爲現在中國的兒童，他們需要懂得許多事。他們喜歡文學，他們愛一種英勇的行爲，也愛技術和歷史。他要懂得許多科學的祕密，他是很熱心的探險家與夢想家，他崇拜革命的英雄，他要識得偉大的人生的描寫。

第二，討論到兒童讀物中的神怪故事。有些先生說：兒童讀物中的神怪故事，是要不得的，是啓發兒童們的迷信心的。然而有些先生們說，神怪故事，最合於兒童性。兒童們對於奇幻和夢想的天性的愛好，是自然的。不過，當然不要舊的神怪故事，什麼仙女，魔婆，公主，王子，我們都不要了，我們要新的神怪故事。蘇俄著名兒童文學作家伊林，他寫了一部兒童小說名字喚做「將來的人」。這部小說，在蘇俄銷了幾百萬部，翻譯出來，在中國也已經銷了數十萬部了。那自然是超現實的，譬如說：一個人因爲轉動了起重機的槓桿，就能輕輕地吊起一個巨大的火車頭。或是在莫斯科輕輕的說一句話，遠在南美洲阿根廷的人也聽得到。一個天文家在斗室裏可以測量火星上的氣候。這些都是新的神怪故事而是兒童們所喜歡看的。

第三，就是討論到如何編兒童劇本的問題了。戀愛場面，不是兒童們喜歡的，兒童所喜歡的是熱鬧場面。來幾個有趣而使人發笑的滑稽故事，他們是最歡迎的。他們要求有一個描寫小英雄的劇本。這小英雄的劇本，不一定在戰爭中，便是在各種事業中，也未嘗不能跳出一位小英雄呀。還有的是在友情中，扶助人家，救助人家，也足以鼓動小朋友們的觀感呀。兒童們的壯志範圍廣大得很，如藝術家，工程師，飛行家，軍人，教師，醫生，……一言以蔽之，都是爲將來的建設而服務。造成了那種故事，都可以搬演到戲劇中去呀。

我們兒童今天的列席，是在旁聽地位。但是諸位先生很虛心的向我們徵取意見，把我們兒童當做顧問。但是我們兒童，知道些什麼呢？

第八章　十月

十月十日，星期四，天氣晴佳，精神爲之一振。

今天是中華民國四十二年十月十日的國慶日，又稱之爲雙十節。各學校照例放假，各機關，各工廠，各商店，也都休息。所以除了姊姊以外，爸爸，媽媽，哥哥，弟弟，妹妹，都在家中，我們度一個歡樂的國慶日。

早晨八點鐘，我從家裏出來，到我的學校中去。今天雖然不上課，然而我們要到學校的大禮堂裏，舉行慶祝。我出得門來，高興極了，只見滿街的國旗飛揚，連那街上的電車，公共汽車，以及私家汽車，脚踏車上，都插着國旗。加着天氣暢晴，風物和煦，大家的興致愈高。有許多地方，還跨街紮着彩牌樓，裝着電燈，四周飾以鮮花，到晚上是萬星燦爛，眞是好看極了。

我到學校的時候，有許多學生都已來了。我們那個學校，總共有四百多學生，幼稚園的小弟弟，小妹妹尚不在內，他們也有一百景吧。今天都齊集在大禮堂裏，一個大禮堂，立時覺得狹仄起來了。我們同級的學生，都坐在一起，每一級，有一級任先生照應着。幼稚園的幼稚生，也有保姆給照應着。大家都坐好了，要到九點鐘，方始開會。

九點鐘到了，我們開會了。我們大家站起來，唱國歌，不論先生學生，幼稚生，同聲而唱，那聲音眞是雄壯而肅穆。唱畢以後，我們對於國旗及國父遺像，行一鞠躬禮。又對於我們的先烈，靜默一分鐘。這一分鐘中，寂靜無聲，連幼稚園的小弟弟，小妹妹，也一聲兒不響，這却倒是難得的呀。後來大家坐下來了，在台上第一個演說的，便是我們的柳校長。我們的柳校長，她是一位不曾出嫁的老處女，今年三十七歲了。她當然沒有兒女，可是她對於我們四百個小學生，以及一百光景的幼稚生，愛護周至，都像是她自己的兒女一般。我們不但是敬重她，我們幷且是摯愛她。

校長的演說：無非勉勵我們將來做一個好國民，不要忘了先人創造的困苦艱難，而我們在國家復興途中，自己也是個創造者，不能放棄這個責任。我們要互相親愛，一切社會，都由親愛兩字組織起來。又說：我們的身體要健康。身體健康了，然後我們可以發展一切事業，對於前途，都有興味。校長演說完了，也有別位先生的演說。我們不到十一點鐘，便散會了，不過我們到晚上七點鐘，還要到學校中來，因爲我們今天晚上，還要參加提燈會。

到了家中，我們今天開了個小小家宴，因爲平常日子，大都不在家裏午餐的，今天却都在家裏了。就只少了姊姊一人，我們却把姨母去請了來。我們兄弟姊妹，共有五人，姊姊今年是十九歲了，而最小的妹妹，僅有七歲。想想吧！母親撫育我們這班兒女，是不容易的事。我們將來怎麼不好好地做一個人，以安慰我們辛苦的母親呢？

我們當時圍坐在一張圓桌子上，這是我們的家庭之樂了。父親在吃飯時，講給我們聽中國革命歷史。可是在那時，父親年紀也小咧，他不過從老年人那裏聽來，或是從中國歷史記載上得來的。哥哥發起：今天要敬爸爸媽媽三杯酒，他拿了一瓶中國自製的葡萄酒，代表我們兄弟姊妹五人。爸爸很高興，笑着喝了三杯，但母親酒量淺，只喝了一杯。我們又公敬了姨母一杯，母親只喝了一杯酒，面孔就紅起來了，我們覺得母親喝了酒，年紀好像輕了許多。

晚上七點鐘，我又到學校裏，預備去參加提燈會了。但這不是我們一學校的學生全體參加，那未免人數太多了。我們學校中只挑選四十人，不過全體學生十分之一。這四十人，只在五六年級裏挑選，其餘年紀較小的，概不參加。我是在六年級，上星期被選入的，所以今晚上要早去報到。這提燈游行，是小學校聯合會所主辦的，在市政府第三體育場聚齊。我們學校中的燈，都是手工科教師，督率着學生們自製的，很爲新奇。一路所經之處，路人都拍手稱讚，到十一點鐘散隊歸家。

回到家裏，母親說：

『早些睡吧？明天早起，要到學校。』

十月十九日，星期六，微雨卽晴，庭前菊花盛放了。

今日午後，我一位父執楊鏡史先生，到我家中，來訪問父親。這位楊先生，他是大衆報的社長。據父親告訴我：他小時節，做過賣報童子。我將父親所說的話，記之如下：

原來楊鏡史先生從小孤露，父親是早就故世了，他家中只有一位寡母，和兩位弱妹。他是在小學校裏讀書的，然而他的學費，萬分困難，靠着他的母親，做些女工，補助他的學費。因此他在高等小學畢業以後，雖然他的成績很好，但他不願升學了。

他想着母親太辛苦了，自己想謀一個職業，去幫助家用。於是他每天早晨，給人家去送報，天還沒有大亮，便鵠立在報館門前，拿到了報，便給人家送去。有的送報人，還有一輛脚踏車，他是買不起脚踏車呀，就靠他健步如飛，與人爭勝。因爲他的勤奮，所以他送的報，比人家有脚踏車的還早。

別的倒沒有什麼，便是遇着嚴寒與雨天。早起裏雖然冷得瑟瑟抖，牙齒在那裏相打，然而也要去守候拿報。尤其是雨天，不能因爲下雨，而就擱了人家的看報，還是要在雨裏狂奔。有時淋的一身水，像一隻落湯雞一般，他母親給他換衣服，眼淚像斷線珍珠一般地落下來。

他在高等小學畢業的時候，有一位同學，和他是同班同級喚作林祖華的，問他是不是升入中學？他只得答應是升入中學，但是他那有力量升入中學呢？然而他的送報戶頭，有一家，正是他的同學林祖華的家裏。他怕送報時，遇見了他的同學林祖華，所以每次送報，總是匆匆忙忙的向門縫中一塞，便逃也似的去了。然而林家的燒飯老媽媽，却有些認得他，因爲他在沒有送報之前，曾經到過林家去的呀。

有一天，林家的燒飯老媽媽，向林祖華說了。我們家裏每天早晨來送報的小送報人，面孔極像到我們家裏常常來的楊少爺。林祖華心中有些疑惑，因爲楊鏡史也說升學，但是不曉得他升到那一家學校中去，寫了信去，也沒有回答。因此他聽到了老媽媽的話兒，便想明天早晨，守在後門口，看看這小送報人是否像楊鏡史？

誰知不看則已，一看之下，的確是楊鏡史。楊鏡史見裏面有人出來，便飛快的跑。但是他挾了一大包報紙，怎樣也跑不快，怎及得林祖華的空手呢？早被林祖華一把抓住，他們兩人，在學校裏本是好朋友，林祖華說道：『鏡史哥！你騙我升學，其實是在賣報，我知道你是無力升學，為什麼不早和我說呢？我們在教科書上讀過的：「朋友有通財之義，」你告訴了我，我和父親說了，決計可以幫你升學讀書。」

「我不想再讀書了。」楊鏡史垂淚道：「因為我母親操作得太苦了，我要幫助母親，所以不得不作此賣報生活。我有兩個妹妹，他們也應該讀一點書，因此我寧可自己不讀書，我要送一個大的妹妹去讀書。」

「鏡史哥！你太好了！我們一定給你想辦法。」林祖華說。

原來林祖華的父親，是大衆報社的社長，他那天告訴了父親，他父親也很贊成楊鏡史。便把他介紹到報社裏去，當一名練習生。一面又教他補習各種應有的藝術，楊鏡史却幹練而勤愼，他的兩位妹妹，也都進了學校。到後來，林祖華有一位妹妹，嫁給楊鏡史，而楊鏡史的大妹妹，也嫁與林祖華，兩家成為姻婭。

後來林祖華在大學畢業以後，又到了國外去，學習了別種事業，他是不喜歡新聞事業的。楊鏡史却由練習生而職員，而經理，及至林祖華的父親退老以後，社長一席，便讓位給他的愛壻楊鏡史了。

父親和楊鏡史是從前在小學校裏的同學，他以一個賣報童子而做到一家大報社裏的社長，這也可算吾國名人成功史之一吧。

十月二十七日，星期日，今日天氣較寒，霜林已紅了。

今日父親和母親，攜了我們到一家新開的公共食堂去午餐。

近來各處都開了公共食堂，大有供不應求之勢，因此常常有新開的。就像我們家裏，雖然有一個小廚房，白天往常是不舉火的。到了晚上，我和母親及弟弟，妹妹，在家裏吃夜飯，父親及哥哥，都不回來吃夜飯的，除非是星期六晚上，他們纔回來了。

父親是服務在一家建築公司裏，他在當工程師，這個建築公司規模很大，他們自己組織有食堂，是一種合作性質的。食品較優美而便宜，因此父親不回來吃飯，夜飯也在那裏吃，爲的那邊還組織一個俱樂部呀。母親也服務在一家銀行裏，午餐也不回來吃。她的午餐，在一個職業女子服務社吃的，那也是她們職業婦女自己組織的。職業婦女服務社裏面附設有餐堂，所以母親的午餐，是在那裏吃的。不過夜飯常在家裏吃，那是爲了我和弟弟妹妹的關係呀。

因爲都市間的小學校，都不能住宿，也不備夜飯。母親四點半鐘，便可以由銀行回來，還要治餐和我們三個小孩子吃，因爲家裏是沒有傭人呢。我的午餐，是在學校中吃的，我們的餐室中，一排排的長桌子，鑼聲爲號，大家都到餐室裏來了。我們實行分食制，每人一湯一菜，飯是隨便可以添的。我們並不天天吃肉，但菜肴都富於營養，那是我們學校裏有衛生指導。吃飯時不要凌亂，要守秩序，添飯由自己添，大學生給小學生添。學監及看護先生也常到餐堂來視察。

弟弟妹妹，午餐也在校裏吃，他們倆是在一個學校裏。學校裏對於小學生們的飲食，加意護持。因爲小兒往往不知飢飽，而飲食一端，在養生上是大有關係的呀。所以我們一家人，午餐全不在家裏吃飯，直要到星期日這一天，整個都在家裏吃飯了。但是因爲星期日有別的事，母親一人忙不過來，我們便上公共食堂去食了。

今天我們所到的一家公共食堂，是新開的，設備很好。因爲今天是星期日，進餐的人是分外多。幾個大廣廳中，都已擠滿。我們六人占了一個圓桌。父親和母親商量，點了五樣菜，菜既豐潔，而價又便宜。因爲父親不主張分食，他常說：中國餐食，爲全世界第一，各處有各處獨特的風味，然而都不分食。爲了衛生起見，分食是有許多益處。但我們一家，人人康健，可謂健康家庭，所以吾們家庭中，從不分食。

妹妹眞好。她坐在父親與母親中間，不聲不響。母親給她吃什麼東西，她就吃什麼東西。父親很疼她，不自覺的摟着她，香了一個面孔。母親喚道：

「噯！你把自己嘴上的油，都擦在她的臉上了。」

新文化運動與新文學的發生

朱肇洛

一 前言

文學是文化中的重要部門之一，文學運動與文化運動是很難分解的合體，攷諸中外古今的史實，無不如此昭示我們。大凡一個國家的革新，最初所號召的大約是文化運動，進而趨向於分門別類的各部門的革命運動，如政治的維新，經濟組織的變遷，社會問題的探討，科學及科學方法的介紹，推而至於哲學的文學的革命，這是必然的趨勢。中國的新文學運動也是肇端於新文化運動。自一八四〇年鴉片戰爭起，門戶開放，西歐勢力侵入中國，中間經過太平天國的排外運動，知識階級的民權運動，戊戌政變的維新運動，辛亥革命的改變國體運動，以迄「五四」運動，運動者大都打着新文化運動的旗幟，向封建社會進攻，新思想與舊思想起了大衝突，「新人」向「舊人」乃大興問罪之師。於是舊的政治、社會、經濟的組織起了動搖，因而影響到文化的各部門，如文學、科學、哲學等。隨「五四」運動而起的新文學運動，繼起的「整理國故運動」，後起的「科學與人生觀之論戰」，莫不與新文化運動有關係。之後，愈分愈細、愈精密、愈堅實，而成爲一種獨立的運動了。如新文學運動便是其中一種彰明較著的顯示。文學是文化階層中至大至高一部門，一個國家或一個民族的精神，爲別一個國家的人民所瞭解，徹底地心與心的瞭解，所仰仗的工具，不是政治上標語口號的宣傳，不是新聞紙上的報道，不是「遊記」、「攷察記」、「調查記」等類型的文字，而是從心的泉源所產生出來的文學作品。日本、蘇俄在最近世紀內之所以爲世界眞的認識，還不是靠着他們的幾部文學著作麼？中國的新文學運動，爲期不過那二十多年，而且是夾雜在新文化運動之間的，成績雖是微乎其微，不過，好比一顆種子，前人已經把牠種下，將來發榮滋長，尚有待於後人的培植、灌漑。就是這點滴的成績，也是前人血汗的結晶，中國文學的遺產，我們不容忽視，我們怎樣把牠保存、利用，這也是值得研究的問題。

目前的文學運動，當然不是重打鑼，另開張，而是繼承前人的遺產，確保前人的精神，向前邁進，以完成我們未完成的工作。不過前人的遺產在那裏？前人的精神是什麼？後人是應當知道的。前人創業之艱難，行途中的阻礙，以及成功失敗的原因，後人也應該「神而明之」，以免再像前人似的走了許多寃枉路。總而言之，能正視現實，才能反省過去，能反省過去，才能啓示將來。基於此點，所以我願以繁瑣的文字來寫這一篇「新文化運動和新文學的發生」。

二　新文學運動的原因

新文學運動的遠因，與新文化運動是同線的，是由於門戶開放，西歐勢力侵入，封建文化動搖，激起知識階層的覺醒。這話不必在此多贅。近因呢，很多很多，擬在本文述及。茲先將別人的說法，引證一二：羅家倫在近代中國文學思想的變遷（新潮二卷五期——一九二〇，九）一文裏推研的頗詳盡。他以爲（一）是由於經濟生活的改變，（二）是由於世界大戰的影響；（三）是由於國內政治的失望，（四）是由於學術的接觸漸近。又以爲其最近發動之點不外兩個：一，消極的——破壞的——是由於舊日文學的反動，二，積極的——建設的——是由於實際的動機。且認爲國語文學的精神，就是「人生化」的精神，今後的新文學應該是周作人先生所說的「人的文學」。陳子展在中國近代文學之變遷（民國十八年四月中華書局出版）也會舉出四個原因：那四個原因？即（一）文學發展上自然的趨勢，（二）外來文學的刺激，（三）國語教育的需要，（四）思想革命的影響。他們都有詳細的解說，在此不便多引。假使我們再具體的簡要的加以指明，那麼，新文學運動的原因，歸併起來，不外四種：（一）因爲機械生產破壞手工業，（二）農村經濟破產成立都市經濟，（三）舊倫常破壞，（四）舊文學隨封建思想破壞而崩潰。總上諸因，形成了新文學運動，也就是所謂文學革命運動。

文學革命運動的中堅分子，爲胡適，陳獨秀二人。

胡適以爲一千多年的白話文學種下了文學革命的種子。不過那一千多年的白話文學史，祇有自然的演進，沒有有意的革命。這次的文學革命足以當得起「革命」二字，正因爲這是一種有意的主張，是一種人力的促進。他雖然很重視先覺者的提倡，同時也很重視歷史的演進的。所以他說：「一時代有一時代之文學，此時代與彼時代之間，雖皆有承前啓後關係，而決不容完全抄襲，其完全抄襲者，決不成爲眞文學。」（歷史的文學觀念論，白話文學史引子）

陳獨秀則云：「常有人說白話文的局面是胡適之，陳獨秀一般人鬧出來的。其實這是我們的不廣之譽。中國近來的產業發達，人口集中，白話文完全是應這個需要而發生，而存在的。適之等若在三十年前提倡白話文，祇需章行嚴一篇文章便駁得煙消灰滅。此時章行嚴的崇論宏議有誰肯聽？」（答適之：討論科學與人生觀）

胡適是重視先覺者的提倡和歷史的演進的，陳獨秀是重視經濟的背景的。本來從經濟上去解釋，可以說是追究到原因的原因，祇可惜他說的太簡略，最初未能使讀者澈底的瞭解。

三　思想革命

思想革命和文學革命本來是互爲因果分不開的兩件東西，而思想革命影響社會文化各方面更大，文學革命有時反屈居於思想革命的支流了。五四時代的文學革命即是一個最好的例子。

新青年在剛出版的時候叫做青年雜誌，後來才改爲新青年，民四（一九一五）牠所張的旗幟，是反對帝制與孔教——時袁世凱欲謀稱帝，借政治力量遵孔教爲國教，企圖復古——後來它又把它的兩位導師抬舉出來，一位是德先生（Democracy），一位是賽先生（Science）。德先生代表民主政體，平等自由的精神，賽先生代表破除迷信，尋求眞理的科學精神。以此爲武器——不啻兩顆炸彈，猛力向舊社會進攻。主編新青年的陳獨秀，本不是文學家，而是一個最前進的文化運動的啓蒙家。他對於舊文化傳統的思想，極力攻擊，使數千年來統治中國的舊道德根本動搖。一九一九年十二月一日，新青年七卷一號載「本誌宣言」有云：「我們相信世界各國政治上，道德，經濟上因襲的舊觀念中，有許多阻礙進化而且不合情理的部分。我們想求社會進化，不得不打破「天經地義」，「自古如斯」成見，決計一面拋棄此等舊觀念，一面綜合前代賢哲，當代賢哲和我們自己所想的，創造政治上，道德上經濟上的新觀念，樹立新時代的精神，適應新社會的環境。

「我們理想的新時代新社會，是誠實的、進步的、積極的、自由的、平等的、創造的、美的、善的、和平的、相愛互助的，勞動而愉快的、全社會幸福的。希望那虛僞的、保守的、消極的、束縛的、因襲的、醜的、惡的、戰爭的、軋轢不安的、懶惰而煩悶的、少數幸福的現象，漸漸減少，至於消滅。」

一九一九年一月十五日（民八）新青年六卷一期陳獨秀「本誌罪案之答辯書」中有云：「他們所非難本誌的，無非是破壞孔教，破壞禮法，破壞國粹，破壞倫理（忠，孝，節），破壞舊藝術（中國戲），破壞舊宗教（鬼神），破壞舊文學，破壞舊政治（特權人治），這幾條罪案。

「這幾條罪案，本社同人當然直認不諱。但是追本溯源，本誌同人本來無罪，只因爲擁護那德莫克拉西和賽因斯兩位先生，才犯了這幾條滔天的大罪。要擁護那德先生，便不得不反對孔教、禮法、貞節、舊倫理、舊政治，要擁護那賽先生，便不得不反對舊藝術、舊宗教，要擁護德先生又要擁護賽先生，便不得不反對國粹和舊文學。」

新青年是新興資產階級反封建的急先鋒，它是要與「天經地義，自古如斯」的封建社會鬥爭，它是鼓吹自由平等，相愛互助的新社會的建設，要在思想文學上及一切觀念體系上，建築起資產階級的鞏固寶塔。當時這種新思想的興起，社會名之爲新文化運動，那種新思想，雖爲一般老先生所反對，而一般青年却竭誠熱烈的歡迎。

四　最初新文學運動者之主張

民國六年一月胡適的文學改良芻議發其端，二月陳獨秀的文學革命論繼其後，民國七，八年，周作人先生的人的文學及思想革命殿其後。

胡適的文學改良芻議言：「今日而言文學改良，當從八事入手。」那八事呢？

一曰：須言之有物，二曰：不摹倣古人，三曰：須講求文法，四曰：不作無病之呻吟，五曰：務去爛調套語，六曰：不用典，七曰：不講對仗，八曰：不避俗字俗語。

胡氏自己立論則謂三，五，六，七，八爲形式的革命，一，二，四爲精神的革命。前者屬於形式的，後者屬於實質的。後來於民國七年四月發表了一篇建設的文學革命論，這八事改爲「八不主義」：

一、不做「言之無物」的文字，二、不做「無病呻吟」的文字，三、不用典，四、不用套語爛調，五、不重對偶——文須廢駢，詩須廢律，六、不做不合文法的文字，七、不摹倣古人，八、不避俗話俗字。

後來他又把這「八不主義」都改作肯定的口氣，總括爲「四條主張」，——一半消極一半積極的主張。

一、要有話說，方纔說話。

二、有什麼話，說什麼話，話怎麼說，就怎麼說。

三、要說我自己的話，別說別人的話。

四、是什麼時代的人，說什麼時代的話。

把牠對比起來，第一條主張即八不主義中一之變相，第二條主張即八不主義中二，三，四，五，六之變相，第三條主張即八不主義中七之變相，第四條主張即八不主義中八之變相。

再後，他便揭出十個大字的標語：

「國語的文學，文學的國語。」

雖然胡氏個人曾把他自己的主張，分爲形式，精神兩方面的改革，但是細加攷查，仍屬形式的改良，談不到精神的革命。因爲文學的實質，須包括：

（一）歷史的背景，

（二）社會的形態，

（三）新的觀念。

繼之而起者爲陳獨秀——陳確爲精神的革命論者，他的主張，見於民國六年二月一日新青年二卷六號發表的文學革命論一文，曾說：

「文學革命之氣運，醞釀已非一日，其首舉義旗之急先鋒，則爲吾友胡適。余甘冒全國學究之敵，高張文學革命軍大旗，以爲吾友之聲援。旗上大書特書吾輩革命軍三大主義：

曰：推倒雕琢的阿諛的貴族文學，建設平易的抒情的國民文學；

曰：推倒陳腐的鋪張的古典文學，建設新鮮的立誠的寫實文學；

因：推倒迂晦的艱澀的山林文學，建設明瞭的通俗的社會文學。

賴以上三大主義，以發展人類的自由思想。然則新文學和舊文學在實質方面究竟有什麼不同呢？舊文學是封建社會貴族趣味的文學，新文學是自由思想反貴族趣味的文學。新文學的內容，是反對因襲、提倡創造、尊重個性。所以陳氏的主張，可以說是精神革命的。

胡適曾云：「若要造國語，先須造國語的文學。有了國語的文學，自然有了國語。……眞正有功效有勢力的國語教科書，便是國語的文學；便是國語的小說、詩、文、戲本。國語的小說、詩、文戲本通行之日，便是中國國語成立之時。」——建設的文學革命論。

當時的文學革命，雖形成風起雲湧之勢，但是它的極大的弊端，就是多數人僅重視形式的改良而忽略了精神的革新，有的人把思想革命與文學革命混爲一談，沒有嚴格的畛域，誤認爲把文言改成白話，從此文學革命和思想革命均大告成功，這種觀念的錯誤，與革命黨人看見民國的招牌掛起卽認爲革命成功是一樣的荒謬。此時恰有周作人先生出來發表了兩篇文章——人的文學（一九一八，十二，十五，五卷六號新青年）和思想革命（署名仲密，原文載一九一九，四，十五出版的六卷四期新青年），實足以彌補這種缺陷的。

周先生以爲文學是表現人生的，他主張的文學革命運動，也必須向着人道主義的方面前進，凡違反人道摧殘人性的文學，都應該在擯棄之列。他說：「人的文學，當以人的道德爲本」。他還主張要按着時代去批評人，不應該立在現階級的立場上去批評。他重視文學內容的獨到的見解，在這篇文章上已經說得很透澈，無奈當時的文學革命運動的參加者，只知搖旗吶喊，隨聲附和，却無合理的認識，因此，周先生這篇文章，在當時並無若何反應。不久，周先生又特別提出思想革命一文，喚醒一般盲從的人，其中有云：

「我想文學這事務，本合文字與思想兩者而成。表現思想的文字不良，固然足以阻礙文學的發達。若思想本質不良，徒有文字，又有什麼用處呢？我們反對古文大半原爲晦澀難解，養成國民籠統的心思，使得表現力與理解力都不發達。但別一方面，實又因爲他內中思想的荒謬，於人有害的緣故。」

「所以我說，文學革命上，文字改革是第一步，思想改革是第二步，卽比第一步更爲重要。我們不可對於文字一方面過於樂觀了，閑却了這一面的重大問題。」

文學革命之提倡者，胡適、陳獨秀，而附和者有錢玄同、劉半農、沈尹默、李大釗、魯迅、周作人等。惟陳胡性格各異，陳之立論獨斷，不許第三者之反駁；胡則委屈就善；周則思想縝密；錢劉等不厭煩瑣（錢劉等發表文字亦見新青年，茲不復贅），反復駁詰。在此特殊情形之下，互爲調濟，故卒得最後之成功。有人說：「胡適的文學改良芻議奠定了新文學的形式，周作人的文學奠定了新文學的內容。」這種批評，也自有一部分的理由吧！

五　文學革命之反動

當文學革命運動正在銳進的時候，反對派越發加緊他們的反動工作。彼時北京大學內部的反對派，曾出了一個國故，一個國民，作爲反對白話擁護文言的武器。校外的反對者竟想利用安福系的武人政客出頭來彈壓這次運動。有一位「文通先生」一天拿着兩本新潮，幾本新青年送給地位最高的一人看，這位地位最高者把這件案子交給教育總長×××斟酌辦理。接着參議院議員張之琦要提查辦北大校長蔡元培，彈劾教育總長×××的議案，但是終於沒有結果。不過那時——民國八年二三月間——北京城內謠言四起，有的說教育部要出來干涉了，有的說胡適、陳獨秀已被驅逐出北京了，風聲鶴唳，草木皆兵！這雖是捕風捉影之談，然而也可見當時反對者的心理了。（參看傅斯年「新潮之回顧與前瞻」，載八年九月五日新潮第二卷第一號）

反對派的領袖林紓，於民國八年二月間在上海新申報、北京中華新報上發表了兩篇小說：一是妖夢（見中國新文學大系鄭振鐸編文學論爭集四三一頁），一是荆生（見中國新文學大系胡適編建設理論集一七四頁），後來又收入他自己編的「蠡叟叢談」中，影射詆毀北京大學提倡文學革命的領袖。

妖夢中用元緒影蔡元培，田恆影陳獨秀，秦二世影胡適。借鄭思康夢游陰曹，得參觀白話學堂，元爲校長，田爲教務長，秦爲副教務長，門外大書一聯云：「白話迎神，紅樓夢、水滸，眞不可思議；古文討厭，歐陽修、韓愈，是什麼東西。」入第二門，匾上大書斃孔堂，又一聯云：「禽獸眞自由，要這倫常何用；仁義太壞事，須從根本打消。」並敍述康會見元等辯論死文字活文字、剷倫常、廢孔孟等問題，後則「忽見金光一道，遠射十數里，路人皆辟易，言羅喉羅阿脩羅王至矣。金光濃處，見王身長十餘丈，張口闊徑可八尺，齒巉巉如林，直撲白話學堂，攫人而食。食已大下，積糞如邱，臭不可近，康竟瞿然而醒。」

荊生以田其美影陳獨秀，金心異影錢玄同，狄莫影胡適。三人聚於陶然亭，田生大罵孔子，狄生主張白話，忽然隔壁來了一個偉丈夫——荊生（影徐樹錚）把三人痛罵一頓，並各施以責打。今錄其中一段如下：

「一偉丈夫踴足，超過破壁，指三人曰：『汝適何言？中國四千餘年，以倫紀立國，汝何爲壞之！……爾乃敢以禽獸之言，亂吾清聽！』田生尚欲抗辯，偉丈夫駢二指按其首，腦痛如被錐刺，更以足踐狄莫，狄腰痛欲斷。金生短視，丈夫取其眼鏡擲之，則怕死如蝟，泥首不已。丈夫笑曰：『爾之發狂似李贄，直人間之怪物。今日吾當以香水沐吾手足，不欲觸爾背天反常禽獸之軀幹。爾可鼠竄下山，勿汙吾簡。……留爾以俟鬼誅。』」

在這篇小說的末尾有林紓的附論：「如此混濁世界，亦但有田生狄生足以自豪耳！安有荊生？」於此可見反對者言論之一斑了。

民國八年三月間，林紓寫信給蔡元培，攻擊新文學運動，其主要的兩點卽：「覆孔孟，剷倫常」以及「盡廢古書，行用土語爲文學」。蔡元培也作長書覆林，深致駁詰，並說明辦大學的兩大主張。這兩封信均揭載北京公言報上，很可代表當時「新舊之爭」兩方面的意見，故將其要點錄之於後：

林攻蔡書的要點云：

大學爲全國師表，五常之所係屬。近者謠諑紛集，我公必有所聞，弟亦不無疑信。或且有惡乎闒茸之徒，因生過激之論。不知救世之道，必度人所能行；補偏之言，必使人以可信。若盡反常軌，侈爲不經之談，則毒粥旣陳，旁有爛腸之鼠；明燎宵舉，下有聚死之蟲。何者？趨甘就熱，不中其度，未有不斃者。方今人心喪敝，已在無可挽救之時，更多奇創之談，用以譁衆，少年多半失學；利其便己，未有不糜沸麕至而附和之者，而中國之命，如屬絲矣。晚淸之末造，慨世之論者，恆曰去科學、廢八股、斬豚尾、復天足、逐滿人、撲專制、整軍備，則中國必强。今百凡皆遂矣，强又安在？於是更進一解，必覆孔孟，剷倫常爲快。嗚呼！因童子之羸困，不求良醫，乃追責其二親之有隱瘵逐之，而童子可以日就肥澤，有是理耶？……弟年垂七十，富貴功名，前三十年視若棄灰，今篤老尚抱守殘缺，至死不易其操。前年梁任公倡馬班革命之說，弟聞之失笑。任公非劣，何爲作此媚世之言？馬班之書，讀者幾人？殆不革而自革，何勞任公費此神力？若云死文字有礙生學術，則科學不用古文，古文亦無礙科學。英之迭更累斥希臘拉丁羅馬之文爲死物，而至今仍存者，迭更雖負盛名，固不能用私心以蔑古。矧吾國尚有何人如迭更者耶？……且天下唯有眞學術眞道德始足獨樹一幟，使人景從。若盡廢古書，行用土語爲文學，則都下引車賣漿之徒所操之語，按之皆合文法，不類閩廣人爲無文法之啁啾。據此則凡京津之稗販，均可爲教授矣。……大凡爲士林表率，須圓通廣大，據中而立，方能率由無弊。若憑位分勢力，而施趨怪走奇之教育，則惟穆罕默德左執刀而右傳教，始可如其願望。今全國父老以子弟託公，願公留意，以守常爲是。……」

蔡答林書的要點云：

公書語重心長，深以外間謠諑紛集，爲北京大學惜，甚感！惟謠諑必非實錄，公愛大學，爲之辯正可也。今據此紛集之謠諑，而加以責備，將使耳食之徒，益信爲實錄，豈公愛大學之本意乎？原公之所責備者，不外兩點：一曰「覆孔孟，剷倫常」。二曰「盡廢古書，行用土語爲文學。」請分別論之。對於第一點，當先爲兩種考察：（甲）北京大學教員，曾有以「覆孔孟，剷倫常」教授學生者乎？（乙）北京大學教員，曾有於學校以外發表其「覆孔孟，剷倫常」之言論者乎？……對於第二點，當先爲三種考察：（甲）北京大學是否已盡廢古文而專用白話？（乙）白話果是否能達古書之義？（乙）大學少數教員所提倡的白話的文字，是否與引車賣漿者所操之語相等？……至於弟在大學，則有兩種主張如左：（一）對於學說，仿世界各大學通例，循思想自由原則，取兼容並包主義，與公所提出之「圓通廣大」四字，頗不相背也。無論爲何種學派，苟其言之成理，持之有故，尚不達自然淘汰之運命者，雖彼此相反，而悉任其自由發展。此義已於月刊之發刊詞言之，鈔奉一覽。（附錄北京大學月刊發刊詞從略）（二）對於教員以學詣爲主。在校講授，以無背於第一種主張爲界限。其在校外之言動，悉聽自由，本校從不過問，亦不能代負責任。……

蔡元培不但贊助胡陳等的新文學運動，就是他自己也主張用白話寫文章。所以他在北京高等師範國文部演說云：「我們中國文言同拉丁文一樣，所以我們不能不改用白話。……雖現在白話的組織不完全，可是我們決不可錯了這個趨勢。」又在北京女子高等師範演說云：「我敢斷定白話派一定佔優勝。但文言是否絕對的被排斥，尚是一個問題。照我的觀察，將來應用文，一定全用白話，但美術文，或者有一部分仍用文言。」後來蔡氏本着這種主張，躬行實踐去做白話文章，因此文學革命運動不啻得到一支生力軍，促進其革命之完成。

林紓一方面做小說來影射詆毀文學革命運動的領袖，一方面致書蔡元培直接攻擊，同時又做正面的宣傳文字來反對白話文，如「論古文之不當廢」一文，說是「知拉丁之不可廢，則馬班韓柳亦自有其不宜廢者。吾識其理，乃不能道其所以然，此則嗜古者之癖也。」又「論古文白話之相消長」一文（載文藝叢刊）對於白話文的攻擊不像以前那樣激烈了，他說「口衆我寡，不必再辯。」又說：「吾輩已老，不能爲正其非，悠悠百年，自有能辯之者。」這已成爲最後之哀音了。

林紓只說古文不宜廢，嚴復却那般執拗的主張古文不會亡，並且拿天演公例來說明，其實仍屬「瞎子摸象」，眞乃一偏之見呵！他在「涵芬樓古今文鈔」序中一再發揮古文不亡論之高見。林、蔡爭辯的時候，他却一言不發，僅於書札中略述所懷。他說：「設用白話，則高者不過水滸紅樓，下者將同戲曲中之皮黃脚本。就令以此教育，易於普及，而遺棄周鼎，寶此康瓠，正無如退化何耳。須知此事全屬天演，革命時代，學說萬千，然而施之人間，優者自存，劣者自敗，雖千陳獨秀，萬胡適、錢玄同，豈能刼持其柄？則亦如春鳥秋蟲，聽其自鳴自止可耳。林琴南輩與之較論，亦可笑也。」（嚴幾道書札六十四，學衡二十期）

民國八年四月胡先驌、羅家倫又起了爭辯。先是胡氏曾在東方雜誌上發表了一篇「中國文學改良論」，羅家倫在新潮一卷五期（民八五月）發表一篇「駁胡先驌君的中國文學改良論」，也是針鋒相對的文字，仍然是文白之爭。胡氏主張文學應在文言之內改良；羅氏以文學的精神——人生、時代、應用的立場反復駁詰頗爲有力。

民國十一年學衡雜誌出版，這是個有組織的反對白話文的刊物，其中堅人物如吳宓、胡先驌、梅光迪，均英美留學生。他們對於新文化運動，文學革命運動，常常加以抨擊。如梅光迪的「評提倡新文化者」「評今人提倡學術之方法」吳宓的「論新文化運動」都是顯著的文字，但是說不出什麼健全的理由來，除掉一部分頭腦不清楚的大學生外，很少有人相信他們的議論。

民國十四年章士釗的甲寅周刊（以前曾出過甲寅雜誌本是政論的刊物）出版，那時恰在段執政時代，他正在做司法總長兼教育總長，他是西洋留學生，是學邏輯的，中國的舊文學頗有根柢，最崇拜柳宗元的文章，有以上諸因，所以他的文章——尤其是說理的——做得相當的合乎文法、健勁、漂亮。不過他的思想太守舊，封建意識十分濃厚，因此他反對白話文，反對新文化運動，反對文學革命運動，意氣激揚，不可一世，倔強不屈，亦所罕觀。他整個的思想：

一、政治經濟思想，爲農村立國的經濟主張。反對以工業立國。

二、教育政策，爲讀經救國。主張大學設經科，他做教育總長的時候，曾竭力做讀經救國的工作。

三、人生觀，敎詩說禮，孝弟力田的人生觀。

看了他這三位一體的復古思想，就可知道他的頭腦怎樣了。如他的「評新文化運動」（十二年八月二十一——二十二新聞報）「評新文學運動」「答適之」「答稚暉先生」，都是發揮他的「禮文約束論」，也就是他反對新文化運動新文學運動的根本理論。換句話說，也無非是借題發揮他的政治經濟思想，教育政策，和復古的人生觀罷了。可惜他遲生了二三百年，假使他生在「君相師儒」的時代，庶幾可以用力恢弘了。

章士釗的態度，是十分倔強的。你說他思想太舊嗎，你却自認是主張新舊調和的，以爲「宇宙進化之祕機全在乎調和」（進化與調和）。你罵他開倒車嗎，他便和你說一大套開倒車的好處，引經據典來做說輯。你要罵他反動嗎，他洋洋洒洒寫了一篇反動辨，而却以反動自居。他這種倔強的態度，眞好像一隻猛大虫，不遇見景陽岡上的武松，他是死不低頭的。

章氏的強詞奪理，當時胡適認爲「不值一駁」。但因爲他的官位之尊，聲氣之廣，影響之大，恐於新文化和新文學運動的前途有礙，所以，和他打筆墨官司的依然不少，如唐鉞的「文言文的優勝」「告恐怖白話的人們」「現代人的現代文」（均見中國史的新頁——商務印書館出版）；高一涵的「那裏稱得起反動」，郁達夫的「咒甲寅十四號評新文化運動」（均見現代評論），都是有力的駁詰文字，尤以唐鉞氏之文，分析精密，論斷謹嚴，算爲文白之爭最後作個總結束。魯迅在「華蓋集」中也不少諷刺的章氏的文章，吳稚暉的「廣說輯」，「章士釗——陳獨秀——梁啓超」「讀經救國」「我們所請願於章先生者」，嬉笑怒罵，詼諧百出，給中國紳士型的孤桐章士釗開了一個不小的玩笑。

吳稚暉的放屁文學論，簡直把個章孤桐弄得左也不是，右也不是。如章謂讀經可以救國，吳則謂讀經可以做賊；章崇拜柳宗元的文章，吳則稱柳文爲鳥柳文。吳又謂章已「走到牛角尖裏，灣到十八層幽谷」。所以只好替他發喪。友喪一文，曾登語絲，內容幽默有趣，茲錄之於後：

友　喪

不友吳敬恆等罪孽深重，不自殞滅，禍延敝友學士大夫府君：府君生於前甲寅，痛於後甲寅無疾而終。不友等親視含殮，遵古火喪。甦（非苦）魂昏迷，不便多說。哀此訃聞。

魯迅、周作人先生在語絲上做文章也反對章士釗，魯迅當時在教育部作事，章以教育總長的權威，把魯迅的職務停止，並且把他逐出北京，由此可見章先生反對文學革命的虎威了。不過「後甲寅」的思想落伍，想以政治勢力根本推翻各種新的生機，幾乎把「前甲寅」已得的地位降低了。

林蔡之爭以迄甲寅周刊之反動，也可說是文言白話爭辯最劇烈的時期，一部分思想陳腐者與夫好吃現成飯的懶惰分子當然擁護復古，至於最大多數的頭腦清楚的人以及覺悟青年，無不擁護新文化和新文學運動，社會的輿論尤表同情。教育界和新聞界，風從響應，文學革命之勢益愈張。僅就「五四」運動前後國內各大報紙對於此次運動之批評，摘錄一二以見輿論之傾向。

一、上海時事新報　「今以出版物之關係，而國立之大學教員被驅逐，則思想自由何在？學說自由何在？」

二、北京晨報　「思想自由，講學自由，尤屬神聖不可侵犯之事，安得強力遏抑？稍文明國家當不致有此怪謬之事實。」

三、北京國民公報　「今日之新思想，實有一種不可過抑之潛勢力，必欲逆此勢力而與之抗，徒然增一番新舊之衝突而已。」

四、民治日報　「今日新舊之爭點，最大者為文學問題。夫孔子時中之聖，苟不適於時，即使孔子再生，亦當倡革命之論，文學因時代變化，……苟後之人必盡同乎古，而無所用其改革，則直一古人之留聲機器耳，又何貴乎有後人哉？」

六　新的作品之發生

民國六年胡陳等但提倡文學革命而無新的作品，這遺社會以「只有破壞而無建設」的口實，等於只談科學理論而不去實驗。直到民國七年五月魯迅在新青年上發表狂人日記，繼續發表了孔乙己、藥等，算是顯示了文學革命的實績，「表現的深切和格式的特別」，頗激動了一部分青年讀者的心。尤其是狂人日記，分析病狂者的心理的犯態，以微帶憂鬱的感情，刻畫爲舊禮教所積壓下人們的一切病的現象，諷刺的筆鋒，得到意外的成功，獲得了無數讀者的贊揚，使作者有興趣繼續寫不周山等篇，至民國十二年（一九二三）集連曾在晨報副刊發表過的阿Q正傳共十五篇，出版吶喊，是爲魯迅第一部小說集，自十三年（一九二四）的祝福起，至十四年（一九二五）的離婚止，共計十一篇，名之曰徬徨，是爲魯迅第二部小說集，以後又出故事新編第三部小說集，那已是很晚的事了。現在我們還是談談狂人日記。

狂人日記是對於四千年來傳統的「仁義道德」加以猛烈，揭穿了「禮教吃人」的假面具。那不啻向封建社會投擲了一顆炸彈。如云：

「我翻開歷史一查，這歷史沒有年代，歪歪斜斜的每葉上都寫着『仁義道德』幾個字，我橫豎睡不着，仔細看了半夜，才從字縫裏看出來了，滿本都寫着兩個字是『吃人』！」

「四千年來時時吃人的地方，今天才明白，我也在其中混了許多年，大哥正管着家務，妹子恰恰死了，他未必不和在飯菜裏，暗暗給我們吃。我未必無意之中，不吃了我妹子的幾片肉，現在也輪到我自己。」

沈雁冰評狂人日記云：『這奇文中的冷雋的句子，挺峭的文調，對照着含蓄半吐的意思和淡淡的象徵主義的色彩，便構成了異樣的風格，使人一見就感着不可言喻的悲哀的愉快。』這篇的思想是對於封建文化的攻擊，尤其痛恨因循苟且的國民性，所以時時流露於字裏行間。當時胡、陳諸人雖鼓吹反抗建設社會的制度和思想，但無作品的表現，狂人日記一出，方有新體裁新內容的作品出現，爲中國新小說開闢一新途徑。

新詩方面的成績如何呢？胡適在美國留學以提倡文學革命，必須先拿出新的作品出來爲理由——也可以說出發於胡氏的實驗主義——而試作新詩，雖然他的友人——如任鴻雋、朱經農、梅光迪等的反對，他是毫不改變初衷的，一反陸放翁「嘗試成功自古無」的主張而於民國九年三月出版嘗試集，這是中國第一部白話詩集，繼胡氏而起者，如劉復、沈尹默、沈兼士、陳獨秀、李大釗、魯迅，周作人等時有作品在新青年上發表，以後劉復（半農）於二十一年年底特搜集諸人舊稿，名爲初期白話詩稿，交星雲堂書店影印，內含二十六首新詩，作者八人。劉序中有云：

「白話詩是『古已有之』」，最明顯的如唐朝的王梵志和寒山拾得所做的詩，都是道地的白話。然而這只是有人如此做，也有人對於這種的作品有相當的領會和欣賞而已。說到正式提倡要用白話作詩，却不得不大書特書：這是民國六年中的事。從民國六年到現在，已整整過了十五年。這十五年中國內文藝界已經有了顯著的變動和相當的進步。就把我們這般當初努力於文藝革新的人，一擠擠成了三代以上的古人，這是我們應當於慚愧之餘感覺到十二分的喜悅與安慰的；同時我以爲用白話詩十五周年紀念名義來印行這一部稿子，也不失爲一種藉口罷。

「在民國六年時，提倡白話文已是非聖無法，罪大惡極，何況提倡白話詩。所以適之詩中有了『兩個黃蝴蝶』一句，就惹惱了一位黃侃先生，從之呼適之爲黃蝴蝶而不名；又在他所編的文心雕龍札記中大罵白話詩文爲驢鳴狗吠。其實，胡適之詩中用了黃蝴蝶就該稱爲蝴蝶，黃季剛文中用了驢鳴狗吠就不該稱爲黃驢鳴黃狗吠嗎？

「現在是時移世變，情形和當初太不相同了。雖然還有許多人對於白話文痛心疾首，一般人却已看做了家常便飯：願意做的人提筆就做，不必有什麼顧忌，不願意做的人只是不做而已，至多也只是搖頭嘆氣而已，決不像林先生那樣的拚命。所以我把這一部稿子印出來，眞是了無足奇。豈特了無足奇，亦許有許多思想比我們更進步的人要在旁冷笑，以爲這算得了什麼東西呢？不差，以鞋子裡塞棉絮的假天足，和今日『裙翻駝鳥腿』的眞天足相比，那算得了什麼東西呢？然而假天足在足的解放史上可以佔到一個相當的位置，總還是事實。」

胡適是從民國五年七月着手做新詩的，他的詩非失之於太文，即失之於太質，換句話說，有的詩太近於詞曲的句調，有的詩太偏於枯燥的說理，他在新詩的創作上并不算成功，然而他是中國提倡並實驗作白話新詩的最早的一人，他的遠大的眼光，勇於嘗試的精神，領導了不少的新進作家，向新詩的園地開闢播種，在白話詩史上自有特殊的地位，那不朽的功勞，永爲後人紀念。沈尹默先生本來是一位舊詩詞做得極好的人，此時毅然捨棄了那舊瓶裝新酒的主張而實地去做白話詩，他的白話詩雖無專集，然而在初期白話詩稿內所發表的幾首，已經證明他在詩方面造詣之深厚了。周作人先生從一九一九——民國八年一月十三日兩個掃雪的人起寫了不少的新詩，直至一九二九——民國十八年才把三十多首詩集在一起出版，名之曰過去的生命。他的作品，冲淡自然，很能表出委婉的情意，頗近於古代的詩人陶淵明。他是提倡散文詩的，有無脚韻並不重要，而注重的是情意和自然的音節。

自序過去的生命上說，「這些『詩』的文句都是散文的，內中的意思也很平凡，所以拿去當眞正的詩看當然要失望，但如算他是別種的散文小品，我相信能夠表現出當時情意，亦即是過去的生命，與我寫的普通散文沒有什麼不同。」他的小河在新青年六卷二號發表，當時胡適曾譽爲新詩中的第一首傑作。所以在初期白話詩人中，周先生的成績比較他人優些，雖然過去的生命沒有像嘗試集似的爲一般讀者所注意。

散文方面也獲得良好的成績。散文的範圍很廣，除了有韻的詩歌以外，都是散文，小說也屬散文之一。但此處我們把牠的範圍再縮小一些，散文大約可分爲四類：（一）議論文（政治，批評）；（二）學術文；（三）隨筆——即小品文；（四）雜感文。如果專論狹義的散文，那僅包括隨筆及雜感而已。因爲它們所包含的情感多於理智，近於純文學的風味。

初期的散文家，議論文當以陳獨秀爲代表，作品見獨秀文存；學術文當以胡適爲代表，作品見胡適文存一集；隨筆當以周作人爲代表，作品見自己的園地；雜感當以魯迅爲代表，作品見熱風（一九一六——一九二四）。假使站在文學的立場，嚴格的批評起來，初期的散文作家，當以周作人及魯迅先生爲代表。

作人先生的散文，以平淡輕妙，高遠俊逸見長，最早發表於新青年和晨報副刊上，很受一般讀者的歡迎，胡適在「五十年來之中國文學」上說：「白話散文很進步了。長篇議論文的進步，那是顯而易見的，可以不論。這幾年來，散文方面最可注意的發展，乃是周作人等所提倡的小品散文。這一類的小品，用平淡的談話，包藏着深刻的意味；有時很像笨拙，其實却是滑稽。這一類作品的成功，就可徹底破除那『美文不能用白話』的迷信了。」「周先生雖然認小品文是從公安竟陵兩派產生的，但是我們看周先生的文章無論從思想上、表現上說，豈是明朝那些名士派的文章裏找得出來的，至多『情趣』有一些相似罷了。」（見朱自清雜拌兒序）

魯迅的熱風可以說是中國新文學中第一部雜感文，那集子裏所收集的文章多半是曾發表於新青年和晨報副刊。他的筆鋒帶着諷刺，但諷刺之中而含着血淚的，他的態度很是冷峻，但冷峻之中，却抱着同情。他的眼光是如此的銳利，他的思想是富於革命和反抗的精神。在熱風裏，他忍痛的挖剔中國的「國瘡」。他同作人先生所不同的地方：一是專力於抒情文的創造，一是專力於社會的文化的批評；一是專力於後防癰禍掃除的工作，一是專力於前防衝鋒陷陣的工作。總而言之，在文學的散文方面，他們兩人可以算是兩位開國元勳。

七　「五四」運動與新文學的風行

「五四」運動發生的遠因，是因爲新文化思潮輸入後，國人漸漸覺悟，對於政治社會諸多不滿，而想加以革新，故新青年所提倡的文學革命，已埋下這社會革命的種子，一遇到適宜的氣候，那種子自然是要萌芽的。近因是因爲巴黎和會中國外交使節失敗，失敗的原因，是由祕密外交把中國束縛着無法施展，國民痛恨那一般締結祕密外交條約的武人政客，監督政府，收回失地的羣衆運動於是爆發。這知識階級的革新運動，乃引起民衆的覺醒，在近代史上放一異彩，無論站在政治的或文學的立場上，統是值得注意的。關於「五四」運動的經過詳情，一翻民國史或近代社會思想史就可知道，在此不必細舉。總之，「五四」運動是奠基於文學革命運動，而新文學的擴展到全中國，是「五四」運動所得意外的收穫，牠們的因果關係，好像一條連環的鎖鏈，永遠是分不開的。這也可說是一種啓蒙運動，它的力量偏於破壞方面，而少建設的工作。惟其如此，「五四」運動以後，各種新主義，新思潮，蓬勃興起，雨後春筍一般，新文學的發展因以更加迅速的擴大。

在「五四」運動正激烈的時候，有一件最可記述的事情，那便在白話刊物的風行。各地的學生聯合會忽然產生了許多白話小報——如學生日刊，學生三日刊、學生周刊，以及各地大學、中學的校刊等，形式略仿每週評論，內容除發政論外，文藝也佔一大部分，在思想方面還是繼續新青年的精神，因此白話文也成了普通的應用文字，社會一般人對於它不像以前那般歧視。有人估計民國八年之中新出版的白話刊物，在百種以上。內中如上海的星期評論，如建設，如解放與改造，如少年中國；如北京的每週評論，如新潮，如曙光等，在新文化運動上都有很好的貢獻。一年以後，日報也漸漸改了樣子了。從前的日報的附張，往往記載些捧戲子妓女的無聊文字，現在多半改成白話的論文、譯著、小說、新詩了。北京的晨報副刊，上海民國日報的副刊——覺悟，時事新報的副刊——學燈，曾發表過許多白話創作。民國九年以後，國內幾個歷史較久的大雜誌，如東方雜誌、小說月報等也都改爲白話的了。

「五四」運動雖說與新文學運動是兩件事，但因「五四」運動之力，才能把「白話」傳播於全國，且自「五四」運動以後，國內人士思想已大進步，他們對於新思潮也肯下一番研究、觀察的工夫，不再盲目的仇視了。所以新文學運動能以迅速的進展，不能不說是受「五四」運動的影響。

八 後記

這一篇文章是我個人昔日教「現代文學」時講的一部分，原文是淩亂不堪的劄記，因爲近年已不講此道，放在篋笥中爲塵土所封，已成「冷貨」「陳貨」了。近來偶然翻出，差不多用了半月的時間，又參攷了好多種書籍，結果，寫成了這樣一篇蕪雜的東西，實在難以「差强人意」。

我在「前言」中已竟說過了：目前的文學運動，是應當繼承前人的遺產和精神向前邁進。回頭看看我們北方文藝界，無論在「整理國故」或「創作」「翻譯」方面，都枯窘到了極點。不用說趕不上事變以前的「盛況」，就是「五四運動」時期那一種朝氣和勇氣也都隨着時代煙消灰滅了。昔日的文學從業者有的人一天一天墮落下去，有的人撫着自己的「殘骸」而嘆息，有的人「唯我獨尊」以自大，實際上同是殘毀自己的靈魂，自取滅亡，這不僅是可憐而且更是可悲的現象。

由新文化運動到新文學的發生，這階段的工作和事實的顯示，無論是從站在推動的或反動的立場上來看，僅有一部分的人有些幼稚、愚昧、輕舉妄動、粗製濫造的缺點，令人覺得好笑；不過，那是首創時期必然的現象。假使我們從優點去想，那蓬勃勃的生氣，那活潑潑的朝氣，那一往無前的勇氣，那不屈不撓跌倒再爬起的精神，實足爲後人的楷模，今世的警鐘，我們能把他們既成的實績，一筆勾消，從此不提嗎？令人對於新文化和新文學運動，在文字和語言中諱莫如深，甚至連這種材料，自己從不寓目，而且反對別人寓目，竟想把這段公案輕輕抹殺，我不知他們是何居心？我覺得我們負有文化責任的人，應當把這種責任，負在自己的肩上，一方面從事搜集此等材料研討此等問題，重新估定價值，一方面提倡新文學的創作。庶幾乎方不負前人的啓示，對得起現在和將來的青年吧！

一九四三，六，三十，於北平。

馬太小姐的悲哀

O. Henry

馬太，蜜査小姐在角子上開了一家小麵包店。（走上三步，就是她的店，你開門進去時，作玎玲之聲。）

馬太小姐年已四十，她在銀行裏有二千元的存款，嘴裏裝着二枚假牙，對人富有同情心。比馬太小姐機緣要差得多的許多女子，都早已出嫁了，而她則屢誤良緣。

有一個主顧在一星期中來了兩三次，使她爲之一往情深。他是個中年男子，戴着眼鏡，褐色的鬍子修剪得很整齊。

他以特殊的德音操着英語。服裝破舊，鶉衣百結。但他外表整潔，而且極有禮貌。

他老是來買兩只陳麵包。新鮮麵包五分錢一只，陳的五分錢好買兩只。他除買陳麵包之外，從未購備別的東西。

有一次，馬太小姐看見他手指上有紅色和褐色的顏料，當時就確定她是一個藝術家，而且境况很窮。無疑的，他住在頂樓上繪畫，咬着陳麵包，心裏想吃馬太小姐店中的好東西。

馬太小姐坐下進餐時，面前有排骨，有鬆脆的麵包卷，有果醬，有茶，她太息着，希望那文雅的藝術家也來嘗嘗美味可口的肉，不要在風吹雨打的頂樓上咬着硬麵包。

上面已經說過，馬太小姐是個富有同情心的人。

爲了要對於他的職業，加以證驗起見，有一天，她到拍賣行中買了一幅從他室中取來的圖畫。把牠在麵包櫃後，靠着架子放着。

這張畫是威尼斯的風景，一所華美的雲石大廈（照畫上所說的），矗立於畫中的前景——或則毋寧說是在水景中。因爲畫裏，其餘的景物，就是狹長的平底小舟（舟內有婦人垂手於水中），雲霞，天空，還有許多陰陽面的配襯。藝術家不會不去注意到這件作品的。

兩天之後，這個主顧進來了。

「買兩只陳麵包。」

「夫人，你這裏掛着一幅好畫，」當她正在包紮麵包的時候，他這樣說。

「是嗎？」馬太小姐說，她竊喜自己所賣弄的狡獪。我很贊賞藝術和」（不，現在還不該稱「藝術家」，爲時尚早）「

和圖畫，」她改轉了話。「你看這張畫好嗎？」

「畫中的大廈繪得不好。配景不眞實。再會，夫人。」主顧說完走了。

他拿了麵包，鞠着躬，匆匆地出去了。

是的，他一定是個藝術家。馬太小姐把圖畫拿進她的房間中。

他那雙眼睛在眼鏡後面顯得多麼溫柔與和善！一副眉毛又是多麼清秀！他一望之下，就能判斷配景的相襯與否，然而他却以陳麵包度日！但天才常須經過奮鬥，而後始爲人所認識。

像他那樣的天才，如有二千元的存款，一家麵包店，和一個同情心之女子爲其後盾，使他能專心於繪事，其前途豈有限量！然而馬太小姐該知道，這是一種痴心夢想呀。

他來了，常常隔着陳列的櫃子和她略談片刻，他似乎很想和馬太小姐談談。

他仍舊購買陳麵包。從未買過包子和餅，以及美味的甜餅。

在她想來，他已變得消瘦而且沮喪起來了。她要想給他添些好吃的東西，但她終於不敢這樣做。她不敢侮辱他，她知道藝術家是驕傲的。

馬太小姐立在櫃後，她穿起靑點子的絲織短衣來了。在後室中燒着榅桲子和硼砂的化合物，許多人都用以搽面。

有一天，主顧照舊來了，把[illegible]幣放在櫃上，買他的陳麵包。正當馬太小姐去拿麵包的時候，祇聽得一陣很響的喇叭聲和鈴聲，救火車開過了。

這位主顧，正和他人一樣，跑到門前去看。馬太小姐忽然想到機會來了。

在櫃後底層的櫥中，有一磅新鮮乳油，是送牛奶的人在十分鐘之前遺失在這裏的。馬太小姐用麵包刀在每只陳麵包上切得很深，嵌入一大塊乳油，再把麵包揑緊了。

及至主顧回過來的時候，她正用紙把麵包包紮起來。

大家很快樂的略談數語之後，他去了，馬太小姐自己微笑着，但她中心不免略覺惴惴不安。

是不是她太大胆了呢？他會不會見怪的？然而麵包決不會說出何人放入乳油的，而且乳油也不能就算是少女魯莽的象徵。

那一天，他曾將此事思量了好久。她在想像他如果發覺了她所施的伎倆後的情境。

他將放下畫筆和調色板。在畫架上他所作的畫，其配景已無可指謫。

他將準備他的乾麵包和水的午餐，將把麵包切進去——嘿！

馬太小姐面孔紅起來了。他吃麵包的時候，會不會想到嵌乳油的手？他會不會——

前門的門鈴聲亂鳴不已。有人進來了，鬧做一團。

馬太小姐連忙趕到前面去，來了兩個人。一個是青年，口中吸着烟，她從未見過。另一個就是藝術家。

他的面孔漲得緋紅，帽子向後脫着，披頭散髮。他緊握着雙拳，聲勢洶洶，大有向馬太小姐飽以老拳之勢，向着馬太小姐過來。

「蠢貨！」他高聲咆哮着，又用德語說着罵人的話。

那青年想把他拉開去。

「我不去的，」他忿忿地說，「否則我也要告訴她的。」

他碰着馬太小姐的櫃子。

「你敗了我的事，」他叫嚷着，那雙碧綠的眼睛，在眼鏡後炯炯發光。「我告訴你，你是好管閒事的賤貨！」

馬太小姐靠着架子柔弱地立着，一雙手放在青點子的絲織短衣上。那青年拉住他的同伴的衣領。

「走吧，」他說，「你也罵得夠了。」他拖着那怒氣沖沖的同伴，出去走到人行道上，他於是回去了。

「夫人，我想應該告訴你爲什麼來吵鬧的，」他說。「那人名叫勃倫倍革，是一位建築圖樣師，我和他同在一個寫字間中工作的。

「他勤苦工作，爲一新市政廳打一圖樣，已有三個月之久。這是一種有獎金的競爭。昨天他適將鉛筆線底子用墨水畫好。你知道繪圖員繪圖總是先用鉛筆的。等到用墨水畫好之後，他用一把陳麵包屑擦去鉛筆線，那比用橡皮好得多。

「勃倫倍革曾在此買麵包，而今天——夫人，你知道那乳油是不是——現在乳油已經把那圖樣弄汚，毫無用處了」。

馬太小姐走進後室。她脫去了青點子的絲織短衣；着上她所常穿的褐色舊嗶嘰衫，然後將榲子與硼砂混合劑自窗外倒入灰桶中。

（鐵生譯）

戲曲中小說特質的點滴

葉夢雨

中國戲曲，劇中人常常自表姓名籍貫，自言自語的自述來歷，這些地方，有點和說書人口吻相近。初看中國戲的人，往往以這種戲劇體裁爲奇怪。說書的出演是說書人（特稱爲「說話」）用自己的口氣唱說一段故事，戲劇的出演是表演人用劇中人的言行搬演一段故事。說書的本子是敍述體的小說（特別稱爲話本），是由作者以第三人稱（third person）的口氣寫成的，演戲的本子是表言體的劇本，是由作者以第一人稱的（first Person）口吻寫出，兩者截然不同。然而在戲曲中却常含有小說性質的成分存在着。這不自今日起，「夷考其始，由來尚矣」。宋元以來社會上「說話人」（說唱書人）雜劇色（演戲人）便同時盛行着，且常流行於同一場所，如宋元時代所謂「瓦舍」「勾欄」「書會」一類民衆娛樂地方中間，便常有說話本的演戲劇的這班「伎藝人」出現，他們都是以演述故事號召觀衆，眞可謂爲「一丘之貉」，而彼此中間又免不掉「觀摩」「挹注」，以迎合觀衆趣味而「推陳出新」。所以戲曲中時常流露帶有小說色彩，宋元以來古體戲曲如雜劇院本傳奇戲文等裏面兼含小說成分，本屬意中之事，不足爲奇的。茲分別引證論述於下。

雜劇

我們知道宋代「說話人」是由唐代僧徒「俗講」演變而來，「話本」體裁受「俗講」影響甚大。舉例言之，如僧人開始講某經，稱爲「開演」「開講」，開始誦某經，稱爲「開讀」（講經誦經，又均稱爲「開經」），講經前先釋題目，謂之「開題」。而在說書人說唱詞話時引首數語，也稱爲「開話」。（詳見百回本水滸第五十一回插翅虎打白秀英一節）凡此皆係開始出演，例須登場通白。此種通白，語句類多介於講誦之間。在古本雜劇中類此性質的「開」辭，間有存在者。如近今所見「元刊雜劇」，明息機子「元人雜劇選」，記脚色登場每著一「開」字。明初周憲王誠齋樂府亦多用之。

（例一）元刊雜劇本看錢奴，先記（淨）賈弘義上開，做睡科，次說聖帝一行上，開了。問淨云了，聖帝云了，淨云了。復記（正末）披秉扮增福神上，開，云云

此係數個脚角在同一場面而皆稱「開」之例。

（例二）同上本霍光鬼諫：（正末）扮霍光帶劍上開　正末

騎竹馬上開　正末作暴病扶主開　正末扮魂子上開

此係同一脚色，先後上場數次，而皆稱「開」之例。

此「開」有指念詩的，如息機子本陳摶高臥記冲末趙大上開，下文「志量恢弘納百川」一首絕句。這便與小說裏面起首一首詩（如律詩絕句之類）詞（如西江月鷓鴣天之類）性質相近。

此外「開」字又有指道白而言的，如周憲王蟠桃會記：金母引隊子上開云：「妾乃九靈太妙龜山金母之后，即今瑤池蟠桃熟，請羣仙赴此會」云云，乃是自說姓名來歷的語句，此與小說話本中敍述故事中人初次出現時語氣相類。

吾人由此等古本雜劇中著明此一「開」字尙可想見其帶有「開演」「開話」等原義。後人刻曲，於舊本某人上開誦詩句，或開念通白的地方，一律改爲「某人上詩云」，或「某人上云」，原義便不顯了。

章回小說裏每回之末，常附有一詩句或聯語，在雜劇裏也常有這種情形。例如元明雜劇本白仁甫作牆頭馬上最末是這樣：

（孤）今日夫妻團圓，殺羊造酒，做慶喜的筵席。（雜劇卷終）一人有慶安天下，雨順風調賀太平。

遊春郊彼此窺望，動關心兩情狂蕩，李千金守節存貞，裴少俊牆頭馬上

題目：千金守正等兒夫

正名：裴少俊牆頭馬上

雜劇終了以後還有一聯一詩，其性質很接近於章回小說最後「正是……」一聯的語氣。

復次，在說唱書方面曾有「說題目」僧人講經也往往有「開題」。上引雜劇末尾一詩一聯題目正名，似亦與之有關，但放在末尾位置，統觀語氣，似是雜劇終了後，由戲班中領班頭目登場作閉幕辭一樣，這便全與說書的敍述口吻，如出一轍了。

院　本

院本流傳後世的並不甚多見，（關於院本問題，另詳拙作「院本考」原文刊登北京大學國學季刊六卷一號），今據元杜善夫作「莊家不識勾闌」套曲，（太平樂府卷九引）所描述演院本時情形看起來，拘闌在做調風月院本之前，有拴熖爨，即院本之豔段，做豔段之前有一女孩子轉了幾遭，似即所謂踏場引戲，正音譜云「引戲即院本中之旦」，疑即因此之故。杜善夫原曲中三煞四煞描寫初入勾闌時所見台上情形，玆摘抄如下：

（四煞）一個女孩兒轉了幾遭，不多時引出一火中間里一個央人貨，裹着枚皂頭巾，頂門下插一枝筆，滿臉石灰更着些黑道兒抹知他是如何過，渾身上下則穿領花布直裰

（三煞）念了回詩共詞，說了會賦與歌，無差錯。唇天口地無高下，巧語花言記許多，臨絕末，道了抵頭撮脚，爨罷將么撥。

所敍引戲踏場，「念了回詩共詞，說了會賦與歌」。凡此情形，開場念說詩詞韻語，比之小說話本之開端念誦詩詞以後便接下「入話」，性質正復相同。

又明萬歷本金瓶梅詞話第三十一回有描寫宴客時有教坊司俳優扮演笑樂院本一節，摘錄其首尾如下：

（首段）外扮節級上開：法正天心順，官清民自安，妻賢夫禍少，子孝父心寬。小人不是別人，乃上廳節級是也。手下管着許多長行樂俑匠。昨日市上買了一架圍屏，上寫着滕王閣的詩，請問人，說是唐朝身不滿三尺王勃殿試所作，只說此人……是個才子。我如今叫傳末抓尋着請得他來……傳末的在那裏。（末云）堂上一呼，堂下百諾，稟復節級，有何命令（下文從略）

（末尾）外云，都好，淨云：……你既一家大小都好，也叫我直直腰兒着。正是

百寶粧腰帶　珍珠絡臂鞲
笑時能近眼　舞罷錦纏頭

此段院本開場稱「外扮節級上開」，也是開念詩句，末尾也用「正是……」云云綴附四句詩實是說書人最後所念四句散場詞一類的東西，凡此首尾與上引新劇體裁相近，完全是章回小說性質的成分。

傳奇

在古本傳奇裏，或首或尾，也時常發現與戲劇體裁不相合而實是小說體裁之成分。例如明無名氏尋親記開端將「尋親記」故事概括的敍述過，完全是話本敍述的口語：

（滿庭芳）末上：文墨周生，糟糠郭氏，家道蕭然，因官差役，無錢使用，遣妻張郎告債，張郎見色，將實契虛填，信僕奸謀，殺人性命，屈把周生陷械邊。單身婦因財被逼，此際實堪憐。節婦貞堅，遺腹孩兒要保全，剮刀立志，毀傷花面，詩書教子，喜中青錢，棄官尋父，旅館相逢話昔年，歸來日冤仇已報，夫妻子母再團圓。

張員外爲富不仁，周維翰因妻陷身，背生兒棄官尋父，守節婦教子尋親。

這同說書人用曲文唱述故事一樣，並無多大分別。實在與同說唱體諸宮調（如董解元西廂記王伯成天寶遺事）的口吻相類。在代言體戲劇中有此敍述體小說話本的特色成分滲入在其首尾，是很值得我們注意的。

戲文

古本戲文與說書的關係更為密切。在永樂大典裏戲文張協狀元一種的開端，有下列一段曲文，很顯明的說明兩者的關係：

（末再白）暫息喧嘩，略停笑語，試看別樣門庭。教坊格範，緋綠可同聲。酹酢詞源渾砌，聽談論四座皆驚。渾不比乍生後學，謾自逞虛名。狀元張協傳，前回曾演，汝輩搬成。這番書會，要奪魁名。占斷東甌盛事，諸宮調唱出來因，廝羅响，賢門雅靜，仔細說教聽。……似恁唱說諸宮調，何如把此話文敷演。後行脚色，力齊鼓兒，饒個攛掇末泥色，饒個踏場。

這口氣仍是敘述的口氣，但以下便變成生末淨丑旦外各色正式合演的戲劇了。試玩索上文，似是書會裏既演「唱說諸宮調」，又搬演「戲文」。而張協狀元戲文又是由諸宮調改變而成的。我們知道說唱諸宮調，是唱書式的敘述體，戲文却是戲曲式的代言體。在這裏我們若推論：代言體的戲文係由敘述體的諸宮調演變而來，便屬誤解，不免於「以偏概全」之譏，我們依據上文只能說張協狀元戲文一種確由諸宮調改編而成，不能遽斷一切其他戲文皆由諸宮調變成也。

× × × ×

綜言之，宋元以來雜劇院本傳奇戲文等戲曲中都有小說話本特質——敘述體裁——的語氣，如上所列舉，雖屬點點滴滴，然而證據確鑿，毫無疑義。

我們若尋根究底，進一步追問「中國戲曲何故發生此種現象？」這却是當前仍未獲得確解的問題。現在約略可以提出下列兩項解答：

一、戲劇係由說書演變成功的，戲曲中含有小說話本特質成分，是由說書過渡到演劇所留下的痕跡。

二、戲曲與說書，昔日原流行於同一娛樂場所，交光互影，勢所難免。戲曲中染小說話本的成分，看來或是受了當時說書風氣之影響。

二說中究以何者較為正確可據，或此外尚有其他答案，皆有待於當世鴻博，加以嚴密探討。在這裏只將此項問題慎重提出，倘蒙同治斯學者注意而引起商討，正是本文寫作的最大願望。

最後，本刊賜予空餘篇幅，准許筆者在這裏提出此種纖小而重要的問題，是值得十分感謝的。

一九四二，六，廿五，燈下草成於滬上聽風聽雨樓。

自由的代價

Stephen Vincent Benet

棘心 譯

過去，很久以前，在奴隸時代有個人叫作克由。我要你想到他，我有我的理由。他生下來，像莢殼裏的棉花，豆田裏的兎子，在他落生的時候，這裏沒有什麼好事情，可是他媽挺歡喜有他這麼一個孩子。不錯，他沒有生在大樓裏，總管家裏或別處任何負担是輕省，工作是簡便的地方。不，我的天，他從他娘肚裏出來在一個田工的茅舍裏，大冷的天，他記得他所看見的第一件東西就是他媽媽的臉，和一塊醃猪肉皮的味兒，松柴火的光向烟囱直衝上去，好，現在他生下來了，他活在那裏。

他爹爹下田工作，他媽不生產時也下田，這裏有的是奴隸，他們斫棉花，抱殼子，天還沒有亮，他們就聽見吹號角，號角再吹就報告一天的工作已經作完。他爹是個壯漢——挺硬的脊梁，挺粗的臂膀。白人們叫他考非，他娘是個好女人，是呀，好着哪！白人人叫他撒若阿，她的一雙手和一副嗓子倒是很柔和的，有着一副像夜裏的流泉似的嗓子，在晚上她不太倦的時候就唱歌給她的小克由聽。裏邊夾雜着好些個外國字兒——非洲的文，她不記得牠們是怎樣講解的了，可是有時候不期而然的牠們會從她口裏吐露出來。

現在，叫我怎樣去描寫形容那已經過去了的時候呢，那時候早已過去了。白人們住在大樓裏，有好些人侍候他們。老爺子住在那兒，跟皇上(註一)一樣漂亮和講究。他有他的朋友和賓客，廚子和麵包師傅；他的田從河邊直拉到林子那邊去，還要折回來。每天他騎上那匹大馬，黑霹靂如雷似電的在田野裏奔跑，傍晚，在桌邊坐下來喝他的酒。嚇！這可有的瞧了，銀刀子，銀叉子，玻璃的杯盤和酒瓶，先生們，太太們從四面八方趕得來，可眞熱鬧好看。克由小時候總覺着老爺子是富有全世界的，一直到天邊，無怪他要這樣想。

這兒也有些時時改變的事情，不過就一般的說來，這村子還是沒有改樣子，這兒有壞的時候，也有好的時候。有愛德華少爺被蛇咬着的時候，也有大瑞寶逃跑被他們帶着狗給追回來的時候。這兒有過一個眼珠兒骨露露打轉的總管，常常狠命的打人，不久就來了魏大爺，他還不錯，這兒有宰猪的日子和聖誕節，有春天也有夏天，克由看這些事毫不希奇，你從不想事情是怎樣發生的，他也不巴望牠變個樣兒，蜂窩裏的一隻蜂從不會問你，起頭兒他怎牠會到這窩裏來的，克由長得壯，一雙手越用越熟練，他們把他安插在鐵匠房裏去幫老賈克爹作活，他起先還不樂意，爲的是老賈克爹脾氣可夠瞧的。

後來他慢慢地歡喜幹這活了；他學着把鐵打成型；他學着給馬釘掌，給車輪子裝橡皮胎，和一切的鐵匠活，有一回他們叫他給黑霹靂釘掌，他弄得又紮實，又輕巧，老爺子在魏大爺跟前很誇獎他一番，他眞結實，跟黑夜一樣的黑，他很以他的脊梁和臂膀自豪。

現在，他很可以就這樣過下去——是啊，他可以，間或，他聽到人家講自由，可是他不經心這種論調，他不是個健談者，更不是個說教者；他是克由，整天在鐵匠房裏幹活，他不要作一個田工，甚至他連傭僕也不願作，他情願作克由不願作一個白色的壞坯子，或屬於一個白色的壞坯子，這是他自己的想法，在這地方我必得照直說眞話。

以後瘟病就來了，他媽跟他爹就染病死去，老太太給他們請了大夫來，可是他們仍舊是死了，從那以後，克由感到寂寞。

他覺得精神上寂寞和煩惱，他看見他爹和他媽被埋到土裏去，新的奴隸來了，住進他們的茅屋裏，他不爲這事不平，他知道事情一定是這樣的，可是到夜晚，他回到鐵匠房頂樓裏的床上去的時候，他一直在想着他媽和他爹——他爹爹結實，還有他媽給他唱的那些歌，他們幹了一輩子，還生下孩子，雖說只留他一個，不過，屬於他們自己的地方就只限於墳場那一坯土，而且他們可算是老老實實的好用人，因爲老爺子在脫下帽子埋葬他們的時候是那樣說的，大樓照舊，棉花和穀田依然，克田的爹媽却去了，和去年的穀子一樣，這使克由迷惘和煩惱。

他開始注意從前所沒有注意過的事物，淸晨號角吹着召人手到田裏去工作，他會怔住想一想誰打頭兒興起的吹這號，這不跟響雷打閃一樣一定有個人先興起的，當他聽到老爺子和他的朋友談話說到：「該死的瘟病，傷了我八個精壯的田工，和這州裏頂熟練的一個廚子，我情願丟了夫萊衞那毛孩子不願去了老伊薩克」時，克由把牠記在心裏，仔細的想，老爺子沒安着壞心，老伊薩克沒有死以前他陪着他坐了整整一夜，可是伊薩克，和克由還有夫萊衞那毛孩子，他們全屬於老爺子並且他徹頭徹尾地管領着他們，他占有他們像口袋裏的錢，不錯，克由從落生以來就曉得這些，可是因爲他現在煩惱，這使他有一種奇異的感覺。

有一天他正在給希婆萊少爺的馬釘掌，他釘得又紮實又輕巧，弄完了他給少爺作了一副鞍蹬，少爺連笑帶笑的跨上馬去，隨手擲給他一個銀角子，這不該使克山覺得不安，大人先生們常這樣作，再說克山的主人不壞啊，他不能否認，可是整夜他摸娑着手心裏希婆萊少爺的鞋跟印子，然而他喜歡希婆萊少爺，他說不清這到底是怎麽一回事。

最後克山決定他要去許願，他不曉得誰許過願，更不知道他們都爲了什麽，不過他曉得他非去不可，他得找累拆爾姑母去。

累拆爾姑母是一個很老很老的婦人，她一個人帶着小孫女桑姬住在茅屋裏，據說她看見過老爺子的父親，他父親的父親，她還看見過白髮婆婆的喬治華盛頓和辣斐德大將穿着法王欽贈給他的掛着金章的衣裳，有人說她是個念咒的巫女，有人又說她不是，不過田莊上的人對她都相當地尊敬，因爲她要是盯上了你啊，可就再也不會放鬆，對了，他媽還和累拆爾姑母是朋友呢，因此克山去看看她。

她獨自坐在她的小屋裏低低的火光旁，火上擺着一個鉢子，不時地你會聽到牠起泡，泛起像水坑中一隻凸着肚皮的大蛤蟆，這還不是這屋裏僅有的聲音，克山奉上他的敬意，順帶着還慰問他的背疼，他送她一隻黑公雞，她像是很樂於接受，她把牠握在黑而且瘦的雙手裏，牠撲撲地鼓着翅膀，咯咯地叫了一會，她從牠的嘴啄那裏沿着一塊板劃了一條白線，牠就老實了凝息了下來，對了，克山從前也曾看見過這種把戲，可是在累拆爾姑母的小屋裏擺着咕咕響的大鉢子的火旁看見這種戲法就異樣了，這使他覺得不安，他輕叩着袋裏的小角子給自己壯壯膽。

停了一息，老婦人說話了，「好呀，由子，」她說，「你帶給我的小公雞挺好，另外你還帶了什麽別的東西來，由子？」

「我給您帶了煩惱來，」克山沙啞着喉嚨講，因爲這正是他所有想要說出來的話。

像是早就料到似地，她點點頭：「他們大都是帶了煩惱來，」她說，「他們大多數把煩惱帶給累拆爾姑母，哪一種煩惱呀，由子？男人的煩惱還是女人的煩惱？」

「我自己的煩惱」，克山說，隨後他儘他所能地把一切都告訴給她，等他說完了，火上的鉢子泛起一個泡，咕嘟了一陣，那老婆子拿起一根長長的羹匙，攪動牠。

「唔，由子，由果的兒，考非的孫子，」他說，「我敢說你一定有很大的煩惱。」

「我會給牠煩死嗎？」克山說。

「我不能直接告訴你這是怎麽一回事，」累拆爾姑母說，「我可能開個方兒編個謊，要是別人啊，我可以這樣哄他們，但是你祖父山果是個好漢，他們共用了三個人纔把鎖鍊子給他套上，我看那鐵索簡直攪碎了他的心，我不能對你編謊，由子，你得了一種病。」

「是一種很厲害的病？」克山說。

「這是一種在你血裏的病，據我所知，你爹從沒有沾染過——他得他媽的遺傳，可是他爹是個哥羅猛地人，他們是勇敢和自由的，你就像他，這是那種自由病，由子。」

「自由病？」克山說。

「自由病，」那老婆子說着，她的小眼睛像火花一樣閃爍，「有些個要發作，也有些個被按捺下去。」她說，「還有些個是既按捺不下，也打擊不碎的，你當我不知那症候嗎？——我在運奴船上經過了那過渡時代，還看見我們的人分散開像沙子一樣，我沒有看見牠的降臨嗎，老天啊，——噢，天啊，我沒有看見牠的降臨嗎？」

「什麼降臨？」克由說。

「天空中一片黑，還有一片雲，裏面嵌看一柄劍。」那老婆子一邊說，一邊攪動着鉢子，「因爲他們掌握着我們，他們常握着我們。」

克由開始戰慄，「我不要挨鞭子。」他說，「我沒有給抽打過——即或有也不厲害。」

「他們鞭打你爺爺山果直到亮晶的血珠兒從背上淌下來。」老婆子說，「可是有些人是打不馴也壓不服的。」

「我不要被狗追，」克山說，「我不要聽狗子叮叮噹噹和頷隊的追踪着我。」

老婦人攪動着鉢子。

「老爺子，他是個好主人，」克山說，「我不願招惹他，我不要自找麻煩，也不打算被拉到是非圈兒裏去。」

老婦人攪動着鉢子，攪動着鉢子。

「啊，天哪，我要自由。」克山說：「我簡直從心裏焦慮，渴望着自由我怎樣纔能得到自由呢，累拆爾姑母？」

「有一條路，在地底下跑，」老婆子說，「沒有看見過，可是我知道，有一趟火車貫穿地下，閃着亮光，還忽吐吐地響，至少那是他們告訴我的，可是我準知道，」他看着克山。

克山大胆地回看她，因爲他自己聽到過地下的鐵道——僅只是偶然提到的言語和底聲的密談，不過他曉得硬要詢問這老婦人她所不願意說的事是沒有用的。

「怎樣去找那條路，累拆爾姑母？」他說。

「你看荊棘中的兎子，你留心他作些什麼，」老婦人說：「你看叢林中的鴟梟，留心他作些什麼，你看着空中的星宿，留心她作些什麼，回來你再告訴我，現我餓了我該吃飯啦。」

這是那天晚上她所說的話，克由回到他的頂樓上去，那些話一直在他心裏翻騰着，整夜他聽見那一串火車，冒着熱氣，迸着火花，穿過了地下，於是，第二天早晨，他跑了。

他跑的既不遠也不快，他怎麼能夠？他這一生從沒有走出過田莊二十里以外；他不認得大道和小路，號角未響前他跑的，太陽還沒有落山魏大爺就把他給抓回來了，唉，他不是個呆子嗎，那個克由？

等他們把他帶了回來，魏大爺可輕輕饒了他，看在他從前是個好孩子，從沒有逃跑過，就這樣照例地他挨了十下，十下再加十下，黃周那工頭給加的，克由第一回挨打，鞭子抽進皮肉裏去火辣辣地，他不明白他怎麼會忍受得了，以後他到了一個他所能到的地方。

事情過去了，累拆爾姑母在他的擱樓上出現，帶着她的孫女桑姬，好給他背上敷膏藥，桑姬，她纔十六，金色的皮膚，美麗得像桃樹上一顆桃兒，她本在大樓裏做事，他沒有想到她會給他做這個。

「承您的情啊，」他說，可是心裏總想這都是累拆爾姑母給他找的麻煩，他並不覺得怎麼樣很承她的情。

「這就是你要跟我說的話嗎，由子？」累拆爾姑母說，一面向下望着他，「我叫你去看三件東西，你看了沒有？」

「沒有，媽媽，」克由說，「我往林子裏跑去，像一個撒野的火雞，我下回再不了。」

「你說的對，由子」那老婦人說，「自由是要重價去換得的東西，爲此你被鞭打了，我看你要不幹了吧。」

「我挨鞭子抽過」克由說，「可是你不是說過有一條在地下走的路？我被鞭打了，可是我還沒有傷，沒有敗。」

「好，你學了個乖。」累拆爾姑母說着走開，惟有桑姬留下來給克由燒晚飯，他沒有想到她會給他幹這個，可是他看她作了很歡喜。

等他的背復原，他們把他派到田工隊裏去作了些時，不久有鐵匠活要做了，他們又把他調回到鐵匠房去，事情像從前一樣過了很長的時候，可是克由的心裏有點兩樣，他覺得彷彿一直封閉着眼睛和耳朵活到今天，現在他開始張開眼睛和耳朵了。

他看荊棘中的兎子，他曉得他會躲藏，他看叢林中的鴟梟曉得他在黑暗中溜走，他看天空中的星發現她指看北方，慢慢地他開始盤算。

他不會盤算得多快，他只得慢慢地捉摸，他想兎子和梟鳥有白人所不及的聰明，可是他又想到白人有他所沒有的智慧，他們有念書和寫字的本事，這像是很有用，他問累拆爾姑母是不是這樣一回事，她說是的。

這是他怎樣學起讀書和寫字來的，其實他用不着，可是桑姬，她從小姐們學得了一點這種本事，她從大樓裏拿來的一本小書裏面教給他，這小書裏儘是蝙蝠，耗子和猫，克山想這個作書的人一定是存心除了這些小動物之外不寫人家想要知道的東西，可是他把他自己交給了牠，而開始學習，牠差一點沒有把他的頭給弄炸了，可是他要學，當他拿一根小棍兒在土裏寫他的名字「克山」桑姬點頭稱是的時候，那眞是值得驕傲的一天。

現在他開始聽到那在地下跑的火車的滾動的聲音——那火車，那是地下的鐵道啊，孩子們，記住李維·可芬和約翰·韓森！記住那些教友會(註一)的掩護亡命者的志士！記住一切幫助我們求解放的人們的名字！東一句，西一句，一句話就這樣傳了開去，沒有人曉得牠從哪裏來的，可是牠存在，大街上有好些話是大樓裏從來聽不到的，火爐前有一大堆話，牠從不會飛上烟囱裏去，有個名字你告訴葡萄藤，葡萄藤不會回嘴。

一天，有個白人來賣地圖和畫片，先生們看看他的畫，他和他們很談得來，可是就在克山替他旋緊火車上一個釘頭的那一會兒他吐露了一句話，一句話，他的話使那地下的火車行近了。

一夜，在林間、克山獨自去會那人、他是個沉靜的人，有一張瘦削的臉，他把生命揑在手裏每天到處游蕩，他可不是無所事事，克山見過大胆勇猛的人，可是像這人這種勇敢，他還是平生第一次看到，這使他覺得值得作一個男子漢，那人詢問克山，他回答，當他面對着那人的時候，克山不只想到他自己，他想到一切他的受苦的同胞。

那人告訴他不少事情；他說：「沒有一個人配占有大地，牠是太偉大了，一個人占不了，」克山想這此話，深深地思想牠們，但是等他回到了他的擱樓，這點兒勇氣全消失了，他坐在他的草褥子上，雙眼瞪着牆，那正是黑暗行近他，陰影落在他身上的時候。

他焦慮和渴望着自由，然而他也焦慮和渴望着桑姬。再說長弟的小屋不是空着嗎？那個小屋眞不錯。他只要帶着桑姬找老爺子去，老爺子不贊成川裏的人手和屋裏的人手的用人混雜，可是克山與衆不同；克山是鐵匠，他能看見傍晚時桑姬回來所望的方向，他能看見清早起沒有吹號以前她所在的地點，這些他全得見，這不是自由，這只是他所習慣的，另一條路是冗長，艱難，冷寂和陌生的。

「啊呀，天哪，你爲什麼把這負担加給像我這樣的一個人？」克山說，以後他聽了很長時候，靜候上天的啓示，最後他彷彿得到了回答，這回答不是任何言語，只是他心裏的一種感覺。

因此當時機到來，計劃成熟他們到河邊上船發現多了一個人的時候，克由知道該怎麼辦，他不必聽那沉靜的白人說：「船上多一個人，」他想也不要想一直就把桑姬甩了上去，他沒有吐露一個字或一聲嘆息，他曉得事情是這樣的，這其中必有道理，在黑暗中他立在岸上看那船拖走，像伊色列（註三）的子孫，以後他聽到呼喊和鎗聲，他曉得他該作什麼和其中的道理，他知道是領隊的頭兒們，他挺身出來，等他回到了田莊上，他就疲乏得不堪了，可是頭兒們只顧了追他放過了船。

他爬到累拆爾姑母的小屋還看見了窗上的亮光，他爬抓過門，走了進去，她聳肩曲背，縮作一團的坐在火旁。

「你看上去沒氣力，由子，」他進來時她說，可是並沒有把眼光離開那缽子。

「我是沒氣力，累拆爾姑母，」他說「我病，傷心又難過。」

「你索上哪兒來的泥，由子？」她說，缽子翻着泡，咕嘟嘟地叫。

「那是我躱領隊的在水坑裏弄上的泥，」他說。

「你腿上怎麼會有個窟窿，由子？」她說，缽子咕嘟嘟地叫，翻着泡沫。

「那是他們打我的鎗眼。」克由說，「血全乾了，可是牠把我弄成了一個跛子，但是伊色列的子孫他們是安全的。」

「他們渡過了河？」那婦人說。

「他們渡過了河。」克由答應。「船上再多擱一個人都容不下了，可是桑姬，她渡過去了。」

「你現在作何打算，由子？」老婦人說。「因爲那是你的幸運，你的時機，你爲了別人放棄了牠，再說明天早晨魏大爺，他要看見你腿上的洞，他要問的，你給你自己加的這副担子可不輕，由子。」

「那是一副重担，」克由說，「我希望我能免了牠，我從未會要求負起這副担子，但是自由是一件難得換來的東西。」

老婦人突然起立，她顯得直而且高，「現在，謝天謝地！」她說：「祝告天，保佑他！我同我媽從運奴船裏來——我經歷過中間的變遷，這年頭兒沒有多少人記得那個，留心那個了，沒有多少人還記得那迷惑我們上船的紅旗和我們是怎樣地習慣於自由的，千萬個都已逝去，千萬人中的千萬在奴役中生和死，但是我記得，我都記得，後來他們把我弄進大樓裏——我，一個滿丁杲人，（註四）同時又是個女巫——至於我在大樓裏是怎樣過活的，那除了我自己只有天曉得，若是我有什麼罪過，我也領到報應了——我用眼淚和憂傷贖淸牠，那是在老太太以前，我領大了老太太並且侍候她，她年青時我離不開，她孱弱無助地找着我，就爲了這，我和大樓之間有一點情誼——一點人們忘不了的情誼，但是我的子孫要自由。」

「你這樣對待我，」克由說，他望着她很可怕的樣子。「你這樣待我，老婆子，」他嗓子裏氣粗，兩隻手抽動。

「是，」她說，直望着他的兩眼，「我甚至待我的親生子都不如待你，我爲你爺爺山果纔這樣作，他從未曾在火的光亮中轉向我，我眼睜睜地看着他投向那嬌柔的伊波女人，我眼睜睜的看着他在索練中獅子似地怒吼，所以，你來了，我試探你，我考驗你，瞧你是不是配追隨他，同時正是爲了你配追隨他，我纔把自由放在你的心裏，由子。」

「我永不會自由。」克由說，同時看着他的手，「我破了一切的規矩，他們非把我賣了不可。」

「你會被賣了又賣。」老婦人說。

「你要嘗嘗索子和鞭條，我愛莫能助，你將要爲你的同種受苦，陪你的同種受苦，但是一旦一個人心裏有了自由，他的子孫一定會曉得這故事。」

她把蓋放在罈子上，牠停止了冒泡。

「現在我到了路的盡頭，」她說：「可是這故事不會只停留在這裏，這故事要回到非洲還要傳下去，像雲彩和火光，牠永遠走，歡笑和嘆息，遍及大地，天空和水底——我的同胞們的故事。」

以後她雙手垂到膝上，克由爬出了小屋，他知道他被派定作一個見證，同時這使他覺得一陣寒熱，他知道他被派定作見證，講這個故事，啊天哪，這見證是難作的，克由曉得，但是這對他未來的日子很有幫助。

現在，他被出賣了，這是克由覺到心裏的烙印的時候，以前他平生輕視壞奴僕和壞主人，他住在主人是善良的地方；他不大注意別的地方，他是個奴隸，可是他是鐵匠克由，而且老爺子，老太太全得侍候他，現在他知道心裏的烙印和怎麼樣算是做奴隸。

他飽嘗這滋味，在暴日下的稻田中，他飽嘗這終日辛苦爲了一把穀，他認識惡劣的主人，兇狠的監督，他飽嘗鞭子的咬嚙，和脚踝上鐵練的擦傷，天啊，他懂得了苦難，他懂得了他自己的苦難和他的同種們的苦難，但是不論如何他心裏一直保持着自由，自由若種在心裏，是很難根除的。

他不知年月和日子，同時有一半時間他忘了有個女孩兒叫桑姬，他所不忘記的只有他耳朵裏的火車聲，那在地下噴氣和到他夢見牠把他拖走了，頃刻他冒火的火車，他夜裏想着牠直在號角聲中醒轉來，覺得要死可是並沒有死，他活活地挨過了鞭和索，他活活挨過了鉄和火，最後他離去了。

當他離去的時候，他不像是慣常在老爺子那裏的克由了，他藏入樹林中像一隻兔子，他溜過黑夜像一個梟鳥，他步行着，寒冷且飢餓，但是星光一直照耀着他，他眼光一直釘着星光，他們放狗追他，同時他聽見狗帶上了鈴鐺，噹噹地穿過了樹林。

他聽見狗叫就嚇壞了，但是他不像往常那樣驚駭，他不比別人膽小，在荒原上，他殺了那條大狗——那條大嗓子的大狗——他赤手空拳地幹的，隨後他涉水三次爲的是洗去那氣味，他再走下去。

他不知道哪一天到了那廣闊的，冰冷的河，河水黃色，翻起着泡沫，克由不能游泳，但是他蜷伏在河岸上像一個龍蝦，他用兩根木條給自己做成一個小筏子，他知道這是末一次了，他準會沉下去，可是他放出了木筏且讓牠把漂流到自由的一邊，這時候，他沒有氣力。

他沒有氣力，可是他小心，他曉得比來西那捉奴人的故事，夜間他溜進城，像一個暗影，似一個幽靈，他沿門乞討些破爛的東西吃，一個女人施給他，但是看着他懷疑，他編造一套話告訴她，可是他想她不會相信的，從水溝裏揀到一張報紙，他拾起來看看告示，有一張告示關係着一個逃走的人，名叫克由，他看着，他的心在胸膛裏猛躍。

他忍耐，他很小心，他離開那個城，他找到另一座城的名字，新新南地，（註五）和城裏的一個人名，他不知道在哪裏，他一定要問路，但是他很小心地作去，一次他向一個黃種人問方向；他不喜歡這黃種人臉上的神氣，他想起了累拆爾姑母；他告訴那黃人，他要把他的肝胆都咒出來，假使這黃種人告訴他的不對，後來那黃種人嚇壞了只好正確地告訴他，他沒有傷害那黃種人；他不因他的不愛管閑事而責備他，可是他要那黃種人和他換袴子，因爲他的袴子夠破爛的了。

他忍耐，他非常小心，當他到達人家告訴他的那地方的時候，他把那地方周圍全巡邏了一遍，他溜到後面去，他溜他爬，他向窗子裏張，他看見白人們正在吃晚飯，他們就跟別的白人一樣，他預想他們該兩樣，他覺得不大好，照例地，他依照人家告訴他的方法敲窗戶，他們沒有一個人注意，他剛想要離去，那白人從桌邊立起來，把後門打開一條縫，克由在黑暗中喘息。

「老天爺保佑從天而降的生客，」白人用低而清晰的聲音說，克由踉踉蹌蹌向他撲去，那白人抓住了他，他抬頭看，那是個白人，但是他不像霹電似的。

他收留克由並且給他洗傷，又把牠包紮起來，他給他吃，並且掩護他在房屋的地板下，他問他的名字和從那兒來的，以後他把他打發出去，「啊，天哪，記住你可靠的僕役阿撒伏布郎！記住他的名字。」

從這裏，他們把他裝在一輛火車上打發出去，他藏入車底的稻草裏，從第二個地方他們把他裝入一輛密閉的車子，和其他六部車子一道走，整夜他們不能說一個字，一次有個收稅員問他們貨車裏裝的是什麼，車夫回答「南方的花洋布，」收稅員笑笑，克由總記得這回事。

一次他們到了大水——看起來像大海那樣大，他們坐在船裏渡水；他們到了對岸，等他們到了對岸，他們歌詠，祈禱，白人們看看都希奇，可是克由不覺得快樂；他只覺得想睡。

他睡，像從來沒有睡過覺似的——多少天，多少年都沒有好好睡過，當他醒來的時候他驚訝；他不大記得他在什麼地方，他睡在穀倉頂的擱樓上，沒有人在他周周圍，他起來到外面去，那是一個很好的晴天。

他起來走出去，他向自己說我自由了，但是牠還不可捉摸，他向自己說，這是加拿大，我是自由了，但是這還不可捉摸。以後他開始沿街走去。

在街上碰見第一個白人，他咬牙切齒的還跑過街對面去，那白人可不理會他，以後他這纔明白了。

他心裏對自己說我是自由的，我的名字叫克由——約翰H克由，我有堅強的背脊和堅強的臂膀，我心裏得到了自由，我得到一個第一個名字，末一個名字和中間的名字，我以前從到曾有過。他對自己說，我名叫克由——約翰，H克由，我得到一個名字和一個值得講述的故事，我得到一個可以舞動的釘鎚，我得到一個值得告訴同種的故事，我叫我第一個兒子「約翰，自由，克由，我叫我第一個女兒「脫離虎口」。

以後他沿街走去，經過一個鐵匠舖，鐵匠，他是個老人，他舉起釘鎚，挺笨重的，克由向店內看看，微笑了。

他過去，他走他的路，突然他看見一個女子，像一顆桃樹一個女子名叫桑姬——自由自在地沿街走去。

註(一)「跟皇上一樣……」原文作 Like Pharaoh and Solomon，典出聖經，前者古埃及國王之稱，後者爲伊色列之明君，此處譯其意。

註(二)「教友會的掩護亡命者的志士！」教友會原文作 Quaker 又稱 Society of Friends 十七世紀中葉竝耶穌教之一派(一脈眞誠的博愛心一直存在教友會信徒的團體中，這再沒有比在奴隸事件上表現得更顯的了，喬治，福克斯與烹·威廉苦心孤詣地取得奴隸的宗教教育，早在一六七六年巴佩道斯)

Barbodas) 地方議會會通過「阻止教友會信徒們帶黑人們到他們的會場的舉動，」一七八三年由於教友會信徒們的主動始有呈請廢止販奴要求提出於下議院，在長期的發起運動中，教友會信徒們的活動占重要的位置，案，威廉(William Penn 始創賓夕法尼亞州殖民地 Pennyslvania 於一六八二年作爲實現教友會理想於北美合衆國之「神聖試驗」，然由於直轄者所賦與殖民地之政治權力有限，故遂使教友會信徒們不克充分表現其主義於賓夕法尼亞，後來殖民地居民對教友會信徒們抱惡感，因彼等於法國與印第安人戰爭時自動放棄政府的管理，且利用彼等之勢力與印第安人合好，保護之使免於詭騙與淫行，南北美戰爭後教友會信徒們工作於新自由民局 Freedmen's Bureau 推行黑人教育，不遺餘力。(至李文‧可芬則見註(五)

註(三)「伊色列的子孫」原文作(Isreal's hildren. 典出聖經，伊色列民族爲上帝之選民在摩西領導之下獲得解放。

註(四)「滿丁果」原文作 Mandings 爲居於非洲尼格爾(Niger) 河兩岸之黑人族之一種，強壯，勻稱，長頭，大頷扁鼻，隆顴，眉目端正是其特色，營部落生活，政教階級按年齡而分等，由一種祕密團體主持之，中世時曾有貴族皈依回教，但一般人多信萬物均有靈魂之說，有農業的節期和四季的祭禮。

註(五)「新新南地」原文作 Cincinnati 美城市名，漢彌敦州 (Hamilton) 政廳所在地，位於俄亥俄河北岸，支加哥東南三〇五哩，向東北七六〇哩有鐵路可達紐約。

新新南地爲美國西北部最先成立殖民地之一(一七七八至一八一九年成爲城市，一八四五至六〇年間由於農業及葡萄培養的發展吸引大批移民，尤以德籍人爲最，密切的業及社會關係使反對奴隸運動成爲一使人不快意之問題，廢止論者甚多且活躍異常，此城成爲「地下鐵路」的要站，許多家庭開着門接受逃亡的奴隸，供給他們暫時的休憩所，哈瑞‧俾拆‧司透 (Harriet Beecher Stowe居此地十八年(一八三三——一八五〇)搜集豐富材料寫成「湯姆叔的茅屋」一書，一八三四年始有雷因Lane的奴役論戰，一八三六年詹姆斯‧奇‧伯內 James G. Birney) 創辨反對奴隸制度的刊物「博愛者」 (Philanthropist) 印刷所被亂民搗毀，許多類此事件的發生實因有人惟恐此種運動將影響該地與南州之貿易，此種感覺並非普遍，於是新新南地成爲奴隸之逋逃藪與撒蒙‧皮‧拆司 (Salmon P. Chase)李文‧可芬 Levi Coffin 諸人活動之地，內戰爆發時州衆一致傾向北方。

作者介紹：

司提芬・文生本尼（Stephen Vincent Benet）現代美國第一流短篇作家，一九四〇年歐亨利紀念獎（O. Henry Memorial Prize）首譽的獲得者，在這裏表現了他特有的把合時的爭點的關係交織成故事而同時又不使陷於敘述性的矯揉造作的能力，兩個評判者布雷斯特女士（Miss Brewster Ph. D. 加利福尼亞大學的英文教授）和馬緒先生 Mr. Morsh 紐約時報及紐約國民新聞報的特約評論者）都很被他的鮮明的主題的展開所感動，馬緒先生稱讚牠是一個充滿了感情力量的詩意的故事，布雷斯特女士則更由克由的逃出奴役的艱途難徑的個人的經歷中看出一種人類的永遠新鮮的象徵意義，這風格的性質暗示着一個口述故事，不是寫下來的，而且常被反覆重述的，直到這豐富的意義和形象形成一種歌謠式的重複，這樣的風格使我們聯想到那些瓜棚豆下，燈前爐邊談起來可以引得小孩子們忘了遊戲，老人們離開了牆角的傳說。

街頭獨幕劇

虛士

時間：某年十一月某日晨。
地點：某地某馬路一家米店門口。

（開幕時一片打駡聲。）

男甲：媽的！你這二房東眞可惡，想吞沒我們的糖票麼？打你這狗東西！（拖住二房東要打）

二房東：別拉拉扯扯！我會吃光你的糖票麼？你眞瞎了眼，說話留神些。

男甲：還想賴麼？老實說，要是你不吐出來，今天不放你過門。

二房東：我要吞了你的糖票，要絕子絕孫的！

男甲：那麼，人家已經買到了糖，爲什麼我們連糖票都沒有？

二房東：快放手！我老實說給你聽，不但是我們，這團團一方的人家，請問那家拿到過？

男甲：你別胡說！

（老板娘甲乙提菜籃上）

二房東：大清早起，誰同你開玩笑，不信，你去問問這兩位。

老板娘甲：這裏也在吵架，又是爲糖票的事！

老板娘乙：你們眞不知道，我們今天一早上街，看見許多人在相駡，都是爲的什麼糖票。（下接一一〇頁）

世外桃源

James Hilton 著

實齋 譯評

第四章

張老者說道：「此時你們總該知道了吧？我們並不像你們所預想的那麼不開化……」

不久之後，在當天的晚上，康惠就體驗出他的話沒有錯。他住在喇嘛寺里覺得身體舒適，頭腦清明，他覺得這二點混合在一起很是可樂，認爲這是一種世界上最文明最高尚的感覺。他覺得聖格里．勒的一切設備都很滿意，無論如何總比他們預期的有過之而無不及。那所寺院里有暖氣設備：在這個時代，拉薩（Lhasa，西藏城名）尚且已經裝置電話，所以在一所西藏的寺院里有暖氣設備並不是十分可怪的事；不過寺中的設備是有西方的物質文明而更配以傳統的東方精神，這點康惠覺得很是別緻。比方就以他曾舒舒服服地洗過澡的浴缸來說吧，那浴缸是用一種綠色的磁質，照其上面所標出的字樣看來，乃是美國沃海沃省愛克朗城（Akron, Ohio）的出品。可是侍候他的士人爲他挖耳，一切都依照中國人的規矩。不知餘人是不是也在受同樣的待遇，若是在受同樣的待遇的話，他們又覺得怎樣，康惠這樣思量着。

康惠在中國差不多住過十年，那十年的生活他並不是都花在大城市里面的！他覺得以大體論那十年的中國生活是他生平最幸福的一部份。他喜歡中國人，覺得中國人的生活習慣很是合適。他尤其喜歡吃中國菜，覺得中國菜滋味的鮮美，實在難以言傳；所以他在聖格里．勒吃第一頓飯的時候，頓起親切之感。同時他還疑心菜飯里面雜有一種舒展呼吸氣管的藥草，因爲不只他吃了那種菜飯覺得身體方面與前不同，就是餘人看來好像也較以前安靜自在了。他見張老者只吃了點綠色的生菜，沒有喝酒。張老者未開箸時就聲明道：「請諸位原諒，我吃的東西是很有限的，我不得不當心自己的身體。」

這話以前他已經說過，康惠心想不知他患的是什麼病徵。康惠此時可以更密切地端詳他，他覺得這位中國人的年齡很難猜測；自他的形容和膚色看來，他也許是個未老先衰的青年人，也許是個養身有道的老年人。他不是沒有可愛之處；他老是那麼彬彬有禮，這種彬彬有禮的風度有一種難以言傳的雅趣，令人回味無窮。他穿着一襲繡花的二邊開叉的藍綢長袍，二隻褲脚管縛得緊緊的，儀態凜然！康惠覺得這種儀態很是可愛，不過他也知道餘人未必都喜歡這種風度。

實則寺院中的一切與其說是西藏化，不如說是中國化；惟其如此，所以康惠在這樣的空氣中覺得很是安適自在，當然他又自知他不能期望他人有同樣的感覺。同時那間臥室他也很是喜歡；這個房間大小適中，四週掛着幾張幔帷，放着幾個雅緻的漆器。室中點着幾個紙做的燈，在寂然的空氣中一絲不動地懸着。他覺得在身體方面和精神方面都很安詳舒適，他雖然又想到飯菜中也許下有藥物，可是並不覺得疑懼。縱令飯菜之中混有藥物，且不管那是何種的藥物，伯納吃了呼吸已不是先前那麼急促却是實事，而且馬立森也不復像先前那麼屈強不羈了；二人飯時都吃得很起勁，不再想饒舌了。當時康惠也很覺饑餓，所以很願遵守社交的規矩不立即單刀直入地講及當前的要事。他對於有趣的事情從來不願使之急速了結的，所以他個人認爲那種規矩很合適。直至他點上了一支香烟之後他才迂迴地詢及他所感到奇怪的事；他向張老者說道：「你們住在這里福氣眞好，招待客人眞是週到得很。只是我想你們大概不是常常有外客的吧？」

那個中國人以儼然的態度慢慢地答道：「是的，我們不是常常有外客的。這里是個偏僻的地方，不常有外人來遊歷的。」

康惠笑着說道：「你話說得很婉轉呢。我初到這里的時候覺得這里眞是一個與世隔絕的所在。我猜這里的文化和別處的不同，未經被外界的文化所染污吧？」

「你說染污嗎？」

「我說染污，乃是指電影院，舞廳音樂隊，以及電氣廣告那一類的事物而言。你們這里的衛生器具眞是最現代化不過的，我想東方所需要於西方的恩物只是現代化的衛生設備。我常常這麼想：古羅馬人很是幸運；他們的文化只進展到熱水浴盆那一點，而沒有接觸到那種爲害無窮的機械知識。」

康惠停止了一忽。他只是那麼隨口滔滔地說着，雖都是由衷之言，可是他的主要目的只是在造成一種友善的空氣。他對付這種事的技巧是很純熟的。只是那個中國人拘禮的很，所以康惠覺得不便多問。

勃林克魯小姐却不顧忌到這一點，她傲然說道：「對不住，請你把寺中的事講點給我們聽聽好不好？」

張老者的眉毛往上牽動，似乎表示不甚贊成這樣直截的問話。他說道「我若是知道的事，無不竭誠奉告。你所要知道的究是那種事呢？」

「第一，你們這里有多少人，是屬於什麽國籍的？」她的頭腦顯然還是像在培斯克爾的教會里那樣地運用着。

張老者答道：「這里正式的喇嘛僧約有五十人，此外還有幾個尙没有成爲正式的喇嘛僧，我便是這一類中的一個。我們希望修練到相當的時期之後成爲正式的喇嘛僧。不過在没有達到那個時期之前，我們只是半喇嘛僧，或是叫做聖職候補者。至於說到我們這里的人種，這里有許多民族的代表，只是多數是西藏人中國人，這可以說是當然之理吧。」

勃林克魯小姐對於無論什麽事總要下一個結論，卽使是錯誤的結論也在所不惜。「唔，原來如此。那末這是個藏人所設立的寺院了。你們的主持是藏人還是中國人？」

「都不是。」

「這里有英國人嗎？」

「有幾個。」

「吓，這是很奇怪的。」勃林克魯小姐喘了一口氣接着又立卽問道：「那末我且問你，你們是相信什麽教的呢？」

康惠仰着身子靜候着事態的發展，心里很覺好笑。他素來喜歡觀察二種個性不同而對立的人相遇所發生的局面；今勃林克魯小姐的那種女童子軍的爽直態度遇到了喇嘛和尙的哲理，看來其前途的發展是很有趣的。不過同時康惠不願他的主人驚駭。所以爲緩和局勢起見他說道：「這個問題很大，恐怕說來話長吧？」

可是勃林克魯小姐並不想緩和局勢。餘人喝了酒比前安靜得多了，可是勃林克魯小姐飲了點酒似乎興緻加倍的佳了。他表示大度地把手一揮說道：「我個人當然是信仰那種眞正的宗教的，可是同時我也胸襟寬大，承認別人——我的意思是說外國人——的見解有時也很眞誠。並且我們現在是在和尙寺院里，我當然不能期望你們贊成我所相信的宗教。」

張老者聽了她這種謙遜的話就向她彬彬有禮地欠着身子，並以他正確儒雅的英語答道：「不過請問爲什麽你不期望我們贊成你的宗教呢？難道因爲某種宗教是對的別種的宗教便一定都不對了嗎？」

「那是當然的事，還勞你說嗎？」

康惠又插話道：「我想我們最好還是不要爭辯。不過關於你們這所獨特的寺院的宗旨我和勃林克魯小姐二人都很想知道。」

張老者慢慢地以輕微的聲音答道：「簡單說來，我們主要的信仰只是中庸之道而已。我們避免一切過份的事，我們所培養的就是這種不爲過份之事的美德，如果你容許我說句怪僻的話，甚且這種的美德我們也不主張培養得過份。你望見過的那個山谷里有數千的居民，他們都是信奉我們的教義的；據我們所知，是項信條很足增進他們的幸福。我們統治居民雖然嚴厲，可是嚴厲得適可而止；我們要求居民服從，可是他們若是適可地服從我們，我們也就認爲滿意，不爲已甚。我可以說我們這里的居民頭腦清醒，可是清醒得適可而止；行爲貞潔，可是貞潔得適可而止；言行誠實規矩，可是誠實規矩得適可而止。」（此乃理想國烏有鄉也。世有中庸之論，而無中庸之境，故自理想國烏有鄉。）

康惠聽了不禁微笑。他覺得此論甚好，並且他的個性也是很近這種中庸之道的。他說道：「我懂得你的話。我猜今天早晨我們遇見的那一羣人也是那山谷里的居民吧？」

「正是。我想你們在路上大概不會有什麼對他們不滿之處吧？」

「沒有的事，沒有的事。我覺得他們走路幸而不只適可地穩健而已。你方才似乎說那種中庸之道只適用於他們，你的意思是不是說中庸之道並不適用於你們做喇嘛僧的呢？」

可是張老者聽了這話只是搖了搖頭，然後說道：「抱歉得很，閣下所問的事我實在不便討論。我只能告訴你我們這里有種種不同的信仰和種種不同的習俗，可是這種種的信仰與習俗我們大都適可而止地奉行着。（今世教義紛歧，信仰不一。嘗思天下無不好的教義，不然不成其爲教義了；亦無絕對可行的教義，不然早該成爲事實，不只始終是種教義了。言論是一事，實際又是一事；良以言論憑頭腦，行事靠良心；頭腦也許甚爲週密，可是人心不能十全十美。只要各種信仰都適可而止地奉行着，天下自然可以比較太平。）此刻我不能再告訴你什麼，心里實在不安得很。」（故作疑陣之筆。）

「請你不要抱歉。你不告訴我，我臆測着倒有趣呢。」此時康惠覺得身體方面以及自己說話的聲音方面却有異樣，心知飯菜中必是和有什麼藥。馬立森似乎也有同樣的感覺，不過他趁此機會說道：「你們的話都很有趣，不過我以爲此時我們眞應該討論動身的計劃了。我們想立即回到印度去。你們能供給我們幾個夫役？」（恰是馬立森口吻。）

馬立森的話雖然很是切實，可是張老者只是彬彬然守着緘默，所以馬立森的問話恰如踏了一個空一樣，脚底下面沒有實地。隔了好一忽張老者才答道：「馬立森先生，不幸得很，這事不是歸我管理的。不過我想無論如何不能立即設法辦妥吧。」

「可是總得去設法呀！我們都是各有工作的人，並且我們的親友們都要着急的呢。我們非立即回去不可。你們這樣客氣地接待我們，我們當然都很感激，不過我們實在不能長住在這里終日無所事事地閒散着。如果可能的話，我們想至遲明天就動身。我想這里一定有許多居民願意自動護送我們吧——我們當然願意出相當的代價，不致使他們徒勞。』

馬立森說到這里，心里很感不寧；他似乎沒有料到話說了這麼一大堆，張老者竟然會遲遲不回答他；後來張老者終於說話了，只安詳地說了一句：『可是你知道這一切不是我所能過問的。』語氣之間似有責怪之意。

『不是嗎？那末你總得給我們想點辦法呀！不知你能否替我們找一幅這里的地圖來，那是對我們很有用處的。看來我們的路程將很長，惟其很長，所以我們愈該早日起程。你們這里大概總有地圖吧？』

『不錯，我們很有幾幅地圖。』

『那末你若是不介意的話，就請你借幾幅給我們。日後我們可以還給你，你們大概不時與外界通消息吧？同時我們最好預先發消息出去，叫友朋們放心。最近的電報局離這里有多遠？』

自張老者的多縐紋的臉色看來，他是在耐着心聽着，不過沒有回答馬立森的話。

馬立森停一忽，接着又說道；『那末你們若是需要什麼東西的時候是到什麼地方去購辦的呢？我意思是指那些現代化的文明的東西。』馬立這樣說着，從他的聲音和眼睛的神氣看來，他顯然覺得驚駭極了。（此乃正面敘述馬立森，間接描寫張老者言行的神祕，乃是極好技巧。）他陡然推開了椅子站了起來。他的臉色很是蒼白；他疲乏無神地把手移在額際，眼睛向着雲間的四週望着，吶吶地說道：『我疲倦極了。你們好像都不願幫助我。我所問的乃是很簡單的事，你是一定知道答案的。你們當初裝置這些現代化的浴缸的時候，這些浴缸你們是從那里購辦來的？』

還是沒有回答。

『那末你不願告訴我，是不是？這大概是整個神祕的一部份吧？康惠，我沒法不說你這個人眞是懶壞了。爲什麼你不問一個明白呢？此刻我實在支不住了——不過——你聽了，明天——明天我們們必須起程——這是最要緊的事——』

說到這里若是沒有康惠把他抱住扶着他坐下，馬立森一定是倒在地上了。（以馬立森的驚駭反映張老者的詭祕，雖只敘馬立森，無字及張老者，而張老者躍然在目，是謂一箭雙鵰，以一句的文章收二句的效果。）後來他精神略爲恢復了一些，可是沒有說話。

張老者溫和地說道：『明天他就不會這樣了。初來這裏的人往往覺得呼吸困難，可是不久他就會習慣的。」

康惠覺得方才好像是中了魔，此時漸漸蘇醒了過來。他以略有遺憾的語氣說道：「馬立森委實辛苦了。」接着他又比較急速地說道：「我想餘人也都一樣。我們現在還是停止討論，卽去就寢的好。伯納，馬立森由你照顧一下好不好？勃林克魯小姐，我猜你一定也需要睡覺了。」

老者一定已經發出了些什麼信號，因爲那時有一個僕役走了進來。康惠說道：「是的，沒有多大問題——明天會——明天會——我不久也來就寢了。」他說着把餘人推出門外去，接着缺少禮貌地以與前大不相同的態度轉向他的主人說話。他是因爲被馬立森的斥激才這樣的。他說道：「我不敢多躭誤閣下的時間，所以還是立卽談及本題罷。我的那位友人性情是很暴躁的，可是那也難怪，他只是把事情弄個明白，這也不能算錯。我們必須作起程的準備，若是你或是這裏別的人都不援助我們，我們就沒法起程。明天動身當然是不可能的，這個我知道；就我個人而論，略事逗留幾天倒覺得很好玩呢。不過我的同伴們也許不這麼想。你方才說你本人不能替我們設法，這話若是眞的話，那末就請你告訴我誰是能爲我們設法的人。」

那中國人答道：「閣下爲人比別位聰明，所以也就能顯得比別位有耐心。我覺得很歡喜。」

「這不能算是回答我的話。」

張老者聽得康惠這麼說笑出聲來了，是種顫動的尖銳的噎笑；康惠知道他的笑是種勉強的笑；中國人於受窘的時候往假裝看見了什麼可笑的事藉以「保存面子。」過了一忽張老者答道：「我深信你們沒有擔心的必要。我相信到了適當的時候我們是必能予你們以一切所需要的援助的。你知道實際上有種種的困難，不過我們若是合理地去解決這個問題，不要心急忙慌地——」

「我可沒有說要心急忙慌，只是在問你關於夫役的事呀！」

「這個嗎？這個可就引起另一個問題了。你們是否能夠不費力地找到願意走這樣的遠路的人，我委實很懷疑。他們在山谷中各有他們的家，恐怕他們不願意離鄉拋家遠迢迢地走這樣辛苦的路程吧。」

「只是總可設法勸導他們，不然的話，他們今天早晨爲什麼肯護送你呢？」

康惠又道：「今天早晨我們偶然遇到你的時候，你們不是正擬動身出外嗎？」

沒有回答。接着康惠卽以比較安靜的語氣繼續說道：「我明白了。那末我們的遇到你不是出於偶然的。我早就懷疑着。

那末你們是特地來截接我們的了。這是說我們的到達這裏你們事前是知道的。我所要問的是：你們怎麽知道的呢？」

在這個靜寂可愛的氣氛之中，康惠的話顯得語氣很重。燈籠的光照在那中國人的寧靜如石樣的臉上。康惠問了這一句之後，空氣顯得很是緊張。只是不久之後，那張老者徒然舉手拉開了一個通外面陽台的窗的幔布。接着他輕輕地在康惠的手背上拍了一下，把他引到外邊去，外邊的空氣旣寒冷又清醒。他像是在遐思地對康惠說道：『你很聰明，不過沒有完全猜中。惟其如此，所以我勸你不要把我們此時不切實際的討論告訴你的朋友們，免得他們恐慌。放心罷，你和你的朋友們住在聖格里•勒是決不會遇到任何危險的。』

『可是我們所煩惱的不是危險而是恐怕躭誤時日呀。』

『這點我是明瞭的。事實上你們不得不躭擱一時，這是恐怕沒法避免的。』

『如果只是躭擱幾天，而且眞是沒法避免的話，我們自然只得極力忍耐着。』

『這才是呢，須知我們但希望諸位住在這裏每一分鐘都覺得快樂。』

『話是不錯，並且我已經和你說過，就我個人而論，我並不十分在乎。這裏予我一種新的有趣的經驗，而且反正我們需要休息一下。』

他望着那發着光的卡拉克爾山。在皎潔的月色之下，那座山看來好像舉手可以觸及似的；背境陪襯着一望無際的藍色的天空，這座山望去晶明如鏡。

張老者說道：『明天你也許會覺得這裏的生活更加有趣呢。至於說到休息，如果你覺得厭倦的話，世界上比這裏更適宜於休息的地方大概也不多吧！』

不錯，康惠繼續瞭望着景色，心裏愈加覺得安閒自得；這幅景色不只是悅目而已，好像對於心靈也有益處。前晚在外面山谷中狂風怒號，可是此刻在這喇嘛寺裏甚至一絲微風也沒有，適成一個對照；他知道整個的山谷像是一個四週圍有高山的港口，卡拉克爾山高聳在這山谷之上好像是在沉思着，像是一座燈塔一樣。（此乃雙關語也。）他望着卡拉克爾山，心裏愈覺這個比喻很是恰當，因爲在山巓上眞的反射着月光，是一種藍色的寒光。他正想問張老者這座山的名字是什麽意義，張老者似乎已經猜出他的心事，他說道：『卡拉克爾乃是這裏的本地話，意義就是藍色的月亮。』

康惠心知他們的到達聖格里•勒這裏的居民是事前知道的，可是他沒有對餘人說明。他明知此事很關緊要，總得告訴他們知道才是，可是當次晨醒來的時候，他不再煩慮到這一點了，却以爲還是不要驚慌他們的好。在另一方面，康惠堅信這所剌嘛寺很可懷疑，並且前晚張老者的態度也不足使人安心，若是寺方不願予他們以援助的話，他們一行人不啻是囚徒。而强制寺方給予援助顯然是康惠份內之事。他畢竟是英國政府的官吏；依照慣例，他若有所請求，寺方理應允諾，若竟加以拒絕，那是失禮的舉動。凡是常態的官吏總是採取這種立場的；而康惠一部份的性格正是個常態的官吏的性格。遇緊急的時候沒有人更比他適宜於領袖，以應事變；在撤退之前的幾天之中，當地局勢危殆，靠他辦事强幹，應付得宜，餘人得免於難，若是把經過情形寫一本小說，以『康惠在培爾克爾』爲題，穩可贏得小說獎金，並且政府當局也該賞以榮譽爵位呢；他這樣想着，心裏不禁暗笑。他當時領導着許多各色人種的平民——其中且有婦孺——叫他們暫進於一所小小的領事館裏，藉免遭排外的革命份子的毒手，並且半嚇半騙地和革命黨交涉，居然說得他們歡了心，允許大量的平民用飛機撤退；他自思這種種的努力，功勞不能算小。若是不斷地寫着自吹自擂的報告，同時暗中設法去運動的話，他不難於新年功勳名錄中佔一個地位。且不管這些，至少他已贏得馬立森的熱烈的欽佩了。只是不幸得很，現在那位青年對於康惠大大地失望了。這當然是很不幸的，不過喜歡康惠的人之所以歡喜他，多是由於誤解他；這種的人康惠遇見得多了，所以也就不以爲意。實則康惠並不是那頑强果敢開拓疆土的一流人物；他的所以令人看去像這一流的人物者，乃是受命運的支配，不得不如此耳。

實則康惠已爲聖格里•勒種種的神秘所迷住。反正在他個人並沒有什麼足以擔心的事。他因職務關係，總是有隨時被調派到偏僻倒愈可解除他的無聊之感；今雖非是受命於外交部被派到這個世界上最偏僻的地方來，而是受偶然的命運的支配，然而總是一樣，又何必口出怨言呢？

實則他非但毫無怨尤之意，而且心裏很覺歡喜呢。次晨起牀的時候他看着窗外柔和的藍色的天空，心想這裏實在比配蕭華或是倫敦的繁華區闢開狄雷（Piccadilly）好。他見餘人休息了一晚之後精神好了許多，心裏很是歡喜。伯納仍是高興地談着笑話。勃林克魯小姐承認起初以爲臥室之中的一切一定是很令人覺得不方便的，可是現在却居然處處令人滿意。馬立森雖然顯得愁鬱，可是竟也略有『任其所之』的神氣了。他說道：『我猜今天大概不能動身了，除非有人肯出來嚴厲對付他們。這般傢伙眞是典型的東方人，他們辦事遲慢隨便，眞是叫人沒法應付。』

康惠認爲這話未始無理。馬立森離開英國還不到一年，說出這樣籠統的話來實也難怪；康惠離開英國已二十年於茲，有時也難免說這樣的話。這話當然也相當的有理由。可是在康惠看來，倒不是東方人做事迂滯，却是英美人在世界若狂地騁馳着，未免不合情理。這是他個人的看法，他並不希望別的西方人與他抱同一的見解；可是他年歲愈大經驗愈豐，愈覺他個人的見解不錯。在另一方面說來，那張老者確實也能像馬立森一樣地覺得不耐煩，藉使那孩子覺得寬慰些，只是不能。

他說道：「我們且看今日的情形吧！昨晚我們的要求也許顯得過於樂觀了。」

馬立森突然抬起頭來說道：「我這樣地急切，你大概看着覺得很是可笑吧？須知我也是沒法呀；我當初就認爲那個中國人形跡可疑，現在我的看法還是一樣。昨晚我去睡覺後，你曾向他問出什麼來嗎？」

「你去後我們談了不久也各自去睡覺了。我問他的話多數沒有得切實明確的回答。」

「今日我們得好好的設法問他一個水落石出呢。」

康惠並不怎樣熱情地表示同意道：「當然，現在且吃這頓美好的早餐吧！」早餐有朱欒（Pomelo，據商務書館出版的綜合英漢大辭典，說是即係朱欒，是植物；然究是何種植物，並未附插圖，既未吃過，亦未見過。綜合編輯諸公知道否？爲何不把名稱譯得通俗些？）茶，和硬餅，滋味都很甘美。快將吃畢的時候，張老者欠身進來，彬彬有禮地和他們寒暄着，他以英語說着這些客套話，聽來似乎有點不方便。康惠頗想和他說中國話，只是至此爲止他還沒有讓那中國人知道他能講東方語言；他暗思不讓他知道也許可以便於行事（He felt it might be a useful card up his sleeve.）。他嚴肅地聽着張老者的客套話，並告訴他晚間睡得很熟，精神恢復得不少了。張老者聽了當即表示很覺快慰，並繼續說道：「你們的一位詩人說得好，「人睡消萬愁」」（"Sleep knits up the raveled sleeve of care."）（我疑此係雙關語，與上文 a useful card up his sleeve 有關，又是暗示張僧能知人家心事也。）

對於張老者的博學無人表示欽佩。馬立森正像別的頭腦健全的英國青年一樣，聽得張老者談詩，當以不屑的神氣答道：「你大概是指沙氏比亞吧，我却不知道這一句。不過記得另外一句「不要待別人吩咐才動身，却須立即動身。」我說這話並沒有冒犯你的意思，不過這正是我們一行人的願望。如果你不反對的話，我想就在今天早晨立即去招募夫役呢。」

那中國人聽了馬立森聲色俱厲的警告，先是冷然沒有表示，最後終於說道：「抱歉得很，我不得不告訴你那是沒有用的。我以爲不見得有人肯背背鄉離家送你們回去。」

『只是，朋友，這算是回答嗎？』

『我眞是很覺歉然，不過我想不出別的。』

伯納插嘴道：『看來你睡了一晚已經定下主意了。昨天晚上你可沒有說得這麼肯定呀！』

『昨天你們已經疲勞了，所以不願使你們過份失望。現在你們已經睡了一晚，精神必已好得多，我希望你們不要過存奢望。』

康惠當卽說道：『你且聽我說，這種含糊搪塞的話是不行的。我們不能永久住在這裏，這是你所知道的。同時，沒有你們的援助我們就不能起程，這點也是很顯然的。話是這樣說明白了，你將何以教我？』

張老者笑了笑，笑得愉快異常，這種表示顯然只是對康惠一人而發的。他對康惠說道：『親愛的先生，我有一個主意在此，這個主意對你說明是件愉快的事。你的那位朋友抱着那種態度，叫人無話可說，不過於有智慧的人的問話總是有個回答的。你大概還記得吧，昨天你們之中有一位說——好像又是你的那位朋友說的——我們總得間或與外界的人發生關係。那話是很對的。我們不時須向遠地的商埠運取貨物，至於用什麼方法去運取，我不想向你嘮叨，致取厭於你。只是我可以告訴你，不久將有一批貨物到達這裏，運貨物的人把貨物交付後便要回去，你們不妨和他們去商議，他們也許答應你們的請求的。此外我委實想不出別的更妥善的辦法；我希望他們到達這裏的時候——』

馬立森直截地插入道：『究竟什麼時候他們可以到達這裏呢？』

『確實的日子當然是很難預測的。這裏交通的不便你自己早已經驗過。路上也許會發生種種的障礙，例如氣候——』

不待他說畢，康惠又說道：『我們先把這點弄清楚。你方才說不久將有人運貨物到這裏來，我們可以僱這班人做夫役。這個主意不能說不好，不過我們得再詢問得清楚些。第一，方才已經有人問過你了，這班人什麼時候可到這裏？第二，他們願意充我們的夫役嗎？』

『這點你得去問他們自己。』

『他們會願意送我們到印度去嗎？』

『我可無從知道。』

『那末請你回答另一個問題。他們什麼時候可以到達這裏？我不是問你確實的日子，只是請你告訴我他們還是下星期中可以到達呢，抑是明年才可以到達？』

『一個月後也許可以到達了。大概至多也不會超出二個月。』

馬立森突然大怒道：『或是至多不會超過三個月，四個月，或是五個月！你以爲我們會永遠在這裏守候着等待這批送的人護送我們到只有天知道的什麼地方去嗎？』

『閣下說是「永遠」，我想這話似乎不切吧。如果沒有什麼意外的事發生，你們至多只須等候二個月。』

『可是二個月！在這裏住二個月！這簡直是令人難以想像的事！康惠，你也不見得受得住吧！二星期是最高的限度了！』

張老者表示決絕地把衣襟一拉，說道：『抱歉得很。我們不想開罪於你。如果你們不幸得在這喇嘛寺裏多住幾天，我們總是願意盡我們的可能極力奉侍你們的。此外無話可說了。』

馬立森咆哮着道：『不必你費心。如果你想你們能禁住我們，你不久就會知道你是大大的錯誤了！我們會去自行招募夫役的，你不必爲我們擔心。你去一人打恭作揖說些不死不活的話吧——』

康惠急按住馬立森的手臂，叫他不要鹵莽。馬立森發着脾氣，情狀活像小孩子；想到什麼就會說什麼，不管是否有意義或違反禮貌。康惠認爲像馬立森那樣子的在那樣的情形之下那脾氣是很可原諒的，只是他深恐那個溫文爾雅的中國人受不住。幸而張老者見機引退，沒有聽到馬立森以後所說更急烈的話。

（上接九九頁）

二房東：朋友，別着急，甲長太太來了，她或許知道一點。

（甲長太太爲女甲女乙包圍着。）

女甲：太太！你別生氣，我們不是難爲你的，我們是來請你幫忙的。

甲長太太：誰叫他當什麼甲長，自己管不了，叫我替他活受罪。

女乙：太太，這是做好事呀，要是我有了糖票，買了糖，哄我的孩子喝下藥去，明天他的病好了，我一定……。

甲長太太：別鬧，保長的米店就在前面了。

二房東：太太！你們到那裏去幹什麼？

甲長太太：別多說，要糖票的跟我去問。

男甲：你們聽到麼？要糖票的跟她去。

老板娘甲：又是爲糖票。我的頭痛得快裂開了！

二房東：你頭痛麼？要不要萬金油？

（老板娘乙接過，替老板娘甲搽油。男乙男丙，女丙女丁四人奔上）

甲乙等：我也去！我也去！

（衆人到米店門前。）

甲長太太：我們是來領糖票的。（下接一三一頁）

閤家歡

三幕喜劇

康民

第二幕　第一場

時：數日後，星期六的午後。

景：同第一幕。

幕啓，李太太和淑貞在談話；文中呆坐在一旁。

李太太：唉！文玉這孩子也眞是罪過，人家姓趙的好好地，她偏說是大傻瓜，又說是呆木鷄！如今啊！自己的兄弟可眞成了大傻瓜呆木鷄了！貞妹！你瞧瞧他這樣兒！（她望望文中又嘆了一口氣）

文中：（像夢裏醒過來似的。）你說誰？

李太太：說你！說誰？

文中：媽！你不曉得我心裏是多麼難受！你儘是嘮叨！

李太太：唉！

淑貞：大嫂！我看文玉這兩天又有了新朋友？

李太太：你看得出嗎？

淑貞：你有話瞞着我，大嫂！

李太太：不是我要瞞你，是文玉怕她爸爸知道。

淑貞：哎！（顯然她很不贊成）

李太太：不過文玉說，這位新朋友的人品倒要比姓趙的好上十倍呢！這位新朋友也是她的同學，一個大學生，姓沈的。（說得更有精神。）據說這姓沈的是三房合一子，三個父親，一個開米店，一個開銀樓，一個開當舖，三個大老闆就祇他這一位小開，你瞧瞧，多闊！

淑貞：（淡漠地）是嗎？

李太太：他又長得頂漂亮，頂聰敏，頂能幹，還頂會說話。聽說女孩子們一見他都會着迷。

文中：是個牛皮大王！

李太太：（不以爲然地瞅他一眼。）人家可是說眞的呵！他還說在大學裏，全校的女同學都爲了他爭風吃醋，他沒法子待下去，就祇好換一個大學。這樣，他已經換了四個大學了。

淑貞：有這麼一個人嗎？

李太太：眞是人間少有的。姓沈的說千千萬萬的女人愛他，他都不愛，他就愛我們文玉。

淑貞：怎麼一直沒聽文玉說起過這樣一個人？

李太太：他們剛認識了三天。

淑貞：剛認識三天？

李太太：就是前天昨天兩個晚上，他們在一塊兒散步，到了很晚才回來——

淑貞：大哥沒知道？

李太太：沒有，他問起過文玉在那兒？我回說是女同學請她吃晚飯。

淑貞：不過，大嫂！聽上去這個姓沈的沒有趙家棟那樣正派。

李太太：我也不知道，是文玉說他比趙家棟好得多呢！（顯然他在護着文玉）

文中：祇要是配她口胃兒，就是好的。可是她也不想想趙家棟心裏要多麼的難受！

李太太：（沒好氣）誰都像你這樣死心眼兒！這幾天瞧你就如掉了靈魂似的。

文中：本來是掉了靈魂。

李太太：哼！老面皮！看爸爸不重重地罰你！快畢業考試了，書也不念。

文中：叫我怎麼再念書？哦！爸爸要重重地罰我，他罰得我還不重嗎？爲了父親的私仇，子女的幸福都被犧牲了。不單是我，姑媽！我相信你會諒解姑爹的，可是你被無情的爸爸硬逼着和他斷絕。哼！自私，冷酷，簡直沒有人性！

李太太：你瘋了嗎？讓爸爸知道你在這樣罵他——

文中：怕什麼？你怕他，我可不怕他。我眞不懂過去爲什麼要怕他聽從他。那一天，我喊了一聲姑爹，本來是該喊姑爹的，他就那樣的呵斥我。可笑我當時嚇昏了馬上改口叫伯父，這樣我又得罪了姑爹。如今完了，他禁止靜霞和我來往，禁止她接見我。

李太太：你瞧人家乖乖地聽從父親的。

文中：我相信她不會那樣的卑鄙！

李太太：卑鄙？

文中：屈伏在她父親無理由的暴怒下面，一點兒沒有反抗的精神。

李太太：我看你眞的瘋了！

文中：老實說，這幾天我不念書，不預備畢業考試就是存心跟爸爸挑戰。

李太太：挑戰？

文中：我要試試我的勇氣，有沒有勇氣反抗他的怒駡？

淑貞：但是，孩子，你錯了。你爸爸並不是存心破壞你的好事，他心裏也難過得很。他昨天不是還給了你五百塊錢讓你去買一架照相機？他知道你已經盼望了多久，他想這樣可以鼓起你的精神。

文中：照相機現在我有了也是沒用，我替誰拍照去？

淑貞：再說你念書不是替爸爸念的，書念好了將來你自己幸福；你爸爸督促你用功念書祗是盼望你上進。

文中：我決定不求上進。我還有將來的幸福？姑媽！你知道我是怎麼的戀愛着靜霞，一切希望都建築在她身上，我失去了她就失去了將來的一切。我，我還有什麼生趣？

淑貞：（憐憫他，忽有所得。）文中！你這兩天到靜霞家裏去過沒有？

文中：當然去的，我去了三次，可是都沒見到她。那看門的總不讓我進去，我恨不得打他一個耳括子。哦！姑媽！如果我永遠見不到她，你說我怎麼生活下去？

李太太：貞妹妹！這孩子眞死心眼兒，你勸勸他吧！

淑貞：大哥和逸如都太過分了些，孩子們是無辜的。文中！可是你信得過靜霞是眞心誠意地愛你？

文中：信得過。她是永遠不會變心就同我一樣。這幾天一定是被她父親關在一間屋子裏，哦！姑媽！我會永遠見不到她嗎？

淑貞：（一半兒自語地）讓我試試看，也許我的話對他還有點兒效力。（她走向書房門口。）

李太太：貞妹！你預備怎麼樣？

淑貞：我想寫一封信給逸如，希望他讓孩子們自由。

文中：（感激萬狀）哦！姑媽！

李太太：如果你大哥知道了——

淑貞：不要緊的，頭痛醫頭，先試試再說。

（文中跟到書房門口時，顯然有些恐懼。）

孩子！別怕！你跟我進來。

（於是文中昂了頭掛着笑跟淑貞跨進書房。李太太一人留在外面。）

李太太：（獨白）唉！全是新式戀愛鬧出來的把戲，還是老法的憑媒說合好。省了多少麻煩。

（老張拿一封信上。）

老張：太太！這兒有一封信。

李太太：拿來給我。

（老張遞過信，退出。）

李太太：（獨白）咦？是靜霞寫給文中的。（向書房望一眼。）讓我拆開看看。（她熟練而輕巧地抽出信，唸着。）「文中：你父親如此的冷酷無情，你必定也遺傳到同樣的性情。我決定不願意再和你做朋友。我寫這封信給你是希望你別再到我家來跟門房找麻煩」人家姑娘多乾脆，偏是這孩子死心眼兒，多情種子，唉！他看了這信又得瘋一陣，呆一陣。怎麼辦呢？不給他瞧吧！（她把信藏過了。）

（淑貞和文中走出，文中滿面是笑的，手中拿着一封信。）

文中：姑媽！我相信姑爹一定會被你感動的。如果靜霞來了，我眞不知道要怎麼樣的感謝你。我叫老張馬上替我寄去。

（他跑出門去。）

李太太：（憂愁地）貞妹！這兒有一封靜霞寫給文中的信。

淑貞：靜霞寫來的？那麼快喊文中回來。

李太太：不！我想不給他看的好。這是一封絕交的信。

淑貞：你怎麼知道？哦！你先拆開看了。

李太太：你看看。

（淑貞明白不該看別人私信的道理，可是心裏又很想看看；就在要接沒接的時候，文中奔回來。）

文中：（大聲嚷着）媽！我的信呢？老張說剛才我有一封信。

（她倆對望望。文中已夾手把信搶了過去。）

是靜霞寫來的！哦！我的靜霞！我說你永遠不會變心的，是不是？

（他吻着信封）

媽！你又拆開偷看過了？

李太太：沒有，沒有，老張拿進來就是這樣的。

（文中來不及再說什麼，急着看信。滿臉的笑頓時消失，他幾乎不相信自己的眼睛。再看一遍，又細細辨認筆跡。於是他楞住了，一句話也沒說，祇乾瞪着眼兒。）

淑貞：她怎麼寫的？怎麼寫的？

（文中沒有回答。李太太接着嘆一口氣。文中突然生出一個意念，像箭似的飛奔出去。）

文中：（邊走邊說）我找她去！我找她去！

李太太：（仝聲喊）文中！文中！（可是沒法拉住他。）

淑貞：

李太太：（追出去喊）老張！老張！拉住少爺！老張！別讓少爺走！

淑貞：（在門口喊）大嫂！老張寄信去了。

李太太：（回來在門口往右面喊。）小紅！小紅！

（小紅上。）

小紅：太太！什麼事？

李太太：快去把少爺追回來！快去！快去！

（小紅急急忙忙下。差一點兒又是右脚跘上左脚。）

李太太：唉！我知道這信不能讓他看見。多嗜給他藏過了就好。

（文玉打扮得十分漂亮，從樓上走下。）

文玉：媽！什麽事大驚小怪的？

李太太：你來的眞好。你弟弟接到靜霞一封絕交信，氣壞了。一句話也沒說，瘋了似的奔出去。我怕他闖出事來，已經叫小紅去追他回來。你也去追追他！

文玉：我可沒瘋！這麽大熱天我去追他？媽！你放心，弟弟胆子小，鬧不出大事的。（小紅奔了回來。）

小紅：（喘着氣）太太！我往那兒追去？跑出大門，兩邊不見少爺的影子。我該往小菜場還是紅房子那一邊追上去，我沒個主意，回來問問瞧！

李太太：你問我，我也怎麽知道？

文玉：算了，不用去追啦！

（小紅退下。）

李太太：唉！這孩子的楞勁兒眞夠我心煩。

淑貞：我想這封信也許不是靜霞自願寫的，是逸如逼着她寫的。

李太太：反正是一門不能成功的親事。就怪文中這孩子心眼兒太死。

文玉：都怪爸爸不好！姑媽！我要是你啊！那天乾脆跟了姑爹走，偏氣氣他！姑媽！有你在姑爹那兒，弟弟的事還不成嗎？哦，姑媽！我一直想你早就該忘了姑爹再愛上別人。可是那天見了面，我才覺得姑爹是好，他有一種力量，討人歡喜的力量，不怪姑媽守了他十七年啦！

李太太：文玉！那一天你對姑爹說的話也未免太兇了。我在裏面眞替你躭心，你知道姑爹發起脾氣來可也大着哪！

文玉：哼！他要是發我的脾氣，那我一定不讓姑媽再跟他好。我才不怕呢！姑爹懂得我們女人的心理，他看準了我是吃軟不吃硬的性子。（其實她爸爸給她硬的，不吃也得吃。）

李太太：文玉！你打扮好了又要出去？這麽大熱天就待在家裏不好？

文玉：人家說定了下午來陪我出去玩兒的嗎！

淑貞：是趙家棟嗎？

文玉：不是。他約了我三次，我都沒答應他，說眞的，我是討厭他，可又沒法子跟他翻臉。他寫信來說我這兩天的態度變了，不知道什麽地方得罪了我。我又怎麽跟他說明白？他天天追着我，我看他快瘋了，沒法子，再給他一個機會，我叫他明天來看我。

李太太：明天趙家棟要來？

文玉：讓他再做一次呆木雞。
李太太：（有些慌，怕花錢。）又要來吃晚飯？
文玉：我沒約他吃飯。總不能老是咱們小姐請他！
李太太：（放了心）那就讓他來好了。
淑貞：文玉！那麼今兒又是誰約你出去？
文玉：一個姓沈的。哦！姑媽！我還沒跟你提起過這位新認識的朋友呢！因爲我瞧你這幾天儘是愁眉不展的，我沒敢拿自己得意的事向你說，怕引起了你的傷感。
李太太：貞妹！瞧你姪女兒多孝順！
淑貞：（正好施計）是的，這幾天我心裏悶極了。我想出去散散心。文玉！你陪我一道去看電影好嗎？
文玉：好的。姑媽！晚上九點鐘一場涼快些。
淑貞：我現在心裏煩悶，想此刻就去。
文玉：可是我已經和一位姓沈的朋友約定了。
淑貞：哦！文玉，你們每天在一塊兒玩的。不是昨兒，前兒兩晚，都在一塊兒玩嗎？（文玉看看李太太。）
我難得請你陪我出去的，你就依了我吧！（她打開日報，翻看戲目。）
李太太：姑媽眞是很少有興緻看電影的。
文玉：不！姑媽！你別難爲我吧！祇要不是今天，隨便什麼時候我都依你。
淑貞：文玉！你看南京大戲院的「鑄情」，聽說很好哪！
文玉：是的，羅米歐和朱麗葉是一張很好的片子。我也打算去看。不過白天不行，晚上可以，最好明天，明天禮拜日。
明天吧！
淑貞：唉！明天趙家棟要來呢！你忘了嗎？
文玉：總之不要現在，好不好？
淑貞：可我就是現在心裏煩悶，我決定現在就去。你一定不肯陪我去？好！沒什麼。（裝作生氣）
文玉：姑媽！你今天就不能原諒我嗎？我已經約定了呀！
淑貞：這算得什麼呢！文玉！在男女戀愛的時候，小姐們是常來這一套的：約定了時間地點，讓男朋友就像呆木雞一樣東張西望的落一個空。讓他知道些小姐的脾氣，又可以訓練他的忍耐力。如果他是眞心愛你的話，沒關係，事後祇要你說一聲：對不起，因爲有點兒事，累你白等了半天。他還有第二句話？你正好試試他的心哪！
）
（這幾句話果然中了小姐的意，然而她仍有些遲疑不決。
淑貞：（看準她已是肯了。）我們走吧！文玉！你姑媽見得多了。總是爲你好，決不會給小鞋兒你穿的。大嫂！你也一道去嗎？

李太太：我不去了。西洋電影我看着不順眼兒。

文玉：那麼，媽！待會兒姓沈的來，你招待招待。

李太太：（嚇一跳）我？我招待？我怎麼招待？你叫我招待一個從來沒見過的男人？

文玉：哎呀！人家的年紀祇夠做你的兒子，你還害羞嗎？

李太太：那不行！

淑貞：我們出去叫老張回了他就是。

（她倆剛走到門口，文中滿臉是汗的跑進來。）

淑貞：文中！你到哪兒去了？

文玉：啊呀！滿臉滿身都是汗！

李太太：你看簡直是瘋了！你到什麼地方去了呀？

文中：我去打了她一個耳括子。

淑貞：（吃驚）哦！打了她？你打了靜霞？

文玉：那怎麼可以呢！

李太太：你去打了人家，人家沒打還你？要讓女人打了耳括子是倒霉的！

淑貞：他們的門房今兒讓你進去了？

文中：還是不讓我進去。

淑貞：那麼——

文中：那看門的還是不讓我見靜霞，我沒說什麼，右手衝他臉上就是一巴掌，左手跟着二十塊錢送到他面前。然後對他說：我沒想打你，我是要打你們小姐，你攔住我，沒法子，就當你是小姐。二十塊錢是賠你的。他楞住了，我扔了錢回頭就跑。

李太太：你看看！二十塊錢就這麼一丟，好大的出手！眞像是有神經病的。

文玉：弟弟！像你那裏脾氣，一輩子得不到女人的歡心！

文中：我要得女人的歡心？女人能得我的歡心就不壞囉！

文玉：就爲你那牛性子！要不然我替你介紹幾個女朋友，還不容易？

文中：幾個女朋友？受不了！一個就要了我的命！

淑貞：文中！你等一天瞧！我想他接到了我的信也許會——

文中：哦！姑媽！你白替我費了心！是她親筆寫了信給我。我，我還有什麼指望？

淑貞：事情也許不是那麼簡單，你耐性點兒。下星期就要畢業考試了，爲你自己的前途，你該先去看看書。

文中：看書？你說我還看得進書？

淑貞：那麼去散散心，跟我們一道去看電影，南京去看鑄情。

文中：不去！不去！我再也不要看這些愛情片子！太不夠刺激

了！跟女人談愛情眞是傻瓜！她們根本不配！

淑貞：文中！你聽我的話。無論如何，你該息心平氣地等一天，等——

文中：不！我不能再息心平氣，我要報復！

（他走上樓梯。）

李太太：你向誰報復？

文中：（在樓梯上一面走，一面說，昂着頭。）向爸爸！向女人！

淑貞：文中！

文玉：姑媽！別理他。我們走，這場電影怕要趕不及了。（她走出去。）

淑貞：哎！先救了這一個再說。

李太太：貞妹！你說什麼？

淑貞：（苦笑地）沒什麼，大嫂！

（走出門去。）

李太太：（向樓上望望嘆口氣。獨白。）唉！這孩子眞使我就心！一出手就是二十塊。二十塊打一個耳括子？我每天讓人家打一下，一個月就到手六百塊！滿省事的。唉！孩子們就不看重錢！（朱福田從小間裏走出來，伸着懶腰，剛睡醒的樣子。）

李太太：老悶在小間裏，熱也不怕？

福田：反正睡着了，冷熱隨它去！嗯，快吃晚飯了吧？

李太太：瞧你眞熱昏了！中飯吃了沒多久，吃晚飯啦？

福田：不忙！不忙！我以爲是睡了半天哪！姊姊！（呑吐地）我昨兒跟你提的——？

李太太：什麼事？

福田：那個——那個錢呀！

李太太：什麼錢？

福田：你全忘了？就是那糖菓店推銷員的五百元保證金。

李太太：你是當眞的要啊？

福田：嗯！

李太太：我還當是開玩笑哪！平常三塊五塊的給你，一年合算起來，總數也就不少了。你知道這些錢都是我私底下貼給你的。如今你一開口就是五百塊，不是在開玩笑！

福田：這可是正經事啊！好容易人家答應我做一個推銷員，先拿貨，賣了再還本。據說做得好，一天就可以賺個百兒八十的。這麼好機會，祇要先繳五百塊錢，你還不肯借我？

李太太：你不是第一次做生意，哪一次你正經地做滿了一個月？你除了吃飯睡覺，就是吵着買糖吃，你會做買賣？

福田：對！對！我就是愛糖菓，這一次賣糖菓算是配了我的口胃兒。我包你好好的幹！好好的幹！

李太太：我可沒那麼多錢。五百塊！你想想，五百塊哪！以前我們辦喜事也祇化了三百大洋。你一開口就是五百！

福田：現在五百塊還抵不上以前五塊錢！前兩年我化一毛錢吃上兩件奶油蛋糕，多下的銅子兒還可以挑上六顆什麼椰子糖，咖啡糖，牛奶糖，橘子糖，香蕉糖，牛皮糖。吃得多痛快，可祇化一毛錢，花生糖呀，我還瞧不上眼兒呢！現在啊，你給我五塊錢，吃兩件蛋糕，完了，我還欠他一毛錢零售捐哪！糖呀！屁！一顆也沒有！要吃糖，起碼化上二十元，人家才給你一瓜得兒，還沒以前一毛錢買得那麼多！

李太太：你就會講究吃！

福田：人活着還不爲點兒吃？

李太太：吃，吃！自己賺自己吃，做不來事就少開口！

福田：別瞧我不會做事，人是各有所長哪！糖菓店老闆看準了我做糖菓推銷員是天造地設的，他才特地給我這個機會。姊姊！說眞的，你能借我五百塊？

李太太：沒有！沒有！跟你說沒有！（她往大門走，又回過頭來說。）去問你姊夫借！（她出門向右走進廚房。）

福田：問姊夫借？這不是給我小鞋兒穿？他那個相，我開口問他借錢，不挨一頓臭罵才怪！你不借？沒什麼，呆在這兒吃你一輩子。哎，我就是這個主意！（略一轉念）不，不成！老這麼下去，我就不用想娶老婆咧！小紅也叫她當一輩子的丫頭？不成！我得想個辦法。

老張的聲音：先生！我告訴你了！小姐不在家，出去了。

（老張和沈卓卿在門口出現。沈卓卿是一個浮滑少年。油亮的頭髮是電燙的，臉蛋子這麼白，不用說，準上了雪花膏。白嗶嘰上裝，紅領帶，配一條黑褲子。白臉上架一付太陽眼鏡。）

卓卿：外面太陽多熱，裏面要是涼快，我坐一會兒。

老張：舅老爺！這位沈先生來找小姐。

卓卿：沒你的事，我自己會說。

（老張退出）

福田：沈先生來找文玉？

卓卿：是的，您貴姓？（他看一眼福田的那件舊袍子，露出些瞧不起的神氣。）

福田：鄙姓朱，是文玉的舅舅。

卓卿：唔，唔。我知道。是舅老爺。

福田：嘻嘻！沈先生！您在哪兒發財？

卓卿：我在大學裏念書，我跟文玉是同學。

福田：對！對！我忘了你是來找文玉的。

（他走到樓梯口喊。）

文玉！文玉！有位沈先生找你！

卓卿：剛才看門的老頭怎麽說文玉出去了？

福田：出去了？那我不知道。我剛睡了起來。（卓卿有些疑心，他嘴裏吹着口哨。從口袋裏隨手摸出一包口香糖，抽出一片往自己嘴裏送。福田看見（早就走過去伸長了頸子嚥吐沫。）

卓卿：（拿着口香糖的包紙一捻，是空的。）對不起，沒了！下次請你。

福田：別客氣！別客氣！下次我請你！（稍停）嗯，沈先生！你的頭髮是燙的，還是本來鬈的？

卓卿：問它幹什麽？

福田：我聽人家說頭髮鬈的人發起脾氣來可怕得很。

卓卿：那你當心點兒！

福田：你這付眼鏡是太陽眼鏡？

卓卿：唔！

福田：沈先生！

卓卿：怎麽？

福田：這屋裏沒…沒太陽。

卓卿：（站起，除下太陽眼鏡。）唉！你在試試我的脾氣，是不是？

福田：（眞有些怕，往後退。）不…不敢！我…我隨便問問。

卓卿：隨便問問？（得了主意）我來問你，幾歲啦？

福田：（忠實地）三十五！還沒娶老婆。

卓卿：問一句，答兩句，不壞。你也住這兒？

福田：我常住這兒。

卓卿：你今天在這兒看守屋子？

福田：看守屋子？

卓卿：我是說他們人都出去了。

福田：沒有啊！我沒見有人出去嗎！

卓卿：剛才怎麽說文玉沒在家出去了？

福田：是你說的呀！

卓卿：啐！我倒不好罵你。

福田：不礙事，你罵！你罵！我少陪！我上我的糖菓店裏去。

卓卿：（他一走，就剩自己一人，究竟不妙。慌忙攔住他。）哎！別走！別走！我說得玩兒的。我爲什麽要罵你？嗯，你在糖菓店裏得意？

福田：得意？我該說糖菓店得了我的意，我還沒得它的意。

卓卿：這話怎麽說？

福田：糖菓店啊，看上了我，要我做推銷員。我，我可沒…沒打算去。

卓卿：（這一次客氣些）我請問你，文玉的爸爸（輕聲些）聽說是大華鉄工廠的廠長？

福田：是經理。

卓卿：哦！是經理。文玉告訴我是廠長，是經理也就不壞。他手頭總該多了些錢囉？

福田：這個我不知道。你問它幹什麼？

卓卿：沒什麼，我隨便問問。（看房子）這房子是他們自家的還是租下來的？

福田：是他們自己買下來的。

卓卿：唔！很好！很好！嗯，文玉沒有姊妹？

福田：沒有。

卓卿：有一個弟弟？

福田：對！對！

卓卿：她爸爸就生他們姊弟二人？

福田：不錯！不錯！

卓卿：聽說文玉的爸爸十分喜歡她而不喜歡她的弟弟？對不對？

福田：這個—這個你問他！（指正在走下樓的文中。）文玉的弟弟文中。文中！這位沈先生有很多的話要問。我少陪了。

（他往大門外走出去。）

卓卿：哦！這位是密司脫李文中？我姓沈，沈卓卿。是文玉約我來的。

文中：（向旁說）又是一位自尋煩惱的。

卓卿：你說什麼？

文中：沒什麼。文玉出去了。我想你是預備和文玉談戀愛的，是不是？

卓卿：無所謂，交交朋友而已。

文中：那還好，我告訴你，跟她談戀愛的已經有人。所以我勸你，唉！跟女人談戀愛眞是犯不上。

卓卿：笑話！笑話！我沈卓卿手頭上扔掉的女人少說些也上了千。是文玉一心一意要跟我做朋友，我本來是隨隨便便的。

文中：那行！你們可以試試。我已經恨透了女人，決不再找煩惱，再爲女人傷心。我要報復。

卓卿：唔？看樣子，你最近失戀的。

文中：我否認失戀。不過我承認對於戀愛已經灰心了。唉！祇怪我以前太迷糊！我認爲世界上有這麼一位最純潔天眞，最溫柔多情的安琪兒。錯了，原來是一樣的水性楊花，反目無情。

卓卿：嗳，別太認眞了！你要女人，隨便到那兒，祇要你喜歡，隨手撈一把，要多少，有多少！

文中：我決不喜歡女人！不過我也要玩弄玩弄她們。

卓卿：行！行！抱這樣態度，你就永遠不會生這麼大氣。嗳，幾時我帶你出去玩玩，見見世面。

文中：你倒像很有經驗的樣子？

卓卿：我？我上知天文，下知地理。九流三教，無所不通。什麼都內行！什麼地方都去過！

文中：你講些出來聽聽。

卓卿：講出來不夠味兒，去玩了才知道。不過，你不行！太孩子氣，太老實了。如果你化了錢去玩女人，結果準是人家女的玩了你。哈哈哈……。

文中：這什麼話？你別瞧我年輕老實，我也什麼都懂！我的經驗可也不少着哪！

卓卿：小弟弟！你哪兒來什麼經驗？我一瞧就知道你是一個好孩子。你還沒摸着女人的脾氣。要不然，你會失戀嗎？別不服氣！我敢跟你打賭！不說別的，你連女人的嘴唇都沒敢碰過，最多祇拉了拉手——

文中：我自己不要。

卓卿：你要的！你就是不敢！你連做夢也在想。嗯！你要好好地練練胆子，然後你知道女人究竟喜歡什麼？你還不懂！你差得遠！你化了錢也還不會玩女人。你化了錢也買不到女人的身體女人的心。我呢，我——

文中：你怎麼樣？

卓卿：我現在不便說。你跟我一道玩玩，你可以學點兒我的本領。

文中：（自語地）一切我都不管，我要報復。我要報復。好！說去就去！

卓卿：你預備今天就去？

文中：現在就去！

卓卿：不好！你家裏人知道了不說是我帶壞你，引你到邪路上去？

文中：邪路？你怎麼去的？

卓卿：我是無所謂，隨隨便便，達觀得很。

文中：我怎麼不能去？我已經是被犧牲的人，我爲什麼不能去？

卓卿：那麼改天吧，今兒我沒打算玩兒。你知道，去玩兒是少不了錢的。我今兒支票簿也沒帶。我怎麼好意思要你化錢？

文中：這沒關係。帶五百塊錢夠了吧？

卓卿：（大喜）行！行！你手頭有五百塊？

文中：你等等！（快步上樓）我一分鐘就下來。

卓卿：（獨白）照他牌頭玩玩也不錯。小舅子心向了我，動他姊姊腦筋還不容易？

（他得意地吹起口哨。李太太從廚房走出，剛進門，瞥見卓卿，她慌忙退出去。）這是誰？看見我害怕？

（文中下樓）

文中：走！（像戰士一樣的勇敢，然而這是外形的，他心裏顯然有些膽怯，嘴唇發白，眼睛睜得很大。）

卓卿：（輕聲地問）錢帶了？

文中：唔！

卓卿：（架上太陽眼鏡。）我們走。

（他倆同下。李太太從門右轉出，向左面喊了一聲「文中！」大概是卓卿回頭看了吧，她怕生人，把身子躲在門裏面伸出頭去往左面又喊了一聲「文中！」他們沒回來。她焦慮地搓着手。）

李太太：他們上那兒去？文中還帶了錢！（忽有所憶）哎呀！我去看看！他別把買照相機的錢都帶了去？

（她慌急地上樓。）

幕閉

第二幕 第二場

時：當天晚上十一點。

景：同前。

開幕時守一在看書。李太太，淑貞和文玉坐着。各人面帶愁容，比較起來，守一和文玉鎮靜些。他們也沒開口，靜靜地。

李太太：（向守一）現在幾點鐘了？

守一：我眞懊悔這兒沒掛一個鐘，你隔不了五分鐘總要問一次時間！（看錶）十一點五分。

李太太：好多時候以前我問你，你說十一點，怎麼隔了半天——

守一：半天？才五分鐘！你就那麼麻煩！

李太太：唉！你不知道我是多麼着急。你想已經十一點多了，文中從來晚上不出去的，看電影也總是看日場的。就算是看電影，晚上最後一場不是八點一刻開映嗎？文玉？

文玉：是八點一刻。

李太太：那麼最遲也不過十點半散戲，怎麼現在還不回來？（稍停）本來我也不用着急，可是這兩天他魂不在身似的，在街上走路，哦！汽車是那麼多！我眞躭心！

守一：別去胡思亂想！

李太太：再說他什麼事都會做出來，他白天會巴巴地跑出去打人家看門的一個耳括子，然後又白送人家二十塊錢。

守一：好了，好了，你少說幾句！我這半天給你煩得一點兒書也沒看進去。

李太太：我眞不懂你就一點兒不關心，我們究竟祇有這麼一個兒子，要有個三長兩短，唉！不說別的，帶到這樣大也不知道費了多少心！我記得他四歲那場病，我就整整的一個月沒好好地睡過覺。唉！你們做父親的心腸總是硬得起——

守一：那兒來這些囉嗦！孩子又沒死！你們女人一上了年紀就犯嘮叨的毛病。

李太太：這可是大事啊！丟了孩子，我能老閉住嘴不說？唉！這屋裏就我一人着急。

淑貞：大嫂！我們都在着急。當然你做母親的格外躭心點兒。就是大哥也在掛心等着，不然他看書總在書房裏的。

文玉：媽！我們都在焦心地等弟弟。否則我們早就睡了。（打呵欠）

淑貞：文玉！你把今天看的鑄情，講給大嫂聽聽。

李太太：不！我不要聽！

淑貞：你安心聽她講，淑猜想不等她講完，文中就回來了。

文玉：媽！一個非常動人的故事。就是著名的羅米歐和朱麗葉戀愛的悲劇。

李太太：我那有心緒聽故事呀！

文玉：姑媽！瑙瑪希拉的朱麗葉演得眞可愛極了。

淑貞：是的，用溫馨兩個字形容她最恰當了。

文玉：可惜李思廉霍華的羅米歐跟她配不上，年紀太大了，人又矮小，一點兒不英俊，不漂亮！

淑貞：可是他也很稱職。誠懇而多情，演來不瘟不火是不容易的。

文玉：可是我不喜歡他。

淑貞：今天這張片子，我看了很難過，你也難過嗎？

文玉：怎麼不難過呢？如果他們不是世仇就不會發生悲劇了。

淑貞：唉！其實兩家的仇恨和他們本人的戀愛是無關的，然而他們是被犧牲了。

文玉：這張片子的確是不可多得的好片子。配角也好得很。

淑貞：是的，眞是好片子。大哥！那天有空，你也去看看好嗎？

守一：我讀過原文的劇本。我知道你勸我的意思，可是我的見解和你的不同。請你別往下說。

李太太：現在又過了多少時候？請你再看看錶。

守一：（沒看錶）五分鐘，五分鐘，過不了五分鐘，你總要問！

李太太：他知道我每分鐘要躭多少心？我愈想愈怕，我簡直不敢再想。如果，如果他一夜不回來，那…那怎麼辦？

文玉：媽！你放心！他和沈卓卿在一塊兒，不要緊的。

李太太：可是那姓沈的爲什麼要問他「錢帶了嗎？」你想想，五百塊哪！唉！（向守一）你答應他買照相機也就是了，爲什麼要把錢先交給他？

守一：文中向來不亂使錢，我信任他。他也沒有了朋友。可我怎想得到有這麼一個姓沈的來勾引他？

文玉：爸爸！你可別冤枉人家！人家是有身份，有家產的。他一定是陪弟弟去買照相機了。他買什麼東西都精明得很，準便宜點兒！

李太太：買照相機早該回來了。現在快十一點半咧！我不知他會做出什麼事來？

文玉：媽！你別愁！人家不像弟弟小孩子似胡鬧的。

守一：光是文中一個人倒不礙事，我不放心的就是這個來歷不明的朋友！

文玉：是我的同學。人家也是大學生！

守一：是流氓大學生！是拿大學生做幌子的！沒聽你媽說他盤問你舅舅我是否做廠長的？我手頭有多少錢？這房子是不是自己的？憑他問這些話，我就看準了他這人居心不正！

文玉：爸爸！舅舅的話是靠不住的。人家是很好的人。

守一：不像趙家棟呆木雞似的，是不是？你懂得什麼好人壞人？你根本就不該再和別人做朋友！老實說，趙家棟眞心要你，還是你的福氣！

文玉：哼！我的福氣？這是我的自由！我已經二十——

守一：住嘴！你倒談起自由來了？你不能自立，你就別想自由！

李太太：哦！你可憐可憐我吧！一個孩子還沒回來，你又要把另外一個也逼走了？

淑貞：大哥！文玉的事改天再說。文玉！我們上樓去吧！

（淑貞拉了氣憤的文玉上樓去。）

李太太：唉！現在！現在——

（她又想問時間，守一怒目地瞪她一眼，她沒敢問下去，嘆一口氣，於是默默地兩人對坐了一會兒。小紅從廚房走出，看見老爺太太還沒睡有些驚奇。）

小紅：老爺！太太，還沒上樓去睡？

李太太：唔！你都收拾好了？

小紅：都收拾好了。
李太太：沒砸了什麼？
小紅：沒有！沒有！太太！什麼也沒砸。
李太太：現在幾點鐘了？
小紅：太太！你問我？
李太太：唔！
小紅：太太！我不知道。可是每天這時候你總睡了。怎麽今兒還沒去睡？
李太太：唉！少爺還沒回來哪！
小紅：少爺？少爺到什麽地方去了？
李太太：就爲的不知道呀！我心裏怕得很！唉！帶大一個孩子眞不是容易的事！你沒生過孩子，你不知道。
小紅：我還沒出嫁哪！嘻嘻！嫁了人我也會生孩子的。
李太太：那時候你就會知道做母親的苦處。唉！我又祇有一個兒子，外面汽車什麽多得很。
小紅：是呀！走在馬路上最叫人提心吊胆的就是汽車了。咱們窮了頭這輩子沒敢巴望坐汽車，汽車不軋死我，就算是它對我的情分了。
李太太：小紅！
小紅：是！太太！
李太太：咱們少爺從來沒這麼晚回來過。這兩天少爺剛巧又有心事，他——
守一：（猛地拍一下桌子，她二人都嚇一跳。）跟她多說些什麽！（李太太又嘆一口氣。小紅乖乖地退到後面，她在左邊格子窗口向外張望。）
李太太：小紅！你在看什麽？少爺回來了？
小紅：不是！（稍停）太太！舅老爺怎麽也還沒睡？一個人在花園裏走着哪！
李太太：他不睡幹什麽？去喚他進來！
小紅：是！（她出門去）
小紅的聲音：舅老爺！舅老爺！
李太太：別瞧他傻頭傻腦，良心倒有。爲了文中不回來，他也急得不想睡，儘在花園裏繞圈子哪！
守一：哼！我瞧他是另有心事。
李太太：他還有什麽心事？
福田的聲音：姊姊！姊姊！你喊我來拿——（底下一個錢字沒說出口，他跑進門看見守一趕忙改容站住。）
福田：哦！大哥！姊姊！你們都還沒睡？
李太太：你還不睡？
福田：今兒晚上，我怎麽也沒睡着，姊姊！你說叫我怎麽睡得著？

李太太：唉！文中這孩子害得全家的人都提心吊胆的不睡覺，眞是的，這時候還不回來！

福田：文中還沒回來？（李守一鼻子裏輕輕的哼了一聲。）

李太太：唉，就說呀！你說什麼？你不知道文中還沒回來？

福田：我哪兒知道？我想你我全都睡了呢！

李太太：那你這時候爲什麼不睡？

福田：我……我有心事。

守一：我說的是不是？

李太太：（怒）你還有心事？

福田：（賭氣地）我心事大着哪！我可不能一輩子吃在這兒，住在這兒！再說我。我已經三十五歲了，我巴望誰替我娶個媳婦兒？（小紅進去）

李太太：娶媳婦兒？你忽然想起這個來？

福田：（提起多年的心事，居然不顧忌旁邊的守一，大發牢騷。）忽然想起這個？姊姊！不瞞你說，這個我可想了多年啦！噯，你別忘了我的年紀！我的老姊姊！

李太太：什麼老姊姊！全讓你叫老了！

福田：我還是十六歲發身的，如今是三十五，這個娶媳婦兒一檔事，少說些我也想了十八年咧！

李太太：虧你不害臊！

福田：（越說越有氣）誰害臊，誰就別娶媳婦兒！文中這孩子才十八歲爲了個小妞兒都氣瘋了。我做舅舅的害臊？做他媽的一輩子的光桿兒？

李太太：（拍桌子）你跟我少說幾句！看了你這樣兒就叫人生氣！

福田：唉！我也知道長住這兒總惹氣。我想自已立個門戶就好，可總得先有個事做才能賺錢。嗐！好容易人家糖菓店老闆看上了我，給我好機會。可我就少了這五百塊保證金。

李太太：我一聽這五百塊就生氣！文中拿了五百塊跑出去，你又死死地釘住我要五百塊！我哪兒有錢？文中的五百塊也不是我給的。你別來問我要錢！（她使一個眼風叫他問守一要。）

福田：（畏怯地）大——（守一向他瞪一眼兒，他連哥字都沒敢叫出來。）嗐！算了！算了！（他垂頭喪氣地走進小間去。）

李太太：這倒也是一件心事。我娘家就是他一脈相承，總要給他娶房媳婦兒，生個孩子。

守一：這樣廢物少留點兒種吧！你給他娶媳婦兒，你養活他兩口子？他長住這兒，我的臉都給他丢盡了，老站在門口大街上，讓人家瞧這是李某人的小舅子！現在越弄越糟了，居然跟了頭們也搭上了，弄出事來，他又養不起人家，事情怎麼了？我不能再忍受下去，明兒就叫他滾！我不能再招留他！

李太太：你叫他滾到哪兒去？在馬路上做了癟三才丟你的臉。我面上祗有這麼一個弟弟，你就捨不得他白吃三餐飯？我說貞妹也——

守一：貞妹怎麼樣？貞妹自己賺錢自己用。

李太太：不一樣是白吃我們三餐飯？

守一：白吃了你的？難道我做哥哥的好意思拿她飯錢，算她房錢？

李太太：所以誰也不用說誰！

守一：不行！我就不准這沒出息的東西再住我家裏！我得剝去這張爛膏藥！慢慢的文中也學了他的好榜樣！

李太太：他可沒引壞你的孩子。既然你這麼說，我倒也要說一句。

守一：你說什麼？

李太太：老實說，今天文中跟姓沈的跑出去都是貞妹招出來的！

守一：這不關貞妹的事。

李太太：姓沈的約好了文玉一塊兒出去，是貞妹硬要文玉陪她去看電影。

守一：她是好意，她希望文玉跟姓沈的少接近些！

李太太：多謝她的好意！姓沈的不見得比姓趙的壞，要她來拆散人家？

守一：姓沈的要不是壞人，他不會牽文中帶了那許多錢去玩的！哼！你還要說人家？是你自己害了文中！

李太太：我？

守一：是你！你看見文中帶了錢跟姓沈的出去，你爲什麼不阻止他？

李太太：我喊了他兩聲，他沒聽我。

守一：爲什麼你會讓孩子不聽你的話？

李太太：無論如何，這都要怪貞妹不該把文玉拉出去！

守一：要怪你！

李太太：怪貞妹！

守一：怪你！怪你！

李太太：怪貞妹！怪貞妹！（淑貞和文玉聽見大聲，從樓上跑下來。李太太怨恨地向淑貞望一眼，然後別轉頭去。淑貞有些明白，她低下頭，憂抑地。）

文玉：（跑到她母親身旁）媽！什麼事？

守一：（向文玉）都爲你！都爲你這個姓沈的好朋友！（這一次文玉沒敢回話，祗鼓起嘴咕嚕着。）

淑貞：大家都別生氣！祗要文中沒事回來就好了。文玉！沈卓卿住哪兒？有電話嗎？

文玉：我不知道，我沒問過他，他也沒告訴我。

守一：多半是不能告人的！

淑貞：唉！不然也可以去打聽打聽。

李太太：（轉身來）是呀！我們也該去找一找，難道他一直不回來，我們也不想方法去找一找嗎？

守一：到哪兒去找？上海這麼些下流的地方！

文玉：下流的地方？他們會去？

守一：帶了五百塊錢去，到這時候不回來，就不由我不疑心。

淑貞：唉！他說過要找刺激，他要報復；他已經失去了平時的理智，湊巧來了一個朋友。

文玉：姑媽！你也這樣疑心？

李太太：哎呀！現在究竟什麼時候了？（向守一）你看看錶哪！恐怕快天亮囉！

守一：要不是你跟福田和我鬧了一陣，你早又問過三四次的時間了。（看錶）早呢，十一點四十分。

李太太：哦！他怎麼還不來呢？去找找呀！也許他醉倒在馬路上。哦！汽車！汽車多危險！我，我去找！

淑貞：大嫂！你別去！你外面路不熟，還是我和文玉去。

守一：到十二點不來，我去找吧！唉！我早就說過文中這孩子受不住任何打擊，我就躭心戀愛要毀了他。千千萬萬的女子，他就愛上了——

淑貞：噓！別說了！（外面傳進一陣不合節奏的歌聲，像一個醉漢唱出來的。）

李太太：聽！外面有人唱歌？哦！他回來了！是他！（她奔跑過去）

守一：（大聲喝住她）站住！你去迎接他？去迎接一個墮落的浪子？瞧我來收拾他！（文中帶着十分醉態蹣跚地走進來。他搖擺地站着，在燈光下，他的臉色白裏泛青，流着汗，眼睛半開半閉着。）

李太太：哦！文中！你怎麼了？你在哪兒？你做了什麼事？

淑貞：他喝了酒，他喝醉了。

之中：我喝醉了？我才沒醉呢！你別瞧我年紀小，我什麼都懂！我見過的女人可多着哪！

守一：（暴怒）你敢——我打死了你！（守一舉手要打，李太太死命地扳住他，淑貞也護住文中。）

李太太：你不能打他！你不能打他！你看看他的臉色！

淑貞：大哥！大哥你現在打他責罵他都沒有用，他已經神志不清了。大哥！先聽他怎麽說？（守一抑住怒氣，走開幾步。）

文玉：（跑到文中面前）弟弟！你究竟在跟誰在一塊兒？

文中：（輕薄地推開她的臉）別叫弟弟！我化錢玩你，還小弟弟？你爺才是他媽的小弟弟！

文玉：眞喝醉了！滿口胡言。

李太太：你化錢玩了女人？文中！文中！

文中：噯！我在這兒呢！誰喊我？誰喊我？（望着文玉）哦！靜霞！是你！（湊過去吻她，文玉躲開。）嘿！我不敢吻你嗎？我偏吻你！你怎麽樣？你不樂意？告訴你！人家花姑娘像蜜糖似的粘住我，由我摟，由我吻！怎麽？你生氣了？吃醋了？哈哈哈……

守一：哦！把他拉上去！把他拉上去！（她們拉他，他掙扎着。）

文中：不！我不要跟你們過夜！讓我走！我，我要喊巡警了！

守一：等一等！聽他再說些什麽？

文中：說什麽？我可不玩這個！你要過夜？隨便！錢你自己付！話可說明白了。

李太太：文中！你喝了多少酒？

文中：多了！多了！我喝得最多了！可是不礙事，瞧我一點兒也不醉。

李太太：文中！你五百塊用了多少？

文中：五百塊？你們全知道我帶了五百塊？嗯！全是你宣傳出去的！沈卓卿！你這是什麽意思？

李太太：沈卓卿？

守一：（走向文玉）你聽見了沒有？沈卓卿是怎麽樣一個人？

（文玉羞憤掩面）

李太太！你連媽也不認識了？文中！（文中似乎有些頭暈，要倒下去。李太太趕緊扶他坐下。）文中！文中！你怎麽啦？你媽在這兒呢！

文中：（疲乏地睜開眼看看他母親。）哦！媽！我……我覺得不好過。淑貞（倒了一杯水來，李太太接過去。）

李太太：孩子！喝點兒水嗎？（文中喝水）

文玉：（悔恨地痛哭）哦！媽！是我不好！是我害了弟弟！

李太太：唉！你姑媽看得一點兒也不錯。

淑貞：（撫着文玉）別哭了！不是你害了弟弟，是你弟弟幫助了你，讓你知道姓沈的是怎麽樣一個人。要說害他的，那麽是我。如果他沒有我這一個姑媽，他是不會失戀的。

守一：（焦煩地）哦！別說了！別說了！是我不好！我知道！

我知道！可是這孩子也太過分了，太過分了！瞧我明天饒了他？（他盛怒地走上樓去。文玉伏在他姑媽肩上痛哭。文中坐在椅上已是不勝困倦，一頭倒在他母親懷裏。）

李太太：（慈愛地撫着她孩子的頭）可憐的孩子！

幕閉

（上接一一〇頁）

學徒：你們這些人，有了米和麵粉，還要……。

男甲：你！你再胡說，仔細我打斷你的腿。

女丙：講話留神些！我們要的是我們應得的東西。

（保長從店堂內走到櫃台前）

保長：你們回去！糖票還沒有發到。

男甲：別那麼說風涼話，我可聽不慣。

男乙：請問，第六第七期的糖票早已過期了，爲什麼早不發下來？第八期的也快到了，你究竟什麼時候發呀？

保長：對！對！第六七期的糖票早已過期了，你們爲什麼早不來拿呢？

女甲：胡說！我到這裏不知來過多少次，總是找不到你。所以今天請甲長太太一起來找你的。

女乙：你叫學徒小狗子哄我們，今天不在家，明天又到來保長那裏去商量要事，叫我們今天等明天，明天等後天，一輩子也見不到你！

保長：………

衆：拉他上警察署去。

保長：我活了這大把年紀……眞是……

（一片打罵聲）

無線電

陳烟帆

我在拙文「新居」裏面曾經講起過我憎惡無線電的軟綿綿的音樂及粗俗的聲音過於最聒耳煩心的機器聲，以為我的舊居的間壁那家小型機器裏那種「軋軋」聲是比聽了難過的無線電好得多了。

我在那邊現在被稱為「舊居」的地方一住也有五年多了，其間雖也曾離開上海到別的地方去過一時，但時間終是不大長的，頂多也只二三個月罷了，所以我那些朝夕要看見的左隣一圈也就起了情感，那些地方本不甚好而且進出的路口也很髒，不過住在那邊時間一久也覺得就沒有什麼大不適意的地方了，就連當初搬進去住的時候大大的妨害了我的閱讀和寫作的機器聲音也覺得並不討厭了，我漸漸的能夠不用二手塞耳的讀書，漸漸的把「軋軋」的聲音充耳不聞，漸漸能安下心來寫作了，而且漸漸把它當有節奏的音樂了，非但不覺刺耳煩心，幷且還能在機器聲音裏尋覓思路，覺得這聲音恰能不快不慢，沒有初聽時候的轟轟然，離開了它反而覺得若有所失起來。

無線電這東西似乎是我從認織它以來就沒有對它有過好感，提起這名字也就叫我想起尖聲怪腔的男人扮女子聲的彈詞，（或是說書）口音沙啞而帶着浮滑氣的報告，軟綿綿地叫我痛恨的「愛呀愛呀」歌，鄙俗的地方戲，尖聲怪氣還在「才子佳人」「後花園」總之都是叫我嘔氣不快並且使我心緒繁亂的東西，可是這種聲音散發出來使我不能不聽，撳住耳朵也會鑽進去，眞是一種難受的精神上的虐待了。機器的聲音雖然單調而且鬧得煩心，可是它還沒有意義硬叫你記着它，「軋軋」和「軋軋」，聽過也就算了，不去想它，它自然會與你無關起來，可是無線電不然，他說的是中國話，我懂得，就鑽進去，不管「愛呀愛呀」，「佳人才子」「尖聲怪氣」聽了之後還盤踞在心裏，叫你不快。我自己家裏有無線電，還好，我叫他們搬開些去唱，我自己門關緊，就不聽見什麼了，走在街上可受罪了，碰巧無線電多的地方，走快也沒有用，這裏是「愛呀愛呀」跑過去那邊也在開着同樣的曲子，被這種聲音逼得怕了，愈益想起機器聲的可愛來，因此我也想起初民的無意義的牧歌是較之現代的惡劣肉麻情歌爲美，我覺得會說話而惡劣粗鄙還是不會說話的好。

比無線電之先給我認識的是留聲機，大概留聲機到中國來亦比無線電爲先罷，我的印象中倒還是留聲機來得比較好，我執着的以爲它的聲音也是比較可聽，我生來不大歡喜聽京戲，這倒並不是反對舊劇的什麼，而是興趣之不近了，不過聽留聲機我不歡喜京戲就專買西洋名曲的片子好了，而且聽了一次不夠還可以二次三次，可以比無線電如意得多了，我愛聽那一支曲就早上開，晚上開，除了那些便利之外，我對於留聲機的形式如轉動的片子等也覺得說不出所以然地勝於無線電多多。我的不愛無線電及京戲，自謂是一種偏見了，却有人與我同調，偶然翻到一篇知堂翁的「北平的好壞」有云：「……我自己有三十年以上不曾進戲園，也可以算是一種改變吧。我厭惡中國舊劇的理由有好幾個。其一，中國超階級的陞官發財多妻的腐敗思想隨處皆是，而在小說戲文裏最爲濃厚顯著。其二，虛僞的儀式，裝腔作勢，我都不喜歡，覺得肉麻，戲台上的動作無論怎樣有人讚美，我總看了不愉快。其三，唱戲的音調，特別是非戲子的在街上在房中的清唱，不知怎的我總覺得與八股鴉片等什麼關係，有一種麻痺性，胃裏不受用。」這眞是先獲我心的，我所不歡喜的意見與上述的理由也並無出入，並且對付這件不喜歡的事情態度也並不激烈，如他一樣：「……不過這只是我個人的意見，自己避開戲園就是了，也不必大聲疾呼，想去驚世傳道，因爲如上所說，趣味感覺各人不同，往往非人力所能改變，固不特鴉片爲然也。」不過避開了並不就給你安逸了：無線電要強你聽，要硬鑽進去，大概那時候北平的無線電較現在的上海爲尤多，知翁以爲「簡直使人無所逃於天地間，非硬聽京戲不可，此種壓迫實在比苛捐雜稅還要難了。」京戲在無線電裏的地位現在似乎已給地方戲及軟綿綿歌曲佔據了，西皮二簧似乎走在上海的街上不大聽見無線電有播送。我近來在一所師範學校裏有一點課，隔一天得去跑一趟，近那學校的必經之街獨多無線電，好像這二天聽見的還是「方卿見姑娘」「梁山伯」或「哥呀妹呀」之類，我走得快一點，過三家店面還是「哥呀」，再過五家店面還是「妹呀」，簡直痛苦極了，論起這些東西來，眞比京戲是每況愈下了。

日本文學的流派

何穆爾

小引

日本的文學，自從明治維新以來，有着一日千里的進展。由於歷代作家的作風，集團，思想……種種的不同，便無形中劃出了各個不同的派系，而其派系，都有着濃厚的主義感和時代的趨向。比方說，由於「世紀末」的思潮和唯美主義的輸入，日本的文學界便起了自然主義；同樣，由於大戰後工商業的復原，日本又有了大衆文學和普羅文學的興起，凡此種種，無不一一反映着時代，並且代表了時代。所謂「文學是時代的反映」，「一個時代有一個時代的文學」這幾句話，在這里更加分明。

筆者非才，對於日文，還是一知半解，不敢說是翻譯。今所信者，只是平日好讀日本文學作品，旁及友邦報紙雜誌，有時並和友人談談日本現代文學的流派，辱承各方友好見教，不無獲益。今以隆冬嚴寒，甚少出門，整日伴爐讀書，以消永日。但時至今日，讀書也非易事，偶一想及迅翁之言：「稿費畢竟也可換米」，於是不妨寫些下來，冀謀稻粱。

再者：本文並非創作，也不是翻譯，無以名之，暫稱爲「編述」吧！倘有人認爲這兩字也不妥，那末說是「抄襲」也未始不可，因爲寫在下面的，多是從日本「文藝五十年史」（杉山平助著，新日本文化叢書之一）及川端康成所作的「小說研究」（東京第一書房版）二書中所得來，惟恐讀者諸君有所誤會，一併聲明於此，同時也算是一「小引」。

在日本現存的作家中，最老的要算德田秋聲（今年七十三歲）和最近去世的島崎藤村（七十一歲）二人了，他們的文學生涯始自明治皇朝中葉，最初，他們二人都是以介紹海外（歐陸）文學思潮著名的。

及至明治三十五六年，以尾崎紅葉爲中心的硯友社這一文學的集團出現了，而且支配日本當時的文壇。這個文學派系的起來，是承繼了江戶時代的文學的傳統，特別是注重於西鶴等人的研究以及介紹海外文學的思潮，這麼一來，在日本的新文學界中，便產生了獨特的新形式的小說。紅葉之外，江見水蔭，石橋思案，川上眉山，廣津柳浪，巖谷小波等都與幸田露伴對立而存在。

其後，承繼着「硯友社」這一文學集團而出現的，便是「文學界」這個新雜誌，作爲這個雜誌的幹部，計有國木田獨步，北村透谷，島崎藤村和田山花袋等人。這一羣作家，最初都是受着十九世紀初期歐洲的浪漫主義文學的影響，而且各人都成了一個浪漫主義者，熱烈地在歌頌着。稍後，則又以十九世紀末歐洲自然主義文學的輸入，因而日本的小說作家又有了新的趨向——自然主義文學又在日本的文壇上抬頭了。

硯友社作家的特色，其最明顯的是：江戶文學和西歐文學思潮的融和，而尾崎紅葉的小說不單是硯友社文學的特色，而且成了日本新的文學交通的橋梁，至於口語的使用，新語文的創造等，都是硯友社諸作家的特色。由於「文學界」這一雜誌同人的提倡，幷熱烈地討論著外國文學作品形式的採用以及日本新興的口語等，這却使後代的作家在創作上有了不少的進益。因此，德田和島崎這二老作家，至今還能享名於日本的文壇。島崎成了一個浪漫的抒情詩人以及自然主義的小說家，仍能殘存於日本突進的新時代裏。泉鏡花是紅葉唯一的弟子，有着紅葉的長處，由於生活的充實以及手法的高遠，而作爲承繼了硯友社華麗的文體的第一人。事情正是爲了泉鏡花的文體之華麗和生動，所以當硯友社的自然主義文學衰退以後，他仍可一人獨自留存，而且打破了硯友社沒落時的逆境。

明治朝四十年以後，日本的文壇便有了新的趨向，隨着硯友社文學的沒落，自然主義運動便又隨着新時代而來。因此，作爲創造了日本新文學的「硯友社」，便尾崎紅葉始，而以泉鏡花終。再後，便以又是德田秋聲，國木田獨步，田山花袋等人所發動的自然主義文學運動了。

自然主義運動

與德田秋聲同時的尾崎紅葉的弟子泉鏡花，他的文學修養差不多都是從德田和尾崎二人得來的，其中，還以受尾崎紅葉的影響爲重，但他的文風，却違背了「硯友社」文學的本質。在當時，「硯友社」的文學，都是以都市的生活爲中心，而沿着江戶時代的傳統性，作着情話風的文學，如秋聲的作品，便是「硯友社」文學的傳統性的代表。

作爲建樹日本的自然主義文學的作家，便是島崎藤村，國木田獨步，田山花袋等人的自然主義文學的突興，其中最感興味的是正視着文學的新姿態的德田秋聲，而他也是「硯友社」中參加自然主義運動的第一人。島崎藤村是當時文學界的一大詩人，他的詩如「若菜集」，「落梅集」，「夏草」（後收入於「藤村詩集」中）等，都可說是新的浪漫派的型式與日本的精神的融合產物，并且他的詩也奠定了日本詩壇的基礎。但不久，藤村便有了轉向，由「破戒」這篇小說起，他拋棄了浪漫派的詩作，而一變爲自然主義的小說作家。以後他仍向着這條大路進發。

除了島崎藤村，田山花袋，國木田獨步三人之外，白鳥正宗也是日本自然主義文學的一名健將。白鳥雖不是初期的自然主義運動的作家，但到了自然主義全盛的時代（明治四十一二年間），他却變爲一名健將了。當時的田山花袋正是「文章世界」雜誌的編輯，因此更造成了自然主義興隆的時代。同時白鳥正宗也在「讀賣新聞」，於是此呼彼應，更擴大了自然主義文學的號召。明治四十一年，藤村的小說「春」，田山花袋的小說「生」以及白鳥正宗的小說「何處去？」等，成了當時自然主義運動期中的代表作，引起了無數的讀者重視。然而好景不常，到得明治四十五年，日本的反自然主義的文學運動又興起了。

反自然主義

自然主義的全盛時期，只是籠罩着明治四十三年至四十四年這兩年的日本文壇，及至明治末年，這一主義即轉入下降，而新的思潮也就繼續起來，如森鷗外，小山內薰和谷崎潤一郎等的耽美主義的作家，他們都有了更新的嘗試，把自然主義寫作的精神仍然貫徹着，但却避免了無味乾燥的描寫，而集中到唯美的觀念了。因此，幻想的美成了他們創作的思想，特別是唯美思想。青年的美與力，他們極力讚美着，就是學問和文章的研究，也滲染了這種思想。

夏目漱石是起自明治三十八九年間的自然主義初期的文學界，其時還是限於單純的自然主義的風氣，如耽美風的「草枕」，「我是猫」等，都是諷刺人生的作品；後來由「門」這一小說作爲轉向之初點，一直發展到晚年刻劃心理的「明暗」爲止，都是夏目的佳作。夏目漱石而外，自然主義思潮的全盛時期，只有明治四十一二年間，專以介紹海外的小說，如「亞美利加小說」，「法蘭西小說」等新鮮的主情文學的永井荷風。森鷗外也是介紹海外各種文學思潮的人，而且他是較偏於一流或一派的作家的介紹的，結果竟成了日本文壇上自然主義文學的張本，并作着新的期待。然而反自然主義的空氣也於這時起來了，所謂新浪漫派的理論，也由小山內薰，森鷗外，永井荷風，谷崎潤一郎等作家開始介紹進來。

白樺派

明治四十三年，日本的文壇上突然出現了一種文藝刊物，是叫「白樺」的，其幹部作家計有武者小路實篤，志賀直哉，里見弴，長與善郎，有島生馬，有島武郎等。而當時日本的基督教的人道主義的文學理論，也就開始介紹出來了。

白樺派的文學特質，其最顯著者便是流露奔放的感情。感情原是自然主義作家所特別抑制着的，自然主義的主張描寫須要極端客觀，絕對不能透入作者主觀的感情的批判之好惡。像這種文學上的主張，一方面教人認識了生活的全面，而另一方面也反映了生活的全面，而造成了日本文學生活的軌範。但這麼一來，「新思潮」也成了耽美主義文學的桎梏。因此，白樺派的起來，確立了道德的明確的規準，而起了一大反應。這個思潮的火把燃燒到文壇，引起了無限的青年注目。這種思想在文壇上長成後，則不論人道主義的作家也好，理想主義的作家也好，都有了自由的進路。如志賀直哉，里見弴，武者小路實篤，長與善郎等人，他們都作着個別的進展，獨自去開拓他們的領域去。

再說得明白些，志賀直哉的發展，是由內在的嚴格的作風出發而創造了日本小說界的寫實主義的新道路；里見弴則爲主情的情感，描寫着都會生活的人情而進入到生活的全面；武者小路實篤則以人道的感情作爲出發，而成了一個多樣姿態的作家。其中只有有島武郎一個，是始終徘徊於個人主義的生活規準裏尋求他的進境，從客觀的事物中去覓取他的題材。

新思潮派

新思潮派的勃興，在日本的文壇上本已早有了，但却遲遲才長成，正確的說一句，新思潮派的確立，已經到了第三次的提倡才成功的。最初的倡導者，如豐島與志雄，山本有三等作家，稍後則又有芥川龍之介，久米正雄，菊池寬等人，這一流派的作家，一方面承繼着永井荷風和谷崎潤一郎等人的耽美的系統，而他方面則吸取了白樺派的理想主義這一部份，以及當時在日本文壇上流行着的三大文藝主潮：自然主義，耽美主義及理想主義這三者的要素，而建立起他們清新的自由的創作及其理論來。

這一流派的結合，是以夏目漱石為中心，旁及菊池寬，森田草平，安倍成，野上豐一郎，野上彌生子等。森田草平是以「煤煙」一作品在「朝日新聞」發表而著名的。第三次「新思潮」澎湃起來的時候，日本整個文壇上主潮都轉換了。就是芥川龍之介和久米正雄等帝大出身的學生，也捲進這一思潮裏面。

隨着第三次「新思潮」的湧起，一般大學生都加入了這個文藝上的運動，由於谷崎潤一郎及佐藤春夫等華麗派文章的出現，自然主義的色彩又濃厚起來，出身於早稻田大學文科的葛西善藏，谷崎精二，加能作次郎，廣津和郎，宇野浩二，相馬泰三，牧野信一等；此外還有出身於慶應的久保田萬太郎。接着，加籐武雄，藤森成吉，中村武羅夫，細田民樹，細田源吉，小島政二郎，室生犀星，瀧井孝作等，也陸續出現於文壇上了。

心境派

當歐洲大戰勃發的時期，日本的資本主義漸漸隆盛起來而文壇上的景象也隨着資本主義的發達而隆盛了，這也許就是日本文壇有史以來的全盛期，各作家的生活也富裕起來了，雜誌的出版有如浩水，作品多如羣山，文運的隆昌，成了日本文壇的黃金時代。因為各作家的生活都富裕了，於是長篇的小說陸續出現，所謂大衆小說與藝術小說成了當時的流行作品，各作家都從其自己的生活記錄去發掘他作品的題材而去迎合當時大衆所需要的小說。因為白樺派與新思潮派的互相競爭，於是不論理想主義的色彩的小說也好，自然主義的特色的小說也好，都同時有了大大的進步，而這進步，便發展為日本文學史上的「心境派」了。

作為這一派的代表作家，計有志賀直哉，葛西善藏，宇野浩二等。在這個時期中，他們都浸潤於自己的生活回憶裏，把過去的生活以一簇新的形式表現出來，并眞實而正確地描寫出了自己——這便是心境派作家的特色。

新感覺派

新感覺派的起來，最初乃始自菊池寬所創辦的雜誌「文藝春秋」。這個雜誌的作家所標榜的，乃為藝術至上主義，因此，「文藝春秋」也就成了一般傾向於藝術至上主義的小說家的集團，而作為這一集團的初期同人便是橫光利一，中河與一，川端康成，石濱金作，齋藤龍太郎，酒井眞人，鈴木氏亨，今東光，佐佐木味津三等人。但他們之中，仍各人自有各人的主張和見解。

及至昭和初年，「文藝時代」這一純文藝的月刊突然以簇新的姿態出現在日本的文壇上，參加這一集團的，乃是横光利一，中河與一，川端康成，片岡鉄兵等，爲了他們創作小說的形式和作風的特殊，便引起了「新感覺派」這一文學上的新術語。但仔細地說來，新感覺派的前身，是屬於自然主義文學系統裏的心境派的，不過他們的手法較心境派的更深罷了。

當新感覺派起來的時候，正是歐洲近代文藝思潮源源流入日本之際，所謂未來主義，立體主義，達達主義等的技巧和理論，源源介紹而來，并且也有很多作家採用了創作的新技巧，而形成了一般作家們在寫作方面的轉向。這個現象，簡單的說來，便是以思想爲中心的宗教的文學與以心境爲中心的隨筆文學兩者對立着的消長，混和了耽美主義和藝術至上主義的特長。在這一派的作家中，以横光利一的「新感覺派論」爲其代表的理論，此外，片岡鉄兵也提供了不少關於新感覺派的理論。

新感覺派的特徵，可以簡單地說一句，是未來派，表現派，達達派和象徵派的混合體，它吸取了各派的精華，而形成了新感覺派。所以新感覺派的文學，重感覺，輕寫實，一切的事物，他們都要從感覺中透視出來，因此，他們主張立體的描寫，輕視平面的敍述筆法，從象徵的語句中，透露詩的韻味和音樂的旋律出來。至於描寫，特別注重角度式的表現，而極力避免全體的概述。

自從新感覺派在昭和初年抬頭以後，日本的文學界又爲之一變，各作家又有了新主潮作爲時代的趨歸。

普羅文學

日本的普羅烈塔利亞文學的萌芽，是始自大正十年十月創刊的「種蒔人」雜誌，及至昭和三年至五年爲其全盛時代，昭和六年，因爲政治上的大彈壓，主潮開始下降，而以前左傾的作家也紛紛退出，直至昭和十二年而止。統統計來，這一文學的大運動，前後共歷十六七年之久，此爲日本文壇上自明治朝的自然主義運動以後的一個最大的文學集團。

隨着階級鬥爭的銳化，日本的普羅文學有了進境。起初，所謂普羅文學運動只不過是幾個當時主持藝術運動的「勞農藝術家聯盟」的別稱。但到了昭和四年末，政治上開始了大彈壓，他們的內部起了右傾的動搖，一部份的前衛作家都脫離了「勞農派」

，而創立「前衛藝術家同盟」。而作爲當時的前衛作家，便是林房雄（後藤壽夫）藏原唯人，中野重治，小林多喜二，山田淸三郎。後來，「前衛」又發展爲「無產者藝術家協會」（簡稱「納普」），而主持者仍爲「前衛」的同人。

由於革命的解體，「納普」又擴大而爲「普羅文化聯盟」（簡稱「科普」）並作着震驚世界的文化運動。而我們一九三〇年的左翼作家大同盟的產生，多少都受到日本這次文化大運動的影響。但到得一九三五年，日本的普羅文學思潮便下降了。以後日本的文學又有了更新的發展，而且這發展是和「普羅文學」對立着的「新感覺派」。

不同調派與左翼文學

所謂「不同調派」的中心人物中村武羅夫，原是自然主義文學系統裏的心境派小說作家中新人之一，而集合了同人另行發動「不同調」這個雜誌，作爲不同調派的同人，計有岡田三郎，淺原六郎，戶川貞雄，嶋木克三，藤森淳三，尾崎士郎，嘉村議多等。

但另一方面，發動於大正十二年的普羅文學，經過幾度的分裂，改組，脫退，淸算，論戰……等問題以後，這一主潮依然存在着，並且仍從事着左聯文學運動的展開，作爲這一運動的主要幹部，便是林房雄，小林多喜二，中野重治，藤森成吉，岩藤雪夫，葉山嘉樹，德永直，細田民樹等，此外，還有從新感覺派運動中轉向出來的片岡鉄兵，武田麟太郎，藤澤桓夫等。

隨着片岡鉄兵及今東光等人的轉變，所謂「形式主義論戰」便又起來，由主題本質的傾向說到形式的美和技巧等問題，因而日本當時的文壇，又有了急劇的進展。由於左翼文學的提出，形式主義文學論爭便於昭和三年末出現了。而所謂內容決定形式——一篇作品的形式是由其內容決定的——論調風起雲湧，而新感覺派的橫光，中河，池谷信，犬養等亦參加，結果由中河與一以最後的辯者作結，其論戰的詳細經過，可參看中河與一的「形式主義文學論」一書。

新興藝術派

自形式主義的文學理論震盪了日本當時的文壇以後，一種新時代的主潮便從各個同人雜誌中出現了，由於見解與主張的不同，他們個別從事於文學運動。

續「不同調」雜誌之後，又有「近代生活」這個雜誌的出現，而且它就是「不同調派」的後身。此外，尚有一種由同人雜誌大團結而成的「文藝都市，」井伏鱒二，阿部知二，舟橋聖一，吉澤安二郎，飯島正，雅川滉等人，都加入了這個文藝集團。同時，「改造」雜誌也開始了懸賞的小說募集運動，當時入選的作家，計有龍膽寺雄，芹澤光治良，保高德藏，中村正常等。此外，又有堀辰雄，深田久彌，永井龍男等人創辦「文學」雜誌——這些都是昭和五六年間的事。

以「近代生活」爲中心，他們又創刊了另一個什誌，叫做「十三人俱樂部，」這十三人便是淺原六朗，飯島正，加藤武雄，嘉村礒多，中村武羅夫，楢崎勤，岡田三郎，尾崎士郎，翁久允，龍膽寺雄，和佐佐木俊郎等。

至昭和五年四月的時候，這些屬於藝術派的作家，又增多了幹部，共爲三十二人，而結成了「新興藝術派俱樂部」。同時（即昭和五年四月）雅川滉在「新潮」月刊上發表了「藝術派宣言。」這一派的作家們，大多是傾向於純文藝的研究與探討，其理論是相當高遠的，批評別派的文章，也十分犀利。這在日本藝術派的文壇上，是佔有重要的地位的。

新心理派

自從新感覺派展開了布爾喬亞文學的大路以後，便有了自我的解釋和精細地描寫心理的變化的創作來。所謂「純粹文學」在當時也有了新趨向。最初，由阿部知二的「主知的文學論」開其端，而展開了極其鮮明的姿態。

到了昭和七年，左翼文學爲了內部意見的分歧，無法統一，於是左翼文學便開始一個大轉向。轉向後，雖然仍有一小部份的作家依然抱住左翼文學而不肯放棄，但到得昭和十年，大部份左翼作家都相繼入獄了，在獄中，他們的意向漸漸表明，一同有了澈底的悔悟。

自從藤森成吉，林房雄，德永直，中野重治，村山知義，中條百合子，片岡鉄兵，立野信之，間宮茂輔，山田清三郎，青野季吉等轉向之後，日本的普羅文學便消滅無餘了。所謂舊左翼實踐運動的作家，也有了新的轉變。由於島木健作，加賀耿二，平林彪吾等的努力，他們都創造了日本的新小說。

一般左翼的作家轉向後，爲了客觀情勢的要求。一種以客觀的態度來創作的描寫文學便開始了，隨着社會問題的泛起，現代風的小說又開始流行起來。其中，尤以描寫農村問題的小說爲最。

伊藤永之介，鶴田知也，丸山義二，立野信之等人，是農村生活方面的小說家；片岡鉄兵，武田麟太郎，間宮茂輔等人，則是都會生活方面的小說家，他們并利用了接近大家的新聞小說筆法來創作。轉向後的林房雄則又有了强烈的民族主義的主張，評論家淺野晃也隨着林房雄氏的民族主義文學的提出而加强了民族主義的理論。

隨着民族主義文學的提倡，日本的文壇上又有了「文藝復興」運動。曾在左翼文學全盛時期中統治了相當時日的自由主義者，今次又有了「人民戰線」的僞裝，但早爲一般人知道這一口號便是傾向於勞農派的造作，因爲引不起人們的注意，便一起卽消滅了。

後記

到上面最末一節爲止，此文也該暫作一個結束了。所謂日本的新文學，自從明治維新以來，經大正而昭和，在這五十多年中，日本文學的流派，如此而已。誠然，自九一八事變發生以來，日本也有過「國防文學」以及「戰爭文學」，但這都是屬於最近期間的，就是日本的文學史家，也未行一一淸算。所以作爲止於瀏覽日本文學的我，更沒有多嘴的必要。以後，如有所知，或者得到日本的新書時，當再來續篇吧。

詩人李後主的生平和作品

沈鳳

一 引言

四十年來家國，
三千里地山河；
鳳閣龍樓連霄漢，
玉樹瓊枝作烟蘿，
幾曾識干戈。
一旦歸爲臣虜，
沈腰潘鬢銷磨；
最是倉皇辭廟日，
教坊猶奏別離歌，
揮淚對宮娥。

——破陣子——

右詞，李後主被俘後幽於汴梁時所作。後主之詞歷來被論者譏爲「亡國之音」，此詞所寫乃國破身俘之實錄，尤受後人非難。但非難儘管非難，後主作品之地位却永不搖動，并且愈久傳愈爲人賞嘆。

以「破陣子」一首論，假如我們能拋却一切常識上之利害而讀之，這實在是一首感人至深的詩。全詞十句，沒有一句不是實錄，亦沒有一句不充滿情感；而最令人心折的是，後主作這詞時已離開了一切成敗利害的觀念，純以抒情詩人的地位處理他的作品。當然，「倉皇辭廟，不揮淚於宗社，而揮淚於宮娥，其失業也宜矣。」（見清梁紹壬「兩般秋雨庵隨筆」。）然而，後主豈不自知破國之辱，他豈不自知將貽笑於後世；他所以不作冠冕語者，他更知道詩人的本分，在「詩」之中，一切掩飾都是不應該的，詩人所應做的便是坦白無私，眞摯地寫出他所經驗到的感情。他身爲末代君主，遭遇了末代君主的種種哀痛。因此他寫下了「破陣子」，「望江南」（「多少恨……」一首），「浪淘沙」（「往事只堪哀……」一首），等詩篇；假如他身受顚沛流離的貧士生活，他亦必寫下另一種實在情感的詞章。

後主是這樣眞摯地寫他的詩，他雖然失去了山河，他終於在詩的王國中成爲不多幾個的君主之一。眞正的大詩人，以全世界計也并不多，中國文學史中，最古的是屈原，以後是陶潛，盛唐李白和杜甫，尤其是杜甫把詩的力量發揮於最高度以後，承繼者寥寥可數，其中最特出的一家便是這位身負最大恥辱的江南國主李煜。

唐宋以來，歷代以文取士，文學始終未嘗和經世治國之學分家，眞正的文學作品的產量因此極少，可認爲是優秀的文學作品，只有「水滸」，「西廂」，「紅樓夢」等小說傳奇，以及一些零星的詩詞文賦而已。這種情形之下，眞正的詩人固然不易產生，卽對詩眞有認識者亦不多見。因此，後主遂不被人看重，偶而被人發現，亦僅只譏諷地爲之嘆息而已。如梁紹壬尤西堂之輩，稍爲後主譬解，但亦僅譬解而已，并不能發掘出後主的眞價値，在文學評價上對後主立一公正之論。（梁紹壬『兩般秋雨庵隨筆』云：『……不知以爲君之道責後主，則當責之於垂淚之日，不當責之於亡國之時。若以塡詞之法繩後主，則此淚對宮娥揮爲有情，對宗社揮爲乏味也。此與宋容塘譏白香山詩謂憶妓多於憶民，同一腐論。』又，尤侗『西堂全集』中云：『東坡謂後主旣爲樊若水所賣，舉國與人固當慟哭於九廟之外，謝其民而後行；何乃揮淚對宮娥，聽教坊離曲。〔鳳按：東坡謂云云，語出東坡「志林」。〕然不獨後主然也：安祿山之亂，明皇將遷幸，當是時，漁陽鼙鼓驚破霓裳，天子下殿走吳，猶戀戀於梨園一曲，何異揮淚宮娥乎？後主嘗寄葛宮人書云：「此中日夕，只以眼淚洗面」。而由宮人入掖庭者手寫佛經爲李郎資冥福。此種情況自是可憐。太宗以「小樓昨夜又東風」置之死地，不猶煬帝以「空梁落燕泥」殺薛道衡乎？』）

當然，對李後主的價値這樣的忽視，這是不公平的，也便是我們所引爲遺憾的。爲了公正，也是爲了眞正地去認識中國文學中的典型詩人和其作品，我們必須重新細察這位做了末代君主的大詩人。這一工作，不僅爲以公平給予李後主，并且或可以從之進探中國詩的正傳的道路。

對後主認識，實在早已開始了。其開始當不會早過文學和行政尚未分道之前，但很幸運，正當淸代末葉中國學術界接受了外國文化時便已開始。第一個對後主的作品吐出新的見解來的人是王國維。他在「人間詞話」中說：『詞至李後主而眼界始大，感激遂深。』又云：『……然道君（鳳按指宋徽宗：「燕山亭」詞。）不過自道身世之戚，後主則儼有釋迦基督擔荷人類罪惡之意，其大小固不同矣。』此外，他不僅抬高後主的地位而已，并且根據文學評價原理指出作爲抒情詩人的李後主，其特質何在；『人間詞話』中又云：『客觀之詩人不可不多閱世，閱世愈深則材料愈豐富，愈變化，「水滸傳」「紅樓夢」之作者是也。主觀之詩人不必多閱世，閱世愈淺，則性情愈眞，李後主是也。』又云：『詞人者，不失其赤子之心者也。故生於深宮之中，長於婦人之手，是後主爲人君所短處，亦爲詞人所長處。』

經王國維這樣評估以後，後主的地位是大爲改變了；然而王對後主的工作只此爲止，學術界以後雖則大量地吸收了外來文化，有重新估定文學遺產之議，但重估工作似乎偏頗於小說戲曲等俗文學，詩的方面是缺乏的；加之，後主所詠皆爲婦人歌舞及亡國之痛，更不爲正人君子所重，遂至仍多被冷落下來，至今沒有人對他作全部的評價。

而後主之詩都是僅有的幾個中國詩人中傑出的眞的詩。王國維於「人間詞話未刊稿」中說：『唐五代之詞，有句而無篇，南宋名家之詞有篇而無句；有篇有句，唯李後主降宋之作，及永叔子瞻少遊美成稼軒數人而已。』所謂「有篇有句」者，便是內容與形式并盛的詩，眞正的詩人的詩，而不是樂工的詩，也不是儒人的詩。

後主之被冷落，一則固然由於已往的詩都被冷落，也由於他的作品是亡國之音；此外他的作品流傳太少也是原因之一。然而，他雖只有四十餘首詞和十多首詩傳與我們，這碩果僅存的行節却是最光輝的明星，詩的正傳。從這幾十首詩詞中我們可以看出中國詩人的性格，一方面旁證詩的普遍概念，使我們確定詩的特質，另一方面求索出中國詩人的所走的道路，中國詩的歷史傳統。

對後主作重新估價，當不是無意義的；至少，一則可以從之進一步去發掘中國詩域中的其他許多寶藏，煉取詩的歷史中眞的結晶，確定中國詩的傳統精神，此外，使人對這末代君主的詩人特質獲得眞的認識，也十分必要。

二　李後主的家世及遭遇

我們熟知的李後主雖然尊爲國主，但他的國僅只江南一隅，沒得和吳越國平分秋色；他這國王是更爲可憐，對宋是「以小事大，如子事父」，（見歐陽修「五代史」）；他的家連其祖僅繁榮了三代，首尾不足四十年，如此而已。他雖爲國主，實際上僅當一大地主，而大地主儘可安守其業，有了國主之號反招得無數煩惱，最後終於得了殺身之禍。

所謂南唐，開國之君爲後主之祖父烈祖，烈祖之前殆不可考，頗爲同情南唐的陸遊「南唐書」中所記，稱烈祖爲唐憲宗之後，但似乎并不足信，正如光武劉備諸帝，欲發難稱雄，必先假造身世，以博羣衆。

「南唐書」云：『先主昇，字正倫，徐州人，姓李氏。唐憲宗第八子建王恪之玄孫。恪生超，早卒，超生志，仕爲徐州判司，卒官，因家焉；志生榮，榮性謹厚，喜從浮屠游，多晦迹精舍，時號李道者。（鳳按：榮卽昇之父。）昇六歲而孤，遇亂，伯父球携其母子避地淮泗，至濠州。乾寧二年，淮南節度使楊行密見而奇之，養以爲子；行密長子渥惡昇，不以爲兄弟，行密乃以與大將徐溫曰：「是兒狀貌非常，吾度渥終不能容，故以乞汝。」遂冒姓徐氏，名知誥。』

除「南唐書」以外，其他各種副史野史所記均各不同，歐陽修「五代史」則逕云『昇，世本微賤』而已。要之，昇身世頗不可考，流落於唐末之亂而爲徐溫的養子，并從徐姓。

知誥隨徐溫殺伐，建功頗多，深得徐溫信任，徐溫在楊姓諸王下既已位極人臣，知誥亦得高官。徐溫死時，楊溥稱帝，知誥已都督中外諸軍事，而封潯陽公。知誥兵符在握，品位日隆。以吳太和二年爲兵部尚書參政事，三年出鎭金陵，天祚初年進封齊王，擁有十州之地；最後終於在天祚三年登位稱帝，國號太齊改元昇元，而以吳帝封爲讓王。

天祚三年，卽昇元元年，（九三七年）烈祖於十月登基，後主於七夕日生。昇元三年改國號爲唐，并復姓李氏。

烈祖在位七年，崩，中主嗣位，改元保大。保大初年，南唐國勢正强，曾用兵達於泉漳。保大五年，始敗於吳越，後，用兵屢不利，國勢削弱。保大九年（九五一年）以後，北受周之侵略，終於在九五八年被周所敗，下皇帝位，改稱國主，而爲周之屬國。九六〇年，宋太祖去周自稱帝，南唐乃爲宋之屬國。

九六一年，中主死，在位凡十九年；後主嗣位。後主爲中主第六子，太子本屬後主之長兄從嘉，從嘉卒於九五九年，而其餘四兄亦皆亡，故以後主嗣立，後主嗣位以後，宋太祖侵犯益甚；後主本非善治國者，國勢遂益不振，偏居金陵，苟延殘喘。宋國勢日張，太祖以爲『天下一家，臥榻之側豈容他人鼾睡』（見「續通鑑綱目」），乃於開寶七年（九七四年）陸秉水師南進。後主至此，乃覺苟安之不可能，下令戒嚴，去開寶年號，而稱甲戌歲，準備抵抗。然而事至此已不可爲，終於次年（九七五年）冬十一月陷金陵。『主帥殷崇義等四十五人肉袒降於軍門。』（『十國春秋』）國遂亡，後主在位計十五年。

九七六年，後主被俘至宋京汴梁，封違命侯；自此幽於汴梁，不得自由。是年宋太祖死，太宗卽位，封後主隴西公。九七八年七月夕，後主在賜第命故妓作樂，爲太宗所聞，怒，賜以藥酒，後主死，四十二歲。

綜觀後主四十二年生涯，雖然出生於乃祖立國之年，但成年以後之遭遇并未見佳。後主二十二歲時，南唐失獨立國地位，附庸於周，蓋已預嘗國破邦裂之滋味。卽位後雖曾苟安幾年，但九七一年遣弟從善上表於宋，自乞改去南唐國號，而稱江南國主，終日惶恐，已無樂趣可言，從善一去而遂不能復返，宋太祖旣存心招後主入京，自此後主生活益不堪矣。國亡後，幽於汴梁，度俘虜生活，小周后亦爲太祖所幸，所遭遇之一切，悲慘至於極點，卽普通一自由平民生活標準亦不能及。

旣知後主之生涯，乃可評論後主的作品；前人多有誹議後主之詞不似人君者，當應了解後主的君主地位是可哀的君主而已。後主正像一個生長於沒落的巨族中的幼子，他眼見家族沒落崩潰而無法救之，教他如何能不感傷，教他如何還能寫出富麗矞皇的詩篇來。後主的前期作品，由於他尙未多受現實磨折，出語當然是綺麗華美，承襲晚唐風格的；但後期作品，旣已逐漸看見現實，而又屢受外力磨折，遂不得不感空虛，寫出不似人君所寫的詩。及其末期，身爲俘虜，度此非人生活，當然所寫皆爲「只眼淚洗面」的作品了。

三　後主的爲人

淸沈雄「古今詞話」中云：『後主疏於治國，在詞中猶不失爲南面王。』

論後主，至少應該持有像沈雄這樣的見解；否則，是無法看淸後主，也無法認識後主的作品中的詩的價值的。假如一味堅持着以爲後主是一個昏庸的君主而輕視之，那便是築起一重政治的圍牆，把後主的文學價值全部隔絕；永遠無法眞正地認識後主及其作品。

孟子曰：『頌其詩，讀其書，不知其人可乎？』如若要批評一個人，不知其人當然不可。以成敗得失來論後主，以其喪失家傳邦國而責斥後主，逕引擯之於千里之外，不求更進一步的了解後主，恐怕更其不可。那不但不公平，那一種偏見，并且是研究學術者的奇恥大辱。

我們已完全知道，後主是疏於治國的；但我們却更應知道，後主不但是一個天生的詩人，他并且從未經歷過治國的敎育。前面已經提到，他是中主第六子，他直到卽位的前二年，從未夢覺到他會承繼這國主的崇位。法定的太子死於九五九年，而後主，二年後（九六一年）後主卽嗣位，短短的這二年時間中，敎他如何作爲君的準備。歷史上傳統一貫如此，王弟一流的宗室是最不宜預聞政治的，否則便有企圖僭奪的嫌疑。太子未死以前，後主當然絕對不聞治國之道。

後主匆匆卽位，他本已養成不聞政治的習慣，國主之尊榮亦對他全無興趣，治國當然不行；因此，一個寬大的評論者應該厚恕他的溺職。并且不管是否疏於治國，於他詩人的身份却毫無關係；反之正因爲他疏於治國，却更能顯示他是一個眞的詩人。

以詩人而論，後主具備了一切條件。最基本的一點，他的天資是豐厚的。從他的作品中，我們固已能從出他是一個天才橫溢的詩人，其他方面亦不能證明他的昏庸；他治國雖則失敗，但這是由於他旣不熟於此道，亦無興趣；他亦未經歷過驅人治國耍弄權術的訓練。從遺傳上推之，可說沒有理由證明他昏庸無用：他的祖父自幼屢被當時大人物的讚賞，孤兒出生而終於霸據稱帝，當是個聰明機警達於極頂的人物；中主自幼隨其父駢馳，很少便建有功績，獲得高位，同時也是一個雅好詩文的風流君主；有這樣的祖父和父親的後主，而會昏庸愚騃，當不甚可能。天才要經過種種現實的磨練才可以成爲梟雄，如後主的祖父便是；同樣的天才，如度着紈袴膏粱的生活，既無從學習處世機變的手段，當難於成爲一個事務人才；像後主那樣的成長於婦人羣中，又受了乃父愛好詩詞的陶冶，并加上一時風尙所染，當然疏於治國而傾向於成爲一個極風雅的艷詩作者；以後，既已定型爲「翰林學士」之流的詞人，雖經歷種種失望，眼見美景的朽敗，遭受他所可能受到的最大的不幸（國破身俘），便必然成爲泣血的詩人了。說後主之詞爲「亡國之音」，恐怕是倒因爲果的論斷；他前期安享太平逸樂時的作品何嘗不富麗堂皇，那些詞卽使不像一位王子所作，至少亦有王孫公子的氣象，而他的實際地位也僅只可相當於昇平時候的大國中的貴族子弟而已。

後主既『生於深宮之中，長於婦人之手』，『不失其赤子之心者』，而『主觀之詩人不必多閱世，閱世愈淺，則性情愈眞』，這是他成爲詩人的第二條件。（本節所引，均爲王國維論後主之語。）

一個紈袴子弟鎭日與音樂，文學，書畫爲伍，他自然一定是溫順天眞的；這種溫順天眞由環境教養所造成，後人以爲便是本性懦弱，似乎不甚公平；而後主的這一種性格正是成爲抒性詩人的要件，與治國爲王所需的「不懦弱」毫無關係。

後主天眞善良之處，歷代記載頗多：

『或謂后寢疾，小周后已入宮，后偶褰幔見之，驚曰：「汝何日來？」小周后尙幼，未知嫌，對曰：「旣數日矣。」后恚怒，至死面不向外，故後主過哀以揜其迹云。』（陸游「南唐書」。）「十國春秋」中記昭惠后之死則云：『……臥疾，後主朝暮視食，藥非親嘗不進，服不解體者累夕。……殂，謚曰昭惠。後主哀苦傷神，扶杖而起，自製誄，刻之石，與后所愛金屑檀槽琵琶同葬；又作書燔之，自稱鰥夫煜，其辭數千言，皆極酸楚。』所作書不知容如何，昭惠后誄文，卻傳下來的，內中有：『昔我新昏，燕爾情好，媒無勞辭，筮無違報，歸妹邀終，咸爻協兆，俛仰同心，綢繆是道，執子之手，與子偕老；今也如何，不終經告』。又：『孰謂逝者，荏苒彌疏；我思姝子，永念猶初；愛而不見，我心毀如，寒暑斯疚，吾寧御諸。』等等凄測的語句。陸游說後主「過哀以揜其迹」，我想并不盡然；後主身爲國主，卽使納后之妹爲妃，在當時亦不爲過，何必做作一番，而最後終於又立小周后。這當是後主天性純良，富於感情的緣故；他十分愛昭惠，但亦愛小周后，既與小周后發生曖昧，而昭惠適在當時病歿，他當然哀痛逾恆了。

對小周后的愛，當然是熱烈眞誠的。開寶元年（九六八年），後主立小周后，馬令的「南唐書」有這樣的記載：『後主納后，乃成禮而已。翌日大讌羣臣，韓熙載以下皆爲詩以諷焉，而後主不之譴。』他愛小周后，不顧羣臣反對而立之，以利害得失論，後主是錯了；但他的愛是偉大的，他重視愛情而輕視物議，充分表現出他是一個多情的詩人。後，後主被俘汴梁，『小周后隨後主歸朝，封鄭國夫人，例隨命婦入宮；每一入輒數日。出，必大泣罵後主，聲聞於外，後主宛轉避之。』（龍袞：「江南野史」）後主爲什麼「宛轉避之」呢，小周后既已爲宋太祖所汚，後主甚可反唇相譏，但後主并不是那樣一種薄情自私的漢子；他默然地一個人負起一切罪名，毫不强辯，王國維說他「儼有釋迦基督擔荷人類罪惡之意，」這正是他詩人性格的偉大處。

對弟兄，後主也執有同樣的豐富感情。流傳下來的後主詩文中有「送鄧王牧宣城序」，「送鄧王從益牧宣城」詩文各一，至於他的「却登高示」一篇，更是憶念韓王從善的血淚之作。陸遊「南唐書」云：『宋太祖有意招後主歸闕，故留從善於京，授官以寵之。後主每憑高北望，泣下霑襟，左右不敢仰視。常製「却登高文」以見其意。文有「原有鴒兮相從飛，嗟予季兮不來歸」之語。從善妃屢詣後主號泣，後主聞其至，輒避去。』馬令「南唐書」載云：『乾德四年（九六六年）後主遣弟韓王從善入朝，留京師，國主表求從善還國，不許。自從善不還，四時宴會皆罷。……常怏怏以國蹙爲憂。』從善一去不返，後主即罷宴令，已可見後主情感之濃厚；善妃詣後主號泣，主竟避去，無顏以對，與前面所記小周后泣罵故事如出一輒，懦弱是似乎再懦弱沒有了，但處事的眞摯却亦無可比擬。從善不歸是政治問題，遣從善入京一事其錯固在後主，但錯誤的造成却因於政治；後主不能發現這一點，而以爲一切罪皆出於自身，這正是未失赤子之心者的想法。

後主對其臣民也無不寄以隆厚之恩義。其舊臣徐鉉受宋太宗命撰後主神道碑時的態度，可證舊臣對後主懷念之深。「東軒筆錄」載云：『太宗……遂詔鉉撰碑，鉉遽請對而泣曰：「臣舊事李煜，陛下容臣存故主之義，乃敢奉詔。」』後徐鉉所撰碑將成，其中對後主稱頌備至。徐鉉另有挽詩，句云：『道德遺文在，興衰自古同。受恩無補報，反袂泣塗窮。』其情可見。「十國春秋」載有：『後主宮人喬氏，嘗出家奉佛，後主手書金字「心經」賜之。國亡，入宋禁中。聞後主薨，乃出經捨相國寺以資冥福。書其卷，後云：「故李國主宮嬪喬氏，伏遇國主百日，謹捨昔時賜妾所書般若心經在相國寺塔院，伏願彌勒尊者，持一花而見佛。」字整潔而詞愴惋，見者悲之。』宮人喬氏對後主懷念之情如此，同時也可推想出後主昔日對待宮人的情誼。「十國春秋」又云：『凶問至江南，父老多有巷哭者。』後主若不是以赤子之心處理一切，一個亡國之君死後決不會獲得這些不能強求而得的這許多餘哀。

但歸根結蒂而論，後主終於還是一個不善治國的末代君主；然而，要說後主完全不聞國事，醉生夢死於婦人文墨之中，而沒有一點慷慨氣度，那也未必。宋開寶七年，宋師水陸并進而來，後主乞緩師不得。「十國春秋」載：『閏十月，宋師陷池州，國主下令戒嚴，去開寶紀年，稱甲戌歲。』他亦公然而抗過宋師。這不能不說是英雄的行爲，同時也是詩人出於直覺的行爲。可惜的是，那時大勢已頹，不可挽回，宋師終於次年陷金陵，而俘後主。更可惜的是，後主的那種慷慨激昂的詩人性格早先未被培養，直到臨危的一刻才閃耀出來，那已無濟於大事了。

「雪舟脞語」云：『藝祖（按即宋太祖）云：「李煜若以作詩工夫治國，豈爲吾擒也。」』這是諷刺後主醇於詩詞，但何嘗不是贊美後主之語。以後主之天才，如專心治國，南唐當不至於亡得那麼容易，然而，後主把應該用以治國的心力全用以治詩詞，他却終於成爲古今寥寥可數的幾個大詩人中的一個。

假如我們爲了研究詩而研究後主，當不宜以政治的成敗論之，而應從詩的立場的來清認這位獨步一隅的大詩人。既已獲知了後主的一些逸事，對我們當已有不少幫助，那便進一步來看後主的作品吧。

四　後主的詞

流傳下來的後主作品，約計詩十六首，詞四十四首，此外，不多幾篇文賦和一些斷殘詩句而已。他的主要作品是詞，讀他的作品總是讀他的詞，文學史上也稱爲詞人；所以各家研究僅限於他的詞而已。他的詞，曾被人畫分爲三個時期：一，立小周后前後；二，從善入宋後至國破；三，俘宋時期。對他們一生史實這樣畫分實在很對，但對他的詞這樣畫分却有困難。他的詞都不記年月，按詞的內容使歸入某一時期固未嘗不可；但上述第二時期和第三時期性質有相似處，不易確定一定是那一時期所作。因此，我只擬把他的作品劃分爲兩個時期。一，從善去國以前；二，從善去國以後。

本來，將歷史劃分時期是一種不合理的行爲，但爲了可得一些便利，也就勉强行之了。對後主作品，劃分兩期固然也是勉强；但我們覺得後主的作品却確有兩種不同的趨向，一種是歡娛逸樂的，一種正得其反，這二種相反的趨向當不能同時并存，想必屬於兩個時期。按他的生平事實索之，從善去國可說是一大轉戾點，時期的劃分便不妨依此而行；這以前，現實確已威脅於四周，但他似乎尚未看清，尙未親身體味，因此，他仍是歡娛逸樂的；一旦他親嘗了現實的苦澀，境遇也隨之日非，他便不復能在詩中吟咏歡樂了。他的看清現實，是頗爲突然的一種；突然從天上一降而至地獄，其激動當比普通人的沒落爲强烈，因此，所寫出的作品便成爲截然的不同二種：這正如宗教上的覺悟一樣，立地成佛似的，使他的詩篇增加了極偉大的力量。假如以這樣一種看法而爲後主的作品劃分時期，似乎并非沒有意義，同時或更可以多了解他一些。

他的前期作品，也就是尚未覺醒而沈溺於歌舞昇平時的艷麗的詞章，可說幷沒有多大價值。這些詞，承襲了晚唐綺華的作風，并不比溫庭筠之流的艷詞進步若干；致諷詠的不外是恣情享樂的景象，纏綿熱烈的愛戀，以及飄逸瀟洒的閑情而已。

這一時期的作品（後主遣從善入宋爲乾德四年，時後主已三十歲，這一時期的作品亦可謂後主三十以前的少作）想不甚少；但流傳下來的全部詩詞是一共只有六十來首，依其詞意可歸入這一時期的是更少了。所以少的原因，也由於南唐亡國，無人收集後主的遺作；而這一時期的作品尤少的原故，而由於這些詞作本身的價値并不甚高。

較爲精彩的僅下列數首而已：

一，浣谿紗

「紅日已高三丈透，
金鑪次第添香獸，
紅錦地衣隨步皺。
佳人舞點金釵溜，
酒惡時拈花蕊齅，（酒惡卽酒醉，當時俗語）
別殿遙聞簫鼓奏。」

二，菩薩蠻

「花明月黯飛輕霧，
今朝好向郎邊去。
衩襪步香階，
手提金縷鞋。
畫堂南畔見，
一向偎人顫，
奴爲出來難，
教君恣意憐。」

三，一斛珠

「晚妝初過，沈檀輕注些兒個。
向人微露丁香顆，
一曲清歌，
暫引櫻桃破。
羅袖裛殘殷色可，
杯深旋被香醪涴，
繡牀斜凭嬌無那，
爛嚼紅茸，
笑向檀郎唾。」

四，漁父（二首）

「浪花有意千重雪，
桃李無言一隊春，
一壺酒，一竿綸，
世人如儂有幾人。」（其一）

「一櫂春風一葉舟，
一綸繭縷一輕鉤，
花滿渚，酒滿甌，
萬頃波中得自由。」

「浣溪紗」一首盡力的吟詠寫着享樂，「捫蝨新語」論之爲有帝王氣象的作品；實際上這首詞幷不佳，除去在實錄景物上選擇得較爲可愛以外，情感是沒有的。推其寫作年代，當然後主初嗣位時，這時候，後主年齡既尚幼少，歷世也未深，當然寫不出動人的詩篇來。及「菩薩蠻」和「一斛珠」二首，內容便豐富了些。「一斛珠」的寫作時日不敢確定，「菩薩蠻」一首依諸前人史乘筆記，乃是與小周后戀愛時所作。這二首同是詠寫戀情的佳構，「菩薩蠻」一首尤著名，『剗韈步香階，手提金縷鞋，』與『奴爲出來難，教君恣意憐』等戀句詠述他與小周后的愛，已盡豔體詞的所能，描寫的眞摯以及感情的泛溢，充分地示露了他所具有的詩人的情熱。

上述「菩薩蠻」和「一斛珠」二首露示了後主的詩人情熱，「漁父」二首是更廣地顯示了他的詩人性格。在前二首之中只可看見他有豐厚的感情，在後者看出了他的人生觀，也即是中國詩人傳統的人生觀。這種人生觀指示出，後主雖然身居君主之位，但他幷不對帝王事業感到甚麼興趣；他是命定了的一個詩人。

後主前期的作品中僅微微地顯示他是一個詩人，他具有詩人的素質，如此而已。及後，由於他遭受了種種不幸，刺激了他，他的後期作品開展了滿含着血和淚的奇葩。王國維說，後主降宋以後諸作「有句亦有篇」，實際上這種獎譽亦可應用於他全部後期作品。

全部作品六十首左右，其中可歸入後期作品的約四十餘首，這四十餘首比諸盛唐李杜諸詩人的作品在數量上是微乎其微的，然而這四十餘首都幾乎都可說是第一流的詩作，那是令人驚嘆的。

從善被宋太祖所禁，後主無法使他回來團聚，這種屈辱，使他幻滅，使他看淸了自己所處的地位。最後，他自己也被俘了，連他心愛的妻子——小周后——也被暴力所辱，他發現他自己竟不如一個自由的平民，他是完全絕望了。「漁父」詞中曾讚美過「萬頃波中得自由」，那使這種出世隱遯的人生觀，如今也已破滅無遺；在那樣境遇之中，他可以得的便只有一項了，那便是爲自己唱起葬歌。「文窮而後工」，後主是走入窮途了，被一切悲慘的遭遇把他從歡樂幻夢中驅逐出去，通入了最後的地獄中。這樣，他寫下了許多哀詞，留傳下來的是那四十餘首。這四十餘首，既經傳播而流傳了下來，當然是達於極致的結晶。

所謂「有句亦有篇」，其原因也正如

此。詞原來是一種音樂的附庸物，譜於樂曲而供人歌唱的，即使并非音樂爲主而文句爲副，至少也無多大獨立性。後主前期諸作，大概都是爲了宴樂所作，沈緬於宴樂中的紈袴當說不出多少詩情來；而後期，他爲了消解痛，爲了痲醉，才去求宴樂，爲這些宴樂所塡寫的當然滿紙辛酸了；況且，後主生來是詩人的性格，充滿着情熱，既有機會以求情感的奔放，他必然會嘔盡心血地寫出他內心所藏的一切痛楚。

總觀這四十多首詩詞，所寫不外二事；其一是對故國的追懷，其二是對人生的幻滅。此二者實是二而一的，但對故國追懷中充滿了情熱，對人生的幻滅中寫盡了凄清和空虛，不妨分而視之。

可供諷詠的章篇很多，美不勝收，除去篇首所錄「破陣子」一首外，茲抄錄下列諸首以示其例：

一，渡中江望石城泣下（七言律詩）

「江南江北舊家鄉，
三十年來夢一場，
吳苑宮闈今冷落，
廣陵台殿已荒涼。
雲籠遠岫愁千片，
雨打歸舟淚萬行，
兄弟四人三百口，
不堪閑坐細思量。」

馬令「南唐書」記云：「曹彬破金陵，李煜舉族冒雨乘舟。煜渡江，望石城泣下，自賦詩曰『……。』據「江表志」所記，該詩爲吳讓王楊溥所作；此恐不確。馬令之「南唐書」尚可靠，而該詩之情亦不類楊溥語也。

二，虞美人

「春花秋月何時了，
往事知多少，
小樓昨夜又東風，
故國不堪回首月明中。
雕闌玉砌應猶在，
只是朱顏改，
問君能有幾多愁，
恰似一江春水向東流。」

三，烏夜啼

「昨夜風兼雨，
簾幃颯颯秋聲，
燈殘漏斷頻欹枕，
起坐不能平。
世事漫隨流水，
算來夢裏浮生，
醉鄉路穩宜頻到，
此外不堪行。」

四　浪淘沙

「往事只堪哀，
對景難排

秋風庭院蘚侵階，
一行珠簾閑不捲，
終日誰來。
金劍已沈埋，
壯氣蒿萊，
晚涼天靜月華開，
把得玉樓瑤殿影，
空照秦淮。」

五，前調

『簾外雨潺潺，
春意闌珊，
羅衾不耐五更寒，
夢裏不知身是客，
一晌貪歡。
獨自莫凭闌，
無限江山，
別時容易見時難，
流水落花春去也，
天上人間。』

這五首作品，其中四首吐露出對舊家的懷戀，同時透示了對人生的失望。其中唯有「烏夜啼」一首，沒有提到故國往事，只是明述了他對人生的悲觀思想。所謂『醉鄉路穩宜頻到，此外不堪行。』他已對一切絕望，不作任何幻夢了；這與他前期作品的兩首「漁父」詞，成了如何的對照。

「虞美人」一首據傳直接有關於他的被害。陸游的「避暑漫抄」曾有如此記載：『李煜歸朝後鬱鬱不樂，見於詞語，在賜第七夕命故妓作樂，聞於外，太宗怒，又傳「小樓昨夜又東風」，併坐之，遂被禍。』這首詞當然是傑構了。對故國的追思，沒有比這些詞篇更直率更眞切，因爲太眞切之故，遂遭遇了殺身之禍。後主的亡國恐由於他詩人氣質太濃厚，殺身也因爲這一點；但這種眞正的詩人性格卻產生了眞正的詩篇，將永遠流傳。

至於最能代表後主，最能顯示後主詩人性格的作品，乃是篇首所錄的那首「破陣子」。而最受人批評非難的也是那一首。在那首詞中，後主坦白地說出了他所感到的一切，全不掩飾，也不做作，更無任何顧忌，坦白，直率，眞純，等等是詩人的特色，這種特色便是使後主不朽的要素。由於坦白的寫出眞情實感而受後世笑罵，這當不是文學領域中所能容許；我們爲了訪求中國歷代詩人寫下的眞正的詩，應力爲糾正混事務與詩爲一談的大錯誤。這種錯誤糾正以後，把握了詩的要義，當有許多流露人的至性的作品爲我們發現，同時也可以自中國詩的歷史中剔除去許多沒有情感的僞詩，以重爲中國詩做估價。

五　小結

以詞比詩，詞總是小道。不錯，但供歌妓彈唱的小令固然是小道，那是決不足興「言志詠懷」，「日比日興」的詩可比的，然而，詞一旦不爲彈唱之小道所範圍，終於亦能是偉大的文學作品。後主的作品雖不必一定能「興觀羣怨」，但至少可以透示出一個人的靈魂深處。因此我說後主是一個詩人而不是一個詞工。

開始，後主何嘗不以詞工之姿態現身呢。他的最初期作品，實只是庸俗的曲詞專供歌妓彈唱以點綴宴樂用的，并不是詩。但，迭經世變以後，後主被感化，被刺激了，他的生活充實了，感情也就眞摯了；這樣，他才寫下了眞正的詩篇。「文窮而後工」這話也許已太陳腐，但詩必具有內容，詩人必具有眞純的感情，却是無可否認的。

要去發現後主，當從其「有句有篇」而索尋之。返顧中國歷代詩作，眞含有豐厚的情感的有若干；而詩人之中，眞具有詩人條件的又有幾位。後主雖只遺下六十來首詩詞，却是僅有幾個中一個，他具有詩人的特質，他寫下了和血的詩章。所以他是值得介紹而再介紹的。

最後，我應再重說一遍，若要欣賞後主的作品當着眼於詩中的豐厚的情感；要了解後主當着眼於他的詩人性格。不但對後主如此，對其他詩人也宜如此，那麼中國詩的重估價，中國詩的正傳的探索，才有其可能。

談借書

郭夢鷗

要想讀書，必需買書，買不起書，那只有借書了。

借書本來就是一件好事，也是雅事，不然爲甚麽公家私人設立許多圖書館圖書室專供人們的借閱呢？尤其在百物漲昂，生活艱鉅的今日，一般喜歡閱讀找些精神食糧的人，望着漲到十幾倍書價而買不起的窮文人，只有出於借之一道了。以前許多有買書癖的友朋，現在差不多都轉到喜歡借書了。可見，買書在現在一般人是談不到的，大家腦子裏都在打着借書的念頭了。

一提到借書，實在使我有些感慨系之了。甚至於可以說頭痛。一般借書的人，至少我所遇到的朋友，脾氣好的實在太少了，能夠尅期閱後原物歸還的委實不大多見。太半都很古怪，都很隨便自私，簡直是不道德。難怪古今許多藏書家寧可把萬卷圖書鎖在樓中以飽蠹魚，却不肯讓人一窺其內蘊，借更談不到了。這種過分的怪脾氣，殆亦有所激而然歟？

我本來也是很喜歡向人家借書，自己的書也極願意借給朋友的。以爲這是有無相通的意思，現在才知道，有無相通是不大容易辦到的，還是彼此不通吧！我不向你們借，你們也別向我借！當然，我也承認這是我漸趨於乖僻的一種，可是，又有甚麽辦法呢？

家伯合奇先生，他和陳人鶴先生一樣的喜歡買書，他們就常常談到買書的經驗，談得津津有味的，可是一談到借書，就縐緊了眉頭，若有無限感觸似的。家父公鐸也是可以不吃飯不可不買書的人，然而對於人家向他借書却十三分的不高興。說起來，也難怪，自己費盡心機時間金錢，甚至還要從買米買菜的錢省下來，與太太大吵大鬧一番才買到的書，一旦被別人輕描淡寫不在乎的拿了去，又怎能不氣憤呢？

的確，一般借書人的脾氣，委實太惡劣了。家父有位朋友，學問是很不錯的，他對看書的理論是：「凡是一個讀書人，看書必須是吃書，嚼書，如果能把一部書通通吞了下去，那再好沒有了」那意思是讀書要讀得熟。他當然是照着他的理論讀書了。他自己有書，就是眞的吞嚼下去，鬼也不去管他，可惡的是，他從來不肯買書，而愛向人借書，借了書，總是弄得一塌糊塗，十本只剩六七本，而且這六七本的每一本必定弄得缺頁破爛，才心甘意願。你如果表示不滿之意，他便大發理論了：「書買了不看，那末買書幹嗎？買了書而不借人看，那末根本就不必買書。」說罷便自己動起手來了。礙於面子，你又只好看他拿去。

記得有一部中華書局出版的影印貫華堂水滸傳，被這位仁兄看得每本都印上許多「油條」的油印，然後拿回來還你，眞是又氣又惱。

此外又有一位老夫子，指甲留得二寸多長，據說他留此指甲者即爲了便於看書的緣故。說也奇怪，愛借書的人，自己總不大喜歡買書，大約也就爲了自己不大歡喜買書，所以不能不出之於借。老夫子借了書來，還是要還的，而且也能如期交還。惟是，他每翻閱一頁，必用長指甲在書角上約一寸半的位置，重重地頂了一下，書的底角便翹了起來翻過去了。然而這翻過去的書，也就算完結了，不是被頂裂了一行，便是破了一個洞。

家伯家父爲了屢次打擊，都不願把書借給人，但是我還是不相信，因爲我自己看書是必定尅期而完，尤其借來的書，必如期奉還，所以不信，難道天下沒有同我一樣的人嗎？正好我這時候，以極便宜的代價，買了千餘册的完全關於新文藝的書，這時正是書店不敢發售此類書青年又渴望閱讀此類書籍，我就抱定犧牲精神，在我服務的學校中公開無條件的借閱了。不論先生學生，認識不認識，我都肯出借。這末一來，果然借閱者如山陰道上，起始是很使我興奮喜悅的。但是漸漸就苦死我了，終至於失望。我幾乎變成了圖書館的職員了，雖終日與書接近，自己却不能抽暇閱書，除爲學校工作外，時間就全費在借書還書，還書借書這些無謂的工作上面，尤以一二愛虛套的朋友，借了書還要同你瞎三話四，一天時光，瞬息即過，到了晚上，日記上就記滿了：「李××借子夜一册，愛與愁一册，張××還石灰王一本，又借去煤油一部。」開頭都是這樣流水賬式的記載。後來便不然了，日記上關於借書糾葛的記載，漸趨於帶敍帶論體了。如：

「李一東還鐵輪一本，封面已脫去，可惡。」

「王大成先生借去魯迅熱風，薄薄一册，看了半月還不還，索之數次，還要不悅，眞是豈有此理。」

「高大頭今天又來借書，辭之，悻悻而去，這傢伙實在可厭，老愛亂塗亂注。」

爲了好意將所有的書借給人家看，不及半年工夫，千餘册的書，已損失了三百餘册，在剩下六百多册中，不全破碎塗改者亦不下三百餘册。能夠倖免完整者不到二百册了。而且都是不相干的書。不但沒有一位感激我，他們認爲我借書給他們看，好像是天經地義似的，反過來說，因爲你既然是一視同仁，那末你不借給某一位，某一位就有指謫你的權利了，當然某一位是絕對不會反省一下人家爲甚麼不借的原因。

同時，我也得了許多教訓，一般借書者的脾氣，是各各不同的。大約喜歡借有插圖書籍的朋友，你就得當心他撕了你的插圖，因爲他也許正是一位搜集圖畫的專家，我的一本胡仲持先生譯的世界文學史話，中間的人頭插圖通通被撕光。就是一例。有的向你借碑帖或畫譜，那末你就乾脆奉送，因爲他也許要臨繪三年五載說不定。

被借出去的書，很少能夠「完璧歸趙」的。借者看得高興時，他會提起筆題上「絕妙好辭」四字的，不高興時那就在封面上寫「放屁放屁，眞眞豈有此理。」這就未免有些粗俗了。雖然吳稚暉是很贊成放屁放屁的，但我看了這「絕妙好辭」的放屁放屁的題詞，就有些作嘔。

大約新詩以及民間情歌和短篇散文小品一類，也最有遭遇腰斬剜腹的危險，看到「我的愛人在山邊」這樣的情歌，便會把它撕下來介紹到遠在千里外的愛人去吟諷了。散文小品也會當活葉剪下來夾在他書包裏，至於我書籍的損毀，那當然是小事了。

那末長篇創作就可免此罪罰了吧！然而不然，僥倖的，看得破破爛爛的送還你，不幸的，就如石沉海底，無蹤可尋，你問他，他會笑起來說：「這部書眞好，我已轉借老謝去看，並且叫老謝直接還你。」這樣一來，好像他的責任完畢，問老謝，老謝會縐緊眉頭，作沉思的樣子，繼而突然曰：「啊，是的是的，我看過的，但是，好像我已還給他了。」於是你又只好來問他，這時他也莫名其妙了，結果是：「待我找找看，一找到馬上還你，對不起。」於是乎這部書就宣告永遠失踪了。過了一年半載，也許會從老張的床底下找出來，然而這畢竟是少數。

說了這半天，好像說的是一般人對於閱讀的脾氣，其實不然。這些人，他對於自己的書，是不會下此殘酷手段的，撕、塗、折、捲、種種惡習慣，往往是施之於借來的書籍。這些借書者的脾氣所以如此，大半就爲了這書是借來不是他自己的緣故吧。

幸而這些書都是我自己的，上了一次當之後，整理一下，把剩餘的六百多册的書，通通運回家中釘在木箱中了。

我對於借書人的脾氣是領教得夠了，所以對於借書者總不大信任。然而不幸我現在又担任了一個圖書室的工作，當然不能把所有的書都釘在木箱中，圖書室的書無論如何是要借出的，於是乎我又再度受到了這些苦惱了，除了上述的種種事實外，竟有些先生們，借着「參考」，「應用」「研究」等等冠冕堂皇的理由，不斷地來借，借，借，借，却不歸還，雖然你規定每人只能借三本，而且辭典一類參考書不能携出室外，然而他們偏要携出，偏要不絕地借，說起來，長官還要責備你辦事不力，不該違章出借。一些地位較高的同事，他要批評你不該太顧人情，怕得罪人。其實違章犯法的，正是他們這些人。你如果認眞起來，不許多借，他們又有話說了，甚麽法律不外人情囉，你怎麽這末古板不變通囉，我借去是爲公，而且又不是不還囉，這些書不是你的，你不借誤了公事你担當囉。於是乎又只好借了。借書者脾氣之不易對付，有如是者。近來更有一位新來的活寶貝，不到兩月工夫，已不斷地借了數十部的書籍，被其借去數目已超過任何一位，大有「囤積」之勢，而且介紹外邊友人來借，你要想討回來嗎？難如登天，三推五請，還不了一兩本，反之，還你一本，馬上又借了兩本去。我常常想，這個圖書室索性移設在他的臥室中也好，免得麻煩了。幸而我年齡比較大些，有些涵養了，不然一定要吐血。

寫到這裏，人家將要以爲我是一位反對借書的激烈份子，這實在是寃枉，我雖然屢屢上當自找麻煩，而愛將書借予人的脾氣，則仍未改變，不過比以前稍爲謹愼而聰明一點而已。

我對於借書這一問題，始終是贊成的，我總覺得有書的人，絕對要有把書借人看的存心，而借書的人却絕對要尊重自己的人格，養成一種良好的借書脾氣。有書而不肯借人，這是因噎廢食，應該視人而借，不可不借，其實借書的人如果能夠如期歸還而不損毀，則有書者必樂於借予了，並且以我的經驗，自己的書，往往擱在一邊不讀，以爲終有閱讀的一天，終至沒有讀成，借來的書却每能尅期閱竣，且看得特別迅速而精細。借書脾氣好，有信用，那末有書的人往往會把好的書介紹給你。你的得益處實在不少。所以我總覺得一個喜歡借書的人是可愛，只要他的脾氣不怎樣下流自私，能夠閱後歸還，那末人家就是最心愛的書籍也是願意借給的。我許多朋友背把他們貴重的書籍借給我看，甚至絕對不願借書給人的合奇家伯，也特許我借閱他的書，而且鼓勵我借閱，都爲了我借書脾氣好，因而也得了許多便利，所以我用了十三分的誠意來期望一般怪脾氣的借書者，改變過來，不要太自私了。要想打破不願借書給人閱讀的乖僻的人自己就得先養成優良的借書脾氣。這樣就可以雖在生活艱困之下，仍然可以造成了一種彼此借閱，有無相通的借書風氣了，這對於文化界的前途也是不無影響的吧？

新婚的晚上 (Wedding Night)

Virginia Bird 著
許季木 譯

作者浮琴尼・勃特是美國新進的女作家，住在紐約，其作品散見美利堅報導（American Mercury）等雜誌，本篇述一對夫婦在新婚之夕的微妙心理，用筆素樸，而寫來絲絲入扣，看似平淡，實係熟諳描寫技巧的力作也。

一

他的手指敲着挾在他兩腿之間的椅子上的三角方塊。女房東關上門後，愛麗絲便呆呆地望着他。他祇站在那裏閑看屋內嵌着紫色條紋的牆壁花紙，銅床，桃木櫥，和沿了房門裂開來的粉漆。最後他把帽子和大衣，直丟在床上，一屁股坐在椅子內。他向後一靠，倚在牆上。愛麗絲慢步走到壁櫥那裏，放好她的帽子和大衣，接着拾起她的黑色發亮的小皮包，帶到床邊。

天花板上疲弱的燈泡，發出淡黃的微光，使他憤憤不平。他映住眼睛，沿着牆壁望過去。其情狀活像他在動物院鐵籠旁所見的惹厭的老傢伙們的那副樣子。他覺得歷年以來彷彿有一根繩子縛住他，直到現在，方才醒悟。他仍爲什麼就要在這天下午結婚呢？這是他們第一次孤零零的在一起。他的忿怒害得他坐在椅子，熱辣辣很難熬。

她並未從床的那邊轉過來。她正從皮包中取出粉紅色的物件，慢慢的放在棕色的軍用毯上。這種毯子一見便令人頭痛。她的東西襯着深棕色，看起來很起碼，顏色很淡。她用手輕撫一條緞子的襯褲。她轉身拾起來給他看，她問道：「好看得很，是不是？」一面對着褲子微笑，褲子的花邊是棕色的，好像弄髒了，看來彷彿在一角及五分商店內你能買來的。他說：「很不錯。」

她在手臂上，把褲摺好，又轉向銅床。她跟他很隨和，但是她歡喜他以禮相待。媽的，以禮相待。他現在不能就幹下流的事，她可不懂嗎？假使她走近他，他要動手打她。

媽的，究竟他鬧着什麼一會事呢？別扭就發生在新婚的晚上！他在紐約很安好，他打電話給愛麗絲，告訴她說：「公司派他到史丹浦爾登（Stapleton 地名，距紐約不遠。）去，收拾你的東西，到市政廳來，我們結了婚再去，行嗎？」他等了一分鐘。接着他聽見她的安靜而緩慢的聲音：埃迪，很好。

他覺得很高興。取得結婚證書，事後賞錢給辦事員，其間有一種緊張的況味。他抱住愛麗絲接吻，踏上大街，面露笑容，走得很快。他要到什麼地方去買一瓶酒，吃一頓大菜。但是他們一定得趕上五時開往史丹浦爾登的火車。愛麗絲說他們還是多等一會的好，看看東西要花多少錢。他覺得她是一個好孩子，令人很滿意。

但是現在他看透一切了。她要叫他覺察她在幫助他，這樣一來，她能夠像一頭乖巧安靜的猫，闖進他的生活內。他在火車上，便有此感了。似乎突然發覺她在帶他到他所不願意的什麼地方去。可是她眼睛睜得這樣大，這樣高興的坐在那裏，他祇好輕輕咒駡，望着窗外。此後，他們離開火車跨上死寂的街道的時候，他不得不咬住牙關陪伴她，甚至要拾她的皮包。轉角的屋子，貼着召租的告白，他們走進去。女房東猜疑的望了他們一眼，他並不直着喉嚨向她斷喊——任何人知道埃迪·格蘭會幹出這一手來——！祇是乖乖的給她三塊錢，跟在愛麗絲後面，爬上狹長的樓梯，覺得好像是一只弄髒的小狗。

自從他們走進這間屋子後，他的情緒很惡劣。他不能對她看。她安靜而柔順，走來走去，一似他們結婚多年了。他發不起狠心來，叫她帶了她的不值錢的家計滾出去。在他看來，她不再是愛麗絲。她變成某一個陌生的惹厭的女人，跟了他回家。她所接觸的一切東西，使他不快。他要拉她過來，嚷道：「那是我的。移開你的可惡的手。」

二

她現在靠近大櫥旁，搬弄一些從頂槅抽屜內取的花花綠綠的小瓶和盒子。在鏡子中對他望，有一些惶惑之感——。他就忍不住，弄來一個纏住他的女人，寄居在寒傖的小房間內。假使是他一個人，决不願住進去的。在他新婚之夜，他所能幹的一切，便是坐在椅上，自怨自艾！——

在其他的晚上，他們上蘿逸（舞廳名）去。舞池上的燈籠，安放在發亮的木架子內，照向後面。音樂的軟綿綿的情調，會激動你身體內的血液，還有安靜的連接不斷的脚擦地板聲。燈籠熄去的時候，傳出格格的嘻笑和小聲的叫喊。喊叫的女人，便是後來用手臂緊緊圍住你頭頸的相好。女人是很有趣的。你溫文安詳的對付她們，她們中的任何一人肯以身相就。現在他讓一個不聲不響的小娘兒，弄進一間狹小的屋子，裏面糊有銅床和關條的壁花紙，同時在他的頸上，縛了一根繩子。他在一分鐘內，覺得身體有些不適了。

如果他祇是沒有和她成婚，便無別扭。他逗她吃醋取樂。他慣常隔了桌子陪她坐，說道：「昨夜我同一個西班牙女人出去。她很熱絡呢。」一種懊惱的表情，便在她臉上出現。或者他會說：「聽我的話，你爲什麼不同別人出去換換口味呢？傑米．伯恩斯想帶你到什麼地方去，等得他的血管要爆烈了──」她强作笑容。接着他縱聲大笑，輕拍她的手。他歡喜用一種溫文的態度取笑她。她的鞋上終是縛着小巧的鞋結。叫喊時的唇膏並不與她眼睛中驚恐的神色相配。她的跳舞，倚在他的臂中，又輕又快。他的手順着她的皮膚，慢慢撫摩的時候，她的不能說：「不行」的神情，還有她柔聲向埃迪稱好的模樣兒。

他一向是她崇拜的上帝。他甚至沒有跟她一起睡。任何時候，他能夠伸手插進她的沒有袖子的衣服，按住她的胸部，緊緊的抱住她說：「心上怎樣？」她會用吃驚的大眼珠向他看，但是她會說，埃迪，很好。祇是他永遠硬不起心腸來。假使她有了身孕，他受不住她臉上那種靜默而陰沈的表情，因爲她是那種不願將這事告訴他的人。

他自己投入了這種羅網。她能夠在房間內安詳而快樂的走來走去，不明瞭周圍的一切。他能夠坐在椅子上生氣，見了銅床和花紙便作嘔，那在白天也許看得出蝨子的汚跡呢。但是他給繩子綑了起來。這個人却自稱是她的上帝。

只要他能夠把她當做愛麗絲的話，只要他不願意看他而想打她嘴吧的話，──只要他能夠想起蘿逸舞廳內舊情的話，那便行了。他曾經想過，他媽的，我們在守候什麼？試想他們已經買了幾瓶眞的匈牙利葡萄酒，和幾對桌上用的花燭。他們已經哈哈大笑，說過玩話。她露出一種安靜而惶惑的微笑，意思是說她很快樂。他已經抱她起來，送到床上，或是跟着她打轉，取了內衣襯褲，向她取笑。她雖然在臉頰上出現小的紅暈，她却很興高采烈。可是這什麼都沒有發生過，相反地──他們留在一間倒霉的屋子內，糊着有條紋的花紙，放着銅床，正在向他們訕笑，因爲他們已經結婚了。而他不再是陪着女人尋快樂的埃迪了。

現在愛麗絲已轉過身來，她站在那裏，望了他很久。他抬頭看看她。他沒精打采的問道：「東西收拾完畢嗎？」

她開口了：「埃迪」，接着閉唇不語。他突然從椅上站起來，走過去面孔向下的倒在床上。

天呀，一古腦兒的氣咽在肚子內。他祇能靠在汚濁的毯子上，咬咬牙齒，揑緊雙手。怨她恨她，也恨他自己。怨她就爲的接近了他。

她的聲音在發顫。她說：「埃迪，你不想打開你的東西嗎？」爲什麼她沒有充分的理智拒絕跟他來呢？她留在紐約，睜着受驚的眼珠，不是很安全嗎？

她在床上唔唔作聲說：「看在上帝面上，不要多說」語氣極溫柔而頗緊張。

一會兒，他聽見她說：「我出去——一分鐘。」

三

她回來的時候，他仍舊睡在床上。他已經向天而臥，閉住眼睛，但是他聽見關門聲，接着她的脚跟在地板上移向大橱。她放下什麼東西。橱門開了又關上，後來她說：「我買了一隻蛋糕，當做新婚的晚餐。」她發出一陣輕快而怕羞的格格笑聲。

他張開眼睛，坐在床沿上。他的眼睛最先接觸壁上的花紙。他厭倦的轉向大橱。汚濁的橱面上有一隻發亮的圓而白的小蛋糕。她把蛋糕放在一條花色的小手帕上。望過去似乎是琺瑯般的糖霜。但是他們切開它的時候，裏面是檸檬的黃色，因爲那是用麥粉做的。他呆呆的望着它。

她用得意的小步子，穿過屋子，微有笑意，她的手指一齊拱了起來。

她問道：「埃迪，它很可愛，是不是？」

聽吧，他要向她直嚷，同她爭辯，戴上你的帽子滾出去。你不知道會發生什麼事嗎？你終是替我安排一切，我絕不讓它們稱我的心。而你會哭喊，心上難受，因爲我在找你的錯處嗎？

你爲什麼不在吵鬧開始以前出去呢？

她的手指摸到小桌子桌罩上的短邊緣。她發問的時候，聲音在戰慄。「埃迪——你不歡喜它嗎？」

他望望她好像他不知道爲什麼她心神不安。他說：「很好，它正是我們所需要的東西。」他的聲音緊張而忤慢。

她不說任何話，只是慢慢的走回大橱。她機械的打開頂層的抽屜。他在鏡子中能夠看見她閉住眼睛，她的嘴曲了起來，自顧自在抽煙。

她不會明瞭他的性格的。也許在長時期後——可是那時候她太厭倦同時太漠然無睹了。天呀，他要叫她受罪的事多着呢。然而他不應該這樣難堪的開端。

他從床上起來，走向大櫥。他在鏡子中見她抬起頭來，有一些害怕。他在她身旁立停，看着蛋糕。接着他取出袋中的小刀，遞給她。他說：「據說是要讓新娘切的」彷彿這是十分重要似的。

她抬頭向他微笑。她眼睛中的瞳人很太，很烏黑，發出光輝來。她又低頭望着蛋糕，拿起洋刀。她的手遲疑了一分鐘，接着她動手切開，白色的糖霜像碎冰似的裂了開來。

她似乎不知道她在說話，她的聲調，愈說愈快，愈提愈高。「在一家麵包店的櫥窗內見到它。我要買來給我們吃。埃迪，我知道你歡喜它的。它看起來多少像一隻結婚蛋糕呢。」

他突然移步向前，用他的手臂緊緊圍住她的腰肢。

流水

南星

無斷無續的流水聲
從早晨到晚上，
又從黑夜到天曉，
在梨樹叢的蔭蔽間，
黃昏的庭院，
却沒有人來傾聽，
這疊次演奏的古樂曲
或無終結的故事，
因爲梨花開的日子遠了，
月光照到別人家。

詩論三題

應寸照

高曠的意境與貴人氣息

紅帽哼兮黑帽哈，（或作呵）
風流太守看梅花。
梅花低首開言道：
「小的梅花見老爺！」

這是前些年流傳下來的一首歪詩，讀起來也能感受些側面的韻味；牠是頗形露骨的表顯着客觀見地之貴人氣息的。

假使，我們來破費些工夫，將這首詩再拆開些來看看，雖不算是很有意義的工作，要在於詩作底究求上，亦不會沒有細小的用處的吧？

想起來，那個「太守」一定是喜歡詩的，所以他會得愛起梅花來；也因爲他是「太守」的原故，就不得不帶着衞隊一同去看了。問題是看梅花頂好不要紅黑帽。而「太守」則有不能不有紅黑帽之苦衷；還有一層，設使在無法之中想着法子，令紅黑帽改做便裝，一面又吩咐他們，大家都不許嘰哩咕嚕，這樣子對於詩情上面的氣分，便要比較的好許多。而問題是他們不惟沒有改裝，還要在馬路上呼么喝六的鬧。

還有一層，那個梅花不也是個精靈鬼嗎？頂多祇要她在「太守」面前道個「萬福」，那光景倒還適如其分；却不知道她在那裏學會了丫頭腔，什麽「小的」「大的」的一來，以至於弄得那個「太守」啼笑皆非。

然而「太守」畢竟是「太守」，他不因梅花的打趣而有失原來身份。而詩人則不然了，他若受了一次那樣的調侃，便從此無顏再見梅花的面……

高曠的意境，是詩人之嚴正表演。他常是由於這種的意境上，啓示着瞻矚的光耀。將人類之空前的給養，打脫空裏搬運過來，從遼遠的搬到你眼前。

高曠的意境，在詩人是比較艱苦的工作。牠必須於沉毅之培養裏成長起來。而且還須儘可能的，擯絕那些絢爛底色分，和喧嘎之聲。

高曠的意境又相當於質樸的氣質，但須抽去其習俗性的傳統意味。就因了這一部門之課程的水準較高，是以詩人便該要多流些汗液在上面。

在聲氣的外貌上，高曠不能免於牽連着若干嚴肅；在涵容的主見裏，高曠又不當不陪伴着多少眞摯。

牠彷彿有些原始情味，又好像不甚顯明似的；牠好像又有些教諭口氣，但又似乎不全是那樣似的。

籠統些說起來呢，牠也許是一半練達，又一半深遠底樣子了。

剛才說過，高曠是有些牽連着嚴肅，又彷彿帶着教諭口氣的嗎？就爲了這兩樣東西，一拚在一起時，牠便很容易的化成一個「太守」的面孔。

於是，我們便可以在一首也許可以稱作高曠，而實際上並不曾眞的到達其圓滿境界的詩裏面，隱約的聽得見一些紅帽子的吆喝聲音了。

詩人是無所需其紅帽子的，所以他須多方面的留意於其自己舉止之貴人化。你如果在醉後假寐，不提防被頑皮的孩子，偷偷地給你披上一件「補褂」，在你惺忪驚覺之際，切不可貿貿然便走出門外，以致於讓人家看見了，你的一副奇怪的裝束。

貴人氣息設使在詩作裏顯露出來的時候，牠不是變做了「命令」便是變做了「呵叱」。

這是出入頗小，而攸關很大的事情。

所以詩人須要用多一些工夫去剔除盡淨那個盤踞在高曠的意境裏之主觀見地的貴人氣息。

至情底流露與賣俏

中國建安時代的詩人曹植，他的洛神賦之所以照耀一時，除了鍾嶸所稱讚的「骨氣高奇，詞采華茂」的條件之外，其頂大原由，則是因爲至情的流露而已。

曼殊詩僧有這樣的一首詩作：

碧玉莫愁身世賤，
同鄉仙子獨銷魂；
袈裟點點疑櫻瓣，
半是脂痕半淚痕。

晚唐的詞人韋莊，他在他的女冠子聯續的二闋裏道：

四月十七，
正是去年今日。
別事時，
忍淚佯低面，
含羞半斂眉。
不知魂已斷，
空有夢相隨；

除却天邊月，
沒人知！
× × × ×
昨夜夜半，
枕上分明夢見，
語多時。
依舊桃花面，
頻低柳葉眉。
半羞還半喜，
欲去又依依。
覺來知是夢，
不勝悲！

同時有馮延已的長命女又道：

春日宴，
綠酒一杯歌一遍。
再拜陳三願：
一願郎君千歲；
二願妾身長健；
三願如同樑上燕，
歲歲長相見！

大詩人我默，在他的魯拜集（郭譯）裏有這樣的一首：

朋友呀！
你是知道我的，
我家中開了個盛大的歡筵；
我休棄了不育的「理智」的老妻，
娶了「葡萄」的女兒續弦。

這些都是至情流露的表演，他即使被有些衞道者，要認爲太綺旎怪麗了；或太多兒女底「私情」了；因而便有所指摘。但在那些作品的價值上，却不會有什麼聲價之累。就爲了這種樣子的感情，究竟是眞切的存在於人間的東西呀！

不過同樣是一般情趣的作爲，一落入凡庸者的手裏，便改換了牠的形貌。他從至情的流露一變而成了搔首弄姿底賣俏神態。那在作品上，不但不復存在着他的原來價值，他還要遭受識者的輕蔑。

晚近的作曲者黎錦暉，他在桃花江裏有這樣一節：

……你愛了瘦的嬌，
你丟了肥的俏；
你愛了肥的俏，
你丟了瘦的嬌；
你到底怎麼樣的選？

怎麼樣的挑？

……………

這種詞曲裏面，除了單純的勾搭風情以外，不再尋得見別的什麼了。在至情流露的作品裏，牠好像有多樣的情緒縱橫地環繞着似的。

至情流露與賣俏，這其間的差別祇不過在於作者的情思懇切或不懇切罷了。情思懇切的，便容易有那樣表演的成就；不懇切的，則便流入輕浮和佻㒓底行品裏——也便是世俗所稱的「油滑」的舉止裏去了。

情愛的原始本質；原也是一種樣子的東西。但落於藝人的手裏時，牠必須被劃定某種程度的界限。要是說，凡關於男女之事的，全都沒有什麼出入，則那個年輕女傭同小廝阿福的勾搭，將同着崔鶯鶯的故事同其價值了。依照了這樣子的說法，我們便也無所求於洛神賦什麼，即便有了「愛了肥的俏」那種樣子的歌詞，也就儘足享用的了。

至情的流露，或不能避免若干情愛成分，賣俏者的本意，也不出於情愛的願望。這有了同一個先天，而容易混淆起來的二種東西，我們將以什麼方法去把牠們隔離開來呢？

其實，至情的流露是水樣的清朗的；而搔首弄姿的賣俏情態，則有同於油般的污濁了。雖同是流動的液體，牠總是自動的隔離開來的兩種品質的啊！

詩人要求其詞筆的工穩，非擯棄賣俏的神情不可。

詩情與夸飾

夸飾便是誇張，因感覺劉勰的這個擬稱，更見得妥貼些，所以就沿用了他。我想，誇張比較單純，夸飾則含有「誇張的裝點」的意思。

詩很多是夸飾的，但以將意境表現到優美的境地爲止。如單單用什麼「分寸」來衡量它，那是不適當的做法。

陳望道在修辭學發凡裏，引證許多關於「舖張」的話，頗爲精到。他在第六篇第五章舖張裏有說及杜甫的兩句詩道：

霜皮溜雨四十圍，黛色參天二千尺（古柏行）

沈括（存中）一定要說它「四十圍乃是徑七尺，無乃太細長乎？」（夢溪筆談二十三譏謔門）；黃朝英又一定要爲杜甫辯護，說「存中性機警，善九章算術，獨於此爲誤何也？古制以圍三徑一，四十圍即百二十尺。圍有百二十尺，即徑四十尺矣；安得云七尺也？若以人兩手大指相合爲一圍，則是一小尺，即徑一丈三尺三寸，又安得云七尺也？武侯廟古柏，當從古制爲定。則徑四十尺，其長二千尺宜矣；豈得以細長譏之乎？（漁隱叢話前卷八引緗素雜記，今本緗素雜記無此條。）我們即使可以原諒他們算法上的錯誤，也不能不埋怨他們的兩盤算盤舖，把我們舖張辭的眞聲音掩蓋了。

眞的，詩文之夸飾者，如果用沈存中他們的這種「錢莊算法」去測量，那眞是一件頂滑稽的事了。

夸飾雖不必有這種「錢莊算法」的「分寸」，但却是也有相當的境界和程度，像劉勰所說的：

然飾窮其要，則心聲鋒起；夸過其理，則名實兩乖。……（文心雕龍卷八夸飾篇）

如弄到「夸過其理」，那便不大有意思了；就因了那是躍離到了一個相稱的界限之外的原故。劉勰還有說，夸飾是「辭雖已甚，其義無害也」的，你要是弄到「其義」有「害」的時候，就顯然是不好的了。

夸飾差不多有若干近乎謊言或誑言的形貌，但實質上它自然不會是眞的謊言的；謊言的目的是瞞騙，而夸飾的目的則是要對方更明晰於其所表說的事物的形象的一種企圖。寫作者不能以爲這東西的形貌之與謊言相似，從而將謊言充作夸飾，那是任怎麼也做不安穩的辦法。

你如果說某人的「眼高於頂」，這是夸飾的說法；你假使說某人的「齒植唇外」，那便是十足的謊言了。因爲夸飾是說着了被說的人的自大，傲慢的態度，而謊言則僅僅是一個杜撰的事象。雖是「眼高於頂」和「齒植唇外」的情況，都全是差不多的「怪模樣」，但爲了夸飾與謊言之故，其給予人的感應，則便有頗大的差別了。

彷彿在夸飾的詞句裏，人們是不感覺其「怪模樣」之存在的，由於它的詞義的明快，設想的機警，對需要表說的事象之呼應的氣勢渾厚，在人們的官能感受方面的被感性神速……要這樣，它才能神奇地掩蓋——蒙渾掉那種易於被人忽略的詞面本身的怪相；而吸引地獲致了如願的功效。

爲什麼才失落這般的效果呢？那便是上列諸條件都不夠充分的原故；那是沒有很周密的將本身的怪相掩蓋起來或蒙渾過去——或是說，它的所要給予感受的什麼，還沒有讓人感到之前，已經給人家看見了這副怪相了——或是說，它的自己的形貌的被感性，要比供托能力的被感性還要神速的原故——倘使詩作者失落了這般的效果，則他的詩，便要落於不可想像的慘境；那要是不成爲一種「危言聳聽」，「輕事重報」的妄人，便必定弄成了一個駭人的「妖物」。

夸飾雖不要「分寸」，但都要不缺乏有比形貌更神速更具魅力的呼應的被感性，貧於這種能力的，便毀壞了夸飾。

你如要將一種事物的情態，描摹到最高的階段，而却願望著不須費如何大的氣力，這時候便需要夸飾了；也便如你用了槓杆的原理，移動重物一般。

要是在使用了這種方法之後，其效果仍是不甚顯著，那是夸飾不夠；但要是你所要移的重物，並沒有多重——比方就是所要表現的本意，僅是輕而易舉的，你却同樣用了那種雖不費力，而也須費些手脚的多餘的夸飾，那也是不甚利於完成美滿的成效的啊。

夸飾在詩底身上，雖屬使用頗繁的修辭條件之一，但究竟也有許多沒有夸飾的詩的。以之見詩之要不要夸飾，或作如何狀況的夸飾，都還要看詩的本來的意向，氣質而定。假若隨便什麼地方都是夸飾的，那便是一個完全的「法螺」了。

詩底夸飾是眩耀的，由於那是兩重或兩重以上的事象乃至意象的形容（王充的論衡裏有「增語」，「增文」之稱。）但詩作者不可以貪其眩耀之故，而自陷於「名實兩乖」的「法螺」裏去。

本刊啓事

本刊上期發表讀者李錚先生徵求風雨談一至六期出讓，現已徵得，應即停止。其餘來函應徵諸君，恕不一一奉復，此啓。

大傑兒斯

By Morley Callaghan

黃 連

他們和隣家的大傑兒斯考遜在一起玩總有許多趣事。自從傑兒斯在史班紐勒水果行行竊之後，他的父親送他到感化院去，後來他允許父親決不再闖禍，這諾言立即宣佈到四處。他也曾做過孩子們的領袖，大家全懼怕他已經有好幾年，現在聽見他不會和他們再打架，所以時常欺侮他。那冬天的晚上，他打從印刷所裏匆匆趕回家去——這項工作是他父親介紹的。一個十七歲的瘦孩子，他似乎忽然省悟；就要成人了。他常常從公共汽車上跳下就跑。他慣喜把兩隻手插在大衣袋裏低頭疾走。每晚他經過烟紙店門口，有許多孩子在扳吃角子老虎，他們見他從門口走過，就喊：「嗨，什麼時候他們讓你出來的啊？」但他從不會旋轉他莊嚴的臉去。

有一個仲冬的寒夜，一陣陣的雪花夾着絲絲的細雨，他邁步走過烟紙店，有人喊：「嗨，傑兒斯，今兒晚上你做甚麼？」

這時候的聲音，似乎是出乎意外的柔順而親切，所以傑兒斯停住脚步回轉身去。當他走到亮光裏，臉上顯出，只要他們不欺弄他，他是多麼渴望的求着友情。烟紙店門口有三個和他從小在一起長大的人；斐兒海立司穿一件新的大衣，束着腰，戴一頂珠灰色氈帽，在替亞發瑪迦爾燃紙烟，亞發身上穿着又舊又髒的外衣，已經穿過五個冬季。叫他的人是施丹芬繆勒，穿着皮外衣，尖帽子，倚在窗子上。大傑兒斯已有三個月不會見他。雪光裏瞧不清他們臉上的表情。所以傑兒斯慢慢地向他們走去。

「你是什麼意思啊？」他急切的問。

「嗯，假使這不是我的老朋友大傑兒斯的話，」施丹芬繆勒熱誠地說，走過去拍拍大傑兒斯的肩膀。傑兒斯親熱地露齒微笑。「或許我們又可以打架吧，嗄，伙計。」他熱烈地說，「我已經幾個月不打架啦。」

不過施丹芬繆勒這小傢伙，大傑兒斯一甩就可以摔他一交，但是他仍竭力裝出熱情。「等一會兒，給我一個機會來利用你，我不知道他們已經放你出來呢。」

傑兒斯瞧見他們大家都伴笑，他懇求繆勒不要說這些。可是繆勒只顧自己爽快下去：「倘使你沒有甚麽事；我想，我們可以到史班紐勒水果行去溜躂溜躂，你說怎樣小傑兒斯？」

傑兒斯在雪光裏偷瞧他們的顏色。他們滿臉紅潤發光，有嘲弄的樣子。於是他惘然搖搖頭，「饒了吧，你不能饒饒人嗎？」他囁嚅地說。走近他們，態度很緊張，似乎像平常一樣洞悉一切。他的面色忽然嚇住他們。他們回身就跑。這樣子轉使他更難過。「什麽事？」他懇求着又跟隨了一步，伸出手抓住繆勒的肩膀。「我又不來打你，」他解說，因爲現在他們嚇得好像他要拔刀相刺似的。

「揍他，司丹芬，」海立司對繆勒耳語，推他開去，「走吧，他拿手段出來啦。」

雖然他們向那條街走去，他並不跟隨他們。孤零零的怔住在那裏，現在似乎有些兩樣，他們譏刺了他幾個月後，覺着他總還是那種老樣子。遲疑了一回，回轉家裏，他失望地想，或許他們是對的，好像他的命運是屬於史班紐勒水果行周圍的街巷，也好像他要被警察捉住，終夜痛苦，而其他的人則在搶奪抽屜——卽使出事的時光他還不過是個孩子——接着他幾個月來的發憤工作，做一番轟轟烈烈的事業的夢想，就拋到九霄雲外去了。

他立卽灑開大步，覺着很渴念着要見見自己家裏人的臉色，是不是他們也眞的只等他再闖禍，或許他們也常常想着這片水果行，和近幾年來他在這水果行附近的行爲。所以他一走進屋子，就在坐憩室門外躊躇，頭上仍舊戴着帽子，雪水從帽邊上淌下來，迷惘地四面瞧望。他的父親坐在桌邊安樂椅上，胳膊壓着桌上的晚報，起初不曾向他看，他的母親也是如此。她正在釘姊姊愛麗絲的衣服領子，愛麗絲儘在說：「請快些吧，否則我要太遲啦。」傑兒斯仍舊站在那裏對他們凝望，他們一個個轉過來，看見他是如此的激動而疑慮，他母親的手開始顫抖了。他的父親也惘然張開嘴吧，忽然看去很莊嚴，迅速地捲起報紙。

這情形對於傑兒斯正如街角上人的人們對他一樣驚奇。他喊起來：「爲甚麽你們都瞪住我？」

「幹嗎，孩子，」他的母親問，「碰着甚麽事？」

「我和繆勒頂嘴，還有幾個街上的傢伙，」他率直告訴他們，「他們老是釘着我說沒有知道我出來。我沒有打他們，知道吧，我沒有打他們。」

傑兒斯的父親站起來，在房間裏踱來踱去，顯然他是很煩惱。他的頭略向下垂，亮光裏照出他背後一片白髮。這像是他担心了幾月的事情，目前就要降臨一般。他覺得很煩悶，這時候再也掩飾不住他的憂慮，而使傑兒斯得到一個又深刻又痛苦的滿意，「我是對啦，他們始終都是這樣覺着我。」

「繆勒對你怎樣，孩子？」他的父親問，站在傑兒斯面前，哀乞地伸展開雙手。「你是個好孩子，懂得吧，」他說，跨近一步，憂愁的臉孔滿是仁慈和關切。又像要用手臂抱住傑兒斯，不過不好意思。「你現在工作着，并且做得很好，不是嗎？我們對于你覺得非常榮耀，」他頓了一頓，接着說：「我們對于你處置你自己的方法，以爲挺榮耀的，孩子。」

「啊，別說這些，」傑兒斯澀聲說，「你不這樣想。」

「我是覺得這樣的，傑兒斯。」

「繆勒是個壞胚子，傑兒斯，」他的母親說，拉他的膀子，想叫他坐下來。「你當然應該打他，他是不好。爲甚麼你要和那些廢料在一起？你的父親和我只不過要你不被這些事情攪擾，孩子，懂得麼？」這時候他好像不在聽，她很失望的說，「你也用不到憂慮，不必管別人怎樣說，我們明白你，孩子。」

傑兒斯望着他的姊姊愛麗絲，她戴了帽子坐着，手緊緊裏握在圍裙裏。她比傑兒斯大兩歲，從沒有闖過禍，並且非常美麗，常常有許多隣家的男孩子及不來她。這就是她的品性。不過現在她臉上顯出一腔怒色。這默默無言的怒意，使傑兒斯以爲畢竟被他瞧出；連累家裏人的一幕眞實的忍氣呑聲圖咧。

當愛麗絲氣洶洶地站起身走出廳去，傑兒斯隨在後面攫住她的膀子。

「再說，」他向姊姊耳語，「說啊！」

「說什麼？」

「我從不曾給你機會停止羞辱我過，哼。」

「傑兒斯——」

「你的男朋友，爲怎麼不帶到這兒來？」

「你發瘋了吧，傑兒斯。昨兒晚上他還在這裏。」

她的眸子陡的發光，像是要哭的樣子，「爲什麼你一些知識也沒有呀？」她偷偷裏說，「打繆勒有甚麼用處呢？四面又沒有人瞧着你，不見麼？傑兒斯，你不瞧見麼？」

她拉他的胳膊想安慰他些，他推了開去，「去你的吧，別來哀憐我。」他說。他不要再聽見這些事。現在要做的；就是出去找繆勒——或是其他敢啓釁的脚色——腦漿也揍他們出來纔好。

他獨自在街上找尋繆勒，緊握着拳頭，十分雀躍的爲了這種暴行所賜予的自由釋放。但是他走到角子上，四面張望，煙紙店附近已沒有人站立，甚至雪裏也沒有蹤跡可尋。看不出是他們，或則是他，曾經在這裏站過，模糊的前後張望，不知往那一條路走好。他自己覺到有無窮的渴望；要把幾個月之前他遇着的事情掃除淨盡，正像白雪掩着他和繆勒的足跡一般。

他回過去從窗子望到水果行，可是他看不清裏面，因爲雪掠過窗子，就溶解着淋下來。他連得窗子也瞧不清楚，只有史班紐勒水果行深深的印在他腦筋裏，別的他望不見，唯有那舊披屋和一籃籃的水果，還有小舖子，和弄堂的後背。回轉身子，洒開大步飛奔，竭力去想別的事：譬如常到他做工的舖子裏來的媚眼兒小姑娘，但是這也沒有用，他腦子裏不能放棄這水果舖子，反而格外產生出熱烈的光耀。

這地方束縛着他，他時常想擺脫這痛苦，然而這地方仍舊存在，使他不能夠有巨大的夢想，偉大的熱望和未來的發展。於是這在他生命史上有重要性的地方開始使他痛苦。他覺得需要先望一望這地方。

他現在和家相隔已有四區，再向街那面跑就是水果行，他特地故意走過這地方，一直走在對馬路，慢慢的經過水果舖子明亮的窗子，從閃亮的玻璃窗望得見堆成金字塔式的橘子，檸檬，青梅，和紅蘋果，也看見在燈光下蹣跚的史班紐勒。「就是這地方，仍和以前一樣，」他想。

他又走近些，穿過馬路，走到里弄口，這弄堂是在舖子旁邊，孩子們晚上聚集的地方。舖子外面有個衣衫襤褸的婦人，夾着一隻報袋，傑兒斯偷偷裏躲進弄內，獨自在牆邊走，有一次他回轉頭去，看看雪中自己的脚印。他重又覺得這地方使他很眷戀，兩年來感化院生活過得很清苦。

這時他在舊門邊，這扇門直通到史班紐勒後面的天井。從前這扇門是鎖着的，他差不多躑躅過幾百次，起初和那些孩子們，不過偷一只蘋果，或是一隻梨子，史班紐勒追在後面大喊，孩子們在弄里狂奔。現在這扇門沒有鎖，他驚奇而又不信的跨到天井裏，這裏是披屋，屋面上蓋着一層白皚皚的雪。店後面階沿上有一大堆空籃子。

他走在這地方，他的驚惶和疑惑，格外增加來。這地方頃刻覺得是破敗而又不重要。他眞想要哭出來，這眞是一件可怖的事，這樣一所破坍的地方，會常常存在他腦筋裏，而使他的雙親爲他担憂，凡是知道他事體的人，都用不屑的眼光望着他。

他旁邊的地上，有一只空籃子，他狠狠心用脚踢到階沿上。

這一陣砰磅的聲音響過後，明亮的窗子上映出一個人影子，一忽兒後門就開了，燈光照在大傑兒斯身上，他正不聲不響惘然站着。

老史班紐勒冲出來大喊：「嘿，你，嘿！」他趕到傑兒斯身邊，伸開手臂，身上的白飯單飄揚起像一面風帆。

傑兒斯回轉身就逃，但是在泥雪裏滑一交，當他仰起頭來，史班紐勒已經在他面前，伸出短胳膊扭住他。他覺得要瘋狂了，不單是史班紐勒，凡是這塊幼小生長的地方，還有繆勒和別的傢伙，全像要緊緊抓住他，永遠捉牢他。他摔掉扭住的手，已經傷害了他，像一支飛箭打史班紐勒頂上穿過，頭頂住史班紐勒的胸口，撞得他伸手攤足的倒在雪地上。大傑兒斯並不就跑，凶狠狠四面望了一轉，立即踢那堆籃子。史班紐勒爬起來，伏在傑兒斯的背上，大喊；「救命呀救命！」他拉不住傑兒斯，只有不斷大喊，那時傑兒斯正踢着堆好的籃子，把碎木塊踢到雪裏。他不停脚的踢，似乎要把這塊地方揉成粉碎，史班紐勒的水果行，可以永遠不存在地球上。

史班紐勒壓在他肩上的重量，使他力竭倒下，他跌在階沿上，史班紐勒壓在上面。「我捉住你啦，我捉住你啦。」這是史班紐勒的恨語。然而傑兒斯也不想逃遁。

史班紐勒夫人從亮光裏蹣跚走來，「抓住他，抓住他！」她喊，「我去叫警察。」

「他像是發瘋，可是我已經抓住了。」史班紐勒說。

傑兒斯昏沉沉睡在那裏，幾乎聽不出他們的話。當史班紐勒夫人俯下去，喊起來；「瞧呀，你瞧，這是傑兒斯考遜！」他開始顫抖。

「原來是他。」史班紐勒說。

「他想偷甚麼？」她問。

「不過在冬天這外面沒有甚麼東西好偷。」他驚愕地說。

傑兒斯用一隻肘子撐起來，嗚咽說：「別叫警察，請你別叫警察，你不見麼？我不過要望一望這他方，因爲—因爲我腦子裏忘記不了牠。」

他十分痛苦，狼狽地望着。史班紐勒夫婦大家搖搖頭，驚詫的聳聳肩膀。

「只不過昨天，他父親還與我談起傑兒斯，說起許多好處。」史班紐勒對妻子說。又向傑兒斯：「什麼事？你對我們講呀！」

傑兒斯望着他們驚奇的臉，覺得不用再懼怕。他們似乎要叫他進去，幫助他，好像他們開門出來，找着一頭受傷的野獸。

傑兒斯像是從噩夢醒轉。幾個月來他走來走去的懷着一種暴行和緊張，儘想要粉碎這觀念。現在他用這方法消滅牠，筋疲力盡，他躺在那兒對史班紐勒點點頭，他要告訴他們；他以爲這樣的毀滅是失敗的，在他的內心仍舊輾轉痛苦。人們仍舊可以見到它。他可以毀滅它而獲得自由的唯一方法，祇有他自已不再闖禍。

戀愛論

André Maurois
陶亢德 譯

戀愛一事是一種藝術，還只不過是一種本能呢？在回答這個質問之前，我人必須先問另一個問題：藝術是什麼？『藝術也者，』倍根說：『是自然加上人工，』試舉二三簡單例子，就不難證明此一定義之卓越。自然以作畫之原生材料供給畫家，如花木海洋，生物光線；畫家把這些材料單純化系統化，滿足人心的要求。自然供給戲劇的要素，如呼叫，熱烈的慾望，無可說明的謀殺；詩人就捉住這些複雜的材料，作成一個流暢的悲劇，使人領會，感動觀衆。這個藝術定義之爲人接受，就明示了戀愛自有藝術在。於戀愛一如於萬事萬物同然，自然只供給原生材料：她分人類爲男女兩性，創造繁殖人類的必要與性的慾望，性的慾望是一種本能，於滿足繁殖人類的必要與牽兩性在一起上有用的本能。但若人類意志經幾百年之久而不與原生材料以形式及組制，那麼我人的戀愛一定簡單無味，若豬狗的戀愛然。如果我人觀察動物的戀愛一過，然後讀幾封優美的情書，就可知在戀愛之中，自然與藝術相差何遠。

好久以前，我在倫敦聽到一個故事，說有一個老紳士給他女兒買本書時，囁嚅問道：『這書上沒有性的事情罷？』那個女店員回答說：『不，這是戀愛故事。』這趣話雖和所有趣話一樣，自不免形容事實過甚，却饒有意味。每一個戀愛故事之中，人和性本能事情大有相關處。但人類戀愛的奇蹟，是在慾望——十二分簡單的本能——之上，建築起十二分精妙的錯綜情緒之樓台。

慾望是短命的。人類何以能從十分易變的本能，喚起純粹而永恆的情緒呢？如果我人要理解戀愛的藝術，那麼我們必須解決慾望淨化（或理想化）的問題。但還須先回答幾個豫備問題再說。

在無數相逢的男女之中，我們何以捨甲而取乙，對之集中我們的注意呢？有二說可存，兩者都含有若干程度的眞理。

第一說是說我人生涯的某一時，特別是青春期，也在十五歲相近期，有求愛之心。一個對手未定的漠然慾望，產生愉快的豫期意識。當此時也，一個青年因無一個實在的女人，就可以顛倒於幻想中的窈窕淑女；青年女郎會得鍾情於小說中的英雄，著名俳優，或英文教授。一切戀愛藥物之中，青春爲最强有力者。歌德的惡魔說：『喝了那一服，每一個女人你看來就都是海倫了。』

以渴望可能的愛人或情婦降臨之身，第一個相逢的可喜人，會是喚醒愛情的對象。

邂逅相逢的事情也有很大作用。常有怕羞之人，平常不明知他們的感情慾望，會得到非出本意的親熱起來。法國大革命時的監獄，會給婦女以非所期的多情性質，這些婦女若在平和狀態，原會滿意於爲人妻者的單調無味生活。一個男人的威信名譽，在女人眼裏，宛似隱蔽他們缺點的明煌的烟霞外罩。飛行家，名伶，足球選手，演說家的勝利，常與戀愛事件的開端有關。機會也會創立精神上感情上的姻親關係之幻想。在聽第三者述說一句話時，會得突然二目相對表示所感相同。一部汽車開過一個高墩時，兩手一觸而會毫無必要的繼續相觸下去。這就夠了。並非心氣相投，偶然之事會得把兩個求愛者牽在一起。

反之，另一個論題是說『電閃』或一見傾心，是指示前生宿命。有一個希臘神話，說人類之始原由一男一女而成，後來有神分之爲二，而這分開的兩半，就不停互相找尋。一到宿命一對的兩部分相逢之後，他們的血族關係，就由於猛烈而愉快的衝擊——『電閃』——而知悉了。我人自身之內，都有『正在遍地尋覓其複本的我人特有之美的原本』在，而一旦發見了一個實在的人物，含有我們青春時賦與窈窕淑女的魅力，那麼我們就顚倒於如醉如狂的讚美之中。爲他們的美麗精神恍惚，爲他們談話的優雅與魅力心醉神迷。我們容易愛上他們，無條件愛上他們。一在他們身邊，使我們更確定的十全十美。我們知道雖即使有力量變動他們，也不願出此；在我們聽來，他們的聲調是『最甜美的和諧』，他們的談話是珠走玉盤，像一首完成了的詩篇。一片眞心的讚美某人，是最可喜事；以讚美中意人身心爲基礎的戀愛，一定給與刻骨銘心的喜悅無疑。

最後，這樣的男女毋寧占到多數：他們既無機緣又無不可遏制的衝動得一個終身伴侶，覺得只好慢挑細選。那麼戀愛的藝術能否供給幾條普通規律，以裨益他們的擇偶呢？這可以說，一種平和的癖性，忍耐心，尤其是幽默之感，是夫妻間的珍貴美德，而此美德，雖非始終，總常湧自精神與肉體的健康。挑選對象者對於對方的家庭必須仔細注意；幸福在有幸福之處向榮，戀愛在壓抑陰鬱的空氣中倏然枯萎。

女人與精强力健的男子給合，自更易獲得幸福；男子與情深甘受引導的女人相共，更易享受幸福。年輕女子倡言要和能受自己支配的男人結婚，但我從不見一個女子與不能讚美其力與勇氣的男人相處，能夠眞個快樂，也不見一個正常男人，和女丈夫相共能十足幸福。

事實是那些事件中的機緣因素，少有讓男女能純照自己意志的動作擇偶者，而這個却也很好；不管本能的錯誤，在此總比知識來得眞確。不要發『我在戀愛了嗎？』這種詢問；一個人必須自知此問的答覆。戀愛之誕生，像一切別種事物之誕生一樣，乃是自然所爲。戀愛的藝術應該後來行使，我人現在必須決定藝術家開手使他生料成模型的正確之時間。

史丹達兒在其著書『關於戀愛』（De L'Amour）中，對於這個情緒的誕生有巧妙敘述。讓我保存他敘述的要點，再加上我們自己的觀察。

戀愛全始於一種衝擊，或由讚賞，或由流露同情引起慾望的偶然之事。吳朗斯基在走下火車時失魂落魄的自言自語道：『卡萊妮娜夫人美貌絕倫……她那樣對我顧盼是什麼意思呢？』格蘭第脫和他的表姊妹相愛，是在那晚上他成了非同尋常的受難者。自從那時那刻起，她愛上了他而終生不渝。

一度衝擊使我人的注意注到某人之後，那人的不在大有助於戀愛。哲學家阿蘭說：『女人的偉大力量，在於姍姍來遲或是不在眼前。』現身就立即暴露我們意中人的弱點；她若不在眼前，就成了我們寄以全美的我們青春的窈窕淑女。史丹達爾名此過程爲『晶化』，喻此不在之人，若一置於薩爾茨堡鹽坑中數日，有晶瑩結晶覆被形如珍寶的木片。

經此晶化之後，這個意中人就判若兩人而出類拔萃了，此拍盧斯脫之所以說戀愛是主觀的，說我人非愛實在人物，只不過愛我們所創造者。所謂『情人眼裏出西施』是也。

初次晶化完成之後，第二度相逢就可發生戀愛而無危險，因爲我人的情緒正不會再見眞身。他或她也許立在我們面前，但我們只見到晶化。我們不聽見平凡的批評，不介意缺乏判斷和勇氣。我們經驗到的歡喜不會受到妨害，因爲歡喜的源泉在我們自身之內。

事情在此狀態，戀愛除幸福之外再無他物；但是火無柴而不燃，新起的火焰如無希望的呼吸使其長明，那就會得熄滅。一種鼓舞的一現即不難使受人高興。一顧盼，一握手，一熱烈的答問，都能收效於指顧間。

如這些鼓舞的迹象明白而連續，就能喚起相互的愛情，而有十全十美的幸福，但安全也未嘗不能破壞這樣的情緒。戀愛的開始，在很多人是由懷疑或毋寧是由冷淡與鼓舞的交替所飼養。這種迹象的交替，往往和愛人的愛情無實在關係。靦覥與謙虛，對於好像出自輕蔑的什麼很有關係。因其有唯戀愛者和偵探才有的對於詳枝細節的熱情，我人就會拿頭痛，不合適的帶子，或是襪子上有條破線引起的煩惱，當作不祥之兆。細故小事夠使一個愛人發惱。他細細分析模樣語句姿勢，我尋其中含蓄的意思，想發見他或者有之的過失，這過失可以說明他所以受到粗忽的待遇。他理會得越少（因爲沒有什麼可以理會），就越思想所愛的女人，他的愛情越深入心中。產自不安的戀愛，宛似刺入皮肉的棘刺，努力想拔它出來，只有使它更深入肉中。

從此則似賣弄風情也者，換言之，故意的供獻，撤去，再供獻好餌，是喚起戀愛維持戀愛的好打算。像小貓對一個拋出拉回的絨線球跳躍一樣，我們人類的讓他們自己爲賣弄風情的婦人所惑。不可即者求之，皇於前者拒之，原爲自然的衝動，而極易於說明者。

然而賣弄風情一長久，也會破壞愛情。萊卡米哀夫人爲一著名且不可抵禦的賣弄風情婦人，想要使本哲明康斯登鍾情於她，即獲成功。她對他說，「來來看，」成功之望立即使一個老練的男子成了童騃。他心想：「她並不愛我，但覺得我討人歡喜。」一到他發覺她在玩弄他而並不愛他，就十分不樂起來。「我從來不知狐媚女人，眞是害人精！」稍後又說：「天呀，我多麼討厭她！」接着來了反晶化：「我不要她了。她給我招來了黑道惡日；她的頭腦似鳥，沒有記心，沒有判斷，沒有趣味。」這樣的狐媚女是太過分了。在「厭世家」一劇的第五幕，賽李美妮給初爲她的機智與美所迷的男人們掉頭不顧。

如賣弄風情的婦女，像醫生以瓦斯養氣交相注射病人肺部的方法，在嚴肅之中間雜以輕鬆，使她的病人不至灰心絕望，那麼他對他就莫之能禦。這樣的殘酷游戲非來一局不可麼？我相信我人中的上流人士，或因衷心之戀愛或由心地之仁慈，總拒斥由賣弄風情得來的一切便宜。一個雅量之士，會得說：「我知道我眞個愛你，我就聽命於你，這倒是我所樂爲者。」如對方値得如此可靠，戀愛的最佳意味，即分擔和互相信用即能存在；但若他不値信任，他就不得時常也受點狐媚的以毒攻毒藥了。

相戀相愛的初期，自可視爲更加可喜：雙重的晶化既已存在，就不會爲對方出場所動搖。彼此在對方眼裏，已成爲理想人物，而此狀態如能持之以恆，結果在雙方洵爲完滿的生活。但是即在如此這般的戀愛之中，雙方情緒之力相等而永久如此者亦鮮。我們對於所欲的人，非征服而無休無息的再征服不可。因此撩起那人的愛情，是省不了的事。

有意撩撥起某人的愛情是可能的麼？而這是必要的麼？如其那人的愛情不引起應答的情緒，不是難以主張享受快樂之說麼？這種是原始時代或古代文明的順序；如有人欲一女子，他就把她帶走。這個俘虜就在戰士掌握之中，結果她總愛他，因爲他已看中了她而是她的主人，或是只因爲她是她能戀愛的那種人物。後來財富與權勢代替了膂力的脚色。然而奴隸之愛對苛求者無所動心。我人要的是爲人選中，不是受人忍耐。除非被征服者有意志自由，征服不能給人以長久幸福。只有那時候才有懷疑與不安，害於習慣與無聊的接連勝利，這些勝利是產生最蝕骨鏤心之樂者。後宮佳麗很少受人寵愛，因其爲囚人故也。

反之，現時海濱避暑地那些接近至不費工夫的婦女，幾乎絕難鼓舞愛情，以其解放故也。既無遮掩，又乏謙退與自尊以阻戀愛之進行，那麼何處有戀愛之勝利？自由過度，就在圍繞那些得之易易的婦人，建起目不能見的後宮的透明城壁。浪漫的戀愛所求於婦人者，並非要她們如隔重山不能接近，而求其生活於毋寧狹窄的宗教與因襲範圍之內。此等條件中世紀時好好遵守，因而產生那時代的宮庭戀愛。騎士爲十字軍出征思念他的愛者之際，這種受人敬愛的女子留居宮牆之內。在那個時代，一個男人鮮有想對他熱情所寄的意中人撩撥起她的戀愛。他退居於默默的至少無所希望的戀愛之中。這種無效的情熱，在有些人視爲天眞渺茫，但在某種敏感之人，這種漠然的讚賞却能得到極端的快樂，因其十分主觀，故能善抗欺騙與幻滅。

如有一個青年愛上了僅在舞台上看到過的女伶，他就以美質賦與伊人，她的音容聲貌示她有此美質，但實則她確無所有。他在西麗唐和莎士比亞劇本中看她表演，想像她有詩似的魅力，像她扮演的戲上女傑一樣。他不知道她的年齡和她臉上的皺紋，因他只在舞台上的媚人燈光下見到她。對於她的性躁易怒愛好虛榮一無所知，因他未曾和她共同生活過也。故擺倫有言曰：爲愛人而死易，與她共生活難。一個讚賞某小說家的女郎，會得慨然許他有小說中英雄那樣丈夫氣慨，不會疑到他的風濕痛關節，他的消化不良，他的懶惰易怒。人在不能接近之際，總易於受人讚賞。

爲護衛戀愛計，那麼以不鼓舞戀愛爲妥——不使人知爲愈麼？曰不然，因爲那些心智上的情緒不能長久。所謂『向戀愛之路愈長，敏感之戀愛者所經驗之快樂愈銷魂蝕骨，』話誠不錯，然而雖然如此，戀愛之路在經過許多賞心悅意的曲折迂迴之後，總須引達目的地，不可失之於荒郊。戀愛可因入睡鄉與飢餓死而完結。早早遲遲，戀愛者總會意識到欲爲人愛的難禦慾望。

戀愛的藝術能教他點什麼呢？開張戀愛藥方？魔術符籙麼？古代詩篇與神話之中，有的是女巫，即時至今日，也如西奧克列都斯和奧維特時代一樣，我們知道在巴黎倫敦紐約無數汚穢的內室之中，那個古已有之的苦人問題，一天百來次的詢問那可怕老嫗：『怎樣才能使他愛我呢？』而人類經驗——也歷時數百年之久——就用以指點儀式一事答凡百問題那樣的答復此問。

戀愛者藉以來取悅對方的禮儀操縱和策略之運用，是曰求愛。動物與人一樣，在一定季節作求愛之舉。讓我們從凡百種族共通的最簡方法以至人類所用的最巧妙方法，來指示出種種引誘對方的一般方法。

引人注意的一種最普通方法是裝飾。花以牠們的色彩吸引昆虫在恰當時候帶來必要的花粉；螢和土螢在夜間發光，意在藉此使其同類知道牠們在此貯愛以待；女人也以穿美麗衣服戴燦爛珠寶以得男子的中意。悅人是年輕女子的權利與責任。凡百女子或十之八九都爲此目的努力。愚蠢的處女靠奇裝異服；聰明的處女則靠更能持久的神祕誘力。她們大都追隨以引異性注意爲唯一目標的時裝。女服裁縫，婦女飾物製造商以及珠寶商人，就靠女人想攫取男人注意的無休慾望吃飯。

有些婦女或因矯情或由輕蔑，置時裝法則於不顧，而在上自命婦下至女工一致遵照同樣形式的社會，這種與衆獨異的不顧時尚，倒成了最不同凡響。於是最簡單成了最不簡單，最不媚人成了最足媚人。不事裝飾成了一種裝飾。當拉斐爾前的時代，星期日往摩理斯宅子去的英國女青年們，穿着藍嗶嘰的樸素衣裳，飾着黃琥珀的小珠，而在仍舊奉行穿戴維多利亞朝代的精緻珠寶和服飾的婦女羣中，她們倒顯得最可注意。藝術家以闊邊帽子引人注意，青年左派作家則用皮短衣，早年的花花公子穿着天鵝絨背心令人注目。許多種類的雄性動物就靠裝飾。孔雀是自然對於藝術的勝利之一。至於人，則當男人愛避免經濟責任之際，婦女就必須對她們的裝飾愈加刻意經營。只要一瞥美國雜誌上的廣告，就可知女人們於征服男人的用心，是如何強勁而且鍥而不舍了。

另一悅人之法，是無論如何設法高人一等。每一個戀愛者均努力表現其伎倆，表現方法是千變萬化。有種鳥疾飛池中，意在取水草以與配偶。當旁人問霍多勃蘭去東方何所求時，他答說『名譽，爲了我自此可得人愛。』他懷此願深入東方，就從那裏帶回了，爲瑙愛瑠夫人的那些不朽名句。像聖巴華的撰作『金釘』(Le clou d'Or）那樣，有些小說家的創作，目的是爲那些必能從中發現特爲打動她們而描寫的情緒的婦女。作曲家中，大率是把他們的悲傷慾望轉爲和諧的字句。而一個網球選手，常只以反抽的無懈可擊取悅於人，開汽車能手以其大膽，跳舞者以其足指之靈敏。

男人有一種唐瓊的名聲，就有危險的力量。聰慧的處女拒之千里之外，愚蠢的處女則常降服於從一競爭手中——甚至於自一友人處——取一著名戀愛者的慾望。這種情緒是複雜的，由虛榮，崇拜另一女人的趣味，以得一難贏勝仗建起自信之必需而來。唐璜選取他的第一批情婦；後來就爲人所選。擺倫說自希臘戰爭以後，他比任何人都常易爲婦人所犯。

深印婦女心中的求安全慾望，使較弱的女人投入男人懷抱，這些男人以他們的膂力知能，看似能夠保護扶助女人者。在戰時，她們計算一個戰士的人頭皮（戰勝紀念品；）在平時，她們搜求天才與財富。以禮物贈所愛的男人，是擁護他力量之道。企鵝與班葛鳥各自奉光采不一的小石子與其愛人。磧磟鳥贈其配偶以枝葉，猶如青年以織毯子帷幔的毛線贈給未婚妻。燕子和女人在挑中她們的男性之際，就開始想到同居之巢了。

稱讚是貢獻或贈物的一種。情詩之中，十有八九以讚美與悲傷而成。悲傷誠可動人而不久卽爲人厭倦。稱讚却能悅人，因爲一般男女，卽使是驕傲之輩，也總有種複雜的不如人處。最可愛的女人，對其智力不能無疑；最聰慧的人不信其肉體的動人。說出某人不覺其有或視作無足輕重的幾多可愛品質，是可喜事。羞澀陰鬱的女人受人讚賞之頃，就如花朵的向陽怒放，而男人之愛恭維，尤其百聞不饜。有許多並無魅力的平庸婦人，因懂得恭維之道，終其身受人戀愛。但有一點須附此言明者，是人之受恭維而快樂，不是因其自知甚明的品質，而是因其自覺缺少的品質。一位將軍不會因你談他的出軍勝利而道謝，但若你提及他的烱烱雙目，他就會不勝感荷之至。名小說家不大注意到你稱讚他的著作，可是你如熱心談論他那無人注意的無名論文，或他那帶震顫的聲音特質，他就立卽津津有味了。

婦女有她們自己的征服方法。此方法久以乎以爲是她們待男人前進，但這只是皮相。蕭伯訥說，女人等待男人，但猶蜘蛛之待着蠅。跳舞目的已常克服了男人的羞澀，同時迫他控制其慾望。現代跳舞之有肉慾目的，遠比種種古代及鄉村跳舞爲甚。跳舞仍爲最有效果的策略。

征服藝術之於婦女，常爲供給變換方向，激勵鼓舞及精神支持的藝術。試看曼脫儂夫人之征服路易十四。事之無望似莫甚於此者。蓋曼脫儂夫人已年華老大；與路易十四的唯一關係，又只不過是王和芒黛絲盼夫人所生的子女們的家庭教師一點，芒黛絲盼夫人是絕世美人，深得王心。但曼脫儂夫人却不但從容光照人競爭者手中奪得路易十四，而且成就了芒黛絲盼夫人所不敢想望的事；勸誘皇上和她結婚。

她的成功祕訣是什麽呢？第一着是和皇上接近，次之是裝得像個和平天使，使他漸覺得妾婦的暴風雨似的性情之可惱。男人們對於溺愛婦人的怒鬧與嫉妬情景常能忍耐一時。有些男人雖寧愛翻江倒海的戀愛關係，一如不愛浪平波靜的大海而愛波濤洶湧的怒海；但多數男人總極愛和平。他們易爲心平氣和，無小心眼，溫文爾雅的女子所得，尤其是已有潑悍女人在先醫治好了他們的激烈癖之後。

曼脫儂夫人又以皇上治事之際現身爲常例；他的大臣們應召而至她的居室，她在旁靜聽公務報告默不作聲；但若皇上向她有所諮詢，她就以適當評論，表示她對公務的體會理解和注意。這是她的絕頂聰敏處，因爲名人對其工作的關心，遠過於任何世事，即他的愛人亦不能相比。如女人去擾亂他的工作，把她自己使男人家寶過一切，那末他雖可讓她稱願於一時，總會深覺她那種態度不能容許，而不久會屬意於另一個懂得爲他職務用心之祕訣的女人。

飛鳥唱牠們自己的歌，自己疾降水塘取草；螃蟹在多石的池中作牠們自己的多情運動；而人，却由他人之作獲得技術與力量。愛人會吟詠一首波特萊爾的詩給戀人聽以代自作情詩。鋼琴家奏蕭邦作曲以得伴侶之愛；大匠名師的天才，使其傳述者崇拜者精神向上，音樂以其有序之美及只應天上有的喜悅充實雙心，常使兩人傾心戀愛；悲多芬，莫紮，和華格納，之使聽者喜結同心何止一對。不少戀愛事情開端於圖書展覽會。好小說供給可資談助的題目，供給可以倣行的模型。其最好者，是值得享受戀愛之樂之人必須實行的戀愛教訓。互相教養，可使戀愛臻於如夢如幻的很高水準；且於度過『歡樂正酣中飽足引起苦痛』的難關時，也有助力。取得文化上的教養，亦即爲戀愛備也。

如男女雙方對於宗教民族政治的信仰，或畢生事業之完美與必需的信仰相同，是大有助於戀愛。使一有熱烈信仰之人，爲一信仰迥異者消受永久的情緒，洵爲難事，而當此情景，如期愛情不渝，須求無信仰者的無限圓通與尊敬，或必使對方心中存一改變信仰，常隨戀愛而來的信仰，改變希望所愛之人如能與我無條件共一信仰，則我之幸福定因此而得諧。在此狀況之下，我人智識與情緒之力同驅我人入一選定方向。以戀愛爲動機的一切工作，均甚可喜，而工作與愛眞個融合的喜悅，世無其匹。因此完全的融合，乃常產生令人驚嘆的學者藝術家傳道使徒夫婦，他們已非一對而是一體。於此求愛並無用處；而由心靈共感取而代之了。

在或久或暫或機巧或天眞的求愛之後，戀愛於爲存在。但戀愛嬰兒常易夭殤，爲適當養育計，長加愛護是所必需。新奇事物於引人注意上固最有效，但亦最易凋謝。初時人各能自對方作種種發見；人各有其青春記憶，如可資描繪之人物，可唱之歌，可談之逸事，於此雜之以溫存，足以歡娛初期。但惜乎積存的材料有盡，似足娛人的故事現已厭聞而陳腐。人以因此可縱談新鮮事，不致再爲談論已厭過多的事物而狼狽，故與習熟友伴分別時更覺欣喜。在飯店菜館，一對夫婦彼此默不作聲的時間久暫，與其同居生活之長度常成比例。

但這却只有無愛情癖性之人，無才使愛情永保新鮮之人才能有此。一個眞在戀愛的人，欣然以日常遨遊於想及愛人之中爲樂，正如一個鄉村牧師在自家小小園子裏作黃昏散步以自娛。有人始終忠實，或以視戀愛爲大事，或因怕與外事樂於家居。有些幸福的家庭，係建設於雙方厭聞外界的紛擾，有意在親人熟事之間度隱退生活之上；一言以蔽之，建立於渴欲安全之上。但在不愛平靜之人，則苟有必要，知道使自己『新生。』所謂『一人悅人之法隨時日而盡，但人必需歡悅而人在求歡悅。』也爲此而作的努力，甚至是一無意識之舉。人如有其魅力，決不失此魅力；而魅力又決不致生厭。有魅力之人的言詞舉動，常不失其歡悅處。雖年老不足以變動之。一個美麗的臉龐，老得優雅，而在白髮之下看到多年所愛的笑貌，是一賞心樂事。

有一不使他人生厭的藝術麼？不使人生厭的最大祕訣，是任人自然。不自然的態度難以使魅力不失。聰敏的戀愛者力讓他們的伴侶保存自然癖性。有些男人希望改造女人，她們安上趣味與理想。此誠愚蠢萬分。如我們覺得一個女人與我們的理想太不相同，讓我們不去愛她就是；但若我們既已決然擇定了她，那麼我們決不要阻礙她的發展。無論在戀愛或友誼上，以不覺狼狽無所矯情和可爲我有的人交際，是我們的幸福。

聰慧戀愛者會仔細安排一個賞心地方以會面；由此用心，生出聰明非凡的度蜜月習慣。但蜜月旅行不必太久。在戀愛中的女人，自知道怎樣安排她的居處。有人很懂得如何利用自然與藝術的誘惑之力。她們知道什麼時候她們的愛人欲不聞無事，知道什麼時候他們願去散步聽音樂。女人比男子更知覺人生的社交方面，男人家戀愛事情的安排，必得落在她們手中。

要是一個男人絕不願使一個給他無限好意萬種深情的女子生厭倦，那麼他須知在女子一生之中，戀愛所演的脚色是多麼重要。最愚蠢的男人，莫過於那種從哲學或空論的高度來蔑視女子理想之徒。她們的理想和他的不同，因較簡單而更實在。如他和夫人反目不和，那麼他決不能以理論來說服她，只有用愛情沉默忍耐來勸導。他不能忘記在女子的大半生中，其爲神經質遠過於他。在此困難關頭，萬一他以不過有病之身所發的怨訴爲性情不好，那麼他就有因一時狀態而摧毀過去如是未來未嘗不可再如是的幸福結合之危。世人常以女子的精神上衝動比爲海洋的洶湧，說雖平凡却甚適切。一個賢明的丈夫決不肯推波助浪。好像暴風雨中的舟子，他鬆弛船帆，等待風平，希望浪靜，而此暴風雨絕無礙於他的愛好海洋。

欲知不惹厭愛人之藝術的男女，須遵從下面幾條規則。第一條，在兩人最親熱的時候，也須像初次相逢時那樣深示禮讓。系出名門的人生而知禮。無論談說什麼總須談吐優雅，以粗聲大氣爲坦白的悅人表示者，是一奇怪的錯誤。第二條，在任何條件之下不失幽默感，俾能笑笑自己，明白最大爭論中的可笑之處，不在積怨之上添上可悲的重要性。以過去爭執使眼前苦痛加甚是無謂之事。第三條是引起點在近情限制之內的妬嫉心，以避免於雙方有損的輕視與不信。四是用偶然分居讓雙方重起晶化；愛情與夫妻的「休假」原有危險，但若爲時甚暫，且能以一封信打斷之者，則能有益於雙方。兩人相處，有時會因熟不拘禮或懶得斯文而出言不遜，此却可由筆下文句來修好。最後一條最少人知，是墨守傳奇中語：『我既已獲得了她，何以非繼續向她追求不可？原來她雖人已屬我，她却不會也永不會成爲我。』這在考量有些女人上眞是知言。

不惹厭他人的戀人之舉，如那人已厭倦了她的話，倒成了運用無益的藝術。是不是也有足以防止後者的藝術呢？還是必須承認男女各有兩類：忠實與不忠實，有節操與無節操？必須承認如一人既屬甲類卽不能假充乙類之說呢？我的觀點是，在此與在萬事萬物同然，自然所供給者是須經意志整理的材料。男女非生而無節操者；他們由初期戀愛經驗而成此。他們也許性本多情，而遇人冷淡無情。事若至此，則要是他們爲道德之人，當能忠實但成不幸，如非道德之人，則就不忠不實，心神不定至遇見那個來補足的『一半』方休，而心境也爲之急變。先前冒險的存在，因發見了眞正伴侶而匆匆告終。

幸運兒所享的戀愛情熱之奇異盛筵，正像那暖洋洋日光晒得我們陶然欲睡，晴空如洗使人想不到會雲起轉陰，窮鄉僻地在金光中宛如帶魔術之美的蜃樓的夏天。夏日以其醉人的迴憶及攜來第二個良辰的希望，給我人以忍受黑暗的暴風雨月份所需之力與勇。只因爲夏日與慾望不能超出自然所定期限，故我人須學習愛好陰霾之日，秋日之霧，漫漫的冬夜。龐納有言：『最誠實的戀愛，好像這樣一件節日華服：以花緞製成，以素地而精美無倫的暗色綢緞爲邊，此暗色之邊，人常愛之過於織花之錦。』

在戀愛之始來居慾望之側，初猶羞澀瞬卽儼如當局的較莊重溫文的幸福是什麼呢？生於慾望後死於慾望的愛情是由什麼製成？是由信賴、習慣與讚仰所成。世人十九欺我，但有少數之人知道遇合一個這樣男女的歡樂；其誠實與坦白非出造作，處任何境遇其舉動深合我心，在我人大難關頭不相遺棄。這些少數之人，是與一不可思議的感情相密切，此感情卽爲信賴。與此人相處，至少能每日去其頭上重壓於一時，稍得呼吸之自由，示其心面無所顧慮。

信賴是這麼樣一種可貴事物，像肉體的慾望那樣，它助最瑣細不足道的動作以魅力。在年輕時，男女尋一孤居獨處之片刻以期擁抱；現在他們找得無人在側的剎那以資推誠相與。他們的駢肩漫步，其重要已如先時之密約幽期。他們感覺彼此相知無間；他們在同一時間想到同一事情；你覺精神痛苦時他受到肉體的不安；你要爲他赴湯蹈火，他也知道爲你捐生拚死。完全的友誼洵亦能產生這種情緒，但推心置腹的友誼畢竟少有，反之偉大的戀愛，却可賦與最簡單的人以知人克己和自證自信。

神仙眷屬入了愛情秋天的生活應如何描寫呢？雖然青春易逝，說天仙總是天仙怎能說明呢？要知幸福的交響樂出自天才作曲家之手始能壯麗；一個平凡的音樂家對付狂暴的主題較能勝任。華格納歌劇巴西費爾 (Parsifal) 序曲的清純的上升音調，使聽者的靈魂兒飛上半天，佛蘭克的眞福歌 (Beatitude)，福萊的安靈曲，(Requiem)，都表現着一種勝於言詞的，不可滅的和諧之自然有力的漸强音。

我曾引用過彌撒祭時之安靈曲，這個完美的戀愛音樂之唯一不和諧處，是死亡之念。保脫摩爾註有一極妙好詩，表現一個人經多年幸福生涯之後，忽見他愛逾生命的戀人屍體赫然在前之傷心絕望：

這不像你卓越仁慈的行爲！
無人爲你悲傷
你在那七月午後，
帶着突然的難解言詞，
和受驚的雙目
走上征途已這麼久
不給一個吻，不說一聲再會，
我愛，你對此豈無追悔？
……　……　……
這全不像你卓越仁慈的行爲。

在脆弱易亡的一人生存上賭注萬事，是行險也是高貴。

但是死亡不足以摧毀偉大的戀愛。一次我在西班牙碰見一個品格不凡的老農婦。她對我說：『我沒有什麼怨苦可訴。我一生自然有災有難。二十歲時我愛上了一個後生家；他也愛我，大家就結了婚……他在兩三個星期後死了，但是我有我這部分的幸福，不因他死去而逝。現在五十個年頭了，我就在對他相念中過生活。』在多年悲痛孤寂之間能藉以至少喚起一個無瑕迴憶的安慰是多麼好！像製作一件藝術品或信仰一宗教那樣，輝煌的想像充滿我人的思與夢，這種至突盡突的戀愛，就使我們共享超乎我們理解的某種事物。因我們本能的迅速衝擊，一種神聖的火花就已迸發了。

有關戀愛藝術的最後一言，並非出自史丹達爾，而是來自史丹達爾本人所常說的莫柴。聽音樂演奏去；聽那些清純的音調，聽那些迷人的和諧，如在這時刻你的愛情還覺得混亂粗雜不調和，那麼是你對於戀愛藝術還欠精通。但若在你的情緒之中，你注意到逐漸的美之獲得，不可思議的理解，並非一致互相對立的一主題之壯麗的和諧超越一切的不和諧，那麼此時此際的你，已經前往少數有價值的生活中的冒險之一，那就是偉大的戀愛。這是稀有的幸福。但不論在美國也好，法國也好，今日也好，史丹達爾的時代也好，這是能夠成就的。

五角錢票

片岡鐵兵

牧之譯

「還早呢，喂，下一趟火車再走吧。」

「可是，臨來時，和母親定規的是，四點鐘以前回去。」

是送由京來訪這平塚有婚約之女友，往車站的途中。街角，作家戸川貞雄邊摟着獻金箱邊高喊：「請獻納軍艦吧！」

因為是不快去就趕不上火車的時間，女的幾乎跑起步來。

「喂！您媽媽的面前，以後由我來解說，咱們到海岸去散步吧，而且，也必得商量一下新婚蜜月旅行的事。」

「這就回去了！」

來到剪票口，女的回轉身來，忽忽地拿出來五角錢票，遞給男的。

「把這個拿去吧。」

給我五角錢，不啻是給我以何等的侮辱，男的想到這兒，臉色鐵青，可是，女的安靜的說下去。

「求您點事，請把這個投入剛纔的獻金箱裏。」

—四百字小說介紹—

風雨後談（二）

柳雨生

不是萬花筒

在北京大學唸書是極端的自由的，其自由的程度，又在於每一個人都可以極端的發展，並不受什麼高年級和低年級的限制。在中國，有許多的大學，特別是教會創立的學校，往往是高年級的學生，享受了較多的權利，譬如，宿舍的房間的優劣，運動場游泳池的場所和時間的選擇，出入女生宿舍的特權等。北大可不甚講究這些。要是說高年級的學生比較的得到一般人的尊敬，那常常並不是因爲他是高年級，而是因爲他的特殊的天才。天才的智慧的發火是用不着等到大學三四年級的，一年級也儘管夠用了。現在且略從牠的上課談起。

我在本文的前幾段裏，都曾屢次的提起北大上課情形的漫無規律。在這裏我似乎可以仔細的描寫一下。第一，就是教員多半是不點名。我並不說所有的教員都不點名，因爲我比較熟悉的僅是這座大學的一部分——文學院，而文學院的教員也有點名的。然而點名跟不點名，其中間的分別實在很難有明顯的表現或特徵。點名的先生不過把點名簿上面的名字唱過，學生按照着自己的名字也唱一個喏——『到！』——最後教員把到場的學生做一個記號，不到場的另外做一個記號，如此而已。教員並不把缺席的名字報告註册組，註册組也並沒有一位專門製繪出席缺席的統計表格的人，更不會畫一張江蘇省出席的學生佔百分之五·七三或七四的圖畫。這樣的統計繪畫員其實北大註册組就是聘請幾十位也不是沒有錢的，然而他們竟一位也不聘。註册組更不會出一張堂堂皇皇的大布告，說下面的一百二十八個學生本周內缺席四小時，應該記小過一次。

所以，在北大的上課生活的第二個特點，就是，課也不一定要上的。我記得，我在北大一年級唸英文的時候，有一天，教員正教着一課是美國的幽默作家Stephen Leacock著的Oxford as I see it，裏面有一段話：『英國牛津大學的講書雖然每天都有，然而却是很陳腐的，你去聽聽也好，不聽也沒有什麼。『我們都覺得我們的大學的生活也和他所說的相彷彿。倘若不願上課，在圖書館裏開開鑛也好，在宿舍裏睡睡覺，到中山公園的柏樹底下溜溜灣兒，到天安門外的石欄杆旁去看晚霞，也沒有人攔阻。在課堂裏應着卯，同時看課外的任何性質任何體裁的書籍，也隨便。

認眞聽起課來，有的時候——雖然並非是常常——也總有幾段精采的意思可以獲得。譬如，在余嘉錫先生的目錄學的課上，寥寥的坐着十幾個『好道』的學生，——我記得那年冬天這一課上課的時候，恰巧熊佛西到北大演講，大部分的人都去聽『定縣平教會的實驗戲劇』去了。——其中也許有兩三個人已在糢糢糊糊的想入夢了，忽然余先生開口，說：『中國的印刷術許多人都以爲是起於隋代，其實，一點證據都沒有。明代陸深的河汾燕閒錄引過隋文帝詔：「廢像遺經，悉令雕造。」一般都上了他的當（胡應麟，趙甌北，王漁洋都是），以爲雕版始於隋了。其實，陸書所引的詔，原出於費長房的歷代三寶記，嚴可均輯的全隋文就有牠，大正藏經也有牠。原文實作「廢像遺經，悉令雕撰」雕的是佛像，並非是木板經文。有人說聽得羅振玉告訴過他，燉煌發見了陀羅尼經，是隋代刻的，有開皇年號。我聽了眞是疑惑。爲什麼呢？因爲在唐代初年——唐太宗的時候——還有一個人叫做唐臨，他作的冥報記（此書流傳在日本，涵芬樓祕笈和楊守敬日本訪書錄都有）裏，談到當時有一個人叫做嚴法華，平常喜歡法華經，到處募人鈔寫，可見還不知道刻板。宋敏求的大唐詔令集，也有一道玄宗開元時詔，說佛經不許私自鈔寫，一定要在大寺院裏寫。又在文苑英華這一部類書裏，有幾處也可以看到募人鈔寫經文的故事，可見當時也還不知刻板印書。……我把我的意見寫了信寄給羅振玉，他回的信，什麼辯駁也沒有，反完全贊同了我的主張。可見得某人說的話，眞是太不可靠了。』余先生這一段的講述，我至今還能夠很深刻的記得，因爲，他說話的時候，條理旣很清晰，而其意義又很有記憶的價值，並不像空洞無物的海派留聲機器唱片。這樣的演講，大約是不能夠說是陳腐的（rotten）。在魯迅先生逝世的下一天，我恰巧有周啓明先生的一課，起先，打算不到校去上課了，因爲我們料想他未必會來校的。後來到校去，見他居然沒有請假，仍是挾着一本顏氏家訓綴緩的踱到課堂裏來了（那一課是六朝散文）。上了一點鐘的課，沉沉靜靜的，大家旣不開口發問或表示悼慰，周先生也單是唸着書本講話。忽然，下課的鈴聲響了，啓明先生挾起書，說：『對不起，下一點鐘我不來了，我要到魯迅的老太太那裏去。』這個時候，看了他的臉色的肅穆，沉默，幽黯，眞叫人覺得他悲痛的心境的憂傷，決不是筆墨或語言所能夠形容出的了。他並沒有哭，也沒有流淚，可是眼圈有點紅熱，臉上青白的一層面色，好像化上了一塊硬鉛似的。這一點鐘的時間，眞是一分鐘一秒鐘的慢慢的捱過，沒有一個上課的人不是望着他的臉，安靜的聽講的。這個時候容易叫你想起魏晉之間的阮籍喪母的故事。啓明先生講的是顏之推的兄弟篇，這可紀念的一課也是不 rotten 的。

我在記北京大學的教授一篇裏已經寫了一點上課的樣子，這裏再加上一點補充，讀者們可以看得出來，北大的上課也不會有什麼了不起的特別。雖然特別的課程有時候也有的，像外國語，除了普通的英，法，德，日文之外，我們有有意大利，希臘，蘇俄，和梵文等課程。我們有普通的中國戲曲史……，也有特別的一課——中英話劇實習。我們除了普通的聲韻學語音學之外，還有儀器實驗和調查等活的工作，除了普通的中國目錄學校勘學之外，還有三國志，世說新語，水經注的實習校勘，還有剪貼整本大部的太平御覽的做引得（index 的工作。哲學系的佛學的課程，是要到周叔伽先生的家裏去上課的，那是一座非常精緻的佛堂。選修這樣的課程的人，同時也要會坐蒲團的工夫。提到蒲團，我又想起一件事情，從前北大還開過一課靜坐學，請一位很著名的靜坐家去擔任教授。上課的時候，一間課室裏滿布蒲團，教員一個，學生們也一人一個，盤膝修行。雖然一時沒有人成仙得道，然而，大家的道行據說總也不會亞於 Philip Curtiss的安迪居士外傳的主角。

老實說：這樣的課程的開設，與其說是特別，無寧說是中庸的。我們中國人的思想，特別是因爲儒家的思想影響後人最深，束縛後人最甚的緣故，中庸這兩個字的原則旣普遍且不知不覺的會嵌進我們每一個人的腦筋而不甚易消除。北大恐怕也是這樣。我們在上面所談到的課程，在我的腦筋裏常覺得他是最好的，從客觀的原因推想起來，大概就是因爲牠可以算是最中庸的緣故。你們不要以爲北大的課程是好奇標異，你們不要覺得全世界的課程表都應跟你們在大學裏唸的那一張一樣，只有寥寥的什麼綱要，概論，大意那樣的薄弱可憐。老實說，選修了一年的唐代文學概要（這樣的課程在戰前的上海，南京，漢口，廣州等地都是很流行的），未必就眞能夠了解李太白或李義山的詩，也未必十分懂得詞的起原。如果你又竟連長慶集和雲謠集雜曲子都不知道，那你對於這門課程所知道的知識，眞是缺陋得可怕了。綱要，概論……等書，就是缺陋和可怕的代表。我在七年之前寫過一本概要性質的中國文學史，去年被昆明的國立北平圖書館列在『精選中國書目』（英文本）裏面的，可以算做最壞的中國文學史的代表。那裏面也有十幾萬字，也有李太白，也有李義山，也有長慶集……然而，邵康節詩的排列也脫了頁了，戲曲和小說幾章缺漏不堪，而附錄的中國文學年表更足夠笑掉了專家的牙齒。我寫那書的時候還沒有進北京大學，否則，那樣的書我决不會拿出來獻醜的。在北方，單是中國文學史一門課程，就要唸完四年纔能完畢，從進校門到拿了那張紅花大印的畢業證書爲止。如果你又去進文科硏究所，那麼，中國文學史總會跟你懷胎生子的。學問總是一輩子的事情，除非你本來無心做學問，否則，費了十餘年精力誠誠懇懇的單硏究一兩門專長，難道還值得大驚小怪不成？

北大的課程的富於中庸性，其原因就在牠確是領導你進了比較合乎理想的，不偏不倚的眞正的學問的大門。牠的優點是眞純，正確，和專門。牠既不蹈中國其他的大學的膚淺缺漏的過失，也不趨向流行的美國教育的五花八門的課程的別緻。我在這裏這樣的稱贊北大，說牠最能夠保持學術和眞理的中庸性，其理由也就在這兒。從世界教育的潮流的發展演進上去觀察，北大的精神的偉大就在牠既不像萬花筒式的美國教育的胡鬧，又不像中國其他的大學那樣的幼稚可笑。如以失去中庸性缺點而論，像在美國哥侖比亞大學師範學院有着實驗比較烹調法，茶室烹調，宴會禮節與食品保藏等學程，而芝加哥大學有家庭經濟家事管理學系，關於襯衫的論文『收入多寡對於服裝的各種需求——消費行爲的硏究』是可以給予博士學位，『結冰的攝影之硏究』『烹蒸火腿管理之硏究』『婦女服裝函購法』『四種洗碟方法之時間身動作之比較』等論文，也都可以獲得碩士的學位的。

因爲這樣的緣故，北大一年之中註册的學生，和國內其他的大學不同的是，邊疆諸省的同學固然很多，而外國負笈而來的留學生，德國，英國，美國，日本也都有不少。其中美國的學生最多，當然，總有幾位洗碟子的本領是很不錯的。

廣州的吃

離開自己覊留着的孤島香港已經逾三個月了，三個月來，行旅中的悲歡哀樂的印象很多。等到住定和生活安閒之後，老是想找一個機會把它多少寫一點兒出來，但是每到動筆的時候，便又覺得有一種無興味的感想發生。現在勉勉强强的寫下去，大約也還是人類的感情作祟，多少我所遇到的事情、印象、感念，有一部分仍舊很深刻的記憶着，不容易完全忘懷也。但是也祇能這樣，隨便抓到什麼材料就零零碎碎的寫一點，寫完即止，並不想創造什麼題材了。

此行最先到廣州，那麼，就先留下一點廣州的影子罷。

『吃在廣州』這句話不知道是從什麼時候有的，但是在我很小的時候，就常常聽到許多鄉人談起。我自己雖然也是粤人，可是出世的地方是在故都北平，長大後又有多少年住在江南，對於廣州的感念，可說奇少。民國十七年曾經回去過一次，那時候正值北伐告成後，住了不過一年，又回到上海來。所以最近這一次我由香港到廣州去，中間已隔離了十三年，許多平淡的事情在我看來，都覺得新奇可喜了。

這裏開頭提到吃在廣州的話，所以不妨先從吃的方面說起。『吃』當然包括飲食兩方面，本來是人之常情。不過在目前這個艱辛的生活環境裏而高談飲食，不免有一點兒奢侈罷，却又不然。因爲照我的思想，總是覺得飲食也夠得上是藝術的一種，不過這種藝術在中國的情形通常是平淡的，無名的，不自利而利人的，並且也常常是非職業性的。職業的飲食家就是庖丁，通常稱爲大師傅或二師傅的，那是酒樓或公館裏面的事務，這裏姑不深論罷。但是平常的家庭裏面的女太太，也往往有精於烹調的，隨便弄幾味清潔而又美味的菜，異香撲鼻，又經濟又好吃，不由得你不食指大動。這裏當然也並不是專指廣東菜而言。事實上，我對於吾鄉廣東菜向來並沒有頂大的好感，廣東點心尤其不愛，直到最近才稍微改變一點我的成見。我所習慣和愛嗜的飲食，恐怕還是以江南方面的居多。我在香港居留的時候，和一位蘇州友人沈君同住。我並不很講究飲食，沈君則不然。他在一個銀行裏任職十餘年，素來生活淡泊，也不講究房屋，也不講究衣着，除了買些喜歡的書籍雜誌之外，大部分的收入，完全用在維持全家的生活上面。但是他對於飲食的烹調和味道，却很注意。他的老太太，平日是吃齋念佛，戒忌葷腥的，却爲我們不吃素的人燒得一手極好的小菜。每逢三五個朋友聚會，吃吃飯，閒談天，大約不過十塊錢的樣子，她便很熱心的替我們做去，很可以有七八樣適口的鮮美的菜吃。這裏並不見得十分奢侈，祇是適合人生的口腹的需要而已。

然而這祇是我個人的癖好，廣東的飲食又當別論。在廣州，別的特點也許還不算怎樣顯著，而吃的方面則極爲有名。在民國紀元以前，康南海環遊世界的時候，他在義大利看到古代羅馬偉大的建築的遺跡，危垣斷牆巍然矗立，不禁發生一番議論。他說的大意是，一個民族的文化發達到相當程度之後，他們努力的對象不免向奢侈的一方面去發展。這種發展有的可以說是好的，有的却是不好的。他以爲，在衣食住三項，最上等的是奢侈的建築，因爲它除了富麗堂皇的外觀之外，還有實用的目的。像歐洲的古代建築物，都可歸入這類。其次是奢侈的衣服，因爲它也有較長時間的用處。祇有食的方面的奢侈才是眞正的奢侈。他歎惜中國人的飲食，特別是廣東的飲食，爲世界冠，而其他方面，則不逮外國遠甚。南海的觀察和認識，可以說是很深刻的。他是我們廣東人，廣東的飲食，說它是爲世界冠，或者不免過分一點，然而從這裏也大概可以看到它的美味適口了。

依照我個人的嗜好，廣東的飲食本來不值得怎樣去多談它。但這也許是因爲我久住北方和江南的關係罷，既沒有很多的機會去嘗試，未能細細的咀嚼，慢慢的欣賞，也就無從道出它的佳處了。但是許多外省的朋友們，都頗愛吃所謂廣東菜。即如上文所提到的沈君，他對於廣東館子的脆皮炸鷄和紅燒鮑脯，就常常稱道不置。我最近這一次在廣州雖然住的時候不多——祇有四十天，但是因爲和許多親戚朋友們久別重逢的關係，不免多少有些飲食宴樂的應酬。據說，現在廣州的飲食業，比起從前已不算十分發達了，有些『老廣州』的人們甚至覺得它有點兒近乎蕭條。但是從我的觀察看來，還可以認爲是很高明的。特別是從香港返到廣州的人，許久沒有嘗着較好的飲食了，一旦回到自己的故鄉來，即使是鄉土觀念向來很薄的我，也不能不有一點蓴鱸之思罷。

今日粗說廣州的食品，想把它分爲三種，曰粥，菜，點心。在廣州吃麵食是不免遜色的，雖然廣東朋友們還有很多不肯同意這點的，那是因爲他們足跡不離廣東的緣故。凡是在北方居住的廣東同鄉，吃慣了大碗的炸醬麵，打滷麵或是蘇州館子的鱔背麵一類的麵食的，對於廣州，香港那些又黃又細團糅在一起的麵餅煑出來的湯麵，早已不會發生什麼興趣了。就算是護短一點，也至多覺得在廣東所吃的麵，湯汁比較的夠味，配料比較的豐富而已。但是配料和湯汁並非就是麵的本身，廣東人煑麵用的配料或湯好，那是因爲他們所做的其他的菜餚好的緣故，和麵的本身並沒有什麽關係。祇有在北方吃麵條兒，配料是異常簡單的，湯汁就是煑麵時用的平常的開水，決無襯托形容的作用，但麵的質地却和南方的相反，又爽又滑，顏色又是雪白的，切上一蝶紅蘿蔔絲和綠黃瓜絲拌着，加上一勺熱香上冒的滷，不由得不叫你垂涎三尺。這樣好吃的麵，當然你要吃兩大碗的。但是在廣州，即使是最大最新式的酒樓的窩麵，客人也都是用很小很小的碗盛着它，慢慢的隨着談話夾上一二箸而已，決不會狼吞虎咽。可是在北方和長江流域其他的城市呢，麵就無疑的變成主要的食糧了。

廣東的麵比較的可口的，恐怕祇有蠔油撈麵一種，那是有點兒像江南吃的拌麵的，其實也未必怎樣可口，不過還不妨一吃而已。記得香港有一家有仔記麵家，在中環砵典乍街（這個街名很難念，自然是譯音。原來本是人名，鴉片戰爭時英國的一員統帥罷，通常漢譯爲濮鼎查）。這條街還有一個名字叫做石板街，因爲是上山的路徑，完全用長條的石塊砌堆起來的，一塊整齊的一塊碎的，走起來很不便利。但是頗有些人不怕麻煩，每天那兒去吃一碗最著名的蠔油撈麵。這麵的好處恐怕仍是在湯，它的湯大約是用很多脂肪質的肉骨和大蝦米熬的，味道非常的鮮甜；這裏的麵雖然也是黃黃的，但是煑起來也相當的滑爽，一小碗撈麵，連湯帶麵，至多四分鐘可以吃完。這家麵舖的主人，又提倡薄利多賣主義，售價很便宜，每碗不過兩角，所以生意鼎盛，也不是沒有原因的。香港戰事平定之後，這家『有仔記』仍舊恢復營業。舖裏祇點着幾盞像豆瓣大小的油燈，映照着吃客們的面龐。麵的價錢也漲了三倍。——話愈說愈遠了，不如還是談談廣州最好的吃食罷。

還是就講廣州的粥罷。粥本來是大衆食品，原無足奇。但是廣東人吃粥，除了一鍋白稀飯之外，還有許多佳美的配料在一起燒煮。最著名的似乎是魚生粥，裏面的配料有生魚片，有江瑤柱，配細蘿蔔絲，有『薄脆』（一種炸過的麵製的食品，非常的酥脆），有時候還有海蜇皮。這種魚生粥的製法，不過是在煮滾了白粥之後，把這些配料很快的完全倒進鍋裏面，略微燙熟，立刻就盛出取食。這種滋味當然是很鮮的，但有時也不免有過生未熟之弊，未必適口。我自己就是不甚喜歡吃此種魚生粥的人。這裏忽然想到一件相似的事情。我有幾位潮州朋友，他們平常嗜食的東西就頗可怪。據說有一種海邊捉來的極細的蝦，嫩極，他們都是生吃的，味纔叫鮮美呢，煮過就不甚好吃了。此亦可爲吾鄉吃魚生之一種副署。然而我總是覺得煮熟的較爲可愛，這裏面未必有什麼熟食衞生的主張，不過第一是向來對那種腥鮮的口味有一點兒怕，第二則不忍看見那些腥東西的樣子耳。有時候看見一盤白切鷄，同座的人吃了都說很鮮嫩，非不知其適口。忽然看見鷄脖子上面還有幾縷鮮血，就有些兒不好意思下手了。這大約也只是順自然之情，沒有什麼奇怪，祇是一點不願意看繪女圖的猫哭耗子的感情而已。

所以我比較喜歡吃粥，並不是魚生，而是『魚片及第粥』。這個及第粥的名字，至少要包括三種不同的豬肉類做配料，通常爲豬肉（切碎，弄得和肉圓相似），豬肝，和豬腰。但是常常於上列三種之外，還要加上豬腸，豬肚。另外，最好還有一個新鮮的鷄蛋打在每碗裏面。這些豬肉和豬肝……等配料，都是放在白粥裏一齊煮熟的，鷄蛋則在半熟時放入。魚片呢，平常是切成一小碟子，拌些薑絲，胡椒粉，和醬油，等到粥從鍋裏盛出來之後，把它一齊倒在碗裏，用匙羹攪上幾攪，看到那些魚片由生嫩的顏色變到發白的程度，就是熟得可吃了。這樣的一碗粥，在自己家裏也可以做，在廣州的大小粥店裏，用很便宜的代價，也都可以吃到。雖然各家的配料都是差不多的，但是仍要看煮燒時的火候和調味的高下。在陰雨濛濛的季節裏，閑坐在市樓的一角，看完了自己愛讀的幾部書籍，正待蘇散一下精神的時候，忽然你的太太端上一碗熱氣騰騰的魚片粥來，這個大概是沒有方法拒絕的罷！許多人侈談精神，不重物質，有人的却又相反，菲薄精神。這原是一柄兩面鋒的利刃，自古迄今，原有許多場官司。不過我的意思，則以爲此種爭端大可免掉。精神的饑餓和物質的需求，本來並不會衝突的，它們祇是相利的，一貫的。不過每一方面，都不必太苛責就是。一位普羅列塔利亞希望吃得一碗好粥，吃到之後就歡喜讚歎，這就叫人生。

粥之餘，順便談談點心。廣州點心的特點不外乎它的巧小玲瓏，和種類奇多。什麼是巧小玲瓏？每人一間廣州茶樓（在廣州，像陶陶居，蓮香，占元閣，惠如樓都很好，）必可看到夥計們捧着大盒的各式新製好的點心，走來走去，任人選擇。每一小碟，至少一件，至多呢，却也不過三件。如果要像在南京夫子廟的雪園吃灌湯包子，一籠十二個，那是從來不會有的。並且，點心的樣式，又是新奇而巧小的居多，在那裏所謂大的鷄肉包子，一碟一個的，還不及夫子廟的包子的一半大。

至於種類呢，雖然不外包，餃，餅，糕，酥，……等幾種形式，然而它們的花樣幾乎是三五天就是換一換的，比起京滬的廣東館子，式樣還要多個幾倍。外省朋友們通常以叉燒包子代表廣州點心的全體，這個，有時候至多祇能認爲『以類舉，以類求』而已。

最後的一樣應該談吃菜，這雖不完全是奢侈，但是作專指營養滋料豐富的多寡而論的文字，我自知也決不擅長。好在奢侈的食品我也是同樣的不甚淸楚，雖然平常所論的『廣州的吃』，向來是以包翅，能掌，三蛇龍虎等佳餚做代表的。那麼，我就祇能談談普通的了。芥蘭炒肉片很不錯，土鯪魚的味道極佳美，此外的菜，老實說我都不甚喜歡。難道除此之外就沒有好吃的菜了麼？這未免有點兒矯情罷。不過寫文章的人平常都不大談到他們的飲食，好像都是得道的神仙似的。我愧未能做伯夷叔齊，却來侈談飲食，大概在有道之士的眼中看來，罪行已經不祇矯情一點而已了矣。

編後小記

發行倉卒！恰巧這一期『風雨談』因爲篇幅略有增加，弄到月底才能夠和愛讀我們的讀者們見面。我們爲了增添讀者們的喜悅和滿意，特地再增文字，把這一期改成『新年特大號』，下一期就叫做『春季特大號』。這兩期的內容，本期的目錄和預告已經很清楚的告訴給各位了，所以我們在這裏也就不另外饒舌，僅把幾件特別的事情提出來報告一下：

周豈明先生自從本刊創刊以來，屢次遠道以其新作惠賜，增光本刊以外，也飽慰了讀者們的渴望。最近周先生因爲集中氣力從事翻譯名著的工作，所以在南北各刊物發表的新作散文很少。本刊下期的『虎口日記及其他』一篇，却是他最近趕爲我們的『春季特大號』寫的，本刊同人敬到周先生的大作，固然喜不自勝，想來各地千萬的讀者們，當也無不歡迎這個寶貴的禮物。

蘇青女士主編『天地』散文半月刊以來，久不爲其他刊物執筆了。惟獨對於『風雨談』連載的『結婚十年』，念茲在茲，總認爲非繼續寫到完篇，不足以副全國廣大的讀者羣的熱望。續稿已經來了！准在下期可以刊登。

紀果庵先生，負大聲宏，是我國散文作家裏最結實最有內容有思想的一位。最近本刊遂獲到他的佳篇多種，將從下期起陸續發表，希望讀者們密切注意。

創造社的前輩陶晶孫先生，久已不替刊物寫長文了。我們向他請求爲『春季特大號』執筆，承他答覆賜來『創造社三年』長文，不但爲『風雨談』增加無限光輝，並且也是彌可珍貴的文壇史料。

陶亢德先生自從答應『顧問』本刊以來，每期都有一篇大作寄賜。『東京通訊之一』，『東京通訊之二』以外，本期又翻譯了法國名作家莫洛阿的『論戀愛』，下期還有新作刊登。此外，最近他又轉請日本著名的文藝批評作家山本健吉先生爲我們寫了幾篇東籍，下期准可發表。在這個文壇荒寂的時期，我們正缺乏的是眞實而正確的批評文字，我們怎能不對陶先生和山本先生以及其他幾位時刻願意幫助我們的本國和異國的友人，表示衷心的感激。

下期還有許多特稿和名著，這裏因爲篇幅關係，暫不一一介紹。不過，也許我們下期更有若干現在未及預告而異常精采的佳著刊出，在這裏却願意向讀者們道一聲歉，賣上一個關子。

本期特大號每册國幣貳拾

風雨談月刊

第八期　中華民國三十二年十二月廿五日

編輯兼發行者　風雨談社

印刷　太平出版印刷公司

中央書報發行所及全國各大書店報攤俱有經售

新書　太平書局出版

青年

林房雄著　張庸吾譯

「青年」這部小說，在日本早已膾炙人口。其所以擁有大量的讀者，乃至出版了六年之後再重新出一次決定版的，是因為它有着永遠留存的價值，而且是讀者和原作者都深愛着它的原故。

本書敘述着日本明治維新時動人的事實，作者用他透視到將來的目光，描寫少數人犧牲自己尊貴的生命，而使全國人民甦生的故事。從這事實顯示出日本的維新是不同於歐洲底階級鬥爭而是舉國的維新，同時更顯出日本能吸取外來思想創造自己的東西的特性。本書已由張庸吾女士全部譯竣，在此時介紹到我國來，該不是沒有意義的事。

每冊售價四十八元

予且短篇小說集

予且是近代文壇上不可多得的人物。

予且短篇創作小說，也是近代不可多見的傑作。

予且短篇小說集，曾獲得東亞文學獎的榮譽。

予且短篇小說是輕鬆的，細膩的，有入微的穿插，深刻的描寫，和動人的故事。

予且短篇小說中，可以使你獲到年輕人的許多實惠——精神上的，修養上的。

予且短篇小說集包括有雪茄，君子契約，傘，酒，考慮，微波，照像，求婚等八個故事，每篇有每篇的含蓄，每段有每段的修構。

予且短篇小說集裏可以使年輕人體味到心與靈的交流，熱情與血的奔放。

予且短篇小說集最近出版，每冊售價二十元。

短小精悍　百讀不厭

現代日本小說選集

章克標譯

在需要溝通中日文化的今日，介紹日本名作，該是首要的任務，章先生譯作豐富，蒙允將所譯短篇小說選擇優秀者交本書局出版選集。橫光利一，火野葦平，丹羽文雄，林芙美子，宇野浩二等都是國人熟知的作家，尚有上田廣，舟橋聖一……等佳作多篇。研究日本文學者，不可不讀。

上海小沙渡路四八九號 ★ 電話六〇一七〇

風雨談

春季特大號・第九期

風雨談

第九期

本期封面，魯迅「他們的花園」詩稿，劉半農藏，星雲堂景印。

風雨談

第九期

春季特大號

中華民國三十三年一二月

荒

吳伯蕭

雨的季節，雨在疏疏地連綿地落着，迷濛了近處和遠處。

這是C城一帶地區的平常事，人們的大部分工作不能因雨而間斷。於是在細雨斜片中，有着推手車的運夫，空身行路的男人，牽了孩子的小脚婦女，沿在石子路上，交織走着。道旁的田裏，水牛拖着沉重的脚步，許多耕起的泥塊，隨牠後邊翻出水面。假使沒有主人的鞭笞牠，一定會暫時稍停其喘息的。因爲草笠過大，不容易看淸農夫的臉色，只紅黑的四支腿臂在草笠下幌蕩，他有時也伸起腰來，望着山頂上的白雲出出神，接着又彎下去了。小孩子趕着白羊，從山角那邊轉過來，又繞進竹林里去。遂着從竹林里驚起不知名的鳥兒，將過農夫頭上，吃力，吃力的叫着。如果農夫是能聽懂鳥語的話，則他們將更要『吃力』了吧？許多遠處的山，以及山上的樹，都給白茫茫的雨烟遮沒住。

雨停止了，竹葉上丁丁地敲着水滴。新筍由地中穿出，尖生生地卓立着，早有提筐攜籃的孩子們在歡迎它了。繞過竹林旁邊的小溪岸，成羣的浣衣婦女在悠閒的持着衣裳，沙灘上舖開一件件地各色的布。山坡上也有採茶的年青的女人，發出嬌嗔的叫罵，投向尋她們開心的頑皮的小夥子。在碉樓旁，靜穆的嚴肅的兵士肩槍逡巡着，聚精會神地向四處搜索，是在偵察那向他們的襲擊者。離開碉樓一箭遠的地方，松棚下座着三四名散腰的兵士，指手劃脚地在談些什麼。有的悶了，一個人站在山崗上，提高了喉嚨，那恬靜的山谷，立刻回答着：『在月下，驚碎了英雄虎胆……』的音響。

太陽晒得熱烘烘的，淘鐵者的紅黑色臂膀，撑起鐵的鏟，在水中一起一落，汗珠和水花交織着在炎烈的陽光里。受着命運支配，鎮日在斧頭底下尋着生活的樵父，也被毒熾的陽光迫下山來，山柴担子，沉重地壓在肩上。只有不勞動的婦女，在庭槐影里拍着娃子，或者縫紉。竹子籬笆，茅草屋頂，跳動着的鵓鴣鳥和鵓鴣鳥，以及籬笆內外的雞犬，就都成了她們的日常伴侶。

王忠是個佃戶的兒子，他住在我們碉樓的山脚下，十幾戶人家的王屯，在前年事變時，因爲害怕軍隊逃難跑了，直到今年春才又隨着我們回到他的故鄉來。他認我們是他的恩人，常常喜歡和我們接近，他也好用阿諛的口吻頌揚我們的德政。

日子長了，王忠和我們成了熟人，談起話來並不加什麼檢點思索。他雖然還不滿二十歲，但他周身的肌肉明顯的昭示給我們是已經長成年了。黃瓜肉突凸着，鼻樑上微微有几粒雀斑，兩個黑而亮的眼珠，很帶精神。尤其C城一帶農人常留的那四五寸長的頭髮，很馴順的伏在他的腦壳上。雖然他沒讀過書，舉動可並不粗野。他眼角常挂着笑紋，說起話時總是抱着膝頭，用一雙手去搔着瘡疤的腿。

王忠告訴我們許多關於逃難的事：爲逃難死了多些人，高山怎樣攀登，滑掉山澗的孩子怎樣慘死，婦女抱着茄子似的脚痛哭，挨了幾天餓，他還背了三歲的弟弟跑了兩天兩宿，城里的警察厲害又不講理，粥廠管事人的捧子雨點撒地落在討粥人的頭上……

……

這人眞坦白，最肯把心腹的事告人。他笑着講過城里的時髦女人，講過闊大們衣服的華麗，講過他一天的經過，也講過夜里所作的夢。這兩天的日子，就多半在閒話中打發過去。

兩天不曾下雨，我們又開始築碉了。連長督促着，發下第一道命令——每人搬六十塊坯才准休息。土坯被雨淋了，又濕又熱的負在背上，往山頂運去。土屑和汗珠混在一起，沾在衣服上，頸頸上，面額上。稻草繩勒得肩膀紅紅地腫高起來。老大的汗珠從額角滾到頰邊，開了一道河溝，又落到地上去了。但是，說也奇怪，時間一長下來了，天氣也覺得漸漸地溫和，出就也不似從前那樣難以攀登了。

碉樓建築起來了，莊嚴地、整齊地、倨傲地立在山頭。傘形頂子下，鑲成許多小洞，若有對敵時，能放射子彈向四處去。它卓立山嶺，瞰制周圍的河流、山谷、森林，以及附近的許多條道路。

一個、二個、三個、四個碉樓。每個碉樓每塊土坯上都有我們的汗漬和手印。

太陽斜過去，天空浮着彩雲，晚風吹動山坡上的樹。弟兄們坐在碉樓下，談古論今，有的編草鞋，有的縫雨帽，我和兩個同伴到山下小河里去洗衣服。游魚一條追着一條，迎流鑽上去。翠鳥在柔弱的樹條上打墮子。幽靜的郁馥的野花香氣，從山坡上溜過來，霎時又溜走了。王忠沿着小河走上來，面色不甚愉快，說話的聲調也極不自然：

『洗衣裳嗎？老總！』

『是的。王大哥四五天沒有見，又是進城了，城里熱鬧不？』

『哼，別提啦！日他媽呀！眞倒霉。』說到這里停頓一下，又接續下去：『東家出門倒好抬，偏巧趕上抬少東家。山轎子是新的，自然吃哥吱響。抬慢了便罵，抬快了，轎子又響，也是挨罵。趕過嶺時又跌一跤，我的天爺！幸虧沒有摔着少東家，我挨了十多鞭子，劉二叔的臉給打出血了。日他媽呀！眞厲害！白跑一趟，連個饃都沒吃着、奶奶的。』說完撩起汗污的破衫，一條條紅腫的鞭花，在他肋巴下交叉的盤到背後去。

『給你幾塊錢？』

『沒得。唉，老總！抬東家向來不要錢的。俺種地人，抬人是應當啊！俺那敢要錢，和氣話也沒有哩。』

『那麽，你種他的地，是白種嗎？』這句話激動了王忠，他想起逃難前給東家送租糧的事了。他當時漲紅了臉，額頸上的青筋也一根根地曝露出來，一句趕着一句的說：

『俺，俺種他五畝地，給他拿十石課。×他娘的！少他『奶×』一個粒也不成啊。白種！日他媽呀！打急了俺，俺……舅子的命……』他氣紅了眼睛，拳頭握得鐵錘一般，臉上也現出堅毅的表情。

近處遠處以及城關四週圍的田地，幾乎都被朱、趙、張三位東家給囊括了，全縣能耕種的土地，所餘只不過四分之一。爲了生活而流汗的人們，少不得在東家的巨掌上蠕動着。

山莊里時常有個風吹草動，不很太平。東家早就躲進城里的高樓大廳內，鑽在紗帳子里玩弄着女人了。剩下這一羣窮小子，就得綳緊了眉頭在這里挺硬。

東家的眼界眞寬，認識科長，認識局長，認識巡警官，縣長會長什麽的常常和東家在一起打牌，至於同東家在一處談話的人至少穿的是大衫。

東家最歡喜秋天的來臨，黃滑的稻實，成石的傾進倉囤里，一石、十石、百石、千石，還有隨着稻實而來的副產品——牛、羊、豬、雞、鴨，幾十頭，幾百隻，東家指點着這頭瘦，那隻肥。忽然他的天良有點發現，意念轉移了，想到春天花去有限的錢，買點雞雛，小鴨、羔羊、仔豬等，散到佃戶家中，不操一點心，不費一文錢，就給養大了，也不是件容易的事，他更想到喂養的辛苦，也就不深追究了。

佃戶有禮，交完租粮，爲了保持來年種地的利權，遂從手車的後箱拿出裝得扁生生的兩包茶葉，一匣烟葉，恭遜的捧上去，東家當然是不睬的收下。

不論什麼時候，東家有事，通個訊，十名八名佃戶馬上到來，或者作點零碎工，或者抬了山轎，送東家的家里人到旁處去。

佃戶的女兒，稍許美麗點的，優先權也是東家所專有。總之，東家認爲佃戶的一切的一切，都是屬於他自己的。碰巧東家高興，也給抬轎的兩個白饃饃。

我們前天築路回來，遇見王忠，在他大門口呆呆地坐着。我笑着問他兩句見面常說的話，他很不自然的回答了以後，才曉得他每天牧的兩頭黃牛，也給東家送去了。

王忠的家中任什麼也沒有。低矮的兩間土房，稀疏的散着茅草，太陽光常由茅草縫中射進屋內。兩塊草簾子鋪在潮濕的土地上，草簾子上有王忠的母親以及兩件破棉襖，旁邊幾個粗糙的缶器伴着她。薰黑了的屋角下，擺着簡單的鍋灶。離小屋十幾步遠，站着兩尺來高的二斷土牆，一行葱綠的竹子，連接着札起籬笆，又繞到小屋前邊。一條瘦狗睡在槐樹蔭影里。

這樣簡陋的房舍，是可以代表C城一帶地區的平民普通的住處。床帳，被褥，玻璃燈，成爲罕見的東西。王忠只在東家的家裏見過兩次。

爲着官鹽的統制，而私鹽的昂貴，他們每天從嘴里吐酸水，口淡。他們偶而背起一斗麥子到城里去，向住家主換得三四斤食鹽，放在罐里，數起粒來要吃它一年。

王忠今年好運道，去了十石租粮，家中尙餘三石八斗稻子，不滿四石。他明年的衣食無憂了，因此他常到我們住的碉樓這里來談談閒話。趕上開飯，也會讓他吃過幾次。如要趕上吃饃饃，他便不肯狼吞虎嚥了，羞搭搭地放下筷子。他面部的表情很明白的暗示給我們，他一拿起白饃，就想起他母親抱着麥粥盌，掐鹽粒的情形。我們便拿起熱騰騰地白饃送給他，他本能的客氣一下，放進懷里跑下山去了。

王忠有時也送給我們點野菜，我們啖了，確實有些特殊味道。他已經成爲我們最好的朋友了，所以每逢團部營部找挑夫時，總是忘不掉他的。得到工資以後，他用含笑的雀斑臉回答我們，在飄着樹葉的暮色中。

我們並不怕築路的勞苦，只是來去走的空路太遠了。十字鎬鈍鈍的，落在石頭上，僅能敲出一個白點。幾天的經驗告訴我們，在十字鎬落下時，臉須扭向側面去，才可避開飛起的石屑，不然常會碰出血來。手虎口震得發麻，指節也腫了。「媽的，眞硬！」我們常是這樣詛咒着萬古千秋沒有人動一動的石頭。

夜是靜靜的滴下涼雨。碉樓里漆黑，打一天石頭的疲倦身子，正需要恢復一下，將矇矓的合上眼，突然一種尖銳的空氣阻撓子彈的叫聲，方向分明是在北坡松林那面，該又是放哨崗的警衛吧？但是，終於一宿不曾合眼，一直到東方發白，這聲音也同黑暗的黑幕，不知消失到什麽去處了。

天亮，王忠跑上山來，喘吁的告訴我們：

「買個使女吧？老總！是從×城來的，昨晚宿在村里，今個兒要往城里去的。買一個送家中使喚，算是積德。」

王忠領我們走下山，連長跟在後面。

這羣人擁上前，她們以爲買賣到了，老婆婆用着滿口的土音的話問我們：

「買嗎？老總！」

「四十塊錢啊！」

「積德呀！救命啊！」

我的心立刻痛起來，一時找不出什麽話回答她。光景不過十三四歲的女孩子，緊緊扯住老婆婆的衣角，眼睛水汪汪的，鬢角的頭髮，攏向後邊，紅線繩鬆鬆地纏在髮辮上，橢圓的黃臉，如果不乏營養，當然也會泛出紅潤來的。爲了避開人們的視線，顫抖着躲在老婆婆的身後。連長心里也像很難過，遲疑的問着：

「四十塊錢賣她，夠作什麽的？你捨得她嗎？」

老婆婆的眼淚湧出來，吞聲答道：

『沒的吃呀！我家里還有三個小廝，一個丫頭。』

『老總，可憐啊！』

『官長，救命吧？』

我們背過身來，一元、二元、五元，連上連長也沒湊到二十元錢，捲成一捲，外附一大把零碎的角票和分票，遞給老婆婆。

『我們不買。』

『幾塊錢拿回家里買米，過日子吧。』

『我們只有這幾個錢。』

『拿去吧。』

『別賣她啦。』

我們受不住她那碰地磕的幾個響頭，大家都有些鼻酸，有的已經落淚了。過一會，那個十三四歲的女孩子伴着老婆婆，沿着河旁的石子路上，或者是走回家去了。

荒！這有上古遺風的樸實的人們，是永遠在這荒的生活里存在着的。

一九四三，暑假，於濟南讕諺齋。

玉官

(一)

許地山

想起來直像是昨天底事情，可是前前後後已經相隔幾十年。

那時正鬧着中東戰爭，國人與兵士多半是鴉片抽得不像人形，也不像鬼樣。就是那不抽煙底，也麻木得像土俑一般。鎗礮軍艦都如明器，中看不中用。雖打敗仗，許多人並沒把它當做一件大事。也沒感到何等困苦。不過有許多人是直接受了損害底，玉官底丈夫便是其中底一個。他在一艘戰艦上當水兵，開火不到一點鐘底時間便陣亡了。玉官那時在閩南本籍底一個縣城，身邊並沒有積蓄，丈夫留給她底只是一間比街頭土地廟稍微大一點底房子，和一個不滿兩歲底男孩。她不過是二十一歲，如果願意再醮，還可以來得及。但是她想：帶油瓶諸多不便，倒不如依老習慣，撫孤成人，將來若是孩子得到一官半職，給她請個封誥，表個貞節，也就不枉活了一生。

自從立定了主意以後，玉官底家門是常常關着。她每日祇在屋裏做一些荷包煙袋之類，送到蘇杭舖去換點錢。親戚朋友本來就很少，要從他們得着什麼資助是絕不可能的，她所得底工資只夠衣食之費，想送孩子到學塾去，不說書籍紙筆費沒着落，連最重要的老師束修，一年一千文制錢，都沒法應付。房子是不能賣底，就使能賣，最多也不過十幾二十兩銀子。她丈夫有個叔伯弟弟，年紀比她大，時常來看她。他很殷勤，每一來到，便要求把哥哥底靈柩從威海衛運回來。其實，他哥哥有沒有屍身還成問題，他底要求只是逼嫂嫂把房子或姪兒賣掉底一種手段。他更大的野心便是勸嫂嫂嫁了，他更可以沾着許多利益。玉官已覺得叔叔是欺負她，不過面子上不能說穿了，每次來，只得敷衍他。

叔叔底名字在城裏是沒人注意底。他雖然進過兩年鄉塾，有名，有字，但因功課不好，被逐出學，所以認得他底人還是叫他底小名「糞掃」。他見玉官屢次都是推諉，心還不死。一天，在見面底時候，他竟然對嫂嫂說，她這麼年輕，孩子命又脆，若過幾年有什麼山高水低，把她底青春就誤了，豈不要後悔一輩子？他又說沒錢讀書，怎能有機會得到功名？縱使有學費，也未必能夠入學中舉。縱然入學中舉，他不一定能得一官半職，也不一定能夠享到他底福。種種說話，無非是勸她服從目前的命運。萬般計畫，無非是勸她自己找個吃飯底地方。這在玉官方面，當然是叔叔給她底咒詛，每一說到，就不免罵了幾聲「黑心肝底路旁屍」。可是也沒奈何。

因爲糞掃來騷擾，玉官待要到縣裏去存個案底，又想到她自己，一個年輕寡婦，在衙門口出頭露面，總是不很妥當。況且糞掃所要求運柩底事也不見得完全是沒理由。她想丈夫停靈在外本不合式，本得想法子，可是她十指纖纖，能辦得什麼事？房子不能賣出；兒子不能給人；自己不願改嫁。她並不去問丈夫底靈柩到底有沒有，她想就是剩下底衣冠也得運回來安葬。她恨不得把她底兒子，她底惟一的希望，快快地長大成人，來替她做這些事情。爲避免叔叔底麻犯，她有時也想離開本鄉，把兒子帶到天涯無藤葛處，但這不過也是空想。第一，她沒有資財，轉動不了；第二，她不認識字，自己不能做兒底導師；第三，離鄉別井，到一個人地俱疎底地方，也不免會受人欺負；第四，……；還有說不盡的理由縈迴的在她心裏。到底還是關起大門，過着螺介式生活，人不惹她時，不妨開門探頭；人惹她時，立刻關門退步。這樣是再安全不過底了。她爲運靈柩底事常常關在屋裏痛哭，有時點起香燭在廳上丈夫底靈位前祈禱，許願。

雖然關着門，糞掃仍是常常來。這教玉官底螺介政策不能實施。他一來到，不開門是不行的，但寡婦底家豈能容男子常來探訪？縱然兩方是清白的親屬關係，在這容易發惡酵的社會裏，無論如何，總免不掉街頭坊尾底瑣語煩言。玉官早已想到這一層，周禮她雖然沒考究過，但從姑婆舅公一輩底人物底家教傳下來「男女授受不親」，「叔嫂不通問」一類底法寶，有時也可以祭起來。不過這些法寶是不很靈的，因爲她所處底不是士大夫底環境。不但如此，糞掃知道她害怕，越發天天來麻犯她。人們也眞個把他們當做話把，到處都可以聽見關於他們底事情底街談巷議。

同街住着一「拜上帝」底女人名叫金杏，人家稱做她杏官。她丈夫姓陳，幾個月前，因爲把妻家底人打傷了，官府要拿人，便不知去向。事情底起因是杏官被她底姪兒引領入教，回到家裏，不由分說把家裏底神像主破個乾淨。丈夫氣不過，便到妻家理論，千不該把內姪打個半死。這事由教會洋牧師出頭，非要知縣拿人來嚴辦一下不可。因爲人逃了，這案至終在懸着。

杏官在街坊上很有點勢力，誰也不敢惹她。但知道她底都不很看得起她，背地裏都管她叫連累丈夫底「喫教婆」。她姪兒原先在教會底醫院當藥劑師。人們沒有一個不當他是個配迷魂藥引人破神主，毀神像底老手。杏官自從被他引領入了教，便成爲一個很熱心的信徒，到處對人宣講。但她並不是職業的傳教士，她底生活是靠着在一個通商口岸底一家西藥房底股息來維持，一年可以支三百塊錢左右。她原來住在別的地方，新近才搬到玉官隔鄰幾家來住。一家祇有三口，她和兩個女兒雅麗，雅言。雅麗是兩歲多，雅言才幾個月。玉官在她搬來底時候便認識她，不過沒有什麼來往。近來因爲受不了叔叔底壓迫，常常倒扣上家門，攜着一大底糧食和小兒子到杏官家去躲避。杏官也很寂寞，所以很歡迎她來做伴。

杏官家裏底陳設雖然不多，却是十分乾淨。房子是一廳兩房底結構。中廳懸着一幅「天路歷程圖」。桌上放着一本很厚的金邊黑羊皮「新舊約全書」，金邊多已變成紅褐色，書皮底光澤也沒有了，書角底殘摺紋和書裏夾底紙片，都指示着主人沒一天不把它翻閱幾次。廳邊放着一張小風琴，她每天也短不了按幾次，和着她口裏唱底讚美詩歌。這些生活都是玉官以前沒曾見過底。她自從螺介式生活變爲早出晚歸底飛鳥式生活以來，心境比較舒坦得多。在陳家寄托，使她理會喫教底人也和常人一樣和靄可親，甚且能夠安慰人。她免不了問杏官所信底都是什麼。她心裏總不明白杏官告訴她凡人都有罪，都當懺悔和重生底道理。自認爲罪人，可笑。無代價地要一個非親非故來替死，可笑。人和萬物是上帝底手揑出來底，也可笑。處女單獨懷孕，誰見過？更可笑。她笑是心裏笑，可不敢露在臉上，因爲她不能與杏官辯論，也想不出什麼理由說她不對。杏官不在跟前底時候，她偷偷地掀開那本經書看看，可惜都是洋字，一點也看不懂。她心裏想，杏官平時沒聽她說過洋話，怎麼能念洋書？這不由得她不問。杏官告訴她那是「白話字」三天包會讀，七天准能寫，十天什麼意思都能表達出來。她很鼓勵玉官學習。玉官便「阿，卑，西，——」唸呪般學了幾天。果然靈得很！七天以後，她居然能把那厚本唸得像流水一般快。

洋姑娘常到杏官家裏。玉官往時沒會在五尺以內見過外國人，偶爾在街上遇見自己總是遠遠地站開，正眼也不敢看他們一下。無論多麼鎮定，她一見洋人，心裏總有七分害怕。她怕洋人鉸人頭髮去做符咒；怕洋人挖人眼睛去做藥材；怕洋人把迷魂藥彈在她身上，使她額頭上印上十字，做出褻瀆神明，侮慢祖宗底事。她正在廳上做活，洋姑娘忽然敲門進來，連忙退到屋裏。杏官和洋姑娘互道了「平安」，便談些教裏底話。她雖然不很懂那位姑娘底話，從杏官底回答，知道是關於她有股份底那間藥房底事情。她聽見那洋姑娘說藥房賣嗎啡，給別的教友攻擊，那經理在聚集禮拜底時候，當衆懺悔，願意獻出一筆款子來，在鄉間修蓋一所福音堂；因爲杏官是股東，所以她來說說。杏官對於商務本不明白，聽了姑娘一番話，只是感謝上帝，沒說別的，洋姑娘臨出門底時候又托杏官替她找一個「阿媽」，每月工錢六百文，管住不管吃。

杏心血來潮，回到屋裏，一味攛掇玉官去混這份事情。玉官想一個月六百文，喫用去四百，還剩二百；管住，她底房子便可以賃出去，一個月至少也可以得一二百文。爲孩子將來的學費當然比手磨破了做針黹，一天得不了一二十文，好得多。最要緊的是糞掃再也不敢向她搗亂。她點了頭，却要杏官保證那洋姑娘不會給她迷魂湯喝，也不會在她睡覺時挖掉她兒子底眼睛，或鉸掉她底頭髮。上工底日子已經約定，她心裏仍是七上八下，怕語言不通，怕洋人脾氣不好，怕這，怕那。

洋姑娘許玉官把孩子帶在身邊，給他一間很小的臥房，就在福音堂後面。她主人底住處不過隔着幾棵龍眼樹，相離約距五丈遠。她自己底房子賃不出去。因爲教堂距離也很近，她本來想早出晚歸，又怕糞掃去攪擾，孩子放在家裏又沒人照顧，不如把門窗關嚴，在禮拜天悄悄地回來看看。每月初一十五，她破曉以前回家打掃一遍，在神位和祖先神主前插一炷香，有時還默禱片時。這舊屋簡直就像她底家祠，雖然沒得賃出去，她倒也很安心。

糞掃知道了嫂嫂混了洋事，惹不起，許久沒見面了。趕巧在一個禮拜天早晨，玉官回家底時候，他已在門口等着。他是從杏官打聽出她每在那時候回家底。一進門，他還是舊話重提，賣房子運靈，接着就是借錢。玉官說了幾句，叫他以後莫來麻犯她，不然她便告教堂到衙門去告他一狀。正在分會不開底時候，杏官進來了。她也幫着玉官說了糞掃幾句，把他說得垂頭喪氣，踱出嫂嫂家門。她們也隨着出來，把門倒鎖着，到教堂去了。糞掃一面走，一面想，看她們走遠了，回頭到嫂嫂家門口，見鎖得牢牢地，四圍底牆壁又很高，沒法子進去。越想越把怨恨移在杏官身上。他以爲杏官不該引他嫂嫂到教堂去工作，因而動意要到她家去看有什麼可拿底沒有，藉此洩洩憤氣。不想到了杏官家，門也是關得嚴嚴地，沿着牆走到後門，望望四圍都是曠地，沒有人往來，他從土堆裏找出一根粗鉛絲，輕把門閂撥動，一會工夫就把門打開了，進到屋裏，看見兩個小女孩正在床上熟睡，箱籠雖有幾個，可都上了鎖。桌上沒有什麼値錢的東西，便去動那箱底鎖。開鎖底聲音，幾乎把孩子驚醒了。手一停住，計便上心。他到床邊，輕輕地把雅麗抱在懷裏，用一張小毯蒙着她。在拿小毯底時發見了兩錠壓床褥底紋銀，他喜出望外，連忙檢起掖在身邊，從原路出去，一溜煙似地跑了。

糞掃一氣跑出城外，抱着孩子，心裏在盤算着。那時當地有些人家很喜歡買不滿三歲底女嬰來養，大了當丫頭使喚；尤其是有女兒底中等家庭，買了一個小丫頭，將來大了可以用來做小姐底陪嫁婢。他立定主意要賣雅麗，不過不能在本城或近鄉幹，總得走遠一點。在路邊歇着底時候，他把銀錠取出來放在手裏掂一掂，覺得有十來兩重，自己裂着嘴笑了一會。正要把銀子放回口袋裏，忽然看見遠處來了人，走得非常地快。他疑心是來追他底，站起來，抱着孩子，撒開腿便跑，轉了幾個灣，來到渡頭，胡亂地跳上一隻正要啓碇底船。坐在艙底，他底心頭還是怔忡地跳躍着。

他受了無數的虛驚，才輾轉地到了廈門。手裡抱着孩子，一點辦法也想不出來。他沒理會沒有媒婆，買賣人口是不容易得着門道，自己又不能抱出去滿街嚷嚷。住了好些日子，沒把孩子賣出去，又改了主意。他想不如到南洋去，省得住久了，給人看出破綻來。

在一個朦朧的早晨，他隨着店裏一幫番客來到碼頭。因爲是一個初出口岸底人，沒理會港口有多少航線，也不曉怎樣搭伙上大船去。他糊亂上了圍着渡頭底一隻小艇，因爲那上頭也滿載着客人，便想着是同一道底。誰知不凑巧，艇夫把他送上上海船去了！他上了船也沒問個明白，只顧深密躲藏起來。一直到船開出港口以後，纔從旁人底話知道自己上錯了船。無可奈何，只得忍耐着，自己再盤算一下。

一天兩天在平靜的海面進行着，那時正在三伏期間，艙間熱得不可耐，雅麗直嚷要媽媽。他只得對同艙底人說，他是她底叔叔。因爲哥哥在南洋去世，他把嫂嫂同孩子接回家鄉，不料嫂嫂在路上又得了病，相繼死掉了。他是要回鄉去，不幸上錯了船。一番有情有理底話，把聽底人都說得感動起來，有人還對他說上海底泉漳人也很多，船到時可以到會館去求些盤纏，或找些事情，都不很難。他見人們不懷疑他，才把心意放寬了，此後時常抱着孩子在甲板上走來走去。

在船到上海底前一天，一個老媽走到糞掃身邊說她底太太要把孩子抱去看看。糞掃還沒問他什麼意思，她已隨着說出來。他說她底太太在半月以前剛丟了一位小姐。昨天在艙裏偶然看見他底孩子，不覺大大地傷心起來，淚漣漣地哭着她那位小姐。方才想起又哭，一定要把孩子抱去給她看看。她說她底太太很仁慈，看過了，一定會有賞錢給底。問了一番彼此底關係，糞掃便把雅麗交給那女傭抱到官艙裏去。

大半天工夫，傭人還沒孩子抱回來，急得糞掃一頭冷汗。他上到甲板，在官艙門口探望，好容易盼得那傭人出來。她說太太一看他底孩子，便覺得眼也像她底小姐，鼻也像她底小姐，甚至頭髮也像得一毫不差。那女孩子，眞有造化，教太太看中了。

糞掃却有一點小聰明，他把女傭揪到甲板邊一個稍微僻靜的地方，問她太太是個什麼人。從女傭口裏，他知道那太太是欽差大臣李爵相幕府裏熟悉洋務一位頂紅的黃道台底太太。女傭啓發他多要一點錢。他却想藉着機緣求一個長遠的差使，在船上不便講價，相約上岸以後再談。

黃太太自從見過雅麗以後，心地開朗多了。她一時也離不開那個孩子，船一到，便教人把糞掃送到一間好一點的客棧去。她回公館以後，把事情略爲交待，便趕到客棧裏來。她底心比糞掃還急。糞掃知道這買賣勢在必成，便故意地裝出不很捨得底情態。這把那黃太太弄得越急了。糞掃不願意賣斷，只求太太賞他一碗飯喫。太太以爲這在將來恐怕拖着一條很長的尾巴。兩造磋商了一半天，終於用一百兩銀子附帶着一個小差使，把雅麗換去了。

糞掃認識底字不多，黃太太只好把他薦到蘇松太兵備道衙門裏當個親兵什長。他底名字也改了。在衙門裏做事倒還安分，道台漸漸提拔他，不到一年工夫又把他薦到遊擊衙門當哨官去。他有了一個小功名，更是奮發，將餘閒底工夫用在書籍上，居然在短期內把文理弄順了。有時他也到上海黃公館底門房去，因爲他很感激恩主黃太太底栽培，同時也想看看雅麗底生活。

雅麗居然是一位嬌滴滴的小姐，有一個娘姨伺候着她。小屋裏，什麼洋玩意兒都有，單說洋娃娃也有二三十個。天天同媽媽坐一輛維多利亞馬車出去散步。喫底喝底，不用提，都是很精美的。她越長越好看，誰見了都十分贊美，說孩子有造化。不過黃太太絕對不許人說小姐是抱來底。她愛雅麗就和親生底一樣。她屢次小產，最後生底那個，養了一年多又死了。在抱雅麗底時候，她到城隍廟去問了個卦，城隍老爺與「小半仙」都說得抱一個回來養，將來可以招個弟弟。自從抱了雅麗以後，她底身體也是一天好似一天，菩薩說她底運氣轉好了，使她越發把女兒當做活寶。黃觀察並不常回家，爵相在什麼地方，他便隨着到什麼地方去。所以家裏除掉太太小姐以外，其餘都是當差底。

門房底人都知頻糞掃是小姐底叔父，他一來到，當然是格外客氣。那時候，他當然不叫「糞掃」了，而官名却不能隨便叫出來底，所以大家都稱他做李總爺或李哨官。過年過節，李總爺都來叩見太太。太太叮嚀他不得說出小姐與他彼此底關係，也不敢怠慢他。

李總爺既然有了官職，心裏眞也惦着他哥哥底遺體，雖曾寄信到威海衞去打聽，却是一點蹤跡都沒有，他沒敢寫信給他嫂嫂，怕惹出大亂子來不好收拾。那邊杏官因爲丟了孩子便立刻找牧師去。知縣老爺出了很重的花紅賞格，總是一點頭緒都沒有。原差爲過限銷不了差，不曉得挨了多少次底大板子。自然誰都懷疑是玉官底小叔子幹底，只爲人贓不在，沒法證明。幾個月幾個月底工夫忽忽地過去，城裏底人漸漸把這事忘記掉。連杏官底情緒也隨日鬆弛，逐漸復原了。

玉官自從小叔子失蹤以後，心境也清爽了許多。洋主人意外地喜歡她，因爲她又聰明又伶俐。傳教是她主人底職業，在有空底時候，她便向玉官說教。教理是玉官在杏官家曾領略過一二底所以主人一說，她每是講頭解尾，聞一知十。她做事尤其得人喜歡，那般周到，那般妥貼，是沒有一個僕人能比得上底。主人一意勸她進教，把小脚放開，應許她若是願意底話，可以造就她，使成爲一個「聖經女人」，每月薪金可以得到二兩一錢六分，孩子在教堂裏唸書，一概免繳學費。

經過幾個星期底考慮，她至終應許了。主人把她雖兒子暫時送到一個牧師底家裏，伴着幾個洋孩子玩。雖然不以放脚爲然，她可也不能不聽主人底話。她底課程除掉聖經以外，還有「眞道問答」，「天路歷程」，和聖詩習唱。姑娘每對她說天路是光明，聖潔，誠實；人路是黑暗，罪污，虛僞。但她究竟看不出天路在那裏。她雖然找不到天使，却深信有魔鬼，好像她在睡夢中曾遇見過似地，她也不很信人路就如洋姑娘說底那般可怕可憎。

結婚十年

蘇青

五　兩顆櫻桃

從此我與應其民便一天一天的熟悉起來了，我是每天下午四時許才上圖書館的，他總先自坐在那兒。見了我，他就似笑非笑的點點頭，但馬上又把眼光移到書本上去，再也不說什麼。我照例是坐在他對面，然而不知怎的，自從那晚上他來拜訪過我以後，我就覺得不好意思，背着臉兒坐到另一個角落裏去了，但坐定之後却又後悔不迭起來。我爲什麼不多瞧一眼黑皮鞋，灰呢袍子，永遠帶着一副白金邊眼鏡的他呢？

我想起了白金邊眼鏡，我就聯想到他的學者風度。他雖然沒有賢生得漂亮，但態度却比賢穩重大方得多——拿他同賢一件件比較起來，我便再也沒有心思讀喬索了。一種狂熾的慾望逼得我回過頭去，我似乎覺得全室的人都在用灼灼的目光瞧着我，我幾次不敢，最後總算透視到他的白金邊鑲着的眼鏡玻璃上了！但使我頂奇怪的，就是沒有接觸，沒有交流，一些作用也不起，他還是靜靜的看他的書，書厚得很，當然是工程方面的。

於是我憤然了，談科學的人難道都是死猪，一些風情也不解的嗎？據說愛迪生就是在結婚那天途經實驗室，走進去大做其實驗，把新娘撇在門外有半天理也不理的。如今他在看書的時候居然也不理我，全室的人都瞧着我祇有他一個人不理會，呸！難道他眞也是以愛迪生自居而把我……把我當作他的新娘嗎？

「好一個不怕羞的女人！」我想到這裏，不禁恨恨的搥了自己一下，不許再想下去。一縷輕烟似的悵惘却又從我的心底冒出來，瀰漫在整個的圖書室裏，瀰漫在整個的宇宙之間。我祇覺得眼前一切都糢糊起來了，一行行蟹行文字，都化成煙樣的霧，霧樣的烟。慢慢地，慢慢地，從煙霧之中過來了一個灰色衣裳的男子，是他，在我身旁站定了，我覺得迷迷糊糊，祇等他一聲開口，把烟霧驅散，顯露出整個光明的天地。

但是他總不作聲。我奇怪地抬起頭來看：原來他是在翻一本韋白司脫大字典，放在我身旁木桌上，一本厚的，舊的，冰冷的，沒有靈魂的東西！

霧凝成水，水結成冰，冰塊壓在我心頭又冷又沉重，我戰慄着離開圖書館，急急向前逃奔。

前面是陰暗的，淡黃色太陽落山了。不到七點鐘吧？圖書館的門還不曾關呢，我先出來了，急急地向前走。一陣更急的脚步帶從後面追了上來，是他，在我身旁站住了說：「一同去吃晚飯吧？」

「也好。」我輕輕回答，心中迷迷糊糊地。

整個的冬天就是迷迷糊糊過去了，每天我同他在一室中看書，每晚我同他在一桌上吃飯。他是湖南人，性格堅韌，坦白，樂觀。我們談得很少，但是却投機。我常覺得自己有一句要緊的話同他說，祗是說不出口。

總於到了陽曆二月中旬了，寒假中我沒有回去，賢曾寫信來叫我，因我回信說不去，他獨自也就不高興歸家了。他住在外婆家裏過年，有瑞仙陪着，當然是快樂的。至於我呢？我們在客中沒有什麽吃的，祗在陰曆大年夜，他買一隻板鴨，我也喝半杯酒。寒冬過去，很快的初春又來了。

有一次吃過晚飯，他忽然對我說：「到後湖去玩玩吧？」

我說：「也好。」

「那末，你去換一件厚些衣服來，天氣還冷呢，」他緩緩地說了，眼睛看着我：「近來你吃飯似乎……」

我默默不開口，心裏很奇怪他倒居然也留心我近來胃口不好的事，我以爲他一向是祗知道關心工程書籍與韋白司脫大字典的。

換了件厚呢大衣，我同他坐車到了後湖。湖畔的遊人很少，我們緩緩地走着，我在前，他略後。那是一個月夜，寒光冷悽悽地，顯得蕭索。我說：「春天還沒有到呢，遊什麽湖！」

他答：「那是你身體不舒服，所以沒興趣，辜負這好風景。既然如此，還是回去吧。」

在歸來的途中，我眞覺得自己病了，有些噁心。

但是第二天晚上，却是我先提議去遊湖了，他說：「你旣然身體不舒服，還是不要去吧。」

我說：「去走走也許倒會好一些。」

於是我們又去了，第三天，第四天，第五天……每天晚上都去，幾乎成了課程。他似乎眞的相信走走於我身體有益，而我呢，見他高興，自己也就高興起來了。

月亮總於漸漸變成鈎狀了，愈來愈細，像是一道女人的眉毛。在黑黝黝的湖畔，他瞧着我臉龐，半响，低低的說：「你近來瘦得多了呢，身上覺得有什麽不舒服吧？」

「是的，」我說：「因爲……」我想說因爲身上的一件東西沒有來，但始終不能出口。

他焦急地追問起來，我祗是搖頭，最後他就決定說還是明天送我到鼓樓醫院去看去吧。

到了鼓樓醫院，他搶先去掛號了；掛號處的人問：「看什麼病呢？」他望着我，我回過臉去不理他，一面悄聲說：「婦科。」

他替我掛了特別號，陪我走進診察室。一位慈祥的老醫生問我病狀了，我想說，祇是開不得口，回轉頭來眼睛看着他意思叫他出去。但是他不懂，反而焦急地催我說：「快告訴醫生呀，你有什麼病。我祇知道你近來胃口不好，想吃什麼，一會兒廚子端了上來卻又說不要吃了……」

醫生微笑點頭，叫我走到裏面去，他坐在診察室裏等候。當他瞧見醫生領着我出來，我的臉上滿是淚痕時，便惶惑地問：「什麼？什麼？你沒有什麼病吧？」

醫生拍拍他的肩膀說：「請放心，沒有什麼病，尊夫人是有喜了。」

他的嘴唇頓時發白，顫聲向我說：「你……你……」

我不敢再瞧他的臉，掉頭逕向外走。不知走了多遠，斜地裏忽然有一輛黃包車穿出來，他趕緊拉住我臂膀說：「當心呀！」車子過去了，他就放開手，大家仍舊默默地走。

半晌，我抖着喊：「其民！」這是我第一次喊他的名字。

他說：「我在這裏——你有什麼需要我幫助的吧？」聲音很柔和，但微帶顫，像後湖粼粼的水。

我忽然胆大起來，坦白地告訴他：「我是結過婚的人哩！」

他似乎出於意外地感到輕鬆，舒口氣說：「那好極了，否則……否則我打算馬上同你結婚哩！」說完這句，似乎有些悲哀樣子。

我的心裏重又感到無限惆悵，想對他說些什麼，卻又沒有什麼可說。

他一直送我到女生宿舍。

第二天我沒有上圖書館，第三天也沒有去，晚飯是在宿舍裏吃的，一個人冷清清地。

到了第四天晚上，他來找我了。他的臉上已憔悴得多，頭髮亂蓬蓬地，衣服也不整潔。見了我，似乎笑了一笑，半響，他這才啞聲說道：「再到後湖去談談吧！」

我默默地隨着他到了湖畔，夜是靜悄悄地，顯得寂寞可怕。他也不理我，獨個子瞧着湖水，呆了半響，回頭向我道：「坐船不要緊吧？」

我點點頭，剛坐上船，他便起勁地划向湖中心去了。湖水黑沉沉地，愈到中心愈深沉了。天上又沒有月亮，一片黑黝黝的，遊人也少，只顯得周圍黑暗而荒涼。他用力地划，划，起勁使着槳，似乎無限憤怒在找發洩似的，我忽然覺得害怕起來了，心想他不要是在準備覆舟與我同歸於盡吧……

「其民！」我顫聲喊，兩手拉住他的臂膀。

他持槳停住不動了，大聲問：「什麼事？」

我聽了更加害怕起來，抖索索地，眼望着他臉孔央求：「我對不住你，其民，我……」

「那……那是很好的事。」他的聲音低下來，有些悽慘，我更加害怕了。

「你不會……不會……吧？」我期期艾艾地問。

他的回答很爽直，他說：「我決不會恨你。」

「不。」我接下去道：「我的意思是說你……你不會自殺吧？」

「我爲什麼要自殺？」他高聲笑了起來，我害怕極了，心裏又慚愧。

於是他拿起槳，在水面上劃了個十字，說：「告訴你吧，我說那是很好的事，你不會懂我的。」說着，他拉起我的手，用力捏，痛得我掉下淚來，一面掙脫一面說：「這算這麼？」他似乎一驚，隨着聲音就溫和起來，他說：「我們划回岸邊去吧。」

回到宿舍裏，我簡直哭上大半夜。我恨他，恨自己，恨腹中一塊肉，當夜我就起了一個犯罪的念頭，我想打胎。

夜裏失眠，早晨便醒得遲，正當睡得酣時，門房來喊了，說是有客。我心裏奇怪，上午怎會有客來，於是匆匆梳洗了跑出去一看，還是他，坐在會客室長沙發上，臉色蒼白，眼睛直瞪瞪地看着桌上兩本書。

那可不像工程的書，奇怪！

正奇怪間，他可站起來了，似笑非笑地，把這兩本書遞給我道：「那是送你的，今天一早我特地跑到花牌樓去買來——昨晚上對不起你了。」

我接過書來一瞧：原來一本是「孕婦衛生常識」，一本是「育兒一斑」，看過了，我不禁羞得抬不起頭來，手裏拿着書，覺得放下又不是，不放下又不是。他也臉上訕訕地，祇說了一聲：「下午再到圖書館來。」就自起身告辭了。

我呆呆瞧看孕婦衛生常識與育兒一斑，心中攷慮打胎問題。

當我下午在圖書館中遇見他時，他微笑向我招呼，神色却有些悽慘似的。看書的時候，我不時偷眼望他，他的眼睛直瞪瞪地，似乎在瞧着別的什麼，沒有看我，也沒有看書。

晚上，我又同他在一起吃飯，吃完了飯，一同到湖邊閒步。天氣漸漸暖和起來了，遊人增多，但我們很早就回來，他說是怕我太累。他的態度很溫和，一路小心護着我，似乎怕我會傾跌或會給人撞着的樣子。他說在這時期的女人是應該散散步，瞧瞧外面美麗的風景的，但是不宜過勞。這些話似乎都是從孕婦衛生常識上看來的，他已讀過這本書了，我聽着不禁臉紅起來。

他快畢業了，我怕耽誤他的功課。但是他說不要緊，每天早晚仍舊來陪我散步。不過他說後湖太遠，來去須坐車，坐車是有危險的，還是近處走走吧。因此北極閣，雞鳴寺，以及臺城等處，就成爲我們常到之地。有時他還買了水果蛋糕等食物去叫我吃，他自己吃得很少，眞的，他近來連飯量都減了，每餐晚飯總是我吃得很多，而他似乎一舉箸就飽。他點了許多菜，都是揀我所喜歡的，而他自己連最愛吃的辣椒也不喊了，因爲他怕我瞧着眼癢，而孕婦據書上說是不能吃任何一些刺激性東西的。

我想打胎，但怕因此而遇到危險。幾次想問問他，又覺得難於出口。而且他似乎更從孕婦衛生而注意到胎兒衛生上面去了，他給我買了許多富於營養的食品來，天天陪着我吃，却不肯同我多說話。

總於到了六個多月了，雖然穿着新做的寬大的衣服，我總恐怕別人要看出來，心裏天生懷着鬼胎。同時我的莫名其妙的母愛也發生出來，每次走過百貨商店時，總要瞧幾眼櫥窗裏陳列着的小衣帽小玩具之類。就是路上瞧見有年青夫婦攜着孩子走過時，也會對着他們呆看一會。那該是多麼的幸福呀，我想，一個美麗的孩子，給他年青的媽媽抱在手中，而他媽媽的身旁還站着一個微笑的，得意的爸爸！

孩子的爸爸！我的孩子總也該有一個得意微笑着的爸爸吧？於是我寫信告訴了賢。賢勸我速即回家，並問我幾時到上海，他可以到車站來接。我與他約定了日期，並把這個日期告訴了其民。

在臨別的晚上，其民請我吃過晚飯，就僱了一輛汽車，叫我一同坐了上去。我說：夜車須待十一點多鐘才開呢，你在急些什麼？他說：我們先到後湖去玩一會吧，櫻桃上市了，我請你吃櫻桃。

於是我一面吃着櫻桃，一面跟着他走遍了五洲公園。他說：這裏你最喜歡什麼地方呢？我們坐下來談談。我說我喜歡划船，今天是月夜，湖水亮晶晶地。在湖中央我們瞧見了皎潔的月影，也瞧見了兩人自己雙雙並坐着的影子。

我悽然說：「我眞對不住你，其民……」

他祇悄聲回答：「不，那是很好的事。」

「爲什麼呢？」

「因爲……因爲我喜歡自由，希望這次畢業後能自由自在，到各處跑跑，我本不想同女人結婚的。——現在你去了，那是很好的事。」他幽幽地說，眼望着湖中的月影。

「但是我……我……」我不禁抽噎起來，心裏很難過，低頭儘瞧水裏的人影。

他替我拭去眼淚，一面伸手在籃中取出一枝僅有的櫻桃，像哄孩子似的把它塞到我手裏，說道：「別哭吧，吃呀！」

我搖搖頭，把櫻桃遞還給他。那是一枝三顆，的溜溜紅得逗人憐愛的小櫻桃，上面兩粒差不多大小，另外一顆則看起來比較小一些，也生得低一些。他拿在手中瞧了一會，便把那顆生得小一些低一些的摘去了，揑在自己手中，說道：「我好比這顆多餘的櫻桃，應該摘去。現在這裏祇剩下兩顆了——一顆是你，一顆是你的他。」說着，又把櫻桃遞到我手裏。

月兒已經悄悄地躲到雲幕中哭泣去了，我也不敢再看湖中的雙影，祇慘然讓他扶上了岸，送到了車站，一聲再會，火車如飛駛去，我的手中還不自主地揑着這兩顆櫻桃。

生死船

李同愈

七月五日　陰雨，午後晴。

妻的淚浸濕了枕衣，濕冷的感覺從碎的夢裏喚回了我。時候在午夜，上弦月從西窗照上床，照見妻的濕臉。

「明朝你走了？」

「今早！」我改正她。

「是的，今天就走了，爲什麼沒有一句話，不有一點親熱？」又是新的淚。這不値錢的源泉啊，令我的心像枕衣一樣濕而且冷了。

現在，倚着海軍棧橋的欄杆，我緊握着的是別人的女伴送別底溫熱的手。妻被留在家，理由是我不願要淚眼來送軍服。

這是四等艙的大廈。多幸運啊，我居然能在迎亮的鐵板上睡下了，不管伸出脫下皮靴的腿來常擱在別人的頦子。

蒸汽絞盤機愉快地轟鬧了日影裏，縱橫的黝黑的鐵索與手臂把貨物從我頭邊抛下去，把蒼蠅與塵埃從我眼前趕上來。

我愉快的躺在放洋船上，眞正同感着這愉快的是在一角落裏低低的唱起來的留聲機。它轉着，轉着；唱出歌來了。

七月六日　驟雨時作。

熱鬧的大廈，五百餘居住者的大廈。

飄風急雨，封實了這大廈惟一的天窗；鬱喘汗水，解脫了旅客的衣服，已經到婦人也顯露到小背心三角褲的程度了，但這有什麼呢，不都是同居者嗎？遠的用眼睛招呼，近着的我們開了口。

我們從同類，同種，同胞，同鄉而至於幸運地做了同船的還鄉者，能不說說心裏密藏的高興？然而，談講的密網裏撈着大魚了。唧喳的碎響中拔出尖利明快的高音，跟着這聲音的方向，眼睛碰着了因激怒而顫躍的高聳的乳房，戟指的圓臂——幸運的還鄉者裏登生了爭吵。

這是一場爭吵，天啊，這是一種怎樣的美妙與適合時宜呀！一切的低壓與困倦都驅走了。我從無神地閱讀着一本留備雨天的書裏抛開了，這本衞生書裏最末一節是：「飽食偃臥，足以致疾！」

七月七日　晴，晚抵××。

睜開眼睛，挂在我頭上面的不知誰的水壺幌動了。爲什麽我不看這可愛的航行開始呢？

一只牙在嘴裏跳躍而且搖擺，它要什麽呢，難道說是牙科生的鉗子？

它的不平或者不是無因的。一位牙科生隨意做好了一只金屬的殼子，而將牙齒鋸呀，錯呀，車呀的來逼進去。現在它發怒了，而你們這般削足就履的馬鹿們却在那里喲！

我的止痛錠在那裏呀，你這除了傷感不會別的女人將它塞在那里了呀！

你這同路人，爲什麽要無端激怒我，在這樣的情况向我說：「人是製造自己老婆底罪狀的專門家。」這樣的話呢？

七月八日　陰。

惡劇的病齒漸漸睡着了時，我怎能拿一頓熱烈的觴宴來喚醒它呢；因此，寂寞了一日的腸子靜靜的叫了。

角落里寂寞了很久的留聲機也喘息地哼起來。

七月九日　陰。抵××。

後桅上挂上旗了。

大家議論中，跳下了一位前艙來的訪問者。他述說一件新聞：「甲板上有人開了香檳，爲的慶賀在那國旗下出生了新的生命。」

爲了看顧這幸運的母子，在同輩中召出職業的看護。

侍者在天篷下拿出荔枝來，揀着，同時出賣。

水手們唱着特緻的調兒，挖花。

生命是美好的，我已經又能看，聽，思想；而最要緊的是又能吃了。

七月十日　陰雨。抵××。

洋上的船，再復上洋。

飛魚從船舷躍過。老茶房說：那是風暴快來的兆。

現在，我踞坐着，玩着牙牌，起課，飛魚沒有欺騙人，這樣怎樣一種呻吟的列陣，怎樣一種發酵的薰蒸！

夜深的廁所裏，到處蹲着失神的穿着夏娃服裝的婦女。

七月十一日　陰曇。

「這攪腸子的風濤啊，
是龍王爺底考試？」

抹着牌，一壁微念着早年經這海苦吟的詩句。

七月十二日　晴。

風浪漸漸的馴慣了。

我在甲板上看天，北極星漸淡，朝霞照亮了汲水洗沐者而宵來的風露已爲我濡洗了手足。

進食者不踴躍，管事的笑了。

七月十三日　晴寒。

我的頭邊，一條低吟的悲鳴，不絕地響了三天了。

我的牙牌沒有了同情的趣味者，因而漸覺冷落。

伴我進食者愈見寥廓，追隨我的健羨的眼睛愈見增多，在勝利的光輝中我感到慚汗，這是如何乙種勝利啊！

然而我的食慾進步了。

七月十四日　陰。

在我頭邊呻吟着的是說着天津土白的婦人，人家說她病了，請了醫生。我只聽着她嘆息裏有死的呼招。

七月十五日　小雨。

登陸港在眼前了。

管事，茶房一片聲喊人排班——迎接從港內來的驗醫生船。天津婦人任茶房如何哄，嚇，求，逼。她只拿散光的大眼，無神的瞪着。一路十日途程，她有七天沒能起來進食，而他們叫她站了六次班。現在她不能了，因爲她已氣息僅屬，三個小孩中之最幼小的在她那燈籠樣的胸前摸索着，哭得啞了，另外兩個在打架。

我們在斜風細雨中排班。

我們看着上層甲板上的旗語。

我們迎着醫生船，但醫生沒有驗我們，帶了消毒噴霧器，下艙去了。

我們聽見回聲響了四響，船旗從桅頂下降到半旗的地方，沉重的飄動。

二十四小時停留。

浮揚着石炭酸的艙室裏，消失了病的呻吟，活躍起來。侍役向存活着的旅客收取賞錢。

七月十六日　晴，吹着暖和的風。

碼頭在向我伸過長臂來。

在人叢裏我發現了一張熟諗的溫靜的臉。寂寞的心臟鼓動起來，我看着架起的跳板，忘却了曾繫十日死生的船。

文盲

長風

又是將開學的時候了。學校裏正忙趕着寫開學通告，和修理課桌，預備在這金風送爽的時候開學了。

在一個狹小方正的辦公室內，聚集了三個等候開學的先生。每個人底臉龐上，都帶着絲絲的笑意；而且臉上也不時掛着汗痕。雖然秋天季節的早晨應該要涼爽些，然而因爲房間的陋狹，窗櫺的偏西，把他們蒸壓得煩惱起來。

「眞倒糟，這種天作事！」一個稍胖的教員，拉開了雪白的西裝襯衫，讓那覆着汗背心的胸膊，坦露在外面，臉孔上滿是一副懊喪的樣子。

另一位是正在忙着寫開學通告，上身穿的是一套變了黃色而且滿是補綻的紡綢衫褲。在他底臉龐上，看起來似乎很沉着，富有毅力。接着說：

「任之，把心放靜些，熱就沒有了。」

的確，在他底臉上，很難看到有一滴汗粒沁出來，人家都很佩服他，尤其在火熱的暑天，他沒有握過一把扇子，所以他底同事，都挖苦地加給他一個酷毒的綽號：「冷血！」

但是每逢「冷血」這二個字在談笑之中偶然加到他底頭上時，他總是默默地對那個譏諷他底人笑了笑。他絕對沒有向那一個人回過嘴，忍耐與涵養，比任何一個人來得好。

「老徐，大熱天你不淌汗，眞佩服！」任之扮着鬼臉說：「哈！哈！無怪人家要說你「冷血」了！」

他依舊埋頭寫那通告，而且心裏淨淨地自慰着；無意識的諷話，當作沒有聽見好了。所以，老徐祇對任之白了一眼。這眼色似乎說：冷血你才是眞正的冷血呢！

五張，十張，廿張，再寫十幾張，就可完竣了！站在老徐後背的那個先生並沒有加入談話，祇笑了笑。眼光儘釘住紙上寫的幾行筆力雄健的字迹。

報名：即日起，附帶開學時需繳學費半數茲定於國曆八月廿五日農曆七月十八日開學廿七日廿日正式上課本學期收費：低級八升中級一斗一升高級一斗五升××小學校長方樹人老徐把通告寫完了後，站起來伸了一個懶腰。掉過頭，對剛才注視他寫字的一個先生瞥了一眼說：「方先生，現在規定的收費怎麼樣？」

「很好！很好」那個方先生就是校長方樹人，他很贊揚老徐寫的幾個正楷，而且今天又難爲他忙了半天，心裏很過意不去：「徐先生，又磨折了你大半天，對不起呀！——」

「那裏——」任之又開玩笑地說：「大熱天，沒關係。橫豎我們老徐是不怕熱的，這些小事，何必掛齒呢？哼！祇要你校長先生在今年薪金上——抬起些就是了！」

「又要鬧笑話了，你永久不會有正經話。」老徐埋怨地說了一句，臉上火辣辣地，又繼續對方樹人講：「剛才一斗，一斗二，一斗五，似乎不大妥當。低級繳一斗來錢，他們準不會來讀。就是來讀，也祇數一數二幾個。高級收一斗五升，中級收一斗二還不甚要緊。不過人數也要減少許多。依我底意思最爲把低級降到八升。」

校長也贊成這提議：「的確，低級的人數少，學校整個是不景氣。我們全靠那人數多的低級，中級來維持支出。很好！很好！你底意見……」

任之也不是剛才那副滑稽相了。很注意的聽着他們倆在講，有時也插入幾項意見。

「今年入校的一二年級，不就是明年的三四年級的基礎嗎？老徐的話很對，八升——」頓了頓：「哦！八升再會嫌大嗎？」

「八升！不算大，我們收費算挺低的了。人家都收到二斗，甚至二斗多。他們祇管自己底收入，沒有想到出錢人底困難。而且這樣文盲一定也會跟着增多。啊！辦學校，眞沒有道理。費了心思，又要遭人唾罵。」校長似乎很知道這次增加學費後的反響，會遭人詛咒，會減少學生，會增多文盲。然而那教師不足飽暖的薪金，那落空的開支怎樣呢！不增加學費，學校一定停辦起來。

「在這時代，教師還不如小販，娘姨，眞是所謂吃力不討好，拿了壹百拾多元錢的薪金，暗地裏不知要受多少奚落！」任之底話說得很正經，他深恨自己當了小學教師。然而改行也不是一件容易的事，做經營買賣，手頭缺少鈔票。當小販，臉皮老不出。這種矛盾的心理，常常煎熬着他。

「有什麼辦法呢？十隻黃貓九隻雄，十個先生九個窮，我們就是爲了窮而當教員。不窮也不要拿這幾個吃不飽的辛苦錢！」老徐來回地在辦公室裏踱着。眼睛俯視着高低不平的磚地，沒奈何地說。

「小教生活太淸苦了！上司又沒津貼祇靠幾個學費，也不夠支配。本學期學費改了收米，待遇當可優渥些了。」方樹人勸慰地說：「耐過了這苦痛的時期，以後生活當可變得寬裕些！」

「那裏會呢？生活的費用成了倍比似的在飛漲，我們底薪金呢？哼！加了五成。」空氣不似先前那樣火熱和嘻笑，變得彷彿很陰冷。每句話都顯示了在生活高壓煎迫下的苦痛。任之綳緊了臉，又說：「學費增添是應該的，然而人數一定會減少。減少了人數，學費的收入還不是差不多嗎？人少，我們是省力了些，可是對生活依舊是一個不夠維持，對社會却無形中又多造成了許多文盲。」

大家靜默了一會，室內頓時變得幽寂偶爾順着空氣的流轉，傳來了幾聲唔噪的蟬聲。使他們更添上了許多鬱悒，煩悶。

「嗯？——」校長微微地頷着首打破了這沈寂。「這事情，還得商量，通告可暫慢貼出。」

「方先生，我們來分析歸納學生底家庭狀況罷！就拿那一方面利於我們的，來決定這次的加費。」老徐搔着頭皮，想出了一個妥善的辦法。

「哦！我們都是級任，來罷！這方法很好！」

於是翻開了全校學生底名册，一個一個喊了出來詳細地思索了一會，方才下一個決定——失學與續學。

這是一種客觀的推想，是否合乎那未來的事實，他們沒有顧到。他們祇要過半數與他們有利，加學費就可實施了。

計算的結果，是出乎他們意料的滿意。因爲學校是鄉鎮的小學，所以讀書的人，都半是務農和業商。他們把佃農攤商的子女，列入了被擯就學之數。而商人與自耕之農家，塡進了可能享受讀書之列。

全校人數二百卅五人！

受到這次打擊的約有七十二人！

這一張失學與就學的計算書，使他們剛才那樣憂悒的氣概，完全消失得沒有了。校長開始眯着眼睛說：

「就這樣決定了罷！通告馬上叫工役分散去貼。」

「好，——」

「也顧不得許多了，——」

老徐和任之順口答了校長底話，鬆了一口氣。一塊悶在心中的石塊，彷彿已經掉了下來。校長走出辦公室去呼工役了。留下二個人，任之在吹口哨，老徐在唱一支同事們聽厭了的歌曲：——

生活苦！

當教匠，

嘗咒罵——

天天把那千斤重担往肩上挑！

是爲了生活！

是爲了家！

亦是爲了要帶錢回家去養娃娃！——

二

開學的廣告，在每條街衕的牆頭上，疏散地貼上了。於是反響後的議論開始了。

種田的農夫，上街時偶爾也瞥見壁上注目的各色不同的字條。他們祇有呆呆地站在那裏張望，幾個稍認識字的店夥，嘴裏不時發出很慢的聲音，彷彿驕傲地做作得像一個出衆的識字者。

「小先生！這字條是什麽意思？」站在邊旁的一個農人，迷惘似地望着他，彷彿期望着要他來一個明白解釋。

「哦！」當中一個店夥搶着答。右手指指着通告上的字迹說：「茲定於國曆八月廿五日農曆七月十八日開學，廿七日廿日正式上課。」他唯恐他們不懂，又加了一句：「這就是說，陽曆八月廿五日開學，合我們陰曆是七月十八日。」

一批人剛懂了，還沒有走；又一批人蜂湧地上來了。他們每個心裏，都帶有些微的顫慄在問：「是什麽——。」在過去這些紅綠紙頭，總寫着的是打倒！驅逐盜匪！一批，又一批。祇要看見那紅綠紙頭重現在壁上，就知道又換了一批不同性質的人，統治這個小鎭了。

是開學的通告，大家鬆了一口氣，預備開步走了。那夥計似乎吸引似地又高喊着：「哈！哈！今年學費收半了！收半了！」

幾個農人頭也不回地走了，然而有幾個却站定了問：「收半？多少呢？」

「一二年級八升，三四年級一斗一，五六年級，一斗五。」

「一斗一，八升，有了兩個孩子，不是要毛二斗麽？不，還要書錢，簿子錢，什麽捐錢，……哼！二斗米錢還不夠。……他媽的！」當中一個農人開始在談論了。

另一個農人開口說：「上半年收老票二十元錢，這……半年，收一斗米，合老票——哼！要五十多元哩？心太狠！太狠！」

「心狠——」又一個農人插進來說：「不進那斷命的洋學堂最兇，橫豎孩子底年齡不很大，停幾年有什麽關係呢？我們種田的人，就是不讀書也沒有大妨。」

啊！也難怪，從前一担稻最賤糶過二元四角，現在呢？糶起來毛一百拾念元，還是新幣。從前洋學堂裏收費不是二元四角嗎？二元四角，在那時好糴到毛四斗米！現在繳一斗五升半錢，不好算大！不好算大！」每個人底視線都注着那個五十歲以上剛才說話的老農，心裏都有些悔恨方才發狠的不對。

「話是說得不錯，不是我們沒有米糶，祗靠十個指頭來活命的，可怎麼辦呢？」

也沒有什麼回答，大家很平靜地走開了。原因總是在這二點，手頭的錢流轉得很寬的，和生活不用受煎熬的鄉人，看到加費的通告，普遍總是賦予同情的，（雖然並不一定，但至少不會反對）假使逢到一般佃農和依持十指過活的呢？看到後，也祗不過嘆幾口氣，發些牢騷吧了！他們底思念：唸書是可捨可取的，孩子放在家裏攪不清，就送到學校裏去。現在學費增加了，孩子就讓他停在家裏吧！

三

「媽明天開學了，……」自從學費收米的消息由街坊上帶回鄉間後，許多被金錢煎迫到的孩子都起了反響。福官是其中的一個，時常拖着他底母親爲了要讀書吵個不休。

然而他底母親，自始至終總是推諉地回答，彷彿一些兒不負子女底責任：「孩子，年紀還輕，就歇在家裏吧！……」

福官老是扭着母親底衣襟，一刻兒也沒有放鬆過。「媽，我要唸書。」有時福官也看見母親偷偷拭淚過。但是，他不放鬆，依舊像飢餓的孩子般狂鬧叫喊。這叫喊，要等到他底父親出現在眼前時，才會稍稍停止。

童稚的心理，並不是爲了沒有書讀而哭吵。是爲了沒有書讀後，會等在家裏抱弟妹，會叫他做工作，會失去許多可愛的伴侶。

母親被福官吵夠了，煩惱地說：「明天你就到學校裏去吧！……」

福官呶起了小嘴，快活地說：「媽，開學時先要繳學費呢？」

「學費——」母親頓了頓，雖然她已經想要了一個辦法，但是那辦法還是空虛的。「福官，你對先生講，我們秋收了後，就可以繳的。」

「不去，我不去！」福官那時的笑容，似乎被一陣風吹去了，呶起了嘴，倔强地說：「人家都繳了費才進去的。現在不能像以前一樣的給我們拖延下去了！……」

「孩子你去講：『我們種人家田的人，是沒有一些儲蓄，學費一定要到九月裏才拔得出來，請先生體諒體諒我們窮的人！」」心裏是這樣想，其實到了秋收的時候，除掉了還租米以外，還能有多少剩餘呢？

「沒有錢！我怕……見先生……媽！你……與我同去！福官想起了同學問他繳了費沒有，在那時一副尷尬的臉兒。他不願見先生，更不願見了先生後問他繳費怎樣。

「討債的！……」母親說了這樣一句：「明天就與你到學校裏去！」

福官又滿是歡喜了，然而他還不放心地問：「媽！九月裏秋收時，我們不是常常恨祖宗沒有掉田下來，怨過不來生活嗎？然而，那時候會眞的有了嗎？」

「唉？……」她深深地嘆了口氣，接着說：「孩子，九月裏是收割的時候，你還記得我們沒田種的人，可以用拾穗來支持幾天生活嗎？……」

「拾穗！拾穗！……九月裏是有學費繳了！……」福官鼓着撐，蹬着脚笑了。

金官和母親在學校辦公室裏見到了校長方樹人。方樹人對他們說：

「的確，荒春三苦七月，種田人在這時，錢的轉動是很討厭的。就是幾個數一數二的富農，要拿一筆錢出來，也要糶了米才可以。你們呢？當然我也很知道，……那末，學費準定稻穀上場後付罷！……」

「金官，你快些謝謝校長先生！」母親望望孩子滿是畏縮的臉，慈藹地說。

金官走到了母親身邊，口吃地對校長說：「謝謝校長！……」

校長點了點頭。坐在斜對面辦公桌上的徐先生，插進來一句撫愛的話：「孩子倒是挺聰明挺用功的，可惜缺少幾個錢來讀書！」

孩子底母親聽了熱情的眼淚被激動得滿盈眼眶，晶瑩地幾乎將掛了下來。「可不是嗎？假使沒有各位先生的好意，繳學費延遲二個月，孩子是決沒有讀書的福氣了！讀書是有福氣人家底孩子所享受的。窮人底孩子，是不可能希冀的。現在趁小讀幾年書，就是算福氣。以後年紀長大了，就是生活能夠敷衍，也不會要他讀了。」

「唉！……」校長方樹人莫名地嘆了口氣。

「媽？還要書錢。……」金官輕聲地說，聲音是充滿了顫慄。

書錢幾個字刺進了她底耳膜，一鼓要求減費的勇氣消失了。校長底腦筋開始思索了：三年級書籍抄本費拾叁元，欠還是不欠？欠罷！這買書的錢，還是向人起了高利才借來的。而且必需在開學後幾天償還。過了期，這交易不是等於白做麼？……不欠！輟學是無可疑慮的。在教育的立場上，是罪惡！在減少國家的文盲上，是施虐！……

辦公室內又變了靜！是熱的靜，窒悶的靜。

「先生，照理是不好意思再開口。但是不開口，也沒有辦法。……就是那書錢，一定不會像我們心目中所想到的一樣便宜的付出來，恐怕又要拖延到……」金官底母親打破了這納悶，滿是歉意的說。

校長皺了皺眉頭，樣子是非常為難。

「送佛送到西天，事情總得要校長成就了我們窮人！」她又接着哀求地說。

校長俯允了，他們感謝地出了辦公室。

五

秋天的末尾來了，是帶來了農人收穫時的歡笑，但也帶來了詛咒鬱悒的嘆息。

「拾穗！拾穗！……」無數被飢餓鞭策的農婦，無數將被擯棄學校門牆的孩子，都狂歡地呼喊着。

泥土般黃色的稻稈，本來是散植在田塍裏的，但跟着芟割的農人，却慢慢地給捆束後漸見減少。換上一批是俯了身，搶拾那折斷遺留下來的稻穗的農婦和孩子。

沒有一個敢落後，掙扎、狂奔、搶拾……彷彿表現了小小的一幕人類的生存競爭。無數人中，存着了二種心理：是免除飢餓而拾穗！是逃避被學校擯棄而拾穗！

米珠薪桂的當兒，農人芟割起來，更外小心，遺留的稻穗很少。僧多粥少是適合了這情景。從朝拾到傍晚，能夠拾得多少呢？於是多方的計劃，為了滿足自己底慾望！為了解決自己底飢餓！

爭奪、攫勒並不是份內光明的稻穗開始了！

金官想從拾穗中繳清所欠的學費。看看好幾天拾來的稻穗，和學費相差甚遠；但是學費的催繳，却一天緊似一天。

罪惡的繫念，在他脆弱的心裏萌芽了！

於是暗地裏偷折大捆中的稻穗。

這不能算罪惡的事態被發現了！

追逐、咒罵……把籃筐內所拾的稻穗傾落了。這樣罪惡似乎還沒有被赦掉，金官又受到了痛打。從此，他永久不會再被人允許走入田隴裏搶穗。

廣漠的田隴裏，減少了許多搶穗的婦人、孩子。

金官狼狽地逃回到家裏，哭叫着：

「媽，我不要再讀書了！……」

母親淌着淚，默默地不作一聲。

咒語

印度泊萊姆・羌達著
荻崖譯

傍晚的時候。醫生查達赫先生正想出去打高而夫。汽車也已經等在門前了，不巧的是看到有二個人抬了担床跑了過來。在担床的後面，還跟了一個蹣跚的老頭兒拄着手杖而來。担床在家門前停止了。老頭兒呢蹌踉的走到大門邊，向家裏窺望。然後，他担心揩擦得這樣乾淨的地板，用泥脚踏了上去，會不會給誰怒罵，而躊躇起來。

果然，先生在簾子裏面怒罵了：「誰呀！有什麼事？」

老頭兒合起了兩手：

「先生，我們是很窮的窮人，我底兒子從以前起就……」

醫生在雪茄煙上點上了火：

「明朝早些來罷。現在我是不看病人的。」

老頭兒跪了下來，把頭在地板上叩拜：

「要求你。先生，發一點慈悲心罷。我底兒子要死了。在四天以前起，眼睛……」

醫生看了一下手腕。是六點不到十分的光景。他拿起了高而夫球棒：

「明朝早些來罷。我現在要打高而夫去了。」

老頭兒拿去了包頭布，放在地板上，流着淚懇求：

「先生，就是祗看一下也好。兒子會從我底手掌裏失去的。他是七個孩子裏面殘留下來的一個。先生，我會和我底老太婆二個人一起哭死的啊。」

醫生噴出了雪茄煙，走到汽車那面去。老頭兒跟在他的後面，一邊反覆地說着下面那樣的話，一邊很急地跨開搖幌的脚步：

「好先生，做些功德吧。先生，請你可憐可憐我們。」

可是醫生並沒有聽他。趁進了汽車，說了一句：

「明天早上，早些來罷。」就開車走了。

汽車看不見了。老頭兒在短時間中，茫然地站在那兒。世界上固然也有這種人，但他總是不能確信。這樣，他請抬担的人抬起了担床。這可憐的老頭兒，因為到處都被拒絕，而到查達赫先生地方來的。他是到處聽到了先生的名聲而來的，但在這裏也遭遇到了拒絕。因之，祇地聽天由命了。

那天晚上，常常嘻笑着玩耍的七歲的孩子，和這世界告別了。

二

幾年過去了。查達赫先生底高名和信望，正像新月似地在增加上去。先生底健康，也超越過他底年齡。到了五十歲，甚至能和青年一樣作劇烈的職務上的活動，正是先生遵守非常規則底生活的結果。人們常常是在健康開始將要衰微的時候起，方始遵守養生的規則的。查達赫先生除了治療法以外，對於豫防法的祕訣，也很有心得。然而不是如此的話，怎麼能稱為醫生呢？就是養育孩子罷，也把它當做義務而放在自己底規則之一的裏面。他祇有二個孩子。一個女孩子和一個男孩子，却沒有第三個寶寶了。

查達赫夫人底康健，也是毫無阻礙的。二個孩子，都健康和愉快的權威化。女孩子已經出嫁了，但兒子呢却還在大學裏求學。他是個萌芽出來的嫩葉似的青年。而他的男性美的奇觀，叡智的本身，文筆和辯舌之巧，可說是這個大學的光榮。那姿體中滴流出明朗。而且，他也是一切集團中的焦點。是一個言話優雅，與人好感的謙遜的男子。今天是他的二十歲底誕辰。

夜間。碧綠的草地上並放着椅子。一方面是鎮裏的聞人和官吏們，而另一方面呢，坐的是大學生們，正在進餐。電燈底光亮，不斷的照出了明朗的草地。也準備好了餘興。也準備好了上演小規模的戲劇，那戲劇的作者是年青的查達赫主人，而主角也就是他自己。他那時穿着絹綢的薄衣，赤脚的在草地行走，忙於歡待客人們。不時的有人喊他：

「查達赫君，請到這裏來呀。」

而有時也有人說這樣的話：

「查達赫君，你爲什麼老是在那邊，不肯到我們這兒來一下呢？」

忽然，有一個妙齡的女人走了過來：

「嗳，凱勒西，你養的蛇，在什麼地方？給我看一看好不好？」

查達赫推托的說：

「請你原諒吧，米莉娜尼小姐。明天請你看吧。」

米莉娜尼裝出不高興的樣子，皺起了眉頭：

「不，我一定要現在給我看。我不理你了。你老是說明天，明天的。」

米莉娜尼和凱勒西是同級生，他們二個之間已經有了婚約。凱勒西養着各種的蛇，他把教牠們種種遊藝和牠們一起遊玩，當作是一種娛樂。一面也研究那蛇們底習性和特性。幾天以前，他在大學的俱樂部裏，試講過一次非常有興味的關於蛇的講演，甚至還把蛇的各種遊藝公開給人家看。他底這種祕傳，是從一個老年的玩蛇者那兒學得的。還爲了豫防蛇毒，而蒐集各種各樣的藥草。

米莉娜尼的切迫的懇求，是失去了時機的。因爲查達赫担心養蛇的房間裏也許會有很多的人到來，而用話遮蔽過去。好容易米莉娜尼已經有些依允的意思了，可是朋友們却毫不客氣的在一旁煽撥。有一個說：

「給她看一看有什麼關係呢？你可別因了無謂的担心而用話來遮掩罷。米莉娜尼小姐，你不要讓步呀，這位少爺想不給你看，是爲了什麼，爲了什麼？」

另外一個說：

「那是因爲密司·米莉娜尼過於天眞，太好說話的緣故，所以他能夠神氣活現的了。如果是別的小姐，早就生氣了。」

第三個年青紳士，却用過分愼重的口吻說：

「誠然，誠然。別的小姐該會不作一聲，連和少爺會面都不高興的。何况少爺曾經說過，把全生命呈獻給密司·米莉娜尼都可以的話呢。」

米莉娜尼用挑撥的目光看了一下各人，說：

「各位就是不替我辯護也可以的，我已經不想看了。這話也就說到這裏完了。」

這樣，引起了朋友們爆發的笑。

一個朋友說：「要看的話，早就看啦。可是給你看的人，却不知道肯不肯呢。」

凱勒西看米莉娜尼的臉時，感覺到他的拒絕在她很是不快。宴會終了時音樂立刻開始了。這時他帶了米莉娜尼和其他幾個朋友，走到蛇的地方。他吹起笛子，打開各條蛇的居處，給他們看每一條蛇。啊，這應該怎樣的驚嘆呢！這些蛇，好像對他所說的話完全都懂。他把一條拿在手裏，一條掛在頸上，而另一條捲在頭上。米莉娜尼不住地阻止他：

「算了罷。別掛在頸上罷。我祇要遠遠的看一看就行了。祇要耍一點兒玩意給我看就充分滿足了。」

她看到捲在凱勒西頭上的蛇，生命就像要消失似地發顫，開始後悔惹起這無益的事情。可是凱勒西並不聽她的說話。在什麼地方，會有在戀人之前，失去他自己一顯身手機會的人呢？

一個人說：「大概是拔去了牙齒的吧？」

勒凱西微笑着說：

「並不如此。你們說罷，拔去牙齒的是虛僞的工夫。不管那一條蛇都沒有拔去牙齒，要想看的話，就請你們看好啦。」

他說着就抓起一條黑蛇：

「我的地方再沒有比這傢伙還要毒的蛇了。給牠咬上了的話，誰都會立刻死的。這可沒有醫治的方法。高興的話，就給你瞧罷，這傢伙的牙齒！」

米莉娜尼按住了他的手：

「不，不，凱勒西，不行。別做這種事情罷。我要求你。」

這裏，有一個人說：

「我無論如何不信。沒有拔掉牙齒什麼的。但是你旣然這麼說，就給我們看一看也好。」

凱勒西抓住了蛇頭：

「原來如此，那末等你這眼睛看到了以後，再疑惑吧。如果拔掉了牙齒養蛇，不是那跑江湖的和我就沒有了分別嗎？蛇，眞是一種懂事的生物呢。這傢伙，假使明白了人間是不會有害於牠自己的話，那末就決不會加害於這個人的。牙齒，是這傢伙在危險的時候才使用的武器呢。」

米莉娜尼以爲勒凱西底頭腦裏有了瘋氣，要求他把這戲劇就此閉幕。於是說：

「到那邊去罷。那邊現在已經在開始奏音樂了。我在今天，又想唱些什麼歌呢。」

她搖着凱勒西的肩膀，想把他引到那邊去。然後從房間裏走出去了。可是，凱勒西却想擊破這些人們的疑團。

他緊張起手腕的筋肉直到自己底臉漲得通紅，把蛇頭底顎部盡力捺了起來。蛇，從來沒有在他底手裏遭受過這樣毫不慈悲的待遇。因爲蛇並不明白爲了什麼緣故最受到這種手段。於是恐怕會不會給人殺死，而準備好了自我防衛的方法。凱勒西捺住蛇頭，使牠張開嘴來，這樣給人看了牙齒以後，說：

「疑惑的諸位，請看吧。這樣還有疑惑沒有？」

朋友們湊近了臉龐張望蛇底牙齒，而互相佩服凱勒西的本領。

看到事實的眼睛可沒有發生疑竇的餘暇。當凱勒西對各人都給了確證以後，就鬆了蛇頭想把牠放掉；但怒氣勃勃的漆黑的毒蛇正在頭部將被放求放的時候，聳起顎部銳利地在凱勒西底手指上咬了一口，然後，逃走了。從指上流出涓滴血潮的凱勒西，立刻緊緊的抓住手指，飛跑到他的居室裏去了。他底桌子抽屜裏，藏有對無論怎樣激烈毒性都能消滅的靈驗藥草。朋友們之間起了一陣很大的騷動。查達赫先生也慌慌張張的跑了過來。先生對於藥草之類並不信用，主張把兒子底手指從根切去。可是，凱勒西却深信藥草是有絕對的價値的。

藥草在研成粉末以後，被塗在手指上。凱勒西開始安定地把殘餘的蛇放回到居處裏去，可是先生和友人們已經失去了他們的氣度；米莉娜尼也停止了彈奏鋼琴，慌忙跑了過來。先生幾次三番的勸他兒子用手術開刀。可是先生也處在過于慌張的狀態裏了。凱勒西大約在十五分鐘之間，感覺到頭腦裏像在開始捲起渦紋。轉瞬之間他底臉色泛成蒼白的了；但他仍是忍耐地站着對各人吹說：這可用不到担心，而且也立刻就會好的。

先生靜靜的看着，看到凱勒西底臉色已經變化時，他着急起來了。於是再也忍不住，匆匆的跑到藥室裏去，把各種藥品調劑在玻璃杯裏，拿了過來。凱勒西爲了使他安心而接過杯子，遞到唇邊去，同時在他的眼前撒開了暗黑；杯子從手裏滑了下去，他自己也傾倒在地上了。他裝着手勢叫人扇他，放在桌上的電風扇開始旋動，扇出尖銳的風。米莉娜尼很快的把戀人底頭放在她的膝上，說：

「凱勒西，很不舒服嗎？」凱勒西伸出了手，但嘴却不能說話。

查達赫夫人因了憤怒而冒起火來，對她丈夫詰責：

「爲什麼老站在這兒呢！快點給他吃一些什麼藥不好嗎！」

米莉娜尼說：

「媽媽，臉色變成這種樣子，究竟是怎麼啦？」

查達赫先生像絕望似的說：

「還有什麼可以說的！我眞叫他累了。現在開刀也來不及了。我不知道要怎樣才好呢。」

這樣說了，他的頭腦裏閃了一閃，就連忙再跑到藥室裏去，拿來了某種的調合藥劑。爲了要撥開凱勒西的嘴，人們費去了很大的苦心；於是把藥灌了進去，可是毒性太强烈的緣故，終於不能使血波起什麼作用。藥是沒有效驗了。而且不到三十分鐘，凱勒西底手和脚都冷了起來。臉色是白的，脈在什麼地方鼓動也無從知道。看來已經呈現出了死相。全家都在騷動。一方面米莉娜尼拍着額角痛哭，一方面母親因了過度絕望而沒有了安身之處。查達赫先生，假使不是被那些朋友們所阻止，也許早就把解剖刀戳進頭裏去了。

一個紳士說：「有誰能找到唸咒的人，那末還可以有救。」

這樣說時，其他的一個紳士說：

「對了。甚至已經葬在泥土裏的死骸也都能回生的，這種本領高超的人，有倒是的確有的。」

查達赫先生捧着頭：

「我可以說是在自已底智慧上給綁上了岩石了。可是我並不是沒有對他說過。祇要開刀，就不會弄到這地步了。我三番四次的對他說，蛇是不能養的，這是有生命的危險的，叫他注意，可是我所說的話，什麼也沒有聽。呵，不論誰都行，把那唸咒的人叫來吧。我所有的東西完全都給。財產也全部拋棄掉。我甚至祇包一條腰布跑出這個家都可以的。祇要他能夠救回我最珍重最寶貴的凱勒西的生命。看菩薩面上，同情我吧，叫一個誰來一下罷。」

離這家不很遠的地方，住着很多養牛的人，其中的一個對於蛇咒很有把握。他很快的來了，唸着咒語，在凱勒西的耳根邊吹氣。一方面在凱勒西的身上，用水桶澆潑上五十桶的幾倍的水。但是沒有一點什麼變化，他祇好悄然的回去了。其他也來過二個唸咒的人，但無論怎樣唸咒，給他吃藥，給他燻嗅，或是洗滌身體，吹氣，那結果總是毫無趣味。因此他們也退走了。第四個唸咒的人來了，他一看到凱勒西的身子，就說：

「老闆，現在就是唸咒也沒有用了。應該發生的事情已經發生了。」

眞的渾蛋！爲什麼不說：『不應該發生的事情已經發生了』呢！什麼地方發生了應該發生的事情呢？雙親不是還沒有看到兒子的結婚喜事嗎？米莉娜尼不是還沒受到過愛的擁抱嗎？生命在初春的清新中所有的金色底夢不是已經破滅了嗎？在快樂之湖中遊行的畫舫不是已經沉沒了嗎？應該發生的事情發生在什麼地方呢！但是，確實的，不應該發生的事情倒已經發生了。

和平時同樣的綠草。金色的月光寂然的擴展在這些景物上面。客人聚起來了，餘興的準備也都完成了的。但是，現在呢，那些東西的上面，是在慨嘆，露流出了淚滴。

賀宴仍在進行，而新郎官正在告絕。

三

某一家土房裏，一對老頭兒和老婆子在火盆前顫慄地度過寒冽的冬夜。火盆裏沒有了火，那，祇不過是借這自慰而已。而且，床上的藁柴和滿是孔穴的毛毯，也並不負起瞌睡的責任。但，火盆裏至少有着溫暖的灰是不會錯的。他們沉默着。二個人都浸沉在忍耐的境地中。可是雖說忍耐，究竟是什麼意味的忍耐呢？是什麼都想透徹了的忍耐。在二個人的嘴裏，連世人的常嘆，對死者的悲痛等愚癡的話都沒有了！他們不過每天在生活着等候死的降臨。而那死也已經訪問到這門前來了。現在還有什麼說話的餘裕呢！如果在剩餘下的二個人底生命中已經沒有了復活的希望，那麼，早就該沒有任何愁慮了吧？

老婆子過了一會問：

「明天早上還沒有預備，怎麼辦呢？」

「祇有到琪哈伽耳・薩哈那兒去借了！」

「他那兒上一次借的錢還沒有還給他，不見得肯再借罷。」

「不肯借，也行。有的是草，刈到中午的話，總可以刈到二安挪（一安挪四錢）的吧，不然的話，就沒有辦法了。」

過了一會，有誰在進門的地方喊叫了：

「巴哈伽特，已經睡了嗎？請你開一開門。是我呀，孟迦利啊。」

巴哈伽特站起來開了門。孟迦利走進來說：

「知道了嗎？查達赫先生的兒子給蛇咬傷了！」

巴哈伽特吃了一驚抬起頭來：「查達赫先生底兒子？是住在彭格洛的查達赫先生嗎？東邊的？」

孟迦利說：

「對啦，就是那個先生啊，那個有名的人物。現在大家都紛亂得不得了呢・你不去嗎？倒可以賺一筆錢呢。」

老頭兒露出了憤怒的臉色搖搖頭：

「俺怎麼會去呢！就是要去也許會是俺底亡魂吧。告訴你，如果把那查達赫忘掉了的話，該是個什麼東西啊！那傢伙不是個人。是個殺人鬼哪，在八年以前……」

老婆子替他更正的說：「已經有九個年頭兒了。」

老頭兒說：

「對啦，九個年頭兒啦。俺帶了本納去要他看病的時候，他剛要出去遊山呢。俺在他底腳尖前叩頭，懇求他祇要看一看就行，可是他一點兒都不肯。不過，菩薩是知道得很清楚的。那愛子之心是什麼樣的一會事，現在他總該知道了吧。他有好幾個兒子吧？」

孟伽利說：

「不，沒有這話，兒子，就祇這一個啊。聽說，現在對這個兒子，誰都縮回了手了。養牛的甘格。運水的瑪道，和尚牟納，都好像沒有法子而回去了。」

老頭兒說：

「菩薩倒底是有眼睛的。是的，並不是俺在你的面前這麼說，俺曾經在這個人的腳尖前面叩頭，流過眼淚。俺也曾把包頭布放在地板上要求過他，而他眞是個硬心腸啊。俺現在就是在他底門前罷，俺也不肯替他動手。對於這一種人，正應該這樣的罰他呢。」

孟伽利說：

「那末，你是說不願意去啦。我不過是聽到了這話，來告訴你一下罷了。」

老頭兒說：

「那可以多謝你了。聽了你底話，俺底胸口眞暢快透了。眼睛裏的翳也消失了。現在好啦。今天晚上眞可以舒舒服服的睡那末一覺了。（對老婆子）替俺把煙拿過來罷，俺想抽一口煙呢。那個老闆，現在總該知道了吧。那傢伙，現在可不能擺出老闆的架子來了吧。不過，俺們究竟受過他多少的氣苦啊？俺們死了兒子，但原因並不在他擺不出老闆架子的這一點上啊。可是，先生，你可擺不出老闆的架子來啦，爲了自己底兒子，氣苦了多少個人，才積蓄起那末些財產來。到了現在，那可有什麼用哪！」

孟伽利坐了一會，出去了。巴哈伽特在水烟管上裝好了烟，到隣近的點心店裏去借了火來，於是關上了門，用完全安閑了的神情開始抽起水烟管來。

老婆子說：

「夜這麼深了，又是這麼冷，那傢伙還要到這裏來要人家出去看一看呀什麼的，難道不知道那太說不過去嗎？」

老頭兒說：

「不但在夜裏，就是白天，俺難道會去了不成？那傢伙就是派了車子來接，俺也不去呢。俺還沒有忘記那一件事情呢。本納底臉還在眼前呢。那個沒有人心的。俺看都不高興看一眼呢。難道說俺不知道本納是醫不好的嗎？俺是知道了的。無論他是一個醫生，總不見得是一個一把脈就會下花蜜之雨的菩薩啊。爲了什麼，祇不過想盡一盡心力而已啊。祇不過是爲了想安一安心境啊。爲了這一點，才趕到那傢伙地方去的啊。俺過些時候，到那邊去看看是什麼樣子，也看看那老闆可好。這樣，也許會給人家說俺的壞話，就是給說了也不要緊。下等人幹的總是錯事，而上等人總好像不會有錯事的，因爲那些老爺們都是些老佛爺啊！」

八十歲的他，巴哈伽特，一聽到發生這一類事情而不立刻跑出去，這還是第一次。無論是在馬格・坡斯（十一、二月）底夜闇中，茇妥・培扎克（四、五月）底烈日下，沙旺・勃陀（八、九月）底暴雨裏，他一點都不在意，老是泰然地跑了出去。而且也並不想人家向他低頭懇求，或是想要拿人家過分的酬報。因之，也沒有人會給他金錢。這正不是一種取獲酬報的工作；當作救命的代價的是什麼呢？這是慈善事業。而且，甚至還是他義務使用拿出手術底道路。對於被衆人縮回了醫除之手的幾百個人們，他底咒語的力常常能使生命回復。可是，那本人，在今天是一步也不想到外面去了。他就是知道了這個消息，也僅不過在愉快地努力想安睡過去。

老婆子蓋上了絨氈，一邊睡下去一邊說：

「烟舖裏的借錢有二錢五了，好容易在今天要了回來了。」

巴哈伽特吹息燈火，短時間中呆呆的站在那兒。然後坐下來思考。再過一會睡下去了。這次的事情發生，在他底胸上像沉重的貨物似地壓了上來。他感覺到好像失去了一件什麼東西。感覺到衣裳像被水完全浸濕了。而且，脚好像被泥土所黏住了。正好像胸膛底深處，有誰在教唆他走到外面去。老婆子過了一會開始發出睡熟的鼾聲了來。所謂上了年紀的人們，一邊在說話，一邊就會睡熟過去的。而且，卽使在鼠子爬動的聲音之下也不會驚醒過來的。巴哈伽特在確定了老婆子有沒有睡熟之後，坐了起來，於是用手摸到了手杖，輕輕地打開了門。老婆子醒了。

「到什麼地方去啊？」

「還要到什麼地方去？不過是想看一看夜深到什麼時候了。」

「到天亮還有很長的時間呢。」

「睡不着呢。」

「你怎麼睡得着呢？我看你底心該早已飛到查達赫先生那兒去了吧。」

「查達赫先生有多少功德給俺，俺要爲他去呢！卽使那傢伙跑到俺這兒來，在俺底脚跟前叩了頭，俺也不去呢。」

「不管你怎麼說，一定是打算到外面去，才起來的囉！」

「那裏會有這種事情呢。對向俺撒過刺的傢伙，俺不會向他撒花的，俺可不是這種傻瓜哪。」

老婆子又睡過去了。巴哈伽特關上了門，重又坐了下來，可是他底心，正好像是一隻狗。那是：在夜深一聽到他人的脚音，卽使被所養的主人所阻止，也要不住地吠叫，就是不能大聲，也得低聲的叫上幾聲。巴哈伽特底修羅之念，固然是盡了全力把他制止了，可是在後的身體中底全部細胞却像被風所吹似地，早已飛到那可憐的青年那兒去了。青年現在正在危急的時候，祇要遲了一點的話，就會愈加和蘇生可能性離開得更遠了。

他以老婆子聽不到的動作打開了防雨門。於是，走了出去。這時，剛巧街上的夜警巡邏了過來。

「巴哈伽特，現在的時光，爲什麼還要起來出去呢？今天晚上不是很冷嗎？究竟到什麼地方去啊？」

巴哈伽特說：

「沒有什麼，並不是要到什麼地方去呢。不過是在看夜深到什麼時候了。現在是幾點鐘啦？」

「大概有一點鐘了吧。剛纔我從警察署出來的時候，在查達赫先生的彭格洛前面，人眞是多極了。你也聽到了他少爺的事情了吧，說是被黑蛇咬了一口呢，現在也許已經死啦。假使你肯去的話，一定是可救的。聽說肯出一萬呢，卽使不是萬，千總是肯出的呀。」

「俺卽使給一百萬罷，也不高興去。俺拿到了一萬，可有什麼用呢？不是連明天的壽命都不知道的人了麼？那錢留給誰來快樂呢？假使俺已經在他那門前罷，也不見得會走進去的。那種沒有心肝的人所受的罰，正應該如此啊。」

夜警走過去了。巴哈伽特也跨開脚步走了。沉醉而心又失去了鎭定的人，往往說出所要說的以外的話語，但這所說出來的話，却又是有些什麼在裏面的。於是自己以爲脚正在正當地行走，其實都在搖撓。這種情況，也正就是巴哈伽特這個人。他底修羅之心正已決定要報復，但他對自己身體所在運動的方向却毫無辦法。在沒有用刀殺過人底經驗的人，無論如何不會用刀斬將下去的，那手會顫抖起來的。

不過是二哩的路程。在這路上巴哈伽特用手杖拄了行走過去。他底意識正想阻止他底行走，而他底無意識正從他底後面推動；那正像從僕要被自己底主人抓住時同樣情況。好容易走到一半路途的當兒，巴哈伽特突然停止了脚步。惡意打敗了人間底本心了。

「這可完了！俺走到這末遠的地方來啦！爲什麼有在這種寒冷的天氣中凍死的必要呢？爲什麼不好好的睡覺呢？唸上那末二首或是三首讚歌，俺會沉睡過去也說不定的。查達赫底兒子死或是活，和俺有什麼關係呢？難道有去看一下的必要嗎？在這世界上有幾千個人在死亡，有幾千個人在出生，那和俺也毫無關係的。何況對於一點兒也不肯顧到俺底事情的人，有什麼理由俺有必要去顧到他們呢？」

但是，他底惡意的勝利是架空的。於是，把他帶到這末遠的意識，以別種新的形式出現了。可是這也和惡意多少有些相似。

「俺並不是到那兒去唸蛇咒哪。祇不過是去看一下他們在幹些什麼。看一下先生在哭和在混亂的情境。他們是用怎樣神情在敲着額角，狼狽到怎樣的程度，有名的人是不是也和我們一樣的哭泣，還是能夠忍受，去看一下這種情形而已。他們都是些有學問的人，也許在胸膛中能夠鎭定的吧。

他，這樣的把自己底惡意推開，一邊輕視着惡魔行走，這是，對面走過來在身邊跑過去的二個人，在談說着查達赫先生的事情。一個說查達赫先生底家是滅亡了，另一個說幸虧還沒有結婚。可是，巴哈伽特的脚步，不能再跑得比現在更快。因爲老衰了，那脚步已經不能隨從自主。但他底精神都和疾風同樣的健旺。他底上半身差不多突出得有點像要倒俯了下去。這樣子約模走了二十分鐘光景，先生住的彭格洛開始出現了。那裏光亮着很多電氣的燈光。但是，非常地沉靜。一點也聽不到人們底哭聲或是愚蠢的騷亂的聲音。他底胸膛開始動悸起來。這可完了。該不是太遲了罷！這樣，他開始奔跑起來。在他一生之中，從來沒有這樣的跑過。甚至像是在被死亡所追趕着似的樣子。

四

凱勒西像沒有生命的東西似地睡着。那五體冷了，嘴脣變成黑色。一點也沒有還有一些呼息的徵候。可是，人們已經不用大聲的哭泣了。祇是沉靜的歎息，恰像要沉沒下去的最後的餘光。

巴哈伽特突然跳上了走廊，慌慌忙忙的說起話來。先生以爲是什麼患者跑了進來。這如果是在其他的場合，對於這種人是早已加以謝絕了——他在深夜照例是不診察患者的——可是，今天却從裏面走了出來，用和婉的聲音說：

「有什麼貴幹啊？今天，舍間發生了意外的事情，我已經沒有心緒做其他的事情了。請你下次再來好不好？」

巴哈伽特說：

「先生，我已經完全知道了，爲了這而來的。我想看一看，少爺在什麼地方啊？菩薩是神通廣大的，就是現在，也許還肯大發慈悲呢。」

查達赫先生用已經絕了望的樣子說：

「好的。請你看一看罷。已經過了三四個鐘點了，所以，我們已經斷了這個希望了。」

巴哈伽特走到裏面，眺望着屍體約模有一分鐘的時候。然後，笑嘻嘻的說：

「還不要緊呢，先生。不要緊的！祇要菩薩保佑，三十分鐘之內少爺是會起身起來的。請你吩咐管家們挑些水來吧。」

因了老頭兒的態度確實非常誠懇，先生也湧起了些希望，於是說：

「老爹，我們到死都不會忘掉您的。除了小犬的生命以外，無論什麼都可以爲您効勞的。」

查達赫夫人也合起了兩手說：

「老伯伯，我們一生所有的，就祇有這一個兒子，我們除了這，沒有別的可以說的了。」

老頭兒巴哈伽特帶着非常靈驗的藥草。這藥草的力量，無論怎樣兇猛的毒蛇，也都能使那毒性消滅盡淨的。他在使用這有靈驗的藥草時，常常會唸起咒語來的。這咒語雖然祇有一句，但却有着能使被毒蛇咬傷的人底眼睛張了開來的力量。巴哈伽特對於這消治毒性的法術，是非常自負不凡的。到現在爲止從來沒有失敗過一次。因此，他每次一聽到有這種事情發生，就不能一刻自安的，立刻飛跑出家門去了。

他直立了三十分鐘，不絕地唸着咒語。在每一次咒文完了的時候，就把有靈驗的藥草遞給凱勒西聞嗅。另一方面，從僕們對凱勒西頭上，不絕地潑水。凱勒西到了二點鐘光景，慢慢的張開眼睛來了。於是，站了起來。

巴哈伽特試着向他問話：

「少爺，在這裏的人，誰是你的誰，可認識嗎？」

凱勒西向四週看了一下，說：

「唔，都認識的。這邊是爸爸，那邊是媽媽，在這裏的是米莉娜尼小姐。」

查達赫夫人拜倒在巴哈伽特底脚跟前了。查達赫先生跑過去抱住了凱勒西底頭。那週圍是來客們在說述祝賀的話。於是，無論死家的裏面或是外面，都非常鬧亂起來了。房間裏面，因爲聚集起來的人實在太多的緣故，運安放一粒胡蔴子的餘隙都沒有了。無論是誰，都想拜見一下巴哈伽特的風姿。

先生飛跑出去打開了銀箱。於是拿了一個滿裝金幣的錢袋回到房間裏來的當兒，巴哈伽特早已連影形都見不到了。到處都開始搜尋巴哈伽特了。到什麼地方去了，到什麼地方去了呢？到現在爲止還明明站在這兒的。家裏和外面到處都找遍了。可是，始終沒有見到巴哈伽特。

從僕們說：

「剛才還在這裏抽着煙的。我們要送煙給他，但是他沒有要。是他拿出了自己底烟來抽的呢。」

這一方面雖是在到處搜尋巴哈伽特，而在另一方面呢，巴哈伽特正在拚命奔跑，他想在老婆子還沒有睡醒以前趕回家裏去，而急於趕路。

查達赫先生說：

「老爹到什麼地方去了呢？連我們的烟都不肯抽一點子！」

查達赫夫人說：

「眞有些兒像是菩薩呢。」

來客們也說：

「對了對了，眞是像菩薩呢。」

歡樂重又開始了。美妙的聲音漸次高了起來，而樂器開始奏動了。

譯者附言：本文作者介紹，請參看本刊第二期『濟度之道』。

損衣詩鈔

莊損衣

十八　薄暮

河畔的園子沒有主人
楊柳作愛者的聯袂
古代有神祕的火
遂令死灰復燃燒了起來

霞飛遠去。

人面於漫天追想中
日已沒了
半邊的明月靜靜昇起
我吻你
你的臉是乳白色的大理石
這忠實的少女
啊，霞飛遠去
給了左腮又給右腮
薄暮如黎明之美麗
如夢初醒，美麗雄鷄
高歌吧

十九　飲馬

初晴的時候，有人
青天露出自烏雲之窟裏
有人來泉邊——飲馬
水流去這裏的日月了

花影落在黃土
長長我的憂鬱
盛意可感

不禁落下有含量的淚

白雲高高的蔭着
你低音的歌
年久無人的島嶼
一朝發現了你曾那樣唱
長長的午後冥想者
臉色已經入夢了而嘴角
微開了，
露出愛字的觸鬚來

二十　無題

凍血的春花是誰家
我們在這兒停下
秋深有月亮高照着
白晝與你的素手

飲一杯可口的玄酒
帶月披星的人
你有偉大的影子
還有什麼渴望啊

二一　夢的悲哀

太美的浴日出水了
漁夫到海底作客
遇見樵子在珊瑚島
你們歡樂做我的海愁

一盞燈淒涼的一現
靜夜裏有蔚藍的天
每晚，末一次風的歌吹
花香散着夢，你停住絮語

在更聲之來前
平添一隻搖籃曲
夜短短的

夢的悲哀

二二　夏天

沈思的樹下
雨來了，搖擺着
醉顏的圓的頭
當你是安於死的時候

雨遮過玻璃窗，
百葉窗和窗前的花
成了河的院落
那是你和我的家

你回來了如來避雨
如在對岸，茫然着
兒女們正摺好紙船
在樹下縈纜，而喧嘩
隔水的聲音是美好的
夏天是出門的日子
想這時綠野無仙蹤
雨中的花，雨是你的家

二三　贈小容

窗，天一方
做你夢中的池塘
燈下留着些月光
一株茂盛垂楊柳
高高的草的情面

又採在搖籃邊
就在這兒安眠
年輕的母親不會女紅
遂笑那
雲彩的捉弄

二四　小黃河擺渡

黃河的水深深的

如黃土之厚厚的
我喜歡這裏是支流
這裏有隱逸的小園

黃土厚厚的
黃河深深的
我扣問着木船舷
你的樹與花呢

二五　懷疑

又伴着夢回來
天光低低的徘徊
家門與落日
他們是有情的比鄰

斜陽傾心流水的聲音
寒鴉羣如波浪湧起
高樓的窗裏亮了

我的流浪的心荒了

沒有月的夜
更聲又犬吠
我落在你的夢裏
而夢是否是光明

二六　春雨

正式的春天，
長青青的草
抵一片青天
遠過於青山

當流水相約着
那兩岸的桃花色
星子們在霞裏跋涉
來愁對吧

那駱駝虹

夢中曾夢游
照鏡中的病眸
而水面有漣漪
魚兒們相愛已成熟
花又開了一朵

二七　獨琴

一曲獨琴，靜意
那是黃金的雲梯
立了起來
淘氣的人兒莫拆台
如烏鳴的風
吹過
烏銜了殘花瓣
江綠的長眠

落日流水似的
逝去了，當青春
已不履行「再見」
又放上一張唱片

二八　無題

碧城的水
美麗之歌喉
那是什麼時候
你曾經遨游
船上的雙槳如翅膀
去探問着什麼呢
前途一樣是過程
這時候無聲勝有聲
水中有仙人的小坟塋
月如一塊白石而撈不出

末尾的
一隻小船
如獨有孤寞
若追不及的
也去遠了

二九　春雪

赤足的水仙花
自有她們的家
在冰天雪地裏
獨享有純潔與溫情

春天的狂風如狂歡
雪是永遠無聲無色
但與綠葉兒相隔
只有幾日的光陰呢

而樹的樓
有天高的愁
花與鳥
都正在雲遊

三十　寂寞

紅竹的長竿
綠竹的長竿
那是扶植花兒的
在花的時間

鉛華的籬下
日影冷淡如月色
而松柏若有靑天之同情
同作這人間嚴格的背景

風呢
給顏色
給影
一點點聲音

文藝的題材

曹聚仁

一　苦痛使我們深思

日本著名文學家小泉八雲在他的「文學論」中說：

『即使你們愛一個女子比自身還愛，當她如神一樣；而因她的死，好像全世界都成黑暗，萬物都失色，一切生命都失了快樂，像那樣的悲痛，也許對你們是有益的。祇有妖魔鬼怪離去我們的時候，吾人纔能認識而且看見眞正的神。因爲一切磨難，吾人雖極端厭惡，然都是助長吾人的智慧的。自然，這祇有沒有經驗的青年，才夜半坐在床上哭泣，成年人是不會哭的，他爲安慰自己而傾向於文學，他將以其苦痛，作爲優美的歌，或發而爲驚人的思想。』

苦痛，使我們深思，澄清我們的情感，鍛鍊我們的意志，使我們對於人生，社會，世界，有進一步的認識。「紅樓夢」的作者，他在蓬牖茅椽繩床瓦竈的前面，回想起錦衣紈袴之時飫甘饜肥之日的種種，有如一場夢幻，不能自己的要用假語村言敷衍出來，他說：「滿紙荒唐言，一把辛酸淚。都云作者癡，誰解其中味？」別人或者不懂得其中的苦味，酸味，辣味，他自己却是體味得很深切的了。俗語說：「人情看冷暖。」即以「紅樓夢」中的賈雨村而言，他的進身發達，全由於賈府的推薦，賈府盛時，他那副奉承的嘴臉，眞夠人承受，一旦賈府倒霉了，他就第一個投井下石。這雖是「假語村言」，其實正是賈府門客的眞實行事。他從他自己的大家庭倒敗以後，才認識了許多人的眞面目，才知道那黑暗的大家庭——除了門前的兩隻石獅子以外誰也不乾淨的大家庭，其潰爛的生活是怎樣地可怕可憎。什麼「友誼」，什麼「榮華」，什麼「權勢」，樹倒猢猻散，樣樣都揩揩眼去看看清楚。「滿徑蓬蒿老不華，舉家食粥酒常賒，衡門僻巷愁今雨，廢館頹樓夢舊家。」他的生涯是清苦的，但他對於人生的理解却深切得多了，他於是寫出那有名的「紅樓夢」來。

魯迅先生在「吶喊」的自序中說：「有誰從小康人家而墜入困頓的嗎？我以爲在這路途中，大概可以看見世人的眞面目。」

魯迅先生幼年時，以四年之久出入於和他身子一樣高的藥店櫃檯，和比他身子高一倍的當店櫃檯，在侮蔑裏接了錢，送到渺無希望的藥方中去。他的社會觀察，就是從這苦痛中開始的。

文藝是人生的反應，苦痛的閱歷，使我們理解人生，也就是我們所能找到的良好的題材。

二　衣袋中的劇場

克洛福德（Marion Crawford）說：

『小說是一種衣袋中的劇場，其中不但包含着情節與優伶，並且也包含着服裝，佈景，及戲劇表演上的其他一切附屬物。』

許多年以前，在福建南部某小城中，發生了一件小小的事故：那時，有一位年輕美貌的女郎，剛從上海回鄉間去，路過那小城；她打扮得很時髦，短襪短袴子，她剛在那小城的小茶館中打尖，在門前閒看。忽然街上鬨傳，說是看上海來的不穿褲子的女郎，一刹時，小茶館門前擠滿了觀衆；後來，來的人越擠越多，門外叫囂得很厲害。她一時情急，只好躲到小茶館的樓上去了。門前叫囂的聲音，因爲她的躲藏反而更高漲起來；她氣忿不過，從窗口倒下一盆冷水來。這一來把事情弄得更糟，觀衆激怒成潮，口口聲聲非拆屋子不可。後來還是公安局派了一大隊警察到來，朝天開了槍，才算逐散了那些叫囂的觀衆。這是確確實實的一件小事故，如若在卓別林的影片中看見，不知要笑痛多少人的肚皮，還當作是他所假設的異聞呢！我們試閉眼想一想，這一類時代矛盾所構成的喜劇，不是隨時隨地存在着嗎？卓別林攝取這種情節到影片中去，小說家則攝取這些情節到小說中去；影片中或小說中的情節，不僅是或者有發生的可能性，而是眞眞實實在發生着的實情。

說到發生着的實情，每一秒鐘，每一處地方，每一社羣中，大大小小的不斷在發生着；在人生舞臺上，每一個人都在扮演着喜劇悲劇，我們能有這許多鏡頭來攝取這許多筆頭來記錄嗎？換一句話說：在大大小小千千萬萬情節中，我們所能攝入鏡頭寫入小說的眞是極少極少，究竟爲什麼取此而捨彼呢？即以福建那小城中所發生的那件小事故而言，我爲什麼牢牢地記着，又爲什麼武斷卓別林若取爲題材一定能十分成功呢？用一句現代術語來說：這是某一類情節的「類型」。我們攝取這一個類型的情節，即用以代表某一種愚蠢和矛盾。我們且想想要看不穿褲子的女郎，這不是在禁慾空氣之下一種變態性狂的爆發嗎？從都市回到鄉村，要短襪短褲如在上海時那麼時髦，不是在一種好奇的自高情緒之上蒙一層不理解舊社會的愚昧網嗎？從潑下一盆冷水到警察開槍來驅散，不是代表着愚昧和魯莽結合後的曲折進路嗎？把那小事故放大來看，就可以理會那小事故足以當做這一類的類型了。

三　濃厚而永久的人生興趣

大約是十年前吧，天津大公報翻譯了一節法國的新聞，附以按語道：這段新聞，可以寫成一篇哀感動人的小說，爲什麼這段新聞可以寫成小說，而其他大大小小的新聞不可以寫成小說呢？這兒就觸到「新聞記載以眞實爲主，而小說描寫人生，亦以眞實爲主，爲什麼這一方面的眞實，並不適合那一方面的眞實框子？」這個根本問題上去了。溫却斯德（Winchester）會說到文學作品必是有永久的興趣，所謂永久的興趣，即包括着那故事所含的人生意義是有永久性的；報紙上有許多新聞，刊在極重要的地位，可只是官樣文章，編者不曾看，讀者也未必看，當然說不倒人生意義或社會的意義；也有些新聞，刊在極不重要的角上，但其所含蘊的却是人生永久的悲觀，就有使讀者低徊往復不能自已的興奮性，可以成爲小說的素材。

現在我們且回到天津大公報所翻譯的那段法國新聞上去。那新聞記述法國凡倫沁（Valeniennes）附近一個名叫巴瓦的小村落中，第一次大戰時曾有一個居民叫亞拉(Alfred Allrt)的，被國家徵召，往前線作戰；據前方消息傳來，說他已經陣亡了。他的妻子，不能守寡，只得出嫁了；他們先前曾生過一個女孩子，父亡母嫁，她孤獨地長大起來。誰知亞拉並未陣亡，只因受炮聲重震，腦子受傷，失却了記憶，一直在醫院中休養。經過了長期的調養，記憶力逐漸恢復過來，乃回到凡倫沁故鄉去。他剛到了舊地，就在村中某咖啡館裏，遇到了他自己前妻和她的後夫。她見了亞拉，也立刻認出是自己的前夫，向前道候；亞拉力自辯白，說她認錯了人。這時咖啡館中的侍者，也認識了亞拉，亞拉以目阻止侍者，使勿作聲，他私自告訴侍者，說他知道他的妻子嫁後生活安樂，他也很心安了。後來，他又和他的妻子晤談了一次，他看見自己女兒的照片，知道自己的女兒已經長大成人了。他就含淚告別，並留一信，約他自己的女兒第二天在火車站相會；可是第二天，他的女兒到火車站去候他，他並不曾來。從此以後，他的蹤跡也就不明了。這段新聞，牠寫出了亞拉偉大的愛，爲着愛妻的幸福，他忍着悲痛否認自己便是亞拉；他約女兒在火車站相見，顯見得他的戀戀不捨之情，然而他終於不踐約，結果竟至於蹤跡不明，更可以想像出他精神上的苦痛；偉大的愛戰勝了他的私情，他的失蹤，其意義更是深長。這段新聞，包含着濃厚而永久的人生興趣，所以我們說牠是一段很好的小說素材。

四　小說決不是新聞

許多有名的小說家，都喜歡利用報紙中所載的新聞做他的小說素材。但我們又明明知道一篇小說決不是一段新聞，小說家把新聞中的人物都改換過了，也無妨於這作品的眞實性。我們可以設想上面所記那段法國的新聞，到了小說家手樣，怎樣刺動了他的靈感，他將怎樣去着筆，雖說亞拉離妻他去，這一點偉大的愛，可以做小說的中心；但小說家的靈感，不一定受這一點的制限；假使他覺得亞拉知覺失了十多年，此時猶如大夢初覺，重到故鄉，山河依舊，人物都非，忽覺人生虛幻，因而遁跡遠去，亦無不可。或者他着眼於那年輕美貌的小姑娘，她在孤苦零丁的環境中，忽得老父天外飛來的信息，一夜盤算第二天相見的喜悅，誰知第二天車站上車開人散，並無慈父的影蹤，因而悵然失望，凄然淚落，這樣着筆亦無不可。小說家的靈感所注，那故事中的情節輕重配置卽有不同，並不是有了一節可用的素材，就人人都可以依樣畫葫蘆，三一三十一地寫下去的。

不過小說家無論怎樣改造那故事的情節，他必須把那些情節貫穿起來，而一切事件的發展，必須是非常合乎常理的。他決定以亞拉離妻他去，犧牲自己來成全妻子的幸福這樣的情節來着筆，則他於咖啡館初見時，咖啡館侍者和他招呼時，他看見愛女的照片時，他寫信約愛女相見及決定不與愛女相見時，皆當以成全愛妻的幸福爲轉動全局的靈感，而且必須推想他們夫妻間的愛情，卽從軍決別的依依之情亦如在眼前的。關於這一種情節配合，小說家布拉克武德（Algernon Black wood）有一段自述，很可做我們的參考，他有一次寫一篇小說，以一個動身到埃及去的少年爲中心，那少年未動身以前，要想安慰他的未婚妻，到一個天眼通那裏去問出門的吉凶，他對這類事情本不相信，不過去問問罷了，不料那天眼通一見了他，就對他說：「你將來是要在水裏溺斃的，在你溺斃的時候，你自己還不會知道呢。」這一句話就引動布拉克武德去寫那篇小說，他把那篇小說的情節，作如次的發展：

「他的未婚妻聽了天眼通的話很害怕，便竭力叮囑他不可近水。不過在埃及除尼羅河以外，也就沒有旁的水道了。他繞道避去了尼羅河，這句預言也就忘懷了。一年以後，正在他預備回去結婚的前夜，他忽然在沙漠中乘馬墜騎，跌傷了，那匹馬溜韁而去。他躺在地上足足有二十四小時，旣熱且渴，到後來便覺得神志昏迷，知覺漸失。不過他知道總會有人來尋到他的，他就躺在一條沙堤上面，使人家容易瞧見。他已經不省人事了。最後，尋他的人果然來到，他雖然昏迷，但感覺尚未全失，可以隱隱地聽見蹄聲，並且他的筋肉反射作用也未消失。他的身子移動了——恰好在那峻峭的沙堤上失去了平衡，便慢慢的滑下到了一個池沼的中間，這種池沼便是沙漠中間一件稀有而珍貴的東西。因爲他知覺已失，所以滾到水中去的時候全不會知道。他溺斃了——但是他並不會知道他溺斃呢……」

這情節的發展，可以說是非常合理的。

五　純潔與不純潔

罕培爾（Hebbel）的藝術格言中說：

「在美學的境界裏面，無所謂純潔或非純潔的題目，最高尚的題目可以因一種卑猥的形式而染污，最卑下的題目可以因高尚的具體而醇化。」

法國小仲馬的名作「茶花女」，在歐美各國舞台上演得很久很普遍了。但當這劇本正準備在巴黎上演，一切都已準備就緒，而官廳方面的禁令卻下來了；說這個劇本乃是不道德的。「不道德」的根據是這個劇本的演員，乃是一個妓女的故事，官方說：「妓女的生活那里能夠公然地表演在舞台上，替妓女做宣傳是有害於社會的。」這個禁令，雖經當時有名的學者和道德家們聯名請求，保證茶花女是一個道德的劇本，但是官方固執得很，一定不肯容他們上演，直到大仲馬的朋友謀爾尼公爵出來組閣，才算開了禁。

和這個故事一樣有名的，還有那位道德的紳士譴責「少年維特之煩惱」的作者歌德的故事。一千七百七十四年的夏天，在萊茵河畔，都益司保某旅館的食堂中，幾個中年紳士和歌德在一起暢談。忽然，紳士中的一人，起來譴責歌德道：「你就是作那名揚四海的小說——少年維特之煩惱一書的嗎？那麼，我覺得我有表示我對於那本有害無益的著作的恐怖的義務。我禱告上帝變換你那偏頗的邪心，因爲有罪的人是會遭橫禍的呀！」

從這兩個故事，我們豈不是可以知道在有些人眼裏，以爲妓女的生活是不道德的，有害於社會的，而男女戀愛的故事，也是不道德的，有害於社會的嗎？

我們且爲對比一下：就拿那位譴責歌德的中年紳士的生活來和茶花女的妓女生活作一對比，那位中年紳士如若在巴黎，他可以成爲茶花女的恩客，如若說茶花女的生活是不道德的，則那位恩客呢；難道他就是道德的嗎？茶花女固然爲了生活把她的肉體出賣了，但她一發見了亞孟的眞摯的愛情的時候，就先奉獻她的靈魂，後來爲了愛人的幸福就咬着牙齒去犧牲；她的靈魂實在比聖女還要純潔，那些花天酒地，尋女人開心的紳士們，有誰可以比得上茶花女的聖潔呢？世界上沒有一個牧師能比强盜的居心良善，也沒有一個修道的尼姑能比妓女乾淨，風化論維持者的紳士，就是三妻四妾外加嫖妓的風流教主，道德論家便是無惡不作的魔王，譴責別人的人正在產生着所譴責的罪惡，不過把自己的袋子放在背後罷了。

所以我們寫文章，正不必替所寫的對象標上「高尚的」「卑下的」簽條，也正如藹理斯所說：「一個人如聽人家說他作了一本道德的書，他既不必無端的高興，或者被說他的書是不道德的，也無須無端的頹喪。」

六 醇化

劉鐵雲的「老殘遊記」中，也曾寫到兩個小鎮中的妓女——翠花和翠環；我們覺得翠環尤其可愛，她率性在客人面前流淚，老實不客氣說詩人的題壁詩都是造謠，她爲着一家的命脈所依的小弟弟，犧牲自己的幸福，咬着牙齒賣淫。這樣的妓女，我們覺得她的靈魂比大家閨秀還要純潔，比聖母還要偉大；在她的面前，覺得污穢的是我們自己，而不是賣淫的她。對於一個妓女，會表示這樣的敬意，她的靈魂是給劉鐵雲的筆醇化了的，正如茶花女經過了小仲馬的筆而醇化了一樣，勾出了一個純潔的靈魂。醇化了的人物，如梁山泊上的那些好漢，粗魯的李逵，爽直的魯智深，拚命三郎石秀，各有各的可愛。魯迅先生筆下的那位阿Q也可愛，至少比趙太爺之流可愛得多。

歷來作者之於所取材的人物，並不用庸俗的道德的尺度去測量，他知道每個被侮辱的人的靈魂深處閃着怎樣的光輝，即使爲了環境所驅迫，以致陷入泥潭，不能自拔，也值得我們憐憫同情。他揭去了那些紳士們體面外套所見的潰爛，和揭開被侮辱的外層所閃出的光輝相對照，不問其爲强盜，妓女，囚犯，都使我們只覺得其可敬可親了，相傳達蘭伯（Dalambert）提倡在日內瓦設戲院時，法國大思想家盧騷曾寫了一長信去勸阻，他說：「戲劇往往使罪惡顯得可愛，德行顯得可笑，所以牠的影響是最危險的。」他的話雖不免有些迂腐，却正說明了文章中的醇化作用。做文章如畫漫畫，遠景近景，重新配搭，或濃或淡，匠心獨出，「醇化」云者，也就是發揮了自己的藝術手段。

談「超克於近代」

山本健吉

去年七月二十三，四日，由『文學界』雜誌主持，以「超克於近代」做主題，曾舉行過一次知的協力會議。來參加的人，『文學界』負責人方面有詩人三好達治，小說家林房雄，文藝評論家小林秀雄，河上徹太郎，龜井勝一郎，中村光夫等六位，而這些人是參加者中的全部從事文學工作的人，此外還有哲學家西谷啓治，史學家鈴木成高，天主教神學家吉滿義彥等，主要的還是以教育界中堅的角色爲多。

會議的記錄，不久就於『文學界』上發表，最近又有單行本出版，憑着這機會我再讀了它一遍，仍有了新的自信，以爲談『超克於近代』還是暗示我國（日本）文學界的現狀與將來的論定的第一個捷徑。這並不是爲了那篇記錄有特別的興味，有成功，有達到任何結論等的原故。却是，爲了它曾未達到任何結論，而祇要求決意與實踐而已的原故。『超克於近代』，跟我們向來時常見過的由雜誌和新聞界所造成的像泡沫一樣的話題不同。這却是，雜誌新聞界被一個看不見的壓力强迫着而提起來的話題。是在我國文學界思想界全般的做爲中心，第一個切實的課題，因此，要求祇在一次的會議中找到解決，也是過於迫切的。然而舉行這次會議的意義，也不是沒有，因爲它由這次會議已經成爲我國文化的根本不可避免的主題而被明瞭化了。

『超克於近代』這句話被人有意識地用起來了的，大概是這一兩年以來的事吧。然而在實際上，至少是十幾年來的懸案，不過是碰到大東亞戰爭之勃發，被迫而竟要有最後的決斷的。雖說是一個懸案，它固然不是能夠得到理論上的歸結的。近代，這就是在於我們沒有辦法的現實，也是在我國，因爲自明治維新以後的非常短的時期中有其成立以及成熟，所以在世界上沒有比類的體驗，它經過明治維新後七十年，如今碰到由九一八事變展開起來的世界變革的新時期，才使人家心裏有對於這個叫做近代的充滿着悲哀的實體的反省成熟。在這裏既沒有從前那麼地把『近代』當做所與的東西而接受的態度，祗有不管他的然否而被強迫對審的人總會有的感情，是令人促進一個新的覺悟，要求一個新的決意。對於近代，在事實上各人各有其解釋或處身之道，也許是一個事實，然而他們對它孕育的精神上的危機，總有痛切的實覺，在這一點上各人之中本沒有分別的。因此，這『超克於近代』雖然是一個定義上頗爲模糊的主題，但是，有人一提到它了，大家就有十分的共感那樣地具有暗示性，而限於以那樣的實覺作爲根據，這主題不但不是一個模糊的，而且是以無比的明晰性能夠成爲共同的問題的。

不過，主題之明晰，並不就是解決之容易。而在於把近代這個東西做爲自己實覺的程度上，文學家他們，至少比教育界的學者們尚有切實些的，也有自己在挺身探究實踐上的解決的人總會有的力量。所以，在西谷，鈴木，吉滿各位之間有了關聯『中世』或文藝復興的『近代』的定義如何的若干議論應酬之後，龜井氏所發表的如下的話，就有千鈞之重了。他說：『我所感覺到的「近代」，總而言之，不外乎是我自己在這十幾年所經驗過來的混亂這東西的』。如林氏，陳說近代之應該超克時，竟縷縷地伸訴了他自己是成長在如何的環境下，受過如何教育，在如何文學影響下開始了自己的作家生活那麼一類的事了。於是，依那種意思說起來，爲了知道『超克於近代』在於我們多少切實的課題，寧可不談這會議的紀錄，而談起這幾年來的文學家他們的作品傾向，倒爲還適當吧。把這件事特爲自己的切實的問題而表現來的評論家們的著述——譬如說，小林秀雄氏的『文學』，『歷史與文學』，保田與重郎氏的『近代之終焉』，河上徹太郎氏的『事實之世紀』，龜井勝一郎氏的『關於信仰』，或者，目下在『文藝』雜誌上連載中的芳賀檀氏的『美國』等——還是，把這種書應該再讀一遍吧。文藝評論，以這麼活潑的指導性而存在着的，是這幾年來顯著的我國文學界的現象。我在這裏，從他們之中提起保田，龜井，小林等三位，而要看看這些人談的『超克於近代』究竟怎樣？

宣言所有低俗的市民的近代的之終結，而把精神的高貴做爲一個旗幟，鮮明地揭起的，首先是日本浪漫派的人羣。

尤其是留學於德國，直接地受過 Berthram 的薰陶，親自受過所謂 George Gruppe 的影響而提早說起『決意』與『血統』的，是芳賀檀氏；他所以讚美拿破崙而執筆的『英雄之性格』，是充滿着青春的熱意的他第一個成蹟了。不過，對於這芳賀氏所介紹給我國的 George 派的暗示，表示過最銳敏的反應而把它作爲自己的言語，豐富地再表現來的，就是保田與重郞氏。保田氏，跟限於希臘探求其民族精神之血統的他們一派不同，他本身居然坐有兩千年來我國民族古典之繼承的了。所以，他不必像他們那樣地陳說 Sollen ，祇要指示 Sein 而能夠談到決意，他以縱橫馳驅於許多由記紀以至現代文學的作品系列上，是自己能在致民族之美的系譜上有所樹立的人。『英雄與詩人』，『日本之橋』，『第一個戴冠詩人』，『後鳥羽院』，『民族與文藝』，『萬葉集之精神』，『歷史與風景』，『皇臣傳』等，他的著述很不少。日本之光榮，曾沒有被人以這麼多彩豐富的言語來講過，日本的古典，也曾沒有以這麼新的光輝來出現過於文藝評論上。『在日本的故鄉（註：他是日本建國之地大和出世的）享受其生命的我，在其幼少時的見聞與遊逛之中，既知道了肇國之宮址，記住了日本文學中有名的故蹟名勝之地，聽到了古神廟與古寺院的名目了。它們山河草木向着我們幼小的心，由於言傳，溫柔地告訴過許多日本太倭宮禁中之英雄詩人或美女的故事。說起來，不堪懷憶。總愛夢想的少年之日中，我一面想到寫文章的事，一面不知地做到的夢，是那些日本的美與精神的恢復這件事了』。他回憶着那一天已有一個以日本的美之血統而使其體系化的意圖，在心裏無意識地開始萌起的遙遠的少年的日子，曾這樣的說過了。而以我國民族最高的叡智與美的理想，作爲在宮禁的精神與庶民的本能中所承繼下來的，這一點，就是他的評論的中心精神，也是信念。他的評論所具有的顯明的獨自性，對於思念着文學的現代青年們，不管於他們是否有共感，却是使他們勉强有一個分明的態度來對付這評論的。他的浪漫主義，在於西鶴以來的庶民文學，明治以後的文明開化的文學，以及自然主義文學之淸楚的否定上，有其建立，作爲一個跟人間主義，科學主義，實證主義，或近代精神等有種種名目的現代思想對峙着的思想，而有其大方豐富的構想。總而言之，他拿一條貫透民族的歷史的悲願來作爲自己血肉而接受，於是將要探究到自己應該走的一條路，我以爲是如此。

在日本浪漫派的人羣中，龜井勝一郎氏的地位，倒是跟保田氏對峙着的。他的文學，由於希求人類甦生這點展開來的。他要由於凝視脚下的深淵而發程，達到信仰這地步的。據他說，現在我們精神的危機，是由我們的無信仰來的，比方說，也是被神放逐下來的人類總會有的悲慘。他說：『關於自己的信仰，我所情願的，不是由於談信心而決定它的有無，是由於拿我們所負的病毒出來而使它有其確立。我看救濟自己這件事，在觀念上想出來，就沒有甚麼困難，不過爲了它沈澱在現世的地獄中而要澈底終始，這倒是一大修業』。據他的意見，『超克於近代』必須有被近代拆卸下來的人類甦生，而它是除了信仰以外再沒有可希求的地方的。他曾提起過幾種近代精神具有的病症；就是，如言語墮落，感受性頹廢，由速度的急激增加而來的精神衰弱等，然而這種害病的精神，不外乎是一個無信仰的。古典，不能就救濟我們。因爲，古典不是爲了我們安堵而存在，却是爲了我們無已時的鬥爭而存在着的。它是强迫我們有對於這無償之行的悲痛感覺，以向着無限地獄逐放我們而作爲它所給予我們最後的教訓那種的一個峻嚴的靈魂。在於他，戰爭這件事，是使人類有『人類有多麼可驚的命運與深刻的業』的覺悟的事情，而是使人類勉强地知道人生就是鬥爭，知道人類原是犧牲的存在的原故的事情的，因此，他日常所想念的，就能夠作爲他的戰記的。他的著述中主要的，還是如『人間教育』，『島崎藤村』，『捨身飼虎』，『關於信仰』等的吧。

比保田，龜井氏等，還早些有其發程的小林秀雄氏，河上徹太郎氏等，又由別的地點到達了『超克於近代』了。小林氏之出現，却是在我國文藝評論史上可爲驚天動地的事。在於日本，已有關於評論與創造的類似的清楚的覺悟，是由於他的。換言之，據於自己所懷抱着的要求，據於把自己內心所有的任何東西將爲分明的要求，曾有來要寫文章的激烈要求，而提起評論的筆的，以他爲嚆矢。他注意到，在於日本的西歐近代文學進口史不外乎是誤解史，日本人好像是自己本沒有貯積可征服其毒的毒，而把這些毒弄淡了，天天喝着來一樣的事實。於是，想到攜起西洋近代作家之中最富有問題的作家來加以究明的必要，竟找到陀斯妥以夫斯基的存在了。其結果的一部份，是可以看到在他的一本叫『陀斯妥以夫斯基的生活』的書籍面的。據於這研究，聽說他已明明地看透起來，所謂第一流人物一律地是在要超克其時代這一點上找到生活的意義，同時不論東西古今在大文學家之間總有一種非常深刻的類似的。也說是近代人因爲由淺薄的所謂史觀或方法論而被人欺騙，所以看不出這件事。他，經過這麼眞摯的過程，來對實證主義，歷史主義，科學主義等所謂近代思想加以最有力的鉄鎚打擊。他對『近代』已有沒有意思的感覺的來蹤，是他自己對於所謂思想或觀念的實體已不覺得任何魅力的一點，也是他對於文學，已有了應該非以腦袋卽以肉體接受它，應該非依其內容思想依知道其絕對的生命接受它之痛感。因此，空想的，觀念的，追求知識的青年們覺不到古典的魅力是當然的，不論如何在我們未成熟的時期中，還接不到那麼『看形像或親手觸知而感得到的美術品』一般的美麗。總而言之，他的『超克於近代』，是『不是因爲近代不好，所以要拿別的來替它那麼的事，就是近代人之打勝近代，一定要靠近代的。我們所有的材料除了今日所有的以外再沒有別的了。我相信，我們應該在其材料中找到一個打勝近代的鑰匙』。他，還是一位可以說是以設定自己最爲困難的地點而做着『超克於近代』的夢的人吧。他主要的評論作品，除了三部『文藝評論』，兩部『文學』以外，還有『歷史與文學』，『陀斯妥以夫斯基的生活』等，最近又有寫給『文學界』雜誌的關於實朝．西行等的隨筆，是深湛和希有的美麗的一篇文章。

如此，雖然是一串略述，但由於談他們三位評論家，我以爲已經大約能夠表現出他們具有着各種各樣的特色而把『超克於近代』作爲一個切實的課題了。要談『超克於近代』時，我現在還找不到除了談於它的多樣性以外適切的手段。不過，無論如何，如果諸位能夠接受在如他們三位之間所有那麼的相當分明的異點中可以認得的一個共同切實的希求的話，在我應該是很滿足的了。

跋『霜崖曲跋』

葉德均

近人治戲曲而有所成就者，首推王靜安氏，其次便是吳瞿安氏。王氏所著宋元戲曲史曲錄等不僅考證精確，而且奠定了戲曲史研究的基礎。當然其中也不免有許多遺失、錯誤、遺漏以及後來所發現之新材料未及收入；然而對於這位創始者「篳路藍縷」之功，終是不可抹煞的。

至於吳瞿安氏，據說是「不屑屑於考據」的，而其成就是在作曲，度曲，製譜，訂譜的諸方面。其中訂譜一項，吳氏的目的在於使後來作曲者有一定的譜式可尋；而我們從曲的演化的觀點看來，也祇是對於前代南北曲譜作一個最後的結束而已。至於現在是否需要摹擬前人的南北曲以及度曲，製譜等，這在有識之士却早已把這些遺棄了的。現代人自有現代的歌曲戲劇可供歌唱、製譜，表演乃至創作，不必再去迷戀崑曲的殘骸。現在對於一切古文學是一個總淸算的時代，而研究理解也祇有從歷史的演化上着眼，別無其他的途徑可尋。假使還想藉着作曲、度曲，來延長崑曲的壽命，和幻想一個「曲學昌明」時代，事實終是不可能的。然而在吳氏所據的時代以及他對於古文學接受的限度，畢竟和我們不同，自然不能苛責。這應該特別指明。但現在還有許多追隨着吳氏的途徑前進的，那便是走入歧途了。這幾方面雖有吳氏大聲疾呼也難挽救崑曲的命運，因爲這在事實上已是行不通了。這誠如浦江淸先生所說：『亦不能挽曲學之厄運，則時代限之矣。』（語見悼吳瞿安先生文）吳氏殆爲最後一位結束南北曲的製作、歌唱的學者。

再從吳氏全部著述看來。他的創作如詩、詞、散曲、戲曲全部都是摹擬前人的東西，其中雜劇傳奇且有民國以後的作品（僅煖香樓，軒亭秋，風洞山三種作於晚淸），沒有注意的必要，這裏且不去說牠。論著部份如南北詞簡譜（未見），雖爲作曲而設，但還可視爲給前人曲譜作一個總結賬。至如曲學通論，顧曲塵談，又是以作曲度曲爲對象，也不去討論。元劇研究ABC，中國戲曲概論雖全是泛論，但在吳氏全部著作中是僅有的兩部涉及戲曲史和考證的著作，而其中顯然的錯誤、違失之處也頗不少，趙景深先生在讀曲隨筆中已列舉其誤。編選校輯方面如古今名劇選，曲選，也頗平常。但奢摩他室曲叢初二集，却保存和傳播若干種戲曲史的材料，如朱有燉二十四種雜劇，吳炳粲花五種曲，沈起鳳四種曲，在這刊本之前，一般讀者並無他本可得。可惜三四兩集已成而毀於兵火，我們無法得見。從戲曲史的研究者的立場看來，吳氏最大的業蹟並非擬古之作的南北曲或審音訂譜之類，而是爲戲曲研究者保存若干重要資料而已。

這裏單獨提出他戲曲跋文來說。吳氏跋文有任訥輯霜崖曲跋三卷，收入中華書局所刊新曲苑中，民國三十年刊，是吳氏逝世後最後刊行的遺著。但任輯本搜羅未備，故徐益藩又有霜崖敍跋之輯（刊戲曲第三輯，三十一年三月刊。）以補任訥輯本之缺。又前珊瑚半月刊曾刊有瞿安讀曲記，即霜崖曲跋中一部份。任徐兩輯本雖尚有少數未收入，但吳氏的戲曲跋文大部份都已收入這兩本之中。霜崖曲跋卷一所錄跋朱有燉雜劇二十四則，乃輯自奢摩他室曲叢二集，二集刊於民國十七年，故此二十餘則當作於十六七年間（跋文後未題年月）。卷二跋明清傳奇二十五種，清雜劇二種，全部錄自商務本曲選（原書共錄三十二種。）曲選雖刊於十九年，但跋文大部份均錄自中國戲曲概論（刊於十五年），作於十五年以前。卷三錄跋稽永仁之作二則，沈起鳳之作四則，均揖自奢摩他室曲叢初集；跋吳炳之作五則，輯自二集，當亦作於十六七年間。至卷一所跋之董西廂，西廂，中山狼，西樓劍嘯折，後四聲猿等及卷三青之樓記，花筵賺，快活三等或收入曲叢三四集，未能刊出；或錄自吳氏藏書之後。徐輯霜崖敍跋甲乙二部，全是跋戲曲及散曲，（丙部乃吳氏著作的自序，丁部乃敍他人之著作，均與本文無關。）其中甲部跋元明雜劇十一種，是輯古今名劇選（十一年刊），當作於十一年以前；紫釵，南柯，四聲猿，長生殿四種，則輯自暖紅室彙刻傳奇。乙部僅四種，均輯自近刊各書。又跋文中有年代可考者，僅有二則：一是任輯本卷三之誠齋樂府跋，作於十二年；一是徐輯本紫釵記敘，作於十一年。（又乙部二則雖註年代，但與本文無關，故不列入。）綜合二本所錄，乃民國十一年前至十六七年間之作，可代表吳氏中年的見解。

根據這類短跋來論吳氏，或者不足代表吳氏學識的全部；然而我們僅從這些短文中也可看到吳氏治學方法的隨意和考證的疏忽了。

吳氏每則跋文頗少以戲曲作者事跡或考證爲中心，而多半以曲文合譜合律爲主，幾乎三分之二以上是專注意此點的。這種考察是以作者自己立場爲出發點的。這即使有用，也僅限於作曲或度曲者，而對於治戲曲史者並無多大關係。然而即以曲文合譜與否爲研究對象，也不妨多多搜集材料，作一有系統的曲譜考訂，如吳氏自撰之南北詞簡譜，王玉章元詞斠律那樣，或可供治曲譜演化史者的參考（但這項工作目的也祇應以整理爲限。）不必在每則短跋中片段地指出原劇失律之處。據這點看來，吳氏決非一個現代的戲曲史家，而是致力於作曲、訂譜的傳統文人。我常覺得以吳氏的學識倘專致力於戲曲史的研究，其成就當較現在所遺留的爲大，但他以畢生精力虛耗在無用的作曲、度曲方面，以致在戲曲史方面所得有限，這是頗可惜的。

他既以曲譜曲律的得失爲重，因而於重刊前人著作時，也往往刪改原文。如紫釵記跋，南柯記跋，四聲猿跋（均見徐輯）中列舉他自己的改作。這雖對於度曲者或有方便之處，然而也因此使原書本來面目湮失。這種以一己的主觀來改前人作品，是現在研究者最忌的，不知吳氏何以也犯了此病？這或者是深中了臧晉叔馮夢龍諸人的餘毒吧？現在重刊前人著作，忠實於原文是一個基本條件。然而即使可以在跋文中一一指出原作失律之處，也不能隨意改作；何況吳氏也自知『一切刪改校律諸子如臧晉叔鈕少雅葉殊覺多事矣！』（語見四夢總跋）

朱有燉雜劇每本有兩個楔子，吳氏跋文都以爲是錯誤。如牡丹園跋謂：『明人以北詞之前腔謂楔子，實是大謬。』烟花夢跋說：『惟通劇楔子亦有二處，其誤與牡丹園同。』又桃源景跋云『又通本楔子有二，末折後多饒戲一曲，亦非正格。』得騶虞跋謂：『通劇楔子亦有二處，此是誤。』案朱有燉的雜劇不僅每本兩個楔子和元劇慣例不合，（元劇用楔子通常都是一個但也有例外用兩個楔子的，如元曲選中羅李郎，抱妝盒，馬陵道三種。）如一本五折（牡丹園、曲江池），一折二角同唱或合唱（如曲江池伏仗義財等）也與元劇一本四折，一角獨唱的例不合。這些不合是由於元明時代不同而生的演化所致，根本沒有什麼錯誤與否可說；而且也不能以前代的格式慣例來範圍後來的作者。一種文體經過若干時日，必有種種變化；而變化的結果使後來的作品往往非前人規範可以限制。從戲曲史的立場來說，也祇可客觀地說明一個楔子是元人的定格，二楔子是明人的變格，不必評論其正誤。更如明清雜劇有多至七八折，又有用南曲或南北合套作劇的，也都和元人規例不合，在戲曲史上也祇應說明是四折及以北曲作劇的演化，不能以元人死範圍來作批評標準。可是吳氏又從其一成不變的立場，謂五折的曲江池：『非如王辰玉鬱輪袍合南北詞七折成書，非驢非馬，斯不可爲訓耳！』（曲江池跋）這種說法是由於不明時代及文體的演化，又不能從戲曲史上來觀察種種變格而生。

曲江池跋謂朱有燉曲江池雖與元人石君寶之作同名，並非改石氏舊作，說：『因有疑憲藩此作爲改易舊詞者，此說非也。』又以正音譜二人各作一本爲證。按所謂改作不一定是「改易舊詞」，凡改易本事、（如谷子敬城南柳爲改馬致遠岳陽樓但甚微，文詞亦少因襲。）文體、（如李作南西廂改北曲爲南曲）都是改作。至正音譜所記二本，乃是同時人所作同一題材的兩本，非如朱氏改易元人之作可比；而二本之作，現在又無實例可見。又所擧的白兔記紅梨記的二本，每本雖文詞各不相同，但究竟一是原作，一是改本。又說『古詞儘有名同文異者，不獨此劇然也。』而對於朱作和元曲選本石君寶之作的楔子賞花時么篇（朱作）及第三折上京馬（石作）二支文詞相同的，又抹煞事實，以爲：『或卽臧晉叔據此劇以改石作』『亦疑晉叔改竄，而王之原作固昭如星日也。』按石氏曲江池雜劇，據今所知，除元曲選本外，又有北平圖書館藏顧曲齋刊本，未能得讀，不知與臧本異同何如。但據時代前後來看，石朱二作相同的曲文，也可肯定朱作是因襲石氏舊詞的，決不能因果倒置地說石作是襲用朱氏之曲；何況臧晉叔以朱作改易石作之說，完全是一無佐證的臆測（雖然元曲選改竄之處頗多，但這兩曲並無他本可證。）更從朱氏他作看來，據元人雜劇改作的也不僅這一種，如辰鉤月是改吳昌齡張天師斷風花雪月，兩者的骨幹完全相同；而繼母大賢元明間人也有同名的一本（見正音譜古今無名氏所作一百一十本中）；又元人雜劇選中孟浩然踏雪尋梅一種，題馬致遠，而實際却是朱作，近人也有疑息機子以朱氏改作誤題原作者馬致遠的。（至少曲江池辰鉤月二種爲改作，是毫無問題。）吳氏居然抹煞實有的證據，而單憑臆測來判斷，其目的大約是爲朱有燉作品辯護吧？又如芳茹園樂府跋（此跋見盧校清都散客二種，後任徐二輯本均失收）謂：『而集中多市井謔浪之言……疑是僞託。』按趙氏散曲，尤侗百末詞餘卷六已謂『乃雜取村謠里諺』；而此卷又收趙忠毅公全集中，當爲趙作，殊無懷疑的必要，而吳氏以爲在「正人」決不寫通俗之作，也不外是就衞道的立場來辯護而已！替前人辯護，雖非絕對不可做；但這是要建築在事實的基礎上的。

關於戲曲的本事和作者，前人雜著中頗多荒謬無稽的傳說，特別是流傳最廣的幾部，如西廂記、琵琶記、牡丹亭等，謬言更多。但這在曲跋中雖多引述，却都能一一辨別是傅會之說。然而其中也有誤信前人不根之說的，如琵琶記跋云『琵琶論者頗多，惟藝苑巵言所引說郛中唐人小說最爲可據。』其所引卽琵琶記本事是記蔡生之說。按雜記中謂此記所本者有王四，蔡卞、蔡生、鄧敞、慕容喈五說，都不足置信，近人姚華菉猗室曲話辯之頗詳。王世貞藝苑巵言雖引此說，也頗懷疑：『其姓名相同，一至於此，則誠何不直擧其人，而顧誣衊賢者至此耶？』不知吳氏何以定爲「最爲可據？」案琵琶記，最可靠之來源，當爲取材於宋元南戲之趙貞女蔡二郎而有改易，並非什麼蔡生之說。又如紫簫記跋謂「臨川晚年欲重續此曲，未果；歿後零星詞曲稿本悉被三子開遠焚去，此記卽在刦中。」按此說本錢謙益列朝詩集（丁集卷六），而錢氏又本湯顯祖次子大耆之說。錢氏原文僅說：「續成紫簫殘本，及詞曲未行者，悉焚毀之。」所謂「續成紫簫」，並非謂湯氏於紫釵、紫簫以外，另有第三本敍霍小玉的傳奇，不知吳氏何以誤解爲「欲重續此曲」？而紫簫記今存，並未被焚，大耆之說當不可靠——這兩項都是吳氏誤信前人謬說不加考索所致。

又如紅梅記跋云：「明萬歷時袁弘道有删改本，清乾隆三十五年有重刊本，余皆未見，意乾隆本爲伊齡阿設局揚州修改詞曲時所刊也。」吳氏既未見原書，如何能憑臆測來斷定？按李斗揚州畫舫錄（卷五）謂設局修改詞曲始於乾隆丁酉（四十二年），「凡四年竣事」（當爲乾隆四十六年辛丑）如何能在三十五年時就有刊本？又據李斗的記載，除成曲海目二十卷外，未纂修他書，更何來刊本！這可見吳氏是不大關心時代先後的。固然我們知道吳氏不是一個嚴格的曲史家，而是一般治戲曲者，然而也不應這樣忽略先後！

關於戲曲與小說兩者本事相同及互相影響，近人治戲曲史或小說史者，都能予以注意。這因爲兩者的關係異常密切，面供比勘互證及故事演化之吳用。氏對於戲曲取材小說的一點，雖能注意；然而竟不免時有錯誤。如紅拂記跋謂：「此記取張燕公虬髯客傳，布局成詞。」今案虬髯客傳乃杜光庭撰，見宋史藝文志，此本唐人說薈等坊刊本妄題所誤。又紅梅記跋云：「余按元人稗史有綠衣人傳，與此記中李慧娘事絕類。」案所指綠衣人傳，見瞿佑剪燈新話卷四；但瞿氏爲明人，吳氏似以篇中敍延佑時事，誤爲元人作。又如梧桐雨跋（徐輯本）謂白樸：「錢塘夢一節，係小說體，非雜劇，今附見李卓吾評本西廂後，似不應入戲劇目中，余謂錄鬼簿所記諸劇，未必皆醜齋親見者，蓋謂此等處也。」按白作蘇小小月夜錢塘夢雜劇今佚，李評本西廂所附錢塘夢平話，雖與白作雜劇簡稱同名，但決非一本，而鍾嗣成錄鬼簿據以入錄的，也當是雜劇而非平話誤收。（如陸顯之有好兒趙正，鍾氏便特別注明是「話本」）。元明雜劇與小說題名相同頗多，除錢塘夢外，如馬致遠黃粱夢，范康竹葉舟雜劇，元明話本也有同名的黃粱夢，陳季卿悟道竹葉舟傳（均見晁瑨寶文堂書目）；又如元人宋梅洞有嬌紅記傳奇小說，而明劉東生湯舜民也各有同名的雜劇。吳氏不明戲曲小說二者常有篇名或書名相同的，偶有所見，便覺驚異。爲了吳氏並且兼治小說史者，上述幾則錯誤還不十分奇特，但下足的一例，便錯得莫明其妙了。紅樓夢散套跋云「曹雪芹紅樓夢一書，其被之聲歌，譜爲傳奇者，先有高蘭墅，後有陳厚甫。』按據今所知以紅樓夢爲戲曲者，有紅豆村樵（仲雲澗）紅樓夢傳奇，陳鍾麟（厚甫）紅樓夢傳奇，荊時山民（黃兆魁）紅樓夢散套，許鴻磐三釵夢雜劇（不覩樓北曲六種），萬玉卿紅樓夢傳奇，（見西諦所藏善本戲曲書目，一名醒石緣見今樂考證）朱蘊山十二釵傳奇（見三釵夢序），嚴保庸紅樓新曲（見今樂考證）花韻菴主人（石韞玉）紅樓夢（十折，嘉慶刊本，見北平圖書館展覽會目）錄八種，並無高氏之作，而高蘭墅（鶚）所作之紅樓夢，乃續曹本八十回後之四十回，這小說又如何能被之歌聲？不知吳氏本曲錄卷五所誤，還是信手而寫？

香囊怨跋據此劇首折所引雜劇名二十八種（按實爲三十二種，吳氏漏雙勘釘，打到底，浪子回回，杜鵑啼四種）雖考出大部份，但失考者也頗不少。如見於元曲選漏貶夜郎一種，而關漢卿單刀會，楊文套玉盒記，又失考作者。又謂：『氣張飛，雙門醫，田眞泣樹且不見各家著錄。』按雙門醫田眞泣樹二種，正音譜「古今無名氏所作一百一十本」中著錄；氣張飛見也是園目，吳氏失考。又仗義疏財跋說：『又貨郎兒之名，雖見元劇，而所販貨物從未說過。』按元雜劇中敘貨郎兒所販貨物者頗多，並非「從未說過」，有魘合羅首折的蠟釵子、骨頭梳及玩具，秋胡戲妻二折的脂粉等可證。又南西廂記跋謂敘崔張事者，除董、王、關等作外，又有睢景臣之作，註云：『睢有鶯鶯牡丹記，見正音譜。』按睢作今佚，據正名的『鶯鶯』，雖與西廂記之女主角名相合，但今存諸種西廂，其中並無涉及「牡丹」事，則睢作所記當與崔張事無關。小說警世通言（卷二十九）有宿香亭張浩遇鶯鶯一篇，所敘爲張浩於宿香亭遇李鶯鶯，二人遂訂婚，以題牡丹詩的手帕爲證，後張別娶，李經官斷二人復得團圓。睢作雜劇當敘此事，鶯鶯是指李氏，非崔氏，「牡丹」即牡丹詩，因全劇以此爲媒介，故名牡丹記。（這便是以現存小說證已佚戲曲的『互證』一個實例）——這幾項吳氏都失考。

仙官慶會跋云：『自貨郎旦用九轉後，於是古城記之挑袍，義勇辭金之餞別，皆用九轉。』按所謂挑袍，見葉堂納書楹曲譜，而其中挑袍又有二套：一題古城記（實即朱有燉義勇辭金）用端正好，滾繡球，倘秀才，九轉貨郎兒，尾聲；一題三國志，僅有九轉貨郎兒，而首支又與朱作相同。跋文中以古城記挑袍與義勇辭金並舉，而二者實是一劇，顯然有誤。倘以所舉之挑袍是題爲三國志的那套，則『古城記』三字是誤註；如以義勇辭金是指三國志挑袍套，（兩者貨郎兒首支文同）則其他曲文又不同，不知吳氏何以這樣糾纏不清！而義勇辭金跋（見徐輯本）又謂：『納書楹題此折爲挑袍，節去端正好，滾綉球，倘秀才三曲，且以爲古城記曲文，是亦未見憲藩原本。』這說明便明顯誤以納書楹的古城記挑袍套，爲非朱作，而以標三國志的挑袍套是朱作，大約所據是首支貨郎兒曲文相同，而未細勘以下八支不同的曲文。旣以題三國志的一套爲朱作，又誤註『三國志』爲古城記，以致錯得令人無從清理解！

又如散曲集誠齋樂府跋（見卷三，作於民國十二年癸亥）。文附註列有黃陂陳氏藏朱有燉雜劇八種，其中有神仙會，東華仙二種；而誠齋樂府總跋（見卷一，作於十六七年間）又謂東華仙神仙會等數種：『未識海內有無藏本者』，其自相矛盾如此。倘散曲集跋文作在後，還可說那二種未發現；然而這跋文却在先，雜劇跋在後，那有先知有傳本後來反而不知道的道理！這種誤註存佚的疏忽雖小，但也可見吳氏治學方法如何了。

酹江集跋謂『此書十六種，僅得二種耳。』按原書今存，共三十種。吳氏謂十六種，不知何據！如以所見僅殘本二種，應存疑而不應遽下斷語。

從上面許多違失，錯誤諸點看來，不僅態度失宜，治學方法苟簡；即所謂『不屑屑于考據』，也還不致于有這樣多的錯誤，有時簡直絲毫不加考察就隨便下斷語。其原因當爲吳氏寫跋文時，亦與往日傳統文人作序跋相同，是漫不經心隨意一揮而就的。自然專門學者的著述，並不是毫無錯失，然而總不會像吳氏這樣信筆而寫。如果不細細比勘，誰也不會相信一代曲學大師論曲的跋文，竟如此令人失望！

我們對于吳氏雖頗有尊敬之意，但是不能連他的錯誤也包括在內，否則那便是偶像崇拜了。正當地糾正他的錯誤，不但沒有侮辱他，反而能使他所開拓的學術基礎能更發揚光大。至於本文的目的，也恰和吳氏蘭桂花跋文所說：『非好與古人爲難，實喉中作鯁，不得不出而哇之也！』

現代德國文學

Hermaun Schäfer著
胡詠荷譯

現代德國文學是從德國的民族性和傳統里生長出來的。牠的基本力量是農民精神和軍人精神。所謂『農民精神』我們是指深愛鄉土之情，深愛鄉土不僅是農民的特質，這種特質且有漸漸普及於德國全體人民生活的傾向。所謂『軍人精神』我們不只是指戰時的那種堅決的，有目的的，有紀律的態度，而是把於日常生活各方面所表現出來的這種態度包括在內的。

被隱蔽着的德國

這種文學雖然近年來曾經過許多的轉變和錯誤，而且有時竟然完全消失不見了，可是最後總於又回復過來重新抬頭，而且從來不會拋棄過牠的眞精神。當牠正在發芽滋長的時候，像湯默斯·曼那一般腐化沒落的變態份子奮力攻擊着牠。說牠是最低級的農民文學。到了一九三三年之後，自德國移出的人們以及許多外國作家斥指這種文學含有政治作用（指壞的一方面而言，）顯得殘酷嗜殺，且是種奉國社黨之命而寫成的作品。只是俗語說得好：『你若是不能毀滅他，那末適足以助長他的力量，』這話應用於這種文學的消長正頗確切。雖然遭人們反對攻擊，可是牠的力量超過反對派的力量，終於又回復原狀而抬頭，且普及於全德國民族。這些發揚被蒙蔽着的德國精神的著作家被人謗毀，今日被謗毀的作家們知道抬頭的時機已到，開始發揚正在形成中的新德國精神了。

那種嚴正的鉄一般的精神形成了新德國，這種精神將成爲這種新文學的基礎；這般發揚新德國精神的先知先覺和開山鼻祖們所寫的作品雖是反映那種嚴正的鉄一般的精神，只是作品的內容並不儘以這種精神爲唯一的範圍。在他們的作品中還可以找到一種和平，一種安閑，一種甯靜，這種和平安閑甯靜的空氣使讀者獲得一種至樂之感。這種幸福之感不只於富於鬥爭精神的民族性和政治性的詩歌中顯示出來，而且還反映於關於私人日常生活的小品中，反映於社會生活中，反映於沒有國界的種種藝術和理想之中。

這種現代德國民族文學的前驅者和創造者爲數很多，不勝枚舉。所以我們現在只特別提出三位作家來，這三位作家便是魯道爾夫・G.朋定(Rudolf G. Binding)，漢斯・葛林 (Hans Grimm)，和球哈特・修曼 (GerhardS chumann)；我們所以提出朋定和葛林者，乃是因爲這二位足以代表前一代的德國文學；我們所以提出修曼者，乃是因爲他是新德國詩人之一。

朋定及其時代

魯道爾夫・G.朋定是個不凡的人，是個正直的德國人的歌頌者；他生於一八六七年，初年時居於弗雷堡 (Freiburg)，後遷居於黑林 (Black Forest)，又遷居於萊比錫 (Leipzig)，其時他的父親在大學里任法學教授。他曾爲彫刻家佐治・高爾比(Georg Kolbe)所作的畫集作序，序中有下引的一節，這一節文字頗足以表現他自己的個性：

『一個抱着大無畏精神的藝術家總是反映他當前的時代的。他不必去故意反映牠，不必故意去吸收牠的精髓；他只是從心情中不知不覺的表現出時代精神而已。他表達出我們的眞相——我們這個時代的眞相；這個時代的特質是：眞樸，嚴正，沒有狂喜，沒有神往之情，沒有誇張，沒有過份的情感，沒有縱慾。他和他的時代有同樣的信念，有同樣的看法，有同樣的自信力；他們都在找尋着一種不變的，最後的，最簡單的，不可否認的，沒法避免的定則。』

朋定這番關於他的朋友的話也同樣的可以適用於他自己的一切作品。我們還可以再說一句：不論什麼人提到高超的德國精神，他務須勿忘了這位嚴正的發揚德國靈魂之眞相的作家。須知有潔淨的心然後才有潔淨之外形，心與外形須天天善視之然後不致染污。作家須自身有高尙的人格，然後才能對他的民族發生一種澄清的有益的力量。人類素來主張：不但內心須清潔，外表也須具備眞美善的條件；並且主張行言一致；同時這也是我們這個新生時代的主張。朋定的生活很足代表這種的精神；他的小說與詩歌因是表達人類最崇高的理想，而他的爲人也很是正直；他曾表示他的願望說：他死了被埋葬時希望還是直立着。

朋定在他那部不朽的自傳『我的生活』里講述他個人生活的發展。這本自傳不只講述他個人的身世，而且還涉及他所處的時代背境，以及他所親歷的種種德國沒落的生活；有時他竟爲那種腐化生活所染污，只是終於戰勝了那種腐化生活；他愛他的國家和時代，這並不是因爲他的國家與所處的時代比別的國家和時代爲優越，而是因爲他的國家和時代對他有密切的關係。

朋定的愛護人生正如他的愛護國家，人民，和時代。他的著作之中所表現的世界顯得有很深的塵世氣和愛好生活之感，甚至於在他所著的富於想像的小說『我們這個時代的神話』里也有這種氣氛。神話第一篇叫做『可依萊斯丁那』(Coelestina)，這篇小說他出之以閑適的幽默筆調，講述一個天仙一不小心墮落到人間來，上天因而手足無措，不知怎麽才好。第二個神話尤有妙趣，這個神話題目叫做『聖・喬治的代表；』因為此人酷愛人生，所以上帝認為他有充當聖・喬治的代表的資格；上帝認為『他不能遣派那種卑賤的罪人去担當這個重任。』第三篇神話題目叫做『小鞭子』(The Little Whip)，這是一篇給兒童們讀的聖誕故事，文字優美動人，很是受人歡迎。

這些神話和許多短篇小說（其中之一名叫『犧牲』）出版於一九〇九年及一九一一年，所以在歐戰以前朋定已經馳譽文學界。他的作品尤為青年所歡迎；甚至時在今日他們還是喜歡讀他的『犧牲』；這篇小說是講述一個女子悲壯的一生的。

不朽的詩人

青年始終認為這位不朽的作家是屬於他們的一羣的。因為歐戰終了他退伍回來時，年已近五十，可是他又振作着精神從事著作了；他的作品的對像是青年，他是為青年而著作的，而青年願意聽從他的話。他的願望正是青年的願望；青年的願望也正是他的願望；只是他有說青年人所需要的話的才能而已。因為那時戰爭方告終了，槍炮之聲剛才停止，一切正在混亂崩潰之中，他却敢言人之所不敢言，他說這一切的事並不是『荒謬』的，也並不是『徒然』的，而是一種命運有力的打擊；為了應付這種命運的打擊，年青一代的人們一方面應該悲哀，一方面却又應該懷着自家的心情。在他看來，那次戰爭並不是世界的末日，而是新生的開始，是德國民族的救主，正適足以訓練德國人民的紀律，喚醒德國民衆愛國的熱情。德國的青年正應該這麽看法才是。

他的這種信念在他所著的詩集『自豪與悲哀』(Stolz und Trauer) 以及小說名叫『不朽』(Unsterblichkeit) 里表現出來。那部小說叫做『不朽』的我們正不妨稱之為德國文學之中的精短傑作。這是一篇關於一個德國飛行員的故事。歐戰時德國驅逐機隊暫駐於法國弗蘭德斯地方，故事中的飛行員是一個非常偉大的怪傑，該地地主之女禁不住和他發生愛情。他又著有一本書叫做『自歐戰回來』(Aus dem Kriege)，這是一本現在還值得一讀的好書，他在這本書里赤裸裸地記錄着他在歐戰中所獲得的經驗。書中有炮火之下所書寫的信函和日記。

朋定的著作雖以戰爭和戰爭的經歷為中心，只是我們以上所說不過是他的工作的一部份。實則他不只是著作家，而且還愛馬並喜歡騎馬，他以爲馬所給他的訓練比他的嚴父所給他的訓練還要嚴格。我們在這里不得不提及他所著的二本可喜的小册子：『騎馬須知』和『馬的聖殿』；後者是一個關於一匹駿馬的故事。同時我們也別忘了朋定且是一個喜歡美酒的人呢。

朋定的著作有的已爲譯成日文。小說之中Die Waffenbruder，Angelncia，Der Opfergang，Unsterblichkeit諸篇已由 Kenji Takahashi 和 Koji 二人譯成日文。Wir fordern Reims zur Uebergabe auf 已由 Shunro Mori 譯成日文。朋定的自傳也正在繙譯中。

一位海外的作家

一九三八年八月四日朋定與世長逝的時候，送喪的人之中有漢斯．葛林；葛林也和朋定一樣，是德國文學史的不可分的一部份。以他的著作論，他是思想最清醒，目光最尖銳的現代德國演變史的記錄人。朋定是我們這個時代的武士兼詩人，他以爲我們要獲得自由必先須勇敢；而葛林却是頭腦清醒的現實主義者，他絕不掩飾一切，他所作小說里的人物是些健全的，聰明的，寡言笑而重行動的人，他借着這些人物告訴我們往時德國的兵士，農民，手藝工人，商人等是怎麼樣的人。

漢斯．葛林於一八七五年生於威斯伯登(Weisbaden)地方。從一八九六年至一九一〇年他在南菲任事於商界，先在開普省(Cape Province)的一家商店里做夥計，後來升爲合夥人。他親身體驗到海外德僑的種種困苦。在非洲遼闊的空間里他找尋着一切事物的眞諦，後來把所搜集的材料寫了幾本書。一九一三年他所著的『南菲的故事』出版。後又著『拔涉於沙地，』敍述德屬菲洲西南部的移民生活；又著『奧列威剛的悲壯史，』所述事跡悲壯動人。歐戰發生時，他赴前線充小兵；一九一七年被召回，乃著『杜愛拉地方的油田開發者，』於此書中他描寫菲洲德國俘虜死難的事。

歐戰告終後他花了六年工夫（自一九一九年到一九二五年）寫了一部偉大的關於德國命運的小說，題名叫『沒有空間的民族。』此書出版於一九二六年，不啻是首可歌可泣的散文詩，出版後譽聲大著，被公認爲聲勢浩大的教育家兼政論作家。我們正不妨稱『沒有空間的民族』爲德國的苦難史。書中主要人物爲康納李歐斯．弗列鮑脫，作者借此人而敍述戰前戰時戰後德國民族的生活，我們若不稱之爲德國的苦難史那麼將稱之爲什麼呢？葛林自己曾說這本書是敍述全德國民族的命運的。

沒有空間的民族

該書主角康納李歐斯．弗列鮑脫是個身體頭腦都很健全的青年，是中產階級家庭之子，生長於微愁河岸的一個村落里，世業農，只以弟兄衆多，家里並不需要他在農田上工作，所以不得不往石礦，工廠，煤礦等處去找出路。他在煤礦里做工的時候，礦里發生意外，他僅以身免，此後他卽脫離殃險的令人窒悶的工業生活，『因爲在他心的深處還隱藏着自由。』要成爲一個有生氣的眞正的人他需要空間與陽光。所以他到非洲去了。他第一個所到的地方是英國的屬地，只以他神經敏銳，有德國人所常有的沉思的習慣，所以不能適應那里的環境。可是他畢竟還有德國人的勤奮的精神，所以終於成功了。後來他又到菲洲西南部的德國屬地去，加入了歐克脫上尉的軍隊，與荷且吐脫人 (Hottentots) 作戰，關於戰爭書中有動人的描寫。其後他便去過安閒生活了。

可是不久歐戰發生，戰爭結束後德人生活困苦萬狀——於是作者又繼續寫他德國民族的苦難史。話說英人武斷不講情理，認爲德人沒有開拓殖民地的天才，爲了這個緣故，康納李歐斯，弗列鮑脫屢次吃官司，困苦莫可名狀。於是他始終保持他德國人的自尊心。他逃出了英人的樊籠後，越過了荒林湖沼，遭受雨淋日晒的痛苦，終於到了正在遭受苦難的故國。到了故鄉後，那里的幼年情人正等候着他，於是二人就成了夫妻。

這位好動惡靜的人雖然娶了妻子還是不甘心渡安閒的生活。那時全國的經濟與政治都趨崩潰之途，他乃不畏艱難，自任領袖，去倡說：『德國全體民族的唯一痛苦卽是缺少空間』的道理了。他往各地村鎮去演說，爲德國人民要求獲得自由與工作的機會。有一次他正在一個小鎮里的市集曠場上慷慨激昂地演說的時候，遭政敵槍殺。

歐克脫上尉之死

以上便是該部偉搆的大要：書長一千二百九十九頁，故事哀而不傷，以個人筆調寫出，讀來很有親切迫眞之感。書中尙有許多獨立的關於人或事的故事，這些故事正與他的短篇小說一樣，不愧爲德國文學之中的精短傑作。其中有一節描寫歐克脫上尉作戰殞命的事，尤堪稱之爲傑作。上尉領帶精兵到德屬菲洲的東邊去作戰，康納李歐斯•弗列鮑脫亦爲其中之一人；上尉經過千辛萬苦，終於完成使命而死。我們今把上尉被埋時的一幕抄引於下：

這位繼任上尉的領袖沒有作長篇大論的演說，他只說：『這里躺着我們的領袖歐克脫：……於過去八個月中他只是不斷地計畫着，思索着，準備着今日早晨的到來。你們都知道一切都是他的功勞。當他功抵於成的時候，子彈飛來，就此與世長逝；他大概是最先死難的人，其後又有十二人死難。如果你們想瞻仰遺容，此刻就去看一看吧。我們不能把死去的遺體帶着走。我們現在把他們埋葬在這裏。他們躺在這裏正像德屬非洲西南部的守衞人呢。」

他說完了這席話後，他的聲音不再像一個軍官的粗暴的聲音，而像是一個孝子述說他的慈母了：『上尉來這裏的途中於筆記簿裏記着一段話，現在我把這段話讀給你們聽，若是他不死的話，我們也許永遠不會有機會看到或聽到這一段話呢。』於是他就開始讀上尉的筆記了，此時他的聲音又像一個軍官的粗暴的聲音了：『爲人最緊要的是自尊心。不要做下流的事，務須潔心潔身，無論何時總須節制自己；不要自私，却須歡樂勇敢。必須時時勿忘：須先有正直的靈魂，然後才全有正直的外形。從眞樸的事務中去取得樂趣；不要追求不可能的事，凡事却須忍耐，須把精力集中於可以做到的事上。不要處身於汚髒的地方。甚至於人格最崇高的人有時也難免落入汚髒的地方，只是他不必自甘長處於那裏。』」

接着他們把馬鞍蓋在死者的身上，把他們埋在土中了，死者已不可再見了，他們放了三次排槍，以示敬意。

空間和命運

葛林的著作有二個中心思想，那便是『空間』與『命運』。他始終以這二點爲主題。他的早年生活困苦，困苦的因素便是這二事，所以他後來著書便滲透了這二事。『空間』與『命運』好似他的作品的軸心，他靠了這個軸心加所以敘事緊湊，使讀者讀了他的作品覺得緊張而爲所感動。

只是讀者讀了他的作品絕不會發生絕望之感。今日的德國文學與戰後的腐化文學之最大的區別卽在於此。就以湯默斯・曼的作品說吧：他的作品充其量只是把病態人們的變態心理加以藝術化的描寫而已，讀者讀了他的作品那里會得到提高道德的力量和愛好生活的熱情？葛林的作品却完全不同，使人讀了有益於身心且增愛好生活之熱情。這是他對於德人最大的供獻之一；而這種供獻却正出現於沒落的氣氛之中，故尤覺可貴。

漢斯・葛林現在已是三十七歲的人了。自從一九三三年以來，愛好他的作品的讀者，無論在德國或是在他國，均與日俱增。日本已有許多崇拜他的讀者。他最初的日文譯本是 Der Richter in der Karu 中選出的四個故事，譯者是 Yoshitaka Takahashi。他的『沒有空間的民族』已於去年由 Shinichi Hoshino 譯竟出版，共計四厚册。

年青的戰士

這一代的青年作家自始卽與國家社會主義運動打成一片。正與他們的前輩一樣，這般『我們人格的保護人』也深愛鄉土——只是態度比前輩更明顯更大胆——他們也是德國民族的先知兼戰士。他們的目的是德國民族的統一，他們的南針是新德國的理想。新德國的完成與統一旣然須以武力去爭取，是以這種文學以戰士的經驗爲其主要題材。牠不注重支節的問題與心理的描寫，却注重正直的態度和熱切的情感；牠不注重部份，而注重全體。這是我們這個時代的文學之特質之一。

這一類作品的詩人和作家爲數很多，我們現在只提出一位來加以說明，這一位作家的態度與才能很足以代表一切的作家。這位作家便是球哈特•修曼；他於一九一一年生於德國西南部的衣斯林根地方。他最初作詩，時在一九三〇年，那時他還在學校念書；也正和他的青年同志們一樣，現在是在前線從軍。

在修曼的作品里國社黨戰士的熱情和嚴正的文字及正直的態度打成了一片。修曼把宗教思想與民族思想混合爲一了。他的作品充滿着眞誠的熱情，大丈夫的英雄氣慨，和鎭定堅决的精神；他的主要目的是發揚新德國精神。這種精神推動着這位青年天才作家追他前進。他的詩歌卽以這種精神爲其中心思想。

修曼很重視所謂『抵抗敵人最後的攻擊的戰士』他大聲亟呼地要求人們奮勇作戰，要求他們愛護大我而克制自私的小我；他說道：『你們該犧牲小我呀！凡是應聲說是的人便會得救。』不過他所重視的不只這一點。此外他還作有許多閒適的詩歌，這些正足以示作者同時還是愛好寧靜的人呢。

一九三八年他的第一部劇本出版，題名『决心』，這個劇本的大綱成於數年前，乃是經修改而完成的。我們從這個劇本里很可以看出作者落筆不茍，構思認眞，非使作品達到成熟的境罷決不罷休，在今日的戲劇寫作家之中這種精神是很少見的。

今日球哈特•修曼和其他青年作家們都在前線。他最近出版的詩集是『試鍊』，是描寫世界上亘古未有的大爭鬥的。在這册詩集中他以簡單的嚴正的字句講述德國人民和士兵的艱苦卓絕的生活以及『我們神聖的青年們的精神』；這種精神與日俱增，且經苦難的磨鍊將成爲勝利的基礎。

托爾斯泰的歷史觀　Leo Tolstoy

一

歷史像海洋，其表面也許令是靜止的，然而人類的活動却像時間之流，沒有中斷的時候。各色各樣的人羣無時不在聯合起來，又無時不在分裂；人們的移動，帝國的形成和瓦解，其種種的原因無時不在醞釀之中。

歷史像海洋，從前這個海洋裏的波浪自此岸流到彼岸，可是現在則不然，却是在海的深處在鼎沸着。歷史上的人物不再像從前那樣自這邊突然衝到那一邊去；他們現在似在至一個地點上轉滾着。從前歷史上的人物統將率兵，效死於疆場，今日的歷史人物却活動於外交政治法律條約等方面。

史家把歷史人物的這種傾向叫做『反動』。

歷史家於敘述這些歷史人物的事跡的時候，均予以嚴厲的批評，說爲他們便是所說『反動』的原因。那時代（指拿破崙戰爭時代）的著名人物——上至亞力山大一世和拿破崙，下至斯蒂爾夫人（Madame de stael），福蒂（Foty），雪令（Schelling），斐希特（Fichte），謝多勃良（Chatea briand）——無一不受到史家的評述，若是其事蹟有利於『進步』，便被認爲無罪，若是有利於『反動』，便被史家攻擊。

歷史家告訴我們說，那時代的俄國也有『反動』的傾向，而應尸其咎的主要人物就是亞力山大一世。依照史家自己的話，亞力山大剛登位的時候是『自由運動』的主要發動人，是救俄國的主要人物，而今却被史家認爲反動份子了。

近代文學作品中，下至學童作文，上至史家著述，無一不攻擊亞力山大的後期事蹟者。

『他應該如此如此做去才對。那事他做得不錯，可是這事却做得不好。他初登基時及一八一二年時所幹的事殊可欽佩；可是後來所做的事却不對了。』

亞力山大的錯處，据史家說來是很多的，即是寫十頁也是舉不盡；史家說這些話乃是先假定了他們是知道何事有益於人類的。

史家這許多評語是什麽意思呢？

亞力山大早期的維新運動及其抵抗拿破崙的不屈不撓的精神，爲史家所稱頌，這些爲史家所稱頌的事蹟是由於亞力山大的環境，教育，人格等因素所促成；亞力山大後期的事蹟，像成立『神聖同盟』(Holy Alliance 一八一五年九月二十六日俄奧普三國帝王根据耶穌教的神聖主義所組織之同盟，其後除羅馬教皇及英吉利土耳其外歐洲諸國盡皆加入），像恢復波蘭的獨立，以及一八二〇年以後的種種反動行爲，史家斥爲不當，然而史家斥爲不當的行爲不也是由亞力山大的環境，教育，和人格等因素所促成的嗎？

批評亞力山大的史家並沒有說亞力山大的人格不高尙，只是說他當時沒有做今人認爲應該做的事，只是說他對於何謂有益於人類的見解不正確。

我們姑且假定亞力山大的見解是錯誤的，但是同時我們不得不假定過了相當時期之後史家的見解也將被證明不正確。這個假定是很自然的，而且是沒法避免的，因爲我們觀察歷史的發展，知道史家的見解日新月異，而且各代的史家各有其見解；是以十年前被認爲有益於人們的事過了十年之後便會被認爲有害於人們，十年前被認爲有害者十年後會被認爲有益。不但此也；我們閱讀歷史，知道同時代的人們對於何者有益於人羣何者有害於人羣的見解也會絕對相反的。有的人認爲亞力山大予波蘭以憲法以及成立『神聖同盟』是亞力山大的光榮之處，有的人却認爲這些事有損亞力山大的令譽。

我們既然不知道何者眞有益於人類，何者眞有害於人類，是以我們不能確說亞力山大或拿破崙的事蹟，那只是因爲你狹隘的見解和他們的見解不相容的緣故。我父親在莫斯科的房屋於一八一二年沒有被毀於炮火，我個人認爲是佳事；俄國軍隊的强盛，彼得斯堡大學或其他大學的興盛，波蘭的獨立，或是歐洲他方面的開明進步，這一切我都認爲是佳事，不過同時我不得不承認任何歷史人物行爲的目的除上述種種以外還有我所不能了解不能把握的目的。

我們姑且假定仗仰科學的力量能夠創立一個絕對不變的善惡標準去評判歷史人物和其事蹟。我們姑且假定亞力山大有不那樣做的餘地。現代的批評家認爲他應該依照自由平等進步的程序做去；我們姑且假定他當時是有照着今日的評論者的話做去的可能。那末歷史人物將成爲機械，沒有活動可言了，將沒有人生可言了，什麼將都沒有了。因爲如果人生的一切可以依照着理智做去的話，那末人生一切的可能性將消失了。

二

史家承認偉人領導人羣達到某種的目的像俄國國勢的擴張，法國國勢的擴張，勢力的平衡，革命思想或進步思想的傳播等等；如果我們也承認這話，那末除『機遇』和『天才』二詞外我們便沒法解釋歷史現象了。

如果十九世紀歐洲多次戰爭的目的是擴張俄國的國勢，那末雖沒有戰爭，雖不去侵佔外國的領土，也可以達到這個目的。如果目的在擴張法國的勢力，那末雖沒有革命也可以達到這個目的。如果目的在於傳播思想，那末印刷書藉比利用士兵更能達到這個目的。如果目的在於提高文化，我們一望而知其他提高文化的途徑多的是，都比這種方法為有效。

歷史何以是這樣，而不是我所說的那樣呢？因為偶然這樣而已。史家說：『機會造成某種局面，天才便利用這種局面』。

可是『機會』是什麼呢？『天才』又是什麼呢？

『機會』和『天才』不是眞實存在的東西，所以無從對之下定義。這二個字樣只是表示我們解釋歷史現象到了某一程度便不能再有更深的了解而已。我不知道某種現象是怎麼發生的，我認為無從解釋，所以才提出『機會』這個字樣。我看見某種勢力產生某種效果，而這種效果不是普通的人力所能產生的；我不知道何以會產生這種效果，所以才提出『天才』這個字樣。

牧羊者每天晚上把某一頭羊關在一個特別的羊圈裏予以食物，結果比其餘的羊肥大二倍，這在別的羊看來這頭羊必是天才。這頭羊每天晚上不到普通的羊圈裏去而被關在充滿着橡子的羊圈裏，長得肥了之後便被殺了充食料；這些事實在別的羊看來定將以為是天才與一連串的特別機遇聯合於一起所產生的結果。

可是羊們殊可不必假定這一切事是為達到羊的目的而才發生的；牠們但須承認這一切事有非牠們所能了解的目的，這麼才能看出那頭肥羊的遭遇自有其一貫性。牠們雖然不知道那頭肥羊何以要被豢養得肥胖，但是至少可以知道肥羊的遭遇不是出於偶然的機會的；牠們殊可不必乞助於『機會』或『天才』的解釋。

我們必須承認人事最後的目的為不可知，然後才能看出歷史人物事蹟的一貫性。那時我們才會知道非尋常人力所能產生的結果的原因是什麼；那時我們殊無利用『機會』或『天才』字樣的必要了。（於此可以看出托氏信『天道』，不信『人力』。——譯者）

如果我們承認歐洲各國的變動之目的為不可知，自認我們所知道的只是事實，而這些事實只是些在法國，意大利，非洲，普魯士，奧大利，西班牙，俄國等國內所發生的屠殺，我們便會看出拿破崙與亞力山大並沒有什麼特別，沒有什麼天才可言，便會知道這二人實在沒有什麼比常人不同之處。這二人的事蹟自有不得不發生的理由，殊可不必以『機會』解釋之。

（實齋譯）

李笠翁的寫劇論

羅明

要談到寫劇問題，我們馬上就會提到培克教授 G. P. Baker，威廉阿契 W. Archer，以及朗蓀J. H. Lawson等諸大名家，因爲他們的「寫劇技巧」，「戲劇作法」，及「寫劇理論與技術」等都是世界上最權威的理論著作，可是能提到我們中國的寫劇理論大家李笠翁的人却很少，這實在是一件憾事，其實笠翁的理論主張及其方法，實在不亞於以上諸人，尤其又是我們中國的道地土產，雖因時代關係不適於當前，然而李氏究竟是中國人，何況有的理論，與外洋諸大名家均相吻合，也都是些不可磨滅的金科玉律，凡是攻習寫劇的人，是非瞭解不可的，國立劇專的校長余上沅氏曾將李氏理論節譯爲英文介紹於外邦，曹禺先生也是十二分的推崇，茲因編者先生索稿，特擇其要者分述於后，對刻下攻習寫劇者不無小補焉。

李氏名漁，字笠翁，浙江蘭溪人，爲清代大儒，亦是我國一位大詞曲家，晚年還居杭州，專心著作，署名爲湖上笠翁，他的「十種曲」奈何天，比目魚，蜃中樓，憐香伴，風箏誤，愼鸞交，鳳求凰，巧團圓，玉搔頭，意中緣等都是清代文壇上極大的收獲，此外尙有「萬年歡」，「偷甲記」，「四元記」，「雙錘記」，「魚籃記」，「萬全記」六種，但知者甚少。且以前諸詞曲家都重在「曲」，獨李氏着重「戲」，故甚得觀者歡迎。他除對詞曲演出素有研究外；更對種植花木，考玩古董，遊山逛景，飲食起居等亦別有心得。他曾在家中養了許多的歌女，親自教練，約友人相知共同玩賞，像李氏之爲人，眞堪稱爲文人雅士也。他在「一家言」一書中，對詞曲之編製及演出方法分別論述，均有特殊之創見，他的戲劇理論共分「詞曲」與「演習」兩部，前部共分六項三十七款，後部又分五項十六款，茲於前部中選其數段分別討論之。

李氏第一項裏，先論及結構。因結構 Plot 爲寫劇過程中最大難事，在結構中能使其主題明顯，故事淸楚動人，尤非易事，普通作家只求曲子好聽，對話漂亮卽行，故演出屢遭失敗，因之李氏謂：『古人作文一篇，定有一篇之主腦，主腦非他，卽作者立言之本意也，傳奇亦然，有無數人名，究竟俱屬陪賓。原其初心，止爲一人而設，卽此一人之身，自始至終，離合悲歡中，具無限情由，無窮關目，究竟俱屬衍文，原其初心，又止爲一事而設，此一人一事卽作傳奇之主腦也』。這也就是全劇的故事統一，氣氛統一，角色集中，情節集中，由一人一事之發展一直至最後，仍以此一人一事爲結局，如易卜生之「國民公敵」一劇，自始至終全以斯鐸曼醫生一人爲主，故使觀衆也終注意斯鐸曼一人之發展。最近的「秋海棠」一劇也始終以秋海棠一人遭遇爲主，故能引起觀衆興趣，至於梅寶與羅湘綺等人全係爲秋海棠而設，故秋海棠爲主，梅羅等爲輔，最怕『作者不講根源，單籌拔節，謂多一人可增一人之事，事多則關目亦多，令觀者如入山陰道中，應接不暇』。這一點是初學寫劇者最易犯之毛病，往往使觀衆莫明其妙，不知其所云，因爲他們找不出劇本之中心，故觀之生厭，因爲他們看不明白，故難收到演出效果，所以『作傳奇者能以「頭緒忌繁」四字刻刻關心，則心路不分，文情專一，其爲詞也，如孤桐勁竹，直上無枝』。這是每一個劇作者都應該切實注意的。

我們既然把主要之角色選好，故事中心也決定了，我們就應該注意到如何的去編製了，如何的能把故事安排好，放在觀衆前，這也是一件不容易的事情。李氏以爲『編劇有如縫衣，其初則以完全者剪碎，其後又以剪碎者湊成，剪碎易，湊成難。湊成之工，全在針線緊密，一節偶疎，全篇之破綻出矣，每編一折，必須前顧數折，後顧數折，顧前者欲其照映，顧後者便於埋伏，照映埋伏，不止照映一人，埋伏一人。凡是此劇中有名之人，關涉之事，與前此後此所說之話，節節俱要想到，寧可想到而不用，勿使有用而忽之』。戲劇所以異於小說者亦卽在此，因爲小說是供給人家讀的，而戲劇則供給人家一面看一面聽，在小說裏讀到孫悟空一個跟頭翻了十萬八千里，馬上會贊嘆孫行者的天賦的才能，而在舞台上表演則不行，觀衆則不相信，故小說家是自由的，他可以愛怎樣寫就怎樣寫，想到那裏寫到那裏，有的小說家事先根本沒有預定的計劃，信筆而來，最後是如何的結局，也許連他自己也不知道，這是常有的事，而寫劇則不然，事先非有全盤計劃不可，如何開始，如何發展，如何結尾，他非弄得週密不可，如一不當心，則「全篇之破綻出矣」。同時還得顧前顧後，前呼後應，使其不得有矛盾或不「緊密」之處，才能夠開筆。一動筆卽可順流而下，一氣呵成。但這「湊成之工」却非易事。

結構編成之後，如何開場亦是一大關鍵，聰明的劇作者一開場就給觀衆一個暗示，使觀衆預先明白台上將扮演何種類型之戲。因爲觀其開始之方式，必能推測出其必然之結尾，因爲這是有「邏輯」的，故如何「開場」？乃作者必需注意的事情，李氏謂：『開場數語包括通篇，冲場一齣蘊釀全部，此一定不可移者。開場宜靜不宜喧，終場忌冷不忌熱』。所以說「頭難頭難」，以第一幕最難，因有關整個大局也，至於開場不宜太熱鬧，歐美各名劇前一二幕往往非常的沉，有時至第三幕起方才有戲，以後則一步緊一步直到戲完爲止，這眞所謂「好戲留在後頭」，然開幕雖可沉，但閉幕斷不可沉，非要抓住觀衆之情緒，俾能收到全劇之效果也。

古人作劇，大都重在戲文，而對性格 Character 都不很在意，然獨李氏非常之重視，李氏謂：『言者心之聲也，欲代此一人立言，先以代此一人立心，若非夢往神遊，何謂設身處地，無論立心端正者，我當設身處地，代生端正之想，即遇立心邪僻者，我亦當舍經從權，暫爲邪僻之思，務使心曲隱微，隨口唾出，說一人肖一人，勿使雷同，弗使浮泛』。又謂：『塡詞義理無窮，說何人肖何人，說某事切某事，文章頭緒之最繁者莫塡詞若矣。予謂總其大綱，則不出情景二字，景書所睹，情發欲言，情自中生，景由外得，二字難易之分，判如霄壤，以情乃一人之情，說張三要像張三，難通融於李四』，正如「水滸」中的一百單八將，各人相異，雖均爲山上盜匪，無涵養之粗漢，然各人之一舉一動決無相同之處，近來初學寫劇者，往往各角色雖有男有女，有老有少，但大都像似一人，全爲作者所化身也，這是最要不得者，尤其對話一事，更得注意，「欲代此一人立言，先以代此一人立心」，所謂立心者即是性格也，亦可釋爲動機 Motivation 先使性格產生一個必然的動機，才能夠產生必然的語言與動作。我們時常看到舞台上有很多的莫明其妙的語言，或是突如其來的動作，全係缺少動機所致。

結構與性格均已確立，即開始編寫對話了，尤其我們「話劇」，全係由着「話」表現的，對話的重要可想而知，李氏亦謂：『詞曲一道，止能傳聲，不能傳情，欲觀者悉其顚末，洞其幽微，單（全）靠賓白一着』。但『賓白之學首務鏗鏘，一句聱牙，俾聽者耳中生棘，數言清亮，使觀者倦處生神，世人但以音韻二字用之曲中，不知賓白之文更宜調聲協律』，而『從來賓白只要紙上分明，不顧口中順逆，常有觀刻本極其透徹，奏之場上便覺糊塗者，豈一人之耳目，有聰明聾聵之分乎？因作者只顧揮毫，並未設身處地，既以口代優人，復以耳當聽者，心口相維，詢其好說不好說，中聽不中聽，此其所判然之故也』。我時常看到初學者所習作之劇本，異常吃力，等於看翻譯，且常有令人費解之語句，非經三思後方明瞭其意，試問搬演於台上，豈能使觀衆瞭解嗎？所以李氏寫劇時，『手則握筆，口却登場，全以身代梨園，復以神魂四繞，考其關目，試其聲音，好則直書，否則擱筆，此其所以「觀」「聽」咸宜也』，曹禺先生之對詞所以流利動聽，也是因爲經過細細推敲的原故，不然即等於一人「化裝演講」了。

關於對話，還有一層，初習寫劇者亦得注意，即是得明瞭是「話」不是「文」，往往的劇本有些對話文縐縐的，鄉下人亦有時文氣冲天，這亦是要不得的，故李氏亦謂：『曲文之詞釆與詩文之詞釆，非但不同，且要判然相反，何也？詩文之詞釆，貴典雅而賤粗俗，宜蘊藉而忌分明。詞曲不然，話則本之街談巷議，事則取其直說明言』，這亦是寫對話原則之一，多用成語，俗話，可以使其演出更爲「像眞」，所得之效果當然亦佳了。因爲『傳奇不比文章，文章做與讀書人看，故不怪其深，戲文做於讀書人與不讀書人同看，又與不讀書之婦人小兒同看，故貴淺不貴深』。這個見解與法國浪漫大師雨果 V.Hugo 相同，因爲雨果也把觀衆分爲三種，有一般的羣衆 Crowd，有婦人 Women 還有一種是思想家 Thinkeys，所以當我們執筆寫劇時一定得顧慮到他們各階層觀衆的需要不可。

『傳奇之爲道也，愈纖愈密，愈巧愈精，詞人忌在老實，「老實」二字，即纖巧之仇家敵國也，然「纖巧」二字爲文人鄙賤已久，言之似不中聽，易「尖新」二字則變瑕成瑜，其實尖新即是纖巧，猶之暮四朝三，未嘗稍異，同一語也，以尖新出之，則令人眉揚目展，有如聞所未聞，以老實出之，則令人意懶心灰，有如聽所不必聽』，在西洋寫劇論裏，也論及此事，即是緊凑，着重，乾淨，淸楚之意，每一字一句都能打進觀衆心頭，且均爲觀衆所愛聽者，切不可平白直敘，使人有「意懶心灰，有如聽所不必聽」之感，且『多言多失，保無前是後非，有呼不應，（即有）自相矛盾之病』，這些都是一般人最易犯的毛病。如要做到這一步，非『當於開筆之初，以至脫稿之後，隔日一删，逾日一改，始能淘沙得金，無瑕瑜互見之失矣』。

『插科打諢，塡詞之末技也，然欲雅俗同歡，智愚共賞，則當全在此處留神，文字佳，而科諢不佳，非特俗人怕看，即雅人韻士，亦有瞌睡之時。作傳奇者全要善驅睡魔，睡魔一至，則後乎此者雖有鈞天之樂，霓裳羽衣之舞，皆付之不見不聞，如對泥人作揖，土佛談經矣』，科諢乃諧語，喜劇 Comedy 及趣劇 Farce 全靠此使人發笑，悲劇則不宜多用，因多用反而破壞空氣，那麼旣然「科渾不佳」即會令人入睡，悲劇何以不宜多用呢？須知喜劇是理智，觀衆被化在劇情之外，等着看笑話，而悲劇則不同，因爲她全以情感與氣氛抓住觀衆，使觀衆亦參加劇情之內，與悲劇之主角共同生活，因此方能得到觀衆之同情，激發觀衆之情緒，喜劇雖是需多用科渾，然『科渾之妙，在於近俗，而所忌者，又在於太俗，不俗則類腐儒之談，太俗亦非文人之筆』。要怎樣才能合適呢？要『妙在水到渠成，天機自露，我本無心說笑話，誰知笑話逼人來，斯爲科渾之妙境耳』。這也就是貴在自然，如一勉强不但是多餘，且不易收到效果。如李氏的「風箏誤」一劇至今還在崐曲班中演出，自始至終均令人發笑不已。

『上部之末齣，暫攝情形，略收鑼鼓，名爲小收煞，宜緊宜寬，宜熱忌冷，宜作鄭五歇後，令人揣摩下文，不知此事如何結果』。這在寫劇術語中謂之 Suspense，就是高潮 Climax 的預備，造成 Suspense 有三種方法，甲，觀衆對以後的事情不知道，而急於要知道，乙，觀衆可以猜到，而急於要看，丙，觀衆猜到而怕看。每一場之結尾也得有 Suspense，以便拉住觀衆往下看。（請參閱去年「大衆」七月號，拙作之「寫劇的基本技巧」一文）。所以『戲法無眞假，戲文無工拙，只是使人想不到，猜不着，便是好戲法好戲文』。一經觀衆看破，預知下文，即引不起觀衆之興趣了！

至於『全本收場，名爲大收煞，此折之難，在無包括之痕，而有團圓之趣，如一部之內，要緊角色，共有五人，其先東西南北，各自分開，到此必須會合，但其會合之故，須要自然而然，水到渠成，非由車戽』，李氏所以有此種理論，實因過去之傳奇均貴在團圓，不管是喜劇悲劇總得使其最後團圓，如「西廂記」等均是，這與近代悲劇不同，然即使團圓『最忌無因而至，突如其來，與勉强生情，拉成一處，令觀者識其有心如此，與恕其無可奈何者，皆非此道中絕技，因有包括之痕也』，在寫劇術句中，亦有一句法語，謂之「機械之收尾」 Deus Ex Machina ，莫利哀常用此法，他的喜劇常至沒有辦法時，不便使其團圓，即利用一個「突然法」使其收到喜劇之效果，李氏對此法亦不甚贊同，他也以爲『骨肉團聚，不過歡笑一場，以此收鑼罷鼓，有何趣味？水窮山盡之處，偏宜突起波浪，或先驚後喜，或始疑而終信，或喜極信極而又致驚疑，務使一折之中，七情俱備，始爲到底不懈之筆，愈遠愈大之才，所謂有團圓之趣者也』。從此可知全劇之收場一節，是最要緊的，因爲『收場一齣，即勾魂攝魄之具，使人看過數日，而猶覺聲音在耳，情形在目者，全虧此齣』，我們時常看到的戲，不數日即印象模糊，即是因收場淡薄關係。即使你前面戲再好，如在結尾輕輕放過，也不會給予觀衆一個良好的印象，如易卜生氏之「國民公敵」，全劇的主旨Theme就在閉幕前之最後一句，即是一個「最强有力的人，也就是最孤獨的人」，這就是易氏個人主義的呼號，也是他思想的中心，因之凡是觀讀過本劇的人，對這一個深刻的印象是決不會忘記的。

李氏對於抄襲與模倣也很反對，他說『塡詞之難，莫過於洗滌窠臼，而塡詞之陋，亦莫陋於盜襲窠臼，吾觀近日之新劇，非新劇也，皆老僧碎補之衲衣，醫士合成之湯藥，取衆劇之所有，彼割一段，此割一段，合而成之，即是一種傳奇』，我們回顧近年來，上海劇壇很盛行「某某某編劇」之風，其實均係西洋名劇，祇是改頭換面而已，連「改編」也談不到。最要不得者即是原著人之姓名也不標出，索性來個「×××編劇」，如此之行爲簡直是欺騙觀衆，豈能永遠的成爲大編劇家嗎？豈能對得起原著人地下之靈嗎？

總之，『塡詞之設，專爲登場』，這一句大家應該永遠的記牢，即是說，所以要寫劇本，是爲着演出，因爲是爲着演出，故在編寫時，不得不注意到演出的條件，古人何以呼劇本爲「傳奇」呢？實『因其事甚奇，殊未經人見而傳之，是以得名』，所以『非奇不傳，新即奇之別名也，若此等情節，業已見之戲場，則千人共見，萬人共見，絕無奇矣，焉用傳之？是以塡詞之家務解「傳奇」二字，欲爲此劇，先問古今院本中曾有此等情節否？如其未有，則急急傳之，否則枉費辛勤，徒作效顰之婦』。大家都能明瞭這一點，寫劇的目標與路線是永遠的不會有錯誤之處了！

三二，十二，三〇。

日光訪書記

王古魯

引言

說起日光，凡是去過東瀛的人，恐怕沒有個不知道這個名勝之地吧？它的名氣之大，好比我們中國的蘇杭，一般的膾炙人口。假使有人聽說你還沒有去過一次的話，他一定會勸誘你，說：『要知道什麼叫做「結構」，須得去看一次日光。』「結構」這兩個字，是指的人工美，這裏有名馳全國的東照宮——奉祀德川幕府第一代將軍德川家康的家廟。那是德川時代代表的建築物，全部朱塗，綺麗無比，而且彫刻亦極爲精巧。尤其是值得稱道的，在極爲狹小的面積（僅有二•七二八方米）之內，所有社殿的配置，紆餘曲折，「結構」異常。形狀色彩，又極鮮豔調和，玲瓏纖巧，無怪他們衆口稱賞，終於把全部的建築物指定爲國寶了。

日光不僅有上述人工美的建築物，點綴其間，使得它生色，而且它的自然風景，亦秀麗引人。叢山溪流，飛瀑溫泉，隨處可見。還有那個在男體山山麓（海拔有一千二百七十餘米高度）的名湖中禪寺湖，乍看湖身似在山頂，與箱根蘆之湖相仿，但雄偉秀麗，似猶過之。也無怪每逢佳日，遊人如織，如瘋若狂也。

日本全國勝景，不佞去過的地方，也不算少，可是其中最足以令人懷念不忘的，還是首推日光。日光勝景之中，就個人的見解看來，總覺得「東照宮的建築，經過不少名工巨匠的苦心考案，確是纖巧極了，但是人工美也有缺點，總不及自然的千變萬化，百看不厭。」所以每逢去日光遊覽的時候，不是在湖上泛棹，便是赴華嚴（飛瀑名）觀瀑，尤其是最愛去看紅葉（日光看紅葉的季節，大約在十月中旬，紅葉色彩深淺，往往隨陽光強弱而變幻。每逢晨曦初上或是夕陽返照的時候，如果乘着馬返至明智平間登山的鋼索電車，無論上駛下行，仰觀俯視，便可看到滿山紅葉，宛如一片錦霞，實在美麗之至。），至於東照宮的建築物，祗有在二十餘年前學生時代，曾經隨衆參觀一下，此後大都過門而未入，誰知道在此次不佞東瀛訪書期間內，竟和它區城內的輪王寺慈眼堂發生一段文字因緣呢？

慈眼堂與慈眼大師天海僧正的遺書

凡是參拜東照宮的，連同參拜的，還有二處，一爲二荒山神社，一卽爲輪王寺。輪王寺位於神道長坂的上端，初稱四本龍寺，與比叡山及東叡山，同爲日本天台宗三大本山之一。內有三佛堂護法堂常行堂法華堂以及本文要提及的慈眼堂。

說起慈眼堂，就不能不提及它所奉祀的慈眼大師天海僧正。他不僅是一個天台宗的高僧，而且還是實際上參與德川幕府樞機的黑衣宰相。我們中國僧侶在政治上活躍過的，只有兩個人。一個是家天下的明太祖，一個是明永樂帝的輔佐姚廣孝，此外似不多見。日本則不然，足利幕府（距今六百餘年前）時代起，五山（京都及鎌倉的五大禪林）僧侶卽已參與政治，天海僧正之參加德川幕府，也不能目爲異事了。天海，俗姓三浦，幼名隨風，後改天海。十一歲出家，十四歲登叡山，精研天台宗義。其後負笈遍遊全國，巡拜名山靈刹，訪謁高僧碩德，虛心受教，學問大進。他還在下野的足利學校裏，攻研過儒學，在上野善昌寺裏，研討過教外之旨，這也許就是他後日愛藏漢籍，兼收中國新出小說（大師生當中國嘉靖至崇禎期間，目前我人所認爲舊刻小說，在當時實爲新出）的原因吧？及至德川家康在江戶（今東京）樹立幕府的時候，卽參與政治，並歷仕二代將軍德川秀忠三代將軍德川家光。他在宗教方面，復興輪王寺，改築延曆寺（比叡山），歷且建立了天台宗三大本山之一的東叡山寬永寺。在政治方面，周旋於京都（皇室所在地）與江戶（幕府所在地）之間，疏通東（江戶一帶居東，稱關東）西（京都一帶居西，稱關西）事情，發揮長才，對於幕府，極有功勛。寬永二十年（明崇禎十六年）入寂，享年百有八歲。入寂後五年，諡爲慈眼大師，葬於日光山，上述之慈眼堂卽爲奉祀大師之靈廟。

假使拿着國內看僧侶的眼光來看日本的寺院，誰也想不到寺院中會藏着中國舊刻小說。其實我們如果去考察中國俗語文學在日本流行的經過，就可以明白這是極爲平常的一件事。石崎又造日本近世時期的中國俗語文學史的序說以及第一章第一節長崎貿易與唐通事中間，會提及中國俗語，自平安末年（相當南宋紹興末年）起輸入日本，傳布者以五山禪僧居多，德川幕府初期，唐話（中國俗語）大都由長崎的「唐通事」（卽中國人在長崎當翻譯者）輸入，當時僧侶竟有至長崎遊學學唐話的，唐通事事用教科書之中，有三國誌水滸傳等白話小說在內。慈眼大師旣然有上述之政治地位，對於中國情形，當然更有求知的必要，他的購置中國舊刻小說，可說是順應當時潮流之舉。就不佞觀察，當時日本學習唐話之風，盛極一時，日本僧侶購求中國白話小說的，恐怕也不限於慈眼大師一人，所以今後假使能夠有機會到日本其他名山大寺法庫去調查，或者還能發見現在業已佚亡的珍貴小說，也未可知哩。

不佞知道慈眼堂法庫中藏有中國舊刻小說，還是前年春天攝取日本各藏書處所藏中國舊刻小說書影的時候。當時所看見的目錄，記載極爲簡單，一時也不能知道其中有無尚未看到的小說。不過既然知道法庫裏確有中國小說，無論如何，心裏想總得去看一下。經過了相當手續，好容易得到了寺中的許可，就抽空同着東方文化學院東京研究所研究員豐田穰氏及攝影師中島忠正氏前往調查。事前並沒有多大奢望，以爲祇要能夠看到一二種沒有看到的小說，就很滿意。所以豫定當天閱覽完畢，即回東京，因爲第二天已經約定赴德川侯爵家的蓬左文庫攝取所藏孤本明萬曆三台館刊行的新刊京本春秋五霸七雄全像列國志傳全書哩。

到了日光輪王寺寺務所，接洽之下，知道法庫遠在山中，相去華里有四五里左右。他們希望我們開出書名，派僧侶去取。我們就依着豐田氏所借得的目錄，將所載小說的書名十餘種，一起開出，豐田氏還開了其他書籍數種。等到大包小綑取來，打出一看，實在使得我們驚喜極了。在這批書裏頭，有最近中日兩國研究中國文學的人們都沒有看見過的崇禎刊尚友堂足本拍案驚奇四十卷；內閣文庫僅藏有殘本的萬曆刊雙峯堂本京本增補校正忠義水滸志傳評林二十五卷全書；明刊本鼎鍥全相唐三藏西遊傳十卷；明刊世德堂本新刊出像官板大字西遊記二十卷一百回；崇禎刊金閶萬卷樓本新鐫掃魅倫敦東度記一百回；明刊本禪眞逸史四十回；明崢霄館本禪眞後史六十回；明書林劉大華刊本鼎鍥國朝名公神斷詳刑公案八卷；鹽谷溫博士僅藏殘本的明書林劉龍田刊本新鍥全像大字通俗演義三國志傳二十卷；與前國立北平圖書館京都帝國大學所藏同一板本的金瓶梅詞話一百回。我們是清晨七點鐘左右自東京出發，十點半左右抵寺務所，等到書取到，已經差不多過了十二點鐘了。假使當天要回東京，必須三點半左右離開寺務所，纔能夠搭得到末班電車，時間實在侷促極了。豐田因爲第二天沒有約會，所以決定留日光一晚，第二天再看大半天，然後回去。可是我已經同蓬左文庫約定，又沒有商請改期，無論如何，當天必得回去。因此決定攝完了蓬左文庫方面書籍再來。當天匆匆將上述各書書影囑攝影師攝取之後，就回東京。承「住職」（即主持僧）菅原師厚意，允將各書留存寺務所，暫不歸庫，以便隨到可閱。過了一句之後，因爲決心籌款影印孤本小說戲曲叢書，所以再去閱書的時候，就順便攝取水滸志傳評林及唐三藏西遊傳二書全書。一共又去了兩次，旅居日光前後共三晚，總算很順利的籌畢，寺中當局極端的給以利便，這是至今感念不忘的。關於所訪的書籍，豐田氏曾於前年斯文雜誌第二十三卷第六號上，發表明刊四十卷本拍案驚奇及水滸志傳評林完本之出現一文，介紹頗爲詳盡，今參酌此文，增以鄙見，介紹主要珍籍於下。

珍籍的介紹

一、明刊四十卷本拍案驚奇　十餘年來，三言（喻世明言，警世通言，醒世恆言）二拍（拍案驚奇，二刻拍案驚奇）及古今小說，先後出現，很引起中日兩國研究中國文學的學者注意。經中日兩國愛好文學者的努力搜求，單就拍案驚奇一書而言，有「覆尙友堂本」，有「消閑居刊本」，有「消閑居覆本」，有「松鶴齋本」，都是三十六卷。鹽谷溫博士依據內閣文庫所藏二刻拍案驚奇的小引中語：

「丁卯之秋……遲迴白門，偶取古今所聞一二奇局可紀者，演而成說，聊舒胸中磊塊。…同儕過從者，索閱一篇竟，必拍案曰，「奇哉所聞乎！」爲書賈所偵，因以梓傳請，遂爲鈔撮成篇，得四十種。……賈人一試之而效，謀再試之。……意不能恝，聊復綴爲四十則。」

推定拍案驚奇原本爲四十卷。截至此書發現之日止，尙未獲聞任何藏書所在，藏有四十卷本。不圖我們無意中在慈眼堂法庫中發現，不能不說是學術界的幸事了。

此書爲尙友堂（封面右下角，有方印曰「尙友堂印」，全書每葉板心下部，均刻有「尙友堂」三字）所刊，板式體裁，完全與內閣文庫所藏尙友堂本二刻拍案驚奇相同，半葉十行，行二十字。插圖四十葉，彫刻之精，與二刻本同。封面尙保存，用藍色印刷。最右上角一行，題曰「卽空觀評閱出像小說」，中行四大字曰「拍案驚奇」，左有小字四行，爲出版者安少雲（大約爲尙友堂主人）的廣告：

「卽空觀主人，胸中磊塊，故須斗酒之澆。腹底芳腴，時露一臠之味。覩舉世盛行小說，遂寸管獨發新裁，摭拾奇袤，演敷快暢。原欲作規箴之善物，矢不爲風雅之罪人。本坊購求，不啻拱璧。覽者賞鑒，何異藏珠。金閶安少雲梓行。」

卷頭有卽空觀主人序文，文字多少與通行本不同。全文云：

「語有之，少所見，多所怪。今之人，但知耳目之外，牛鬼蛇神之爲奇，而不知耳目之內，日用起居，其爲譎詭幻怪非可以常理測者固多也。昔華人至異域，異域咤以牛糞金，隨詰華之異者，則曰有蟲蠕蠕，〔而吐爲綵繪口口，〕衣被天下，彼舌撟而不信。乃華人未之或奇也。則所謂必向耳目之外，索譎詭幻怪以爲奇，贅矣。宋元時有小說家一種，多採閭巷新事爲宮闈〔承應〕談資，語多俚近，意存勸諷，〔雖非博雅之派，要亦小道可觀。〕近世承平日久，民佚志淫，一二輕薄〔惡少〕，初學拈筆，便思汚衊世界，〔廣摭誣造，非荒誕不足國，則褻穢不忍聞，〕得罪名教，〔種業來生，〕莫此爲甚。〔而且紙爲之貴，無翼飛，不脛走，〕有識者爲世道憂之，以功令厲禁宜其然也。獨龍子猶氏所輯喻世等書，頗存雅道，時著良規，〔一破今時陋習，而宋元舊種，亦被蒐括殆盡。肆中人見其行世頗捷，口口當別有秘本圖書而衡之。不知一二遺者，比其溝中之斷蕪略不足陳已。因〕取古今來雜碎事可新聽睹佐談口者，演而暢之，得若干卷，〔其事之眞與飾，名之實與贋，各參半。文不足徵，意殊有屬。〕凡耳目前怪怪奇奇，當亦無所不有，總以言之者無罪，聞之者足以爲戒，則可謂云爾已矣。若謂此非小史家所奇，則是舍吐絲蠶而問糞金牛，吾惡乎從罔象索之。即空觀主人題於浮樽。」

上引文中，有括弧加點之處，都爲通行本所删略。因此，自「獨龍子猶氏……」以下，語變含混，頗有使人誤會到龍子猶（馮夢氏的化名）於所輯喻世等書外，復著此書之意。鄭振鐸氏以未得獲見原序，故不能不解釋爲「此種意義含糊之處，是昔時喜歡掉筆頭人所常常有的事」（中國文學論集五九九頁明清二代的平話集）。現在看到這篇原序，纔知道此種意義含糊之處，並不是喜歡掉筆頭人所幹的事，而係後來刊行各本的書賈删略所致。至於所以要删略的原因，也許爲看到龍子猶所輯各書「行世頗捷」，希圖議者誤會他復著此書，便於推銷之故也？

在上引原序之外，還有通行本所無的凡例五則。其全文爲。

「拍案驚奇凡例計五則

一、每回有題，舊小說造句皆妙，故元人即以之爲劇。今太和正音譜所載劇名，半猶小說句也。近來必欲取兩回之不侔者，比而偶之，遂不免竄削舊題，亦是點金成鐵。今每回用二句，自相對偶，倣水滸西遊舊例。

一、是編矣不爲風雅罪人，故回中非無語涉風情，然止存其事之有者，蘊藉數語，人自了了。絕不作肉麻穢口，傷風化，損元氣。此自筆墨雅道當然，非迂腐道學態也。

一、小說中詩詞等類，謂之蒜酪。強半出自新構，間有採用舊者，取一時切景而及之。亦小說家舊例，勿嫌剽竊。

一、事類多近人情日用，不甚及鬼怪虛誕。正以畫犬馬難畫鬼魅易，不欲爲其易而不足徵耳。亦有一二涉于神鬼幽冥，要是切近可信，與一味駕空說謊，必無事實者不同。

一、是編主于勸戒，故每回之中，三致意焉。觀者自得之，不能一一標出。　崇禎戊辰初冬即空觀主人識』

有了此段凡例，我們不獨可以看到即空觀主人（即凌濛初）撰著拍案驚奇的立意與體例，而且還可以正確知道此書刊行的年代。過去談拍案驚奇的學者（魯迅中國小說史略亦如此），都是依據間接的證據，即上文所引內閣文庫所藏二刻拍案驚奇的小引之中有『丁卯之秋』一語，斷爲初拍刊行於天啓七年，今據此凡例，可以知道此書雖輯成於天啓七年（丁卯）之秋，實刊於崇禎元年（戊辰）初冬也。

依據二刻拍案驚奇小引，拍案驚奇初刻原本，應有四十卷。而目前各藏書處所保存者，僅有三十六卷，此事久已成爲研究中國文學的學者待解之謎。以著錄豐富見稱的孫楷第氏所著中國通俗小說書目，亦僅云『尚友堂原刊四十卷本，未見。』今此書出現，更足以爲證明二刻拍案驚奇小引所稱「四十種」之語不誤。試將其目錄與通行本對照，自第三十七卷處，至第四十卷止，共多四卷。即

卷三十七　屈突仲任酷殺衆生　鄆州司馬冥全內侄

卷三十八　占家財狠壻妬侄　延親脈孝女藏兒

卷三十九　喬勢天師禳旱魃　秉誠縣令召甘霖

卷四十　華陰道獨逢異客　江陵郡三拆仙書

所載故事，豐田氏已考定如下：

【卷三十七】與太平廣記（卷一〇〇、釋證）所引紀聞屈突仲任，內容相同。記載屈突仲任不聽姑父鄆州司馬張安忠告，與同族（蕃吏）的莫賀咄爲伴，日嗜狩獵鳥獸，殺生頗多。一日爲青衣人所引，拘至地獄，受張安審訊。及至復歸人世，極度懺悔，刺血寫經，超度平日所殺鳥獸云。

【卷三十八】結構與元武漢臣所撰散家財天賜老生兒雜劇相同。亦即爲今古奇觀第三十回所載的念親恩孝女藏兒。亞東圖書館印行之今古奇觀卷首孫楷第今古奇觀所附解題，曾云：『此必初二拍中之文，幸保存於此。以凌氏冤家主合同文小說皆襲元曲例之，此篇亦必凌氏所作，當爲初二拍佚文也。』孫氏懸測之詞，至今揭曉，同時今古奇觀四十篇故事中唯一根據不明的第三十回，其來源至此亦明白瞭然的了。

【卷三十九】與太平廣記（卷三九六、雨）所引劇談錄狄

惟謙，內容相同。唐會昌年間，有道士郭賽璞者，極負盛名，與女巫一人，藉口旱魃祈雨，肆行惡事，以苦人民。當時晉陽縣令，適爲名臣狄仁傑的子孫狄惟謙，縛而斬之，親自禱天，祈獲甘霖云。

【卷四十】太平廣記（卷一五七、定數）所引逸史李君相同。唐李君赴長安，在華陰店中，途逢異人，受仙書三封。因此驟富，並中進士，其後出任江陵副使云。

鹽谷溫博士曾經對於拍案驚奇三十六卷故事的內容分類，爲唐六種，宋六種，元四種，明二十種。今加入新發見的四種（唐三種元一種），則共成唐九種，宋六種，元五種，明二十種了。

因了此種的發現，對於過去的論定與懸測，自然發生變動。孫楷第氏三言二拍源流考（國立北平圖書館館刊第五十卷第二號）述及删定二奇合傳中第三十四回會考廉解開兄弟刼，第三十六回毛尙書小妹換大姊二回根據不明，懸測云：『按此書所輯不出初拍及今古奇觀之外，今之初拍本有缺失，或其所據者爲足本，中有此二篇，亦未可知。』此四種出現，證明孫氏懸測之誤。豐田氏以爲删定二奇合傳序文中：

『「二奇」者，拍案驚奇今古奇觀也。合而輯之，故曰二奇也』所稱的「拍案驚奇」，並不限於初拍，可以認爲二刻拍案驚奇一併包含在內。因爲現存的二刻拍案驚奇卷二十三大姊魂游完宿願，小姨病起續前緣，與初拍的卷二十三，篇目內容，完全相同；而且卷四十，又非平話，而係宋公明鬧元宵雜劇，長澤規矩也氏早已評定二刻拍案驚奇的卷二十三及卷四十，均已佚亡，故此書代之以初拍的卷二十三及雜劇。豐田氏以爲删定二奇合傳所載根據不明的兩篇，就是二拍這兩卷的佚文，不過就鄙見而言，删定二奇合傳的序文，根本不可靠。請看它對於拍案驚奇的解釋。

『二奇者，拍案驚奇今古奇觀也。合而輯之，故曰二奇也。然二書本一書也。其始即空觀主人，採唐代叢書及漢宋以來故事，衍成二百種，名以拍案驚奇。其後抱甕老人删存僅四十種，始以今古奇觀目之者也。』

看去好像序文撰者（即此書編者）芝香館居士確切知道即空觀主人所輯拍案驚奇，共有二百種之多，可是我們假使參閱笑花觀主人所撰今古奇觀序中所云：

『墨憨齋……所纂喻世醒世警世三言，極摹人情世態之岐，備寫悲歡離合之致，可謂欽異拔新，洞心駴目。……即空觀主人壺矢代興，爰有拍案驚奇兩刻，頗費蒐獲，足供譚麈，合之共二百種，卷帙浩繁，觀覽難周。……而抱甕老人先得我心，選刻四十卷，名爲今古奇觀。』

即可以明瞭芝香館居士誤解此序文。明明今古奇觀四十卷選自喻世醒世警世三種及拍案驚奇兩刻合共二百種之中，竟妄言「拍案驚奇今古奇觀二書本一書也。」明明此二百種爲馮夢龍氏（即墨憨齋）所著三言與凌濛初氏二拍合計之數，竟妄言「即空觀主人……衍成二百種，名以拍案驚奇」，其不可信賴可知。不佞毋寧贊同鄭振鐸氏之說，此二篇「係本於聊齋志異而加以敷衍者，當爲編者所自著。」至於二刻拍案驚奇，繼內閣文庫所藏本出現者，爲今國立北京圖書館所藏尚友堂本殘本，書型板式，完全相同，卷首目錄卷二十三存目，以及卷四十之爲雜劇，與內閣文庫所藏本，絕無相異之處，頗令人日盼眞有長澤氏所稱之原本早日出現也。

二、京本增補校正全像忠義水滸志傳評林此爲水滸傳簡本之一種，在此書全書出現之前，祇有內閣文庫藏有殘本十八卷（卷一至卷七缺）。孫楷第氏日本東京所見中國小說提要所述者，今據天海僧正所藏此書全書，頗有可以修正之處。此書爲明余氏雙峯堂所刊，其書分三欄：上欄爲評釋，地位最窄；中欄稍寬爲圖，圖左右有題句（左右共七字，八字，或十字不等，題明所繪本頁重要事），下欄地位約占全欄三分之二，半葉十四行，行二十一字，完全與內閣文庫所藏殘本爲相同之版本。卷二十五大尾，尚保存木記曰「萬歷甲午季秋月書林雙峯堂余文台梓」，據此可知此書刊行於萬歷二十二年也。

此書首頁上欄有廣告文，題曰：「水滸辨」，說明删削之主旨，於水滸傳演變史上，可稱爲極重要之資料。其全文云：

「水滸一書，坊間梓者紛紛。偏像者十餘副，全像者止一家。前像板字中差訛，其板蒙舊。惟三槐堂一副，省詩去詞，不便觀誦。今雙峯堂余子改正增評，有不便覽者芟之，有漏者删之，內有失韻詩詞歌削去。恐觀者言其省漏，皆記上層。前後廿餘卷，一畫無差錯，士子買者可認雙峯堂爲記。」

據此可知簡本水滸，在此書之先，已有三槐堂刊本。此序所提三槐堂本「省詩去詞，不便觀誦」之語，拿來與胡應麟氏筆叢（四十一）所稱

「余二十年前所見水滸傳本，尚極足尋味。十數載來，爲閩中坊賈刊落，止錄事實，中間游詞餘韻，神情寄寓處，一概删之，遂旣不堪覆瓿。」

對照看看，可以明瞭不能一概論定「簡本決不是繁本删節了的。」此書不是很好的參考資料麼？凡此本上欄所錄古今體詩及詞，今皆不見於通行本篇首，但尚可攷證於內閣文庫所藏明容與堂刊本李卓吾先生批評忠義水滸傳一百回及明雄飛館刊本精鐫合刻三國水滸全傳（一名英雄譜）中所收之一百十回本水滸

，好在此二書以及水滸志傳評林，均由不佞將全書攝歸，現正計劃影印之中，不久當可與世人相見，屆時當另寫專文，詳爲介紹也。

此書孫氏祇見殘本，故云：此書『不標回數』，但今按此書，自卷一至卷七中間，約共三十回，均標回數（但缺第九回一回回目），以下則不再標出。標出回數之處，恰適當內閣文庫藏本的殘缺部分，故孫氏誤以爲全書不標回數也。孫氏就殘本每則所標之目，以之與百回本比較，曾校出省併之節目。今就孫氏所未見之七卷，用同一方法相校，可以明白這七卷之中，被省併的，有第八回（百回本，下倣此。）之林教頭刺配滄州道，花和尚大鬧野猪林（省併於此書第七回）；第十回林教頭風雪山神廟，陸虞侯火燒草料場（省併於此書第八回）；第三十一回武行者醉打孔亮，錦毛虎義釋宋江（省併於此書第三十回）；第三十五回石將軍村店寄書，小李廣梁山射雁（省併於鎮三山鬧青州道，霹靂火走瓦礫場。此書自此則起，不標回數。）

豐田氏因此書卷之一，刊有

『中原　貫中　羅道本　名卿父編集

後學　仰止　余宗口　雲登父評校（「宗」字下一字不明，豐田氏誤記爲「余宗」

書林　文台　余象斗　子高父繡梓』

便發生「仰止」是否如孫楷第氏所考爲余象斗表字的疑問。其實依據內閣文庫所藏明本八仙傳序文所署「三台山人仰止余象斗」，以及東京帝大硏究所藏萬錦情林所署「三台館山人仰止余象斗纂」，已足可證明確係一人，此書之所以另立「仰止余宗口雲登父評校」一行者，恐怕不脫書肆所弄狡獪手段，用以朦混讀者耳目，以免露出評校之人，卽係發刊此書之書賈，而利銷行的吧？

惟此處値得順便提及的，余氏書肆刊行講史小說，加以「志傳評林」字樣的，不限於此一書。就不佞個人所見，尙有按鑑演義全像列國評林（卽蓬左文庫所藏新刊京本春秋五霸七雄全像列國志傳，此書已全攝歸待印。）新刊京本校正演義全像三國志傳評林殘本（此書最近爲早稻田大學圖書館在曲亭馬琴氏遺書中發現，卷一卷首亦署「閩文台余象斗校梓」。）二種。板型雖有寬窄之分，但形式均爲上評中圖下文，似當時曾有刊行整套的「……志傳評林」之舉，一似內閣文庫所藏現存之元刊五種平話，或者還有若干種已經佚亡了吧？

最後，我們還記得鄭振鐸氏在巴黎國家圖書館中之中國小說與戲劇一文中，曾經提及看見過一部新刻京本全像插增田虎王慶忠義水滸全傳的殘本，並於水滸傳的演化中，注出「萬曆間書林余氏雙峯堂刊本」(不知是否原書上如此刊明？抑係鄭氏依據板型的推測？)。最近檢閱水滸志傳評林照片，發見卷十一卷首刊有「京本增補全像田虎王慶出身忠義水滸志傳」，則鄭氏所見之殘本，確與此書屬於同一系統，可以明白的了。

三、鼎鍥全相唐三藏西遊傳及其他各書唐三藏西遊傳，封面題全像唐僧出身西遊傳，大尾又題唐三藏西遊釋厄傳。按「釋厄傳」之名，來源甚早，所以孫楷第氏曾經這樣地說過：

『考西遊記第一回引首詩，有云：「欲知造化會元功，須看西遊釋厄傳」，此詩通行本有之，明本亦有之。此或吳書本有西遊釋厄傳之稱，而諸刊本删去之？或所本者爲釋厄傳？今難遽言。』

又內閣文庫所藏汪澹漪評古本西遊證道書第九回評中，曾提及大略堂釋厄傳古本，至今未聞發現。此書則爲明書林劉蓮台所刊而係羊城朱鼎臣所編輯。全書十卷，共分甲乙丙丁戊己庚辛壬癸十集。上圖下文，正文每半葉十行，行十七字，日本村口書店，在事變之前藏有一部，後爲前國立北平圖書館高價購得，今已不知何往。此爲明板西遊記簡本之一種。當村口書店藏本出現的時候，長澤規矩也氏在斯文雜誌上發表文字，疑爲西遊祖本。胡適之氏則疑爲略本。孫楷第氏贊同胡說，他的見解，是

『……統觀全書，與明諸百回本比，除陳光蕊事此有彼無外，餘僅繁簡之異。西行諸難，前後節次，以及精怪名稱，故事關目，無一不同。倘是祖本，焉能若是！……夫唯删繁就簡，可無變更；由簡入繁，乃欲絲毫不變原本，在理爲不必要，在事爲不可能。故余疑此朱鼎臣本爲簡本，且自吳承恩之百回本出。』

看了此書內容，對於孫氏的意見，大體可以贊同。試看它第一卷到第三卷敘述孫悟空出身始末，大致離吳承恩本本來面目，並不甚遠。第四卷寫陳光蕊事，爲吳本所無，惟自元至明，江流故事，流傳甚盛，朱氏採取增入，並非難事。第五卷至第八卷，從「袁守誠妙算無私曲」到「唐三藏被妖捉獲」，作風亦大體與卷一至卷三相同。但以上八卷，所用材料，細核起來，可以說完全在吳本前二十回之內。從第九卷起，一共祗有兩卷，竟想容納吳本後八十回的情節，所以朱本不能不用兩種手段：(一)完全删去不用；(二)僅僅提起一二語，就草草的結局，所以全書變成頭重脚輕的模樣。有了此書很可以看看繁本與簡本的實際上的關係。北平圖書館藏本，目前雖則不易看到，現在既經在日光發見，又經不佞攝取全書歸國，不久之間，或者亦能與世人見面的了。

新刻出像官板大字西遊記，明金陵唐氏世德堂刊本，間題

金陵榮詩堂。圖嵌正文中，字寫刻。半葉十二行，行二十四字。事變前，村口書店亦藏有一部，後以高價與上述朱本西遊釋厄傳，一併售與國立北平圖書館，今亦不知何往。故此書在日本亦可稱為孤本也。

新鐫掃魅敦倫東度記，依據卷首各序文，署有「崇正乙亥」，則此書刊於崇禎八年。此書尚保存封面，紅藍文字，極為鮮豔，刻工亦精。凡二十卷，一百回。半葉十行，行二十二字，間有眉批。封面左方，有金閶萬卷樓廣告云：

世間野史，莫不喜淫騷怪異。予謂不關風化，縱好徒然。斯說也，絕去淫騷，少假怪異。寓言綱常倫理，有逃墨歸儒之意。若曰虛誕，天壤間事，出口說有，過目皆虛。但為消閒解頤，故說魅掃魅，於敦倫有厚望焉。」

全書內容以南印度國「不如密多尊者繼達摩老祖，發願普渡眾生，闡揚宗教，自南而東，化及有情」的故事為主體，所以謂之東度記。鄭振鐸氏譽之為『雖不能與西遊並駕齊驅，却足方諸彭揚（Bunyan）的天路歷程（Pilgrim Progress）而無媿』，洵非虛語。此書至今尚未聞獲見明本，今忽在法庫中出現，亦可稱為人間祕籍的了。

禪眞逸史，封面及序文，已蛀蝕不堪，不易辨認，附圖精絕。第一圖「毛丞相直諫闢邪」，上有刻工名，曰「素明刊」，可知其與古今小說同為昌啓時的刊本了。禪眞後史，封面尚存，左方有峥霄館廣告云：

清溪道人編輯禪眞逸史，業為海內紙貴矣。復有後史一集，其間檢美刺回，闢邪崇正，蹟則眞，事則核。總有裨于世教，編輯既成，無敢自隱。用嗣諸梓，以公同志。具眼者當鑒之。仍用鼎彝為記。」

就「仍用鼎彝為記」一語看來，上述之禪眞逸史，或亦為峥霄館所刊，亦未可知。後史附圖亦精，上有刻工名曰「洪國良」（「國」或係「聞」字），似為崇禎刊本也。

虎口日記及其他

知堂

不佞離鄉已久，有二十五年不曾入浙江境了。可是至今還頗有鄉曲之見，特別是關於文獻一方面，很想蒐集一點鄉賢著述，以淸代爲主，宋明的如有自然也收，但如陸放翁，王龍溪，徐文長，陶石簣石梁，王季重，張宗子諸大家而外，有些小詩文集便很難訪求了，所得遂以淸代爲多，這也是自然的結果。一面我又在找尋亂時的紀錄，這乃以洪楊時爲主，而關於紹興的更爲注意，所得結果很是貧弱，除了陳晝卿的蠡城被寇記略，楊德榮的夏虫自語一二小篇以外，沒有什麼好資料，使我大爲失望。後來翻閱陳晝卿的補勤詩存，在卷十三還山酬唱中有一詩題云，魯叔容虎口見聞錄，小註云，「紹城之陷，魯叔容陷賊中，蹲踞屋上，倚墻自蔽，晝伏夜動，凡八十日，幾死者數，僅以身免，然猶默記賊中事爲一書，事後出以示人，不亞揚州十日記也。」又見孫子九的退宜堂詩集卷二有詩題云，題魯叔容濺淚日記，幷序。序云，「叔容陷賊中閱八十日，排日書聞見成編，余取少陵詩語名之，幷題兩絕句。」同卷中又有題云，嚴菊泉廣文逸自賊中，賦贈，併序。玆錄其序與詩於下：

「城陷，菊泉虜縶，夜將半，賊徧索賂，斫一人顱，銜刀燈下示怖衆。尋編十四人遞戮之，旣十人遽止，菊泉竟免，次三人袁杜姚並得逸。

聽談已事淚交頤，生死須臾命若絲，夜半燈光亮於雪，銜刀提出髑髏時。」於是我記住了魯叔容的名字，卻不知道其日記是否尙存，其次是嚴菊泉，也不知道他有否著述。這樣荏苒的過了二十年之後，於民國癸酉元旦，在廠甸土地廟的書攤上，忽然見到一本陶心雲題簽的虎口日記，內署於越遯安子述，可是陳元瑜序中明明說叔容，孫子九陳晝卿的題詞亦皆在，而且還有嚴菊泉的詩兩首，署會稽嚴嘉榮菊泉。其詩云：

錦綉蠡城付刼灰，一編野史出新裁，懍然變色思談虎，我亦曾從虎穴來。

殺人如草血風腥，咋舌誰疑語不經，天遣才人遭厄運，從教魑魅寫眞形。

虎口日記題葉後書光緒丙申季春鋟於福州，不知爲何人所刊，別無記錄，陳元瑜序署同治壬戌，序中稱虎口日記，似其原名如此，孫氏題詩在癸亥，陳氏則在丙寅，書名皆不同，豈最初實爲見聞錄，其後又改爲日記歟。魯叔容不知其名，紹興縣志局資料長編引補過老人鄉隅紀聞，記魯叔容事，大旨亦只是根據日記，唯云山陰人，年七十卒，今假定辛酉遭難時年三十，則至丙申才六十六歲，計刻日記時其人當尙存也。

嚴菊泉的著作雖不可見，但是其履歷卻容易查得多多了。據光緒甲午科浙江鄉試同年齒錄，中式第六十一名嚴弼，即是菊泉的次子，不過日記題詞署會稽，而這里寫的是山陰，恐應以此爲準。上欄開列父嘉榮，註云，「字懷慶，號菊泉，府學增廣生，道光乙未恩科舉人，甲辰會試薦卷，乙巳恩科會試堂備。大挑二等，選授平湖學教諭，內閣中書銜，推升嘉興府學教授，保舉卓異，候選知縣，宦績詳平湖縣志。京都山會邑館設栗主，配饗先賢。著有見聞錄，遭難已佚，鐸鑒，越中忠義錄，逸香齋詩文集，試帖詩，待梓。」再查平湖縣志云：

「嚴嘉榮，字菊泉，山陰人，道光乙未舉人，同治癸亥任教諭。其時值粵匪初平，文教衰息，乃舉行月課，優給膏火，丹鉛筆削，士皆爭自濯磨。又以文廟禮樂缺如，籌置祭器，選取樂舞，豆籩籥翟，講肄時勤。朔望率諸生洒掃廟庭，先師誕日行釋奠禮，春秋丁祭，盡敬盡誠，聲容之盛，觀者歎明備焉。復捐贄田三十餘畝，爲禮樂公產及祭胙之需，通詳立案，以垂永久。壬申銓升本府教授，興廢舉墜，亦有政聲。年七十三卒。」

嚴菊泉的著作據齒錄所記也有好些，但現今已不可考，只從杭州書店見到他的一冊日記，起同治九年庚午四月朔日，訖十二年癸酉八月二十九日，正是在平湖做縣學教諭，升轉嘉興府學教授這一時期，雖然記有朔望洒掃課文，行香差賀，以及彩蛋香肉等的送禮，可以知道一點七十年前的教官生涯，但是這總還不能滿足我的期望。此外還有一冊，沒有書名，看筆跡是嚴氏手稿，列記辛酉紹興死難男女的事跡，大約是越中忠義錄的底稿。卷首夾入一紙，題曰采訪殉義士女啓，末署同治癸亥春三月，山會同人公具，後有凡例五條，其五云，「殉難以禦賊爲上，罵賊次之，尋常爲賊所戕，似不勝紀，但無罪而死，情亦堪憫，未忍就删。」這裏所說很有情理，蓋嚴氏曾從虎穴來過，對於此等事不但談之色變，亦且思之神傷，其著此書殆出於悲憫之心，與一般高談人心世道者要自不同。全本凡五十葉，如以每葉八人計，所錄亦才及四百人，固不能云詳備，唯其意則自大可感耳。看稿中删改之跡，言語動作上不無藻飾之處，例以鉏麑觸槐，或亦古已有之，信史本難得，亦可不必深求。錄中記男子部分之末有一則云：

「山陰王英康居水澄巷，業儒，工時文，爲童試翹楚。咸豐辛酉九月廿九日被掠入賊館，繫於門外，俄一賊來問向習何業，答以讀書，賊乾笑謂其黨曰，此人無用處。拽至大善寺木魚下，遂加刃焉，年十九。」虎口日記十月二十七日項下有云，「有馮氏婦者，爲余言，賊重讀書人，稱先生，有加禮。」賊固不必一致，但卽此可見亂世秀才之苦，幾於無路可走矣。錄中又一則云：

「山陰張柳堂居下和坊，販書自給，事父以孝聞，積貲爲弟完姻，終身不自娶。辛酉城陷不出，十月五日掠赴蕭山，將啓行，賊見其面有愁色，曰，此人中途逸，不如殺之。遂被戕於江橋南岸，年三十七。張吉生述。」觀此乃又歎盜亦有道，陰鷙堅決，狠心辣手，世所謂英雄豪傑者非耶。古之名將如曹彬或胡大海，蓋無不如此，或者不如此亦不能勝利，唯成則爲王，敗則爲賊，非眞是虎口日記之周文嘉不及保越錄之胡大海也。儒家主忠恕，重中庸，識者辨孔子無殺少正卯之事，正是當然，但亦由此可知其敵不過桓魋柳跖之流，此事想起來很有意義，只是稍有點陰冷，令人覺得有如感寒耳。民國癸未十月二十日。

林淵雜記

—羈鳥戀舊林，池魚思故淵。

紀果庵

近來寫鄉愁的文字漸漸多了，大約也應屬於清談一類，至少是沒有前進思想的，說得更不好聽一點，就是頹廢。也有人加以種種解釋，但無論如何是與時代不能拍合了，似以少作爲是。然我想頹廢之後也未嘗沒有苦痛，苦痛而作爲頹廢的樣子表現出來，乃是更深的苦痛，或即是苦悶。張季鷹思蓴菜鱸魚，其動機不全是味覺，乃是在憧憬着另一個理想的境界，即作了「性本愛邱山」的隱士，亦是因爲五斗米的問題，而願守拙歸田園也。不回故鄉已竟十年，聽說家中變作防軍碉堡，老親躑躅於途，弟妹俱各遠適，實在不能不有所攖心；古人一不高興可以歸田園居，看門前五柳，作羲皇上人，如今我們正因爲回不得家鄉而飄淪在外，則與古人又不相同。然則寫幾段懷想的文字，似當獲得讀者的諒解耳。

天氣漸寒，江南在落雨，杜牧之詩「秋盡江南草未凋，」俗本「未」作「木，」北人遂不及知。今日我身處吳會，才明此恉。家鄉來人說，棉衣服早上身了，因翻日歷，居然立冬早過，小雪相近。北人視立冬爲重要節日，我鄉農家，均於此日決定傭工的去留。秋天雜糧收割已畢，黍稷重穋，禾麻菽麥，收拾進房入倉，委實是斗酒自勞的時光了。冬日無事，不重要的傭人遣去，可以節省一點，好像我在「語稼」一文略已談之。這時園林蕭穆，只有小麥還微現青色，肥美的園菘，一車一車入市求售，我記得十六七歲時，現銀一元，可易三百斤，今日說給你，不知信也不信。在廣大的平原上，只有背着荊筐檢拾駈馬遺糞的勤苦老人，踽踽的走着，我曾見趙望雲寫生集有過這樣題材，非常觸起家鄉的景味。靠山的地方，牧羊兒喜放野燒，我外祖家離山最近，冬天又每爲母親歸寧的定期，於是我常和牧兒去燒野火。晚間在較高的山坡上燒，更有意思，常可延長一兩個小時。還有一種好玩的事，就是在冰上打滑擦，此即簡單之溜冰，而較穿了數百元一雙的冰鞋者更爲健康簡單且有趣耳。吾家距河甚近，在小學時都是於放晚學後約齊到河沿上去，我們將岸上積雪洒向凍結了的河床，使冰凌益增其滑度，然後從遠方蓄勢跑下去，兩腿稍離開，身體半斜，可以一下子滑出幾丈遠，也有因爲技術差而立即跌到的，則必爲同伴所笑。我是體笨的人，總是在岸上看的機會多，難得下去一次。河東和河西的學生，顯然分成兩派，而入私塾者與入洋學堂者尤齟齬，某年冬天，遂大衝突起來，晚學放過，把滑冰的遊戲，一變而爲戰爭，始而是隔河互罵，繼而投擲磚瓦，最後則衝鋒過去，用七節鞭長矛關刀之類大殺大砍，每天讀的小說正是彭公案七俠五義小五義等，而平常看社戲，也不出虮蜡廟駱馬湖云云，不免以展雄飛黃天霸自命，後來差一點釀成人命，校長處罰了若干同學，才把戰事停止，許多同學，今日早已不知下落，亦有少數已在大學或中學服務者，不意也快三十年了，光陰在回憶中總是這樣快。

提起社戲，更使人悵惘不勝。年歲承平，鄉下人很喜歡化一點錢，在市鎮上娛樂幾天。不要說戲台下面飯棚子的肉餡煎餅很遠的便可以逗人饞涎，就是那個賣自製和蘭水和鑲眼補眼的江湖術士，唱着不三不四的歌訣，不也可使人們團團圍住感到極端的有趣嗎？像魯迅先生所寫的坐了烏蓬船看社戲的經驗，我們是沒有的。北方都是駕了車子去，車有兩種，一種即是從先京官常坐的轎車，有很精緻的幄帳，鋪墊，騾馬的步伐要經過相當訓練，既快且穩。即車輪的響聲，也要清脆而及遠，我幼時家中有兩部，社日我必和曾祖母一個車去，老年人喜歡幼年人，其實幼年人是不大高興老年人的，我很聽話，也就不加抗議。另一種車乃是運物的大車，沒有固定的蓬子，牲畜也可以隨便增加，在各種裝飾上皆是極原始而質樸的，因爲平常僅用以拖農作品，甚至運糞，小康之家，沒有轎車，在這種車上加上席製的蘆棚，謂之蒲籠車，也可以避日避雨，但較之轎車，恰如白蓬船與烏蓬船，不免相形見絀了。無論什麼樣的車子，在野外舞台之下，都要停在至少五十公尺以外的地點，佈成半環形，而將前面的空地讓給直立的觀衆。因之在人語嘈雜萬頭攢動中，車上實在看也看不好，聽也聽不好。不過我們要明白，看戲的意思初不在戲，乃是在嗅一嗅那喧鬧熱閙的空氣，我想鄉人生活只怕太單簡了，不能不借社日來補充一番，所以我鄉稱看戲爲逛廟，逛的意思，正指遊玩，水滸傳中「車馬往來人看人，」殆卽此景。社戲的日子，則根據廟中神像的生日而定，例如四月十八者，娘娘生日也，曰娘娘廟，在帝京景物略則曰元君誕矣。三月二十二者，藥王生日也，亦不知此藥王是誰，反正有廟會斯爲一般人所歡迎而已。俗曲中有所謂「劉二姐逛廟者，愼勿以爲如在北京之遊覽寺觀，斯不至望文生義矣。

廟會亦卽是百貨雲聚的日子，搽了脂粉的村女可以買雪花膏梳頭油，也有金質的首飾，都市中過了時的估衣，老農可以買一頂新草帽，選購收麥和收秋禾用的傢具，給自己的小孩子買一點花布等等，如我，在志在買一條有銀色的長矛，鬼面，和假鬍鬚。此外則希望從郵政局取到新寄來的少年雜誌，還有一種最喜歡的東西，就是紙板雕成唱灤州影戲用的偶人，這種紙偶，刻得和戲劇中的人物一樣，而身體各處關節，都是活的，用鐵絲繫以細高粱稈，可以在夜窗燈下舞來舞去，唱着戲劇中的辭句。同時身體與頭部是可以隨便離合的，如果戰場失風，不妨一刀兩段，更可將同一身體，挨種種之頭，忠奸賢愚，聽你之意，我們常常在上手工課時，偷偷用圖畫紙雕刻各式各樣的腦袋，以便配到身子上玩耍。有一個同學專會畫人物面孔，我們不免求他代爲設計，他又能在石板上把戲劇成齣的畫下來，邊畫邊唱邊說，弄得大家上自習時都圍了他，聽他一個唱獨角戲，他尤其善於畫馬，三筆兩筆，神采弈弈，可惜半路輟學就商，不然也許早成爲徐悲鴻第二了，因爲環境的逼迫，不知埋沒多少人才。

社戲既又稱爲廟會，有時也附帶迎神賽會，這完全是民間藝術的表現了，而且連組織也是純粹民間的。他們平時作農作工，到冬天就按性之所近演習起來，唱秧歌的要踩高蹺，耍獅子和龍燈的，要練身段，參加五虎棍和少林會的，便不折不扣的眞刀眞槍對打對砍。此外像小車會，大頭和尙度柳翠，老漢背少妻等，專以可笑使鄉人快意者，也要加以相當的練習。我在外祖家，常於冬日深夜尙不回家，原來正迷戀於秧歌之蹺工與五虎棍之相打。秧歌有人說是東坡先生編製的，那自然是有點借重眉山，然其組成，固頗可愛，有漁翁漁婆，樵夫，大家圍起來唱着，脚下都登着高約三尺的木蹻，這也如希臘古優穿高底靴一樣，原始藝術在野外演出，非此不足以使觀衆易於看到。唯此種蹻工，遂成專技。就中尙有一公子，一小家碧玉，一賣豆者，似是表演春日男女互挑，以歌相應答，而賣豆童子則時時從中搗亂，且歌且舞，配以鼕鼕的腰鼓，實在是很有趣的。可惜那些歌辭，我不記得，想必有不少很好的東西罷。五虎棍是要打扮成黃天霸竇二敦諸人的形狀，穿着舞台上常見的服裝，道過簡單的說白，就相打起來，這想着好像沒什麽意思，然小兒正要在那個去天霸的身上滿足自己的英雄慾望，遂亦有不少的人隨在後面不肯遠去。東坡志林所說三文錢去聽三國演義，罵曹操而喜關羽，與此相近。小車會者，一人扮村姑，坐手車上，實則車乃洞板爲穴，扮演者的腿，照常在地下行走，車上所見盤起來而有纏了脚的腿，却是假的，把蓮足展覽一番，亦是鄉人色情的要求乎？推車者是端起車子走，其節奏須與村姑動作相合，仍有一人，扮作無賴少年，招風引蝶狀，打摺扇與村姑相調，載道派的大人先生，多戒家人不看此會，以爲風化攸關，而我輩小孩，深以爲有意思，對於那一個村中某人扮演坐車村姑出名，正是有口皆碑的稱道着。并不計算教訓云云也。然最具諷刺幽默之感者，要算「燈官，」一人扮作戲劇中之豆腐臉丑角，戴緯帽，官也，騎於木槓上，兩人荷之，又一扮丑婦人，荷如官，則曰官娘子，看者得隨意揶揄，所以哄聲時起，失舃落履，大是熱鬧，名爲燈官，想在當初常在上元節演此，蓋今日我鄉仍以正月迎神賽會爲多也。小民對於所謂「官」者，有什麽辦法呢？除了官逼民反大家揭竿而起以外，輕鬆的，無傷大雅的，這樣來他一下，大約作官的也哭笑不得罷？但亦好像三代以上了，說不定像後來的世界，這種把戲也不作興的，諷刺幽默本亦會被厲禁也。

節日是社戲以外各區域通行的休息日子。年節自然最重要，約可休息十天，中秋正在農忙，吃而不休息，端午獲麥，例如中秋。兒時新年的記憶還很鮮明，因爲三百六十日才有一個除夕，到底是不平凡的日子，而且這一天的氣象也的確與平時大異，燈火比平時多了幾十倍，不免使整天盼着新年來到的孩子們心頭格外明亮爽快了。我在許多地方過年，好像無論那裏都比不上北京和離北京只有一百多里的我鄉熱烈而富於情趣。似乎別的地方，在生活上已竟沒有若何餘裕，又像是一個人已竟衰老，看了歲月駸駸，除憂愁與悵惘外，再沒有喜悅之感。我鄉則頑强的與生活奮鬥之餘，還保留着一點孩子好勝與稚氣的心理。卽如北京，在風俗人情上，誠然古舊舒緩，而在新年時，則又較其他都市都活躍而年青，想在北京住過十年以上的人，皆有與此相同之感觸罷？求學時期，對年假的期盼，比暑假格外殷切。我每次都是買好幾瓶一得閣墨汁和羊毫筆，預備到家後應付鄰家老人要求寫春聯。他們穿着毡製的厚重鞋子在長才及膝的夾袍上加了特大的馬褂，旱煙管自是不可離的，見面喜歡親切的叫我乳名，又必須夸一陣長得高，學問好，字也寫得好等等，年青人心中或許有點厭煩，如今在城市中每天所見總是俗惡的洋裝和市儈式的短打，一件衣服上增加若干不必要的紐扣，說話烏煙瘴氣，朋友長，朋友短，轉憶那許多篤厚的面孔與裝束，眞好似不易再覩了。找一個公共集會的地方，例如廟宇或學校等，接受着源源不絕的書件，父親也以喜悅的眼光看着，好像有些高興，不時有人進來吵鬧一陣，原來是討債的糾紛，沒人理會，沒人勸解，遂亦作罷。這種太平時的麻煩現在想着都成可愛，蓋近日鄉下人來此，說是幾年以來早已無年可過，只有天天活埋人的新聞了。

這雍穆的景像在鎭市就更明白，臘月集期有比平時多出幾倍的鄉人，買酒的人背後成一座小山，口袋裏至少有個廿斤重的陶甕，神紙，臘燭，香料，各式各樣的攤子，使街道上擁擠得走不過去。賣餾餅的鍋子裏如社日一般的放散着牛肉的香味，我讀莫泊桑小說 A Piece of string 時，記那個老實的鄉下人趕集，所遇到的景象，很容易與鄉鎭年景起聯想。小孩子頂高興的乃是畫棚，木刻板畫還未盡絕迹，連年有餘，日進斗金，滿門吉慶，福祿壽三星等代表鄉人普遍心理的木刻畫到處都有，不一定在舖子裏，商店外壁上也可懸上若干，作爲臨時展覽的所在。不過這種畫到底沒有『天津鍋店街東華石印局』印的新式石印年畫受歡迎，老太太管這種畫一律叫做「胖小子」，意思是多福多壽多男子，年青夫婦爲了怕羞不肯買一張子孫滿堂的石印畫，老太太還得叨嘮着，另外托人弄一張掛在新房裏。至今我懷念那種畫着「一家團聚過新年」的木板畫，孫福熙君在「北京乎」中記云：『有一幅是比較寫實的，畫上十個大字：

「新年多吉慶，闔家樂安然。」

一間大堂屋中，上面四盞外綠內白的磁罩洋燈放下光明。兩個大花窗子下各有一坑，左邊坑上是一羣小孩在擲骰子，右邊坑上是一桌菜。男女老幼五人在聚食，五人以外，旁邊一個還不會多吃飯的小孩，爬着玩。兩邊坑上很整齊的叠着綢被，紅綠相間，上面是枕頭。室中方桌邊三個女子忙着作餃子，北京人除夕且作且吃幾乎要吃一夜的餃子。怎麼知道他們忙碌呢？他們神情是忙着的不必說了，他們不肯停手，餃子裝滿筐子了，不是自已搬開去，却讓一個小孩頂在頭上送過去，看看這一點很可以知道他們忙了。也因爲忙的緣故，他們各讓自已的小孩自由，不加干涉。女孩子天生成的不惹禍，永遠是文雅的在母親袖邊，看桌上的忙亂。一個男孩見那個小孩用頭頂餃子筐，他忌妒了，伸起手趕過來說，「讓我頂！」你想，給他一撞，桌角上的一盞洋燈與一支燭台上的火光都抖抖的竄起來了。成筐成筐的餃子由一個女子在整理，一只猫坐在桌上管餃子，十分的豐富與盛平景象。人家說：「那個猫兒不偷腥？」然而這個猫兒，聽話又聽明。你說他吃得太飽睡着了，我要爲他擔保，你不看見他旋轉着耳朵在留心嗎？每張坑的旁邊有一灶，餃子已送到左邊灶上在煮了，一個婦女持勺子在攪動。右邊的，已滿鍋的饅頭，也要開蒸了，灶君在神龕中閉了眼睛看着這些事。左角四隻大筐，寫着：「金銀滿囤，」每個筐中滿是金銀錢幣與珠玉元寶，火光朧朧的照在扶杖的白鬍子老人與中年男子的旁邊。一個懷中抱着的小孩，不知什麼事，推開娘身，硬要去玩一回，我似乎聽到鈴聲，一看是掛着紅球的一只吧兒狗向門口走去，兩個工人，一個提壺，一個雙手捧火鍋進來。門口紅地黑字的聯語是：

「忠厚傳家遠，詩書繼世長。」

門上是玉堂富貴圖。一隻豬一脚擺進來了，我也不知道他來是幹什麼的，大概是亥年刻板的，那末是辛亥，革命的一年刻的，還是更早，已亥年？」

這文字可算得委曲詳盡。中國人有什麼企盼呢？如周知堂先生在中國思想問題所云，還不是飽食暖衣。孟子所說的七十者衣帛食肉，黎民不飢不寒，幼時覺得眞乃稀鬆平常，但現在想想，實在已是很不容易實現的境界。無怪乎活在我們三千年前的先哲已竟在心向往之，大約自時間空間兩方面計算，這種烏托邦還都是只成其爲烏托邦也。孫君的題目叫做「畫餅充飢的新年多吉慶，」「北京乎」出板期乃一九二七年，距今日亦十五年以上矣，那個時候看此景象爲畫餅充飢，此刻便連餅也畫不起來。最近幾年不知北京的年畫還有沒有，按一般事實在估計，也許早就打在「節約」之內。就是我在北京的時候，木刻的年畫，已不多見，畫年景的，都是劣品石印，在吃飯的方桌上懸着荷葉罩子的電燈，煮餃的新媳婦則着高跟皮鞋，小孩子也有半段洋服，使人感到一種沒落與不爭氣，果然，隨着國步也漸漸艱難，而過新年遂只成爲記憶上的事了。

雖然亦慨嘆着賦課的煩重，兵差的絡繹，到底那個時候還有幾天承平可享。除夕晚上，我和叔叔共同工作畫好花草和貼着種種詩句字樣的紙燈迫點着了。大街上賣冰糖葫蘆的更起勁的吆喝着，父親把擦得雪亮的保險燈帶子旋得更高，炭爐上燉的水絲絲的要滾了，長工將各式各樣的糖葫蘆買來父親分給我們吃，第一個到我們家辭歲的一定是六祖父，這個有點傻氣的老人，不肯叫他兒子上洋學，每天過着糊塗日子，把農產品大半被傭工偷了去，說話有點口吃，一進大門必高聲對祖父說：「二哥在家嗎？今年年三十天氣眞好哇！」我們偷偷笑了，迎接進來，祖父和他，還要互相謙讓着賀年禧，多半在這當兒我們這些孩子也結成一大隊去族人家裏辭歲了，我平時少出門，領隊的不是比我小的國璧便是七叔，他們眞是長於辭令，邊走邊說，把我們都逗得哈哈地笑。若遇見長輩也出來辭歲，就說：「大叔，我在你家給你磕下了。」意思是我已竟在你家給你賀過年禧了，現在不欠你的債，磕指叩頭，不磕頭算不得賀年也。這種跑東跑西亂磕頭的事，乃變成孩子們的有趣遊戲，而且是一年一度的。頭上戴着紅石榴花的老太太，穿着新布棉袍的老頭子，如北平兒歌所云：「糖瓜祭灶，新年來到，姑娘要花，小子要炮，老頭子要一只新毡帽。」蓋確有年青的徵象，而湧起多少歡喜之思，雖然人也隨歲月老去，質樸的人，不過抱着「天增歲月人增壽」的觀念，固亦無我輩之無端惆悵耳。

女人們換了新衣服，平常輕易不出門，元旦也得了解放，僕人則多半去賭博了，擲骰子或踢鉄球，小孩子得便，也參加進去。年初五以後開始走親戚，古道上有新婚男女坐了車到岳父家去，步行者也衣帽一新，手提紅紙包的點心，小孩子到外祖父家裏，可以得不少壓歲錢，吃得新布袍上漬滿油汚是不用提，若是有迎神賽會和社戲，那就更瘋狂起來了。

歲時伏臘走村翁，當此文刊載時，也許正要過着所謂「新年，」但是我們從那兒去領略一點年青的感覺呢？連青菜也貴到二百元一擔，昨天我們學校的工人S把老母和妻子都從二千里以外的家鄉接來了，說是已竟沒飯可吃，他的弟弟則將房屋和田地一總賣了四萬元，到上海去謀生路，也不知究竟如何，孤注總是擲了。我想着里中小兒，還有沒有到河床上打滑擦的興致呢？北京還有沒有餃子吃呢？寫了這樣沒意義的文章，正是要表現一句我常想起的話：

「滿目悲生事。」

卅二年十一月尾

創造三年

陶晶孫

（本文贈呈日本豐島與志雄前輩。——他前天來上海，要研究創造社的業蹟，我勸他讀「創造十年」，後來我回到上海，他已經不在了，覺得他眞摯地問我們，應該給他回答，因此簡單寫成這一段文字。）

一

一九二二年二月，

「創造」第一卷第一期

出版，載着創作的作家有沫若，資平，田漢，仿吾，怡庵，達夫。編者達夫，封面橫書，內容縱書，泰東出版，此時同人大都還沒有渡海回國。

一九二二年九月，第二期出版，創作有晶孫，沫若，達夫，仿吾，田漢，資平，爲法，業初，均吾。全書橫排，沫若編輯。

一九二二年十一月，第三期出版，創作有沫若，本天，資平，滕固，晶孫，家驊，光燾，達夫，何畏，仿吾。仿吾編輯。

一九二三年一月，第四期雪萊紀念號，創作有沫若，資平，達夫，邦傑，一多，實秋，冷玲，定璜，友鸞，祖正，滕固。仿吾編輯。

一九二三年至二四年間，出第二卷第一二期，手頭沒有雜誌，此刻不能記錄。

沫若的「創造十年」，資平的「曙新期創造社」，都沒有論創造季刊的作家及作品，所以我在此地注重這一點，並指摘說，創造社初期同人作品之精華都在這三年間六本創造之中。

使得產生這一批文學同人，不可疑的是他們的日本留學，和日本文學界的影響（可是並不是日本文學或日本文學作家的影響，）日本文學界的影響之中，學校功課的影響，大都在資平沫若同我的文章中有記述，一般文學界的影響，「創造十年」和「曙新期」中，雙方都有記錄散見，而此刻我也要來補充些。

使得這一批同人結合，第一在他們的沒出息。當時大部日本留學生，仍免不了有科舉思想，以爲得了文憑回國可獵官，他們以爲你們不務正業，僅和下女調笑，談戀愛，算什麽東西。可是這一羣子，愛讀日本文學界當時爲西洋哲學文學而進步的許多文藝作品，他們的內容都很豐富（但沒有及到美術及音樂。）第二點要舉沫若的組織力，他是感受力很大的人，有熱情的人，他起初也是個素朴愛國者，他的牧羊之歌把他表示。他和達夫一樣，素養很高，加以他學醫學，對於科學的分析不會錯誤。他一次從九州福岡旅行到東京，找到資平田漢達夫仿吾祖正侃元定璜何畏伯奇等，商量出版創造，此刻把這些人的內容介紹，就同時能把創造社精神介紹，所以在此地仍從作家說起。

資平在學地質學，他是個實際家，他曉得地質學要是他的立身用具，但他並不會鑽營，也不會在未畢業之前已經找到高就之路，看見沫若談創作小說，他正好來試他的餘技，他的餘技就是長篇小說，他並不用功哲學及外國文學，所以能夠靠他的實際性寫出通俗文學，我看不起他的小說，說太卑俗，可是沫若一直相信他是眞正會寫小說者，直至後來在上海同他不好爲止。

田漢是愛戲劇者，和資平一樣，很有通俗性，也不用功於哲學及西文，專門在弄他的演劇，因他缺指導性，如果快將落伍就趕急追上來。他和資平兩個人，因爲他們有把握能多產，見沫若有意弄文學雜誌，所以就即答應跟上來。

達夫原是文學上天才，他精通英德俄等一切文學，並不多弄哲學也全不弄科學，他又通中國古典而不溺其中，自己在生活於羅曼性中，但不像沫若之有苦悶，可以說是新羅曼主義生活之標本。有一次沫若召集開會，勸他不要上北京去，問他說你去了以後創造雜誌怎樣，他說『停辦好了，』這句話給沫若長嘆，這可表示他的性格。

仿吾是天生的書記長，他是被養着等有差司的樣子，見有沫若來組織，他就能全幅合上了。祖正是個不多響的人，他是文學家，他的生活不是作家或藝術家，當然他的一二詩作是很優秀的。侃元答應合作，但沒有作品，此刻不論；定璜也可以說是文學家，後來不但寫作，連文學家的工作也停止，可以說他是個英國式 Gentle man。

何畏的社會批評高於他的文藝，雖說有他的很痛快的『上海幻想曲』，但是他不能久留在創造社。

沫若從東京京都之旅行回來，對我說，這一次有很多成績，現在有把握出一個創作雜誌了，他要同我講上文學論，可是我多不響，因爲我對文學文藝沒有很多主張，我僅僅是我，我的生活從初至尾僅有一個Sehnsucht，我並沒有沫若的Leidenschaft，不像達夫之生活在實行新羅曼，不像資平之能多產適合社會之新文體作品，我小小的自己在寫小說，不敢參加沫若之組織什麼東西。

原來我到福岡，比沫若遲一年，不久有個同學，他說我們此地有一個特別人物，也和你一樣，有點古怪的，現在我來介紹你。從此我初次見沫若，後來沫若來看我，我的房間不像別人，進來可見者只有數理的書籍，醫學的書籍在衣櫥之中，文學的東西在抽屜之中，有一次，沫若見我的桌上有一段小說，要拿去，結果他拿去了，後來他說，他不敢開口，如果開口，不得不用讚辭，用讚辭，好像說客氣話。從此我加入同人，那怕要是創造發刊的前夜了。

至於沫若自己，他不可以算小說家，他自己也在說，因爲他的組織力和感受力比較大，他的工作多用在那一面去，不過雖說自己在說不是小說家，但也寫很平易的身邊雜事，倒也成很好的小說。

創造的發刊時，沫若說要把新羅曼主義爲創造的主要方針，後來社會都承認創造社爲羅曼主義，但沫若的感受性很大，他不知何故愛起表現主義來了，在這中間，一直到底做新羅曼生活者爲達夫，一直到底寫新羅曼主義作品者爲晶孫，一直到底寫通俗小說者爲資平。

但是對於文體，無可疑的大家在同一道路上，並不相互意識地向平易白話文進行，因爲文體之改進，早已在北京有其提倡及實踐，創造同人不過再來加以一個美罷了，至於定璜寫信中連說到印刷上之美，那也可以表示字句之精練，在那個時候創造同人很用工夫。

二

大家渡海回國了，回國時候的情形各有不同，達夫像個酒客，有人請酒一定去，所以還沒有畢業他已經在安慶做教授，一下子又回來，在上海編一期創造，不久到北京去做教授了。沫若一次到上海去編第二期，回來又同晶孫同考畢業醫學，這時候仿吾却很忠實的在上海編第三期創造。

創造四期編完，一九二三年後，除晶孫反向日本的東北去之外，同人都已渡海回國，不過這時候沫若的同人組織工作沒有限局於留日回去的少數人，不把他結合起來，反想加入中國全文壇，並吸引新人。原來創造社並沒有同人合議之制，不採用團體組織，隨便什麼人可以加入，不過新加入者不多，而分化者漸生。

在這時候，中國的情形當然有很多奇怪事體，沫若有領袖性，不肯成爲學藝雜誌之附錄品，不肯成爲大博士之下人，不肯成爲大學教授等等，同人的作品傾向各有不同，而創造的指導精神也有變化，因回國後國內影響漸漸加重，不能把大家在創造之一點合一，那麼初期同人就漸漸分離。

不害感情而去者有祖正定璜等，當然他們也可說原來沒有參加，此刻說他『去』，或許不對。何畏一度同晶孫同上岸上海，同到民厚南里去看編輯部，見仿吾及沫若，後又折回，何畏後來到廣東去了。田漢是第一個離開創造社的，因爲他自辦的南國社很興隆之故。第二個離開者爲達夫，達夫離開之時，和沫若略爲有些文字上記錄，大概不外於達夫之羅曼生活和沫若的進取主義所結果。

後來創造社出版創造日，創造週刊，創造月刊，有出版部，出版叢書等等，這時期，資平的小說因爲很通俗，所以版稅很多，但不久沫若的感受性給他轉向革命文學，老同人已散，只有新進加入，那麼在一瞬時間，陸續要淸算舊思想，因此最後留着的資平也把他的版權一概帶出去，另開書店了，舊同人除了晶孫還在日本弄醫學之外，已經都不在內，上海社內有京都回來的許多主力同人之外，還有獨淸伯奇木天白薇等在。

三

到現在追憶創造社，我們可以想到說，他的主要成立力量在日本留學，但因爲社內或社會不能給這些同人生活於文學，使各歸各須要去做職業，而社內的組織沒有給大家在創作之一項下合一，結果分散了。又爲了沫若的感受性，大家沒有像某種團體，特如日本之白樺派似的有一個主力，這也使大家分散的。在國內，有文學研究會，各種文士，文學界對創造社的進攻或創造社對外面之進攻，雖把創造之立場提高，但也給他短命的，京都的同人回來，因此進行革命文學，有其時代性，當然不是不妥當，不過因此弄得不能留着一個研究文體，研究通俗文學之機會，那是大衆獲得上之缺點。

不過，我們再從新文學運動立場，不像「創造十年」的詳細，不從他的組織者立場，以文學史的立場來說，要說，新文學運動先在北京之大學教授開始，他們的功績在白話文之普及，但因他們不再從事創作，就由日本回來的創造社來從事圓熟文體之創作，和進攻保守，保守者結果連牽着而也進步了，此間「語絲」等也可謂進步的文學工作，各種敵手，如强敵魯迅，也是相互牽制地進步的，在這時期，文學革命走上革命文學，是非不論，但在意識青年前進之時，落後文學無人來刺戟改良，雖有達夫晶孫的大衆文藝，但是羅曼者多不肯執拗地繼續，因爲俯就大衆要受指彈，因此他們不能收編大衆。至於現在的大衆文學，成爲沒有指導力之通俗文學，全無理想，卑俗已極，被風雅文學者擯斥，文學往往離開大衆而失敗，往往走入大衆而失敗。

關於中期創造社的歷史，通俗文學之出路，待別的機會。

自傳之一章

陶亢德

人歲以來，爲了創刊一個新的雜誌，我又犯上非午夜不睡的老病了。而且就是到了床上，也不能放懷睡去，忽而想到這個，忽而念及那點，腦子裏像有蟲在爬似的。妻看到了這個，尙下警告似的說：『再要像編「天下事」那樣的編出一場大病來，那可不得了啦。』這警告使我瞿然而驚，想想不覺害怕。『編天下事編出來的那場大病』，到今日雖已時隔二年有餘，實際上何嘗全好，爲了醫生的警告，家人的勸誡，原在勉勉強強的以早睡當藥醫，現在又要夜以繼日的爲編輯而挖心血絞腦汁了，即無家人之勸阻，自己也何嘗不明知這樣下去的危險，然而明知又豈能就不故犯，一天二十四小時中，只有深夜的幾個鐘頭才是我的時間，也只有夜深的世界才是我的世界，這時候我才無須乎在滾滾人浪中擠車奔跑，這時候才不至於因耳聽兒女的啼哭聲笑鬧聲心煩得想一脚踢翻亂七八糟的書桌。在深夜，街頭小孩的麵包叫賣聲自是淒涼的，路上哀鴻的號哭求乞聲自是悲慘的，但畢竟遠在戶外，又給不時疾駛而過的電車汽車聲所掩去，而且我的視線和心神又整個貫注在光線並不四射的台燈下之書本上。總之是這時候我才能遺世獨居，才能不心煩慮亂，做點非如此不能做去的事，什麼健康不健康，那里還顧得到。

『不也在常常唸「春蠶到死絲方盡」這一句詩嗎？』對於妻的勸阻，結果我只能以此作答。

× × × ×

我今年三十五歲。屈指算來，這短短的三十五年之中，倒給編輯生涯佔去了約三分之一，其間我所參與其事的，共同發起創辦的，手創的，主編的，與人共編的雜誌，仔細算算已經快近二十種，如以雜誌比兒女，那麼我可算是多子公而無愧了。事實上編一個雜誌所受的甘苦憂樂，在我未必比養育一個孩子所嘗的甜酸苦辣爲差，四個兒女使我所費的心機，絕不如十六七個雜誌使我所耗的心血之多。孩子笑了我會得樂，哭了我會得罵以至於打，他們的飲食冷暖有他們的母親照管，他們的念書識字有他們的先生指教考試，我的兒女並沒有使我十分掛肚牽腸，我的雜誌却使我時時勾心挖血。今天是我第十八個雜誌第一期發稿的日子，籌備編輯忙了一個多月，發稿之後總算略得餘閒，就想把過去十餘年來的編輯生涯，擇其還沒完全忘記說了出來又無妨於人的來敘述一下，若云自傳，則予豈敢。

與我初次發生職業關係的雜誌，是生活周刊社，在這二年之前，我也曾在蘇州和幾個友人試辦過一個行銷未離當地一步的小小刊物。刊名叫作白華，主持人爲其時筆名王墳的朱雯兄，同志有邵宗漢周新二兄及東吳大學的幾個學生。其時我正在做文人夢，辭掉了可以按月領薪供膳供宿的職務，一個人偷偷的住在異鄉，嘗試賣文度日的生活。這生活是夠苦的，雖不至衣食不繼，總須日愁夜愁，天天盼望有雜誌社復信給我，信上寫着『大作可以發表』。而事實上那時候我的大作，能夠發表的正是十不得一。不過那時候年紀青，吃苦奮鬥視作當然之事，又無室家之累，更在發文學狂，所以能夠什麼都不顧到，反視美孚燈下寫小說，打汽爐中自己煮半生半熟的僵飯，爲清標絕俗的雅事，自認前途無量。在這種似癡似狂的心境之下，宗於白華的出版正覺興高彩烈，和朱雯兄跑印刷所看校樣，催對漢周新他們寫稿，自己胡謅什麼燈下小品，大有樂此不疲之概。白華的印費記得是由朱兄負責籌措，有幾篇名作家如朱自清蘇雪林的文章，也是他一手拉來，好像沈從文也有文章來過。原來朱兄那時候已是曾孟樸先生父子主辦的眞美善雜誌主要撰稿人，和蘇朱沈已有文字因緣，所以能夠拉得他們的文章增光篇幅。宗漢也常在眞美善發表小說散文，我之與他們兩人相識論交，也因曾在眞美善投過一篇小說得荷發表，同時大家又在蘇州。白華的壽命極短，蓋其時刊物讀者無多，又是內地出版，雖名家捧場，終無補於銷路，一共出了幾期現在已經忘得乾淨，刊物則恐連最費心血的朱雯兄也不見得有存了。

白華停刊似在初冬。到了歲暮天寒，我的文人夢也漸漸醒覺過來了，家裏的老親又接連來信催歸，於是一肩行李，幾本破書，在雪地冰天中回到了故里。到得陰歷新年，一個幾十年未曾回家一次的表兄返鄉省親來了，我父親就照了『若要富走險路』的我鄉俗諺，叫我和表兄同往瀋陽找事做去。那次同去瀋陽的人連我本有三個，後來其中有一個因爲求籤不利——籤上說一去不回頭——而作罷，另一個求得的籤文也不吉利，後來患猩紅熱病歿於瀋陽的南滿醫院。我自己呢，我母親是素來迷信的，算命求籤一向是她的決疑問難之方，這一次她却絕不爲此，大概是明知既已非去不可，萬一籤語不吉或算命不利，反而使她擔憂。我自己則平時以不迷信自命，這一次却把持不住起來，臨行前日，依了母親之命擕着一隻熱騰騰的熟雞和一副香燭到鑑湖庵的關帝殿去拜別武聖求他呵護時，廟中除了爲點香燭上供的廟寺婆之外，寂無一人，我拜了幾拜回轉身時，看着眼前如簾的雨絲，望着遠處溟濛的湖山，不覺有點哀涼之感，回身望望莊嚴的神像，就此捧下神龕前的籤洞，也不默默通誠，又不一搖再搖的抽出一枝籤來，一對籤文，却使我有點掃興，籤文的句子已經忘記，只記得大意是叫我不要拋棄本來的工作。這一籤既然掃興，我就再抽一枝，誰知第二籤語句雖異，意思仍舊，甚至抽出第三枝來看時，叫我不要拋棄本來工作的神意仍是不肯拋棄。我的本來工作是什麼呢？我自己並不知道，可是也無法向武聖要個下落，只能攜着供雞疑疑惑惑的冒雨回家了。

我的表兄是遼寧財政廳的一個科長，據說他的任財政廳科長之久，可與閻錫山的任山西省長相比，他的同僚甚至屬下升任廳長以至省長的已有多位，他却始終當他的科長，捧着水烟袋辦他的公事，甚至曾爲他的屬下後來躍升廳長的人想照顧他一下任他一缺稅局局長『調劑調劑』，他也婉辭不就。他所掌的一科是理出納的，有金融機關怕他發款時如通例壓遲幾天或在請款公事上挑剔一下，情情願願的代他出資在金融市場上搗把，賺錢歸他虧本不管，他也不來。這是一位十足的廉吏良吏，然而積善云有報，夷叔在西山，九一八之後離職還鄉之後，以囊無民脂，雖年逾耳順而仍奔走謀事，終於所謀輒左，鬱鬱而死，身後蕭條，連兒女還寄食在戚串家呢！

我走『險路』之並不要富，我表兄是知道的，所以一到瀋陽，他就給我向東北大學設法找事。但是他的薦事有他的特有脾氣：不作興催。當他向人開口荐人時，沒有人不滿口答應，但因他從不催促，人家也就樂得延宕下去，終至絕無下文，本來任何時代什麼機關總是人浮於事，當初的答應你是勢不可却，你不催促豈不正中下懷。東北大學的事因不催而吹了，又給我向電車廠設法，結果也因不催而無成。他不催人我也不便催他，只有在魂夢之中發急因而常在中夜忽驚醒，醒來後想到雙親計及自身而生淒涼之感。他似乎也明白我的焦急，常常安慰我說『事寬則圓，不要飢不擇食。你應好好找個適當的事情，像你伯父那樣在奉天留點名望。』事情反正急不出來，住在他家裏又有喝有吃，連衣服也有人給我添配裁製，我也就閒散起來，有時到鼓樓的新書店里買點文藝書藉，到青年會看看上海報紙，打打彈子洗洗澡，到商埠地的頭等影戲院看看卓別麟的城市之光(？)，到皇宮登登龍位，看看清朝歷代帝王畫像，看看殿試楷書，晚上和他們一家打打二塊錢四塊錢的『包底』麻將，更是一輪九贏。他的打牌倒眞是爲打牌而打牌，差不多十副之中有九副要做對對和，輸了由你說多少照付，贏了則笑嘻嘻的把牌一推開起身上坑了事，從來沒有看他結過一次輸賬或是贏賬。

就在常去青年會走走之中，給我種下了後來入生活周刊的遠因。記得有一次去青年會看報，在閱報室的鄰柱上貼有生活周刊的廣告紙，還註明該會經售字樣。這刊物我在蘇滬時不但曾經購讀過，而且還投過稿，不過因其並非文藝刊物，給我的印象不深，到了奉天以後，又因當地並無經售書店，所以也就漸漸忘記。現在廣告招紙赫然在前，黃任之先生大筆的生活二字又挺拔觸目，我自然就立刻買了所有的幾期趕快跑回寓所細讀。讀完之後寫了一篇遼寧通訊寄去。當時也不過一時興起，至多想博取一點稿費罷了，誰知出於意外，回信不久即來，除說『大作可以發表之外』，還請我多多通訊，措辭極爲誠懇。然而我對於遼寧一切的知識既極有限，生活的選稿又似非常嚴格，後來雖又接連寫過幾次稿去，登出的沒有多少。長在這個時候，我因在瀋陽久居無事非計，恰在生活周刊上見到他們招考練習生的廣告，就不計一切的寫了一封信去，請他們給我留下一個位置，讓我不考而取。復信很快就來了，長長的一封，勸我不要如此，鼓勵我爲他們多寫通訊，並予特約條件：月酬三十元，字數在三千以內；如發表字數超過三千，當另行致酬。信上還說日文之重要，勸我學習日文，以便能閱讀日文書報，藉爲搜集通訊材料之助。這封信當然給了我無限欣慰。那時候那地方的三十元『現大洋』，決不是一個小小數目，何況我還是個獨身青年。諺云福無雙至，其實並不一定不能雙至，就在收到生活周刊給我的特約通訊的好音後一二天，我的表兄『下班』回家，一進門對對我笑迷迷的看，我正覺得有點奇怪，他就慢慢的打開公事皮包，拿出一個大大的封套交了給我，打開一看，原來裏面是一張『須至委任者』的委任狀，職務是財政廳第三科科員，月薪雖不寫明，由表兄告訴我爲『現大洋』六十元，並且年底另有半數的分紅或獎勵金，有了這個資格，要是幹得好，還有出任小縣稅局局長之望。

福旣雙至，諸事大吉。於是借了紗馬褂上任。在財政廳門口交了名片給傳達，由他舉着一直引到廳長辦公室。『在什麼學校念過書？好好的辦事！』這位廳長的道地奉天話此刻我更聽不大懂，我的藍青官話此刻也更打不大好，胡里胡塗的是了幾下，就此退到第三科好好的辦公去了。

然而這個公我只辦了七天，古時有五日京兆，現在我當了七天科員：青天一霹靂，九一八事變爆發了，城門緊閉，衙門也隨之不開，什麼都完了。

離瀋陽經營口搭船回上海在中秋節的前二三天，記得中秋是在船上過的。一到上海，表兄他們就當天換寧波輪船回去，我却帶了一隻手提箱單身上岸，想在上海勾留幾天，看看這個別已三年的十里洋場有否容身之地。當天去看了幾個本家之後，打了一個電話給生活週刊的韜奮先生。在電話裏他告訴我今天向不見客，因爲是『小言論』的發稿日，他要全神撰作這篇不過千字左右的文章。我對他說我在上海就擱不了幾天，希望他能撥冗一見。這是我的脾氣，對於什麼事想到了就急不及待的做到，決不願意『事寬則圓』。結果鄒君答應了下午五六點鐘去華龍路生活週刊社見他。因爲法租界的路徑不熟，這一行給黃包車夫敲了一記小小的竹槓。

到生活週刊社已經是薄暮時分了，會客室裏的光線因了外面有一堵高牆相障，顯得有點陰暗，韜奮先生穿的是黑色西裝。他的身材可說是適中，戴一副近視眼鏡，眼睛從不薄的鏡片向你望時，顯得這個人的精幹而熱忱，一張嘴有點特別可愛相。說話時的態度極爲和悅，使人感到眞摯的親切，忘記了彼此還是初見。他先談我在此大變亂之中還不忘爲生活寄稿，繼請我再爲他寫點關於關外的文章，最後問我想不想在上海找個股業。這一問正中下懷，我就請他特別代爲留意。他說他有一個業律務的朋友，前幾天要請一個書記，曾問他有沒有適當人材，不知道此刻已經請到了沒有，讓他明天給問問看，要是沒有，我一定可以去得。這一次訪談，使我感覺得如遇一個相知有素的故友，如對一個關懷冷暖的師長。臨別時殷々囑我撰文，並說稿費可以先付。後來我寄了二篇小文給他，一共拿到八十多元稿費，這數目在當時於我是一筆大收入，在刊物稿費中也是十足厚酬。（三十二年四月）

文壇消息

＊丘石木爲太平洋週報寫長篇黃金時代。（王）

＊陶亢德將於本年三月由日本返國。（林）

＊尤炳圻於一月間由平來滬，接洽藝文社發行叢書徵稿事。尤譯夏目漱石『我是猫』，卽將出版。（道）

＊張我軍譯武者小路實篤小說『曉』，現已脫稿，將由上海太平書局印行。（陸）

＊太平書局將印行陶晶孫之隨筆『牛骨集』。（喜）

＊日本創元社將譯刊中國創作小說選，係選譯近五六年來短篇作品。（華）

＊柳雨生之『懷鄉記』，現在日譯中，將由文藝春秋社出版。（林）

＊文載道近輯成雜文集，由北平藝文社印行。（洛）

＊謝興堯在北平將刊行一新雜誌。（和）

霧都瑣憶

天游

在這大時代的轉變期中，朋友們都認定我是幸運的，原因是：中日事變之前一年，我離開了中國，跑到遙遠的歐洲去，過着風止浪靜的研究生活；及至歐戰將近發生，我又悄然離開了歐洲，回到祖國，而那時中日戰爭場所的一部份已經恢復和平了。東西兩個戰場我都沒有機會碰着，所以他們說我是幸運的。但是我並不作這樣想，戰爭實在是一種藝術，鐵鳥蔽空，戰車縱橫，雷掣電擊，聲色俱備，這種景況，實在不易多覯，偶然在影院裏看到戰爭的影片，雖也能領略一二壯觀，但究不若親履戰地，看得眞切，所以我不能親嘗這次世界大戰的火藥味，實覺有些遺憾，這種感想，至今尙耿耿於懷，有時讀報知道遊踪所及的地方，有的在燃燒着，有的在毁滅途中，他們的影子常常出現於我的腦海。現在那些地方，恐怕已經大大的改變了。他日再有機會往遊時，一定不是以前的樣子了。那麼，把以前所見的景色紀述下來，以備將來憑弔時的參考，也許不是多餘的吧。

一　霧

霧在倫敦，成爲世界著名的一種點綴，自入冬以至於春末，她都籠罩在濃煙密霧的懷抱中，人類在這樣的氣氛裏生活着，自然有一種特別的風味。我還淸楚地記得，當重光大使由莫斯科移節到倫敦時，曾發表過一篇「霧讚」，在當時聽來或者是一種外交詞令，但事後想想，也是實情，英國人在霧裏生活自己並不覺得討厭，因爲在霧裏所看的東西，一切都模糊起來，而英國人的作風正是如此，他對於大陸事件的處理，今日扶甲抑乙，明日又助乙倒甲，他看見德國强大了，就聯法以制德，待歐戰結束，法有獨霸歐陸的可能，他又資助德國復興，以牽制法國，現在則自食其果了，他沒有明確的方針，什麼事都模稜兩可，故在外交上常使人墜於「五里霧中」。所以「霧」是英國人的象徵，不僅是每年有一半霧天的天氣而已。

當着霧氣的襲來，所有雄偉的建築，廣大的樹林，都融化在白色的煙霧裏，平常的市囂頓覺靜寂，汚濁的社會好似淨化，然而生活在霧中的人們，仍然在蠕動着，一聲不響的工作着，白天是整日在曉色蒼茫之中，夜裏則有陰沉沉的感覺。這樣的情況是冬季常有的好景。倫敦冬天的氣候並不寒冷，人們只感覺陰湅，即使不冷，亦燒着壁爐取煖，與其說是取暖，還不若說是驅除冷的霧氣爲切當。所以倫敦的暖氣管設備並不普遍，而壁爐則家家都有，因爲家家戶戶燒煤的緣故，更增加烟霧的成分。這樣便造成倫敦的特色。

因爲要對付半年沒有太陽光線的生活，所以夏季時候，一般人多到海濱去晒太陽，戲之曰「儲蓄太陽光線」，同時因爲終年日光過少，一遇天晴日麗，便寶貴起來，一定要把皮膚染上一些日光的色彩，這是霧期過了，準備應付下次霧期襲來的應有工作。也是英國人深謀遠慮性格造成的地方。「入鄉隨俗」，有一個夏天我隨着友人到過新柏列頓（NewBrighton），那裏是一個海邊，海灘上滿擠着行人，尤其是中下階級的男女，視爲樂園，穿游泳衣，赤足裸背，完全脫離了城市的嚴肅與禮貌，在自然的境域裏，享受日光與海水的沐浴。入夜電光如炬，照耀如白晝，游藝場，飲食所，滿谷滿坑，人山人海，他們好似在另外一個世界。其他如赫斯丁斯（Hastings）及聖蘭納斯海邊（St Leonards-on-Sea）等處情形，亦復如此。

當我在納都過第一次冬季的時候，並不感覺有補充日光的需要，所以我並不準備儲蓄，一九三六年冬，汪先生曾由大陸來訪霧都，那時正是霧季，不數日便離去了，大蓋是不適於療養身體的原故罷。但是第二年，我便感覺太陽之可愛了。因爲在長期不見天日的環境裏，心境總是覺得如有一種重負，四周看不見數丈，景物收不到眼簾，朧朦，蒼白，灰色，摸索，冥想，包圍着我水泄不通，我雖住在半山上，天氣好時推窗南望，亦只有聖保羅的圓塔尖端隱約可見，「巴里門」鐘樓，便無法可得其眞面目了。

有一次蘇菲亞的舅氏楊君由曼徹斯忒來告余，謂彼間霧色另具興趣，電車開行時由售票員手提馬燈，向前領路，而司機則鳴鈴而行，咫尺之間，不能相見，此亦一種奇觀。倫敦每當濃霧籠罩時，交通即發生障礙，街上的汽車電車，都變成蝸步爬行，因之地下的鉄路便增加擁擠，一羣一羣的黑影從街心擁入隧道，從隧道出來的蠕動人影，又復沒入於煙霧之中，這樣鬼影憧憧的霧中生活，實在只有英國人才過得慣，旅居倫敦的外國人，便不能不視爲苦事了。

我的寓所在 Hampstead Parliament Hill，居倫敦之北部半山上，在那裏有樹林，有草坪，有起伏的丘陵，有巀峪儲水的池沼，在昔號稱名勝之區，詩人騷客，恆出沒其間，故頗饒城市中之鄉村氣味，我居此凡三載，因好其僻靜，雖離市較遠，亦不願遷徙。每當霧季時節，常散步於其間，昔日的詩人處此景色，曾留下不少的吟詠，我何人斯，亦復步此！某日我在山上一茅亭中看書，忽來一身軀短小的東方人士，步入亭中，操不很純熟的英語問我是否為中國人？答曰然，繼乃示我以新聞紙，內中所載有關於中日戰事的消息，我問他貴處是那裏？答曰：日本。我頗驚異，察其面貌雖不素識，但誠懇的表情，凝注的目光，使我相信他是一位誠篤的君子，他不待我開口，即表示中日戰爭的意見云：「中日兩國為什麼要繼續戰爭呢？沒有必要的，只有英美人希望我們如此，中日事變如果延長下去，便是黃種人的自殺政策。」他說到這裏，聲音有些不自然了，接着熱淚奪眶而出，我深深感動，我的手不期然而然地伸向他緊握着，並低聲說，我的意見也是如此。在這一瞬間，我們分手了，我的眼睛增加了一層陰翳，這位不相識的知己，便在霧色的朦朧和眼中的陰翳中逝去了。我現在回憶這一件事，好似是在做夢，尤其是霧天的時候，心中常常出現這夢一般的往事。

這幾天連續下着霧，而且很濃，我捲起窗帘，看不到街心，心中一時模糊起來，不知究竟我住在霧都抑在上海。英國人讚美他們的霧，在霧的生活中陶養成他們陰森的國民性，他們的軍事家還想利用霧的屏障，來抵抗德機的轟襲，這樣想來，霧的作用大矣哉！然而事實怎樣？最近倫敦其不與柏林同化為焦土者亦幾稀矣。同是一樣的霧，有時籠罩着七百萬的市民，有時籠罩着焦土與廢墟，今後她的命運如何？且留待將來再說罷。

人生如戲

丁諦

泡影浮虛豈必眞，却持色相費酸辛。
愛從野乘温慈語，曾浯寒江度亂身。
看戲頻爲座上客，離場今似劇中人。
變風變雅應都厭，鶴駕祥雲夜出塵。

人生如戲場！

不錯！人生是一個小小的劇場。離合悲歡，盛衰浮沉，刻刻是在扮演着不同的悲喜劇，不管你是看客或扮演者，你是得意的引吭高歌或憂鬱的呻吟低語，你能說不是戲劇麼？

看戲的人看到精彩處往往不知其爲看戲，而唱戲人唱到興會淋漓的時候也往往不知其爲唱戲。他們同忘記身在劇場中。忘記這是一個小小的世界。

即是一個大的世界——比小劇場更大的劇場，——看戲的唱戲的又有分別麼？還不是忘記了粉墨衣冠和代人啼笑。未看戲時總希望要看戲，在戲院門外聽見鑼鼓聲音心裏癢癢的急於要看一看，等到擠進門，費了不少力氣，也許是起初立着，後來得着了一個坐位，看到得意時常忘記自己是在看戲。然而鑼鼓一停，帷幕一閉，證明人生的戲終場，看戲的人和唱戲的人都停止了爲戲而煩忙的時候，他們終覺悟到是戲——是人生的戲了。這僅僅是一剎那。「戲」與「幻中之眞」的距離極短極短。一個人覺悟人生的人，已從人生的戲園出來的時候，正是一個人生命終了。薤露哀歌，復有何說！

了解這種人生與戲不是偶然的。因爲我生性幷不過分消極，看人生自然也沒有這透。我所以有這感覺的是我的大姑母的死：

我的姑母歡喜戲。她十足是一個戲迷。她歡喜看戲——不管好戲壞戲——歡喜聽人談戲經，也歡喜看戲考戲劇消息之類的書報。總之，她的整個的人生可以說寄託於戲上。興趣於斯，懷戀於斯，而一切亦無不作戲劇觀。世事如浮雲，她之看淡世上的窮通得失是作戲劇觀；她之從枯燥中尋趣味，視眞實爲虛幻，描摹眼前實見的人物如優伶，是將人生作戲劇觀。她的生性可說是恬淡的，虛無的。然而就她的歡喜看戲和過分認眞戲說來，她又可以說是太執着。人生如戲，啼笑悲歡，何一非舞台上的動作，何一非俳優的言詞？以及爲劇中人的故事？幻中見眞，眞中又何嘗不能見幻呢？儘管如此，大姑母總還是歡喜看戲。人生如戲，而復執着於戲，識破幻中的眞，又留連眞中的幻。她自己是做了一生的戲——自然這是一部悲劇——又看了一生的戲。她最後是離場去。她不再唱，不再看。她走到莊子說的無何有之鄉，廣漠之野。黑漆漆冷清清的國土裏，永恆的永恆，是寂寞與寂寞，在那兒一切的一切非吾等所知，也許是「有」，也許是「無」，我們都無從料想了。也許她還在那兒看戲，照樣的做人生戲劇，然而我們却無從聽到，無從看到了。

最後一曲廣陵散，當我們聽到的時候，我感到一個好心腸，平易近人，和藹可親的，正直角色的凋喪。一部悲劇的終場，也許是一個人精神的解脫吧！我要慶幸！假如我是懂得「人生如戲」。悲劇唱夠了，應該休息休息。看戲看倦了或是一場終了的時候不是也應該休息麼？姑母是厭倦人生的戲劇了。做了五十幾年的戲，所嘗的人世酸辛，遭逢的離合悲歡何可以數計！她之離開人生的戲場想亦無慊於心。閒雲野鶴，孑然一身，沒有家，沒有什麼應負的担負未負，沒有黃庭堅說的「兒婚女嫁望還山」，沒有一個家庭的担子，人間的滋味她應該嘗的透澈，時難年荒，生活逼人，戎馬關山，流離播遷，她也都已經歷過；她之翩然離去這劇場，正如遊子之歸家，仙鶴之遠引，再加以她曠達恬淡的天性，正如流水行雲的自然，來時自來去時自去，我又何必爲大姑母悼惜！她之歸去，正是人生的一部自然的戲劇，「空山不見人」的詩歌，不落言筌的佛偈，潭水魚龍的寂寞，月波燈影的空明！

人生如戲！戲完了，好事者又何必加添蛇足呢？而悼惜之類正是仍留戀於幻滅後的劇中的人物、情景。我知道這是多餘，對我的大姑母是多餘的。然而我總不能不想起，在我看戲的時候。我常想：大姑母是歡喜戲的，雖然她把人生看得很淡，可是她又把戲看得很眞喲！她這樣的歡喜看戲，不知道她走入永恆的寂寞中還有戲看麼？我這裏想。可是再一繼續思維，假設她能看到戲又有什麼呢？她看罷戲後，再不會找着我們談戲經了。和她的姪兒姪女輩和一些常見的親人隨口談說梅蘭芳胡蝶藝人的韻事了。也許她繼續想看幾部她病前想看而未看到的戲，她也許不能無遺憾吧？（雖然她淡視人生，但是看虛幻的戲却是認眞的）。想到這我又不禁爲大姑母死悼惜了！死是殘酷的，剝奪一個人的靈魂，剝奪一個人的嗜好，更剝奪一個人未竟的企望。吳宮花草，晉代衣冠，跟着她的一坯黃土而一齊成爲古丘！一個是理想，一個是現實，一個是人生，一個是戲，一個是古，一個是今。這許多之間究竟有什麼分別呢！古的古了，今的也古了。看秦皇漢武的戲的如今成了戲中人！憑吊着前人，自己復爲後人所憑弔。大姑母！當你離開了人間，在陰慘的樓中作最後的永別時，我聽到哭泣的聲音，我就覺悟到人生是戲了。你以前憑弔過別人，也許會經流着眼淚而懷疑這所謂戲外的人生吧？可是，也許你沒會想到有今天。即使想到，也許不會十分具體。你現在是正站在另一個世界，嘗到人生第一次的新經驗而觀照我們的這一個世界！也許你正因此而感到快樂，笑一班愚蠢者最大的酸辛爲你相悼！

是的，我知道愚蠢。因爲我幷未嘗過人生的第一次經驗。第一引起人生感喟的自然是一個人興趣難償的悲哀。大姑母歡喜看戲，從小我便常常跟她上戲院看戲了。小孩愛戲，自亦喜歡領他看戲之人。我時常跟着我的祖母，大姑母合乘一部羊角車，坐在女賓廂——那時戲園還是男女分座——看戲。還記得有一次是演的「殺子報」，台上走出一個兇惡的婦人，滿臉殺相，塗了亮光光的油彩，好像手裏還拿一柄板斧，那和潑辣惡毒的勁兒，手裏斧頭橫衝直撞的舞，要殺去身旁的一個孩子，孩子嚇得大哭大叫，哀哀求饒。在當時一般的成人看客也許很精彩，可是在一個五歲（？）的膽怯的我看來，却嚇得要哭了。急忙用手掩住臉。後來大姑母們看出來了，直至我長大後還時常向我提起這種事。……關於看戲種種的回憶實在是太多。但這是我回憶中最早的一件，在昏黃的燈光下，昏黃的市街中…（我總有點這末薄薄的回憶）羊角車發出咿咿呀呀低而呻吟的聲音。印象是永不會忘記的。

小時跟大姑母看戲，未到戲園前總是由我家老僕龔大先到戲園揀定座位佔據下來，（因爲那時候還沒有對號入座的辦法）吃過晚飯，大姑母，祖母（她是一個胖胖的慈和的老婦人）便合乘一部羊角車到戲園，換了龔大出來。她們都歡喜戲，大約每數日要觀劇一次，觀劇的地方常是西門大街的戲園。我偶然也跟着去看。

那時，通常演京戲，但很少有好班子。因爲，我小時候，已非地方的盛時。津浦鐵路一通，運河的重要性日減，原來是一個商業繁榮的城市忽然變成一蹶不振，連帶的戲園也變得沒精打彩起來。觀眾花不起大錢，自然也沒有名角來演奏，好在我的姑母是愛戲成癖的人，幷不斤斤於名角的有無，戲劇的優劣，好戲固然能欣賞，壞戲也照常要看，她每隔若干天照常的看戲，直到省政府遷設鎮江，各機關也紛紛遷來，人口增加五方雜處，各種事業漸漸勃興，連帶娛樂事業也一日千里，五花八門的娛樂，尤其是戲劇的種類日益繁多，大有雲蒸霞蔚之勢，城內外有三片影戲院，一片揚州戲院，二片京戲院，還有短時期演申曲的，表演歌舞的，演過崐曲的，另外還有一個模倣上海遊藝場的小規模的雜耍的地方，這種種的興起都極合我姑母的口味。她聽了一片新戲院開張，一個劇團新到或是一個名角光臨，總要神情興奮。每當街上響起洋鼓洋號，散送這些劇團的宣傳品時，她總要設法取得一張看着，看過了自然是去觀光，觀光了一次還不夠，再二次，三次……她說她的嗜好是不會厭的。趣味也沒有停止的時候。坐在戲院中固然有戲在腦子裏，回來以後睡到牀上，頭擱在枕也還是有戲在腦子裏，忠奸善惡，啼笑悲歡，一個個人物活生生在眼前動盪，而且越想越深，越想越有滋味。

我知道她歡喜戲，所以有了新戲總是把消息先告訴她，或是把報紙上的廣告，刊物的紀載送給她看。事變前上海戲院廣告，字跡比現在大過若干倍，看到那種題目的大字，煌煌陣容，她總感到無限歡欣。（現在報紙上的戲院廣告縮到這樣小字，恐怕已不是她遠光眼睛所能看，也恐怕不是她當初所能料想的吧）我們到的地方是新園林，（有點園林而又有點雜耍的小型遊戲場），城裏的鐵城大戲院和江邊的××影戲院。（院名忘却了。）新園林高百歲王熙春的班子，我姑母極爲贊賞。歡喜高的雄壯的嗓韻，王的「小鳥」的玲瓏。鐵城大戲院演的崐曲，白雲生和韓世昌，也是我姑母最爲歡喜的。白雲生的「叫畫」「拾畫」，這戲是牡丹亭裏的一節，做戲只有一個人，一驚一喜，爲怨爲嘆，種種表情都很不易做，而白雲生做來竟頭頭是道，扮相不失雍容儒雅。直到我現在印像還很深刻。

我的姑母欣賞戲劇的能力甚強，她所以愛那種書卷氣的新作，看過後幾年還常常提起。這是她的一個習慣，不甚動人的戲當時說說好，過後也就忘記了。原因是她看戲較多，這一部戲常與另一部相混，可是果眞是能符合藝術最高的表現的原則，緊扣住情感的心弦，她也常常鐫刻在心底的。像崐曲的「拾畫」，電影中「一剪梅」「桃花泣血記」，「人道」，阮玲玉主演的若干部影片都是她時常放在腦海裏溫習的。

我的姑母境況原不甚佳，可是爲了心愛的戲劇，她總是不惜高價的門票。但好在事變前若干年，物價不昂，比起現今米珠薪桂眞是天懸地遠，那時鎭江高百歲王熙春合演的戲票頭等只有八角或一元左右，影戲票常是大洋二角附帶十餘枚銅元，對於她的經濟狀況不大影響。在這數年中我因爲有職業牽制，不大能常陪她看戲。她常常是一個人逛到影戲院看一場戲回來，偶然也帶着小孩去看看。我戲雖不看，可是她一回來我常常歡喜和她談戲經。她看過戲以後第一是把說明書收藏起來（一直到她死，收藏了一大叠）然後便跟我談這戲的情節或是各個演員以及由這部戲說開去的其他戲劇的種種。

我為了引起她的歡喜，同時自己也歡喜注意着看戲劇一類的報導，所以遇到滬上有什麼新鮮的戲消息時總是爭先報告她。那年江蘇文藝協會成立，我和易君左胡雲翼諸君合力從事於江蘇文藝運動，一方面除與南京中國文藝社取得密切連絡，出版了兩個刊物外，一面又努力從事戲劇運動。為了籌募江蘇鄉賢祠基金，在大舞台舉辦了一次盛大的義務公演，會合兩個京劇院和一個崑劇的班子，作三日的演出，幾個頭牌名角薈萃一台，自然比較精彩得多，一向沉寂的梨園變得有聲有色，在這個古城自然是極其難得的。我的姑母看了大約有兩天，這是她在鎮江看戲值得紀念的一回事。那時候大舞台新建不久，模倣的是海上上等京劇院的式子，當得起美輪美奐，有這副盛大的班子，再加上曼舞輕歌，華燈璀璨，心理的愉快自是可想而知。現在，大舞台是還存在，可是因為年久失修，破敝荒涼的形像已遠不如前。回首盛年，如烟如夢，然而我再一想，人事滄桑何僅一小小的劇院呢？甚過大舞台的荒廢，不知多少，區區一個大舞台的看客又算得什麼！

在這幾年中人事的變遷正多，亂時一年抵得承平一世，我姑母生於承平而竟料不到死前的數年竟派定了嘗一次水國流離之苦，姑母一向寄居我家，她起初住在我祖母的房間內，後來又搬到後進樓上住，（她好靜，樓居最宜。）她跟我們避地到江北，北沂昭陽，促促轅下駒，一家大小還加上兩個人家，一船無慮三數十人，你擠我碰，分臥在幾個船艙，這種生活對於略微有點「孤介」的姑母十分不相宜。她不大歡喜同人合用一件器物，不願意偶然寄宿在人家，樣樣事有一定安排，安排自有她的主見，非人所能改移。可是，這次在我們同乘一隻船時她也只有勉強。她的中心孤介而待人接物又是圓通異常；她在這次移家中，給我們一家人興趣陶冶極大。我們一家人，不，我們的親戚故舊，男女老少，都沒有一人討厭她，沒有一人不歡喜同她談天的。沒有話時候有了她就有話了；沒有興味的時候，有了她就有興味了。不管是年長的年輕的，一來了就挨着她牀邊凳上坐下，一直談到無休無止。與人無爭，所說的話能教人感得「先得我心」，「旨哉斯言，」「酒逢知己」。她也並不是一味的迎合人，實是她天生性情的圓通，中介而外和，以緣督為經的庖丁解牛的手法應世，無往而不自得。

到興化的時候是仲冬，第二年初夏回到長江中北洲上，由北洲回到鎮江。一直是端午時節。亘移家始的初有六七月之久。出外生活原和家中不同，而況又是兵荒馬亂中離家，人情的惡劣，經濟的損失，生活無秩序，受痛苦，受驚嚇，受房東氣，以及衣食起居比平時的樽節，都是於我姑母極其不利的。我的姑母對於家事過分的勞作不大勝任，她最歡喜的是靜中覷書。但是，近人情的個性又逼着她不得不幫着我們料理家事。在船上，在興化客中，她都儘可能的幫着我們做這，做那。有許多事她不善於做，她做的祇是從旁輔助之類的事，然而對於一個不善做事的人勞苦也就可想而知了。尤其是她後來所得心慌，出汗，頭目昏眩症就是種根於移家江北之時，時難年荒，人生易老，微塵芥子被捲於狂濤巨浪中有什麼可說呢？又有什麼值得說呢？我們都是渺小的人類！

一個人不能無死。不過想到姑母的死伏因於時難年荒，不能不有悲感。江北回來後，不久我們的家庭遷到上海，我的姑母還是住在鎮江老家，靠房租的一點收入津貼用度。以前她和我們在一道生活，炊事向不自任。但是自從這次一個人過活，吃飯烹水都須一手料理，雖然鄰居的親戚家也常常給她便利，但比起一同生活總是勞苦多了。她歡喜吃麵，爲省儉便當起見，常常用麵代替中晚餐，自然沒有一日三餐的調和，以前的頭昏病是遠因，加上達一年多以來的生活不安定飲食不宜，未嘗不是她這次病根的近因。

原來姑母身體不算過弱。平時少疾病，自從單居以來就常常鬧病了，大多是頭昏，頭昏厲害的時候不能下牀，不能說話，眼前的物件天旋地轉，躺在牀上覺得牀倒掛在空中，不睡在牀上更容易跌倒。比起來還祇有睡在牀上。在上海我們得到了這個消息，勸她到上海來住，可是她嫌上海的房屋窄隘，一直不肯。有一年爲了一個親戚家有事，她到上海來玩了一趟。因爲，她歡喜戲，最好的戲是北平上海，北平不能去，那末到上海來看戲也是好的啊，我以前常和姑母開玩笑慫恿着她到上海玩。常常把上海描繪成一個如何繁華的不夜之城，把上海熱鬧渲染得比實際所有的更甚過若干倍。姑母總是懷着巨大的豔羨和好奇，入神地聽着敘說，她聽一切人說話常是靜靜的聆聽，很少有中途插入的。而且心裏即使懷疑，也決不駁穿你。這就是她的圓通處。也許她心裏懷疑，表面還順着你說。她聽我竭力贊頌上海之美，上海的戲劇種類的衆多，戲院的宏大，角色的整齊那種神往之情我至今還記得！後來她第一次到上海便也是存心到上海過一過戲癮的。我們住家到上海後她已是第二度重遊了。慚愧得很，那時候湊巧沒有什麼精彩的戲劇，她雖然各種戲總看了一些，到過若干個戲院，可是我認爲遊得并不算暢快，離開我對她的渲染，鋪敘太遠了，這對於視戲若命的抱着最大的希望來玩耍一次的姑母總不能不感到內疚！我沒有好好的導遊，使她如心所欲，使她從這一目覩的上海中找到頻頻耳聞的上海，她現在是走到不知何方了。她不能再遊。即使將來上海繁華甚過於今，她也不能去了。一切的一切，都隨身而俱逝。

不必說人死不能復生，就算是，姑母還存在的話，對於她的嗜好也只能望洋興歎了，她由上海回鎮，健康一年不如一年，從影戲院出來覺得頭腦昏昏，而京劇的鑼鼓又常常吵得她耳朵發鳴。即使有看戲的興趣也無看戲的能力。我從上海返鎮從事商業，因為事業的限制，能陪我的姑母出去看戲的機會極少。鎮江京戲沒有什麽可看，影戲也只有晚上一場有空。偶然的幾次，現在回憶起來，都成為珍貴的往跡了。

沒有空閒時候。不管是星期，不管是例假。勞人草草，眞是思之黯然的生活。去年春夏，我的父母還未從上海回來，我兄弟又遠在南中，能夠團聚一起話天倫之樂的，除了我們夫妻兒女外，只有藹然可親的姑母，我還記得去年春天陰曆正月裏，我帶着家眷由上海回來，她用着人類最大的慈情撫着我們這些客地歸家的遊子，她用人間無比的溫情，看我們卸下行裝，掃除房舍。她雖然不擅於做事，可是一切料理沒有比她再好了。深沉的遠見和井井有條的計劃。為我們設想，為我們解除困難。一切的事她都太愛我們了。她之愛撫我們甚於她自己！當我們坐在燈下吃飯時，我們看着她蹣跚着來往於竈間，而猶為我們炒飯，她的辛苦，她的踽踽的淒涼，她愛撫一個家中姪兒輩的慈腸和毅力，都叫我們太感動了。

「你息息吧，過忙了你會頭暈的。」儘管勸她息息她還是要為我們忙碌。忙得很高興。給我們拿出需用的東西，照料孩子，又攀長問短的問許多上海的事情。她最關心的自然是問我父母的近況，問我南行的兄弟，最初見面時完全是被離情別緒所牽繞，沒有多時間談到上海遊藝界的話。復來時日多了，家常話畢才又談到這談過多次的老話。還是：「梅蘭芳現在演戲不演戲？」「四大名旦現在有幾個登台？」「四小名旦是誰？」「上海有幾家大影戲院？」「頂漂亮的女明星是誰？」等等的話，偶然有戲劇刊物寄來，我總是忘不了拿給她看。她對於這些刊物照例是很高興的，戴起那副老光眼鏡，不是用着放大鏡端詳伶人的照片，就是手持一卷戲書躺臥到牀上閱讀，那種姿態是挺瀟洒而富有詩意的。

照例我還是逗她的歡喜。有時編造許多虛假的消息欺騙她。編話是我很早很早的習慣。在我十幾歲的時候，就常常歡喜對她說，什麽什麽馬連良將要到鎮江來唱戲啦，哪哩將要開一爿大戲院啦，這裏面的設備要比上海的天蟾還好啦……不知道怎麽我看見姑母總是歡喜同她談戲，有眞話談眞話，沒有眞話的時候也要談談假話。這種欺騙長輩的事，事後回想原不應該，只是我總喜歡。一直到我去年回家時還是積習未改。我常同她說，「最近上海好戲很多，你要能再到上海玩一趟便好了。」這種慫恿她一點也不動心。她的意思，不提再到上海的話了。她對上海好像已經厭倦，不，也許她是對人生厭倦，她除常表現渴望承平以外，很難看出她對人生還有什麼欲望了。有的，是趁身體略好時還偶然一個人看看戲。看過戲跟人談戲經，或睡在牀上溫習劇情。

但是，到後來戲也少看了。晚上家來的時候時常看見她已經就寢——想該又頭昏了。頭不昏，不睡的時候也拿一本木版的再生緣——看小說是她的嗜好——就着燈光看。她的睡變得有些浮脹，精神也更不如前。去年夏天前身體還比較好，立秋後是一天不如一天了。記得婉意七月間流產的那天，我從店裏回來，意想不到有這一回事。一看到房裏的設備和幾個人張惶的臉色，妻的愁苦的面容，依迷信不進「暗房」的大姑母也站在房中幫着照料一切，我才驚惶起來。大姑母畢生不進暗房，爲了偉大的愛，爲了照顧一個緊急待產的姪媳婦，她什麼忌諱都不顧了。她的病弱的身體也不顧了。爲了家中無多人，她幫着主持一個家庭和照顧一個產婦。雖然照待的另有人，可是她的盡心竭力都已經盡了她最大的溫情。叫我們感激，慚愧，牢記住偉大的愛，更痛心的是連累一個多病的姑母吃辛苦，犯忌諱，使後輩將何以報答！

妻又生產了。去年給妻照料的大姑母呢！相去一年，人事的代謝，家庭裏面少了一個人！一個饒風趣而又平易近人的長者！年青人和年老人一致歡迎的，施人不矜功，受屈不抱怨，與人無爭，與人也無忤的無懷氏之民，葛天氏之民！由國家社會的立場言之，固然不一定值得鋪叙，可是自一個家庭婦女的眼光中觀，確可算豁達大度的人。知雄守雌，大智若愚，她似乎也暗合老莊處世的道理。你的溫情，你的洞庭萬頃波濤浩淼的胸懷，你的高山巍峨卓然不改的堅强風度，尤其你談起戲來的執着的那副神情，你在劇院中凝神觀劇的眸子，你的熱望，你爲藝術陶寫的移情，都叫我們想思，深刻的想念，爲你的「無何有之鄉」尋覓無從而惆悵！你的居住的樓中，現在是塵封高厚了，蛛網屋煤，你來的時候怕只有夢中吧？然而你會來不會來，又有誰知道呢？

從玉露凋傷的暮秋到已涼天氣的初秋，一個多年頭了，何嘗得到「永逝」的消息！從你住的樓下客堂垂下一片白幕來從樓上一個「生前和善者」被搬到棺材中變成「生後難知的靈魂」時我能聽到的是什麼，我能看到的是什麼，我的快吐出喉嚨的心田感到的壓迫只是空虛，空虛，……還是空虛啊！訣別的哭聲，棺的黑，幕的白，氈的紅，……還有那一個寒日霜晨，簡單的送葬行列行過街市時，店鋪還沒開門，淒涼寂寞的情景，增加我們熱紼人的悲哀。直到伯先路盡頭，我們才行了一個禮，望着靈前慘然告別。你這些都不會知道。因爲，是你遠遊以後的事了。轉過頭，回顧復回顧，有什麼辦法再挽留呢？一坯黃土千百年的風雨晨昏，森森郊野中，鬼火熒熒，魂來楓林杳，魂返關山黑，天地悠悠，有誰是你的伴侶。我不禁爲你之去我們而悲。然而我又想，你是渴望承平的。你絕羨泉源在庭戶洞壑當門前的生活，嘗以戎馬餘生，田園寥落，生涯之不易遺而悲。與其生而悲，何如死而樂，迄可小休，我們又能說些什麼，現在你是遺濁世而躋永生了。你歡喜戲。你離開了這一個變風變雅戲場。看飽了戲而又扮過一個劇。現在你更可以去看另一部戲和扮另一個劇了。——也許沒有另外的戲，而你儘是靜中，暗中，觀察我們。但你一定渴望承平的戲。你關懷你的家人，烽烟都靖之時，青山依舊，冥冥九原中當爲我們歡欣，然而，我一念及死於亂時不及見承平，安樂，雖欲爲你的長遊而幸，又何能不撫時感事而悲呢？

佳節遇險記

丁丁

端陽，是一年中間大自然活氣最充沛的佳節。

端節前的三天，因爲已故士羣先生的到鎭江，所以我也特地到了鎭江；第二天，本來想回揚中的，但學易先生說，民誼先生等翌日到鎭江，要遊金焦二山，希望幫同招待，於是又留下了。招待是一件事，但人生有限，百遊不厭的名山佳景，又當如此好天氣，煩瑣的工作忙碌中，優哉遊哉的遊山遊水一番，是人生幸福的事，所以我很高興。

良辰美景中沉醉了一天，次日是端陽，並沒有留在鎭江的必要，想妻和一個大的孩子在揚中，過此佳節，如果我不回去，不無寂寞之感；因此，雖然有幾位朋友盛留我在鎭過節，還說已經着人到上海去帶了各種粽子到鎭江來，但我婉謝了。我決定淸晨去乘輪船，計算下午二時左右到達，還可有半天的時間，而晚上可以歡樂的吃一餐晚飯。

輪船在八點鐘啓行了，人特別擠，我想是過節的關係吧？有許多人和我一樣的趕回去過節，還帶了許多東西，所以一個很小的輪船，擠得人也滿，貨也滿，不勝負担似的喘着氣滯緩的前進。

輪船是這樣的小，人是這麽多，乘輪船比乘火車還要不舒服，這是一般旅客都同感的，幸得輪船上的職員和茶役，他們都認得我，所以特別優待的把船長的臥房留給了我。房間雖是那麽小，但我只帶一個人，所以還算舒暢；在沙丁魚似擠在甲板上的旅客看來，這情形是值得他們羨慕的。

往常，我在這段旅程中，總是躺下來看書，疲乏時，在搖似的震動中有時也小睡片刻。這天，巧得很，有兩個日本兵他們認識我的，向我招呼，因爲他們現在也駐揚中，我便很客氣的請他們到我小房間裏坐，雖然言語不通，但一知半解的手勢或幾個單詞是雙方可以說的，於是我請他們抽烟；抽着烟，他向我學幾個單詞 我也學幾個，事實上，我在很多的機會中雖經這樣學過的，可是人到中年以上，記憶力已經衰退，所以我隨學隨忘，到如今還記不得幾個。

時間不停地溜過去，船也過一個碼頭又過一個碼頭的繼續向前游；我們不知在什麼開始了筆談。有一位姓池田的，他告訴我他本來是在外務省工作的，他曾經在華北作戰掛過彩，把那疤痕指給我看，回國去休養以後，現在又到這里來。他底父親是大學教授，他的哥哥在南方担任一個學校的校長，他說兵役期滿，還要回去担任原來的工作。他問我到過日本沒有？我告訴他去年出席第一屆大東亞文學者大會時到過長崎，雲仙，阿蘇，大阪，京都，東京，宇治山田等許多地方，他一方面聽了非常高興，這高興是他故國的地名與風景所引起來的，但同時也引起了他的懷鄉病，看他會在臉上掛上了一陣悵惘的情緒。

兩性的關係是神祕的，除了眞正沒有欲念的和尚以外，一般人隨時隨地跳不出這個兩性的圈子；池田告訴我，另一位朋友是農民出身，所以他只抽着烟，只有他一個人和我東拉西扯的談話，他在他的皮夾裏，取出照片來給我看，有一個是中國女子的照片，他說在南京和她熟識的朋友，一幀是一個日本女子陪着一個孩子，他說是他的夫人和孩子；他還說，關于中國女子的事，不能被他的夫人知道的，說着我們都笑起來。

我順着他的高興，我告訴他日本的女子非常溫柔，做太太是最好的，如果我的太太能應許的話，我要一個日本女子做我的二太太；他也說好的，說着，我們又大家都笑。

我們的空氣很融洽，我們驅走了旅途的寂寞。

然而，沒有多久，意外的事情却發生了，這意外的事是那麼的不幸，正好落在我們的身上。

內地的交通既不便，而設備又那麼簡陋。輪船所經歷的碼頭，沒有一處有碼頭設備的，輪船停下來的時候，因爲淺灘不能靠岸，總是用小舢板接送；乘客那麼擠，又不肯守秩序，爭先恐後的，一遇風雨，浪大，船沿濕滑的時候，所以時常發生乘客失足跌到江裏淹死的情事。

經過一處碼頭的時候，我們有時無意的看看上下乘客擁擠的情形。而到中間的時候，一個舢板乘客正在爭上爭下，而另外一個岸邊開來的舢板上却有人在放槍。

放槍爲什麼呢？放槍的是誰呢？往常因爲船不停而岸上有武裝者要乘船招呼或强迫停船時會得放槍的，也有因爲船裝了貨物，要收稅而警告停船收稅會得放槍的；今天爲什麼呢？船是停了的，因爲過節，要收些節捐嗎？但船上放槍的我們望去是穿便衣的，並不是什麼軍人，但看樣子非常悠閒，似乎有恃無恐。

聽了槍聲，隔了一回又是一槍，那日本兵把因爲天氣熱而卸下來的武裝，馬上迅速的裝束上了，他們跑到前面駕駛室裏，把槍擱在窗沿上，向着那前來的舢板對準了，準備要射擊的模樣，但船上的職員把他制止了；而且，聽到有人在說，是「新四軍」。

第一次槍聲起時，我也曾到駕駛室裏去瞭望過，如果收稅收節捐，我想，該是乘客的晦氣，但化了些錢也就沒有什麼了；但我回到了房間以後，又聽到外邊人在說「新四軍」時，我立刻感到如果眞是「新四軍」，那末問題會不是那麼簡單的，而且，我知道我現在的工作關係，立即一種莫名的恐怖襲上了我的心頭。

中間不是揚子江本江的一個碼頭，而是揚子江支流的一個碼頭，輪船爲了乘客便利到了三江營後特地彎進來的，所以江面很狹；船停在江心，不要說步槍打得到，機關槍射程也夠得到的。

輪船上有中國職員，也有日本職員，「新四軍」放槍爲的什麼呢？他們便有人上岸去接洽了。

如果「新四軍」人數不多，並沒有預定的目的，那恐怕沒有什麼大不了的事，然而，不多時，大家都看到了，那時正好是麥高的時候，堤岸上，麥浪裏，看到人頭濟濟，堤岸上還望得見機關槍和小砲，于是這情形是嚴重了，顯然的，他們有着準備，人很多，有着預定的計劃。

在這情形下，船上的職員勸我到下層艙裏去躲一躲。他們是好意的，一種原因爲了衝突起來船面上是有流彈，一種原因他們是知道我是在一個危險的境地。

船上的情形有些亂，有人說，他們不要錢，不要貨物，所要的却是槍。

在下層船艙裏遇到了一個朋友，他的處境和我是一樣的，我把各種證件毀滅的很迅速地毀滅了，不便毀滅的，便設法藏匿，而隨身帶的一支手槍和現款却由一個茶役告奮的爲我保存，我知道在這情形之下，一枝手槍已無能爲力，所以也很爽快的交給了他，隨他去藏在什麼地方，我都不問。

延遲了半小時的時間了，船上職員往返的交涉據說沒有用，而且聽說他們警告，如果不把槍繳上去，他們要不用客氣的手段了。

聽到乘客在談話，有人說：

『他們知道今天有三四十個××鎭江下船的，他們準備繳這批槍，可是這三四十個××已經在別的碼頭中途上岸了。』

也有人說：

『他們在三江營已經派人跟了來的。』

有人跟了來的？我的處境我自己知道，我也不能想像了，是生？是死？或是受苦？這只能聽命運的擺佈了。

『糟糕！』我和朋友說。

『眞糟糕！』他說。話都是心照不宣的那麽簡單。

我們的對白是很輕的，因爲我們瞭解我們自己；在普通一般的老百姓的心裏，當然並沒有其他的恐懼，除了收稅或是輪船耽擱時間以外。

我猛力地抽着烟，朋友也猛力地抽着；一枝又一枝，然而抽不出什麽辦法來。

『恐怕目的不會僅僅是要槍的？』我說。

『也許恐怕衝突起來互有死傷，所以先威逼繳械，再上船來搜查。』他說。

我點點頭，一方面在混亂的思索。

朋友有時探頭向外邊望望，我有時也探頭向外邊望望。有時我們坐在一處抽烟笑笑。有時我擠到乘客中間去坐一回，但覺得坐在這批乘客中間不對，坐在那批乘客中間又不襯；又覺得似乎乘客都知道我是什麽人，似乎都在向我注意，注意我的命運，注意我如何應付將到來的爲難的局面。

槍聲又響過了，恐怕流彈，恐怕衝突，船面上的人很多向下面擠。

強迫船夫開船冒險逃吧？機關槍的槍彈打不破船，然而砲彈足以把船擊沉。

跟我的那人，他上船面去探聽，他告訴我，往返的交涉還是沒有用。

嚴重的局勢，籠罩上愈延愈濃的恐怖的氣氛，一小時的時間，在不安定的情形下滑過去了。

混亂的情緒，引上了我的設想。

我設想：假使我今天不趁這船，便可避免這危險了。

我設想：假使今天船上的槍多一些，也許早已解決了，一方面打，一方面逃，雖然死傷是難免的，然而不至於如此一籌莫展；可是今天的槍能用的少得只有兩枝。

我設想：交涉如果沒有結果，衝突的時候，岸上的機關槍一定會得無情的濫放的，那時不知是生？是傷？是死？

我設想：假使我是死了，那末一切都完了；要是傷而不死呢？還不能預測今後的命運。

我設想：假定我是被擄了，那末不知何年何月再見我的妻子和孩子。要是被殺了呢？我是死了不知道什麼，但妻子和孩子們將不知道如何傷痛。

我設想：假定我犧牲了生命，也許有人會發起開個做給活人看的追悼會，也許有些撫卹和褒揚，然而這於我是絲毫沒有痛癢關係的了。

我設想：假定我犧牲了，也許別人認爲在此世亂年荒的時候，死個把人算不得什麼，和死一條狗一只貓一樣的平常，過了三天大家都忘了。

我設想：萬一他們搜檢時，沒有認識我而漏過了我，那末這等於是我的再生——然而，這恐怕是不會有的事。

我更設想：如果這時有經過的兵艦或隊伍發覺而來營救時，我們可以安然脫險了——然而，這絕對不會有的事。

設想，設想，設想有什麼用，但混亂的思潮却時刻在引進我的設想的領域。

有什麼辦法呢？只能聽任事態的發展。

槍聲又起了，恐怕岸上要不再忍耐地射擊了；有幾個職員和茶役那末熱忱的照顧我，叫我躺在底層的船板上，下面墊着被，上面也替我蓋上被，被是多少可以防流彈的，叫我安心的躺一回；五月的天氣已經相當熱，我雖竭力掩飾着我內心的不安，然而拗不過他們的勸，終於躺下了，還是不停的抽着烟。

除了抽烟，我實在沒有其他的辦法。

一陣的騷亂聲起來的時候，大家的情緒都緊張起來，我只能鎮靜着自己；一回兒，騷亂之聲沒有了，有人來告訴我，人和槍都被船板上上來的人强迫着下船去了。

騷亂後變成了沉寂，就是有人在竊竊私議，然而聲音都很微弱。

一小時半已經過去了，時間還是不停的在一秒一秒的走。

『槍強迫上去了，他們一定馬上會再上船來搜檢。』我心裏想着。

不相識的人底談論，我就是聽，但並不插嘴，我覺得少說一句話比較好一些。就是職員們有時和我說話，我也「哦，哦，」的應了便完，我在這環境裏不願多開口，覺得多開口總不會有好處。

烟只抽了半枝，覺得沒有什麽意思便丟了；然而，烟蒂剛弄熄，又覺得沒法措置，接着又點上了一枝。

在烟霧的沉默中，我担心着他們回頭上船來檢查，但沒法避免的只能等待着。

看看錶，一刻鐘又過去了。

『他們怎麽還不上來檢查呢？』我心裏想。

船停着不准開，他們又不上來檢查，這悶葫蘆裏是什麽藥，我眞猜不透。

時間愈延長，我的烟抽的愈多，這恐怖也似乎更嚴重，我想像着他們大批人上船來了，下艙來了，各執着長的短的槍，呼喝的檢查着每一個旅客，看什麽證？身上亂摸，行李亂翻；到我的身邊時，我不知如何應付是好。在呼喝，甚至毆辱之下，我只能被逼着跟着上岸去，像一匹只待命運來裁判的羔羊，因爲反抗是失了憑藉，沒有用，沒有力。

不安和躁急在我心裏不斷的膨脹，我的心簡直要爆裂了。

烟捲燃燒的速率已經增加，一枝烟似乎抽不了幾口。

突然，「勃，勃，勃」的輪機聲起了，船身動了，『難道要輪船再靠近些江岸嗎？』我心裏想到時，跟我的那人進來報告我：

『××！輪船放了，開了。』

『眞的嗎？』我說不出那時候的情緒。

我走到我朋友的那邊，和他低談起來：

『眞的放走嗎？』

『也許中途會變化嗎？』

『也許他們恐怕時間過久了，發生其他的問題而眞的把船放了吧？』

『不上輪搜查，這眞是僥倖的事！』

『說不定，沒有進長江，還是不十分妥當吧？』雖然我們的心還不能完全放下，還担心在船駛到長江之前有其他的變化，然而我們已經充分地感到快慰。

爲了防或有的再生意外，在輪船沒有過三江營到揚子江裏時，我們還是在下邊艙裏。等到船過了三江營，我們才眞的安心了，仍舊到上層，把藏匿的東西又收集攏來。望着那浩森的江水，興起了另一種無限的感懷。

到寓已經下午四點多鐘，妻和朋友們見我回來很高興，我的第一句話是：

『今天我眞是死裏逃生！』

他們聽了都很驚奇。等我把經過說出來時，他們簡直呆住了。

晚上，我發了兩個電報，一個給士羣先生，一個給學易先生，報告我的遇險經過。

談買書

郭夢鷗

前些天寫了一篇「一般讀書方法的我見」之後，接着又賦得了兩個題目，一爲「談買書」，一爲「借書脾氣談」，覺得「讀書」與「買書」「借書」都有聯帶的關係，不妨就接連着談一談吧！現在我想先談談買書。

但是我第一要聲明的，只是談談我買書的經驗和對於買書的感想，也可以說是我的偏見。

我是很喜歡買書的，也曾有一個時期買成了癮，天天要買，只要袋子裏有幾個銅錙。近來却爲了事情忙和生活的困難，書價的昂貴，自己是不大買書了，可是，爲了擔任報館資料室的職務，每月例可以代替公家買幾百元的書，總算聊以自慰的過過買書的癮，自然不能像自己腰包裏搗出來的錢一樣，可以自由地揀所愛的書籍而買了。但也聊勝於無。

說到買書，我是喜歡跑舊書攤的。其意味實在是說不盡話無窮的。售賣新書的書店書局，你可以在家裏翻翻目錄，要買不要買的書，一看就可決定。舊書攤就不然了。它像一堆沙堆，但裏邊是藏有許多金的沙堆，你不勤於「跑」，就淘不出金子來。

記得事變前，我那時正在南京服務，每於公餘之暇，跑到舊書舖林立的狀元境朱雀路一帶，穿進梭出的這家跑跑那家走走，東翻翻西看看，直至夕陽西落，猶戀戀而不忍遽去也。

舊書攤跑熟了之後，和老闆夥計們也就混得如兄如弟了，這時你就得到許多便利的地方。譬如說，你不大跑舊書舖的人，一旦走進去，只好客客氣氣的看，中意的書要買，他就敲竹槓，你不買，他就冷眼相待。跑得熟了就不然了。你可以隨意的亂翻，有時你會從他們尚未整理的書堆裏檢出一部世間不大易見的絕版的孤本。我還記事變前就是在這些亂書裏檢到一小册子，是關於太平天國的頗有價值的史料，後來介紹登在簡又文先生編的逸經上面。那時心中之愉快，實在說不出，就是至今回想起來，還是十分有味。

自然，有時翻了半晌，一無所得的時候，仍是居多數的，那末你會感到厭倦嗎？決不。因爲當我們去翻閱的時候，就未嘗存着必須有所獲的心理，所以也並不至失望，反過來說，如果偶有所見，倒反而會十三分的驚喜起來，有時檢到好書的時候，一雙手都會發起抖來。這時你就需要拿出買的技巧來了。因爲你知道是好書，老闆也是老內行的。你若不知運用技巧，往往會代老闆白勞一陣。

舊書舖老闆之脾氣之不同猶如其臉，只有跑熟了才摸得清。有些老闆是很好，知道你喜歡，曉得你發現某部好書之後，他雖然並不十分需要，却要敲你一下竹槓。這時你就只好預先故意將要買的書先隨意放在一邊，另外揀幾部把它混在一起問價，這樣他往往會被你騙過，以爲你並未有「新大陸」的發現，也就照價售給你了。簡單說一句，你心中無論如何需要這部書或喜歡這部書，你却萬不能露在臉上口上。處之泰然是很要緊的。當然有時也逃不過老闆的眼光，那末你也只好以較大的價錢來買你所喜所需的書了。

舊書舖大約每一家有每一家的特殊情形。有的注重經史，有的注重子集，有的搜集新文學的書，有的專門講究版本。大概都有特殊的顧客，泰半爲政府要人或富翁，以及藏書家圖書館等等公私機關，他們購書的力量是很大的，他們所需要的書，大都預先開好了書目存在舊書舖，一遇有此類書時，便不論價的採購了去。老闆們注重經史子集以及新文藝和版本的緣故，是跟着這些要人富翁圖書館藏書家而定的。

窮小子而想買好書，那實在是三分靠力量七分靠運氣。譬如你運氣不好，搜檢出一本關於史料的書，但偏偏在注重歷史書籍的舊書舖裏，那末，你就是以買米養老婆的錢拿出來，也休想買到手。結果只好望書興嘆了。假如你湊巧，那末你會在專門注意版本的舊書舖裏，用很賤的價錢買到一部兩部很有價值的新文學的名著。

舊書舖雖然有其大主顧，但老跑舊書舖如我輩窮漢的小主顧，却也相當歡迎。你亂翻一陣，一本也沒有買的走出去，不但他不會生你的氣，給你難堪，而且你也不妨把你所想買的書名告訴他，請他代你留意，同時他有時也會把不經見的書籍，從店後拿出來給你看，你如果因爲價錢太大又想買而一時不復能決定此書內容如何時，他會請你儘管帶回去看看，十日八日再來回話是常有的事，較之新書局裏開好了發票便不能退換的情形，相比之下，就會使人對舊書舖發生好感。何況舊書舖老闆得空時，他就會和你攀談起版本，當地藏書家，以及他們的行情，甚至如何收買舊書，如何兜售生意，會給你許多常識。

爲自己買書是一樁樂事，但替公家買書就未必是樂事；書籍便宜的時候，買書是一樁樂事，但在生活高昂，書價飛漲的今日，買書也就未必是樂事了。現在我就是在書價飛漲下按月要替公家買書，其非樂事也可知矣。

這是不久以前的事。在某一天的清晨，一位同事告訴我，他說這兩天觀前街人行道上有許多舊書舊雜誌出售，都是整部的。當時我就立卽馳車而往，心中怦怦然而動。到了觀前街中段，果然有兩地攤的舊書籍在出售，一看之下，如獲珍寶，我的心花怒放了。我所喜歡的書籍雜誌，都活躍在我眼前。如人間世，宇宙風，談風，逸經，論語，小說月報，以及良友叢書等等，都是整部的，甚至新青年，語絲都齊備，還有一至七的古史辨，尤使我想買。

可是一問價錢，全部卻達二三千元，這已把我的興緻冷了半截，於是我想求其次了，先買一二種吧！不過一種責任心與爲公的心卻打倒了我的私念，我馬上記起了，袋子裏的款是公家的，當然買書時，應該是站在公家立場上來選購的，人間世等雜誌畢竟是閑讀的，對於資料的應用是較少的，結果我選購了申報月刊新中華半月刊等四五種，而我所喜愛的卻一部也沒有買。這時我內心已感到幾分的不快，但是我還未失望，馬上趕回來，想借些款子去買，不過借錢買書在一般人看來是「名不正言不順」的，所以東挪西挪，終於張羅不出一千元，加以自己想想，以目前我的地位，買一千元的書，未免是在發狂。然而心中又實在喜歡。「買與不買」這問題弄得我整整兩天不能解決。但款籌不出，就是要買亦無法買，可是第三天的早晨，我還是戀戀於懷，雖然不買仍想跑到觀前去瞧瞧。然而，此時就是有錢也無從買起了，那兩攤已不見了。探詢隣近店家，據說這些書是一家藏書家要離開此地，臨時託人出來售脫，兩日之間，已一售而光了。

這時我內心的痛苦，實在說不出口的。我只好頹然而返。至今回憶此事，猶覺悻悻於懷也。

在紙價奇漲的今日，書價也漲得發狂，一本普及版中國新文學大系要賣六七十元，事變前只不過三元五角，預約還不到此數。魯迅全集也達到二千元之關。你想，餬口都不暇的今日，還談得到買書嗎？

前天又是爲了買書，我生一場氣。蘇州護龍街的某家專賣破書的小舖子，忽然來了大批的舊雜誌，我問訊之下，當然又是飛跑而往。可是他們卻不許你挑選，要買就是整束的照稱，每斤十元。在這樣情形之下，當然又弄僵了。當時我先客氣地和他商量，稱斤也無妨，但須挑選一下，而且我願意再代他紮好。每斤加他五元，在我以爲這樣條件，總歸不生問題了，然而不然，不管三七二十一，堅持「要買整束稱」的主張。我氣得發起喘來，狠狠地罵了他一陣，我說：「你這東西，比蠹魚還可惡。」然而，他不懂，他只曉得每斤十元整束照稱。我又開導地說：「你知道嗎？這裏頭有許多有用的書，賣給店家包花生米太可惜了。」然而他說：「先生！包花生米不是一樣用嗎？先生，我看你買去是沒有用的。」

「我要買，我當然有用。」

「但是我不賣了。」老闆厭煩而堅決的態度拿出來了。

買賣弄到這地步又有甚麼話可說呢？其實這也難怪，他們的一進一出，是以千元計的。區區二三百元，還想東挑西選，難怪其鄙夷視之了。

買書在今日，我雖仍不視爲畏途，但是常常受氣不愉快，就是買了些喜歡的書，也會爲了價錢太貴而不悅。

所以，我想在今日欲談買書，還是讓富翁要人他們吧！像我輩「窮買法」已是行不通了。我想，同文中與我有同感者當不乏其人吧：嗚呼，買書難在今日，實在是不易過的啊！

那末，怎麼辦呢？我想只有出於借書之一途了。

記鑑湖女俠秋瑾

趙而昌

鑑湖女俠即爲淸代末葉因革命而犧牲的秋瑾女士的別號。志士仁人在當時死難者不能謂不多，然以弱女子而蹈火赴湯，視死如歸者，僅得秋烈一人。烈士原名閨瑾，後改瑾，字璿，，又字競雄，紹興山陰人，其地有鑑湖，故又以「鑑湖女俠」自號。王逸少詩：山陰道上行，如在鏡中遊，實雲影水光，風景幽淸之區。秋氏祖先，世居山陰縣西南之福全山，以耕織自守，至某世，願求外傳，而父未之許。兄弟兩人，深夜置瓦燈共讀，次子以是以癆瘵亡去，越數年，長子竟捷，由是山陰秋氏，遂以耕讀傳家。秋之高祖，諱學禮，字立亭，官秀水教諭；曾祖諱家丞，字硯雲，官江蘇華亭，靑浦，上海，南匯等知縣，邳州知州；祖諱嘉禾，字露軒，官福建廈門，海防廳同知補用知府；父壽南，字益三，號星侯，三品銜，官湖南郴州直隸州知府。四世均以書香仕途傳家矣。

秋烈誕於淸光緒元年，時壽南先生仕閩，全眷均寓居該地。子女凡四，女俠居次。六六私乘有紀其幼年生活云：

「幼（指女俠）與兄妹同讀家塾，天資穎慧，過目成誦，爲先君所鍾愛，教以吟詠，偶或小詩，淸麗可誦。及笄以後，漸習女紅，尤擅刺繡，蟲鳥花卉，陰陽反背，自出心裁，靡不畢肖。顧性不樂此，旋即棄去。」

光緒二十二年夏正四月初五日，時年二十二歲，與湘潭望族王氏聯姻。夫名子芳，狀似婦人女子，而女士固伉爽若鬚眉者，故伉儷間頗不相得，余所見各書均作如此說，或亦爲他日適異國，倡女學，鼓吹革命之一助因歟？三十年女士居京，蓋此時子芳已納得京官矣。「淸稗類鈔」有記其當時居京時情況：

「光緒壬寅（廿八年），秋瑾初至京師，寓南橫街圓通觀斜對一小宅，終日蟄居，非其所親，所見輒飲。後徙南半截胡同與吳芝瑛女士結鄰，始閱新書新聞紙，旋改男裝，寄其子於謝滌泉部郎處，隻身赴日本留學。」

可知謂由湘潭轉道赴日者不確。所稱「子」，名沅德，尙有女名燦芝，即後赴美習航空，歸返主持競雄女學者。而「非其所親，所見輒斂」八字，則尤蘊藏對當時一切實況無限的不滿，嘗作『泛東海歌』，可見其抱負：

『登天騎白龍，走山跨猛虎，叱咤風雲生，精神四海舞。大人處世當與神物游，顧彼豚犬諸兒安足伍！不見項羽酣呼鉅鹿戰，劉秀雷震漢陽鼓：年約二十餘，而能興漢楚！殺人莫敢當，而能欣英武！愧我年廿七，於世尚無補；空負時局憂，無策驅胡虜。所幸在風塵，志氣終不腐。每聞鼓鼙聲，心思輒震怒。無奈勢力孤，羣材不爲助。因之泛東海，冀得壯士輔。』

三十年赴日，越年乙巳夏日，中山先生集同志開同盟會預備會於飯田町程家檉寓宅，推女士爲評議部議員及浙江省分會長，結織同志不少，組織演說會，發行白話報；越年返國，復創中國女報於滬濱。今日若言中國近代革命史，則白話報亦堪爲鼓吹革命風氣既先且烈之嚆矢；若言男女平權，思想解放，則中國女報尤具彰彰業蹟。宋漁父（教仁）記其乙巳一月十三日日記云：

『巳正，至秋璿卿寓，譚良久。時秋君與諸同志組織一演說練習會，每月開會演說一次，並出白話報一册，現已出第二册。余向秋君言，願入此會，秋君諾之。戌初回。』

演說練習會章則共分十三條，第三條云：『演說分兩種，一汎論，二實學。凡專門學及新理想，議論精確，於國內有影響者，其稿交書記錄存，以備印刷發行。』所謂議論精確，影響國內云云，其意何居，不言自喻。又第五條云：『……會中當設一普通語研究會，凡演說皆用普通語』。此則與近年提倡標準話大衆語之用意，不謀而合，白話報是雜誌性質，甲辰八月十五日創刊，月出一册，售大錢五十，全年四百八十文。編輯兼發行爲演說練習會，地址在東京神田區駿河台鈴木町十八番地中國留學生會館，印刷所翔鸞社，印刷者日人野口安治。其內容則抨擊清廷極烈，多言人之不敢言者，如政治小說『好夢醒來』中云：

『黃國的百姓（指漢人），實在好說話，明知青國（指清朝）是個異族，專門欺壓他們，還是柔柔順順，由他呼吸膏脂，不肯把他們逐出去。……吃了青國幾百年的苦，明白的人，竟絕無僅有，都是天生的奴隸坯子。……我前幾天看到一本太平天國史，那個共菟睃（指洪秀全），眞是我們黃國的大豪傑哩。所最可恨的，就是那一輩殺不可恕的死奴隸，什麼眞國犯呀，祖宗蠹呀！』

三期『說廉恥』中，竟大胆說：『我們除了這騷韃子，省得做了雙料奴隸』云云。光緒三十二年二月丙午，女士返國，『六六私乘』有云：

『某日昧爽，姊返自東瀛，着紫色白條棉織品之和服，寬襟博袖，盤髻於頂，乍見幾疑是客。姊笑撫予首曰：弟長大成人矣，猶識阿姊否？予聞語恍然，惟牽衣憨笑，早餐後，入學時間已屆，不忍遽行，姊慰之曰：弟速往讀書，晚間歸來，有餳食貽汝也。」

宋漁父日記四月十八日東京日記亦云：

『晴，譯各國警察制度。下午一時前田卓來，以兩信交余。一秋瑾自江蘇南潯來者，無多言事，一劉瑤臣自常德來者，亦無要語。』

此時蓋已赴南潯主潯溪女校矣。宋烈士於國學造詣特深，持論非泛泛可比，後於民國元年在滬寧車站被狙殞命。陰謀其事者則爲武士英，應夔丞及洪述祖。其結果則爲武瘐斃獄中，應被殺於京津火車包房，洪則判絞刑後復以執刑者不愼，身首異處。（見張一鵬筆記）丁未秋案，則陰謀告密者爲邑紳胡道南，發動其事者爲滿人貴福，發兵渡江，圍捕大通學堂者則爲浙撫張曾敭，其結果，浙人大譁，輿論稱寃。曾敭不見容於時，不得不乞病居鄂。（按張爲鄂督張之洞之姪）；貴亦援例求調，移守安徽甯國，甯人拒之，遂不知所終。民國以後，有謂其易姓改名，鑽營入仕者。是則此獠心地之可卑，更可想見。邑紳道南後亦被殺；率兵圍捕之新軍第一標標統李益智，則焚死於粵之大沙頭花艇中，可見天理昭彰，是非不誣，凡違天道而行者，終善不得。觀此益信之矣。

是年復來上海，主中國女報筆政，賃廡於北四川路之厚德里。創刊號發行於三十二年十二月二十日，上海文明書局，北京外城女學傳習所江亢虎，杭州朱介人，紹興裘激聲，均爲特約代派處。月出一册，售洋兩角。但購者無多，經費又絀，二期後竟告夭折，女士就義後，女報與『新女子世界』合併，易名『神州女報』。（戈著中國報學史一三三頁）

第一期發刊辭云：

『世間有最悽慘最危險之兩字，曰黑闇，黑闇則無是非，無聞見，無一切人間世應有之思想行爲等等。黑闇界悽慘之狀態，蓋有萬千不可思議之危險。危險而又知其危險是乃眞危險，危險而不知其危險是乃大黑闇。黑闇也，危險也，處身其間者亦思所以自救救人歟？然而沉沉黑獄，萬象不有，雖有慧者，莫措其手。吾若置身危險生涯，施大法力，吾毋甯脫身黑闇世界，放大光明！一盞明燈，導無量衆生，盡登彼岸，不亦大慈悲耶！夫含生負氣，孰不樂生而惡死，趨吉而避凶，而所以陷危險而不顧者，非不顧也，不之知也。苟醒其沉醉，使驚心萬狀之危險，則人自爲計，甯不勝於我爲人計耶？否則雖遍灑萬斛楊枝水，吾知其不能盡度世人也。然則曷一念我中國之黑闇何如？我中國前途之危險何如？我中國女界之黑闇更何如？我女界前途之危險更何如？予念及此，予悄然悲，予撫然起，予乃奔走呼號於我同胞諸姊妹，於是而有中國女報之設。……」

女士所撰於二期中國女報中者，以詩詞多數，今則俱已入王桂芬所輯之『秋俠遺集』中。女士所作詩詞，非拘泥於聲調格律者可比，尤以東渡日本後，以其信仰付諸實際行動時，每有所作，均有意境，有血肉。『幾欲起舞乘風去，拍手樽前唱凱歌』；『漫云女子不英雄，萬里乘風獨向東』。俠骨豪情，躍然紙上，凡有所作，俱不作吞吐語。

皖江之難，發於光緒三十三年五月廿六日。先是女報停刊，女士返越主持紹興體育會，體育會固徐錫麟所創，陽以訓練體育師資，陰則招募死士，滅滿光漢。迨皖案既發，巡撫恩銘死焉，錫麟援例剖心死。平水陳墨峯，餘姚馬子畦均以身殉，旬日後紹興秋案亦接踵以起。其事『中國國民黨史稿』，『清史紀事本末』，故宮『文獻叢編』，南社陳去病，石門徐自華俱有記載，茲可不贅，秋既繫獄，錢清鹽場大使徐曉秋，山陰令李鍾嶽奔走最力，而李且因是案成癇自盡，尤堪哀痛。先是貴福去省，深夜止於錢清徐處，徐探知底蘊，乃一面為貴福止宿，一面飛書李令，請其設法。李得書，促秋速離，秋聞訊，正料理間而兵勇蠭湧至矣。初，李猶密論差役：捕男釋女，詎此時秋已易男裝，遂捕去，此說知者極鮮，余則見之於邑紳王子餘先生所手錄者，秋王固有世誼，所云良確。『清史紀事本末』謂貴福與秋父同為寅友，而『六六私乘』則未嘗言及，容或有舛。而貴於出任知府後，於秋烈之人格學問，素極欽佩，嘗有『競爭天演，雄冠地球』聯贈之（女士別署競雄），可見交往尚密，今以皖案連累，遽然請兵於省，圍捕大通出以迅雷不及掩耳之手段，其心腸亦不可謂不辣。秋繫獄後，貴福詆李益烈，李由是瘋癇自盡，至今杭垣秋社，尚供有李之栗主焉。邑人胡道南與秋烈有隙，平時頗知大通內幕，皖事既發，即聯名告密於貴福以為報復。道南素嗜飲，厚之者乃謂其具函告密時，正醉眼迷離，朦朧欲睡，不假思索，貿然鈐印名章於牘尾，若然，則道南誠代人受過矣，嗚呼！

秋烈成仁之日，實為六月六日，而『中國國民黨史稿』及『清史本末』俱謂六月五日，實誤。此事出入頗大，亟宜改正。秋烈臨刑，人皆知其止書『秋風秋雨愁煞人』七字，其口供亦已為人習知，『清稗類鈔』有記臨刑前事：

『被逮後，即入山陰獄，次日夜深（按時間推算為五日），正商明禁婆為解刑具，具紙筆作書，忽叩門聲急，禁婆隔門與語，答以覆審之事，趣禁婆速啟門。門闢，燈光燭天，兵士列隊如臨大敵，禁婆入見秋，戰慄不能出一言。秋曰：汝勿怖，待我出門往觀。出獄門，知有變，語兵士曰：汝暫息燈，容我凝神片刻。……秋迺與令約三事，一請作書別親友，一臨睡不得脫衣帶，一不得梟首示衆。令許以後兩事，秋謝之，即有兵士前後挾之行，秋斥曰：「吾固能行，何挾爲？」及至軒亭口，秋從容語刑人曰：「且住！容我一望，有無親友來別我。」乃張目四顧，復閉目曰：「可矣！」遂就義。』

秋宗章「大通學堂黨案」中亦謂：

『先大姊就義時，紹興警察局巡官何壽萱杜淵庭兩君，均被派前往彈壓，故獲在場目覩。據謂皂隸欲施綑縛，先大姊不可，隸亦聽之，遂從容步至軒亭口。臨刑之時，面不改色。何君與予餘先生有戚誼，是日黎明，即闖往告。以爲成仁取義，慷慨捐軀，鬚眉猶難言之，今乃見於巾幗，殊令人驚嘆云。』

秋案既經定讞，紹興同仁學堂亦以牽連被搗，輿論於是大譁，上海申報，中外日報，時報等俱有評論，持論之烈，前所未有。如申報云：『…旣曰革命黨，必有證據實迹。今以徐錫麟一案，而貿然曰紹興學界皆同謀，天下安有是理：…而紹興府貴福，白話告示之尤令人不解者，旣曰秋瑾與竺紹康王金發糾結起事，又曰竺王在逃未獲。夫竺王旣在逃矣，何以知其與秋瑾糾結謀反？……秋風秋雨之句，卽爲謀反之暗號乎？……雖然，吾知之矣，貴福者，恩中丞之中表也，殺革命黨者，陞官之捷徑也。……嗚呼，余書於此，余欲無言。』中外日報「告紹興府貴太守」尤其激烈：『嗚呼太守！吾欲問公：吾不問秋瑾之何以見殺，吾問公，何以妨害紹興之民業，何以破壞紹興之治安？使紹興郡民，損失多數之財產，其爲冤殺與否，則猶其次焉！今者紹興府城，十室九空，遷徙流離，道路相接，商況寥落，銀根驟緊，人心之惶恐，較之庚子之六月有甚焉，較之安慶之事變有甚焉！此何故耶？爲匪耶？爲公耳！公以大通學校窩藏匪類，請省兵而圍捕之，所捕之匪誰耶？一秋瑾耳。秋瑾而果匪也，亦僅僅一弱女子，發縣役數名，卽縛而執之矣，貿貿然請大兵，擎槍列隊，如臨大敵，而執一弱女子戳之，吾不解公何以張皇如是也。公蒞越已二年，離該校僅百步，詎不知該校內容，公與秋瑾又素有文字之交，詎不知秋瑾之膂力？而必執牛刀以割黃毛之小雛。……不審其虛實，而可以捕其人，可以毀其屋，則郡之人皆可捕也，郡之屋皆可毀也。郡之民烏得而不懼，烏得而不徙？公之請省兵也，曰將以捕匪也，曰將以安民也，所捕之匪安在哉！除公等所指之秋瑾外，所謂竺也，所謂王也，果已獲否耶？所謂平洋黨者，已獲幾人耶？……至於安民則里巷蕭條，大非昔日喧闐之景象。吾公安民之效果，殆卽是歟！……今捕匪而匪僅得秋瑾一人，安民而民皆他適，公將何策以自處乎？……』時報『浙撫安民告示駁議』謂：『嗚呼！今而後吾乃知吾國之果爲野蠻也。始吾聞西人之訕吾國也，曰半教，曰無法，未嘗不眥裂筋瞤，誓與一辯；

今觀於浙中之事，吾乃俛首弭耳，嗒然若喪，而不敢復置一詞。……逮捕之初，不以吏役，而以軍隊；逮捕之後，無供詞確證，而遽置之於死，破法律而逞淫威，浙撫心目中，豈復有一部大清律例耶！……』

本來，輿人之論，無足重輕，所謂笑罵由他，好官自我，所引為異者，是年十月初四日，貴福被調甯國，甯人拒之；曾敗於十一月撫山西，亦不獲履新，此誠貴福曾敗始料所不及者。當時有好事者紀大通黨案之始末，題曰『貴福請兵圍捕大通學堂賦』，不但極笑罵之能事，且亦堪為當時人民對政府官吏之一般態度。亟為錄出，藉作本文之結束焉：

『惟光緒之三十三載，值荒年，當亂世；盜賊興，黨人繼。湧暗殺之潮流，結虛無之聲勢。時則有徐錫麟者，以排滿居心，以革命為計。巡警雖充會辦，非留戀於功名；候補不過道員，拚犧牲乎祿位。一聲彈子，打中巡撫之恩銘；四處捕人，略及同胞之徐偉。就係舊時交好，也有干連；總之原籍親朋，不無牽繫。乃升官發財之圈套，最好捉亞丁；正誣良為盜之時機，唔使問亞貴。於是紹興太守貴福，接電面青，聞風眼綠。恨親戚之被戕，尋仇人而報復。頭戴紅纓之帽，怒髮衝高；腳穿烏緞之靴，奔蹄亂蹴。反了反了，甯止礫其一身；奈何奈何，恨不誅其九族。豈徒凶手之產業，盡地齊封；就連逆犯之學堂，一鑊同熟。懷着鬼胎，瞞他衆目。一條善計，詳稟通匪之緣由；兩道夾攻，演出請兵之題目。算吾太守無良，惟爾學生有禍。孰知軍樂亂鳴，民心先怖：為也來由？不知何故。見征塵之滿目，動天驚地；疑大禍之臨頭，關門閉戶。雞飛狗撲，幾乎攫爪騰立；豕突狼奔，真係走頭無路。皇皇如喪家之狗，逖直兜辮；莽莽似失魂之魚，慌鬆條褲。皆話官府惡過於瘟神，軍營尤甚於盜賊。避之則吉，都因怕佢誣供；視之若仇，亦為防他追捕。果也說時遲，那時快：前有哨官，後有督帶。呼吸喝喝，憑藉紹興府之威；浩浩蕩蕩，來至水澄橋之界。號令一聲，大開殺戒。重重圍住，莫叫賣放人情；速速開槍，預備帶來軍械。此際是立功之地，好俾心機；他時即請獎之人，定坐預戴。喜得將軍之令，有勢有威；俄而鎗炮之聲，無大無小，遂乃戰雲陣陣，戰鼓鼕鼕。學生駭變，教習怔忡。何處操兵，聲振驚乎屋瓦？無端彈子，力已貫於房櫳。做乜搵個嘅嚟頑，勢頭不好；誰知講唔完就到，來竟更兇！不理天胎，好似逢人便斫；縱然沙胆，也須避地亂樁。痛者番性命難逃，天災莫測；使即刻踉蹌遠避，水洩不通。是以失火殃魚，焚琴煮鶴。或破肚皮，或穿頭殼。腦漿迸裂，可憐一命嗚呼；腸臟潰穿，未見全屍下落。死得不明不白，千古憐冤；知他無罪無辜，九泉可作。其亡者慘斃於火鎗，其生者被綑於繩索，遍搜四處，得舊時隊操洋鎗；更捉一人，係平日倡言女學。乃知彼以學堂爲會黨，以軍器爲眞贓。論功翊翊，得意洋洋。謂今朝又破賊巢，吾無噍類；倘異日高遷官位，你有榮光。載上囚車，奏凱歌而歸去；急收軍隊，吹畫角以悠揚。解上黃堂，何惜非刑吊打；鍛成黑獄，豈無寃案通詳？就將秋瑾之頭，改低三寸；難瞑囚人之目，纔審兩堂。迄今事後追思，心中歎訴。觀官吏之積威，驚子民之失措。人皆可殺，豈徒齊女含寃？世莫能容，難怪越人怨暴！死者已多，無公是而公非；生者殆哉，不敢言而敢怒！可見九重立憲，斷非官府之心；惟將百姓抽捐，代納皇家之賦而已。」

——殉國後四十週年紀念

東某君詩

秋瑾

危局如斯百感生，論交撫案淚縱橫。
蒼天有意磨英骨，青眼何人識使君。
歎息風雲多變幻，存亡家國總關情。
英雄身世飄零慣，惆悵龍泉夜夜鳴。

風雨談

投稿簡章

一，本刊歡迎投稿。

二，來稿除長篇小說外，其餘各種作品，俱盼惠投。

三，來稿盼鈔寫端正，勿潦草及寫兩面，以免印刷困難。

四，來稿請註名作者姓名住址，以便通信。發表時用筆名者聽便。

五，翻譯請寄原文，以便對照。其原文不便寄下者，請書明書名及出版時地，或雜誌卷期。

六，來稿概不退還。

七，惠稿請寄上海靜安寺路一六〇三弄四十四號轉交風雨談社。此項地址，專爲讀者通訊，其餘恕不接洽。

漢園夢

柳雨生

古城古學府

在普通任何一個大學校裏，閒談的時候，總常常聽到人們談起：這個大學裏面，曾經陸續的或在同樣的時期中有過多少位名教授，或是，從這個大學畢業出來的學生，有多少位已經成功了中國的某某幾方面的『偉人』。可是事實上，『偉人』二個字本來就很難說。於是乎北平某著名洋化的大學——已有三十多年與國同慶的歷史——的學生，在某一個不很公開的場合裏，曾經公開的說過：他們學校裏雖然沒有出過什麼特別有名的人物，可是南京紫金山上面的某一個巍峙的銅像，倒的確可算是本校畢業的某名雕塑家的得意的傑作。結果呢，這個大學的全體員生，從此由於傳統的習慣，經驗，和修養，幾乎沒有一個人不能夠很清楚的記憶這位雕塑界名人的大名。至於類似的其他方面，無論像黨，政，軍，教育，農，工，商界，等而下之的重要人才，也都一批一批的把他們的名字流傳在各地公私立的大學的人們的口耳裏。特別是政界裏的大小人物，大約最容易得到大家的艷羨。譬如，你到昨天止仍可以有緣聽見上海某教會大學的第一年級的學生，談起中國外交界有名的惠靈吞·顧三十年前在他們校裏夜間爬牆偷出宿舍的韻事。當他在喝完冰淇淋蘇打，把話匣子打開的時候，那一種眉飛色舞的情形，眞好像他親眼看見過似的，自然而然的流露着有一種不易形容出來的羨慕的感想。即使沒有產生過什麼大使的大學，也照樣的有他們的心目中共同崇拜的偶像：本校畢業的出過部長，廳長，專員，司令，……甚至參加太平洋學會的教員，列席什麼會議的校長，也無不膾炙人口的成爲某某大學的『懿歟盛哉』的紀錄。這個，倘使我不願意掩飾的說，當然也是人之常情。假如你沒有忘記幾年前某雜誌裏登過一張富有諷刺意味的名片，牠所諷刺的深刻的意義，居然引起了某一部分人的赧顏和咒罵，那是一張名片上面印着『某省省政府主席之同鄉某某某』的笑話，那你一定能夠原諒這種慣會『隱惡揚善』的美德或專長，也應該算做中國的一種國粹。恐怕只有北京大學的學生幾乎是一個例外，這個大學，雖然有點兒違犯了『好漢不提當年勇」的原則，它的著名是因爲有了四十多年的悠遠的歷史，又因爲民國八年震炫世界的五四文化運動開始的時候是借它做了努力集中的大本營，至今還給於這幾十年間幾千萬人以極深刻極重大的影響，並且在這個大學裏面，這幾十年來所產生的特出的人才——如果也像其他各校標榜的所謂人才的話，——那麼，它所已經產生的能夠獨當一面的「要人」，也決計不僅僅限於區區的古語所常說的車載斗量。其中，有的已經是官高極品的長官，雖然在校內大約最少得人崇頌，也已列爲黨國名人。有的也是大學校長，駐外使節，實業巨擘，文壇名流，列爲二三流的知名人物。又有的竟然因着事業的不幸，羅網的株連，熱血的沸騰，成了著名的烈士；或環境的惡劣，人事的蹉跎，變爲落伍的蠹蟲；甚或時移歲改，不知所終的，詳細統計雖然不易獲得，想來也不止三萬五萬，這些人也都曾經在報紙的要電欄裏，排過或消失或大或小的鉛字，記載過多少的新聞。然而奇怪的是，在這個俯拾即是「要人」，同學多半不「賤」的古城老學府裏面，很少——我甚至於想說沒有——人會引以爲榮的提起上述的任何一班人的「光榮」的或「偉人」的史跡。就是在學校裏，當着胡適之或顧頡剛的面前，也不會有一個學生走上前去，說上幾句應酬恭維他們的客套話，更從來沒有聽見過張口「院長」閉口「主任」的稱呼，雖然他們的名字在別處也許會令人心醉。也許偶然會有人談到黃季剛，劉師培，辜鴻銘，林損，陳獨秀，林琴南，蔡元培，然而，通常喜歡講他們的逸聞軼事的，似乎總是出之於白頭宮女話天寶似的老校工友之口的時候爲多。教員間閒談拿同事做材料的很少，學生呢，偶然說說是有的，譬如在圖書館翻看太平御覽翻厭了的時候，然而談話照例被大家——校內自己人中——認做是消遣時候的點綴，決不加以重視。我知道至今也許有人指得出北大宿舍西齋裏，葛天民君情變案女主角某君自縊的地方，但是決沒有人能夠或者願意，證明已經成爲文化界名人的傅斯年和顧頡剛同住的房間在那號。至於肯說我的同班的王君現在官運亨通，做到××省教育廳長，或李君現在在上海經營商業，賺了幾十萬幾百萬的財產那樣的話，那如果不是這些話有資格被大家認爲最無聊最討厭的腐化濫調，就是大家會指摘談說這些話的人的本身，大約是一個智慧商（I. Q.）很低很低的低能兒。

然而也許正是因爲這樣，在過去的四十多年裏，受過它的優美的薰陶和孕育的，雖然已經有過好幾十萬人，然而從來沒有一個人對牠發出過一句輕微的贊美的話，並且把這句贊美的話，用筆墨加以形容。正好像我們對於自己的母親一樣，平素的大發脾氣，互鬧意見，新舊的衝突，禮教的爭執，幾乎沒有一時一刻我們會表現出來我們是在愛着她的，雖然也許當某一天的晚上，你和母親大吵大鬧之後，你忽然負氣去睡着了，到半夜偶然淸醒的時候，你嗅着了你床頭的淸新的花香，看見母親站在床前瞧着你，也許會不期而然的有一陣子熱淚的衝動。這個時候你纔有一點兒觸摸着母親的慈祥的愛境的深處的某一個微渺的角落。對於北京大學的感想，我不能夠說就是這樣，不過多少有一點兒彷彿。我在有機會考進北京大學以前，一向渾渾噩噩，聽到關於它的好處很少，進了北京大學以後，又一天到晚埋頭伏案，看到它的好處也仍不多。隨便的談起，它的歷史，校舍，教員，學生，工友，幾乎無一處不會叫人感覺着一種老譜，一種老氣橫秋的滋味。差不多在裏面居住了四個月以後，我纔習慣了它的生活，過了二年以後，我纔體驗出它的整個生活的合於至善。及至盧溝橋事變後，舊游星散，否則如果我仍舊有機會長住在東齋西齋的矮小卑濕的宿舍裏，我決不會，也不能寫出這樣一篇一定會被我的師友同學譏笑做低能的文章。我並不奇怪我要做一個公認的低能兒，然而我現在却不願再顧這許多。我不願意忘記，也猜想其他的師友同學們也永遠沒有忘記那霮濕滿牆，青苔鋪階的北大二院宴會廳，更決不會忘記那光線黑暗的宴會廳裏，東邊牆上懸掛的一幅蔡孑民先生全身的油畫，和他在畫中的道貌盎然和靄可親的笑容。這幅像，這個古舊的廳堂，也許就足以代表北大和北大人而有餘。我們一坐在那裏喝茶，一抬頭就可以瞧見蔡先生，同時也就可以回想起整整四十年的越是物質古舊，越見精神革新的北京大學的身世。現在我們離開那裏已經七年，宴會廳不知是不是從前的面目了，而蔡先生四年前在香港逝世，更讓我們增加多少無言的悲痛。有人出版書籍紀念過去的『水木淸華』，我們，可惜我們沒有適當的文字來概括北大的全貌，不過，我倘若現在能夠抽暇寫一篇關於我最敬愛的學校的小文，雖然像這樣零零星星，若斷若續的寫得不成材料，因爲低能兒的談吐總不會天才溢發，但是倘若能夠把我個人所感受的回憶，老老實實的紀錄下來，萬一有一點半點的說到了北大的對於中國教育的特別長處，多少也可以紀念一下綿長幾十年間的師友同學們的艱苦的努力，做將來復興計畫的奠基石下的一塊小小的泥塊，不僅是想紀念蔡先生畢生精力的經營也。這樣說來，我現在就先『賦得』記北大的教授的一個題目。

學校裏面的主體人物，照例應該僅有兩種：第一是學生，第二是教授。所以，簡單的說起來，教授是各校都有，原已是像上海諺語所常說的：嘸啥稀奇。並且教授既然是人類而不是機器，在這個機械文明已經發展到即使是笨重無比的機器也能夠很靈便的拆卸裝修的時代，若說兩足的高等動物的主腦——

人——裏面挑選出來的知識分子最高的領導者，反而一定要固定在某一個城市某一所學校授課，一天到晚在這個學校裏賣勁，絲毫不許改變和活動，那豈不是笑話之尤？所以即使在北大，我所要閒話到的人物，也並不是在這個學校永遠註册專利，不許旁騖外務，不許旁人效法的『商標』。更嚴格一點來說，北大的教授們和學校學生間的關係，其微妙的程度，有非旁觀的人所能夠想像到的。譬如，在民國二十三四年間，北大千里迢迢的聘請了一位當代法學的『泰斗』T君來專任每星期二小時的中國法制史的課程。這位T君雖然學識淵深，名望甚重，指導研究也還適宜，但是其實講堂上的講授却並不一定高明。這都不用多提，最妙的是T君除在北大授課外，同時還兼任着另外一個著名大學的專任教授。那是什麼學校呢？清華？燕大？朝陽？中國大學？……都不是！我倘若不告訴你，你就是把北平城裏城外所有的大學的名字背出來也還是要失望的。原來那是，那是上海岷山路旁的蘇州東吳大學的法律學院！結果，他不得不在北大常常請假，並把大部分的授課時間花費在平滬通車的大餐間上面。

這裏所講的只是一個例子，一個不很重要的例子，證明北大的教授們的最重要的工作，決不完成之於教室。北大的教授當然也常常按着鐘點到教室裏來——雖然也許他們常走錯了教室，看錯了教室門上的號數——，並且也多挾着『神氣活現』的皮包。不過皮包裏面，慚愧得很，大約很少有一本商務中華世界出版的近人著的『概要』，『發凡』，『大綱』，『基本叢書』等的厚書。那麼，皮包裏面有的是什麼呢？據我所知道的，大約如果講古籍舉要的關於戰國策的部分的話，那決不是帶一本梁啓超的『國學指導二種』或什麼國學概論之類就能夠敷衍兩點鐘的。可惜，陳宗起的丁戊筆記，金正瑋的戰國策補釋，張尙瑗的讀戰國策隨筆，以至於舒藝室隨筆，曉讀書齋雜錄，此木軒雜著，爻山筆話，又在南方不大聽到有人談起過，甚至於讀書雜志，札迻，過庭錄，潛邱札記，在上海都容易叫學生們頭痛，遑論其他？大約上海的大學生一輩子只能夠讀燕京大學燕京哈佛學社出版的『國策勘研』，因爲其間有『哈佛』兩字，眞是神氣。這樣說來，北大教授們的皮包裏面所有的零零碎碎大小線裝的本子，眞是不應該！他們爲什麼不買兩個匯利洋行的大麵包裝在裏面，肥肥胖胖的，既中看又中吃？可惜北平並沒有匯利洋行，而北大教授們又十個裏頭不準有五個知道哈德門內的法國麵包房的正門是朝南還是朝北的。

至於教室內的演講，雖未必完全到了『陳腐』的程度，但是能夠催人睡覺的，可也眞有好些個人。胡適之，錢賓四先生的上課，都是採取演講的方式的；皮名舉先生到處宣稱決用演講的方式，並且在一百多人的教室裏扯破了喉嚨大喊他的湖南國語。上這三個人的課都是很有趣味的，他們所說的話都不至於『語無倫次』，而且總能條理不紊，清清楚楚。胡適之先生的談吐是可愛的，聽說已被列爲世界十大演說家之一，雖然這一點我也是道聽途說，沒有直接問詢過，但是我倘若眞去問他，他大約是必不否認的。我怎樣知道的呢？因爲有一次聽他親口說出來：『我對於演講，也可以算是久歷疆場的老將了。從前我曾在美國和加拿大的聯合廣播電台上說話，……』。這段話在我聽起來是不覺得他有一絲一毫的自誇的意味摻雜在內的。這就是胡先生的嫵媚處。記得溫源寧先生『今人志』的胡適之一段，曾記及他常替教室中的女學生關緊玻璃窗，免得她們衣服穿得少著涼一事。這樣的事情我曾經目覩了幾次，而且知道每一次的關窗，都是關得恰到好處的。他從來沒有在六月十七號以後還去關教室的玻璃窗。

胡先生在大庭廣衆的演講之好，不在其演講綱要的淸楚，而在他能夠儘量的發揮演說家的神態，姿勢，和能夠使安徽績溪化的國語儘量的抑揚頓挫，並且因爲他是具有純正的學者氣息的一個人，他說話時的語氣總是十分的熱摯眞懇，帶有一股自然的傻氣，所以特別的能夠感動人。手頭恰巧有一段（不過幾句話）在他的『上課』時完全代表他的語言的例子，倘使完全謄寫下來，就是這個樣子的：

現在要說到水滸傳。現在水滸傳的故事，完全是四百年，到五百多年的，演變的歷史。最初呢，是無數個極短極短的故事，編成了一部。到了明朝，——到了明朝的中葉————纔有一個整個的，大的故事。這個時候，水滸的本子呢，就是一百回的，一百二十回，一百二十五回的，後來又删改成一百回，七十一回的故事。元劇裏面的李逵很風雅，會吟詩，又會遊山玩水。從這個樣子的李逵，變到雙手使板斧的黑旋風的李逵，而宋江呢，由人人敬愛，變到被罵。這種演變，都是由於一點點的，小小的差異。

好了！再多鈔下去，就頗有替『藏暉居士』宣傳他的演說藝術之嫌疑了。上面這段話的標點，層次，頗有些地方是我隨意點圈的，因爲想越能夠多保留胡先生說話時候的神情越好。我想，凡是胡先生的朋友，學生們，或曾經聽過胡先生的演講的，一定能夠感覺到這裏面多少有幾處神情，樣子，是你可以回憶到的眞正的『胡說』。

然而說起來又好像有點兒悵惘了，胡先生在說上面這段話的時候，開端竟忘記了加上（我們在上海的大學裏所常聽到的）When I was in the United States，大約總有一班聰明博學的人，是要替他深爲遺憾或惋惜的。

我在北平的時候所看到所聽到的錢賓四（穆）先生，可算是當地著名的質樸的學者中的一個，雖然他的家鄉是江蘇無錫，並不能夠算是道地的北方人。顧頡剛先生也算是其中的一個，他的故鄉則是蘇州。錢先生，我第一次見他的面的時候，他已經是四十以上的年紀了，紅紅的面孔，矮矮的身材，非常的堅實强健。正像他的史學考據文一樣，即使不是因爲他的文章極不容易被人挑剔，攻擊，他的身體也難受到病魔的侵襲，糾纏。至少我可以證明，在朝夕相處的幾年之內，他沒有叫他的洋車夫送信給學校，叫註册組的人爲他出過一張因病請假的佈告。他所擔任的課程，中國近三百年學術思想史，中國通史……，都是兩個鐘點連起來上的，中間並不休息。當然，照着普通的教育經驗看起來，在這種情形之下，教員雖然想並不休息，一個人繼續演講下去，學生的疲倦的眼睛在繼續的注視了幾十分鐘之後，總是要隨着值得沉醉的鐘聲而略微的閉上一閉的。何況北大二院的退課的大鐘從來不是用電機鈕去控制，而是有一架高高的，古舊的朽木座子，上面懸掛着一口黑黝黝重沉沉的鐵鐘，至少已有七八十年建造的歷史。當初學校開辦的時候，辦事的人不知道從那裏物色得來，而至今仍由一位年紀已近七十，滿面灰白的短鬍鬚，身上穿着一件褪色得發白和起毛的藍布短襖的老工友來敲打，每次約敲十六到十八響。這鐘聲，不但在北大二院，清聲嘹亮，就是在一院，圖書館，研究院，東西齋，五齋，甚至於附近的景山，景山東街，松公府夾道，五老胡同，也沒有不能夠很清楚的一聲一聲的送到耳裏的。同學們住在附近胡同裏面的什麼漢園公寓，寶祥公寓……的，早晨躺在滿屋陽光中的床上，一覺醒來，聽到清晰的上課鐘聲再起來穿衣服漱口都來得及。因此，這種鐘聲的富有詩意，自非普通的一掀即響的電鐘所能及其萬一。可是這詩意的，悠遠的鐘聲，在清晨可以喚起人們的精神，在下午可就只有催人疲倦，引人入睡的作用。這樣的情形，雖在胡適之先生的課上也不能例外。然而在上錢穆先生的課，雖然他的課的上課的時間是最容易叫你瞌睡的下午一點到三點鐘，然而在二院的大禮堂裏面，黑壓壓的坐着一百五六十人，睜大着三百幾十隻眼睛，，攤開了一百多本的各式各樣的筆記簿，擺動着一百多枝筆，在一聲一聲的肅穆雍雍的退課鐘聲的籠罩之下，每人依舊一個字一句話的記着錢先生的講辭。因爲正是錢先生在講得起勁的時候，聲音越來越洪亮，呼吸越來越急促，臉上也越加泛出一陣一陣的紅潤，帶着一種南方之强的學者氣息。這個時候，纔使我明瞭什麼是考語『實大聲宏』的明確的解釋，雖然錢先生的聲調，身材，並不比我大或高，而我的身材，據最近在上海的一家保壽險的公司的特聘醫生的證明，也並沒有大於我所等於的一般的普通身材五尺二寸半。

那麼，爲什麼錢先生有這樣大的吸引的力量來號召學生？

在這裏，我覺得要特別提起令人欽佩錢先生的地方，是時時刻刻蘊藏在他的腦子裏面的一股新鮮活潑的動力和精神，因着這種動力或精神的至大至剛的繼續不斷的擴張，發展，自然而然的擴大了他的研究學問的內容，充實了他的强健不息的身體，其根本的原因，又可從他的治學的基本的態度來表達出來，那可歸納於他幾十年來朝夕不忘的一句簡短的話，就是：「三千年來的中國歷史的動態波盪仔細的觀察思考，中國是絕對的有希望有前途的！」這句話說起來好像很簡單，然而它却是錢先生幾十年來研究學問積纍而得的寶貴的結晶品。事實上，每一個國家的學者或通人，無不是有着一顆頂熱烈頂誠懇的愛國家愛民族的心腸，特別是這一顆寶貴的愛國的熱心又一定是蘊藏在冷靜的客觀的頭腦裏，情感輕易不會發洩奔放。在過去有幾個冬天，北平學潮正在澎湃極盛的時候，我曾經有機會聽到錢先生對於中國前途的警闢的高論，這議論使我三年前的夏天在上海和他重新見面的時候，一方面回憶，一方面驚奇這一位外表像是埋在故紙堆裏的學者的書生的議論的奇驗。他的對於近幾十年的大局的議論的起點，是由於他積極的主張我們當前在生活着的這個階段，從鴉片戰爭起一直到近年，都不能夠說是我們悠久的歷史上面的最黑暗的一個時期。在過去幾千年裏面，中華民族所遇到的幾十百次的天災人禍，黑暗荒淫，顚沛播遷的慘痛苦難，結果總是在苦撐中得到支持延續，若干的例證都能夠反映出我們民族的抱負着一種自張不息的信仰，具有剛健忍的毅力和雄心。他所覺得担憂而且常常大聲疾呼喚起國人猛醒的，僅是近二三十年來我國國民體力的孱弱，和普遍的精神退衰。體育事業的壟斷，謬誤的提倡選手制度，公共體育場建築的落後，都市夜生活的奢靡浪漫，賭博，酗酒，吸食鴉片，都是他所深惡痛絕的事情。他在北平的時候，因爲常往來於城西海淀的清華燕京大學，和城中區的北大，他不得不按月的包僱了一輛代步的破舊的洋車。他的家是住在東城馬大人胡同，每逢他要離開北大而他的洋車還沒有早來等候着的時候，他總好像是有急不容緩的事情似的，挺着胸脯，部分的敞着灰黑相間的舊圍巾，冒了隆冬的嚴寒的氣候，踏着大步走幾里路回家，藉此來鍛鍊一下他的本來就並不算弱的身體。他的頭髮左右分梳，面色向來紅潤，在講書的時候，體力非常充沛，無錫官話可以說是十分的響亮。照例，南方人的國語向來是道地的北方人所不歡迎的，其所以不受歡迎的原因，無非是因爲南蠻鴃舌，不能聽得明白清楚。可是，錢穆先生的國語雖然一句北平的俚俗土話也沒有，却是連蒙古，廣東，山西，甘肅，雲南的窮鄉僻壤遠道負笈的同學，也沒有一個人因爲言語不通和他發生爭辯誤解。我不知道在我的禿筆底下現在所寫出的錢先生的梗概會在他的心裏面發生什麽樣的感想，也不知道在讀者的心眼中的錢先生又是怎樣。像我所知道的，在他的心裏除了顧炎武顧祖禹外他並不希慕任何飛黃騰達的學者。他於民國初年曾在清苦的小學教師的生涯裏博覽居停主人的羣書，在內戰頻起骨肉離散的時候平心靜氣的整理那一部奠定了史學界的釋古派的基石的著作——先秦諸子繫年考辨（商務印書館大學叢書本），這部書的自序可以讓昔日的北大淸華的任何一位史學研究生細讀兩天，而每十行文字又可以叫世界上隨便那一個有地位的研究漢學的「專家」把眼鏡戴上了又摘下，摘下又戴上，旣驚炫於他的淵博，又贊歎於他的精密。至今沒有人敢爲這書寫下一篇五千字以上的書評，而五千字以下的書報介紹文字也從來沒有比他的學生鄧恭三先生所寫的一篇更多，這眞是我國學術界的恥羞，而更足於此顯襯出錢先生的偉大。除了這部書和享名的向歆父子年譜而外，近三百年學術思想史是事變前在北平城內寫成的，述往矚今，條細縷明，暢論漢宋學術是近三百年學問的淵藪，眞夠得上昔賢所說的「爲往聖繼絕學，爲後世開太平」的同樣豪邁的精神和氣概。而他跋涉於湘滇旅程中所寫的一部國史大綱，正像馬一浮（浮）先生所印的泰和講錄，馮芝生（友蘭）先生近年所著的新理學、新世訓等書一樣，又是這一位悲天憫人的學者哲人，在播遷動盪的時代裏，苦口婆心的向我們提出的問題，指示，和解答。

我在這裏又不過是隨意的寫出一個眼前的例子。一個胡適之先生，一個錢穆先生，照我的看法恰巧可以代表北京大學的教授們的兩方面的傾向。胡先生的一方面可以代表動態的北京大學教授。胡先生在五四運動的前夜，在美國的赫貞江畔留學的時候已經掀動了文學革命的巨潮，其後，在北大研究所國學門的整理國故，北京政府時代的提倡好人政府，國民革命成功後的刊布人權論集，以及新月派論文學的壁壘森嚴，獨立評論談政治的屹然危立，都可以做動的教授這一方面的良好的證明。也不僅是胡適之，凡是歷來在北京大學曾給予中國以至於世界在外型或內態上以很深刻的影響的教授們，都可以歸在這一個範圍裏面。蔡元培，劉師培，陳獨秀，李大釗，魯迅，黃侃，林琴南，辜鴻銘，梁漱溟，林損，林語堂，梁實秋，顧頡剛，都不能夠越出這個範圍。譬如說林琴南，他過去用淸麗的桐城筆調的古文翻譯的一百多種的西洋小說，倘若照文字的古雅樸茂，選材的信達適宜而論，也未必趕得上魯迅兄弟們所譯的文言的域外小說集，然而周氏兄弟畢竟做了新文學運動的健將，而林氏反而做了復古旗幟下面殉道的前鋒。爲什麽呢？因爲在他們的心理上，替舊制度辯護，故意衆叛親離，專作反面的或翻案的文章，倒行逆施，也未始不是一種很有面子的活動，何況還有舊社會的封建餘孽在爲虎作倀。同樣的。辜鴻銘的英法德文，在當時可稱做獨步文壇，用外國文字所著譯的關於中國文化和古代典籍的文字，至今仍受到歐洲日本的漢學家們的擁護推崇，名字流傳在書籍論文上面。依照我個人的觀察看起來，近年林語堂先生的英文著作，像『吾國與吾民』，『生活之藝術』這兩部鉅著，好像也仍在承受着他的漳州同鄉的正確的意見和觀察，而加上了個人的見解與補充。林氏爲摩登文庫編輯孔子一書，也正可以代表他的思想的觀點和辜先生的接近。不過，辜鴻銘的時代較早，思想雖高，只敢痛斥西洋文化不及中國國粹的文明，合理，並努力灌輸中國文化的眞精神到歐西去。林語堂則變本加厲，簡直以爲凡是身上多毛的人，其野蠻的程度一定要比少毛的人厲害，而西洋人的身體的汗毛較多，又是不容曲諱的事實。這一點在生活之藝術一書裏論飲食衣服的一章，最能夠證明。中國人的頭腦裏，一向以爲最野蠻的古代人纔是茹毛飲血，而今日上海高貴的 Restaurant ，就常常用帶着血肉的豬排，和像草一樣的 Creamed Spinach 饗客，售價百元以上。這當然是西洋文化的衰落處，無可懷疑。辜鴻銘過去用中國的溫，良，恭，儉，讓去教訓糾正或醫療第一次歐戰以後歐洲人心理上的創傷，正像今日我們主張東西文化的交流，或東方精神的反擊一樣。這一點大約語堂本人也不否認，所以他在從前編『人間世』的時候，爲辜鴻銘出版了一個特輯。那一期的人間世的封面有一張泰戈爾和辜氏在北平清華園工字廳的合影，至今仍然很深刻的印嵌在我的腦裏。不過我疑心這特輯的主編者當時一定認爲辜氏給歐洲的影響，眞比泰戈爾對於中國詩壇的影響要大上好幾倍，因而並沒有過分推崇泰戈爾的心思，即使在今日，也未必過分推崇，雖然印度的 Cheena-Bhavana. Santininketan, Bengal 這幾年中國人的印象很好，而且它的本身，也有了相當偉大的成就。

然而辜鴻銘在生前，常常受到冷淡的漠視，並不是在國內的一個十分得意的學者或名人。他所著的『中國人的眞精神』（The Spirit of Chinese People），發表於第一次歐戰休戰的時候，在國內一無影響，却不知道正是一部震炫歐洲思想界的煌然鉅著。因爲在日本先有人譯成日文，纔又有某一位中國先生從日文節譯出來，在民國十年左右的東方雜誌發表，却把辜氏的大名誤譯做古姓。這纔是我國翻譯界的大笑話。結果呢，辜氏個人的情性既越轉變越消極，又從消極變成積極的復古排外。他留下了不剪的長辮子，他穿着黃緞的馬褂和紫紅緞子的皮袍，他嗜愛弄玩小脚的姨太太。這個時候，在古舊和新思潮衝突的北京大學裏，不再有人追問着他是否英國愛丁堡大學最優秀的畢業生，他也從來不說他是。大家也許都記得他所主張的姨太太不可不娶的理論，這樣的名論當時立刻受到贊美。就是，一個男子娶上幾個姨太太，正像一把茶壺必須配上幾隻茶杯。這個時候，腐化，老古董的帽子又被辜先生輕輕的戴起來了，他自以爲這是名士的風流韻事。可是你不能夠說辜鴻銘先生不是動的，不但是動，而且是奇異的突變，和湍水急流似的反動。

動態的教授們的內心的情緒大約是這樣，外表的行爲也無一處不和他們的內心的變化相合。他們一定集會結社。卽使在民國初年的北京大學也有一個不賭博不飮酒不挾妓納妾的進德會，參加的多是北大的教授同人。大約有了志同道合的人，就一定跟着可以有集會演講，出版雜誌，公開討論爭辯。新青年社，語絲社，太平洋學會，文學研究會，筆會，禹貢學會，……凡是這一類有影響有勢力的團體，無不有北京大學的教授參與。他們常常在一起吃飯，喝茶，聊天，反駁，以至於論戰攻擊，不管事情的大小高低。他們在上課的時候，常常把自己的學說和學生詳細討論，加意灌輸，並且當衆攻擊另一位教授的議論的缺點。譬如，胡適之先生對於錢穆先生的向歆父子年譜的考據謹嚴，折合今古家法，十分佩服，而且常常對學生們做義務的宣傳。但是，他在課堂裏，同樣對錢穆，馮友蘭，顧頡剛等人的關於老子和老子書的時代的論爭，却不惜剴切陳辭的大肆攻擊。朱光潛先生和馮文炳（廢名）先生都是第一流的文學作家，又都是朝夕晤面的好朋友。然而他們論詞的意境的看法各有不同，竟使他們爲了王靜安先生的一闋詞而辨論了半個月，並且在課堂上公開的和學生們討論。

他們向來看得起學生，並且不惜推崇學生們獨到的特殊成績。這一點，上海的大學教授很少有能夠如此的，因爲他們自己的學問並不高明，自己的程度常常比高明的學生要壞，因此也很難知道自己的學生是否高明。在北大呢，至少在沈兼士先生的口裏，常常譽不離口的稱讚大學四年級生周祖謨的對於文字聲韻的精研，而大學一年級的俞敏的語音學的訓練也叫羅常培先生大吃一驚。後來，周祖謨進了中央研究院工作，俞敏也做了北平中國學院講師，不負師友們的讚許和欽佩。胡適之先生在上課的時候也常常提起丁聲樹，陶元珍，吳曉鈴，特別是在大學一年級的學生面前。凡是讀到丁聲樹先生在北京大學四十周紀念論文集的近著詩卷耳芣苢采采說一文的，沒有人不覺得丁先生在這方面的學問功力不下於淸代的戴東原和馬瑞辰。可是，在胡適之先生的嘴裏，從來不說丁聲樹是我的學生，他只是說：丁先生也是北京大學的同學。

靜態的教授們和動態的教授們多少有一點兒分別。假如我要具體一點的講，那末，動態的教授們常常在北平正陽門車站發表一篇對新聞記者的談話，然後趕着火車到南京去參加中央研究院的評議會，靜態的教授們則至多到北平故宮博物院的文獻館去蒐集檔案或到琉璃廠，海王村一帶去搜羅舊書。動的教授們喜歡坐一輛私人購買的小汽車，車的式樣既不美觀，大約準是敝舊的二路貨，然而乘坐着出入於北平圖書館附近的金鰲玉蝀橋一帶，塔影嵐光，汽笛嗚嗚，不能不說是優美的北平風光的一種點綴。靜的教授們，出入則喜乘洋車或步行，我剛纔所寫的錢賓四先生，就可以算是靜的方面的代表。他寧可在校內自出心裁的編著一本中國通史講義，但是，據我的私人的猜測，不希望出席教育部的史地教材的編審委員會。他寧可作一篇西周地理考在禹貢上面登載，絕不願大張旗鼓的積極的領導或抨擊一種新的學術運動，或寫一篇中華民族起源於東南沿海說。鄭石君（奠）先生也可算是靜的方面的著名的教授。我常常說上海的大學教授們善於出版概論，發凡，大綱，往往一二種的著作就足以叫他們在海派文壇中望之儼然，側目而視。可惜他們都不大認識鄭先生。鄭先生在北京大學中國文學系教授了十餘年，家鄉本是浙江諸暨楓橋阮家埠，在北平就住在北大附近的五老胡同。他這一位頂和靄的恂恂儒者，面孔胖胖的，戴着玳瑁邊的眼鏡，身上穿着一件深藍布的長衫，滿身粉筆灰塵。他的著作極多，從來不允許在坊間的任何大書局出版，然而却有自己的編纂計畫，每月案頭堆積的稿本積紙總可盈寸。據鄭毅生（天挺）先生告訴我，石君先生已經完成的著述——大部分都是研究中國文學的新的創業者的工作——的稿本已經超出了五百種的數目，每種的卷數決不止薄薄的兩三本。他的未出版的論文集要的一部分的稿子，我曾經參加過標點分段，（約一百多篇），聽說另外一部分也有人拿去在清華大學採用。可是商務印書館的大學叢書委員的名單裏面，却看不到鄭石君先生的名字。正好像民國初年在梁任公先生的口頭義務宣傳以前，即使在學人薈萃的北平，也沒有人注意到快閣師石山房叢書的著者姚振宗一樣。鄭石君先生假使不是比姚振宗的學問來得更見淵博功深，那麼，我想我應該替北京大學謙遜一點的說，鄭先生就是現代的姚振宗。

北京大學的教授們的生活，也不莊嚴，也不枯燥，只是一種合理的修養和不斷的增加學問的總成績。近年以來，雖然劉半農，黃節，錢玄同先生都相繼逝世了，可是沈兼士先生的文字學，唐蘭先生的甲骨金石，羅常培魏建功先生的語音聲韻，余嘉錫趙萬里先生的目錄版本，胡適鄭奠羅庸先生的文學史，孫楷第先生的小說史，顧隨先生的戲曲，如果不能夠被認為是代表中國全國的最高的權威，那麼，你應該可以告訴我誰是比他們更好的。這裏是指的中國文學系。史學系呢，近年逝去的孟森，不但他的常州官話永遠的嵌在我的腦裏，他的清史考據的偉大成就，他的道德信仰，正氣磅礴，又有誰不感到欽仰，興奮。除了孟心史先生外，史學系還有陳援菴，錢穆，毛準，鄭天挺，蒙文通，姚士鰲；哲學系呢，湯用彤，熊十力，周叔迦……；如其不是在『此地空餘文化城』的北平，如其不是在絕對自由絕對放任絕對幽靜的北大，這許多實大聲宏的學者又怎樣能夠緊壓着各人的心情，在同樣的一間客廳裏面靜聽學術論文的宣讀報告。外國語文學系，教育系的教授們我並不十分熟悉，然而你也許知道梁實秋朱光潛羅念生陳雪屏吳俊升，這都是獨往獨來的人物，各有着他們的超特的學力或重大的文化教育事業。也許這也不足以代表北京大學的教授的全貌。那末，最能夠補充北京大學教授的特點的，還應該一提近年逝世的錢玄同先生。錢先生是名聞全國的學者，文字聲韻的探討，國語運動的提倡，都有着很大的貢獻。然而他獨自在北平中山公園的春明館喝茶的時候，是照例誰都不理會的，即使你是他最要好的朋友或同事。這個，因爲錢先生認爲在公園裏疏散是他的個人的事。在周環十圍的古木陰森的樹蔭底下，冥心默想，最能夠代表智者的心情。可是，在同樣的公園的柏樹旁，民國十六年的時候，胡適之先生却約了孫伏園先生談天，並且還憤慨的說了一句：『中國不亡，是無天理』的名句，這句話即使說得痛心一點，也只好算是相反而相成的仁者的懷抱。因爲，錢玄同先生應該歸到智者的範疇裏面，所以晚年的錢先生，痛心世事，憂憤鬱懣，以至於病歿在今不異昔的北平城內，他的遭遇恰似詩人陳散原和史家孟心史。因爲胡適之先生應該列入仁者的領域之內，所以胡先生拋棄了北平米糧庫四號的藏暉室，安頓家室，遠渡重洋，參加他所不甚熟悉的政治。這幾天我常常思慮我應該不應該寫出來我對於北大的教授們的印象，現在既已什麼都不顧的寫了出來，越覺得自己的思想或文字的低能，也就同時看出或感到北京大學的教授們的身體力行的深刻教訓的寶貴。北大的教授們不是學者，因爲他們的成就不只限於區區的學者或腐儒。他們的生活是平實樸素。他們的言語從不說謊，他們的皮鞋並不擦亮。他們和學生生活在一起，時常關心，同情，和鼓勵。他們從來不羨慕北平城外的另外一家著名洋化的大學，在圖書館裏的樓下畫分出一間一間的規定時間的指定的教授辦公室，在凸花紋的玻璃上漆着系主任，教授，或講師的名字。可是，我老實不客氣的告訴你一句私話，好在這兒也沒有別人，對於這種辦公室我倒是十二分的羨慕和滿足的。爲什麼呢，因爲我在本文的前面已經早就承認，我並非不是一個道道地地的低能兒。

漢花園的冷靜

當民國二十二年的五月初旬我還住在上海的時候，有一天接到北大的友人謝君的一封信。信上最後的一段文字大意說：他所住的西齋，環境非常幽靜。窗外種植有幾株丁香，開着淺紫色一球球的朶子，又香又美。聽人家說，漢花園那邊的丁香，這兩天開得更是茂盛，老是想去瞧瞧，可惜總沒有空功夫。

這幾句話留給我的印象非常深刻。他所寫的這一封信，至今仍舊緘藏在我的裱就的信篋裏面，並不是因爲謝君的文字和他的一手趙松雪體的字迹的娟美，而是信裏的所說的話的情趣令人心醉。西齋，早就是我所聽熟了的名字。差不多在同樣的一年，我從施蟄存杜衡等人編的現代雜志上面，也偶然的看到周啓明先生的苦雨齋日記的片斷的影寫版。好像有兩天的日記都記着，詳細的文字我已經不清了，大約是：連日苦於霪雨，學校中東西齋積水沒脛。在我的頭腦裏覺得這眞是一個叫我喜歡的地方。下雨，最是我願意看和願意聽的境界，不管它是迅雷閃電，黑雲籠罩，還是細雨連綿，涼風淒淒，甚至於『道是無晴却有晴』的江南天氣，我都會覺得心快神怡。我不怕在大雨中把我的周身衣服弄得潮濕，原因只是想更聽得清楚一點究竟是大雨點子打在碧綠的細長葉脈的芭蕉葉上清脆，還是小雨點和葉面的接觸所發生的沙沙的響聲，容易勾起在遠鄉的旅人的愁思。

這是雨中的西齋，北京大學的西齋所映照在我的想像中的幻影。除了西齋而外，還有的是漢花園，譯學館，東齋，五齋……。又有清香襲人的丁香，又有積水沒脛的階石，又有古樹交映青苔滿目的宿舍……。

隔了不久，我眞的到了北平，在一個清朗的早晨，我第一次去拜訪這個聞名已久的漢花園。漢花園的地點在東城北河沿畔，這個『花園』所包括的區域，南至大學建築外面的碎石馬路，名稱叫做漢花園大街，西至松公府內的北大圖書館及北大文科研究所正門，東面圍牆外是兩岸夾着細條的楊柳的寬大的河溝。河水是一向乾涸的，積塵滿天，和中法大學的校舍隔着『鴻溝』，遙遙相對。一陣子撲面的狂風捲着黃沙吹來，能夠叫你立刻睜不開眼睛，在糢糊的影像中可以使你望見金黃色的柳條映着閃爍的太陽光線飛舞。劉半農先生曾經說過，北大之有北河沿，簡直可以媲美英國劍橋大學的『劍橋』。這話大約是不錯的，聽說校內早擬設法濬通溝內的淤泥，並灌入清潔的水流，成功後預料那一定可以替大學區域添上一個値得無限流戀的好景。不過也許是爲了經費上的困難，和浩大的工程的不易著手，以至於良好的根深蒂固的保守觀念不佳的在學校當局的心理上作祟，這一點終於沒有能夠早日實現出來，而且一直到現在也不會實現。北面就是椅子胡同，那是北平的新科班「戲曲學校」的所在，在北大的新宿舍的陽台上，可以遠眺到他們的戲台。

我這樣詳細的去記述漢花園的周圍的風景和地段，一點兒也沒有想宣傳它的優美，同時，你應該可以從我的文字中體會出來，它是的確不夠偉大。關於漢花園的名字的歷史沿革，正和北京大學二院所在的馬神廟，圖書館，研究所所在的松公府和八公主府，三院宿舍所在的舊譯學館一樣，你應該都可以從北平市上最流行的游覽指南上面尋找出來，比我所能夠告訴你的更要清楚詳細。然而關於這一座建築了差不多四十年的紅磚瓦的三層大高樓，這就是漢花園的本部的最主要的房子——北大第一院——的印象，生活，和故事，你一定不能夠從游覽指南或任何指南裏尋找出一點簡單的介紹。

這裏面的生活，並不是刻板化，也不是機械化。但是却可以說是相當的冷靜。

如果你是懷着一顆遠道「慕名」而來的誠心，已經在廣州的嶺南大學，武昌的武漢大學，或杭州的之江大學住了一年，負笈遠來投奔名校轉學的話，那我眞不敢想像漢花園——北京大學第一院（文法學院）——給予你的第一個印象或打擊，將是怎樣的慘酷，無情，和冷淡。漢花園的建築，外表是堅實的，不過也已經滲染着一種風吹雨打的（Weather beaten）的色彩，很容易叫你引起和陋舊，保守，陳腐，甚至於齷齪……相像的聯念。盤花式的舊鐵門常開着，門上並無可以使你認明不誤的招牌。那一塊棕黑色硬木白字直書的長條匾額：「國立北京大學第一院」是掛在順着水泥徑走進去的紅樓廊下的圓石柱上面的，字迹很是黯淡，好像同仁堂樂家老藥鋪的仿單一樣，外行的人絕難認識明白。當然，在眼前的上海，許多大學只能租賃着商場大樓的某一二層房屋，已經不把銅製的擦得雪亮的招牌掛在校門外面了，你僅知道滬江大學是在某路二零九號，而光華大學則在另外一條馬路，它的門牌的號數則是四二三。可是，用相像的例子去解釋在好幾年前的北大，當然並不能得到同樣的意思。在北平，誰都知道「頂老」的大學是在北河沿，而石駙馬大街的師大，則又被公認做「頂窮」的地方。無論什麼事情，只要是頂老的，總應該有他的老譜，用不着登報揚名，用不着滿街滿牆的貼「隨到隨考報名二元」的廣告，以廣招徠。譬如你從前門車站僱洋車連拉人帶鋪蓋捲，只要說上一聲上漢花園，沒有一個洋車夫不知道他應該拉到那兒歇腿的，並且也知道你決不是花得起寃錢的公子哥兒們，所以車錢也並不多要。如果你坐到了漢花園的門口，覺得這個大學的校舍眞是簡陋，比不上嶺南，武漢，之江的大禮堂的金碧輝煌，那也難怪。不過我應該警告你，你即使在北大唸完四年本科和兩年研究院，你也找不着北大的眞正的禮堂究竟在那兒，而且這個漢花園的紅樓的建築，就算退一步講，不算是整個北大中唯一的最好的洋樓，它仍不失爲幾個最好的當中的一個。

在校門口站着一位穿着草綠色，有時候因爲洗滌的次數多了，又漸漸的泛成淺黄色的，制服的校警。他的手通常是空着的，態度也很安詳，臉上常常帶着笑容，這笑容並不是諂媚的，也不是狡猾的，也不冷，也不傻，大約頗有一點兒北方人固有的樸實的本質，再加上北大的一脈相傳的滿不在乎的神氣，使這種笑容最容易叫初到北方來旅行速寫的畫家，難於揣摸。他的制服並不很髒，然而決不神氣，有時可以使人在腦筋裏聯想到中國無聲電影時代所扮演的北方的督軍的馬弁。不過，照我後來所知道的，從五四運動起在每次的廣大的學生運動興起或擴大的時候，這種「馬弁」常常盡了他們的偉大的汗馬功勞。他們的同情心，往往出乎一般軍警當局的想像力以外的，因着日常生活的時刻接觸，或對於國家大勢的觀察認識，總是寄託在學生方面。

可是你第一天踏進漢花園的時候，當然不會觀察或感覺到這些。他們對你的出入校門，自由行動，即使你是剛纔入校的人行動多少不免有點兒不慣，牽强，緊張，也絕不會加以干涉，過問。沒有威風，不夠勁道，當然又是使你對於北大的壞印象更形增添的一個原因。還算是聞名全國的大學呢，不配。

上課的情形也是這樣。沒有一位教授是懂得點名的，他們也不大認識學生們的面貌名姓。在這裏，講堂中的 Lectures 的陳腐，又是不言可知。倘使要舉出陳腐程度的特例，以我個人而論，我在鼎鼎大名的文字學專門權威沈兼士先生的課上，連睡了三個星期的覺，因爲他也用了同樣多的時間繼續了他的，連說話的層次態度語句都並不更易的，做學問的功夫首重「困知勉行」的訓辭。然而，不知道爲了什麼，我到今日却有些時候竟會感覺得這四個字的格言的幾乎無一字可以更易。一個人想把他的英文弄得通順，造句有力，措辭簡短動人，而不熟讀基督教的聖經，也正和研究中國文字學的人不去背熟王菉友的說文釋例一樣的正像緣木求魚。可是，背書和死記單字總是最沒有趣味的，如果不可以說它是最困難的。我們鑑之於現代的中國最大的出版家商務印書館的主持人，雖然現在已經是兩鬢斑斑的中年以上的人了，在他年青自習求學的時候，却曾經在每天深夜裏，一頁一頁的翻着記誦着英國的百科全書，當然可以明瞭這種憶性的工作並不是不可能的。如果你自忖既並不能夠這樣『困知』，並且又自己傲慢的批評這是最落伍的注入式塡鴨式的教育，那麼，你卽使坐在北大紅樓的朽木的座位上課聽講繼續四年到八年之久，你還是你，冷靜的北大也還是北大。

可是，如其你要吃肥而且甜美的鴨子，依照北平的便宜坊老鋪或上海的梁園菜館的辦法，仍舊是非塡不行。在這個聰明的學者專家們多如過江之鯽的時代，我當然也不是儍子，對於北大的這種生活，我願意重覆的再說一遍，不配，還算是個聞名全國的大學呢，不配。

沙灘與駱駝

漢花園大街另外有一個比較更通俗一點的名字，叫做沙灘，爲什麼要叫做沙灘？說起來也正是十分難解。依照北平的天氣，特別是從深秋經過了冗長的嚴冬氣候，一直到『江南草長，羣鶯亂飛』的暮春爲止，差不多有七個月的時候，北平都是風沙滿天的，除了石砌或柏油的馬路外，街上也總都是軟臘臘的黃土泥。這大約也可以算是沙字的解釋了。至於沙灘，也許只是由於約定俗成的關係，也許在漢花園附近的幾條路，通到各個宿舍去的，都是些不很堅固的碎石或黃泥路徑罷？

倘若我的解釋也還可以自圓其說的話，那麼，我又可以附庸風雅似的來上一句：沙灘是在地理上原有的名稱，所以喻大學區域的整個環境，而駱駝呢，可以算是用來譬喻北大的學生們的。不敢說這是一個現代的典故，可是你要是記住了，隨便說說也不算什麼錯兒。記得在三五年前，有一天蔣孟鄰校長參加在香港的淸華同學會的宴會，在席上談起北大來，蔣校長喟然嘆曰：『淸華的梅校長（貽琦）的苦幹精神，眞是叫我佩服的，我願意送他一個駱駝的徽號，來形容他的任重耐勞的偉大！』至於他自己呢？據報紙上的紀載，則自勉願意『如猴子之敏捷』云。這一段話，不但在香港等地的報上有，好像在上海的申報也轉載過的。事實上呢，我說：這駱駝兩個字，可以說是代表着一種樸質無華的氣質或精神的，不但梅貽琦先生可以說是有名的駱駝，就是，在從前的北大或現在的北大的學生本身裏面，也都蘊藏着幾千萬匹的駱駝。

駱駝的特點在能夠任重耐勞，換言之，也就是能刻苦。刻苦這兩個字，在現在一般的艱苦的生活裏，也許有了無數的人們都在飽嚐着它的滋味了，然而北大的學生們則是向來都是吃苦的，而且，也許可以說是以吃苦著名的。爲什麼他們都這樣的能夠，而且願意吃苦呢？依照我的觀察和體驗，是因爲物質享受上的特殊的缺乏。

譬如，我們用衣食住行裏最重要的一項——食，來做個例子罷。北大的吃，過去好像徐訏先生已經有一篇文章在『人間世』上發表了，然而各人的接觸到的印象未必十分相同，我仍然可以多說一點。在南方，一般的大學宿舍必然的附着廣大的膳堂，在北平呢，像清華燕京等校不但有廣大的膳堂，而且它的數目還不僅是一個。一直到事變爆發的那一個夏天，却正是北大清華兩校開始她們最早的，第一次的聯合招生時爲止，清華的廣敞無比清潔衞生的大食堂的照片，是用了精美的銅圖印在清華周刊的新生入學的嚮導專號上面的。有時候我很容易想起美國式的幽默一則，這一則大約知道的人已經很多了，就是：某大學以比賽足球著名。有人甚至於說：某人在某地設立一座球場，附設大學一所。

北大的吃似乎是獨立的，它不屬於北大的任何宿舍的任何一個規模極小的食堂，它也並不强迫這種小食堂立刻關門。小食堂也是有的，假使我的記憶不錯的話，這種開設在宿舍裏面的食堂一共也有兩所，每所佔屋一大間，布置了七八張方桌。每次吃飯的時候，爲了維持這兩個食堂的生存起見，也常常有幾十人去光顧的，然而這在全體一千多學生裏，自然只能夠算是少數。在這裏，吃完了飯也不一定要立刻付帳，倘若你是住在宿舍而且曾經一次交過那老板七塊八塊的押櫃錢而立下了摺子的話。吃的東西呢，也很簡單，像回鍋肉，冬瓜燒肉，炒辣青椒絲，花捲或乾飯等。每次的費用大約不到兩毛錢。然而爲什麽沒有什麽人去吃呢？我的答案只有一個字：貴！

兩毛錢一頓飯能夠算是貴麽？在今天，各地的物價高漲到一個單身漢的每月伙食費要一千塊錢，上海的布鞋要幾百塊錢一雙的時候，當然是不能夠說它是貴的。就是，在北平當時（七八年前，）十幾塊錢可以請十個人酒醉飯飽的吃一頓前門外頭致美齋的館子，那麽，這個兩毛錢的數目也不能夠說它太寃。可是，北大的學生們不但在年紀上多是老的，而且在經濟的支配方面，又都奇窮。因爲奇窮的結果，就更不能夠避免上海人嘲笑的口頭禪所說的，派頭奇小了。每個學期，北大的學生們只交給註册組學費十元，體育費一元，共十一塊錢。此外，像一般的學校裏面所常聽到的，宿舍費，雜費，圖書費，講義費，學生會刊印刷費，……甚至於什麽建築公債費，北大的窮學生們，都是用不着負擔什麽的。話雖如此，他們（或她們）所付的代價既然這樣少，居然還有生着煤爐的宿舍白住，有二十四萬册的中外圖書可以借閱，而且每借不止兩册，每看也不限兩星期內一定交還。也有講義，編著的人是胡適，鄧之誠，錢穆，錢玄同，朱宗萊，余嘉錫，潘家洵，孫楷第……等，而且又都是整本的，其中有多種後來都改換了名字列入在商務印書館的大學叢書之內，而且在當初印成講義的時候，居然也是用鉛字排的，美觀醒目。而他們所認爲物質上的滿足，也不過是住宿，圖書，教授，講義這一類的東西，並且把這些東西看得很重。他們都是從遠道負笈來苦學的人，其籍貫可以北到蒙古新疆甘肅山西，南到南洋羣島的區域。他們每個學期或學年僅帶着或收到極少數的匯款，因爲交通的阻梗，家境的艱苦，內戰的頻仍，以至於對於貧窮的普遍的同情和生活經驗的增加，都想着節儉是一種美德或是一種不得不如此的應有的措施。從前美國的文豪R.L.斯蒂文孫說過：『兩點鐘的時間總是兩點鐘的時間。多少偉大人物的偉大事業，是能夠在比這個更短的時間裏面完成的。』我現在也可以套着他的語調來說：在北大學生的如豆的眼光裏，兩毛錢也總是兩毛錢。

我現在記述一個我個人的蒙羞的故事，把它介紹給讀者們，並且，我還要使我的幾位好朋友都要知道，這樣的故事在北大並不算是十分顯著的特別。

有一天，——我記得清楚那是民國二十四年的冬天——我的朋友李永壽兄約我帶他到北大來上半天課，他原是北平中國學院國文系的四年級的學生，可是從未聽過胡適之的演講，所以特別來偷聽了兩課。這種情形，在當時可以說是十分通行的。下課之後，我們兩人想找一個『雅座』去談談。

『上哪兒吃點什麼罷？咱們自己哥兒們。』我逗着他的話，可沒有敢『開請。』

『隨便……不用客氣！』

『好！……咱們隨便吃一點麵食罷。北大的吃沒什麼好的，也許……比不上你們西單商場那一帶罷（中國學院在西單牌樓附近。）』

『好！……好！』

連着幾個好字，我就把他引到我所常常光顧的，景山東大街的悅來居小飯鋪來了。我們一進門，裏頭黑壓壓的坐滿了一屋子，迎面有兩個桿着烙餅的夥計，一個巨大的煤球爐子，烟氣薰天，爐台上烤着幾十個大燒餅，小徒弟用火叉子把爐口的火苗子弄得直往上竄，透着青藍色的烟燄。

『張先生豆腐呵（註一）！……一碗『蝦』（註二）……小米稀飯！』跑堂的夥計這個時候也沒有敢閒着，光油油的頭頂上淌着汗珠子，把他那小棉襖的斜長形的鑲領子都給弄得油膩膩的，一面替我們擦桌子，一面用手醒着他自己的鼻涕。

我破天荒的，要了四十個煮餃子，猪肉餡兒的，兩碗小米稀飯，一盤白糖。這一串子的菜單挺夠勁，那老夥計一面大聲的唱出來，一面用着謟卑的眼光瞧着我的又髒又舊的藍布大褂，彷彿在懷疑着我，今天難道你的匯款又來了不成？

我不動聲色，一面跟我的客人閒談，極力轉移他的視線的注意力，因爲，他對面不遠的牆壁上，正爬着一個灰色的蝎虎子。我一面又用手摸緊着我的皮篋，我想我這一天不止摸過一次。

半點鐘後，我們都已心平氣和的出了悅來居的門。我這時候纔敢大大方方的抬起頭來，却見那門口正懸掛着三個紅黃藍色的紙穗子做成的圓形的標幟，那正是北平第四流或者第五流的飯鋪的門口所最容易瞧到的特徵。我的頭又漸漸的垂下來了。我想起了我的朋友不一定吃得很飽。他好像只嘗了三個餃子，吐滿了一堆一堆的肉筋和餡子都在碟子裏面。我知道這裏的餃子通常做得很大，直徑總在二寸半以上，而且，麵好像也是粗着一點。我那一碟子二十個我是包完了的，我還揩油了五個他的。在這個時候我忽然覺得臉上有點兒發燒，我忘記了我剛纔付給那掌櫃的兩毛二分錢的全部費用的時候我的那一種勝利的驕傲了。

這種吃食，我的朋友後來告訴我他的意見，是不很容易慣的。其實我倒不覺得什麼，只吃兩個銅子的花生和一杯熱開水的午餐，就跑到圖書館的大門口聽候啓門閱覽的生活，我也曾挨過好多個星期，並且就在這個時候，作完了我的王靜安先生遺書的筆記的工作，倒也可以算是一個很好的紀念。朋友！我告訴你，在北大的沙灘似的環境裏，好的飯館子是開不長久的。我們那時候最貴族化的一家飯館子叫做海泉居，其位置也開設得最適中，在東齋宿舍和圖書館之間。那兒最拿手的一碗菜好像是炒腰花，要賣到四毛多錢。然而它的營業，最爲不振，當我還沒有在北大畢業的時候，它早已正式『畢業』了。在它畢業以前，飯館主人曾去請胡適之先生寫了一副白話的對聯掛在海泉居的二樓上，那對聯相當的對仗工整，辭句清雅，倒是頗爲膾炙人口的，——雖然未必能夠替海泉居向每一個顧客拉攏兩次以上的生意。聯云：

學術文章，舉世咸推北大老；

羹調烹飪，沙灘都道海泉成。

註一　張先生豆腐，只是一種豆腐的煎法，最早由同學張君發明，現在已經馳名全北平了，連東安市場的飯館裏都有此味。

註二　蝦，北平第四流(?)或以下的飯館麵舖和餛飩的代名辭。

起廢論

從北京大學前身的誕生一直到它的現在，前後已經有四十多年了。一般的說起來，它可以很不客氣的，很驕傲的自認爲是全國唯一的最高學府。但是，事實上它是很謙虛的，它或和它有密切的關係人們，從來沒有這樣說過，也似乎並不願意這樣說。相反的，許多人（包括了和它的本身朝夕接觸的學校當局，教授，職員，校工，學生，以及在大學區域內依靠它爲生的若干小商鋪的老板，夥計，和其他）都覺得它有許許多多的缺點。這種缺點的重要性，卽使不至於超越過或完全相等，也不過僅亞於，它的許多優點的重要性而已。我說這句話，是十分誠懇的，用着北京大學內最流行的虛懷若谷的態度說的，我寧可有一點兒誇張的指陳出北京大學許多的明顯的缺點，而不肯諱疾忌醫，說凡是北京大學的東西，事情，都是好的，足以取法的。其中最明顯的證據是，我從來不曾，也永遠不會在口頭或文字上宣傳，凡是大學的學生浴室必須倒坍一次，壓傷及傷重不治學生若干人，像民國廿×年北京大學一院的浴室慘劇所表現的結果一樣。

北京大學的第一個缺點，很可能的也是它的最重要的缺點，無疑的是它的沒有錢。像美國Stephen Leacock先生在他所寫的『我所見的牛津大學』文中所指出的，鋼鐵大王，煤油大王的鉅額捐款雖然覺得銅臭氣重一點，但是在這個時代和環境裏，它的裨益於牛津大學，實在是無可比擬的。（原文手頭沒有，大意如此。）這樣的話在牛津固然需要接受，在北大尤其需要痛切的反省。因爲，像我們很容易看得出的，在過去的四十多年裏，北京大學所受到的物質上的補助眞是太少了，同樣的，它在物質環境上所給予它的學生和教授們的享受，也太少得可憐了。以它那樣簡陋的校舍，卽使在過去曾經支撐了四十多年的危局，風雨飄搖，絃歌不輟，但是，倘若沒有大量的繼續不斷的經濟上的供給，使它可以進行改進和復興，它的搖搖欲墜的危樓將不再能夠支持更多的十年。我記得，在事變的前一年，北方的局勢已經是很複雜了。不知道怎麼樣，忽然流行了一種傳聞，說：市政當局將要制止在城內興築任何有兩層以上的大樓。原因是，北平的地面廣敞，住家和商店絕少樓房，有之也多半不過兩層卽止。這時，某銀行在東城王府井大街計畫建築一支行，設計了的圖樣是三層高樓，且已動工，結果據說是受到勸告，改建兩層。因爲這個原故，在北大校內也是議論紛紛，因爲我們一院的紅樓是三層建築的，謠傳不久有人要來拆卸去一層。當然人心惶惶，不可終日。某次上課的時候，也談及這個問題，某老教授忽喟然歎曰：『我們這個房子，早已過了工務局的保險的年限了，一兩個人走着樓板上也覺得吱的響，拆了，也好。』

紅樓如此，其他皆然。東齋西齋的宿舍，都是一排一排的板壁數楹。木板的硬床，粗重而骯髒，臭蟲之多，自不待言。窗牖全用白紙糊的，頂棚（承塵，一名天花板）也是，並且黃一塊黑一塊的，潮霉滿目，上面常有鼠嬉，入夜如奏奇樂。一桌一椅，也和它們的環境襯配。西齋的最西的一排房子，是沿着古舊的皇城城牆的，因此就以城牆的牆做宿舍的牆，不料皇城年久失修，某次倒坍一次，宿舍的牆頓失半壁江山。有一次我在上海舊工部局公共圖書館裏看書，偶然翻到一本一千八百多年出版的『世界各大學概況』（英文的），看到遠東的大學只有兩個，就是我國前清的京師大學堂（Peking Imperial University）和日本的東京帝大。翻看到京師大學堂的宿舍外景，好像很熟悉，仔細一看，絲毫不錯，原來就是馬神廟的西齋。可見這房子的建築時代，至少已有四十年的光景。無論當時怎樣的雕梁畫棟，三十年來，新陳代謝，人猶如此，何況木石，現在也自然而然的蜘蛛塵結，古趣盎然了。這樣的古香古色的房子，加意的保存它兩三座，學生們常去逛逛，當然不無啓發性靈，觸動幽情的功用。一天到晚的住在裏面，與蟲鼠雜處，即使是常看古典書籍，也總會有一天找到『知命者不立乎巖牆之下』的警句的。

北京大學的著名，固由於精神，而理想中的建設，則要看重物質。一弛一張，纔和中庸。以歷史言，北京大學每年的經常費用，照例是有着很刻板的預算規定的，加以民國十七年以前，軍閥割據，內戰多年，什麼事情都不能走上常軌。當時北京僅是個名義上的首都，教育界的窮困艱阨更是在其他各界之上。北大既窮且老，何能例外？比較正常一點的學校內部的建設，大約還是從民國十七，八年間開始的，而二十年九月又爲中日不幸事變的開端。到了二十六年夏，舉國烽火，學校南遷，最初在南京傅厚岡設立辦事處，後來又在長沙韮菜園聖經學校借得新址，與清華南開兩大學合併，成立長沙臨時大學。不久，因爲戰亂擴大，三校師生又千里迢迢三月裏糧的徒步跋涉到雲南，聯合組成今日的西南聯大。其後，北京大學的文科研究所又在昆明龍泉鎮恢復工作。至於在北平的舊的校舍情形呢，七年以還，也頗有變更，現在在校方積極規復努力之下，已有相當的成績。在這個時候，一切和北大有關係的或接觸過而念念不忘它的長處的人，心裏面總要有一番『撥盡爐灰成起廢』，『歷刼猶堪獨往來』的期望或感觸罷。從前釋迦牟尼在諦道的時候不忍在一株菩提樹下坐過三次，是怕情念雜捨，不能割離。人生如作繭，但也情不自已，眼前進行着的北京大學復興工作，將成爲一種承前啓後的新興的局面，其新景象我去年今年旅行中已略有所見，未來成功，當然不止是少數的人所朝夕企求或妄冀的也。

編後小記

這一期的風雨談，因着舊歷新年印刷所脫誤的關係，不能不把一月和二月號合刊，可是我們所預告的春季特大號的計畫，却沒有變化。爲了篇幅關係，有些佳作仍舊未能及期刊出。不過，未曾預告而竟先發表的新作，像天游先生的霧都瑣憶，就是一例。天游先生的散文，清麗圓熟，的確是不可多得的，並且，許多讀者當然知道，這已經不是一個新筆名了。

許地山先生和李同愈先生在最近二年內先後逝去，是我國文壇的巨大損失，現在我們特別發表他們的遺作，表示十二分的敬意和悼意。曹聚仁先生的論文藝的題材，在去歲本刊創刊時，即擬刊載，珍惜至今，才和讀者見面。山本健吉先生的文藝批評文字，是專爲風雨談撰寫的，我們除感謝先生的好意外，並願意把一個消息告訴親愛的讀者，尚有兩篇我們正請本社的友人室伏古樂女士翻譯中。

本期作作累累，在編後小記裏不再多饒舌了。可是，我們願意借餘剩的篇幅，把本刊的態度立場，大略的再説幾句：其一，本刊的理想是一個純文藝的刊物，並非是一個綜合雜誌。創刊的時候，有許多大衆化通俗化作品，我們樂於接納刊登，並不是蔑視自己的立場，是看到當時出版界的飢渴和寂寞，所以就不拘拘於形式體裁 然而我們的純文藝的理想決沒有放棄。從第四期起到現在，半年之內，我們已採用了一個逐漸演變的方式。其二，本刊注重創作甚於翻譯，注重優秀的作品甚於作者的聲名，注重正確的批評甚於捧場的阿諛，在這裏，對於一年內批評到本刊的北平中國文藝，華北作家月報，南方的中華副刊，太平洋週報，新東方……等雜誌，以及幾個國外刊物，表示衷心的感激和慚愧。可是，我們編輯的方針，這裏却願意不憚煩的再來一下説明。其三，風雨談是一個月刊，而風雨談社在過去却無意於結成文學團體。可是我們在最近的將來，或將邀請若干位經常執筆的作家，結成一個文字上的靈氣應求的契合，多做一些切實的工作

本期每册國幣貳拾伍圓

風雨談月刊

第九期　中華民國三十三年一二月號合刊

編輯兼發行者　風雨談社

印刷　太平出版印刷公司

中央書報發行所及全國各大書店報攤俱有經售

現代散文隨筆鈔

迅風編

新中國文學叢書近刊二種

二舅

短篇小說

秦瘦鷗著　不日出版

上海[illegible]路（小[illegible]）四八九號太平書局

本期售價每冊國幣貳伍元

國民政府宣傳部登記證誌字第一三二號
上海市第一區特警處登記證C字第一一三四號

《風雨談》二十一期總目錄

第一期目次（中華民國三十二年四月）

第二期目次（中華民國三十二年五月）

第三期目次（中華民國三十二年六月夏季特大號）

第四期目次（中華民國三十二年七月二十五日）

第五期目次（中華民國三十二年八月二十五日）

第六期目次（中華民國三十二年十月號）

第七期目次（中華民國三十二年十一月）

第八期目次（中華民國三十二年十二月二十五日，新年特大號）

第九期目次（中華民國三十三年一二月號合刊，春季特大號）

第十期目次（中華民國三十三年三月）

第十一期目次（中華民國三十三年四月）

第十二期目次（周年紀念號）

第十三期目次（中華民國三十三年七月）

第十四期目次（中華民國三十三年八月九日）

第十五期目次（中華民國三十三年十月）

第十六期目次（中華民國三十三年十二・一月　小說狂大號）

第十七期目次（中華民國三十四年四月）

第十八期目次（中華民國三十四年五月）

第十九期目次（中華民國三十四年六月）

第二十期目次（中華民國三十四年七月）

第二十一期目次（中華民國三十四年八月）

秀威經典　人文史地類　PC0577

風雨談（三）

原發行者 / 上海風雨談月刊
主　　編 / 蔡登山

數位重製・印刷 / 秀威經典
http://www.showwe.com.tw
114台北市內湖區瑞光路76巷65號1樓
電話：+886-2-2796-3638
傳真：+886-2-2796-1377
劃撥帳號 / 19563868　戶名：秀威資訊科技股份有限公司
讀者服務信箱：service@showwe.com.tw
網路訂購 / 秀威網路書店：https://store.showwe.tw
網路訂購：order@showwe.com.tw

2016年12月
精裝印製工本費：15000元（全套六冊不分售）

Printed in Taiwan

國家圖書館出版品預行編目

風雨談 / 蔡登山主編. -- 一版. -- 臺北市 : 秀威經典, 2016.12
冊 ; 公分. -- (人文史地類 ; PC0575-PC0580)
BOD版
ISBN 978-986-93753-1-3(第1冊 : 精裝). --
ISBN 978-986-93753-2-0(第2冊 : 精裝). --
ISBN 978-986-93753-3-7(第3冊 : 精裝). --
ISBN 978-986-93753-4-4(第4冊 : 精裝). --
ISBN 978-986-93753-5-1(第5冊 : 精裝). --
ISBN 978-986-93753-6-8(第6冊 : 精裝). --
ISBN 978-986-93753-7-5(全套 : 精裝)

1.中國文學 2.期刊

820.5 105018595

讀者回函卡

感謝您購買本書，為提升服務品質，請填妥以下資料，將讀者回函卡直接寄回或傳真本公司，收到您的寶貴意見後，我們會收藏記錄及檢討，謝謝！

如您需要了解本公司最新出版書目、購書優惠或企劃活動，歡迎您上網查詢或下載相關資料：http:// www.showwe.com.tw

您購買的書名：________________________________

出生日期：________年________月________日

學歷：□高中（含）以下　□大專　□研究所（含）以上

職業：□製造業　□金融業　□資訊業　□軍警　□傳播業　□自由業

□服務業　□公務員　□教職　□學生　□家管　□其它____

購書地點：□網路書店　□實體書店　□書展　□郵購　□贈閱　□其他

您從何得知本書的消息？

□網路書店　□實體書店　□網路搜尋　□電子報　□書訊　□雜誌

□傳播媒體　□親友推薦　□網站推薦　□部落格　□其他________

您對本書的評價：（請填代號　1.非常滿意　2.滿意　3.尚可　4.再改進）

封面設計____　版面編排____　內容____　文／譯筆____　價格____

讀完書後您覺得：

□很有收穫　□有收穫　□收穫不多　□沒收穫

對我們的建議：________________________________

____

____

____

請貼
郵票

11466
台北市內湖區瑞光路 76 巷 65 號 1 樓
秀威資訊科技股份有限公司 收
BOD 數位出版事業部

(請沿線對折寄回，謝謝！)

姓　　名：________________ 年齡：________ 性別：□女　□男

郵遞區號：□□□□□

地　　址：________________________________

聯絡電話：(日)________________ (夜)________________

E-mail：________________________________